BASTEI
LÜBBE

BASTEI LÜBBE W.E.B. GRIFFIN IM TASCHENBUCH-PROGRAMM:

DAS MARINE-CORPS

13 786 Band 7 Hinter den Linien
14 224 Band 8 Unternehmen Mongolei

HONOR BOUND

14 382 Band 3 Die Akte Galahad

PHILADELPHIA-COPS

14 154 Band 7 Die Ermittler

DIE OSS-SAGA

13 937 Band 1 Die letzten Helden
14 181 Band 2 Schattenkrieger
14 308 Band 3 Spione in Uniform
14 592 Band 4 Die Kämpfer von Mindanao

W.E.B.GRIFFIN

DIE KÄMPFER VON MINDANAO

Roman

Ins Deutsche übertragen
von Joachim Honnef

BASTEI
LÜBBE

BASTEI LÜBBE TASCHENBUCH
Band 14 592

1. Auflage: August 2001

Vollständige Taschenbuchausgabe

Bastei Lübbe Taschenbücher
ist ein Imprint der
Verlagsgruppe Lübbe

Deutsche Erstveröffentlichung
Titel der amerikanischen Originalausgabe:
The Fighting Agents

Lektorat: Rainer Delfs
Titelillustration und Umschlaggestaltung:
QuadroGrafik, Bensberg
Satz: QuadroPrintService, Bensberg
Druck und Verarbeitung:
Brodard & Taupin, La Flèche, Frankreich
Printed in France

ISBN 3-404-14592-5

Für Lieutenant Aaron Bank,
Infanterie, AUS, abkommandiert zum OSS
(später Colonel der Special Forces)
und
Lieutenant William E. Colby,
Infanterie, AUS, abkommandiert zum OSS,
(später Botschafter und Direktor der CIA)

Ebenso für die Führer der Jedburgh Teams,
die im von den Deutschen besetzten Frankreich
und Norwegen operierten.
Sie waren Vorbilder in Tapferkeit, Klugheit,
Patriotismus und Rechtschaffenheit für all die
Tausende, die ihnen nachfolgten

PROLOG

Da General Douglas MacArthurs Abreise von der Festung Corregidor in der Manilabucht auf einen direkten Befehl von Präsident und Oberbefehlshaber Franklin Delano Roosevelt hin erfolgte, glaubte der General, dass es sich nur um eine Verlegung seines Hauptquartiers handelte. Mit anderen Worten, er nahm an, dass die zerschlagenen, dezimierten und hungernden amerikanischen und philippinischen Soldaten auf den Philippinen unter seinem Kommando bleiben würden.

General MacArthurs letzter Befehl an Wainwright – auf dem kleinen Kai bei Corregidor, kurz bevor MacArthur, seine Frau, sein Sohn und ein kleiner Stab an Bord der Boote gingen, mit denen sie fortfuhren – war mündlich. Er verlangte von Wainwright, ›durchzuhalten‹. Wainwright verstand dies als Verbot zu kapitulieren.

Da ihm von Roosevelt persönlich Verstärkung und Versorgung seiner belagerten Truppen versprochen worden war, glaubte MacArthur, dass Roosevelt gezwungen sein würde, die versprochene Verstärkung zu schicken, solange die Festung Corregidor gehalten wurde. Die Insel Luzon, einschließlich der Hauptstadt Manila, war von den Japanern erobert worden. Es befanden sich jedoch bis zu zwanzigtausend einigermaßen gesunde, ziemlich gut versorgte Soldaten unter Major General William Sharp auf der Insel Mindanao. Diese Streitmacht, glaubte MacArthur, konnte als Kerntruppe für die Wiedereinnahme von Luzon dienen, wenn erst die Verstärkung eintreffen würde.

MacArthur akzeptierte die Möglichkeit, dass Corregidor fallen könnte. In diesem Fall sollte jedoch Wainwright seine rote Generalsflagge mit den drei Sternen und die anderen Fahnen nach Mindanao verlegen, das Kommando über General Sharps Truppen übernehmen und den Kampf fortsetzen.

Bevor MacArthur jedoch per Boot und dann mit einer B-17 Brisbane erreichte, erhielt General Wainwright Befehle direkt aus Washington von General George Catlett Marshall, dem Stabschef.

General MacArthur und General Marshall waren keine Freunde. Vor dem Krieg, als Marshall Colonel in Fort Benning gewesen war, hatte MacArthur, damals Stabschef der Army, Marshall offiziell als untauglich für das Kommando über etwas Größeres als ein Regiment bezeichnet. Mehrere solcher Konflikte hatten die beiden weiter entzweit.

Das Kriegsministerium hatte General Wainwright klargemacht, dass er keine Befehle mehr von General MacArthur befolgen musste und die Durchführung des Widerstands auf den Philippinen ausschließlich unter seine Verantwortung fiel.

Ohne MacArthurs Wissen oder Zustimmung war die Entscheidung bereits von Präsident Roosevelt getroffen worden, auf den Rat von General Marshall und Brigadier General Dwight D. Eisenhower hin (der einst als MacArthurs Stellvertreter auf den Philippinen gedient hatte), dass eine Verstärkung auf den Philippinen angesichts der Stärke der dortigen US-Truppen und der japanischen Marine nicht nur unmöglich war, sondern auch der Kampf gegen die Deutschen in Nordafrika und Europa Priorität hatte.

Am 1. Mai 1942 befanden sich dreizehntausend amerikanische und philippinische Soldaten (in einem Verhältnis von eins zu acht) in den Granittunneln von Corregidor. Dies schloss eine große Zahl von Verwundeten und all die Krankenschwestern ein, die von

Luzon evakuiert worden waren, um ihnen Vergewaltigung durch die Japaner zu ersparen.

An diesem Tag feuerte die japanische Artillerie sechzehntausend Geschosse auf Corregidor. Alle fünf Sekunden schlug eine schwere Granate ein. Und ebenso viele Geschosse wurden am nächsten Tag abgefeuert. Und am übernächsten. Und am überübernächsten.

In der Nacht des 5. Mai, als für General Wainwright offenkundig wurde, dass die Japaner die Festung stürmen würden, funkte er General Sharp und die anderen Kommandeure sonstwo auf den Philippinen an und entband sie von seinem Kommando.

Obwohl bereits die meisten der schweren Kanonen der Küstenartillerie von der japanischen Artillerie zerstört worden waren, standen Wainwrights Truppen noch genügend kleinere Kanonen und Automatikwaffen zur Verfügung, sodass die japanischen Verluste bei dem Sturmangriff groß waren. Aber die Japaner waren entschlossen und tapfer und fassten Fuß.

Es gab keinen Zweifel mehr, dass Corregidor fallen würde.

Mit weiterem Widerstand konnte nichts gewonnen werden. Er hätte nur bedeutet, dass die Japaner den Eingang zum Malinta-Tunnel unter Artilleriebeschuss nehmen würden. Der Tunnel wäre von Krankenschwestern, Verwundeten und dem Rest der Garnison leer gefegt worden wie ein Abzugsrohr vom Strahl eines Wasserschlauchs.

Wainwright schickte seinen Adjutanten mit einer weißen Flagge und einen Stabsoffizier zu Verhandlungen mit dem Feind.

Bald darauf traf sich General Wainwright mit seinem Gegenspieler, Generalleutnant Mashuru Homma, auf der Veranda eines kleinen, von Kugellöchern übersäten Fachwerkhauses auf Luzon. Homma, mit dem kahl rasierten Kopf, sprach zwar fließend Englisch, redete mit Wainwright jedoch durch einen Dolmetscher.

Homma war nicht interessiert an der Kapitulation von Corregidor. Er verlangte die absolute, bedingungslose Kapitulation aller amerikanischen Soldaten auf den Philippinen. Wenn General Wainwright nicht bereit sein würde, die absolute Kapitulation aller US-Streitkräfte anzubieten, würde er die taktischen Operationen fortsetzen. Damit meinte er zweifellos das Auslöschen der Garnison Corregidor.

Begleitet von einem japanischen Leutnant namens Kano, der in New Jersey ausgebildet worden war, wurde General Wainwright in einem erbeuteten Cadillac zu den Studios des Radiosenders KZRH in Manila gebracht. Dort verbreitete er über den Rundfunk eine Botschaft an alle Kommandeure der US-Streitkräfte von Militär und Marine auf den Philippinen. Als ranghöchster Offizier auf den Philippinen befahl er allen amerikanischen dortigen Einheiten, feindliche Aktionen sofort einzustellen und alle Vorbereitungen für die Kapitulation vor der Kaiserlichen Japanischen Armee zu treffen.

Nicht alle Amerikaner befolgten General Wainwrights letzten Befehl.

I

1

Hauptquartier Mindanao-Visayan-Streitkraft
Streitkräfte der Vereinigten Staaten auf den Philippinen

28. Dezember 1942

Brigadier General Wendell W. Fertig, Befehlshaber der Mindanao-Visayan-Streitkraft, trug zwei Dinge, die für gewöhnlich an einem General der U.S. Army nicht zu sehen waren: einen Spitzbart und einen kegelförmigen Hut aus geflochtenem Schilf, der in einem kecken Winkel auf seinem Kopf saß. Davon baumelte etwas herab, das wie ein Armband von Eingeborenen aussah.

General Fertig, ein gepflegter rothaariger Vierzigjähriger, war kein Berufssoldat. Er war kein West Point-Absolvent, stattdessen war er erst vor einem Jahr in den Militärdienst der Vereinigten Staaten eingetreten, direkt ernannt als Captain des Pionierkorps der U.S. Army Reserve. Die U.S. Army auf den Philippinen war über die Dienste eines erfahrenen zivilen Ingenieurs erfreut gewesen, besonders weil er mit den Philippinen vertraut war. Als Fertig in die Army eingetreten war, hatte er seine Frau und die Familie in die Sicherheit Colorados geschickt.

Von der japanischen Invasion an bis zu der von General Wainwright am 5. Mai befohlenen Kapitulation war Fertig hauptsächlich bei der Zerstörung von Straßen, Brücken, Tunnels, Versorgungs- und Öldepots und anderen Einrichtungen beteiligt, damit sie nicht vom Feind genutzt werden konnten. Viele der Einrichtungen, die er zerstört hatte, waren von ihm vor dem Krieg erbaut worden.

Am 5. Mai 1942 missachtete Lieutenant Colonel Fertig – inzwischen zweimal befördert – vorsätzlich und in voller Kenntnis der Konsequenzen, die Befehle seines militärischen Vorgesetzten, Lieutenant General Jonathan Wainwright, sofort jedwede feindliche Aktion gegen die japanische Armee einzustellen und sich auf die Kapitulation vorzubereiten.

Stattdessen zog er ins Bergland von Mindanao, und zwar mit der Absicht, jede feindliche Aktion gegen die Japaner zu unternehmen, die möglich war. In seiner Begleitung befanden sich zu Beginn Captain Charles Hedges, ein weiterer kürzlich ernannter Reserveoffizier der Army, Chief Petty Officer Ellwood Orfett, U.S. Navy (USN) und Private Robert Ball, U.S. Army (USA).

Zuerst liefen die Dinge für die kleine Gruppe nicht gut. Um nicht in japanische Gefangenschaft zu geraten, mussten sie im Dschungel leben und sich von dem ernähren, was sie dort finden konnten. Manchmal aßen sie auch Nahrung der Eingeborenen, Lebensmittel, die ihnen dann und wann von Angehörigen des Moro-Stamms geliefert wurden – und riskierten dabei ihr Leben.

Einmal beobachteten sie aus dem Dschungel heraus eine lange Kolonne amerikanischer Gefangener, deren Offiziere barhäuptig waren, denen man die Hände auf den Rücken gefesselt hatte und die in ein Gefangenenlager gebracht wurden.

Obwohl sie einigen philippinischen Soldaten begegneten, die noch zur Kapitulation gezwungen sein würden, gab es keine Überläufer zu Fertig. Die meisten der Filipinos mit und ohne Uniform sagten ihnen traurig, dass der Krieg vorüber war und das einzig logische Verhalten für das heruntergekommene Quartett die Kapitulation war.

Aber Fertig, zwar persönlich bescheiden, hatte eine grandiose Vorstellung davon, welche Rolle er in dem Krieg spielen konnte. Er führte ein Tagebuch, das erhalten blieb, und darin, in einem Reisfeld bei Moray, schrieb er:

»Ich fühle mich genötigt, eine Widerstandsbewegung gegen einen unversöhnlichen Feind zu führen, und zwar unter Bedingungen, die einen Sieg kaum möglich machen. Aber ich habe das Gefühl, dass mein Kurs vorbestimmt ist und am Ende des Weges der Erfolg auf uns wartet. Wenn wir nur ein wenig Zeit gewinnen und jedes Mal ein wenig erreichen, werden wir am Ende erfolgreich sein.«

Lieutenant Colonel Fertig dachte intensiv darüber nach, warum es den Filipinos und Amerikanern, die sich nicht ergeben hatten, widerstrebte, sich ihm anzuschließen. Er gelangte schließlich zu dem Schluss, dass man ihn ganz natürlich für einen weiteren Offizier der mittleren Dienstebene hielt, für einen weiteren amerikanischen Zivilisten, der vorübergehend von der Army ernannt worden war.

Andererseits würde man einem richtigen Soldaten folgen, erkannte er. Er führte den Gedanken weiter: Wenn sich ein Offizier im *Generalsrang* als offizieller Vertreter der Regierungen der Vereinigten Staaten und Philippinen ankündigte, würde diese Person von jedem akzeptiert werden.

Am 1. Oktober schrieb Fertig auf die Rückseite einer Steuermahnung mit Bleistift eine Proklamation und nagelte sie an einen Baum.

Büro des befehlshabenden Generals
Streitkräfte der Vereinigten Staaten
auf den Philippinen
Mindanao-Visayan-Streitkraft im Feld

1. Oktober 1942

PROKLAMATION

1. Auf Grund der mir zustehenden Macht als ranghöchster Repräsentant der Regierungen der Vereinigten Staaten und des Philippinischen Commonwealth übernehme ich, der Unterzeichner, hiermit das Kommando.
2. Hiermit ist für die Dauer des Krieges das Kriegsrecht erklärt.

Auf Befehl des kommandierenden Generals:

Wendell W. Fertig
Brigadier General, USA
Kommandeur

VERTEILER:

1. *Alle befehlshabenden Offiziere, USFIP*
2. *Alle Provinzgouverneure*
3. *Alle Provinzbeamten*
4. *Alle Gerichtsbehörden*
5. *Zu den Akten*

Ein Silberschmied des Moro-Stammes hämmerte zwei fünfeckige Sterne – das Rangabzeichen eines Brigadier General – aus Silberdollars, und Fertig heftete sie an seine Kragenspitzen.

Fertig wusste, dass der Wind seine Proklamation von dem Baum geblasen haben konnte, bevor jemand sie sah. Oder wenn sie auf dem Baum blieb (die Verteilerliste war zum Beispiel ein Bluff; die Steuermahnung war das einzige Blatt Papier, das er zur Verfügung hatte), dass derjenige, der sie las, entweder lachen oder annehmen würde, dass ein verrückter Amerikaner frei herumlief.

Aber zwei Tage später, als das Quartett am Strand neben einem Dschungel von Mindanao entlangging, bereit, sofort in den Dschungel zu flüchten und sich zu verstecken, wenn japanische Soldaten gesichtet wurden, tauchte ein kleiner Mann des Moro-Stammes auf, der die Überreste einer Uniform trug und ein Enfield-Gewehr Modell 1917 der U.S. Army bei sich hatte. Und dann folgten andere, bis es fast zweihundert Mann waren.

Der drahtige kleine Moro salutierte schneidig und informierte General Fertig in seinem besten Englisch, dass er und seine Männer sich dem Befehl des Generals unterstellten, und er schlug respektvoll vor, alle in den Dschungel zu gehen, denn nicht weit entfernt am Strand seien Japaner.

Bald tauchten andere Filipinos auf, ebenso weitere Amerikaner, die sich entschieden hatten, Zuflucht in den Bergen und den Wäldern zu suchen, anstatt in japanische Gefangenschaft zu geraten. Niemand schien die Sterne auf Fertigs Kragenspitzen in Frage zu stellen. Alle waren anscheinend froh, sich unter das Kommando von jemandem zu stellen, der wusste, was er tat.

Ein ziemlich sicheres Hauptquartier wurde errichtet. Es war zwar nicht zu verteidigen, doch es war aus der Luft unsichtbar und auf dem Boden schwer zu orten. Und selbst wenn es ausfindig gemacht wurde, würde es schwierig sein, es zu umzingeln. Wenn Japaner auftauchten, konnten Fertig und seine Truppe ins

Bergland verschwinden, bevor die Japaner nahe herankamen.

Frei zu bleiben, war die höchste Priorität.

Am zweitwichtigsten war für Fertig, seine Anwesenheit anderen bekannt zu machen, die nicht kapituliert hatten und sich ihm und seinen Männern anschließen konnten: den Japanern, die gezwungen sein würden, Kräfte in einem Verhältnis von mindestens sieben zu eins aufzubieten, um ihn zu suchen und zu binden, und der U.S. Army.

Es barg Risiken in sich, der U.S. Army bekannt zu machen, was er tat. Zum einen konnte ihm einfach befohlen werden, zu kapitulieren. Deshalb entschied er sich, einfach nicht zur Kenntnis zu nehmen, wenn ein solcher Befehl eintraf. Zum anderen würde die U.S. Army wahrscheinlich missbilligen, dass er sich selbst zum Brigadier General befördert und sich selbst die Macht verliehen hatte, das Kommando über Mindanao zu übernehmen und das Kriegsrecht auszurufen.

Fertig sagte sich, dass er diese Risiken eingehen musste. Um eine Guerilla-Streitkraft zu bewaffnen, die so groß war, wie er sich das vorstellte, reichte es nicht aus, wenn er den Japanern Waffen stahl. Die einzige mögliche Quelle von Waffen war die U.S. Army, die sie entweder per Luft abwerfen oder möglicherweise per U-Boot schicken konnte. Und genauso wichtig wie Waffen war Medizin, besonders Chinin. Und die einzige mögliche Quelle für Medizin war die Army.

Was er wirklich am meisten benötigte, war Geld. Keine Greenbacks. Gold. Vorzugsweise Zwanzig-Dollar-Goldmünzen. Viele Zwanzig-Dollar-Goldmünzen. Damit konnte er seine Soldaten bezahlen, die Brigadier General Fertig und seiner Autorität die dringend benötigte Glaubwürdigkeit verleihen würden. Und er konnte Nahrung und möglicherweise Medikamente kaufen und den Moro-Stammeshäuptlingen und anderen, die er dadurch überreden konnte, ihm zu helfen, Geschenke machen.

Es gab ein entscheidendes Problem, die U.S. Army zu informieren, dass es die Mindanao-Visayan-Streitkraft der Vereinigten Staaten auf den Philippinen gab: Das Hauptquartier, USFIP, hatte keinen Funk. Und wenn irgendwo ein Funkgerät aufgetrieben werden konnte, gab es keinen Generator, um es zu betreiben. Und wenn die USFIP in den Besitz eines Funkgeräts und eines Generators gelangte und irgendwie senden konnte, war es gut möglich, dass die Funker des Fernmeldekorps der U.S. Army nicht antworten würden. Sie würden annehmen, dass die Japaner Spielchen mit ihnen trieben, denn jede Botschaft von legitimen amerikanischen Streitkräften würden verschlüsselt, also in Code geschickt werden.

Mit der Befugnis, die er sich selbst verliehen hatte, ernannte Fertig Chief Petty Officer Orfett und Private Ball zu Second Lieutenants. Lieutenant Orfett erhielt die Verantwortung über eine aufgegebene Kokosnussöl-Fabrik. Kokosnussöl konnte verkauft oder zum Tauschhandel verwandt werden. Lieutenant Ball wurde zum Fernmeldeoffizier der USFIP ernannt und erhielt den Befehl, Verbindung mit der U.S. Army in Australien herzustellen. Er sollte nach eigenem Ermessen entscheiden, wie das am besten erreicht werden konnte.

Lieutenant Ball ernannte als seinen Cheffunker einen philippinischen High-School-Jungen namens Gerardo Almendres. Almendres hatte vor dem Krieg etwas mehr als die Hälfte eines Fernlehrgangs in Telegrafie absolviert. Er benutzte die Diagramme und Zeichnungen in den Büchern des Lehrgangs als Anleitung und baute einen Kurzwellen-Funksender. Die meisten Teile dafür stammten aus dem Tonsystem eines Filmprojektors, der vergraben gewesen war, damit er nicht in japanische Hände fiel.

Eine Schiffsladung von Rekruten aus Luzon traf ein. Sie enthielt die Überbleibsel eines Bombenräumkommandos einer philippinischen Pioniereinheit: sechs Master Sergeants, einer davon Amerikaner. Bei ihnen war ein amerikanischer Captain, der von USAFFE, den U.S. Army Forces Far East, desertiert und im Dschungel untergetaucht war, um der sicheren Festnahme auf Corregidor zu entgehen.

Der Captain, Horace B. Buchanan, ein dünner, fast kahlköpfiger Mann mit Anzeichen auf Unterernährung, lieferte die zweite Sache, die notwendig war, um die Kommunikation mit der U.S. Army in Australien herzustellen. Es war eine kleine metallene Box mit einem Identifikationsschild, auf das geprägt war:

SECRET

KRYPTOGRAPHISCHES GERÄT M94
SERIENNUMMER 145
ES IST STRIKT VERBOTEN,
DIESES GERÄT VON
SEINER ZUGETEILTEN GESICHERTEN
KRYPTOGRAPHISCHEN
EINRICHTUNG ZU ENTFERNEN

SECRET

General Fertig hatte dieses Gerät noch niemals gesehen. Er fand es faszinierend.

Es bestand aus fünfundzwanzig Aluminiumscheiben. Jede Scheibe hatte ungefähr die Größe eines Silberdollars und war nur ein wenig dicker. Die Scheiben waren aufeinander gestapelt und an den Rändern eingefasst, sodass sie sich unabhängig voneinander auf einer Achse drehen konnten. Der Stapel Scheiben war etwa dreizehn Zentimeter noch. Auf der Außenseite der Scheiben war ein Alphabet aufgedruckt, manchmal A, B, C in der richtigen Reihenfolge und manchmal in scheinbar zufälliger Anordnung.

»Wie funktioniert das?«, fragte Fertig.

Captain Buchanan zeigte es ihm.

Kryptographische Einrichtungen erhielten ein streng geheimes Dokument, das als SOI (Signal Operating Instructions; Anweisungen für Fernmeldeoperationen) bekannt war. Unter anderem beschrieben die SOI die Benutzung einer horizontalen Linie der Buchstabenreihenfolge, in die die Scheiben gedreht werden mussten, genannt ›genatrix‹ für die Anwendung an einem besonderen Tag. Das Unentschlüsselbare auf der ›Genatrix-Linie‹ wurde über die Funkanlage gesendet.

Buchanan erklärte, dass die SOI eigentlich eine Reihe von Genatrix-Zeilen enthielten, denn Botschaften waren für gewöhnlich weitaus länger als fünfundzwanzig Buchstaben. Die Genatrix-Linien wurden aufs Geratewohl gewählt. An einem Tag wurden zum Beispiel die Linien 02, 13, 18, 21, 07 und so weiter ausgewählt, am nächsten die Linien 24, 04, 16, 09, 09 und so weiter.

Wenn die Botschaft empfangen wurde, brauchte der Entschlüsseler nur seine SOI nach den Genatrix-Linien für diesen Tag zu Rate zu ziehen. Dann stellte er die ersten fünfundzwanzig Buchstaben des erhaltenen Kauderwelschs auf diese Genatrix-Linie auf seinem kryptographischen Gerät M94 ein, und die verschlüsselte Botschaft erschien auf der Verschlüssel-Entschlüssel-Linie. Dann stellte er das Gerät auf die nächste vorgeschriebene Genatrix-Linie ein und wiederholte die Prozedur, bis die gesamte Nachricht entschlüsselt war.

Der Brigadier General mit dem roten Spitzbart runzelte nachdenklich die Stirn.

Buchanan erriet seine Gedanken.
»In einem Notfall, Sir«, sagte Buchanan, »wenn keine SOI vorhanden sind, gibt es eine Notfallprozedur. Einen Codeblock …«
»Einen was?«, fragte Fertig.
»Eine Gruppe von fünf Buchstaben, Sir«, erklärte Buchanan, »ist als der dritte Block des fünfbuchstabigen Blocks in den ersten fünfundzwanzig Buchstaben eingeschlossen. Das macht den Entschlüsseler auf das Fehlen einer SOI aufmerksam.«
»Und was geschieht dann?«
»Zuerst gibt es eine Standard Notfall-Genatrix-Linie. Dann wird die Botschaft entschlüsselt. Die Empfangsstation wird danach versuchen, die Legitimität des Absenders mit anderen Mitteln festzustellen.«
»Zum Beispiel?«
»Seinen Namen, zum Beispiel. Dann den Mädchennamen der Mutter seiner Frau, der Name seines Direktors der High School oder seiner Kinder. Persönliche Daten, die dem Feind nicht verfügbar sind.«
General Fertig nickte.
»Sie sind ein sehr cleverer Bursche, Buchanan«, sagte Fertig. »Hiermit sind Sie zum kryptographischen Offizier der US-Streitkräfte auf den Philippinen ernannt.«
Es blieben zwei miteinander zusammenhängende Probleme. Erstens musste Gerardo Almendres' Sender/Empfänger, den er nach den Büchern des Fernlehrgangs gebaut hatte, in Gang gebracht werden. Das erforderte elektrische Energie, mit anderen Worten einen Generator.
Buchanan hatte keine Ahnung, wie das Problem gelöst werden konnte, doch er und Lieutenant Ball schlugen vor, dass vielleicht Master Sergeant George Withers hilfreich sein könnte. Withers war der NCOIC (Noncommissioned Officer in Charge; Unteroffizier vom Dienst) der Kampfmittelräumabteilung, auf des-

sen Boot Buchanan von Luzon entkommen war. Er war ein fähiger Mann; Master Sergeants der Berufsarmee der Vereinigten Staaten sind fast durchweg als klug und einfallsreich bekannt. Er hatte es schließlich geschafft, das Boot zu organisieren und zu verstecken und seine Abteilung sicher damit nach Mindanao zu bringen.

Master Sergeant Withers wurde zu General Fertig befohlen.

Er fühlte sich sichtlich unbehaglich, und nach einigem freundlichem Ansporn gelang es Fertig, ihm zu entlocken: »Die Wahrheit ist, General, dass ich mir nicht sicher bin, äh – dass ich Master Sergeant bin.«

»Würde es Ihnen etwas ausmachen, das zu erklären, Sergeant?«

Withers erklärte, dass er ein Staff Sergeant mit Verwendung in einem Munitionsdepot der Army in Luzon gewesen war, der plötzlich zu einer Bombenräum-Abteilung der philippinischen Pioniere versetzt worden war.

»Es gab dort fünfzehn Aufklärer, General – wir verloren zehn, bevor wir schließlich fortkamen. Jedenfalls, Sir, waren zwei davon Technical Sergeants. Sie wussten nichts über Sprengstoffe, sie waren mit Lieutenant Whittaker aus dem Sechsundzwanzigsten Kavallerieregiment gekommen, als es zusammengeschossen und aufgelöst worden war.«

»Lieutenant Whittaker? Ein Kavallerieoffizier? Ist er ebenfalls gefallen?«, fragte General Fertig.

»Nein, Sir, er war auch kein Kavallerieoffizier. Er war Jagdflieger. Man steckte ihn in die Kavallerie, als die Flugzeuge ausgingen, und dann ließ man ihn Dinge in die Luft sprengen, als die Sechsundzwanzigste Kavallerie zusammengeschossen wurde und sie ihre Pferde schlachtete, um etwas zu essen zu haben. Whittaker war ein verdammter Künstler mit TNT ...«

»Was geschah mit ihm?«

»Ich weiß es nicht«, sagte Withers. »Die hohen Tiere auf Corregidor forderten ihn an. Dort bekamen wir Captain Buchanan. Er wurde geschickt, um Lieutenant Whittaker zu holen, und er überredete Lieutenant Whittaker, ihn mit uns kommen zu lassen.«

Das ergibt Sinn, dass ein Sprengexperte – ›ein verdammter Künstler mit TNT‹ – nach Corregidor befohlen wurde, um seine Kunst auszuüben, kurz bevor die Festung fiel, dachte Fertig. *Der arme Kerl, wenn er nicht tot ist, dann ist er jetzt in einem Gefangenenlager. Mit etwas Glück könnte er hier und frei sein. Die USFIP könnte einen verdammten Künstler mit TNT gebrauchen.*

»Sie wollten mir etwas über Ihren Rang erzählen, Sergeant«, sagte General Fertig.

»Jawohl, Sir. Nun, Lieutenant Whittaker dachte, da ich mich mit Sprengstoffen auskenne und die Aufklärer nicht, wäre es peinlich, wenn zwei der Aufklärer einen höheren Rang als ich haben, und so sagte er mir gleich, als ich mich bei ihm meldete, dass ich zum Master Sergeant befördert sei. Ich bin mir nicht sicher, ob er dazu befugt war, Sir. Ich stand nicht einmal auf der Beförderungsliste zum Technical Sergeant.«

Sergeant Withers schaute General Fertig an, um seine Reaktion zu sehen. Sein Gesicht hatte den Ausdruck eines Mannes, der ein umfassendes Geständnis seiner Sünden abgelegt und sich darauf vorbereitet hatte, die Konsequenzen mannhaft hinzunehmen.

»Sergeant Withers«, sagte General Fertig. »Betrachten Sie Ihre Beförderung im Feld von mir kraft meiner Befugnis als bestätigt und jetzt in der Personalakte vermerkt.«

»Jawohl, Sir«, sagte Sergeant Withers. »Danke, General.«

»Ich habe Sie hergebeten, Sergeant, um Sie nach

Ihren Gedanken zu einem Problem zu fragen, das wir haben«, sagte General Fertig. »Wir brauchen eine Energiequelle.«

»Wofür, Sir?«

»Um unser Funkgerät zu betreiben.«

Withers zögerte nur kaum merklich.

»Da war ein Dieselmotor auf dem Boot ...«

»Wir haben das Boot versenkt.«

»Wir haben es schon mal auf Luzon versenkt«, sagte Withers unbeirrt. »Die Maschine ist versiegelt. Ich werde meine Jungs runterschicken und sie raufholen lassen.«

»Und wie werden Sie sie hier raufbringen?«

»Wir werden einen Wasserbüffel stehlen und ein Travois machen – ja, eine Schlepptrage, wie die der Indianer. Kein Problem, General.«

»Je eher, desto besser, Sergeant«, sagte General Fertig.

2

Kommunikationsabteilung der Marine
Mare Island Navy Yard
San Francisco, California

5. Januar 1943

Der Radioman Second Class sah aus wie gerade siebzehn. Er war klein und mager, und sein hellbraunes Haar war so kurz, dass seine Kopfhaut fast hindurchschimmerte. Er trug eine von der Regierung ausgegebene Brille mit Metallfassung, und mit den Kopfhörern wirkte sein Kopf sehr schmal.

Aber er war gut in seiner Arbeit und konnte den internationalen Morsecode, der über seinen Hallicrafters-Empfänger kam, weitaus schneller übertragen, als er gesendet wurde. Mit anderen Worten, er hatte Zeit, zu lesen, was er tippte, anstatt nur als menschliches Glied in der Übermittlungsprozedur zu dienen.

Er hob eine Hand, um seinen Vorgesetzten aufmerksam zu machen, während er mit der anderen Hand geübt und geschickt das Blatt Papier aus der Walze seiner Schreibmaschine zog und durch ein neues ersetzte.

Der Lieutenant Junior Grade, der zu seiner Station kam, sah sehr wie der Radioman Second aus, doch er war vielleicht vier Jahre älter und ein wenig schwerer. Aber er war ebenfalls sehr schlank, trug eine Brille und wirkte sehr jung.

Er nahm das gelbe Blatt Papier von dem Radioman Second entgegen und las, was darauf stand.

MFS FOR US FORCES AUSTRALIA
MFS FOR US FORCES AUSTRALIA
ACNOW BRTSS DXSYT QRSHJ ERASH
POFTP QOPOQ CHTFS SDHST ALITS
CGHRZ QMSGL QROTX VABCG LSTYE
ACNOW BRTSS DXSYT QRSHJ ERASH
POFTP QOPOQ CHTFS SDHST ALITS
MFS STANDING BY FOR US FORCES
AUSTRALIA
MFS STANDING BY FOR US FORCES
AUSTRALIA

»Was, zum Teufel, ist dies?«

»Sehen Sie sich den dritten Block an, Sir«, sagte der Radioman Second.

»Was ist damit?«

»Das ist der Notfallcode, keine SOI, wenn die Army noch das alte M94-Gerät benutzt«, sagte der Radioman Second.

»Wer ist MFS?«, fragte der Lieutenant Junior Grade.

»Es gibt keine solche Station, Sir«, sagte der Radioman Second.

»Was meinen Sie?«

»Ich meine, die Japaner spielen mit uns«, sagte der Radioman.

»Nun, was soll's, ich werde es rüber nach San Francisco senden«, sagte der Lieutenant Junior Grade. »Vielleicht haben die noch irgendwo ein M94-Gerät.«

»Meinen Sie nicht, wir sollten sie zurückrufen?«

»Sie haben nicht versucht, uns zu erreichen, sie rufen Australien. Soll Australien sie zurückrufen.«

3

National Institutes of Health Building
Washington, D.C.

10. Januar 1943

Motor Machinist's Mate First Class Charles D. Staley, USN, meldete sich seinen Befehlen entsprechend im National Institutes of Health Building.

Vor fünf Wochen hatte Staley noch die Tuning-Abteilung der Fahrbereitschaft des Great Lakes Marine-Ausbildungszentrums außerhalb von Chicago geleitet. Es war für einen Petty Officer First Class mit achtzehn Jahren Dienst ein wunderbarer Drückeberger-Dienst im Krieg. Aber Staley war ein Ex-Matrose der Jangtse-Patrouille, und er hatte die Erfahrung gemacht, dass diejenigen Matrosen der Jangtse-Patrouille, die es geschafft hatten, in die Staaten zurückzukehren – anstatt auf den Philippinen getötet oder gefangen genommen zu werden –, anscheinend solche Ruhepöstchen bekamen. Die

Navy wusste offenbar nichts mit ihnen anzufangen, und so verwendete sie solche Leute in einer Fahrbereitschaft mit Jobs, die zwar erledigt werden mussten, jedoch nichts mit Schiffen oder dem Kämpfen in einem Krieg zu tun hatten.

Und dann hatte ihn der Leiter der Personalabteilung antanzen lassen und gesagt, vom BuPers – dem Navy Bureau of Personnel – sei eine Aushebung gekommen. Man suchte jemanden mit seinem Dienstgrad, der ehemaliger China-Matrose und ledig war. Der Leiter der Personalabteilung hatte erklärt, es müsse ein Freiwilliger sein, denn die Verwendung sei ›als geheim eingestuft und gefährlich‹. Staley hatte sich gesagt, dass alles besser sein musste als Vergaser zu säubern, und sich freiwillig gemeldet.

Fünf Tage später waren seine Befehle eingetroffen. Zum ersten Mal in seinem Militärdienst war Staley in einem Flugzeug der Navy irgendwohin geflogen worden. Er war von der Anacostia zur Naval Air Station in Washington geflogen, wo ein Zivilist mit einem Plymouth Kombi ihn abgeholt und zu einem großen Landsitz in Virginia, ungefähr sechzig Kilometer von Washington entfernt, gefahren hatte. Das Haus eines sehr reichen Typen – ein Herrenhaus mit Reitstall und Swimmingpool auf zweihundertvierzig Morgen mitten im Niemandsland – war für die Dauer des Krieges von der Regierung übernommen worden.

Ein wirklich harter ziviler Hurensohn namens Eldon C. Baker hatte ihm und zehn anderen Jungs eine kurze Ansprache gehalten und gesagt, die Ausbildung, die sie erhielten, diene dem Zweck, zu entscheiden, ob sie den Anforderungen des OSS entsprachen. Staley wusste nicht, was zum Teufel OSS war, aber er war lange genug im Militärdienst, um zu wissen, wann man Fragen stellte und wann nicht, und dies war einer der Zeitpunkte, an denen man keine stellen sollte.

Als hätte Baker seine Gedanken gelesen, hatte er dies sofort offiziell gemacht.

»Dies ist kein Sommerlager«, sagte Baker, »in dem Sie sich Freunde fürs Leben machen. Sie werden keine Fragen bezüglich der Lebensumstände einschließlich Freundinnen und Familien anderer Rekruten stellen, und wenn ein Rekrut Ihnen Fragen stellt, die nicht direkt die Vorgänge auf der Schule betreffen, werden Sie dies sofort einem der Vorgesetzten melden.«

Baker machte klar, wenn jemand gemeldet wurde, dann würde der Betreffende sofort ›abgelöst‹ werden (was Staley als achtkantig hinausgeschmissen verstand), und man würde an seiner Stelle selbst abgelöst werden, wenn man den Betreffenden nicht meldete und es herauskam.

Der Aufenthalt der Rekruten würde auf das Camp beschränkt sein, erklärte Mr. Baker, und zwar für die Dauer des Lehrgangs oder aus Anlass ›früherer Ablösung‹.

Die Ausbildung selbst war eine Art Grundausbildung für spezielle Rekruten – herumrennen und etwas über Handfeuerwaffen lernen –, kämpfen wie ein Schanghaier Zuhälter – mit anderen Worten mit einem Messer oder dem Gegner die Daumen in die Augen stechen oder ihm in die Eier treten –, Dinge in die Luft sprengen und als Funker fungieren. Staley hatte keinerlei Probleme mit irgendeiner der Disziplinen, doch einige der anderen Jungs hatten eine höllisch schwere Zeit, und obwohl sie so wenig wie möglich über sich selbst sprachen, konnte sich Staley zusammenreimen, dass die meisten der anderen Typen College-Jungs waren, und er hätte gewettet, dass mindestens drei von ihnen Offiziere waren. Von den zwölf Jungs zu Beginn hielten sechs durch. Drei wurden rausgeschmissen, einer brach sich ein Bein, als er an einem Stall hochkletterte und abstürzte, und zwei gaben einfach auf.

Irgendein Voll-Colonel der Army, ein grauhaariger Ire mit dem Ordensband mit blauem Stern, das die Tapferkeitsmedaille symbolisierte (die Erste, die Staley jemals samt Träger gesehen hatte), kam kurz vor dem Ende der Ausbildung auf den Landsitz und schüttelte ihnen die Hände. Staley konnte sich daraus zusammenreimen, dass das, worum auch immer es sich handelte, mehr als einen Dienst betraf.

Vor zwei Tagen waren sie alle in Kombis geladen und nach Washington gebracht worden. Dort waren ihnen dreihundert Dollar und eine Liste für ›empfohlene Zivilkleidung‹ ausgehändigt worden. Staley hatte sich zwei Anzüge, sechs Hemden, ein Paar Schuhe und einige Krawatten gekauft.

Am gestrigen Abend hatte Baker einen nach dem anderen zu sich gerufen und ihm seine Befehle gegeben, über die mit niemandem sonst gesprochen werden durfte. Staley hatte nicht gewusst, was er von seinen Befehlen halten sollte. Er musste sich in Zivilkleidung beim National Institutes of Health Building in Washington D.C. melden.

Mit einem der Kombis hatte man ihn dorthin gebracht.

In der Halle hielten sich eine Empfangsdame und ein paar Cops auf.

Er ging zu der Empfangsdame und war sich nicht sicher, was er mit seinen Befehlen machen sollte. Sie trugen den Stempel SECRET, und man zeigt keine geheimen Befehle jeder Dame hinter einem Glasfenster mit einem Loch darin.

»Ich soll mich hier melden«, sagte Staley, als sie schließlich zu ihm aufblickte.

»Darf ich bitte Ihren Namen erfahren, Sir?«, fragte sie.

Er nannte ihn, sie warf einen Blick auf eine mit Maschine getippte Liste und überreichte ihm ein Schildchen mit dem Aufdruck BESUCHER und einer

Anstecknadel auf der Rückseite, sodass er es an den Aufschlag seines neuen Anzugs heften konnte. Dann rief sie einen der Cops zur Rezeption.

»Würden Sie bitte Mr. Staley zu Chief Ellis bringen?«, sagte sie.

Der Cop lächelte und forderte Staley mit einer Geste auf, ihn zu begleiten. Staley folgte ihm in den Aufzug, und sie fuhren hinauf und gingen dann über einen Flur, bis sie an eine Tür mit einem kleinen Schild gelangten, auf dem ›Director‹ stand. Hinter dieser Tür befand sich ein Büro mit ein paar weiblichen Angestellten, die an Schreibmaschinen saßen und tippten, mit einer älteren Frau, die offenbar die Leiterin war, und mit einer Tür, auf der ein anderes Schildchen mit der Aufschrift ›Director‹ klebte.

»Dies ist Mr. Staley«, sagte der Cop.

»Der Chief erwartet ihn«, sagte die grauhaarige Frau mit einem Lächeln. Dann sah sie Staley an. »Gehen Sie hinein«, sagte sie.

Staley verharrte an der Tür und wappnete sich aus langer Gewohnheit für eine richtige Meldung bei einem vorgesetzten Offizier. Dann klopfte er an und wartete auf die Aufforderung zum Eintreten.

»Herein!«, rief eine Männerstimme.

Jenseits der Tür befand sich ein weiteres Büro, das mit einem großen glänzenden Schreibtisch, einer roten Ledercouch und zwei roten Ledersesseln ausgestattet war. Am Schreibtisch saß, seitwärts, sodass er seine Füße auf die offene untere Schublade des Schreibtischs legen konnte, ein Chief Boatswain's Mate, USN, rauchte eine Zigarre und las Zeitung.

»Na so was, Staley!«, sagte der Chief. »Leben Sie auch noch!«

Staley brauchte einen Moment, bis er begriff, wer der Chief war, und dann sagte er: »Allmächtiger! Ellis!«

Ellis schwang sich in seinem hochlehnigen

Schreibtischsessel herum und drückte auf einen Knopf der Gegensprechanlage.

»Könnte uns jemand Kaffee bringen?«, fragte er. Dann wandte er sich Staley zu und wies auf die rote Ledercouch. »Nehmen Sie Platz«, sagte er. »Entspannen Sie sich.«

Chief Boatswain's Mate J.R. Ellis, USN, trug eine nagelneue Uniform. Auf dem Ärmel waren die Streifen, die von vierundzwanzig Dienstjahren zeugten. Die Uniform war ein Weihnachtsgeschenk, das er sich selbst gemacht hatte. Sie war maßgeschneidert. Er hatte schon zuvor maßgeschneiderte Uniformen gehabt, das war jedoch in China gewesen, als er bei der Jangtse-Patrouille gedient hatte. Aber da war er noch kein Chief gewesen, und maßgeschneiderte Uniformen kosteten in China viel weniger als in den Staaten. Chief Ellis hatte sich gesagt, was soll's, du hast nie erwartet, Chief zu werden, warum solltest du dir keine maßgeschneiderte Uniform in den Staaten leisten? Er konnte es sich erlauben.

Staley hatte Ellis zum letzten Mal in Schanghai gesehen. Ellis war nahe daran gewesen, vom Boatswain's Mate First degradiert und vielleicht sogar aus der Navy hinausgeschmissen zu werden. Ellis war auf der *Panay* gewesen, als die Japaner sie im Dezember 1937 versenkt hatten. Nachdem er von dem brennenden Schiff fortgeschwommen war, hatte Ellis durchgedreht und es war ihm alles egal gewesen. Staley konnte das verstehen. Wie konnte man stolz darauf sein, ein Matrose zu sein, wenn die gottverdammte Regierung nichts unternahm, nachdem die Japse ein US-Kriegsschiff versenkten und dabei viele Matrosen der Besatzung töteten?

Aber er hätte nie erwartet, Ellis als Chief zu sehen und gewiss nicht in einer Verwendung, bei der er offenbar ein gewichtiger Mann war.

Eine der Maschinenschreiberinnen brachte zwei

Tassen Kaffee – in schönen Porzellantassen mit Untertassen, nicht in Bechern.

»Da sind Kaffeesahne und Zucker«, sagte sie und lächelte Staley an, »aber Chief Ellis benutzt nie, was er ›Kuh in Dosen‹ nennt.«

»Schwarz ist prima, Ma'am«, sagte Staley.

Als sie das Büro verlassen hatte, überwältigte ihn die Neugier.

»Was wird hier gespielt, Ellis?«, fragte er.

»Ich überlege, wie ich's Ihnen beibringen soll«, sagte Ellis. »Ich nehme an, am schnellsten geht das über die Kommandostruktur.«

»Wie bitte?«

»Erzählen Sie mir etwas über die Kommandostruktur.«

Staley sah ihn verwirrt an. Ellis meinte es offenbar todernst.

»Erzählen Sie«, wiederholte er.

»Nun«, sagte Staley. »Ich bin ein First Class, und Sie sind ein Chief, so melde ich mich also bei Ihnen, und Sie melden sich bei irgendeinem Offizier und er meldet sich bei einem ranghöheren Offizier und so geht das ganz bis nach oben, nehme ich an, zum Chef für Marineoperationen.«

»Bis zum Präsidenten«, korrigierte Ellis. »Der Chef für Marineoperationen untersteht dem Vorsitzenden der Stabschefs der Streitkräfte und *er* meldet dem Präsidenten, dem Oberbefehlshaber.«

»So?«

»Hier läuft es so, dass Sie mir melden, und ich dem Colonel melde – Sie haben ihn kennen gelernt, er war draußen in Virginia zur Inspektion ...«

»Der Mann mit der Tapferkeitsmedaille?«

»Ja, Colonel William J. Donovan«, sagte Ellis. »Ich arbeite für ihn, und er arbeitet für den Präsidenten. Ich meine, direkt. Er erhält seine Befehle vom Präsidenten. Niemand sonst kann ihm etwas befehlen.«

»Ist das kein Scheiß?«, fragte Staley überrascht.

»Sie werden hier lernen müssen, Ihre Zunge zu hüten, Charley«, sagte Ellis fast formell.

»Verzeihung«, sagte Staley. »Und was mache ich hier?«

»Sie werden der Fahrer des Colonels sein«, sagte Ellis. »Und machen Sie deswegen kein verdrießliches Gesicht. Zu der Verwendung gehört mehr als das Fahren eines Wagens.«

»Zum Beispiel?«

»Viele Leute möchten ihn tot sehen, zum Beispiel. Ihre erste Aufgabe besteht darin, dafür zu sorgen, dass dies nicht geschieht.«

»Wie ein Bodyguard, meinen Sie? Diente der ganze Drill in Virginia diesem Zweck?«

Ellis nickte, aber dann erklärte er: »Baker ist der Mann nach dem Colonel. Jeder, der ins OSS kommt, absolviert diese Schule. Eine Zeit lang dachte ich, man würde mich dorthin schicken.«

»Was genau ist dieses ›OSS‹?«

»Es steht für ›Office of Strategic Services‹«, sagte Ellis. »Es ist sozusagen das FBI und der Nachrichtendienst der Marine zusammengenommen, plus Errol Flynn in einem der Kriegsfilme, in denen er hinter den feindlichen Linien per Fallschirm abspringt und die ganze japanische Armee allein erledigt.«

»Nennen Sie mir ein Beispiel«, sagte Staley.

»Die Schule sollte Ihnen die Regel Nummer eins hier lehren«, sagte Ellis. »Sie lautet: Stellen Sie keine Fragen. Wenn man meint, Sie sollten etwas wissen, dann wird man es Ihnen sagen. Wenn Sie hier die falschen Fragen stellen, kann es passieren, dass sie bald in der Antarktis Schneebälle zählen.«

»Darf ich fragen, was *Sie* hier tun?«, sagte Staley.

»Ich werde offiziell als ›Special Assistant to the Director‹ bezeichnet«, sagte Ellis. »Das bedeutet, dass ich alles und jedes tue, um dem Direktor das Leben zu erleichtern und zu verhindern, dass er seine Zeit vergeudet. Und Sie werden mir dabei helfen.«

»Und zusätzlich Leibwächter sein, sagten Sie«, murmelte Staley.

»Darüber reden wir nicht«, sagte Ellis. »Er hat Leibwächter, hauptsächlich ehemalige Jungs von FBI und Secret Service. Und er umgeht sie, wann immer ihm das möglich ist. *Dann* schützen Sie ihn. Haben Sie kapiert?«

Staley nickte. »Ich habe das Gefühl, dass Sie ziemlich gut mit ihm auskommen.«

»Ich habe nie jemanden kennen gelernt, der gescheiter oder netter ist«, sagte Ellis überzeugt. »Oder der härter arbeitet.«

»Wie kommt es, dass ich den Job bekomme?«

»Der Colonel kam vor ungefähr zwei Wochen hierher und traf gegen Mitternacht niemanden bei der Arbeit an«, sagte Ellis. »Und er sagte: ›Ich dachte, ich hätte Ihnen gesagt, Sie sollen etwas Hilfe besorgen.‹ Und es klang verdammt ernst gemeint. So fragte ich mich, will ich irgendeinen FBI-Typen, der die Nase über einen Matrosen rümpft und sauer sein wird, wenn er Befehle von mir ausführen muss? Und wenn mir nichts anderes eingefallen wäre, dann wäre genau das geschehen. So rief ich bei der Navy an, beim BuPers, und befahl, mir ehemalige Chinamatrosen in den Staaten aufzutreiben.«

»Sie *befahlen* das der Navy?«, fragte Staley.

Ellis stieß einen Grunzlaut aus, nahm ein kleines ledernes Etui aus der Gesäßtasche und gab es Staley.

»Es gilt, was hier draufsteht«, sagte er. »Wenn Sie einen von diesen Ausweisen vorzeigen, muss Ihnen jede Regierungsbehörde, sowohl zivil als auch militärisch, geben, was Sie verlangen. Wenn es jemandem nicht gefällt, kann er sich später beschweren, nachdem er Ihnen gegeben hat, was Sie verlangt haben.«

»Allmächtiger!«, stieß Staley hervor und gab den OSS-Ausweis zurück.

»Sie werden einen davon bekommen«, sagte Ellis. »Wenn Sie damit Scheiße bauen, Charley, werden wir Sie irgendwohin schicken, wo Sie meinen, das Militärgefängnis Portsmouth wäre der Himmel. Und es gibt keine zweite Chance zur Bewährung. Haben Sie mich verstanden?«

»Laut und deutlich, Chief«, sagte Staley.

»Sie erhalten ebenfalls eine Marke und Papiere, die Sie als U.S. Deputy Marshal ausweisen. Dies für den Fall, dass jemand fragt, warum Sie eine Waffe tragen. Sie werden versuchen, mit diesem Ausweis und der Marke auszukommen. Ich meine, Sie zeigen den OSS-Ausweis nur vor, wenn Ihnen keine Wahl bleibt. Verstanden?«

Staley nickte.

»Das Gleiche gilt für Marke und Ausweis des Marshals. Bauen Sie einmal damit Scheiße, sind Sie erledigt.«

»Okay, okay«, sagte Staley.

»Also, die Navy fand Sie in Great Lakes, und ich erinnerte mich, dass wir stets ziemlich gut miteinander auskamen und dass Sie nicht so blöde sind, wie Sie aussehen, und so verlangte ich, dafür zu sorgen, dass Sie sich freiwillig melden. Und das haben Sie getan. Sie haben die Schule absolviert, und hier sind Sie.«

»Ja«, sagte Staley, »hier bin ich.«

»Sie können jetzt hier rausspazieren, Charley«, sagte Ellis. »Ich werde Ihnen jede Stelle besorgen, die Sie in der Navy wünschen. Aber wenn Sie bleiben, dann für immer. Und bevor wir fertig sind, wird an der Verwendung wahrscheinlich noch mehr dran sein als das Fahren des Buicks des Colonels.«

Er musterte Staley und wartete auf eine Reaktion.

»Ich bin dabei, Chief«, sagte Staley.

Ellis nickte und wählte dann auf einem der drei Telefone auf seinem Schreibtisch eine Nummer.

»Ich schicke einen Mann namens Staley dort runter«, sagte er, als sich jemand meldete. »Händigt ihm einen Ausweis aus und bringt ihn in die Waffenkammer und gebt ihm einen .45er und ein Schulterholster. Dann bringt ihn rüber zum Haus.«

Er legte den Hörer auf.

»Sie werden von der Navy eine Zulage für Verpflegung und Quartier bekommen«, sagte Ellis, »und eine Zulage für Verpflegung und Quartier von uns. Andernfalls würden Sie auf einer Parkbank schlafen müssen und verhungern. Bis Sie eine Unterkunft gefunden haben, bringen wir Sie in der Garage beim Haus unter.«

»Beim Haus?«

»Wir haben ein Herrenhaus drüben in Rock Creek«, erklärte Ellis. »Über der Garage gibt es ein paar Apartments. Schöne. Richten Sie sich ein, und dann kommen Sie am Morgen wieder her. Ich sollte Ihnen das vermutlich nicht sagen, aber ich werde es tun. Es gibt zwei Frauen in dem Haus. Die sind absolut tabu.«

»Kapiert«, sagte Staley.

»Sie haben genügend Bargeld zur Verfügung?«, erkundigte sich Ellis.

»Ja, damit komme ich prima aus.«

Ellis drückte auf einen Knopf der Gegensprechanlage.

»Haben wir bitte jemanden, der Staley ins Fotolabor bringt?«, sagte er und gab Staley mit einer Geste zu verstehen, dass er gehen sollte.

Ellis war erfreut über die Entwicklung der Dinge mit Staley. Es war ein Risiko gewesen, ihn zu rekrutieren. Aber er hatte in der Schule seine Sache gut gemacht (dieser Hurensohn Baker war sogar beeindruckt gewesen; er hatte angerufen und gesagt, er hätte einen Job für Staley, wenn das, was er in

Washington tun würde, ›relativ unwichtig‹ wäre), und nach dem Gespräch hatte Ellis den Eindruck, dass Staley erfüllen konnte, was von ihm erwartet wurde, und – sehr wichtig – dass er mit dem Colonel zurechtkommen würde. Er hatte sich keine Sorgen gemacht, wie Staley mit Captain Peter Douglass, Sr., USN, Donovans Stellvertreter, zurechtkommen würde (ein Petty Officer der Navy und ein Offizier der Navy würden einander verstehen), aber das Verständnis mit dem Colonel hätte ein Problem sein können.

Colonel ›Wild Bill‹ Donovan war in seiner Zeit ein höllisch guter Soldat gewesen. Er hatte sich in Frankreich mit der ›Fighting 69th‹, dem Regiment der Nationalgarde aus New York City, die Tapferkeitsmedaille verdient. Zwischen den Kriegen war er ein reicher und einflussreicher Anwalt in New York City und Washington gewesen. Er brachte wenig Geduld für Leute auf, die er für Schwachköpfe hielt. Aber Staley war kein Schwachkopf. Seine Leistung in der Schule und sein jetziges Auftreten hatten das bewiesen. Er würde sich gut einfügen.

Ellis hielt seine Verantwortlichkeiten jetzt, da er sie mit Staley und vielleicht noch ein paar anderen teilen konnte, wenn er die richtigen Männer fand, für ziemlich einfach. Es war seine Aufgabe, dem Colonel die Dinge zu erleichtern. Manchmal bedeutete das, dass er Speck und Eier in der Küche von Donovans Haus in Georgetown briet. Und bisweilen bedeutete es, dass er mit dem Colonel rund um die Welt flog und als Leibwächter, Vertrauter und Art Privatsekretär und als Transportoffizier diente. Er tat, was verlangt wurde.

Und er lernte viel. Er *musste* alles lesen, was der Colonel las, damit der Colonel seine Zeit nicht mit Erklärungen zu vergeuden brauchte, wenn er etwas erledigt haben wollte. Einiges von dem Zeug, das er las, war wirklich ziemlich blöde, aber manchmal war es interessant. So weit er das hatte herausfinden können, hatte der Colonel nur ein Geheimnis, das er nicht kannte. Ellis war zu dem Schluss gelangt, dass Captain Douglass dieses Geheimnis kannte, denn als er, Ellis, neugierig geworden war, hatte Douglass Donovan sofort Rückendeckung gegeben.

Dieses Geheimnis hatte etwas damit zu tun, was ein Brigadier General der Army namens Leslie Groves an einem geheimen Stützpunkt im Bergland von Tennessee mit einem Stoff namens Uran anstellte. Ellis hatte Captain Douglass gefragt: »Was ist Uran?«

Sofort hatte Douglass abgeblockt.

»Hören Sie genau zu, Chief. Stellen Sie nie diese Frage. Sie erwähnen das Wort ›Uran‹ weder bei mir noch bei Colonel Donovan und schon gar nicht bei jemand anderem. Haben Sie das verstanden?«

»Aye, aye, Sir.«

Ellis war zuversichtlich, zu gegebener Zeit herauszufinden, was Uran war und was General Groves damit machte.

Einige der interessanten Dinge, die der Job mit sich brachte, hatten nichts mit Geheimnissen zu tun.

Womit er sich beschäftigt hatte, bevor sich Staley gemeldet hatte, zum Beispiel. Er hatte die *Mainichi* gelesen. Die *Mainichi* war die englischsprachige Zeitung, die in Tokio veröffentlicht wurde. Das Exemplar, in dem er gelesen hatte, war nur zehn Tage alt. Ellis fragte sich, wie man es geschafft hatte, in zehn Tagen um die halbe Welt eine Ausgabe aus der japanischen Hauptstadt zu besorgen. Aber man hatte es geschafft. Und man schaffte das regelmäßig.

Es stand natürlich jede Menge Blödsinn darin.

Zum Beispiel in diesem Exemplar der *Mainichi,* dass Truppen unter irgendeinem japanischen General mit einem unaussprechlichen Namen das Hauptquartier von Major General Fertig auf Mindanao zerstört, General Fertig getötet und den Rest seiner Soldaten zum Verhungern ins Bergland gejagt hatte.

Ellis war überzeugt, dass die Geschichte purer Blödsinn war, weil er bei einem Briefing im Lagebesprechungsraum gewesen war, bei dem die Aktivitäten von Guerillas auf den Philippinen diskutiert worden waren. Ein Voll-Colonel – ein Typ, der mit MacArthur von den Philippinen entkommen und als Verbindungsoffizier nach Washington abkommandiert worden war und wissen sollte, worüber er sprach – hatte gesagt, dass möglicherweise zwar kleine Einheiten mit nicht mehr als ein paar Dutzend Männern ein paar Monate lang der japanischen Gefangennahme entgehen konnten, dass jedoch Aktivitäten einer organisierten Guerilla-Einheit »von militärischer Bedeutung« auf den Philippinen unmöglich war.

Und es gab keinen General Fertig. Ellis hatte das persönlich überprüft. Der einzige Typ namens Fertig auf den Philippinen war ein Lieutenant Colonel, ein Offizier der Reserve, der sich laut Bericht einer zuverlässigen Quelle bei dem Versuch, eine Brücke zu sprengen, selbst in die Luft gejagt hatte.

Laut *Mainichi* befehligte dieser nicht existierende General mindestens ein Regiment, das von den Japsen mindestens einmal pro Woche bis auf den letzten Mann ausgelöscht wurde.

Der Melder kam in Chief Ellis' Büro und brachte die Post. Der Melder war ein Warrant Officer der Army in Zivilkleidung. Es war keine Liebe zwischen ihnen. Der Warrant Officer wunderte sich natürlich darüber, wie es kam, dass er auf den Fluren des National Institutes of Health Buildings herumwandern und wie ein kleiner Private First Class die Post abliefern musste, während dieser Deckschrubber-Matrose mit den Füßen auf dem Schreibtisch herumgammelte und Zeitung las.

Ellis unterschrieb siebenundzwanzig Mal, bestätigte den Empfang von siebenundzwanzig Topsecret-

Dokumenten – für jedes musste einzeln unterschrieben werden –, und dann unterschrieb er noch zweimal für Stapel Akten, die jeweils geheim und vertraulich waren.

Als der Melder fort war, überflog Ellis die Titel der Topsecret-Dokumente. Er kannte jeden davon wieder; sie waren bereits hier gewesen. Dann las er die Titel der Secret-Dokumente und überflog ein halbes Dutzend von denjenigen, die er noch nicht gesehen hatte. Schließlich wandte er sich den Titeln der vertraulichen Akten zu und sah nichts von Interesse, abgesehen von der regelmäßigen, möglicherweise interessanten Aktennotiz, die für Ellis die ›Was-zum-Teufel-ist-das?-Liste‹ war.

Bei dieser Liste handelte es sich um eine Zusammenstellung von Daten des Nachrichtendienstes, die in keine der feststehenden Kategorien passten. Zum Beispiel ein Bericht, dass die Deutschen ein Fährboot in Spanien gekauft hatten. Oder dass die italienische Polizei eine weitere Schlacht gegen die Mafia in Sizilien verloren hatte. Jemand in einem der Nachrichtendienste war darauf aufmerksam geworden. Er hatte nicht gewusst, was er damit anfangen sollte, und sich gesagt, dass vielleicht jemand anders es gebrauchen konnte. Wenn das der Fall war, wurde eine Nachricht auf die Aktennotiz mit der Liste von möglicherweise interessanten Informationen gesetzt.

Ellis las sie sorgfältig. Als er zu Punkt sechs gelangte, ruckten seine Augenbrauen hoch.

> 1:6. Das Presidio San Francisco hat von der Kommunikationseinrichtung Mare Island eine verschlüsselte Botschaft erhalten, die von einer unbekannten Station auf dem 20-Meter-Band gesendet

wurde. Die Botschaft war mit einem offenbar erbeuteten Chiffriergerät M94 verschlüsselt.
Die Botschaft war an die ›US-Streitkräfte in Australien‹ gerichtet.
Die entschlüsselte Botschaft lautet: Wir haben die Hot Poop von den Hot Yanks auf den Phils. Fertig Brig Gen
Die Station selbst bezeichnet sich mit dem Rufnamen MFS und meldet, dass sie auf Empfang bleibt.
Kommentar: Es gibt keine Station mit dem Rufnamen MFS. Es gibt keinen General namens Fertig bei USA oder USMC. Es wird deshalb angenommen, dass es sich um eine japanische List handelt. Es ist nicht versucht worden, Kontakt mit der sendenden Station herzustellen.

Chief Ellis rief beim Büro des Generaladjutanten im Pentagon an, wo man feststellte, dass es weder einen bestätigten Bericht über den Tod von Lieutenant Colonel Wendell W. Fertig noch über seine Gefangennahme gab. Sein Status war ›vermisst‹ und ›vermutlich gefallen‹. Ellis erhielt den Namen und die Telefonnummer von Colonel Fertigs nächster Angehöriger, Mrs. Mary Fertig, seiner Frau, in Golden, Colorado.

Und dann nahm er einen roten Filzstift und malte einen Kreis um Punkt sechs auf der Was-zum-Teufel-ist-das?-Liste, riss dieses Blatt von der Aktennotiz ab und heftete es oben auf den Stapel der Topsecret-Dokumente. Dann schnitt er sorgfältig den Zeitungsbericht über den glorreichen Sieg der japanischen

Streitkräfte über Major General Fertig aus der *Mainichi* aus und heftete ihn auf die Was-zum-Teufel-ist-das?-Liste.

Zwanzig Minuten später marschierte Colonel William Donovan in das Büro, und sein Gesicht verriet, dass die morgendliche Sitzung im Weißen Haus schwierig gewesen war.

»Ich schmachte nach einer Tasse Kaffee«, sagte er zu Ellis statt einer Begrüßung, als er an dessen Schreibtisch vorbeiging.

Als Ellis Donovan den Kaffee in sein Büro brachte, schwenkte Donovan die ausgerissene Seite von der Was-zum-Teufel-ist-das?-Liste, die ihm Ellis mit den Akten auf den Schreibtisch gelegt hatte.

»Was, zur Hölle, ist das?«, fragte er.

»Ich halte es für interessant«, sagte Ellis.

»Wollen Sie versuchen, diese Station anzufunken?«, fragte Donovan.

Ellis nickte.

»Lassen Sie es tun«, befahl Colonel Donovan.

»Colonel, auf dem Dienstweg gehen Dinge verloren«, sagte Ellis.

Donovan dachte einen Moment darüber nach.

»Heißt das, Sie wollen nach California?«

»Ich könnte in drei Tagen zurück sein«, sagte Ellis. »Bevor es über den Dienstweg dorthin gelangt.«

»Sie haben so eine Ahnung?«, fragte Donovan.

»Jawohl, Sir, so kann man es bezeichnen.«

»Okay«, sagte Donovan.

Chief Ellis rief den Chief bei der Flugabfertigung der Anacostia Naval Air Station auf der anderen Seite des Distrikts Columbia an.

»He, Chief, wie hängen die Eier? Hier ist Chief Ellis.«

»Wie geht es meinem Lieblings-Chinamatrosen? Was versuchen Sie mir heute herauszuleiern?«

»Ich brauche einen Platz für jemanden sehr

Bedeutenden im nächsten Flugzeug nach Mare Island.«

»Ist er ein Wichtigtuer oder ist er einfach sehr wichtig?«

»Eigentlich ist er ein ziemlich guter Junge.«

»Ich frage, weil ich ein halbes Dutzend Torpedobomber habe, die von Baltimore überführt werden, um auf einen Flugzeugträger auf Mare Island verladen zu werden. Wenn dieser Junge nicht zu stinkvornehm ist, um mit einem Torpedobomber zu fliegen ...«

»Von Anacostia oder von Baltimore?«

»Von hier. Sie nehmen hier Leute an Bord. Deshalb weiß ich davon.«

»Wann?«

»Wann kann er hier sein?«

»Er ist schon auf dem Weg.«

4

United States Navy Base, Mare Island
San Francisco, California

12. Januar 1943

Der Radioman Second hatte den Kommandanten des Stützpunkts zuvor nur einmal gesehen, und da war er in seinem grauen Packard Clipper der Navy mit seiner dreisternigen Admirals-Tafel vorbeigefahren.

Und jetzt war er hier im Funkraum und sah ihm in die Augen.

»Rühren, Sohn«, sagte der Admiral fast freundlich. »Dies ist Chief Ellis, und er möchte Ihnen einige Fragen stellen.«

»Sie erhielten eine Funkbotschaft von jemandem, der sich MFS nennt, richtig?«

»Das ist richtig, Chief.«

»Haben Sie wieder von MFS gehört?«

»Sie sind jeden Tag für zehn, manchmal auch zwanzig Minuten auf Sendung«, sagte der Radioman Second. »Sie waren es vor, oh verdammt, zwanzig Minuten wieder.«

»Versuchen Sie, sie zu rufen«, sagte Ellis.

Der Mund des Vice Admiral klaffte auf, doch er sagte nichts. Er hatte Ellis' Legitimation gesehen.

»Nur zu«, sagte Ellis zu dem Radioman. »Versuchen Sie, MFS zu erreichen.«

Der Radioman Second wandte sich der Morsetastatur zu und betätigte sie schnell.

»Ich sende ›KSF ruft MFS‹«, erklärte er.

»Ich kenne den Morsecode«, sagte Ellis, keineswegs arrogant.

Es gab keine sofortige Antwort.

Der Radioman Second morste wieder. Wenn der Sender aktiviert war, dann war der Empfänger automatisch abgeschaltet. Als er den Sender auf Standby stellte, erschienen auf dem Empfänger eine Reihe von Morsezeichen.

Der Radioman Second tippte sie ohne zu denken auf seiner Schreibmaschine. Der Vice Admiral neigte sich vor, um zu lesen:

MFS STANDING BY FOR KSF

»Senden Sie dies«, sagte Ellis und überreichte dem Radioman ein Blatt Papier, auf dem getippt stand:

KSF AN MFS SENDEN SIE VERSCHLUESSELT
VORNAME UND GEBURTSDATUM VON
FERTIGS ZWEITNAECHSTEM ANGEHÖRIGEN
KSF STANDING BY

»Senden Sie das zweimal und warten Sie dann«, befahl Ellis. »Wenn er eines dieser Geräte benutzt, wird er eine Minute brauchen.«

Er hielt ein kryptographisches Gerät M94 hoch. Er hatte Mühe gehabt, eines ausfindig zu machen, und die Station San Francisco verärgert, indem er ihres beschlagnahmt hatte.

Fünf Minuten später meldete sich MFS wieder, und der Radioman Second tippte schnell.

MFS AN KSF QEWRG SJTRE SDION SPIID
CVKQJ MFS STANDING BY

Ellis brauchte nicht lange, um den Text mit dem kryptographischen Gerät M94 zu entschlüsseln. Ein Gleiches hatte es auf der *Panay* gegeben.

»Das ist ein Hammer!«, sagte er nach einer Minute. Dann befahl er: »Senden Sie, ›Wir sind bereit für den Empfang Ihrer Botschaft‹«, und dann korrigierte er sich. »Nein, senden Sie, ›Willkommen im Netz, wir sind bereit für den Empfang Ihrer Botschaft‹.«

Dann nahm Chief Ellis, ohne um Erlaubnis zu fragen, den Hörer des Telefons ab und verlangte von dem Telefonisten der Navy, ihn mit Mrs. Mary Fertig in Golden, Colorado, zu verbinden.

Der Telefonist sagte, dass er keine Ferngespräche ohne die Genehmigung des Kommunikationsoffiziers und einer entsprechenden Genehmigungsnummer vermitteln durfte.

»Ich brauche eine Genehmigungsnummer«, sagte Ellis zu dem Kommunikationsoffizier.

Der Admiral forderte Ellis mit einer Geste auf, ihm den Hörer zu geben.

»Hier spricht Admiral Sendy«, sprach er ins Telefon. »Stellen Sie das Gespräch durch.«

In Golden, California, meldete sich Mrs. Mary Fertig an ihrem Telefon.

»Ma'am«, sagte Ellis. »Hier spricht Chief Ellis. Erinnern Sie sich an mich?«

Natürlich erinnerte sie sich an ihn. Er hatte sie spät in der vergangenen Nacht angerufen und gesagt, er könne ihr nicht den Grund für seine Bitte nennen, aber er bitte sie, ihm den vollen Vornamen und das Geburtsdatum ihres ältesten Kindes zu sagen. Er hatte sie aus dem Schlaf gerissen, und sie hatte nicht besonders klar denken können, und so hatte sie ihm das Gewünschte gesagt. Später hatte sie sich deswegen Sorgen gemacht. Es gab alle Arten von Verrückten und kranken Leuten, die frei herumliefen.

»Ja, ich erinnere mich an Sie, Chief«, sagte Mrs. Fertig ein wenig vorsichtig. »Was wollen Sie jetzt?«

»Ma'am«, sagte Chief Ellis, »wir haben Kontakt mit Ihrem Mann. Ich dachte, Sie möchten ihm vielleicht etwas sagen.«

»Wo ist er?«, fragte sie sehr leise.

»Irgendwo auf den Philippinen, das ist alles, was wir bis jetzt wissen«, erwiderte Ellis. Dann sagte er: »Warten Sie bitte einen Moment.«

Der Radioman Second hatte ihm eine kurze entschlüsselte Botschaft überreicht, die er schnell las:

FUER MRS FERTIG ZITAT ANFANG ANANAS ZUM FRUEHSTUECK LIEBE ZITAT ENDE

Ellis las es am Telefon vor.

Es dauerte einen Moment, bis Mrs. Fertig etwas erwiderte, und als sie dann sprach, geschah es mit hörbarer Mühe, ihre Stimme unter Kontrolle zu behalten.

»Mein Mann, Chief Ellis«, sagte sie, »befindet sich auf der Insel Mindanao. Wir pflegten dort Golf auf dem Platz der Dole Plantage zu spielen. Und wir aßen Ananas zum Frühstück.«

II

1

Shepheard's Hotel
Kairo, Ägypten

23. Januar 1943

Captain James M.B. Whittaker, U.S. Army Air Corps, war fünfundzwanzig Jahre alt. Er war groß, kräftig gebaut und hatte große, dunkelbraune Augen. Er trug eine hervorragend geschneiderte pinkfarbene und grüne Uniform und Wellington-Halbschuhe. Die Uniform und die Schuhe stammten aus der Savile Row in London. Die Schuhe hatten ungefähr so viel gekostet wie das Air Corps Captain Whittaker pro Monat als Sold zahlte, und die Uniform hatte etwas mehr als die Schuhe gekostet.

Whittaker hatte niemals einen Gedanken daran verschwendet, was die Uniform und die Schuhe gekostet hatten, hauptsächlich nicht, weil er wirklich keine Ahnung hatte, wie viel Geld er besaß. Wie hoch auch immer sein ziviles Einkommen sein mochte, es war mehr als er ausgeben konnte. Ein Anwalt in New York kümmerte sich um seine finanziellen Angelegenheiten und sorgte dafür, dass stets ein beruhigender Überschuss auf seinem Girokonto bei der Hanover Trust übrigblieb.

Das soll nicht heißen, dass Whittaker einfach ein reicher junger Mann war, der zufällig Uniform trug. Auf der Brust seines grünen Rocks waren silberne

Pilotenschwingen zu sehen. Er hatte die Flugprüfung (die Qualifikation zum Fliegen) in Jagdflugzeugen, Bombern und Transportflugzeugen abgelegt. Unter den Pilotenschwingen symbolisierten Ordensbänder die Verleihung des Silver Star, des Distinguished Flying Cross und mehrere geringere Auszeichnungen für Tapferkeit, und leuchtend bunte Ordensbänder wiesen darauf hin, dass er in Übersee Dienst geleistet hatte, sowohl am Kriegsschauplatz Europa als auch im Pazifikraum.

Im Augenblick dachte Captain James M.B. Whittaker, Harvard University Jahrgang 1939, ernsthaft über das nach, was er als unwiderlegbaren Beweis dafür hielt, dass er ein schändlicher, unmoralischer und nichtsnutziger Hurensohn war.

Diese ernsten Gedanken kamen ihm manchmal, wenn er ein Glas mit Alkoholischem oder zwei mehr getrunken hatte, als er hätte trinken sollen. Wenn er den Alkoholgenuss übertrieben hatte (und er hatte in den vergangenen drei Tagen mehr oder weniger ständig getrunken), zeigte die Wahrheit ihr hässliches Gesicht, und er konnte die Dinge mit schmerzlicher Klarheit sehen.

Er hatte mit dem Trinken angefangen, als er auf Londons Croydon Airfield an Bord der C-54 des MATS (Military Air Transport Service) gegangen war.

Der Abschied von Liz Stanfield war sehr schmerzlich gewesen. Er liebte Liz, und sie liebte ihn, und es gab gewisse Probleme damit. Zum einen war Captain Elizabeth Alexandra Mary Herzogin Stanfield, WRAC (Women's Royal Army Corps), eine sehr hellhäutige, vollbusige Frau Mitte dreißig, nicht wirklich frei, um ihn zu lieben. Es gab einen Ehemann, Wing Commander, der Herzog von Stanfield, Royal Air Force. Er war irgendwo unten ›im Einsatz vermisst‹, der arme Kerl.

Nur ein schändlicher, unmoralischer, nichtsnutziger Hurensohn wie er, Captain Whittaker, würde es mit einer verheirateten Frau treiben, deren Mann im Einsatz vermisst wurde und obendrein ein Fliegerkamerad war. Das war wirklich gemein und verkommen.

Und er war ja ebenfalls nicht frei. Er war selbst verliebt. Ihr Name war Cynthia Chenowith, und er hatte sie geliebt, seit er dreizehn und sie achtzehn gewesen war und er einen Blick auf sie erhascht hatte, als sie aus dem Swimmingpool seines Onkels Chesty im Winterhaus in Palm Beach geklettert war.

Es zählte nicht, dass Cynthia beteuerte, ihn nicht zu lieben (das lag seiner Meinung nach am Altersunterschied). *Er* liebte sie. Und ein Mann, der eine Frau aus ganzem Herzen liebt, der den Rest seines Lebens mit ihr verbringen will, für sie sorgen und mit ihr Babys haben will, sollte nicht mit verheirateten Frauen herumvögeln. Es sei denn natürlich, er ist ein schändlicher, nichtsnutziger Hurensohn.

Captain Whittaker hatte in weiser Voraussicht drei Viertelliterflaschen Whisky, single-malt Scotch, in die MATS C-54 mitgenommen. Der halbe Inhalt einer der Flaschen hatte ihm bis nach Casablanca seelischen Beistand gewährt, und die andere Hälfte hatte er auf dem Flug von Casablanca nach Kairo geleert.

Seit Kairo hatte er den Inhalt der zweiten Flasche und ein Viertel der Dritten gepichelt. Das Flugzeug war defekt. Der Pilot hatte Captain Whittaker informiert, sozusagen aus Höflichkeit einem Fliegerkollegen gegenüber, dass Motor drei Öldruck verlor und er nicht starten würde, bis die schadhafte Pumpe ersetzt – nicht repariert – sein würde. Es wurde eine Ölpumpe von England eingeflogen. Wenn sie installiert sein würde, dann würden sie den Flug fortsetzen, der schließlich in Brisbane, Australien, enden würde.

Bis das Flugzeug repariert sein würde, war in Kairo allerhand zu sehen und zu tun.

Madame Jeanine d'Autrey-Lascal, die dreißig, groß

für eine Französin, blond und blauäugig war und es für unnötig hielt, einen Büstenhalter zu tragen, neigte sich zu Captain Whittaker und legte eine Hand auf seine.

Madame d'Autrey-Lascal war in Kairo zurückgelassen worden, als ihr Mann, einstmals leitender Direktor der Banque d'Egypte et Nord Afrique, losgezogen war, um mit dem Freien Frankreich unter General Charles de Gaulle zu kämpfen. Sie war in der Halle der Bank gewesen, als Captain Whittaker dort aufgetaucht war, um Geld zu wechseln und festzustellen, ob die Bank, mit der die Firma seiner Familie eine lange Geschäftsbeziehung unterhielt, ihm ein Zimmer in einem anständigen Hotel besorgen konnte. Die Nacht zuvor hatte er im Quartier für durchreisende Offiziere am Flughafen verbracht und wollte das wirklich nicht wiederholen.

Sie hatten sich vorgestellt, ganz wie es sich gehört, und danach hatte Madame d'Autrey-Lascal es einfach als Höflichkeit betrachtet, ihm anzubieten, ihn zum Shepheard's Hotel zu fahren. Die Bank würde alles in ihrer Macht Stehende tun, um ihn in diesem Hotel unterzubringen. Allerdings könne man nichts versprechen. Das Hotel war stets ausgebucht.

Der Manager, der sie begrüßte, versprach zu versuchen, etwas zu finden. Allerdings könne er nichts versprechen. Aber vielleicht, wenn es dem Captain nichts ausmachen würde, ein Weilchen in der Bar zu warten …

Madame d'Autrey-Lascal hatte es einfach für ein Gebot der Höflichkeit gehalten, ihn in der Bar im Shepheard's nicht im Stich zu lassen. Wenn der Einfluss der Bank nicht ausreichte, um ihm ein Zimmer im Shepheard's zu besorgen, dann würde etwas anderes arrangiert werden müssen.

Captain Whittaker sprach Französisch, was bei einem Amerikaner unerwartet war, und sie plauderten freundlich miteinander. Sie erzählte ihm, dass ihr Mann mit General de Gaulle fort war, und er erzählte ihr eine Geschichte über de Gaulle, die sie für so unglaublich hielt, dass sie sie erst nach einer Weile verstand. Anscheinend hatte General de Gaulle eine Einladung zu einem Besuch bei Präsident Roosevelt abgelehnt, mit der Begründung, dass der Fußweg dorthin zu lang sei.

Schließlich verstand sie und lachte, und dann erzählte er ihr von London. Sie war seit 1939 nicht mehr in London gewesen und sie fand sehr interessant, was er ihr schilderte.

Als sie jeder drei Drinks aus seiner Flasche Scotch intus hatten, hatte Madame d'Autrey-Lascal den Eindruck, dass es nicht aussah, als könne der Manager ein Zimmer für ihn im Shepheard's finden (und wenn doch, dann würde es kaum größer als ein Einbauschrank sein), und dass es absolut keinen Grund gab, weshalb sie ihn nicht für eine Nacht oder zwei in ihrem Haus unterbringen könne.

Als sie dies zum ersten Mal vorschlug, lächelte Captain Whittaker sie an (und sie bemerkte, dass er prächtige, ebenmäßige Zähne hatte) und sagte ihr, dass sie sehr freundlich sei, er sich jedoch nicht aufdrängen wolle.

Sie erklärte, es würde ihr überhaupt keine Umstände machen. Das Haus sei groß und im Moment leer, denn ihre Kinder übernachteten bei Freunden.

Er wiederholte, dass er sich nicht aufdrängen wolle. Und dann verfiel er in Schweigen, das erst unterbrochen wurde, als sie eine Hand auf seine legte.

»Verzeihung«, sagte Whittaker. »Ich war in Gedanken tausend Meilen entfernt.«

»Tausend Meilen entfernt hätten Sie vermutlich ein Hotelzimmer«, sagte Madame Jeanine d'Autrey-Lascal. »Hier haben Sie keines. Ich finde, es ist sehr süß von Ihnen, sich mir nicht aufzudrängen, und sehr albern, mir nicht zu glauben, dass es mir keine Umstände bereitet.«

Er legte seine Hand über ihre und drückte sie leicht.

»Und Sie sind sehr freundlich zu einem einsamen Reisenden«, sagte er.

Ich wusste sofort, als ich dich im Büro des Bankdirektors sah, dass es dir im Höschen juckte, und schändlicher, unmoralischer, nichtsnutziger Hurensohn, der ich bin, ahnte ich, dass ich dich schließlich kratzen werde.

»Sie haben so traurige Augen«, sagte Madame d'Autrey-Lascal sehr leise, als sie hineinblickte.

Und dann zog sie schließlich ihre Hand unter seiner weg und erhob sich.

»Sollen wir gehen?«, fragte sie.

Whittaker folgte ihr aus der überfüllten Bar hinaus. Als sie durch die Hotelhalle gingen, hakte sich Madame bei ihm ein.

2

OSS-Station
Kairo Savoy Hotel, Opernplatz

24. Januar 1943

Der Leiter der Station Kairo war Ernest J. Wilkins, sechsunddreißig, ein dicker Mann, dessen Gesicht dunkel anlief, wenn er sich aufregte. Im Augenblick war er aufgeregt und schlau genug, um das zu wissen. Bevor er sprach, ging er zum Fenster und schaute auf die Statue von Ibrahim hinaus, der auf seinem Pferd in der Mitte des Opernplatzes hockte. Und dann schaute er zum Opernhaus selbst, bis er überzeugt war, dass er sich wieder unter Kontrolle hatte.

Dann wandte er sich zu den drei Männern um, die

vor seinem Schreibtisch standen. Es waren sein Stellvertreter, sein Verwaltungsoffizier und sein Verbindungsoffizier zu den Briten.

»Nun, wo, zum Teufel, könnte er sein?«, fragte er.

»Ich finde«, sagte der Verwaltungsoffizier, »dass wir die Möglichkeit eines Verbrechens nicht mehr ausschließen können.«

»Hühnerscheiße!«, blaffte Wilkins. »Wenn ihm etwas zugestoßen wäre, hätten wir inzwischen davon erfahren. Und da niemand von seinem Kommen weiß, wie, zum Teufel, hätte man ihn dann so schnell ausschalten können?«

Sein Verwaltungsoffizier wusste keine Antwort darauf und hielt den Mund. Wilkins hatte gehofft, dass er etwas sagen würde, damit er ihn anschnauzen konnte.

Wilkins verlor wieder die Beherrschung.

»Verdammte Hühnerscheiße!«, zürnte er. »Ist Ihnen klar, wie gottverdammt unfähig uns das aussehen lässt?« Er sah die Botschaft auf seinem Schreibtisch, nahm sie und las sie laut:

EILT
VOM BÜRO
DES DIREKTORS WASHINGTON
AN KAIRO FÜR WILKINS

Fangen Sie Captain James M.B. Whittaker USAAC, auf dem Weg von London nach Brisbane via MATS Flug 216 ab. Schicken Sie ihn mit nächstmöglichen Lufttransport nach Washington zurück. Bestätigen Sie Vollzug und melden Sie voraussichtliche Ankunft in Washington. Donovan.

»Sie werden bemerkt haben«, sagte Wilkins, »dass es mit ›Donovan‹ unterzeichnet ist. Nicht mit ›Douglass im Auftrag von Donovan‹ oder gar ›Ellis im Auftrag von Donovan‹. Mit Donovan persönlich, gottverdammt! Und was er von uns verlangt, wird nicht in die Annalen der nachrichtendienstlichen Triumphe des Zweiten Weltkriegs eingehen. Colonel Donovan will nur, dass wir irgendeinen Captain des Air Corps, der mit dem MATS fliegt, finden und den Hurensohn nach Washington schicken.«

»Skipper«, sagte sein Stellvertreter zu Wilkins (mit Rücksicht darauf, dass er vor dem Dienst für das OSS Marineoffizier gewesen war). »Ich würde sogar Geld wetten, dass er irgendwo eine Nummer schiebt.«

»Wo, um Himmels willen? Mit den Nutten in den Büschen im Al Ezbekia Park? Drei Tage lang? Hühnerscheiße! Er ist in keinem Hotel, das wissen wir. Und er ist nicht mit einer Edelnutte zu Gange, denn das wüssten wir ebenfalls – und gottverdammt, ich finde es peinlich, die ägyptischen Cops anzurufen und zu bitten, ihre Huren zu überprüfen, um ihn ...«

Er verstummte und blickte wieder aus dem Fenster zum Opernplatz.

»Ist der Chrysler da?«, fragte er, einigermaßen ruhig, als er sich einen Moment später am Fenster umwandte.

»Jawohl, Sir«, sagte sein Stellvertreter.

»Hat keiner die Räder geklaut? Ist der Fahrer anwesend und nüchtern?«

»Jawohl, Sir.«

»Ich werde bald zurück sein«, sagte Wilkins und eilte zur Tür.

»Fahren Sie zum Flughafen, Sir?«

Wilkins starrte ihn finster an, weil er das für eine äußerst blöde Frage hielt.

»Ich würde sogar Geld darauf wetten, dass er für den Flug auftauchen wird, Skipper«, sagte sein Stellvertreter beruhigend.

»Und wenn nicht? Was ist, wenn er es satt hat, darauf zu warten, bis der Motor repariert ist, und er sozusagen per Anhalter nach Brisbane fliegt? Dieser MATS-Flug ist nicht der Einzige, der in diese Richtung geht. Wie, zur Hölle, kann ich das Donovan erklären, ohne wie ein Arschloch auszusehen?«

Nur mit Mühe beherrschte sich Wilkins und ging davon, ohne die Tür hinter sich zuzuknallen.

Der 1941er Chrysler war mit der jüngsten Automobiltechnik ausgerüstet. Sie nannte sich ›Automatikgetriebe‹. In der Theorie brauchte der Fahrer nicht mehr zu schalten. In der Praxis funktionierte es nicht, und das Ergebnis war, dass der Wagen nach einem Stop davonkroch. Der Chrysler war, sagte sich Wilkins auf dem Weg vom Opernplatz zum Flughafen nordöstlich von Kairo, vermutlich das schlimmstmögliche Auto der Welt für den Verkehr von Kairo, weniger praktisch als ein Wasserbüffel, der einen Karren mit Holzrädern zog.

Im MATS-Abfertigungsgebäude machte er den diensthabenden Captain der Militärpolizei ausfindig, zeigte ihm seinen OSS-Ausweis und erklärte, dass es absolut lebenswichtig war, Captain Whittaker, James M.B., USAAC, aufzutreiben.

Zehn Minuten später brachten drei Militärpolizisten Captain Whittaker und eine atemberaubend schöne Frau zum Büro des MP-Captains. Ein Fliegerjunge, dachte Wilkins ein wenig verdrossen. Ein guter, nach dem Distinguished Flying Cross zu urteilen. Er fragte sich, was das OSS von einem Fliegerjungen wollte.

»Dieser Gentleman wünscht Sie zu sprechen, Captain«, sagte der MP-Captain.

Whittaker lächelte.

»Wenn es nicht lange dauert«, sagte er. »Meine Maschine wird soeben beladen.«

»Sie werden nicht damit fliegen, Captain«, sagte Wilkins.

»Wer sagt das?«

»Ich sage das.«

»Und wer sind Sie?«

»Das ist nicht wichtig«, sagte Wilkins. »Sie werden mich beim Wort nehmen müssen. Sie kommen mit mir.«

»Das zieht einfach nicht bei mir«, sagte Whittaker.

Wilkins zückte seinen OSS-Ausweis und zeigte ihn.

Captain Whittaker kramte in seinen Taschen, holte einen fast identischen Ausweis hervor und hielt ihn Wilkins vor die Nase. Wilkins sah, dass es zwei Unterschiede bei den Dokumenten gab. Sein Ausweis hatte die Seriennummer 1109 und war mit ›im Auftrag des Chairman, The Joint Chief of Staff‹ von Captain Peter Douglass, Sr., USN, unterzeichnet. Whittakers Ausweis trug die Seriennummer 29 und war von Colonel W.J. Donovan, GSC (Generalstabskorps), USA, unterzeichnet. Offenbar war der gutaussehende Fliegerjunge vom Beginn an beim OSS.

»Was hat all dies zu bedeuten, *mon cher*?«, fragte die Französin leise auf Französisch.

»Überhaupt nichts«, erwiderte Whittaker auf Französisch, fasste dann Wilkins ins Auge und wartete auf eine Erklärung.

Wilkins überreichte ihm das Fernschreiben von Donovan.

»Ach du dickes Ei«, sagte Whittaker. »Wann fliegt meine Maschine?«

»Morgen«, sagte Wilkins. »Um null-neun-fünfzehn. Sie hatten einen Platz in der Maschine, die heute Morgen abflog, aber Sie haben sie verpasst.«

»Anscheinend werde ich wieder die beiden großen Pyramiden besteigen müssen«, sagte Whittaker auf Französisch zu der Französin.

Sie errötete. Es sah bezaubernd aus.

»Es ist ein Quartier verfügbar, wenn Sie aus dem Hotel ausgezogen sind«, sagte Wilkins.

»Das ist sehr freundlich von Ihnen, Sir«, sagte Whittaker, »aber es wird nicht nötig sein. Ich werde bei einer Freundin übernachten.«

Die Französin errötete wieder bezaubernd.

»Der Krieg ist die Hölle, nicht wahr?«, fragte Whittaker Mr. Wilkins mit breitem Lächeln.

3

Virginia Highway 234 bei Washington, D.C.

25. Januar 1943

Vier Männer fuhren schweigend mit dem schwarzen 1942er Buick Roadmaster.

Es hatte ein wenig geschneit, aber die Fahrbahn war frei, und die beleuchtete Tachonadel zeigte etwas über 110 km/h an. Es herrschte praktisch kein Verkehr, und nicht einmal in der Ferne vor ihnen waren Rücklichter auf den sanften Hügeln zu sehen.

Als plötzlich rotierendes Rotlicht voraus aufzuckte, erschrak Chief Ellis. Aber noch während der Fahrer auf die Bremse trat, griff Ellis unter den Sitz und zog eine Thompson-Maschinenpistole hervor.

Auf dem Rücksitz blickte Colonel William J. Donovan von dem Dokument auf, das er gelesen hatte. Ellis hatte eine wirklich schöne Leselampe auf einen biegsamen Stab montiert. Durch die Leselampe wurden Autofahrten zu Arbeitssitzungen statt zu Zeitvergeudung.

»Was ist los?«, fragte Captain Peter Douglass.

»Keine Ahnung«, erwiderte Ellis, und dann fügte er sofort hinzu: »Es sind die verdammten Cops!«

»Wie schnell sind wir gefahren?«, fragte Donovan ruhig.

»Um die hundertzehn, Sir«, sagte Staley, der Fahrer.

Staley war in Zivil. Ellis war in Uniform. Seine Mütze lag neben ihm auf dem Sitz. Aber in seinem blauen Mantel ohne Rangabzeichen wirkte er bei flüchtigem Hinsehen wie ein stattlicher Zivilist mit rötlichem Gesicht.

Ellis schob die Thompson-MPi wieder unter den Beifahrersitz, als der Fahrer den Wagen auf die Standspur lenkte.

Der Staatspolizist von Virginia stolzierte zu dem Wagen.

»Darf ich bitte die Papiere sehen, Sir?«, fragte er mit geübter Höflichkeit.

Sie wurden überreicht.

»Sir, sind Sie Charles D. Staley mit der Adresse Q Street, Northwest, im Distrikt?«

»Ja, Sir«, sagte der Fahrer.

»Und dieses Fahrzeug ist im Besitz von …« Er legte eine Pause ein, um die Zulassung im Schein seiner Taschenlampe zu überprüfen, »… W.J. Donovan?«

»Ja, das ist es.«

»Hat Mr. Donovan Kenntnis davon, dass Sie sein Fahrzeug fahren?«

»Ich bin Donovan«, sagte Donovan. Der Staatspolizist richtete den Schein der Taschenlampe auf Donovan.

»Jawohl, Sir«, sagte er. Er widmete seine Aufmerksamkeit wieder dem Fahrer. »Sir, Sie fuhren durch eine Geschwindigkeitskontrolle. Es wurden auf einer Strecke von einem halben Kilometer hundertdreizehnkommasechs Stundenkilometer gemessen.«

»Ich wusste nicht, dass ich so schnell war«, sagte der Fahrer.

»Zwei Staatspolizisten werden das bezeugen, Sir«, sagte der Staatscop. »Ich muss Ihnen einen Strafzettel ausstellen. Es wird Ihnen rücksichtsloses Fahren zur Last gelegt. Laut Gesetz wird jede Geschwindigkeit, die dreißig Kilometer über der erlaubten Höchstgeschwindigkeit liegt, als rücksichtsloses Fahren betrachtet. Ist Ihnen klar, Sir, dass die Höchstgeschwindigkeit in der Nation jetzt fünfundfünfzig Stundenkilometer ist, um Benzin und Gummi für die Kriegsbemühungen zu sparen?«

»Ich habe davon gehört«, sagte der Fahrer trocken.

»Wenn Sie von einem Gericht für schuldig befunden werden – Ort und Zeit Ihres erforderlichen Erscheinens wird auf dem Strafzettel stehen, den ich Ihnen geben werde –, wird Ihre örtliche Rationierungsbehörde von dieser Zuwiderhandlung in Kenntnis gesetzt werden. Sie haben einen C-Aufkleber, was bedeutet, dass Sie schriftlich zugesichert haben, sich echt zu bemühen, sparsam mit Ihrer Benzinration umzugehen. Sie werden mir gewiss zustimmen, dass das Fahren von hundertdreizehnkommasechs Stundenkilometerkein Benzin spart.«

»Ich war ein wenig in Eile«, sagte der Fahrer.

»So ist das mit euch Jungs in Uniform«, sagte der Staatspolizist. »In Eile, um den Krieg zu beenden. Und ich finde, wir sollten alles tun, um euch zu helfen.«

»Ellis!«, mahnte Donovan leise.

»Kann ich jetzt fahren?«, fragte Staley und nahm den Strafzettel entgegen.

»Jawohl, Sir«, sagte der Staatspolizist und marschierte davon.

Der Fahrer kurbelte die Fensterscheibe hinauf.

»Es tut mir Leid, Colonel«, sagte er.

»Hölle, ich hatte Ihnen gesagt, Gas zu geben«, sagte Donovan. »Ellis, geben Sie Staley das Geld für den Strafzettel. Wenn es irgendwelche anderen Komplikationen geben sollte, informieren Sie Captain Douglass darüber.«

»Jawohl, Sir«, sagte Ellis.

»Und sobald wir über den nächsten Hügel hinweg sind, geben Sie Gas, Staley«, sagte Donovan.

Zwanzig Minuten später fuhr der Buick im Rock Creek Bezirk des Distrikt Columbia die Q Street Northwest hinab. Sie gelangten an ein Grundstück, das von einer zweieinhalb Meter hohen Backsteinmauer umgeben war. Der Fahrer schaltete von Standlicht auf Fernlicht um und wieder zurück, bog einen Moment später von der Q Street ab und stoppte den Buick mit der Schnauze vor einem schweren, massiven Tor in der Mauer.

Ein muskulöser Mann in Zivilkleidung trat aus der Dunkelheit und ging zum Wagen. Der Fahrer schaltete kurz die Innenbeleuchtung an und dann wieder aus.

Der muskulöse Mann tippte an die Krempe seines Schlapphutes. Einen Moment später schwang das doppelflügelige Tor auf. Der Wagen fuhr hindurch, und sofort schloss sich das Tor wieder.

»Ellis«, sagte Donovan, »ich mache Sie nur ungern zu einer Ordonnanz, aber es würde viel Zeit sparen, wenn Sie in mein Haus gehen und eine Reisetasche packen würden. Und holen Sie Ihre eigene, wenn Sie schon dabei sind. Dann können wir von hier zur Union Station gehen.«

»Jawohl, Sir.«

»Hat der Secret Service die Pässe geschickt?«, erkundigte sich Donovan.

»Ich werde auch das überprüfen, Sir«, sagte Ellis.

»Ich will nicht zum Abschied winkend auf dem Bahnsteig stehen, wenn der Präsident allein nach Georgia fährt«, sagte Donovan.

»Nein, Sir. Ich werde dafür sorgen, dass wir im Zug sind«, sagte Ellis.

Donovan und Douglass stiegen aus dem Wagen und betraten das Herrenhaus, das um die Jahrhundertwende erbaut worden war, durch die Küchentür. Die Küche war riesig und mit Herden und Kühlschränken ausgestattet, die so groß wie die in Restaurantküchen waren.

Eine große junge Frau, deren blondes Haar bis auf die Schultern fiel, kam in die Küche. Sie trug ein schlichtes schwarzes Kleid, eine einreihige Perlenkette und über der rechten Brust die Miniatur eines Pilotenabzeichens. Captain Douglass' Augen spiegelten kurz Überraschung und besonderes Interesse beim Anblick der Nachbildung des Pilotenabzeichens wider. Er glaubte, die Quelle zu kennen. Seine Frau hatte identische Pilotenschwingen, die ihr Sohn aus London geschickt hatte. Es schien nur eine Woche her zu sein, als ihr Sohn ein eifriger West Point Kadett gewesen war, und jetzt, mit fünfundzwanzig, war er Lieutenant Colonel. Sein Sohn mochte dieses Mädchen ebenfalls sehr.

»Guten Abend«, sagte Charity Hoche mit einem strahlenden Lächeln. Ihr Akzent verriet ihre Abstammung. Charity Hoche war auf einem Besitz von zwanzig Morgen in Wallingford aufgewachsen, was einer der Nobelvororte von Philadelphia war, und auf Bryn Mawr ausgebildet worden.

»Hallo, Charity«, sagte Donovan. »Ist Mr. Hoover da?«

»Nein, Sir«, sagte sie. »Und auch keine Anrufe. Von ihm, meine ich.«

»Die Zeit und Mr. Hoover warten auf keinen Menschen«, sagte Donovan. »Womit werden wir ihn beköstigen?«

»Kapaun«, sagte sie. »Und wilder Reis.«

»Gut.« Donovan lachte. »Hähnchen mit Messer und Gabel essen ist keine von J. Edgar Hoovers Stärken. Er gibt mir immer das Gefühl, dass er lieber mit den Händen essen würde. Nachdem er den Kopf abgebissen hat, natürlich.«

»Und einen sehr guten Chateau de Long Chablis, Jahrgang fünfunddreißig«, sagte Charity.

»Woher, zum Teufel, haben wir den bekommen?«, fragte Donovan.

»Eigentlich habe ich ihn von daheim mitgebracht«, sagte Charity. »Ich wusste, das dies wichtig ist.«

»Und Sie wollten auch dem Boss schmeicheln«, sagte Donovan.

»Schuldig«, bekannte Charity mit einem Lächeln.

»Ich könnte mich entschließen, Sie wegen des Weinkellers Ihres Vaters hier zu behalten«, sagte Donovan.

»An Stelle von was?«, fragte Douglass.

»Charity will nach England reisen«, sagte Donovan. »Ich kann mir nicht vorstellen, warum.«

Charity lachte tief und kehlig.

Eine sehr sexy junge Frau, dachte Captain Douglass. Nicht ganz das, was er für Peter Douglass junior erhofft hatte. Er wünschte für Doug ein Mädchen wie das, das den lieben alten Vater geheiratet hatte, als er Ensign, frisch von Annapolis, gewesen war. Kein Mädchen der Prominenz, das daran gewöhnt war, mehr Geld für Kleidung auszugeben als Doug selbst als Lieutenant Colonel des Air Corps mit Flugzulage in einem Jahr verdiente. Und das laut CBI (Complete Background Investigation) des FBI weit davon entfernt war, irgendeinen Anspruch auf ein jungfräuliches weißes Brautkleid zu haben.

Er war wirklich besorgt bei dem Gedanken, dass Charity Doug als das in diesem Jahr schicke Schnäppchen betrachtete, ein strahlender Held anstatt jemand, dessen Leben sie teilen würde.

»Es sind einige Fernschreiben aus London gekommen«, sagte Charity. »Nichts Wichtiges, abgesehen davon, dass Fulmar und Fine nach Lissabon abgereist sind. Und da ist ein Telegramm aus Kairo mit Jimmy Whittakers voraussichtlicher Ankunftszeit eingetroffen.«

»Gut«, sagte Donovan. »Ich war mir nicht sicher, ob ich ihn noch erwischen kann.«

»Offenbar hatte man Mühe, ihn zu finden«, sagte Charity. »In dem Telegramm steht, dass er sich nicht bei ihnen gemeldet hat und deshalb nicht in einer früheren Maschine sein konnte.«

»Wie mag die Herz-Dame wohl heißen?« Donovan lachte glucksend.

»Jeanine d'Autrey-Lascal«, half Charity aus. »Ihr Ehemann leitete dort vor dem Krieg eine Bank, und jetzt ist er bei Charles de Gaulle.«

»Wilkins hat diese Informationen ebenfalls geschickt?« Donovan lachte abermals. »Der ist sorgfältig, nicht wahr?«

»Wilkins beschrieb sie als Jimmys ›gute Freundin‹«, sagte Charity.

»Piloten kommen herum, nicht wahr, Charity?«, zog Donovan sie auf.

»Bis sie schließlich zur Landung gezwungen sind«, erwiderte Charity. »Was hochkommt, muss runter, sagen sie. Letztendlich, wenn sie Glück haben, tritt eine Dalila in ihr Leben.«

»Wie in Samson und ...?« Donovan lachte. »Planen Sie, dem jungen Douglass einen Haarschnitt zu verpassen?«

»Eigentlich bezweifle ich, dass Dalila das bei Samson getan hat«, sagte Charity. »Aber wenn nötig ...«

Donovan und Douglass lachten beide, doch Douglass' Lachen klang ein wenig gezwungen. Wenn er Charity richtig verstanden hatte, und er befürchtete, dass dies der Fall war, hatte sie gesagt, dass sie Doug sexuell bis zu einem Punkt fertig machen würde, an dem ein Herumstreunen körperlich unmöglich sein würde.

Ein Summer ertönte viermal.

»Der FBI-Direktor ist eingetroffen«, sagte Charity. »Möchten Sie ihn draußen treffen oder wäre es besser, wenn wir alle uns in der Eingangshalle vor ihm zu Boden werfen?«

Donovan lachte herzhaft. Er amüsierte sich köstlich über Charity Hoche.

»Begrüßen wir ihn draußen und führen wir ihn durch die Küche ins Haus«, sagte Donovan.

Sie gingen zu dem gepflasterten Zufahrtsweg, der das Herrenhaus vom Stall trennte – immer noch so genannt, obwohl er in eine Garage mit fünf Stellplätzen umgebaut worden war –, als eine Cadillac-Limousine, die mit Funkantennen gespickt war, majestätisch heranrollte.

Auf den vorderen Sitzen saßen zwei adrett gekleidete junge Männer, von denen einer sofort aus dem Wagen sprang, als er stoppte, um die Tür zu öffnen.

J. Edgar Hoover, Direktor des Federal Bureau of Investigation, stieg aus.

»Hallo, Edgar«, sagte Donovan. »Es freut mich, dass Sie sich die Zeit nehmen konnten.«

»Es ist mir stets ein Vergnügen, Bill«, sagte Hoover und begrüßte ihn mit festem Händedruck. Er nickte kurz Captain Douglass zu. »Douglass«, sagte er.

»Mr. Director«, sagte Douglass.

»Und Sie kennen Miss Hoche, glaube ich, Edgar?«

Hoover strahlte.

»Wie schön, Sie zu sehen, meine Liebe«, sagte er. »Und wie geht es Ihrem Herrn Vater?« Bevor Charity etwas sagen konnte, sprach er weiter. »Bitten richten Sie Ihren Eltern meine besten Grüße aus.«

»Selbstverständlich«, sagte Charity.

»Möchten Sie einen Schluck trinken, Edgar«, fragte Donovan, »oder würden Sie lieber gleich essen?«

»Dies ist einer dieser Tage, an denen ich liebend gern einen kleinen Schluck trinken würde«, sagte Hoover, »aber einfach nicht die Zeit dazu habe.«

»Nun, darf ich später noch einmal darauf zurückkommen?«, sagte Donovan. »Ich versuche, sehr nett zu Ihnen zu sein, Edgar.«

»Das klingt, als ob Sie etwas von mir wollen«, sagte Hoover jovial, als sie das Haus durch die Küche betraten.

»Eigentlich habe ich gehofft, Sie haben vielleicht einen guten Draht zu der Staatspolizei von Virginia«, sagte Donovan.

»Da kann ich vermutlich helfen«, sagte Hoover. »Was brauchen Sie?«

»Kennen Sie jemanden, der einen Strafzettel für zu schnelles Fahren verschwinden lassen kann?«, fragte Donovan mit Pokermiene. »Der Cop sagte, dass wir vermutlich auch unseren C-Aufkleber verlieren.«

Hoover lächelte.

»Zum Teufel mit Ihnen, Bill«, sagte er. »Ich wäre Ihnen fast wirklich auf den Leim gegangen.«

»Oh, Edgar, Sie kennen mich besser. Ich würde Sie nie bitten, einen Strafzettel für zu schnelles Fahren verschwinden zu lassen.«

»Sie haben in Wirklichkeit keinen bekommen, nicht wahr?«, fragte Donovan.

»Vor weniger als einer Stunde«, sagte Donovan. »Auf dem Weg hierhin. Aber machen Sie sich deswegen keine Sorgen, Edgar. Ich werde den Boss um seine präsidentschaftliche Begnadigung bitten.«

Jetzt war Hoovers Lächeln gezwungen.

»Sobald wir unser Geschäftliches erledigt haben, Edgar, fahren wir nach Warm Springs«, sagte Donovan. »Auf der Fahrt dorthin ist Franklin stets in sehr guter Laune. *Er* wird sich um den Strafzettel kümmern, da bin ich mir sicher.«

Hoover marschierte vor ihm zum Esszimmer. Er kannte den Weg.

Donovan warf einen Blick zu Charity Hoche. Sie lächelte und nickte anerkennend. Er hatte Hoover aus dem Gleichgewicht gebracht, und mit der Geschicklichkeit, die Charity schätzte. Zuerst mit einem beleidigenden Vorschlag: dass der höchste Gesetzesbeamte, Mr. G-man persönlich, einen Strafzettel wegen zu schnellen Fahrens verschwinden lassen würde, und dann mit der Ankündigung, dass er mit Präsident

Roosevelt (er hatte das Privileg, ihn mit Vornamen anzusprechen) nach Warm Springs fahren würde, eine Reise, zu der Hoover offenbar nicht eingeladen war.

Es gab nur wenige Leute, die J. Edgar Hoover aus der Fassung bringen konnten. Donovan, fand Charity, konnte auf ihm spielen wie auf einer Geige.

Der Tisch war für drei Personen gedeckt.

Charity wartete, bis sie Platz genommen hatten, und wandte sich dann zum Gehen. »Ich werde dann servieren, wenn Sie einverstanden sind«, sagte sie.

»Prima«, sagte Donovan, und dann, als sei es ihm soeben eingefallen: »Oh, Charity, da war ein weiteres Telegramm aus London, persönlich an mich von Stevens.«

»Etwas, von dem ich wissen sollte?«

»Ich möchte, dass Sie es entschlüsseln«, sagte Donovan. »Die Botschaft lautet: ›Ich freue mich auf Katharine Hepburn‹.«

Sie lächelte ihn an. Es brauchte nicht entschlüsselt zu werden. Donovan hatte offenbar Lieutenant Colonel Ed Stevens, dem stellvertretenden Chef der Londoner OSS-Station, ein Telegramm geschickt und angefragt, wie er eine Versetzung von Charity dorthin finden würde. Angesichts ihres stinkvornehmen Philadelphiaer Akzents war sie als ›Katharine Hepburn‹ bekannt.

»Oh, Onkel Bill«, rief Charity, lief zu Donovan und gab ihm einen feuchten Kuss auf die Wange. *»Danke!«*

»Servieren Sie das Abendessen, Miss Hoche«, sagte Donovan. »Der FBI-Direktor sieht hungrig aus.«

Hoover drehte sein Glas nicht um, als eine Bedienstete in mittlerem Alter die Flasche Chateau de Long Jahrgang 35 vorzeigte, um dann einzuschenken.

Donovan legte das als gutes Anzeichen dafür aus, dass Hoover nicht mit einer Litanei von Klagen über Verstöße und Beleidigungen gegen die Kompetenzen des FBI gekommen war.

Die Beziehung zwischen dem Direktor des FBI und dem Direktor des OSS war kompliziert. Als ein neuer Besen gebraucht worden war, um das skandalumwitterte Federal Bureau of Investigation auszufegen, war der Posten Donovan angeboten worden, sowohl wegen seines öffentlichen Ansehens als Kriegsheld von untadeliger Rechtschaffenheit als auch wegen seines politischen Einflusses. Er hatte das Amt abgelehnt und mit einiger Mühe dafür gesorgt, dass J. Edgar Hoover, zu dieser Zeit ein junger Anwalt des Justizministeriums, es bekam. Als 1935 das FBI gegründet worden war, war Hoover – abermals mit Donovans Unterstützung – als erster Direktor ernannt worden.

Als Donovan kurz vor dem Krieg mit einem symbolischen Gehalt von einem Dollar als ›Coordinator of Information‹, der Vorgänger-Organisation des OSS, in den öffentlichen Dienst zurückkehrte, war Hoover zu einer hoch angesehenen Persönlichkeit in Washington geworden, die fast über jede Kritik erhaben war.

Das FBI war zweifellos die wirksamste Gesetzesbehörde, die die Nation jemals gehabt hatte, und das war eindeutig Hoovers Verdienst.

Und als die Idee einer Superagentur über allen Nachrichtenbehörden der Regierung aufkam, nahm Hoover natürlich an, sie würde dem FBI unterstehen. Er war bitter enttäuscht, als diese Rolle dem Büro des Coordinator of Information gegeben und sein Freund und Mentor Bill Donovan zum Leiter ernannt wurde.

Hoover war ein geschickter und erfahrener politischer Kämpfer mit vielen Freunden auf dem Capitol Hill und in Roosevelts innerem Kreis. Er gab sich nicht so einfach geschlagen. Er erwirkte bei Präsident Roosevelt, dass das FBI seine Rolle als Nachrichtendienst und Spionageabwehr behielt, nicht nur in den Vereinigten Staaten, sondern auch in Latein- und Südamerika. Und er brachte Roosevelt dazu, Bill Donovans Agenten in Südamerika unter seine eigene Kontrolle zu bringen, indem er das Recht beanspruchte, all ihre Aktivitäten zu ›koordinieren‹. Natürlich konnte er ihre Aktivitäten nur kontrollieren, wenn sie dem FBI ständige und detaillierte Berichte über ihre Aktivitäten lieferten.

Donovan, der zugab, dass die Schlacht verloren war, oder vielleicht weil Latein- und Südamerika auf seiner Prioritätenliste ganz unten stand, gab Hoover gegenüber nach.

Natürlich nicht ganz, doch er legte ein Lippenbekenntnis zu der Vorstellung ab, dass Hoover Nord- und Südamerika als sein Operationsgebiet bekommen sollte.

Hoover sah Donovan als das an, was er war: ein hoch kompetenter Mann mit hohen moralischen Grundsätzen und einem Patriotismus, der seinem nahe kam – und ein guter Freund. Aber er betrachtete Donovan ebenfalls als Bedrohung seiner Befugnis in allem, was Spionage anbetraf. Und dies war besonders ärgerlich, weil Donovan bei dem Präsidenten ebenso Gehör fand wie Hoover. Trotz ihrer scharfen politischen und ideologischen Differenzen waren Donovan und Roosevelt Freunde, seit sie zusammen Studenten auf der juristischen Fakultät der Columbia University gewesen waren.

Und mit höchster Geschicklichkeit trieb Roosevelt Spielchen mit Hoover und Donovan – manchmal spielte er sie gegeneinander aus, und manchmal versicherte er einem von ihnen, dass der andere ihn als den größten Patrioten und tüchtigsten Angestellten der Regierung betrachte.

Sowohl Hoover als auch Donovan wussten, dass das Gefährlichste, das jedem von ihnen passieren konnte, darin bestand, Roosevelt zu zwingen, sich für einen von ihnen zu entscheiden. So überzeugt von ihren eigenen Fähigkeiten und ihrem Einfluss bei Roosevelt sie beide auch waren, keiner war sich sicher, ob der andere jemals aufgefordert werden würde, von seinem Amt zurückzutreten.

Heute Abend stand nichts Besonderes auf der Tagesordnung, und sie tauschten Informationen aus. Hoover erzählte Donovan und Douglass, was seine Agenten in Latein- und Südamerika aufgedeckt hatten. Donovan hörte nichts, was er für sehr wichtig hielt. Vieles von dem, was Hoover erzählte, hatte er schon gehört.

Hoover sagte – nur halb scherzend –, dass er nahe daran war, seine Sicherheitskräfte bei Oak Ridge, Tennessee, zu verdoppeln, wo in einer streng geheimen Fabrik mit Uran gearbeitet wurde. Er würde die Hälfte der Sicherheitskräfte benutzen, sagte er, um zu verhindern, dass die Deutschen herausfanden, was im Gange war, und die andere Hälfte, um zu verhindern, dass die Wissenschaftler – von denen laut Hoover fünfzig Prozent Kommunisten waren – an die Sowjets weitergaben, was sie wussten und erfuhren. Für Hoover gab es keine Frage, dass der verantwortliche Wissenschaftler, J. Robert Oppenheimer, ein so Linker die Wladimir Lenin war.

»Und es ist heikel mit dem Boss, wissen Sie, Bill«, sagte Hoover. »Wenn er einen Fehler in seiner politischen Einschätzung macht, dann hat es mit den Russen zu tun. Er meint, Stalin sei eine Art russischer Senator aus Georgia. Und dass er ihn mit einem Damm oder einem Highway kaufen kann.«

Donovan lachte.

»Sie meinen, es besteht die echte Gefahr, dass tatsächlich jemand etwas bei den Russen ausplaudern könnte?«, fragte er.

»Nicht, so lange ich für die Sicherheit verantwortlich bin«, sagte Hoover. »Anstatt, zum Beispiel, Henry Wallace.«

Er sagte es mit einem Lächeln, doch Donovan verstand, dass Hoover den Vizepräsidenten und einige

Leute aus seiner Umgebung als echte Bedrohung für das einzige große Geheimnis des Krieges betrachtete: dass die Vereinigten Staaten im Begriff waren, eine Bombe zu entwickeln, die als Explosivkraft Atomenergie nutzte, eine Sprengkraft, die – vorausgesetzt die Theorie konnte in die Praxis umgesetzt werden – einer Fünftausend-Pfund-Bombe die Zerstörungskraft von zwanzigtausend Tonnen TNT geben würde.

»Henry weiß nichts über Oak Ridge«, sagte Donovan. »Und der Präsident sagte mir, er hat nicht die Absicht, ihm davon zu erzählen.«

»Franklin Roosevelt ist dafür bekannt, dass er seine Meinung ändert, um sie den jeweiligen Umständen anzupassen«, erwiderte Hoover und fügte trocken hinzu: »Es überrascht mich, dass Sie das noch nicht bemerkt haben.«

Donovan lachte anerkennend.

»Zum Thema Oak Ridge, Edgar«, sagte Donovan, »da gibt es eine neue Entwicklung bei uns, die ...«

»So?«, unterbrach Hoover.

»Wir versuchen, einige deutsche Wissenschaftler herzubringen«, sagte Donovan.

»Sie meinen, aus Deutschland heraus?«, fragte Hoover überrascht. »Können Sie das tun?«

»In den nächsten paar Tagen bringen wir eine Art Prozess in Gang«, sagte Donovan. Er wartete ab, ob Hoover ihn wieder unterbrechen würde, und als das nicht geschah, fuhr er fort: »Der erste Mann, den wir aus Deutschland herausholen, ist ein Metallurge ...«

»Warum ein Metallurge?«, fragte Hoover.

»Ich habe Ihnen von den fliegenden Bomben der Deutschen und den Düsenmaschinen erzählt«, sagte Donovan. »Ich habe es schließlich geschafft, den Präsidenten zu überzeugen, dass sie eine echte Bedrohung für eine massive Bombardierung Deutschlands sind, ganz gleich, was das Air Corps sagt. Ich habe die Genehmigung, zu tun, was mir möglich ist, um zumindest die Produktion von Düsenflugzeugen und Raketenbomben der Deutschen zu verlangsamen. Beides erfordert besondere Metalllegierungen und Spezialtechniken, um die besonderen Legierungen herzustellen. Die Idee ist, herausfinden, welche Art besonderes Metall und welche Spezialtechniken für die Herstellung erforderlich sind, und diese Einrichtungen dann oben auf die Liste der Prioritäten bei den Bombardierungen zu setzen.«

Hoover stieß einen Grunzlaut aus und fragte dann: »Was hat dies mit Groves' Bombe zu tun? Mit Oak Ridge?«

»Wenn es uns gelingt, den Metallurgen sicher herauszuholen und festzustellen, wie viel Aufmerksamkeit die Deutschen seinem Verschwinden schenken, beginnen wir die Mathematiker und Physiker herauszuholen, die wir brauchen – oder deren Dienste wir nicht bei den Deutschen wünschen.«

»Und wenn die Deutschen Sie erwischen, wenn Sie den Metallurgen herausholen, werden sie das dann nicht in Zusammenhang mit dem Manhattan Projekt bringen?«, fragte Hoover.

»Genau«, sagte Donovan. »Wenn wir zu dem Punkt gelangen, an dem wir Atomwissenschaftler herausholen, dann werden Sie verantwortlich für ihren Schutz entweder in Oak Ridge oder White Sands sein, sobald sie in diesem Land sind. Ich dachte, vielleicht wollen Sie den Metallurgen, vorausgesetzt wir können ihn herausholen, als eine Art Versuchskaninchen benutzen.«

»Sie sagen ›wenn‹ und ›vorausgesetzt‹, Sie können ihn herausholen«, meinte Hoover. »Haben Sie Zweifel daran, dass es Ihnen gelingen wird? Oder glauben Sie, dass die Operation schief gehen wird?«

»Wir haben natürlich große Hoffnungen«, sagte Donovan und erklärte, dass das OSS eine neue Fluchtroute, die sogenannte ›Pipeline‹ durch Ungarn und

Jugoslawien ausgearbeitet hatte, mit dem einzigen Zweck, Leute der ›besonderen Kategorie‹ aus Deutschland auszuschleusen. Die normalen bestehenden Fluchtwege, auf denen Leute vom europäischen Kontinent geholt wurden, führten durch Holland und Frankreich nach England.

Hoover zeigte große Neugier wegen der neuen ›Pipeline‹, und Donovan erklärte ihm die Operation und fragte sich, ob die Neugier des FBI-Direktors beruflicher oder persönlicher Natur war. Er wusste, dass sich Hoover lieber als Agent denn als Verwaltungsbeamter betrachtete. Donovan argwöhnte, dass Hoover sich vorstellte, wie er die Grenze von Deutschland nach Ungarn überquerte und sich dann in der Gesellschaft jugoslawischer Partisanen aus Jugoslawien herausstahl.

Als die Erklärung vorüber war, stieß Hoover einen Grunzlaut aus und schaute Captain Douglass an.

»Sie haben anscheinend nicht viel zu sagen, Douglass«, sagte er.

»Ich bitte Pete, an den wichtigeren Treffen teilzunehmen, Edgar, damit ich keine Zeit damit verplempern muss, zu wiederholen, was gesagt wurde.«

»Ich habe mir selbst Gedanken in dieser Hinsicht gemacht«, sagte Hoover, »dass ich einige Zeit brauchen werde, all dies Tolson zu wiederholen.« Clyde Tolson war der stellvertretende Direktor des FBI und Hoovers engster Freund. Sie teilten ein Haus.

»Wenn Clyde eine Unbedenklichkeitsbescheinigung für das Manhattan Projekt hätte«, sagte Donovan, »wäre ich der Erste, der sagt, bringen Sie ihn mit.«

»Clyde weiß über das Manhattan Projekt Bescheid«, sagte Hoover. »Er ist mein Stellvertreter.«

Es überraschte Donovan nicht, dass Hoover Tolson in die Geheimnisse des Manhattan Projekts eingeweiht hatte, er war jedoch überrascht, weil Hoover es so offen vor ihm zugegeben hatte. Tolson stand wie Vizepräsident Wallace nicht auf der kurzen Liste von Personen, die genehmigten Zugang zu Informationen bezüglich der Atombombe hatten.

»Dann hätten Sie ihn mitbringen sollen, Edgar«, sagte Donovan. »Clyde ist ein alter Freund. Er braucht keine förmliche Einladung, um mit uns zu essen.«

Donovan erkannte, dass er Hoover soeben in eine Klemme gebracht hatte. Sollte er, wie er es hätte tun müssen, zu Roosevelt laufen und ihm sagen, dass der Leiter des FBI gegen die Sicherheitsvorschriften verstoßen hatte? Wenn er das tun würde, würde sich dann herausstellen, dass Hoover von Roosevelt die Genehmigung erhalten hatte, Tolson einzuweihen? Dann würde er, Donovan, dumm dastehen. Und wenn er Roosevelt nicht informierte, würde der Präsident es dann herausfinden und zu Recht verärgert sein, weil er, Donovan, davon gewusst und geschwiegen hatte?

Donovan sagte sich, dass dies einer der seltenen Augenblicke war, wo es nötig war, sehr offen zu Hoover zu sein.

»Edgar, weiß Roosevelt, dass Sie es für nötig hielten, Clyde zu informieren?«

»Nein«, sagte Hoover und sah ihm in die Augen. »Werden Sie es ihm erzählen?«

»Bestimmt«, sagte Donovan. »Ich habe Gerüchte über Clyde gehört. Er soll genauso Kommunist wie Henry Wallace sein.«

Hoover lachte, doch sein Lächeln war gezwungen.

Ich werde dich im Unklaren lassen, ob ich es Roosevelt erzähle oder nicht, dachte Donovan. *Mach dir ruhig ein wenig Sorgen. Diese Runde geht an mich. Ein weiterer Beweis für die Theorie, dass man es mit der Wahrheit versuchen sollte, wenn man nicht weiter weiß.*

Hoover warf einen Blick auf seine Armbanduhr und stand auf.

»Ich hatte keine Ahnung, wie spät es ist«, sagte er.
»Ich bringe Sie zum Wagen, Edgar«, sagte Donovan.

4

Union Station
Washington, D.C.

30. Januar 1943

Staley hatte keine Mühe, Captain James M.B. Whittaker aus der Menge herauszufinden, die vom Zug wegging, obwohl viele der Reisenden Uniform trugen und fast ein Dutzend uniformierte Captains des U.S. Army Corps waren.

»Halten Sie Ausschau nach einem Typen, der aussieht wie auf einem Rekrutierungsplakat des Air Corps«, hatte Chief Ellis gesagt. »Groß, gut aussehend und entweder der saloppste Offizier, den Sie jemals gesehen haben, oder der eleganteste. Das kommt darauf an, wie er sich gerade fühlt.«

Staley sagte sich, dass sich Captain Whittaker entschieden hatte, elegant zu sein. Er trug eine perfekt geschneiderte pinkfarbene und grüne Uniform, und er war im Begriff, einen kurzen Kamelhaarmantel anzuziehen, als Staley ihn entdeckte. Sein Schiffchen hatte einen Kniff wie nach der fünfzigsten Mission, eine Affektiertheit eines Jagdfliegers, aber abgesehen davon sah er aus, als wäre er soeben dem Schaufenster eines noblen Bekleidungsgeschäfts entstiegen.

Staley fing ihn ab und hätte fast salutiert. Er war nicht ganz daran gewöhnt, Zivilkleidung zu tragen und zu handeln wie ein Zivilist.

»Captain Whittaker?«

»Schuldig«, sagte Whittaker und lächelte ihn an.

»Ich bin im Auftrag von Chief Ellis hier, Sir«, sagte Staley. »Lassen Sie mich bei Ihrem Gepäck helfen.«

»Da Sie dumm genug sind, sich freiwillig zu melden, können Sie die schweren Stücke tragen«, sagte Whittaker. »Wo ist Ellis?«

»Er ist in Georgia, Sir«, antwortete Staley.

»Mit dem Colonel? Und dem Oberbefehlshaber?«

»Jawohl, Sir«, sagte Staley und fragte sich, wie Whittaker das wissen konnte.

Als sie im Buick saßen, sagte Whittaker: »Nun, ich weiß zu schätzen, dass Sie mich abgeholt haben, aber ich hätte ein Taxi nehmen können.«

»Nach Virginia?«, platzte Staley heraus. Ellis hatte ihm erzählt, dass Whittaker reich war, dass ihm eigentlich das Haus in der Q Street gehörte, aber die Vorstellung, für eine fast siebzig Kilometer lange Fahrt ein Taxi zu bezahlen, war erschreckend für ihn.

»Virginia? Ich spreche von der Q Street.«

»Sir, ich soll Sie nach Virginia bringen«, sagte Staley.

»Ich fahre zum Haus in der Q Street«, sagte Whittaker entschieden. »Wenn Sie das in Verlegenheit bringt, setzen Sie mich an der nächsten Ecke ab. Ich nehme mir dann ein Taxi, und wir sagen, Sie haben mich in der Union Station nicht finden können.«

»Man erwartet Sie in Virginia«, wandte Staley ein.

»Die können mich mal«, sagte Whittaker. »Da drüben ist ein Taxi.«

»Ich werde Sie zum Haus bringen«, sagte Staley. »Niemand hat mir befohlen, Sie zu überreden, nach Virginia zu fahren. Aber wenn Sie erzählen, dass ich Ihnen gesagt habe …«

»Ich werde Ihnen Rückendeckung geben«, fiel Whittaker ihm ins Wort. »Sie wissen, was sich in Virginia abspielt, nehme ich an. Dort draußen treibt man allerlei obszöne Dinge wie zum Beispiel Liegestütze und meilenweites Herumrennen vor dem Frühstück.«

Staley lachte. »Ich habe es mitgemacht.«

»Dann müssen Sie einen Armleuchter namens Eldon C. Baker kennen«, sagte Whittaker, »was ein weiterer Grund dafür ist, dass ich nicht nach Virginia fahre.«

»Ich kenne ihn«, sagte Staley.

Am Haus in der Q Street Northwest ließ der Wachtposten den Buick erst durchs Tor ein, als ihm Whittaker seinen Ausweis gezeigt hatte.

Und als sie die Küche betraten, wurden sie von Charity Hoche im Bademantel erwartet.

»Du solltest nicht hier sein, Jimmy«, sagte sie.

»Allmächtiger, und ich hatte gehofft, etwas wie ›Willkommen daheim, Jimmy‹ zu hören.«

»Man erwartet dich in Virginia«, sagte Charity.

»Ich hoffe, man hält nicht den Atem an«, sagte Whittaker. »Stellst du keine Frage über Doug?«

»Wie geht es Doug?«

»Er hält sich den Umständen entsprechend ziemlich gut«, sagte er.

»Welchen Umständen entsprechend hält er sich ziemlich gut?«

»Den Umständen entsprechend, dass er der offizielle Hengst der Rote-Kreuz-Mädchen im Bereich London ist«, sagte Whittaker. »Einige davon sind wahre Männerfresser.«

»Zum Teufel mit dir!«, sagte sie.

»Als ich ihn das letzte Mal sah, starrte er lustlos vor sich hin und zupfte Blütenblätter ab«, sagte Whittaker. »Charity liebt mich – sie liebt mich nicht – sie liebt mich …«

»Das ist schon besser«, sagte Charity. »Ich reise dorthin. Ich habe es vor ein paar Tagen erfahren.«

»Nun, das sollte gewiss sein Gesellschaftsleben verändern«, bemerkte Whittaker, und dann stellte er die Frage, die er im Sinn hatte, seit er Charity gesehen hatte.

»Wo ist die reguläre Hausmutter?«

»Cynthia ist im Haus in Virginia«, sagte Charity.

»Was treibt sie da?«

»Sie absolviert den Lehrgang«, sagte Charity.

»Welchen Lehrgang?«

»Den regulären Lehrgang«, sagte Charity.

»Was, zum Teufel, hat das zu bedeuten?«, fragte er.

»Was meinst du denn?«, antwortete sie mit einer Gegenfrage.

Die Vorstellung, dass sich Cynthia der Ausbildung unterzog, um Agentin zu werden, war so absurd, dass er das Thema nicht weiter verfolgte.

»Ich fahre morgen früh dorthin«, sagte er. »Ist mein Wagen hier?«

»Ja, das ist er, aber ich bin mir nicht sicher, ob man dir erlaubt, dort draußen einen Wagen zu haben«, sagte Charity.

»Ich werde das Risiko eingehen«, sagte er. »Und wenn du mir jetzt einen Whisky einschenkst, werde ich dich über die Konkurrenz informieren, die dich in England erwartet. Und nur für die Akten, Charity, ich bin hier, weil ich mich über die sehr energischen Einwände dieses Gentleman hinweggesetzt habe.«

»Mein Name ist Staley, Captain«, sagte Staley und gab ihm die Hand. Staley mochte Whittaker. Ellis hatte das vorausgesagt. Er selbst war sich dessen nicht so sicher gewesen. Offiziere sind Offiziere. Aber da war etwas an diesem Captain, das ihn zu etwas Besonderem machte.

»Über die energischen Einwände von Mr. Staley hinweg«, sagte Whittaker. »Kann ich jetzt den Whisky haben?«

Er erwachte früh, seine innere Uhr war durcheinander durch die großen Entfernungen, die er zurückgelegt hatte, und ihm war klar, dass er gegen zwei am

Nachmittag sehr müde sein würde. Schlimmer noch, sein Verstand würde benebelt sein. Und er wünschte sich einen klaren Verstand, wenn er Cynthia sah.

Er duschte in der großen, gefliesten Dusche mit den beiden Duschköpfen, wo angeblich Chesley Haywood Whittaker, sein Onkel ›Chesty‹, an einem Schlaganfall gestorben war. In Wahrheit war Chesty Whittaker beim Geschlechtsverkehr gestorben, am Pearl Harbor Day, und Chief Ellis hatte die Leiche hierhin transportiert, damit sie unter seiner eigenen Dusche ›gefunden‹ werden konnte und nicht im Bett einer jungen Frau, der Tochter eines früheren Kommilitonen, mit der er zwei Jahre lang eine Affäre gehabt hatte. Der Name der jungen Frau war Cynthia Chenowith.

Nur wenige Leute wussten, was tatsächlich geschehen war: Wild Bill Donovan, der Chestys lebenslanger Busenfreund gewesen. Und Captain Douglass wusste davon. Und Chief Ellis. Und Dick Canidy, Whittakers Schulkamerad und jetzt die Nummer Drei in London für das OSS. Und natürlich wusste Jimmy Whittaker Bescheid. Er bezweifelte, dass Cynthia bekannt war, dass er es wusste, und dabei wollte er es belassen. Es machte ihm nichts aus, redete er sich ein – und meistens glaubte er das auch.

Aber er dachte daran beim Duschen und als er den Packard aus der Garage fuhr. Das 1941er Packard 280 Cabrio hatte Chesty gehört. Vermutlich waren Chesty und Cynthia oftmals zusammen darin gewesen. Er bezweifelte, dass sie auf dem Rücksitz Geschlechtsverkehr gehabt hatten, aber höchstwahrscheinlich hatten sie Händchen gehalten, sich geküsst und dergleichen.

Als er aus dem Distrikt heraus war, fuhr er auf den Seitenstreifen, hielt an und ließ trotz der Kälte das Verdeck herunter. Er ließ die Heizung auf voller Stärke laufen und die Fenster geschlossen, und es war ziemlich angenehm, mit offenem Verdeck zu fahren.

Einen halben Kilometer vom staatlichen Highway entfernt und auf dem Grundstück in Virginia war außer Sicht des Highways ein Wachhaus errichtet worden und Whittaker stellte fest, dass Charity Recht gehabt hatte. Man erwartete ihn, aber nicht am Steuer eines Wagens.

»Ich weiß wirklich nicht, was ich sagen soll«, erklärte der Wachtposten, der die Uniform eines Polizisten des National Park Service trug. »Ich habe Ihren Namen auf der Liste, Captain, aber als Rekrut, und Rekruten können keine Privatwagen hier auf dem Gelände haben.«

»Aber ich habe Ihnen doch gezeigt, dass ich kein Rekrut bin«, sagte Whittaker. »Rufen Sie Baker an und sagen Sie ihm, dass ich hier bin und einen Wagen fahre.«

Der Wachtposten ging in sein Wachhäuschen, kam kurz darauf wieder heraus und sagte: »Mr. Baker sagt, Sie sollen gleich zu seinem Büro fahren, Captain. Es befindet sich im Haupthaus. Sie können es nicht verfehlen.«

Die Straße wand sich durch ein Kiefernwäldchen, und als er es durchquert hatte, passierte er eine Gruppe von zwölf oder fünfzehn Rekruten beim Dauerlauf. Sie hielten Springfield-Gewehre Modell 1903, Kaliber .30-06 schräg nach links vor dem Körper, nicht weil man erwartete, dass sie jemals eines benutzen würden, sondern um ihre Kondition zu verbessern.

Er verlangsamte und blickte aus dem Seitenfenster, als er an ihnen vorbeifuhr. Und er sah Cynthia Chenowith. Sie hatte ihr Haar unter einer GI-Mütze verborgen, und er sah ihre Brüste unter der Jacke ihres Arbeitsanzugs wippen und staunte einen Moment darüber, bevor er sie erkannte.

»Oh, Scheiße!«, stieß er mit großem Abscheu hervor und gab Gas.

Eldon Bakers Büro befand sich im ehemaligen Frühstückszimmer des Herrenhauses, ein ziemlich kleiner Raum, dessen Türen, die vom Boden bis zur Decke reichten, sich zu einem mit Fliesen ausgelegten Innenhof und jenseits davon zu einer ebenen Rasenfläche öffneten, die das Green eines Golfplatzes gewesen war, wie Whittaker sich erinnerte.

Baker saß hinter einem grauen Metallschreibtisch aus Regierungsbestand, als Whittaker eintrat. Baker war Anfang dreißig und hatte ein feistes Gesicht. Er trug einen Arbeitsanzug, aber wo ein Offizier die Abzeichen seines Rangs und seiner Truppengattung gehabt hätte, befand sich ein quadratisches blaues gesticktes Abzeichen mit einem Dreieck und den Lettern ›U.S.‹ darin. Es war das Abzeichen, das von zivilen Experten getragen wurde, die der U.S. Army im Feld zugewiesen wurden. Baker war Nachrichtenoffizier des Außenministeriums gewesen, bevor er zum OSS gegangen war, wo er als ›Leiter der Abteilung Rekrutierung und Ausbildung‹ geführt wurde. So weit Whittaker das wusste, hatte Baker niemals gedient.

»Ah, hallo, Jim«, sagte Baker. »Wir hatten Sie eigentlich gestern Abend erwartet.«

»Sie sehen sehr militärisch aus, Eldon«, sagte Whittaker. »Erwartet man von mir, dass ich grüße?«

»Wir grüßen hier nicht«, sagte Baker. »Ebenso wenig tragen wir Abzeichen mit dem Rang oder der Truppengattung.«

»Darf ich Ihnen eine Frage stellen?«, fragte Whittaker.

»Was Sie hier machen? Nun, die Antwort ist sehr einfach. Sie haben den Lehrgang nicht absolviert und …«

»Warum rennt Cynthia Chenowith in einem Arbeitsanzug und mit einem Springfield herum?«

»Spricht das nicht für sich selbst? Sie absolviert den

Lehrgang. Und sie macht das ziemlich gut. Ehrlich gesagt, viel besser, als ich erwartet hatte.«

»Zu welchem Zweck?«

»Liegt das nicht ebenfalls auf der Hand?«

»Sie sind beknackt, Eldon«, sagte Whittaker sachlich. »Was, zur Hölle, ist nur in Sie gefahren?«

»Ich hatte gehofft, unsere Beziehung würde freundschaftlich sein«, sagte Baker. »Sie erschweren das.«

»Wollen Sie mir sagen, Sie planen ernsthaft, dieses Mädchen zu Einsätzen zu schicken?«, fragte Whittaker.

»Im Moment liegt nichts Besonderes an, aber wenn sich die Gelegenheit ergibt ...«

»Teilt Bill Donovan diese irre Ansicht?«

»Offensichtlich hat sie Donovans Billigung«, sagte Baker. »Und ebenso offensichtlich geht Sie das nichts an, nicht wahr?«

»Ich werde dafür sorgen, dass es mich etwas angeht«, sagte Whittaker.

»Haben Sie eine Erklärung, warum Sie nicht hergekommen sind, wie es Ihnen befohlen wurde?«, sagte Baker. »Sie werden bemerkt haben, dass ich das Thema gewechselt habe.«

»Ich brauche Ihnen gar nichts zu erklären, Eldon«, sagte Whittaker. »Ich arbeite nicht für Sie. Ich weiß nicht einmal, was ich in den Staaten tue.«

Da war mehr, als dass einfach die Chemie zwischen Ihnen nicht stimmte, fand Whittaker, denn er hatte Eldon Baker vom Augenblick ihres Kennenlernens an nicht leiden können. Er konnte eine lange Liste von Dingen anfertigen, die bei Eldon Baker nicht stimmten, angefangen mit Bakers Skrupellosigkeit bis zu Dingen wie aufgeblasen, arrogant und bürokratisch, aber hauptsächlich war die nicht zusammenpassende Chemie der Grund, weshalb sie zwangsläufig bei jeder Begegnung verbal aneinander gerieten.

Baker entschied sich nun, Whittaker zu tolerieren.

»Da ist eine Mission für Sie vorgesehen«, sagte er.

»Welche Mission?«

Baker ignorierte die Frage.

»Es ist entschieden worden, dass Sie zuvor den Lehrgang absolvieren.«

»Von wem ist das entschieden worden?«

»Es ist Politik des OSS«, sagte Baker, »dass jeder die Schule absolviert.«

»Sie wollen sich herauswinden«, sagte Whittaker. »Donovan weiß nichts davon, dass Sie von mir erwarten, dass ich Ihre Schule für Spione besuche, wie? Sie wollen mir einfach weismachen, dass das eben so ist. Lecken Sie mich am Arsch, Eldon. Das klappt nicht. Canidy hat mir erzählt, dass Donovan ihm gesagt hat, keiner von uns braucht an diesem Scheiß teilzunehmen. Menschenskind, ich habe die Schule in England *geleitet*.«

»Sie haben keine Ausbildung für eine Infiltration per Schlauchboot von einem U-Boot aus«, sagte Baker. »Es ist nicht meine Absicht, Sie durch den gesamten Lehrgang zu schicken ...«

»So?«

»Und eigentlich hatte ich vor, Sie zu bitten, ein paar Stunden zu lehren. Ich dachte, das würde wirklich die Aufmerksamkeit der Männer gewinnen und ihnen helfen, durchzuhalten, wenn sie wüssten, dass sie von einem Lehrer unterrichtet werden, der im Einsatz gewesen ist.«

»Wenn das ein Knochen sein soll, den Sie mir hinwerfen wollen, dann knabbern Sie selbst daran«, sagte Whittaker. Er ging zur Tür. Dort verharrte er und wandte sich noch einmal um. »Ich fahre zurück nach Washington«, sagte er. »Und Wild Bill persönlich wird mir befehlen müssen, hierhin zurückzukommen. Und dann werde ich vielleicht nicht kommen.«

»Offenbar hat es keinen Zweck, darüber mit Ihnen zu diskutieren«, sagte Baker.

Als Whittaker das Gebäude verließ, entschlossen, Cynthia zu finden, sah er sie sofort. In der Zeit, in der er die Konfrontation mit Baker gehabt hatte, war sie mit der Gruppe von der Stelle, an der er sie auf der Straße gesehen hatte, bis zum Herrenhaus gelaufen.

Vermutlich waren sie den ganzen Weg in vollem Tempo gerannt. Cynthia und eine andere Frau, beide mit rotem Gesicht und schwer atmend nach der Anstrengung, saßen auf dem Boden, den Rücken an eine Wand gelehnt.

Er ging zu ihnen. Sie blickte zu ihm auf, sagte jedoch nichts.

Einer der älteren Rekruten kam schnell hinzu. Er war groß und muskulös, sah sehr gut aus und wirkte auf Whittaker irgendwie vertraut.

»Kann ich Ihnen helfen, Sir?«, fragte er.

»Machen Sie einen Spaziergang«, sagte Whittaker. Er schaute Cynthia an. »Was, zum Teufel, machst du hier?«

»Wie sieht es denn aus?«, erwiderte sie.

»Mein Gott, wenn es nicht so blöde wäre, könnte ich es glatt lustig finden.«

»Jimmy, warum verschwindest du nicht einfach von hier?«, fragte Cynthia.

Stattdessen packte er ihr Handgelenk und riss sie auf die Füße.

»Was soll das?«, fuhr sie ihn an.

Er küsste sie, so schnell, dass ihr keine Zeit blieb, ihr Gesicht wegzudrehen, und so überraschend, dass es einen Moment dauerte, bevor sie sich losreißen konnte.

Einer der Rekruten lachte und applaudierte.

»Was hat das alles zu bedeuten?«, fragte Cynthia, anscheinend zwischen Empörung und Tränen hin und her gerissen. »Warum hast du das getan?«

»Aus zwei Gründen«, sagte er. »Um dich daran zu erinnern, dass du eine Frau bist. Und weil ich dich liebe.«

»Verdammter Kerl!«, sagte Cynthia und kämpfte gegen Tränen an.

»He, he, Moment mal!«, sagte der ältere Rekrut.

»Greg, nicht!«, rief Cynthia schnell. »Er ist verrückt. Er wird dich umbringen!«

Der Rekrut blickte ihn argwöhnisch und mit großem Interesse an.

»Entspann dich, Junge«, sagte Whittaker. »Ich bin ein Lover, kein Umbringer.« Dann ging er mit einem großen Gefühl der Selbstzufriedenheit zum Packard, stieg ein und startete.

III

1

Headquarters, 344th Fighter Group
Atcham Army Air Corps Station, England

31. Januar 1943

Der Rang hat seine Privilegien. In diesem Fall bedeutete das, dass der befehlshabende Offizier der 344th Fighter Group mit einem Jeep nach der Einsatzbesprechung zu der Splitterschutzwand gefahren wurde, wo sein Flugzeug parkte. Die anderen Piloten fuhren zusammengedrängt auf der Ladefläche eines Lastwagens.

Der befehlshabende Offizier der 344th Fighter Group, Eighth United States Air Force, war Lieutenant Colonel Peter (›Doug‹) Douglass junior, USMA 39, ein schlanker, sympathisch wirkender Offizier, der viel zu jung aussah, um Kommandant einer Jagdgruppe oder Lieutenant Colonel zu sein – bis man in seine Augen sah. Er war fünfundzwanzig Jahre alt.

Er trug eine Jacke A-2 aus Pferdefell, die vorne einen Reißverschluss und gestrickte Manschetten hatte. Auf den Rücken der Jacke war die Flagge der Republik China gemalt, und eine Aufschrift in Chinesisch erklärte, dass der Träger nach China gekommen war, um die japanischen Invasoren zu bekämpfen, und dass eine Belohnung in Gold für seine sichere Rückkehr bezahlt werden würde, falls er vom Himmel fallen würde.

Doug Douglass war ein Mitglied der Amerikanischen Freiwilligengruppe in China und Burma gewesen, ein ›Flying Tiger‹, einer der kleinen Gruppe von Piloten, die vor dem Eintritt der Vereinigten Staaten in den Krieg vom Army Air Corps, den Marines und der Navy rekrutiert worden waren, um Curtiss P-40 Jagdflugzeuge gegen die Japaner zu fliegen. Auf die Nase seiner P-38F waren zehn kleine japanische Flaggen gemalt, ›Fleischklopse‹ genannt, und jede symbolisierte den Abschuss eines japanischen Flugzeugs. Es waren ebenfalls sechs Hakenkreuze darauf gemalt, die den Abschuss von sechs deutschen Flugzeugen symbolisierten, und das Symbol für ein U-Boot.

Während eines Angriffs auf die deutschen U-Boot-Bunker bei St. Nazaire hatte Douglass – damals Major – versucht, eine Fünfhundert-Pfund-Luftbombe in die Öffnung der Bunker zu werfen. Es hatte nicht geklappt. Aber diese Bombe hatte zufällig ein U-Boot getroffen, das gleich außerhalb des Bunkers an einem Kai gelegen hatte. Sie hatte den Rumpf im vorderen Torpedoraum getroffen, und das hatte eine Kettenreaktion ausgelöst. Der Sprengstoff in der Bombe und in Gott weiß wie vielen Torpedos hatte sich kombiniert, und das U-Boot war einfach zerfetzt worden, und nur wenig erkennbare Stücke waren übrig geblieben.

Douglass und seine Gruppe waren bei der Mission von einem Fotoaufklärungsflugzeug begleitet worden, und es gab eine Filmaufnahme, wie die Fünfhundert-Pfund-Bomben von den Tragflächen von Douglass' Maschine herunterfielen und wie eine davon das U-Boot traf, woraufhin große Stücke des U-Boot-Rumpfs durch die Luft trudelten. Ein Irrtum war ausgeschlossen, dies war zweifellos ein bestätigter Abschuss.

Der frisch beförderte Lieutenant Colonel Douglass

hatte sich dem ›Vorschlag‹ seines Divisionskommandeurs gebeugt, ein U-Boot auf die Nase seiner P-38F zu malen, nicht weil er es als einen Sieg betrachtete, sondern weil es symbolisierte, dass er bei dem Angriff auf die deutschen U-Boot-Bunker dabei gewesen war. Er hatte vierzig Prozent seiner Flugzeuge und seiner Piloten bei dieser Mission verloren.

Eine Geschichte machte die Runde, dass Douglass nach der Mission ins Hauptquartier der Eighth Air Force gestürmt war und den Offizier für Planung und Ausbildung verprügelt hatte, der die Mission befohlen hatte. Und dass angesichts der blutigen Nase, die er dem Sesselfurzer verpasst hatte, die hohen Tiere die Wahl gehabt hatten, einen West Pointer, der wegen seiner Abschüsse ein As war, vors Kriegsgericht zu stellen oder zu befördern, und sie entschieden sich für die Beförderung.

Heute saß bei ihm im Jeep, der in Atcham an der Parkrampe entlangfuhr, ein anderer Pilot mit einer identischen A-2-Jacke mit der chinesischen Flagge und den Schriftzeichen auf dem Rücken. Er war größer und schwerer als Douglass und mit sechsundzwanzig ein Jahr älter. Seine Name war Richard Canidy. Und er war Lieutenant Colonel Douglass' Staffelkommandant bei den Flying Tigers gewesen.

Er war kein Mitglied der 344th Fighter Group und trotz des goldenen Blattes eines Majors auf seiner A-2-Jacke nicht einmal ein Offizier des Army Air Corps. Canidy (Bakkalaureus der Naturwissenschaften, Luftfahrttechnik, MIT Jahrgang 38) war als Lieutenant Junior Grade, USNR, von seinem Dienst als Fluglehrer rekrutiert worden, um ein Flying Tiger zu sein, und von den Flying Tigers, um »technischer Berater« des Büros des Coordinator of Information zu werden.

Das ›Office of the Coordinator of Information‹ war in ›Office of Strategic Services‹ umbenannt worden, und Canidy war jetzt der Leiter der Whitbey House

Station des OSS England, was ihn zum drittranghöchsten OSS-Offizier in England machte. Zivilisten erregen in einer militärischen Umgebung Aufmerksamkeit. Aber man wird weniger auf sie aufmerksam, besonders nicht auf den oberen Ebenen der militärischen Hierarchie, wenn sie den Rang Major haben. Es war mit dem Army Air Corps arrangiert worden, dem ›Technischen Berater‹ Canidy einen Truppenausweis vom Büro des Generaladjutanten zu besorgen, der ihn als Major auswies und sicherstellte, dass es bei etwaigen Fragen an Eighth Air Force oder SHAEF (Supreme Headquarters, Allied Expeditionary Force) eine Personalakte von Canidy, Richard M., Major, USAAC, gab.

Canidy sollte nicht bei dieser Mission mit der 344th Fighter Group mitfliegen. Wenn entweder er oder Lieutenant Colonel Douglass ihre Vorgesetzen um die Genehmigung gebeten hätten, damit er mitkommen konnte, wäre die Bitte abgeschlagen worden.

Douglass war sich nicht sicher, warum Canidy mitfliegen wollte. Er nahm an, dass es etwas damit zu tun hatte, dass Jimmy Whittaker nach Australien geschickt worden war und Eric Fulmar und Stanley Fine plötzlich aus Whitbey House verschwunden waren, Ziel und Zweck unbekannt. Canidys alte Bande von Freunden, mit Ausnahme von Lieutenant Commander Eddie Bitter, USN (ein weiterer Ex-Flying Tiger) und natürlich Douglass selbst, war auseinander gebrochen. Solch glückliche Umstände, das Zusammensein mit den Kumpeln, waren natürlich zu gut gewesen, um lange zu währen.

Einmal hatte Douglass im Whitbey House, mit einem Viertelliter Scotch intus, die anderen mit einem plötzlichen Aufwallen von warmer Herzlichkeit angeschaut und gedacht: *Sie sind gute Jungs, die Besten, und sie sind meine Freunde. Ich werde nie im Leben bessere Freunde haben.* Und dann hatte er eine Erkenntnis gewonnen, die er in seiner Verfassung für tief philosophisch gehalten hatte: *Im Krieg gibt es wie in der Politik seltsame Bettgenossen.*

Der unbestrittene Anführer der Gang, der beste, naturbegabte Führer, den Douglass jemals kennen gelernt hatte – und der Test war der Kampf gewesen –, war Canidy. Und Canidy war kein Berufssoldat wie Douglass (West Point) und Bitter (Annapolis), sondern fast das Gegenteil, ein MIT-ausgebildeter Luftfahrttechniker, der kein Geheimnis daraus machte, dass er das meiste der heiligen Traditionen des Berufsmilitärs lächerlich fand.

Der kluge Mann, sozusagen der Philosoph der Gang, war Captain Stanley S. Fine, ein großer asketischer Jude, der Anwalt in Hollywood gewesen war, bevor er dann als Kommandant einer B-17-Staffel für das OSS rekrutiert worden war. Wenn das Annähern an einen Feind und sein Töten mit bloßen Händen die elementare Beschreibung eines Kriegers war, dann waren die wildesten Mitglieder der Gang anders als Krieger. Eric Fulmar war der Sohn einer Filmschauspielerin und eines deutschen Industriellen, und Jimmy Whittaker war ein reicher Angehöriger der oberen Zehntausend, der den Präsidenten der Vereinigten Staaten mit ›Onkel Franklin‹ ansprach.

Douglass wusste, wenn der Zufall diese Männer in irgendeiner normalen militärischen Organisation zusammengebracht hätte und wenn sie – was unwahrscheinlich war – dort Freunde geworden wären, hätte jeder einigermaßen vernünftige befehlshabende Offizier diese Gang zerschlagen und die Mitglieder so weit wie möglich voneinander entfernt versetzen müssen – als schreckliche Bedrohung ›militärischer Ordnung und Disziplin‹.

Aber sie waren in keiner normalen militärischen Organisation. Sie waren im Office of Strategic Services.

Lieutenant Colonel Douglass wusste mehr über das OSS, als er hätte wissen dürfen. Er hätte nicht einmal etwas über Whitbey House wissen dürfen, geschweige denn die meiste seiner Freizeit in dem beschlagnahmten Herrenhaus, dem Sitz der Ahnen der Herzoge von Stanfield, verbringen dürfen. Aber er war ein besonderer Fall. Er war nicht nur Dick Canidys Flügelmann bei den Flying Tigers gewesen, sondern sein Vater war auch Captain Peter Douglass senior, stellvertretender Direktor des OSS, Colonel Wild Bill Donovans Nummer zwei.

David Bruce, Leiter der Londoner Station, und sein Stellvertreter, Lieutenant Colonel Ed Stevens, ignorierten einfach Douglass' unerlaubte Anwesenheit in Whitbey House, wenn sie ihn dort sahen. Canidy und die anderen redeten in Douglass' Anwesenheit nicht über ihre Tätigkeit oder bemühten sich sehr, es nicht zu tun, aber es war schwierig, jederzeit daran zu denken, dass Douglass kein Recht auf Information hatte, und so verplapperten sie sich manchmal.

Als Canidy angedeutet hatte, dass es ihm nichts ausmachen würde, sich in der P-38F prüfen zu lassen, hatte Douglass gewusst, dass der nächste zwangsläufige Schritt für Canidy sein würde, an einer Mission teilzunehmen. Aber es wäre schwierig gewesen, seinem alten Staffelkommandanten, als dessen Flügelmann er den Luftkampf gelernt hatte, zu sagen, dass dies gegen die Vorschriften und deshalb unmöglich war. Es wäre sogar schwierig gewesen, wenn er ›nein‹ hätte sagen wollen, und er wollte nicht ›nein‹ sagen.

Er war der Kommandant der Jagdgruppe, und niemand stellte Fragen, wenn man sah, wie er persönlich einem Major des Air Corps eine P-38F zeigte oder wenn er ein paar Übungsflüge für eine P-38F plante und mit dem Major flog.

Wenn Dick eine P-38F während des Lernens zu Bruch fliegen würde, sagte sich Douglass, dann würde er einfach behaupten, dass er, Douglass, sie geflogen hatte. Das würde klappen, es sei denn, Canidy würde sich selbst umbringen, und in diesem Fall würde es nichts ausmachen. Diese Befürchtung erwies sich als rein akademisch. Canidy hatte keinerlei Problem mit der P-38F. Er war ein guter Pilot, und obendrein ein erfahrener. Er hatte mehrere tausend Flugstunden hinter sich. Viele von Douglass' Piloten hatten weniger als zweihundertfünfzig vorzuweisen.

Als der Jeep vor der Splitterschutzwand stoppte, hinter der die P-38F wartete, die Canidy heute fliegen würde, und Canidy aussteigen wollte, hielt Douglass ihn am Arm fest.

»Ich werde als Ihr Flügelmann fliegen, wenn Sie das möchten, Skipper«, sagte er.

Canidy lächelte ihn an, gerührt von der Geste.

»Ich werde bei dem Flug nur mitfliegen, danke, *Colonel*«, sagte er.

Douglass nickte und forderte den Fahrer mit einem Wink auf, den Major aussteigen zu lassen und dann weiterzufahren.

Canidy ging hinter die Splitterschutzwand. Der Crew Chief, ein junger Technical Sergeant, grüßte lässig.

»Guten Morgen, Major«, sagte er.

»Morgen«, erwiderte Canidy. »Sie haben beide Gummibänder entfernt, nehme ich an?«

»Jawohl, Sir«, sagte der Crew Chief.

Canidy, gefolgt vom Crew Chief, ging um das Flugzeug herum und machte den Check vor dem Flug. Er fand nichts zu beanstanden und nickte zum Zeichen, dass er den Zustand der Maschine billigte.

Sie gingen zur Nase des Flugzeugs zurück. Dort gab der Crew Chief Canidy eine Pferdefelljacke, und als Canidy sie angezogen hatte, stützte er ihn, als er eine Schaffellhose über seine Uniformhose anzog.

Canidy kletterte die Leiter zum Cockpit hoch, das

sich zwischen den beiden Motoren befand. Und zum ersten Mal sah er, was auf die Nase gemalt war. Die Haizähne der Flying Tigers und der Name ›Dick Canidy‹ und darunter fünf Fleischklopse.

»Das war sehr nett von Ihnen, Sergeant«, sagte Canidy. »Vielen Dank.«

»Der Colonel dachte, es gefällt Ihnen, Major«, sagte der Crew Chief. »Er war Ihr Staffelkommandant bei den Flying Tigers, nicht wahr?«

»Richtig.« Canidy ließ ihn in dem Glauben. Es war nicht der richtige Zeitpunkt für historische Genauigkeit.

Er kletterte ins Cockpit. Der Crew Chief folgte ihm die Leiter hinauf und trug Schaffellschuhe. Canidy zog sie mit einiger Mühe an, und dann half ihm der Crew Chief mit den Gurten des Fallschirms, dem Lederhelm und der Sauerstoffmaske mit dem eingebauten Mikrofon.

»Holen Sie ein paar deutsche Vögel runter, Major«, sagte der Crew Chief. »Gott sei mit Ihnen.«

Canidy lächelte und nickte.

Der Crew Chief kletterte die Leiter hinab und entfernte sie, wo sie am Cockpit eingehakt war. Als Canidy die Kontrollen überprüfte, rollte ein anderes Crewmitglied einen fahrbaren Feuerlöscher heran. Dann blickten er und der Crew Chief zum Cockpit hinauf und warteten auf Canidys nächsten Befehl.

Canidy blickte hinab und sah, dass sie für ihn bereit waren.

Dies ist nicht das Klügste, was ich jemals getan habe, dachte Canidy. *Ich weiß es besser. Nur ein verdammter Blödmann wagt sich freiwillig ins Himmelsblau, wo es gut möglich ist, dass er in Flammen umkommt.*

Die Alternative war, in Whitbey House herumzugammeln und verrückt zu werden. Gott allein wusste, was Donovan für Jimmy Whittaker im Sinn hatte. Und in diesem Moment war Eric Fulmar irgendwo in

Deutschland und trug die Uniform eines SS-Obersturmführers. Wenn die SS ihn darin schnappte, würde sie dafür sorgen, dass er vor seinem Tode ihren einfallsreichsten Verhörtechniken unterzogen wurde.

Entweder dieser Flug – und er konnte sich zugute halten, dass er eine Aufklärungsmission durchführte, die sonst das Air Corps würde machen müssen – oder trinken. Oder durchdrehen.

Er führte die letzten Kontrollen durch und schaute aus dem Cockpit nach unten.

»Clear!«, rief er.

»Clear, Sir!«, rief der Crew Chief zurück.

Canidy betätigte den Kippschalter mit der Aufschrift ENGINE START LEFT.

Der linke Motor begann zu mahlen, und der Propeller bewegte sich sehr langsam. Dann sprang der Motor an, stotterte kurz und drehte rund. Der Propeller wurde zu einem silbrigen Schemen.

Es war Zeit zum Denken. Er war bei dem Flug dabei. Er flog an Douglass' Seite in der Formation auf 25.000 Fuß, sodass er nicht in den Strom der B-17er auf 23.000 Fuß geriet. Douglass hatte die Verantwortung für die Schafherde. Canidy brauchte nur seine entsprechende Position zu Doug zu halten.

Als Erstes dachte er, dass dies seine wirkliche Aufgabe war. Er war Pilot, und zwar ein guter, im Kampf erfahrener. Und ebenfalls ein Flugtechniker. Er wusste, was er hier tat. Er hätte in diesem Krieg als Pilot kämpfen sollen.

Doch andere Gedanken drängten sich auf. Erfahrung ist relativ zu der Erfahrung eines anderen. Relativ gesprochen war er ein Oldtimer im Nachrichtengeschäft, nicht weil er so viel getan hatte, sondern weil kaum jemand sonst überhaupt etwas getan hatte. Die Amerikaner waren, worauf die Briten bei jeder Gelegenheit so gern hinwiesen, Neulinge im Nachrichtengeschäft.

Auf dem Massachusetts Institute of Technology in Cambridge hatte einmal eine Karikatur mit dem lustigen Spruch am schwarzen Brett gehangen: ›Vor eine Woche wusste ich noch nicht, wie man *Injeniör* buchstabiert, und jetzt bin ich eine‹.

Bei mir im Büro am schwarzen Brett sollte der Spruch hängen: ›Ich hatte keine Ahnung, was ein Einsatzoffizier ist, und jetzt bin ich einer‹.

Und ich habe jetzt ein Wissen, dachte er, bei dem sich diese Jungs in den Bombern in die Hosen scheißen würden. Man hat ihnen so oft gepredigt, von Leuten, die glauben, was sie sagen, dass die ›Box‹-Taktik – die eine theoretisch undurchdringliche Feuerzone von MG-Feuer Kaliber .50 schafft – sie sicher vor Schaden bewahrt, dass sie dazu neigen, es zu glauben.

Sie stellen natürlich in Frage, was man ihnen erzählt. Sie sind gescheit genug, um sich zusammenzureimen – oder aus der Erfahrung zu lernen –, dass deutsche Jagdflieger an der Eskorte der Jagdflugzeuge vorbeifliegen und dann die Box durchdringen. Aber sie hoffen, dass die Eskorten der Jagdflieger erfahrener und die Feuerzonen Kaliber .50 verbessert werden, sodass sich die Dinge bessern, nicht verschlimmern, und dass sie nur die Flak wirklich fürchten müssen.

Ich weiß, dass die Deutschen flugerprobte Jagdflugzeuge haben, die nicht mit Propellern angetrieben werden, sondern Düsenantrieb haben. Ich weiß, dass diese Flugzeuge drei- oder vierhundert Stundenkilometer schneller sind als unsere Jagdflugzeuge, was bedeutet, dass die Deutschen unsere Jagdflugzeug-Eskorten einfach fast ignorieren können. Und ich weiß, dass der beste Bordschütze der Welt kein kleines Jagdflugzeug treffen kann, das sich mit über tausend Stundenkilometern nähert.

Und ich weiß, dass es ein unglaubliches Blutbad hier oben geben wird, wenn es uns nicht gelingt, zu verhindern, dass die Deutschen ihre Düsenjagdflugzeuge einsatzbereit bekommen.

Kann ich aus diesem Grund verstandesmäßig, wenn auch nicht gefühlsmäßig, rechtfertigen, dass Eric Fulmar nach Deutschland geschickt wird? Wenn wir durch den Typen, den er aus Deutschland herausholt, herausfinden können, was die Deutschen brauchen, um ihre Düsenjagdflugzeuge zu bauen, können wir vielleicht ihre Fabriken zerbomben, bevor sie die Maschinen herstellen. In der kalten, gefühllosen Logik meines Berufes rechtfertigt das die Entsendung eines Agenten, auch wenn das Risiko eingegangen werden muss, dass er geschnappt wird. Der Sicherheitsdienst wird das Verhör mit ihm beginnen, indem er ihm die Haut vom Pimmel abzieht, bevor er ernsthaft zur Sache kommt.

»Morgenpatrouille Führer«, ertönte Douglass' Stimme über Funk. »Morgenpatrouille zwei. Wir haben soeben die deutsche Grenze überflogen.«

Canidy lächelte unter der schwarzen Sauerstoffmaske, von der die untere Hälfte seines Gesichts bedeckt war. Es schien eine Ewigkeit her zu sein, als er und Doug im ersten Tageslicht auf Patrouille geflogen waren und auf dem Weg zum Angriff auf Chungking nach japanischen Bombern gesucht hatten. Sie hatten sich für sehr clever gehalten, als sie damals ›Morgenpatrouille‹ als ihren Funknamen gewählt hatten. Errol Flynn hatte vor kurzem einen heldenhaften Jagdflieger in einem Film dieses Namens gespielt.

»Wenn du Eric siehst, winke ihm«, sagte Canidy ins Mikrofon.

Er dachte sofort: *Das war nicht sehr klug von mir, nicht wahr?*

»Im Ernst?«, erwiderte Douglass. Diesmal gab Canidy keine Antwort.

Fünf Minuten später meldete sich Douglass wieder über Funk.

»Blaue Gruppe, Führer. Wir haben eine Formation, die nach zwei Staffeln ME-109 aussieht, auf zehn Uhr. Baker und Charley, halten Sie Ihre Positionen. Able greift den Feind an. Able, folgen Sie mir!«

Canidy hielt Ausschau nach den deutschen Jagdflugzeugen und entdeckte sie, vielleicht 25 schwarze Flecken mit gesenkter Nase und offenbar mit der Absicht, den Bomberstrom von hinten und von oben anzugreifen.

Die Deutschen zogen es vor, von oben anzugreifen, vorzugsweise von oben *und* von hinten, aber auf jeden Fall von oben. Der Sturzflug auf die P-38er auf dem Weg zum Bomberstrom unterhalb würde den Messerschmitts einen beträchtlichen Vorteil verschaffen. Da die amerikanischen Jagdflugzeuge zwischen den B-17-Maschinen und den Deutschen waren, hatten die Bordschützen der B-17 nur ein eingeschränktes Schussfeld, wenn sie nicht das Risiko eingehen wollten, die P-38F-Maschinen zu treffen. Mit etwas Glück würde MG- und Kanonenfeuer, das auf die P-38F-Maschinen gezielt war, einen der Bomber unterhalb davon treffen.

Canidy wartete, bis Douglass aus dem Weg war, und testete dann seine Waffen (er hatte sie über dem Ärmelkanal überprüft, aber es war besser, sie noch einmal zu testen, anstatt einer Messerschmitt zu begegnen und keine einsatzbereiten Waffen zu haben), zog die Maschine hoch und nach links und blieb parallel zu Douglass' Tragfläche.

Er spürte, dass seine Hände in den Handschuhen schwitzten, und er wusste, dass dies ein Anzeichen auf seine Furcht war.

Die angreifenden Messerschmitts teilten sich in zwei Gruppen auf. Eine griff weiterhin den Strom der Bomber an, und die andere die amerikanischen

Jagdflugzeuge. Die Taktik war offenbar genau geplant.

Die P-38F-Maschinen hatten seit dem Verlassen ihrer ursprünglichen Position bis zum Aufsteigen nicht viel an Tempo gewinnen können, aber die Deutschen flogen mit Höchstgeschwindigkeit und näherten sich schneller, als Canidy erwartet hatte. Er war überzeugt, dass sein drei Sekunden langer Feuerstoß die Messerschmitt verfehlt hatte, auf die er gezielt hatte.

Als er zu Douglass abdrehte, schien die Welt für Canidy rot und dann fast schwarz zu werden, weil ihm die Zentrifugalkraft das Blut aus dem Kopf trieb.

Die beiden 1325 PS starken Allison-Motoren röhrten in Höchstleistung auf, als die Kontrollen FULL EMERGENCY MILITARY POWER anzeigten. Full Emergency Military Power hatte einen enormen Kraftstoffverbrauch und bedeutete kürzere Lebensdauer von Motoren, doch die zusätzliche Kraft im Bedarfsfall war die Kosten wert. Als sie aus der Dreihundertsechzig-Grad-Drehung heraus waren, flogen sie ein wenig schneller als die Messerschmitts. Sie holten langsam auf und folgten ihnen durch den Strom der Bomber.

Die Leuchtspurgeschosse der Bordgeschütze der Bomber schienen den Himmel auszufüllen. Es bestand durchaus die Möglichkeit, dass er getroffen wurde, und diese Aussicht machte ihm Angst. Doch die Furcht wurde durch das überwunden, was Canidy insgeheim als ›der tierische Drang zum Töten‹ bezeichnete. Der Mensch – und er bildete sich ein, zivilisiert zu sein – neigte dazu, vorzugeben, nur widerwillig in einen Kampf zu ziehen. Und er bereitete sich widerstrebend auf den Kampf vor. Aber wenn er erst darin verwickelt war, unterschied er sich weitaus weniger von dem Wilden, als er gern geglaubt hätte. Er schwelgte in der Vorstellung, den Feind zu töten.

Die beiden Messerschmitts, die Douglass jagte, zogen aus ihrem Sturzflug hoch. Um sicherzugehen, dass ein Feuerstoß aus seiner Batterie von acht Brownings Kaliber .50 auch tödlich traf (die Devise eines erfahrenen Jagdfliegers war: ›schieße erst, wenn du das Weiße in ihren Augen sehen kannst‹), war Douglass noch näher an die Deutschen herangeflogen und wurde jetzt überrascht. Seine P-38 konnte nicht rechtzeitig reagieren, und die Gelegenheit zum Feuern war dahin.

Canidy war zweihundert Meter hinter ihm. Ohne zu denken, drehte er die Nase seiner P-38F von der Messerschmitt ab, die er verfolgt hatte, und zu derjenigen hin, die Doug entkommen war. Das Flugzeug erzitterte einen Moment vom Rückstoß acht schwerer Maschinengewehre, dann zielte er auf das erste Flugzeug und gab diesmal einen Feuerstoß von drei Sekunden ab.

Er sah den Strom der Leuchtspurgeschosse in die Front der Messerschmitt jagen und zum Motor kriechen und dann zur linken Tragfläche. Es gab eine Spur von orangefarbenem Glühen, und dann explodierte der Tank unter der Tragfläche.

Canidy zog die P-38F abrupt hoch und hielt Ausschau nach dem deutschen Jagdflugzeug. Er konnte es einen Moment nicht entdecken, und dann sah er es, als es auf die Wolkendecke unterhalb zutrudelte, während Rauch aus dem Rumpf quoll. Er suchte den Himmel nach einem Fallschirm ab, konnte jedoch keinen entdecken.

Und dann war Douglass neben ihm.

»Zwei weitere«, ertönte Douglass' Stimme über Funk. »Wie, zum Teufel, werden wir das erklären?«

»Das macht insgesamt siebzehn, Colonel, nicht wahr?«, erwiderte Canidy.

»Blödsinn!«, sagte Douglass, und dann wechselte er die Frequenz. »Blue Group Able, hier ist Blue Group Leader. Hinter mir in Position A formieren.«

Die am ganzen Himmel verstreuten P-38F-Maschinen begannen abzudrehen und ihre ursprünglichen Schutzpositionen über dem Strom der B-17-Bomber einzunehmen.

Canidy griff in seine Schaffelljacke, dann in seinen Uniformrock und zog eine Landkarte des Pionierkorps der U.S. Army hervor: Deutschland.

Es war keine Luftnavigationskarte, sondern sie diente eher Bodentruppen zum Orientieren. Sie konnte auch von einem Piloten zu Rate gezogen werden, der nahe genug am Boden navigieren und Straßen und Flussläufen folgen wollte. Canidy hatte sie bei der letzten Einsatzbesprechung mitgenommen und darauf den Kurs eingezeichnet, den die Bomber fliegen würden. Wenn sie sich erst dem Bomberstrom angeschlossen hatten und über einer bekannten Stelle flogen, war es leicht, aus dieser Position und der Zeit zu bestimmen, wo die Spitze der Bomberformation zu einer bestimmten Zeit sein würde.

Das war nicht sehr genau, aber Canidy war beim Navigieren in China mit viel weniger ausgekommen. Er blickte auf seine Armbanduhr und kritzelte einige Berechnungen auf die Karte. Dann legte er den Maßstab-Anzeiger auf die Karte. Seine Berechnungen ergaben, dass das erste Flugzeug der Bomberformation jetzt über ein unbevölkertes Gebiet von Deutschland südöstlich von Dortmund flog. Er markierte noch einige weitere Punkte auf der Karte und schaltete dann sein Funkmikrofon ein.

»Morgenpatrouille zwei!«, rief er.

»Kommen«, meldete sich Douglass einen Moment später.

»Da ist etwas, das ich sehen möchte«, sagte Canidy.

»Wiederholen.«

»Ich wiederhole, ich werde mir etwas anschauen, das ich sehen möchte«, sagte Canidy. »Ich werde in etwa zwei Minuten zurück sein.«

»Dick, alles in Ordnung?«, fragte Douglass, und trotz der atmosphärischen Störungen war aus seiner verzerrten Stimme Besorgnis herauszuhören.

»Positiv«, sagte Canidy.

»Erlaubnis, die Formation zu verlassen, wird nicht erteilt«, sagte Douglass.

Canidy ignorierte ihn. Er senkte die Nase der P-38F und flog ostwärts. Er wusste, dass Douglass nicht einfach seine Verantwortlichkeit als Kommandant der Jagdfliegereskorte ignorieren konnte und er ihm deshalb nicht folgen würde.

Canidy stieß durch die Formation der Bomber hinab, äußerst überrascht, dass nicht mindestens ein Bordschütze die Nerven verlor und auf ihn schoss. Wenn er in einer P-51 oder einer P-47 gesessen hätte, wäre das vermutlich geschehen. Aber die zweimotorige P-38F mit dem Zwillingsheck war gut zu erkennen. Es gab kein deutsches Flugzeug, das ihr auch nur entfernt ähnelte.

Als er unter 11.000 Fuß war, zog er die Sauerstoffmaske vom Gesicht und rieb sich über die Male, die sie auf den Wangen und der Nase hinterlassen hatte. Er öffnete die Druckknöpfe seiner Schaffelljacke. Es war kalt, aber nicht annähernd so kalt, wie es auf 25.000 Fuß gewesen war.

Er ging bis auf 2.000 Fuß hinab und trimmte die Maschine, um mit einer Reisegeschwindigkeit von 450 km/h zu fliegen. Wenn es windstill war, würde er sich mit acht km/h pro Minute über den Boden bewegen. Es war natürlich nicht windstill, aber es half, diese Berechnung im Hinterkopf zu haben. Er legte – grob geschätzt – alle zwölf Sekunden 1,6 km zurück.

Sein Chronometer zeigte an, dass er die Formation vor dreizehn Minuten verlassen hatte, als er fand, was er suchte. Der Fluss Eder war bei Bad Wildungen gestaut und bildete einen See mit deutlich zu erkennender Form. Er flog östlich daran vorbei, weit genug entfernt, damit er nicht in Reichweite von Fliegerabwehrkanonen geriet, die den Staudamm schützten.

Er stellte den Sekundenzähler auf dem Chronometer ein.

Fast genau sechs Minuten später, ungefähr fünfzig Kilometer vom Stausee entfernt, entdeckte er den Fluss, der die Lahn sein musste. Genau dort, wo sie sein sollte, dachte er.

Er ging in scharfen Kurvenflug, um dem Fluss nach Süden zu folgen, und zog die Maschine sogar noch tiefer. Er würde sehr verletzlich sein, wenn er von hinten und von oben angegriffen werden würde. Er verließ sich darauf, nicht entdeckt zu werden, bis er gesehen hatte, was er suchte. Er setzte ebenfalls auf die Wahrscheinlichkeit, dass sich Deutsche, die in der Luft waren, auf die Bomberformation und ihre Eskorte konzentrieren würden, anstatt zu versuchen, einen einsamen Jagdflieger zu verfolgen.

Er sah zuerst die mittelalterliche Burg auf dem Hügel in Marburg, dann richtete er den Blick nach vorne und nach rechts.

Und da waren sie. Die Marburger Werke der Fulmar Elektrischen GmbH.

Er nahm Gas weg und fuhr die Klappen aus, und als es sicher war, fuhr er das Fahrwerk aus. Das Ausfahren des Fahrgestells war praktisch ein Zeichen der Kapitulation. Aber um zu kapitulieren, musste jemand da sein, dem man sich ergab, und es war kein Deutscher zu sehen. Er fuhr das Fahrgestell aus, um die P-38F zu verlangsamen, denn er wollte einen so guten Blick wie möglich bekommen.

Er passierte die Fulmar Elektrischen Werke so tief und so langsam, dass er glaubte, die Überraschung auf den Gesichtern der Arbeiter sehen zu können, die

Zäune und Pfähle für Tarnnetze rings um das neue, quadratische fensterlose Betongebäude errichteten.

Und dann war er darüber hinweg. Er gab Gas, zog die Klappen und das Fahrgestell ein und ging in steilen Steigflug.

Er fragte sich, ob Eric Fulmar dort unten war und die P-38F hören oder vielleicht sogar sehen konnte, wie das amerikanische Jagdflugzeug steil in den Himmel stieg.

Canidy hatte nichts von großer Bedeutung gesehen. Und er war sich nicht einmal sicher, ob die Deutschen wirklich vorhatten, die Marburger Fabrik zu nutzen, um die besonderen Legierungen für die Stahlteile ihrer Düsenflugzeuge herzustellen. Aber es war wichtig, dass er sich das selbst ansah. Jetzt war er froh darüber, dass er es getan hatte – auch wenn sein Wissensstand nicht nennenswert größer war als zuvor.

Es bestand die Möglichkeit, dass er für die Durchführung einer Mission gegen diese besondere Fabrik verantwortlich sein würde. Er wollte wissen, wie etwas aussah, das sicherlich amerikanische Leben kosten würde. Und jetzt würde er in der Lage sein, den Weg zu empfehlen, den die Angreifer nehmen würden. Da er jetzt dort gewesen war, konnte er sich als Experte auf diesem Gebiet bezeichnen.

Als er auf 15.000 Fuß aus einer Wolke herauskam, sah er die Bomberformation oberhalb von sich. Und als er 20.000 Fuß erreichte, flogen Leuchtspurgeschosse Kaliber .50 aus mehreren der Bomber im Bogen in seine Richtung.

Das war schlecht, aber Schlimmeres würde folgen. Das war der Instinkt eines Mobs. *Wenn der Typ im nächsten Flugzeug auf diese Maschine feuert, kann er vielleicht etwas sehen, das ich nicht entdecken kann, wie zum Beispiel Malteserkreuze auf den Tragflächen. Warum ein Risiko eingehen?*

Canidy zog die P-38F in steilem Sturzflug von der

Formation der Bomber fort, um außer Reichweite zu gelangen, und als er sich sicher fühlte, stieg er auf 23.000 Fuß und holte die Eskorte aus Jagdflugzeugen ein. Er traf gerade dort ein, als ein Schwarm von Messerschmitts, die bei Frankfurt stationiert waren, ihren Angriff begannen, und die Formation der Jagdflugzeuge sich auflöste, um den Angriff zurückzuschlagen. Er fand Douglass erst lange nach dem Bombenflug wieder, als sie auf dem Heimflug waren.

Als Douglass neben ihn flog, zog er seinen Handschuh aus, sodass kein Zweifel bestand, als er Canidy das internationale Handzeichen zeigte, das als ›der Finger‹ bekannt war.

Der Kommandant der 344th Fighter Group meldete sich über Funk.

»Du gottverdammter Hurensohn, ich habe mir Sorgen um dich gemacht.«

2

Ostbahnhof
Budapest, Ungarn

31. Januar 1943, 11 Uhr 45

Als der Opel Admiral in dem reservierten Bereich des Ostbahnhofs geparkt angetroffen wurde, erregte er natürlich eine gewisse Neugier unter den Gestapo-Agenten, die dem Bahnhof zugeteilt waren.

Zum einen gab es nur wenig Wagen des Typs Admiral – so etwas für die Firma Opel wie der Cadillac für General Motors –, die durch die Gegend fuhren, und der Besitz war ein Symbol der Macht und des Ansehens. Dieser Opel Admiral trug darüber hinaus Berliner Nummernschilder, ein CD-Schild (Corps

Diplomatique), und an dem Berliner Nummernschild, wo die Steuermarke kleben sollte, befand sich ein Aufkleber, der anzeigte, dass die Steuern erlassen worden waren, weil das Auto im Dienst des Deutschen Reichs und besonders im Dienst des SS-SD fuhr.

Offenbar war derjenige, der den Wagen geparkt hatte, jemand sehr Bedeutendes. Die Frage war, um wen es sich handelte.

Eines nach dem anderen. Josef Hamm, der ranghöchste der anwesenden Gestapo-Agenten, befahl, dass die ungarische Bahnpolizei ›gebeten‹ wurde, einen Bahnpolizisten bei dem Wagen zu postieren, um ihn zu beobachten. Wenn eines sicher war, dann die Tatsache, dass der hohe Offizielle – wer auch immer es sein mochte – bei seiner Rückkehr zu dem Wagen alles andere als erfreut sein würde, wenn von jemandem mit einem Schlüssel oder einer Münze die Kotflügel und Türen zerkratzt sein würden. Es hatte in jüngster Zeit viele solcher Beschädigungen gegeben. Viele Ungarn nahmen Anstoß an der ungarisch-deutschen Allianz im Allgemeinen und an der großen – und wachsenden – Anwesenheit deutscher Truppen und SS in Budapest im Besonderen und drückten diesen Ärger in kleinen, hässlichen Anschlägen aus.

Dann rief Hamm den Sicherheitsoffizier in der Deutschen Botschaft an und fragte ihn, wem der Wagen gehörte.

»Der gehört vermutlich von Hürten-Mitnitz«, sagte der Sicherheitsoffizier. »Das würde den SD-Aufkleber erklären, und er ist der Typ, der einen Admiral fährt.«

»Wer ist von Hürten-Mitnitz?«

»Helmut von Hürten-Mitnitz«, sagte der Sicherheitsoffizier. »Er ist der neue Erste Sekretär.«

»Wie kommt er dann an einen SD-Aufkleber?«

»Wenn es ihm langweilig wird, Nadelstreifenhosen zu tragen, kann er die Uniform eines Brigadeführers des SD der SS anziehen«, sagte der Sicherheitsoffizier.

»Von Hürten-Mitnitz ist ein sehr einflussreicher Mann. Sein Bruder ist ein großer Freund vom Führer. Wenn Sie wollen, kann ich das Nummernschild per Fernschreiben in Berlin überprüfen lassen.«

»Wie lange würde das dauern?«

»Dreißig, vierzig Minuten«, sagte der Sicherheitsoffizier.

»Ich werde in einer Stunde zurückrufen«, sagte Josef Hamm. »Danke, Karl.«

Als er zurückrief, erfuhr Hamm, dass von Hürten-Mitnitz nicht der Besitzer des Opel Admiral war. Er gehörte Standartenführer Johann Müller vom Sicherheitsdient der SS.

»Meinen Sie, er weiß, dass von Hürten-Mitnitz seinen Wagen fährt?«

»Ich meine, wenn er gestohlen wäre, Josef, hätte man vermutlich etwas gesagt«, erwiderte der Sicherheitsoffizier sarkastisch. »Müller ist bei dem Führer in der Wolfsschanze. Niemand nimmt einen Privatwagen dort mit hin. So hat er ihn vielleicht von Hürten-Mitnitz geliehen.«

»Haben Sie diesen von Hürten-Mitnitz schon gesehen? Wie sieht er aus?«

»Groß, dünn, scharfe Gesichtszüge. Elegant gekleidet. Wenn Sie denken, Josef, ich würde von Hürten-Mitnitz fragen, was er mit Müllers Wagen macht, liegen Sie schief.«

»Ich denke daran, den neuen Ersten Sekretär bei seiner Rückkehr anzutreffen und ihn zu bitten, uns zu erzählen, wann er seinen Wagen am Bahnhof stehen lässt, damit wir unser Bestes tun können, um sicherzustellen, dass nicht irgendein Ungar auf seinen Motor pinkelt oder mit einem Taschenmesser ein schmutziges Wort auf die Haube schreibt.«

Der Sicherheitsoffizier lachte. »Sie lernen, Josef«, sagte er, und dann legte er auf.

Josef Hamm und zwei seiner Männer warteten am

Ende des Bahnsteigs, als der Zug aus Wien um 17 Uhr 05 einfuhr. Die beiden Männer postierten sich an den entgegengesetzten Enden der Waggons der ersten Klasse, und als einer von ihnen einen ›großen, scharfgesichtigen, elegant gekleideten‹ Mann aussteigen sah, gab er Josef Hamm ein Zeichen, indem er seinen Hut abnahm und über dem Kopf schwenkte, als winke er jemandem zu, den er am Zug abholen wollte.

Hamm sah, dass von Hürten-Mitnitz in der Tat sehr elegant gekleidet war. Er trug einen grauen Homburg und einen Mantel mit Pelzkragen. In seiner Begleitung waren drei Personen, ein Obersturmführer der SS und ein Mann und eine Frau, die wie Vater und Tochter wirkten.

Als sie fast den Kontrollpunkt der Polizei am Ende des Bahnsteigs erreicht hatten, trat Hamm dahinter hervor und ging von Hürten-Mitnitz entgegen.

»Heil Hitler!«, sagte Hamm und entbot schneidig den Nazigruß. Von Hürten-Mitnitz erwiderte den Hitlergruß lässig.

»Brigadeführer von Hürten-Mitnitz?«, fragte Hamm.

»Ja«, antwortete von Hürten-Mitnitz, ohne zu lächeln.

»Josef Hamm, zu Ihren Diensten, Brigadeführer«, stellte sich Hamm vor. »Ich habe die Ehre, die Eisenbahnabteilung der Gestapo des Bezirks Budapest zu leiten.«

»Was kann ich für Sie tun, Herr Hamm?«, fragte von Hürten-Mitnitz, offenbar ärgerlich, weil er aufgehalten wurde.

»Ich möchte Sie als Erstes am Kontrollpunkt vorbeibringen«, sagte Hamm.

»Dieser Offizier und diese Leute gehören zu mir«, sagte von Hürten-Mitnitz.

Der junge SS-Offizier hob seinen Arm zu einem lässigen Gruß.

»Platz machen für den Brigadeführer und seine Begleitung!«, rief Hamm, als er sie zum Kontrollpunkt und daran vorbei führte.

»Sehr freundlich von Ihnen«, murmelte von Hürten-Mitnitz. »Nun, was haben Sie auf dem Herzen?«

»Brigadeführer«, begann Hamm, »wenn Sie so freundlich wären, einen meiner Männer in Kenntnis zu setzen, wann immer Sie Ihren Wagen hier beim Bahnhof parken ...«

»Warum sollte ich das tun?«, unterbrach von Hürten-Mitnitz.

»... dann könnte ich sicherstellen, dass sich während Ihrer Abwesenheit niemand daran vergreift.«

Helmut von Hürten-Mitnitz schaute Hamm an, ohne etwas zu sagen, aber eine erhobene Augenbraue fragte: »Wovon, zum Teufel, sprechen Sie?«

»Es hat bedauerliche Zwischenfälle gegeben, Brigadeführer«, erklärte Hamm, »bei denen Autos – *besudelt* wurden – von widerlichen Elementen der Budapester Bevölkerung. Es wurde Lack zerkratzt. Und Schlimmeres geschah.«

Von Hürten-Mitnitz schien einen Moment darüber nachzudenken, und dann lächelte er.

»Ich glaube, ich verstehe allmählich«, sagte er. »Sie haben meinen Wagen parken gesehen und sich die Mühe gemacht, herauszufinden, wer der Besitzer ist, um mich dann aufzusuchen. Sehr entgegenkommend von Ihnen, Herr Hamm! Ich bin Ihnen äußerst dankbar.«

»Es war mir ein Vergnügen, Brigadeführer«, sagte Hamm.

»Sie können mir noch einen Gefallen tun«, sagte von Hürten-Mitnitz. »Benutzen Sie bitte nicht meinen SS-Rang, wenn Sie mich ansprechen. Je weniger er in Budapest bekannt ist, desto besser, wenn Sie verstehen, was ich meine. Ich habe ebenfalls den Rang Minister.«

»Das war gedankenlos von mir, Herr Minister«, sagte Hamm. »Ich bitte den Herrn Minister um Verzeihung.«

»Schon gut, mein lieber Hamm«, sagte von Hürten-Mitnitz. »Wie hätten Sie das wissen können?«

»Kann ich dem Herrn Minister sonst irgendwie helfen?«, fragte Hamm.

»Mir fällt nichts ein«, erwiderte von Hürten-Mitnitz nach kurzem Zögern. Er reichte ihm die Hand. »Ich bin gerührt von Ihrer Gefälligkeit und beeindruckt von Ihrer Sorgfalt. Ich werde dem Botschafter erzählen, was Sie für mich getan haben.«

Unterdessen standen sie neben dem Opel Admiral. Hamm öffnete beide Türen, ließ Vater und Tochter hinten einsteigen und schloss die Türen. Der junge SS-Offizier ging um das Heck des Wagens herum und stieg vorne neben von Hürten-Mitnitz ein, der sich ans Steuer setzte. Hamm entbot wieder den Hitlergruß, den von Hürten-Mitnitz lässig und mit einem Lächeln erwiderte. Dann trat Hamm zurück, als von Hürten-Mitnitz den Admiral von seinem Parkplatz zurücksetzte.

Alles in allem habe ich das prima hingekriegt, dachte Hamm.

Als sie ein paar Meter vom Bahnhof entfernt waren, sagte der große, grauhaarige Mann auf dem Rücksitz: »Mein Gott, wenn er Sie gestoppt hätte! Ich habe geglaubt, ohnmächtig zu werden.«

»O mein Gott«, sagte die junge Frau auf dem Rücksitz angewidert.

Helmut von Hürten-Mitnitz lachte.

»Ganz amerikanisch«, sagte er.

Der junge SS-Offizier hatte einen Ausweis, der ihn als SS-Obersturmführer Baron von Fulmar vom persönlichen Stab des Reichsführers SS identifizierte. Es war eine Fälschung, eine sehr gute. In einem Safe in Whitbey House, Kent, gab es einen Ausweis, der vom Büro des Generaladjutanten der U.S. Army ausgestellt worden war und ihn als ›FULMAR, Eric, First Lieutenant, Infantry, Army of the United States‹ auswies.

»Wohin fahren wir?«, fragte der grauhaarige Mann. Es war Doktor Friedrich Dyer, bis vor zwei Tagen Professor der metallurgischen Abteilung der physikalischen Fakultät der Universität von Marburg. Sein Name wurde jetzt in Fernschreiben des SD der SS und der Polizei verbreitet. Es wurde nach ihm gefahndet, um ihn bezüglich der Ermordung von SS-Hauptsturmführer Wilhelm Peis zu verhören. In den Fernschreiben stand, dass er vermutlich von seiner Tochter Gisela begleitet und möglicherweise versuchen würde, ins Ausland zu flüchten. Alle Behörden in Häfen längs des Ärmelkanals sollten deshalb besonders auf der Hut sein.

»Zum Batthyany-Palast«, sagte von Hürten-Mitnitz. »Sie ist am Dreieinigkeitsplatz. Nicht weit von hier.«

»Und was geschieht dort?«, fragte Professor Dyer.

»Ich weiß nicht, wie es bei jedem sonst ist«, sagte Fulmar, »aber ich habe vor, mich mit einer Flasche Brandy zu beschäftigen.«

»Das meinte ich nicht«, fuhr Professor Dyer ihn an.

»Sie werden erfahren, was Sie wissen müssen, Professor«, sagte Fulmar, »und zwar zum gegebenen Zeitpunkt. Je weniger Sie wissen, desto besser. Ich dachte, das habe ich klargemacht.«

Professor Dyer atmete hörbar aus und sank auf dem Sitz zurück. Seine Tochter warf einen verächtlichen Blick auf Fulmars Hinterkopf und schüttelte resigniert ihren Kopf.

Der Batthyany-Palast lag direkt gegenüber der Matthiaskirche am Dreieinigkeitsplatz und war ungefähr zur selben Zeit (1775-77) wie das königliche Schloss (1715-70) auf dem Schlosshügel errichtet worden. Vier Meter hohe Statuen von Männern mit nacktem Oberkörper auf der Fassade schienen die Obergeschosse auf ihren Schultern zu tragen und sich die Bewunderung von fast so großen barbusigen Granitfrauen zu verdienen, sie sich um die Säulen von jedem der identischen Portale wanden.

Das Portal zur Linken war eine Fälschung. Das mittlere Portal öffnete sich zur Eingangshalle des Palastes, und das Portal zur Rechten war der Eingang für die Equipagen. Von Hürten-Mitnitz bog vom Platz ab, stoppte den Admiral mit der Schnauze vor dem rechten Portal und drückte auf die Hupe. Einen Augenblick später wurden nacheinander die Flügel des Portals geöffnet. Er fuhr hindurch, und die Flügel schlossen sich hinter ihm.

Beatrice, Gräfin Batthyany und Baronin von Steighofen, stand in einem Vestibül und erwartete sie. Sie war eine große stattliche Frau Anfang dreißig. Sie trug einen Zobelmantel, der fast bis zu den Knöcheln reichte, und einen Zobelhut, unter dem eine Strähne von dunkelrotem Haar hervorlugte. Von Hürten-Mitnitz fuhr an ihr vorbei in einen Hof, wendete und kehrte zum Vestibül zurück, wo er anhielt.

Die Gräfin ging zur hinteren Wagentür und zog sie auf.

»Ich bin Gräfin Batthyany«, sagte sie. »Würden Sie bitte hereinkommen?«

Professor Dyer und seine Tochter stiegen aus dem Wagen, gingen in die Richtung, in die Gräfin Batthyany wies, und betraten das Gebäude. Die Gräfin wandte sich zu Fulmar und lächelte ihn an. »Und du musst der liebe Cousin Eric sein«, sagte sie trocken. »Wie schön, dich endlich kennen zu lernen.«

Fulmar lachte. »Hallo«, sagte er.

Sie wandte sich an von Hürten-Mitnitz, der um die Schnauze des Wagens herum gegangen war.

»Ich sehe, dass alles gutgegangen ist«, sagte sie.

»Der Gestapotyp am Bahnhof hat uns persönlich am Kontrollpunkt vorbeigeführt«, sagte er.

»Oh«, stieß sie hervor. »Ich nehme an, du kannst einen Drink gebrauchen.«

»Ich könnte einen gebrauchen«, sagte Fulmar.

Sie wandte sich ihm zu und blickte ihn wieder an.

»Sie sehen aus wie Manny«, sagte sie. »Sie klingen sogar wie er. Dieser schreckliche hessische Dialekt.«

Er lachte.

»Hoffen wir, dass Sie mehr Glück haben«, sagte die Gräfin, als sie ins Haus ging.

Sie blickte über die Schulter und sah ihn wieder an, diesmal abschätzend.

»Sie sind ein wenig größer, als Manny es war«, sagte sie. »Aber da sollte etwas Passendes sein. Ich nehme an, Sie wollen diese Uniform ausziehen?«

»Man sucht nach einem Obersturmführer, der wie ich aussieht«, sagte Fulmar. »Da war ein Gestapo-Agent an der Grenze, der glaubte, ihn gefunden zu haben.«

»War es so eng?«, fragte sie.

»Ich nehme an, es ist ausgebügelt worden«, sagte von Hürten-Mitnitz. »Es war eng, aber ich nehme an, es ist ausgebügelt worden.«

Die Gräfin dachte über seine Worte nach und nickte.

Das Beheizen des riesigen alten Palastes war unter den besten Umständen stets schwierig gewesen. Jetzt, ohne genügend Vorrat an Kohle, hatte es sich als unmöglich erwiesen. Nicht, dass die Gräfin keine Kohle hatte. Ein halbes Dutzend Kohlenbergwerke im Besitz der Batthyanys arbeitete rund um die Uhr, und sie hätte so viel Kohle haben können, wie sie wollte. Das Problem war, die Kohle von den Bergwerken zum Batthyany-Palast zu bringen. Dies erforderte Lastwagen, und sie hatte eine LKW-Ladung pro Monat zugeteilt bekommen. Nicht immer erhielt sie so viel, und selbst wenn, war eine LKW-Ladung nicht annähernd genug, um den Palast zu beheizen.

Sie bemühte sich erst gar nicht, das gesamte Erdgeschoss des Palastes zu beheizen, ebenso wenig die beiden oberen Etagen. Sie waren mit ziemlich hässlichen und nicht sehr wirkungsvollen Holzplatten über dem Treppenhaus abgesperrt. Nur der erste Stock war bewohnt. Die Gräfin wohnte in einer Fünfzimmerwohnung mit Blick auf den Dreieinigkeitsplatz, aber sie dachte oftmals, dass sie ebenso gut im Kellergeschoss hätte wohnen können, weil sie so wenig von dem Platz sah. Die meisten der Fenster, die vom Boden bis zur Decke reichten, waren vernagelt worden, um die Wärme der hohen, mit Porzellan verkleideten Öfen in den Ecken der Zimmer zu bewahren. Die beiden Fenster, die nicht mit Brettern vernagelt waren (eines führte zum Balkon über dem Platz, eines zum Garten hinter dem Palast) waren mit selten geöffneten Vorhängen versehen.

Die Dyers, die nicht wussten, wohin sie gehen sollten, und denen anzusehen war, dass sie sich unbehaglich fühlten, warteten am Fuß dessen, was die Dienstbotentreppe in den ersten Stock gewesen war, auf die anderen. Die Gräfin ging ihnen voraus. Sie gelangten in das große, elegant eingerichtete Wohnzimmer mit Blick auf den Platz.

Fulmar setzte sich sofort auf ein zerbrechlich wirkendes Louis XIV.-Sofa mit vergoldetem Holzgestell und begann seine schwarzen Lederstiefel auszuziehen.

Die Gräfin blickte ihn schief an, aber von Hürten-Mitnitz spürte, dass Fulmar die Stiefel aus einem bestimmten Grund auszog.

»Stimmt etwas nicht mit Ihren Füßen?«, fragte er.

»Diese gottverdammten Stiefel sind vier Nummern zu klein«, sagte Fulmar. »Ich habe sie mit Wasser getränkt, aber es hat verdammt wenig genützt.«

Als er die Stiefel losgeworden war, zog er einen Strumpf aus, hob den Fuß auf seinen Schoß und untersuchte ihn sorgfältig.

»Verdammt, sehen Sie sich das an!«, stieß er hervor. Die Haut war abgescheuert, und einige Stellen waren blutig.

Die Gräfin ging zum Sofa, sank auf die Knie und nahm den Fuß in die Hände.

»Wie haben Sie es geschafft, in diesen Stiefeln zu gehen?«, fragte sie.

»Kusine«, antwortete Fulmar, »ich habe einfach an die Alternative gedacht.«

»Sie werden das in Lake baden müssen«, sagte sie. »Lake ist das Einzige, was helfen wird.«

»Mit ›Lake‹ meinen Sie Salzwasser?«, fragte er, und sie nickte.

»Bevor wir das tun, möchte ich einen sehr großen Cognac«, sagte Fulmar und zog die andere Socke aus. Der andere Fuß sah noch schlimmer aus. Das Blut von den wunden Stellen war stärker hervorgequollen, und als es getrocknet war, hatte es die Socke an die Wunden geklebt. Er fluchte, als er die Socke abriss.

Die Gräfin ging zu einem Schrank, nahm einen großen kristallenen Cognacschwenker heraus und kehrte damit zurück.

»Ich werde etwas Wasser erhitzen und eine Lake machen«, kündigte sie an.

»Und meine Füße pökeln«, sagte Fulmar trocken. »Danke, Kusine, vielen Dank.«

»Warum nennen Sie sie ›Kusine‹?«, fragte Professor Dyer.

»Wir sind tatsächlich angeheiratet Cousin und Kusine«, sagte die Gräfin. »Mein verstorbener Mann und Eric sind – waren – Cousins.«

»Ihr verstorbener Mann?«, fragte der Professor.

»Der Professor neigt dazu, eine Menge Fragen zu stellen«, sagte Fulmar spöttisch.

»Mein Mann, der verstorbene Oberstleutnant Baron Manfred von Steighofen, fiel an der Ostfront fürs Vaterland«, sagte die Gräfin trocken.

»Und Sie machen *so* etwas?«, fragte der Professor.

»Das ist einer der Gründe, weshalb ich ›*so* etwas‹ mache, mein lieber Herr Professor«, erwiderte die Gräfin.

»Und die anderen?«, fragte Fulmar.

»Ist das wichtig?«

»Ich bin neugierig«, sagte Fulmar. »Ich an Ihrer Stelle würde zu den Deutschen halten.«

»Wenn ich denken würde, dass sie eine Chance haben, diesen Krieg zu gewinnen, würde ich das vermutlich tun«, sagte sie nüchtern. »Aber sie werden nicht gewinnen. Was bedeutet, dass die Kommunisten nach Budapest kommen werden. Wenn sie mich nicht erschießen, werde ich über den Platz wandern und Fremde fragen müssen, ob sie etwas zum Amüsieren suchen.«

»Beatrice!«, rief von Hürten-Mitnitz.

»Man muss sich den Tatsachen stellen, mein lieber Helmut«, sagte die Gräfin.

»Der Fehler in Ihrer Logik ist, dass Sie den Russen helfen, herzukommen«, sagte Fulmar.

»In diesem Fall kann ich nur hoffen, dass Sie und Helmut noch leben und in einer Position sind, in der Sie dem Kommissar sagen können, welch furchtlose Antifaschistin ich war«, sagte sie. »Es gibt eine kleine Chance, dass sie das davon abhält, mich auf der Stelle zu erschießen.« Es folgte ein Moment Schweigen, und dann fuhr sie fort: »Ich hoffe wirklich, dass es durch Leute wie Helmut einen Staatsstreich gegen Hitler geben wird, und zwar rechtzeitig für denjenigen, der Deutschland übernimmt, um einen Waffenstillstand zu akzeptieren. Wenn es einen Waffenstillstand gibt, werde ich vielleicht nicht alles verlieren.«

Fulmar stieß einen Grunzlaut aus.

»Und was hat Sie für Ihr Handeln motiviert, mein lieber Eric?«, fragte die Gräfin.

Es dauerte eine Weile, bis er antwortete. »Das frage ich mich manchmal auch«, sagte er.

Die Gräfin nickte. Dann wandte sie sich an Gisela Dyer. »Würden Sie bitte helfen?«, fragte sie. »Ich habe Gulasch gemacht, und wenn Sie helfen, es zu servieren, mache ich etwas Wasser heiß, um Erics Füße zu ›pökeln‹.«

Das Brennen des warmen Salzwassers an seinen Füßen war für Eric Fulmar nicht so schmerzvoll wie er gedacht hatte, und er fragte sich, ob das zum Teil daran lag, dass er vom Cognac der Gräfin betäubt war oder ob seine Füße über die Schmerzen hinaus waren. Das Gulasch war köstlich, und er sagte sich, dass es an der schmackhaften Zubereitung lag und nicht am Cognac – oder weil er so wenig außer Schwarzbrot mit Schmalz gegessen hatte, seit er Marburg an der Lahn verlassen hatte.

Von Hürten-Mitnitz wartete, bis sie fertig gegessen hatten und Fulmar einen Schuss Cognac in seinen kleinen, starken Kaffee gegeben hatte, um ihn zu ›veredeln‹, wie er es bezeichnete, und dann sagte er: »Ich halte es für das Beste, genau zu erfahren, was geschehen ist, seit Sie in Deutschland sind, Eric.«

»Eine Zusammenfassung wäre, dass alles schief gegangen ist, das schief gehen konnte«, sagte Fulmar.

»Was war mit dem Gestapo-Agenten? Mussten Sie ihn töten?«

»Ich tötete ihn, als er von mir das Gepäck öffnen ließ, das im Zug für mich zurückgelassen worden war, und die Uniform des Obersturmführers fand«, sagte Fulmar sachlich. »Und dann passten die Stiefel nicht.«

Von Hürten-Mitnitz nickte. »Und in Marburg, war da nötig, was geschah?«

»Ja, natürlich war es nötig«, erwiderte Fulmar geduldig. »Es macht mir wirklich keinen Spaß, Leute totzuschlagen.«

»Sie könnten etwas Feingefühl lernen«, sagte die Gräfin.

»Wir sind in keinem feinfühligen Geschäft, Kusine«, entgegnete Fulmar.

»Aber das war alles? Es gibt nichts sonst, was ich noch nicht erfahren habe?«, fragte von Hürten-Mitnitz.

Fulmars Zögern war offensichtlich.

»Was sonst?«, drängte von Hürten-Mitnitz.

»Ich wurde im Zug erkannt«, sagte Fulmar. »Vor Frankfurt. Auf dem Weg nach Marburg.«

»Von wem?«

Wieder ein Zögern.

»Verdammt, ich sage es Ihnen wirklich ungern. Ich will nicht, dass Sie mit ihr Spielchen treiben.«

»Ich finde, ich muss es wissen«, sagte von Hürten-Mitnitz.

»Lecken Sie mich am Arsch«, sagte Fulmar. »Sie müssen nur das erfahren, was ich Ihnen verdammt noch mal erzählen will.«

Von Hürten-Mitnitz versteifte sich. Er war diesen Tonfall nicht gewohnt. Aber er beherrschte sich.

»Jemand, den Sie kannten, als Sie in Marburg waren?«, fragte er ruhig. Und als Fulmar schwieg, fügte er hinzu: »Es soll nicht melodramatisch klingen, aber ich werde noch hier sein, wenn Sie sicher in England sind.«

»Erzählen Sie es ihm, Eric«, sagte die Gräfin. »Sie haben selbst gesagt, dass wir in keinem feinfühligen Geschäft sind.«

»Ich will nicht, dass Sie versuchen, sie zu benutzen, verstehen Sie? Sie oder ihren Vater.«

»Wer hat Sie erkannt?«, drängte von Hürten-Mitnitz.

»Elisabeth von Handelmann-Bitburg«, sagte Fulmar. Von Hürten-Mitnitz' Augenbrauen ruckten hoch. Die Gräfin blickte ihn fragend an.

»Die Tochter von Generaloberst von Handelmann-Bitburg?«, fragte von Hürten-Mitnitz.

Fulmar nickte.

»Vielleicht ist es ohne Bedeutung«, sagte von Hürten-Mitnitz. »Sie ist einem Obersturmführer begegnet, den sie einst gekannt hat. Gab es irgendeinen Grund für Sie, zu denken, dass sie misstrauisch war?«

»Ihr Vater hatte ihr erzählt, dass ich in einer amerikanischen Uniform in Marokko gesehen worden bin«, sagte Fulmar. »Sie wusste Bescheid.«

»Und was wird Sie Ihrer Meinung nach ihrem Vater erzählen?«, fragte von Hürten-Mitnitz.

»Nichts«, sagte Fulmar. »Sie wird ihm gar nichts erzählen.«

»Ich wünschte, ich könnte Ihre Zuversicht teilen«, sagte von Hürten-Mitnitz.

»Ich sage Ihnen Folgendes nur, weil ich nicht will, dass Sie Ihren Arsch schützen, indem Sie sie ans Messer liefern.«

»Was sagen Sie nur?«

»Wir haben die Nacht zusammen verbracht«, antwortete Fulmar. »Okay? Haben Sie verstanden?«

»Ja, ich glaube, das habe ich«, sagte von Hürten-Mitnitz.

»Wenn ihr irgendetwas zustößt«, sagte Fulmar, »dann werde ich …«

»Seien Sie nicht kindisch«, fiel ihm von Hürten-Mitnitz ins Wort.

»Ich hätte fast etwas Kindisches gesagt«, sagte Fulmar. »Zum Beispiel, dass ich hierhin zurückkehren und Sie eigenhändig umbringen werde. Aber das brauche ich nicht zu tun. Ich brauche nur sicherzustellen, dass der Sicherheitsdienst die Wahrheit über Sie erfährt.«

»Mein Gott!«, sagte von Hürten-Mitnitz.

»Es war ein Fehler, Ihnen das preiszugeben«, sagte Fulmar.

»Nein, das war kein Fehler, Eric«, meinte die Gräfin. Sie ging zu von Hürten-Mitnitz und legte den Arm um ihn. Dann stellte sie sich auf die Zehenspitzen und küsste ihn auf die Wange. »Helmut versteht, dass sich Leute sogar inmitten dieses Wahnsinns verlieben.«

Fulmar blickte zwischen ihnen hin und her und lachte dann.

»Nun, das ist ein Hammer!«, sagte er. »Die Lustige Witwe persönlich!«

IV

1

Maylaybalay-Kibawe-Straße
Insel Mindanao
Commonwealth Philippinen

4. Februar 1943

Das bergige Zentrum der Insel Mindanao ist praktisch unzugänglich für Motorfahrzeuge, und zu Fuß nur mit großen Schwierigkeiten zugänglich. Aus diesem Grund hatte Brigadier General Wendell Fertig, der Kommandeur der US-Streitkräfte auf den Philippinen, sein Hauptquartier und den Großteil seiner Truppen dort stationiert. Die Japaner hatten es höllisch schwer, dorthin zu gelangen, und wenn sie es versuchten, wurde er stets rechtzeitig informiert, um seine Verteidigungsstrategie zu planen.

Diese Strategie bestand fast ausnahmslos darin, sein Hauptquartier zu evakuieren und von Positionen im nahen Dschungel aus zu beobachten, wie nahe die Japaner daran gewesen waren, es zu finden.

Bis jetzt waren sie gescheitert, obwohl sie gelegentlich auf Außenposten oder Dörfer gestoßen waren, wo er kleine Abteilungen seiner Guerilla-Streitmacht stationiert hatte. ›Streitmacht‹ war eine bombastische Bezeichnung für die sechs oder acht oder zwölf bewaffneten Männer, die in diesen Dörfern lebten und ihren Lebensunterhalt von den Dorfbewohnern verdienten, indem sie auf den Feldern arbeiteten.

Wenn die Japaner Beweise hatten (oder einen starken Verdacht), dass ein Dorf Guerillas beherbergte, brannten sie es nieder. Sie erschossen die Führer des Dorfes, wenn sie ihrer habhaft werden konnten, doch die übrigen Bewohner – Männer, Frauen, Kinder und auch die Guerillas – brachten sich im Dschungel in Sicherheit, wenn die Japaner auftauchten.

Zur Abschreckung wurden mehrere Ältesten von Dörfern, die keine Guerillas beherbergt hatten, von den Japanern erschossen, und ihre Dörfer wurden niedergebrannt. Das führte dazu, dass die Zahl der Eingeborenen, die bereit waren, die US-Streitkräfte auf den Philippinen zu unterstützen, stetig wuchs. Die übrig gebliebenen Männer wären gern in die USFIP eingetreten, doch Fertig hatte weder Nahrung, um sie zu verpflegen, noch Waffen, um sie auszurüsten.

Die Japaner hatten auch schnell gelernt, dass ihre Expeditionen ins Bergland sehr kostspielig waren – und wenig Gutes bewirkten. Sie wurden fast immer von Fertigs Guerillas angegriffen. Nicht in offenen Feldschlachten, nicht einmal in Aktionen, die man als bewaffneten Angriff bezeichnen konnte.

Nur wenn es absolut sicher getan werden konnte, wenn es einen sicheren Fluchtweg in den undurchdringlichen Dschungel gab und wenn das Ziel nicht zu verfehlen war, wurden drei oder ein halbes Dutzend Schüsse aus dem Dschungel abgefeuert und zwei oder drei schwitzende japanische Soldaten, die über einen Pfad marschierten, getötet oder verwundet.

Mit einigen Ausnahmen (einige der Guerillas hatten an die hundert Schuss Munition, die sie nicht teilen wollten) hatten die meisten von Fertigs Soldaten nicht mehr als fünfundzwanzig Patronen für ihr Enfield-Gewehr Modell 1917, Kaliber .30-06, oder für ihr erbeutetes japanisches Arikasa-Gewehr, Kaliber 7,7mm, oder für ihre Winchester- oder Savage-

Jagdflinte oder ihre Browning- und Remington-Schrotflinte.

Fertigs Guerillas waren nicht ausgerüstet, um gegen japanische Truppen zu kämpfen.

Bald gaben die Japaner, die keine Dummköpfe waren, ihre Expeditionen ins Bergland praktisch auf. Fertig stellte keine große militärische Bedrohung für ihre Besatzung dar. Er war gebunden. Und sie konnten mit ihm leben, bis die Filipinos verstehen würden, dass es zu ihrem Besten war, mit den Japanern zu kooperieren. Dann würden sie aufhören, Fertigs Guerillas zu ernähren und zu unterstützen, und die Bedrohung würde vorüber sein.

Die Japaner schickten sich an, die Herzen der Bevölkerung zu gewinnen. Propagandaabteilungen, geschützt von Abteilungen Gewehrschützen in Kompaniestärke, begannen Dörfer an der Peripherie von Fertigs Operationsgebiet im Dschungel des Berglands zu besuchen.

Die Propagandaabteilungen hatten Sechzehn-Millimeter-Filmprojektoren und Generatoren und Nahrung und Süßigkeiten als Geschenke dabei. Sie bauten eine Leinwand auf und zeigten Charlie Chaplin- und Bugs Bunny-Filme. Dazu Wochenschauen vom Fall Singapurs und von Lieutenant General Jonathan Wainwrights Kapitulation vor General Homma und eine lange Kolonne von amerikanischen Soldaten, die mit erhobenen Händen in japanische Gefangenschaft gingen.

Und dann wurde eine Ansprache gehalten oder mehrere, oftmals von Filipinos, die bereits überzeugt waren, dass die Zukunft des philippinischen Volkes bei seinen japanischen Brüdern lag. Die Ansprachen enthielten ausnahmslos sarkastische Bemerkungen über General Fertig und seine so genannten US-Streitkräfte auf den Philippinen.

Wo sind sie? Wenn sie nicht bereits verhungert sind,

während sie sich wie Ratten im Dschungel verstecken, warum greifen sie dann nicht die Japaner an?

General Fertig war sich des Problems bewusst, und es war ihm klar, dass er damit leben musste. Widerstrebend sagte er sich, dass er nur damit fertig werden konnte, indem er genau das tat, was nach seiner Ansicht vermutlich unmöglich war: eine japanische Einheit in Kompaniestärke in einer Schlacht bekämpfen. Eine Schlacht, in der es einen Sieger und einen Besiegten geben würde, nicht nur ein Dutzend Schüsse, aus einem Versteck im Dschungel abgefeuert.

Die Japaner kooperierten ungewollt auf zweierlei Weisen, die Fertigs Plänen halfen. Erstens waren sie methodisch. Ihre Propagandaabteilungen hatten einen Terminplan. Und Fertig erhielt eine Kopie davon von einer philippinischen Frau, die als Schreibkraft bei den Japanern angestellt gewesen war. Zweitens waren die Japaner ein wenig sorglos geworden, als offenkundig wurde, dass Fertig nicht bereit war, die Konvois der Propagandaabteilung anzugreifen.

Als die ersten Konvois losgezogen waren und mit einem Angriff gerechnet hatten, waren sie langsam und mit großer Vorsicht marschiert. Sie hatten eine Vorhut vorausgeschickt und waren darauf vorbereitet gewesen, jeden Augenblick zu kämpfen. Jetzt taten die Soldaten auf den Lastwagen ihr Bestes, um zu schlafen, während sie auf der Straße waren. Ihre Offiziere duldeten das, denn sie glaubten, dass mit einem Angriff nur des Nachts zu rechnen war. Um einen nächtlichen Angriff zu verhindern, musste eine starke Wachmannschaft postiert werden. Das erforderte den Einsatz hellwacher Soldaten. So sollten die Männer am Tag so viel Schlaf wie möglich bekommen, damit sie des Nacht hellwache Wachtposten waren.

Zwei Straßen durchzogen den Hauptteil der Insel Mindanao, beide in Nord-Süd-Richtung, eine nach Westen ins Bergland, die andere nach Osten. Es gab keine Straße in Ost-West-Richtung durch die Berge. Das Terrain war schwierig, der Straßenbau war dort praktisch unmöglich, und der Bau solcher Straßen war wirtschaftlich nicht gerechtfertigt.

Die Stelle, die Fertig für den Angriff auf den Konvoi auswählte, lag fast genau gleich weit entfernt zwischen Maylaybalay und Kibawe an der Straße, die Mindanao im Westen des Berglands durchzog. Die nächsten japanischen Verstärkungen würden sechsunddreißig Kilometer nördlich in Maylaybalay sein oder dreiunddreißig Kilometer südlich in Kibawe. In einem möglichen Szenario – wo einer der Lastwagen dem Hinterhalt entkommen und Hilfe holen würde – würde es zwischen anderthalb und zwei Stunden dauern, bis japanische Verstärkungen den Ort des Hinterhalts erreichen konnten.

In einem anderen – und viel schlimmeren – Szenario würden Fertigs Männer nicht in der Lage sein, die Japaner in zwanzig Minuten zu überwältigen. Bei diesem Szenario würden die japanischen Soldaten mit Maschinengewehren und Mörsern bewaffnet sein. Wenn es Fertigs Männern nicht gelang, die Mörser und MGs in den ersten ein, zwei Minuten des Überfalls auszuschalten, würde es schwierig und zeitraubend sein, die Japaner zu überwältigen.

Deshalb war es absolut nötig, die Japaner schnell zu überwältigen. Der erste Angriff würde einen hohen Prozentsatz verfügbarer Munition kosten, einschließlich ihres gesamten Vorrats von vierzehn Splitterhandgranaten. Fertigs einzige Nachschubquelle war die Munition bei den Leichen besiegter Japaner. Es würde nicht in Frage kommen, den Angriff abzubrechen und ins Bergland zu flüchten. Und je länger es dauern würde, die Japaner zu überwältigen, desto mehr Zeit würden sie haben, um sich zu verteidigen, was bedeutete, desto mehr Munition würden sie verschießen, und desto weniger konnten die Guerillas erbeuten.

Es gab natürlich noch andere Probleme. Zum einen musste Fertig annehmen, dass statistisch – und das war kein Spiegelbild der philippinischen Loyalität allgemein – einige seiner Soldaten in japanischen Diensten waren. Ein Vater oder eine Frau oder ein Kind stand unter japanischem ›Schutz‹, unter der Voraussetzung, dass der Vater oder die Frau oder das Kind freigelassen wurden, wenn ›Loyalität‹ im Kampf gegen die Guerillas bewiesen wurde. Loyalität konnte bewiesen werden, wenn man die Japaner informierte, wo und wann ein Angriff auf japanische Soldaten stattfinden würde oder wo und wann Fertig oder einer seiner ranghohen Offiziere gefunden werden konnte.

Es war nicht schwarz und weiß. Der gleiche Guerilla, der sich sagte, dass seine größere Loyalität der Familie galt und der deshalb die Japaner wissen lassen sollte, wo sie Fertig finden konnten, war oftmals bereit, sein Leben zu riskieren und aus dem Hinterhalt auf eine japanische Patrouille zu schießen.

Diese Situation erforderte, den tatsächlichen Ort und die Zeit des geplanten Angriffs bis praktisch zur letzten Minute geheim zu halten, sodass der Guerilla, dessen Angehöriger unter japanischem ›Schutz‹ stand, keine Gelegenheit hatte, mit den Japanern zu kommunizieren.

Um die hundertzwanzig bis hundertfünfzig Mann starke Truppe zu sammeln, die er als Optimum für den Überfall auf die Propagandaabteilung betrachtete, musste Fertig deshalb mehrere Orte aussuchen, die in einem Marsch von zwei Stunden vom wahren Ort des Überfalls entfernt waren. Schließlich wählte er fünf verschiedene Stellen aus und informierte per Melder die verschiedenen Guerilla-Zellen – insgesamt etwas über zweihundert Mann –, sich zu fünf größeren Gruppen an den betreffenden Stellen zu sammeln.

Die Erfahrung hatte ihn gelehrt, dass ungefähr

sechzig Prozent der bestellten Guerillas zur richtigen Zeit an der betreffenden Stelle erscheinen würden.

Fünf Stunden bevor die Propagandaabteilung und ihre Kompanie von Wachen planmäßig den Ort des Hinterhalts erreichten, wurde eine zweite Gruppe von Meldern zu den fünf Sammelgebieten geschickt, um den Männern Befehle mit dem wahren und endgültigen Versammlungsort zu überbringen. Von dem Moment an, in dem die Melder die fünf Versammlungsorte erreichten, wurde vorausgesetzt, dass jeder, der die Guerillas verließ, sie an die Japaner verraten wollte. Wenn jemand davonrannte und es unmöglich war, ihn gefangen zu nehmen, würde die Operation abgeblasen werden und die Guerillas würden sich auflösen. Wenn jemand davonrannte und geschnappt wurde, würde er enthauptet werden. Das Enthaupten mit einer schweren, rasiermesserscharfen Machete sollte mehr oder weniger schmerzlos sein, und es kostete keine Munition.

Eine Stunde bevor die Japaner den Ort des Hinterhalts passieren würden, traf die letzte Gruppe der Guerillas ein. Keiner war verschwunden oder hatte versucht, sich davonzustehlen.

Die Streitmacht bestand nun aus hundertsechsunddreißig Mann, und zwei der Guerillas, ehemalige philippinische Aufklärer, hatten BARs – Browning Automatic Rifles – und sieben geladene Magazine mitgebracht.

Fertig hatte zwiespältige Ansichten über die Benutzung der BARs. Es waren ausgezeichnete Waffen, und Gott wusste, dass die Guerillas etwas brauchten, das sie den japanischen Namimba-MGs entgegensetzen konnten, welche die Wachen gewiss haben würden. Aber er hatte nur siebzig Patronen pro Waffe – dreieinhalb Magazine. Und jeder Feuerstoß, der so schnell durch die BARs abgegeben wurde, konnte mit Einzelfeuer aus einem Enfield-Gewehr erreicht werden, sodass die Tötungsrate pro Patrone viel höher war.

Schließlich sagte er sich, je mehr Feuer zu Beginn des Überfalls abgegeben werden konnte, desto eher würden die Japaner überwältigt sein, und folglich konnte mehr Munition von ihren Leichen genommen werden.

Fertig erklärte dann die Taktik des Überfalls, die sehr einfach war.

Die Streitmacht würde in zwei Einheiten geteilt werden, mit zwei Dritteln der Männer nahe am Straßenrand. Von dort aus würde vernichtendes Feuer aus nächster Nähe abgegeben werden. Die zweite Einheit, befehligt von Fertig und bestehend aus dem verbleibenden Drittel der Streitmacht, mit beiden BARs und zehn der vierzehn Splitterhandgranaten, würde am gegenüberliegenden Straßenrand in Position sein.

Wenn Fertig und ein ehemaliger philippinischer Aufklärer als Signal das Feuer eröffnen und mit ihren Enfield-Gewehren auf den Fahrer des ersten Fahrzeugs des Konvois schießen würden, würde die kleinere Einheit mit den BARs auf die Lastwagen mit den Soldaten feuern. Andere Gewehrschützen würden den letzten Wagen des Konvois ausschalten, vorzugsweise, indem sie den Fahrer töteten.

Zu diesem Zeitpunkt war das Werfen von einer – nur einer – Splitterhandgranate auf jeden Lastwagen mit Soldaten genehmigt.

Der japanische Konvoi würde so bewegungsunfähig gemacht werden, und die Guerillas hofften, dass viele, wenn nicht die meisten der Soldaten auf den Lastwagen getötet wurden, bevor sie von den Fahrzeugen sprangen.

Einige würden natürlich überleben. Fertig nahm an, dass die meisten davon in den Straßengraben springen und in den Wald gegenüber der Richtung flüchten würden, aus der sie angegriffen worden waren. Dann würden sie Zielscheiben für den Großteil der Guerillas abgeben. Unterdessen würde sich das Drittel der Streitmacht, die das Feuer eröffnet hatte, schnell teilen. Eine Hälfte würde zur Spitze des Konvois rennen, die andere Hälfte zum Ende. Dies würde sie aus der Feuerlinie der größeren Guerilla-Einheit bringen und ihnen ermöglichen, auf jeden Japaner von den Flanken zu feuern.

Fertig tat sein Bestes, um seine Männer zu überzeugen, dass es unbedingt nötig war, gezielt zu feuern. Sie hatten einen gefährlichen Mangel an Munition, und es war absolut unentschuldbar, wenn ein Guerilla durch eine Kugel fiel, die ein anderer Guerilla abgefeuert hatte.

Jeder schien seine Argumentation zu akzeptieren. Aber Fertig wusste, dass sogar die phlegmatischsten Leute aufgeregt wurden, wenn das Krachen von Handfeuerwaffen die Luft erfüllte. Und seine Männer konnten gewiss nicht als phlegmatisch bezeichnet werden.

In dem folgenden Kampf triumphierten die im Hinterhalt liegenden Truppen der Streitkräfte der Vereinigten Staaten auf den Philippinen unter dem Kommando von Brigadier General W.W. Fertig über die 1104. Informationsabteilung der Armee und die 3. Kompanie des 505. Infanterieregiments der Kaiserlichen Japanischen Armee. Es gab keine japanischen Überlebenden.

Die USFIP hatte sieben Tote (einschließlich des philippinischen Aufklärers, der an General Fertigs Seite den Kampf eröffnet hatte und den er besonders gemocht hatte) und sechsunddreißig Verwundete zu beklagen. Von den Verwundeten würden zwanzig später sterben. Die USFIP verfügte praktisch über keine Medikamente.

Als die Japaner die erste Überraschung überwunden hatten, kämpften sie tapfer und gut. Es dauerte über eine halbe Stunde, bis der letzte der Japaner für seinen Kaiser gefallen war. Als der Kampf vorüber war, hatten die Japaner einen großen Teil ihrer Munition verbraucht.

Die USFIP hatte nach dem Überfall aus dem Hinterhalt mehr Waffen als zuvor, einschließlich zwei Sechzig-Millimeter-Mörser und sechzig Geschosse dafür, einige Nambu-Pistolen, fast zweihundert Arisaka-Gewehre und ein Namimba-Maschinengewehr. Entgegen dieser Zunahme stand der Verbrauch von .30-06 Munition und Handgranaten. Ein Enfield-Gewehr oder eine BAR ohne .30-06 Munition ist einfach ein Stück Stahl, keine Waffe. Und die Japaner hatten all ihre Handgranaten verbraucht, bevor sie überwältigt worden waren, das letzte Dutzend davon, um Selbstmord zu begehen.

Kurz bevor General Fertig wieder im Dschungel verschwand, warf er einen letzten Blick auf das Blutbad an der Straße.

Die Japaner würden schnellstmöglich Verstärkung hierher schicken, wenn auch nur, um das Gesicht zu wahren. Sie würden Patrouillen in den Dschungel schicken.

Es würde Gelegenheiten für andere Überfälle aus dem Hinterhalt geben, vielleicht nicht so überwältigend erfolgreiche wie dieser, aber erfolgreich genug, um viele Japaner zu töten und die japanische Armee zu zwingen, Treibstoff und Personal auf einer Patrouille nach der anderen zu verbrauchen – und das Gesicht zu verlieren.

Da gab es einen Haken, das war Fertig klar. Um andere Überfälle durchzuführen, würde er Munition brauchen. Er verfügte nach diesem Überfall nur über einen unwesentlich größeren Vorrat an Munition als vorher, und der war für die japanischen Arisaka-Gewehre, nicht für die Enfields und BARs.

Er wandte sich um und zog sich in den Dschungel zurück. Er würde nun ins Versteck zurückkehren.

Wie, zum Teufel, kann ich einen Krieg führen, wenn man mich nicht mit dem versorgt, was ich brauche? Versorgt? Die Hurensöhne werden nicht einmal mit mir reden!

2

Das Haus in der Q Street, Northwest
Washington, D.C.

4. Februar 1943

Chief Ellis fand Captain James M.B. Whittaker im Billardzimmer im Kellergeschoss. In dem dunkel getäfelten Raum standen zwei Billardtische, ein englischer Standard-Billardtisch und ein etwas kleinerer Poolbillard-Tisch. Whittaker spielte allein an dem kleineren Tisch.

»Anchors aweigh, Chief«, sagte Whittaker, als er aufblickte und Ellis sah. Er hatte sorgfältig Kugeln an jedem Loch des Billardtisches aufgebaut. Er versuchte, mit einem Stoß so viele davon zu versenken wie er konnte.

Ellis wartete, bis Whittaker den Stoß gemacht hatte – er versenkte vier der sechs Kugeln – bevor er antwortete.

»Ich hörte, Sie waren wieder ein böser Bube, Captain Whittaker«, sagte Ellis.

»Hat Baker dich bei deiner Rückkehr erwartet?«, fragte Whittaker, und bevor Ellis antworten konnte, fügte er hinzu: »Wer ist dein Freund?«

In Ellis' Begleitung war eine Weißmütze der Navy, ein kleiner Mann, der mit seiner hüftlangen blauen Matrosenjacke noch kleiner wirkte. Er trug eine GI-

Brille mit runder Fassung. Whittaker fand, dass er wie ein See-Pfadfinder aussah.

»Radioman Second Joe Garvey, begrüßen Sie Captain Whittaker«, sagte Ellis.

Der Matrose nahm seine weiße Mütze ab und stand still.

»Guten Tag, Sir«, sagte er.

Whittaker lächelte ihn an. »Hat Ihre Mutter Sie nicht ermahnt, üble Kameraden zu meiden, als Sie zur Navy gegangen sind?«

Dann sah er, dass sein Scherz nicht ankam und der junge Matrose sich unbehaglich fühlte, anstatt belustigt zu sein. Whittaker ging schnell um den Pooltisch herum und gab ihm die Hand.

»Hallo, Garvey«, sagte er. »Wenn Sie mit Chief Ellis zusammen sind, müssen Sie etwas Besonderes sein. Freut mich, Sie kennen zu lernen.«

Garvey schüttelte ihm die Hand und lächelte verlegen.

»Hast du jemals jemanden namens Fertig gekannt?«, fragte Ellis.

Whittaker dachte nach. »Irgendwo klingelt etwas schwach in der Erinnerung«, sagte er.

»Auf den Philippinen?«

»So viel bekomme ich zusammen«, sagte Whittaker, »aber mehr fällt mir nicht ein. Gibt es einen Grund, weshalb ich ihn kennen sollte?«

»Er ist immer noch auf den Philippinen«, sagte Ellis.

»Das arme Schwein«, murmelte Whittaker.

»Garvey hat mit ihm über Funk gesprochen«, sagte Ellis.

Whittakers Gesicht spiegelte Neugier wider.

»Er ist im Bergland von Mindanao«, sagte Ellis. »Er sagt, es ist ein Sergeant namens Withers bei ihm.«

»Ich kannte einen Jungen namens Withers dort«, sagte Whittaker.

»Willst du herausfinden, ob es sich um denselben handelt?«, fragte Ellis.

»Ich bezweifle, dass das nur Neugier deinerseits ist«, sagte Whittaker.

Ellis zuckte mit den Schultern.

»Wie könnten wir das tun?«, fragte Whittaker.

»Hast du Zeit, rüber zur Navy zur Kommunikationszentrale in Virginia zu fahren?«

»Du beginnst dich wie Captain Douglass aufzuführen«, sagte Whittaker. »Der antwortet auch mit Gegenfragen auf Fragen.«

»Nun, ich zeige wenigstens kein aggressives und unkooperatives Verhalten«, sagte Ellis.

»Hat das dieser Hurenbock Baker gesagt?«, erkundigte sich Whittaker.

»Und noch mehr«, sagte Ellis. »Etwas über ›peinliche Demütigung eines Rekruten in der Öffentlichkeit‹. Zwei Seiten, eng beschrieben.«

»Hat der Colonel die zwei Seiten gesehen?«, fragte Whittaker.

»Noch nicht«, sagte Ellis. »Ich habe die Meldung abgefangen. Ich kann sie verlieren, aber Baker wird irgendeine Antwort erwarten, so solltest du dir Gedanken darüber machen. Und über die Tatsache, dass der Colonel denkt, du bist in Virginia und rennst durch die Wälder.«

»Hm«, murmelte Whittaker nachdenklich.

»Willst du nach Virginia rüberfahren?«, fragte Ellis.

»Nichts wäre mir ein größeres Vergnügen«, sagte Whittaker. Er stellte das Queue in den Halter. »Wir werden auf dem Weg zu Mittag essen. Ich will in diesen Laden, wo man drei Hamburger für einen Quarter bekommt.«

»White Castle?«, fragte Ellis ungläubig.

»White Castle«, bestätigte Whittaker fröhlich. »Und für einen Dollar speisen, mit einer großen Portion Fritten und Ketchup.«

»Vielleicht hat Baker Recht«, meinte Ellis. »Er sagt, du bist vielleicht verrückt.«

»In diesem Fall kannst du deine Hamburger selbst bezahlen«, sagte Whittaker und nahm seinen Uniformrock von einem Bügel, der an einem Kleiderhaken hing.

Anderthalb Stunden später trug ein Lieutenant Commander sie in sein Anmeldebuch ein und brachte sie an einem Militärpolizisten des Marine-Corps vorbei zu einer grauen Stahltür, auf der ›FUNKRAUM – Für Unbefugte Zutritt streng verboten!‹ stand.

Der Offizier vom Dienst, ein junger Lieutenant Junior Grade mit blondem Bürstenhaarschnitt, stand hinter seinem Schreibtisch auf und ging ihnen entgegen.

»Diese Leute möchten einen Ihrer Sender benutzen«, sagte der Lieutenant Commander. »Sie haben ihren eigenen Funker dabei.«

»Sir?« Der Junior Grade glaubte, nicht richtig gehört zu haben.

»Wir möchten dieses Collins benutzen, Lieutenant«, sagte Chief Ellis und nickte zu einem der Funkgeräte, die an der Wand aufgereiht waren.

Der Junior Grade sah um Anweisungen heischend zu dem Lieutenant Commander. Dass komische Leute in den Funkraum kamen, war nicht ungewöhnlich. Der Lieutenant hatte jedoch noch nie erlebt, dass ihnen Zugang zur Ausrüstung erlaubt wurde.

»Nun machen Sie schon, Mr. Fenway«, sagte der Lieutenant Commander.

»Aye, aye, Sir.« Der Junior Grade forderte Garvey mit einer Geste auf, ihm zu folgen. Er führte ihn in eine kleine Kabine, in der es eine Morsetastatur, eine Schreibmaschine und eine Kontrolltafel gab. Garvey, immer noch in seiner Matrosenjacke, zog einen Stuhl heran und nahm die Kopfhörer.

Er tippte probeweise auf die Morsetastatur, stellte

dann Regler an ihrem Fuß ein und probierte es noch einmal. Er spannte Papier in die Schreibmaschine und schaltete dann das Empfangs- und das Sendegerät ein.

Dann begann er zu morsen.

Ellis und Whittaker stellten sich hinter ihn und blickten über seine Schulter.

»Sie haben nur ein altes M94-Gerät«, sagte Ellis. »Es hat keinen Sinn, auch nur zu versuchen, den Text zu entschlüsseln. Wir verständigen uns im Klartext.«

»Ich habe keine Ahnung, wovon du sprichst«, sagte Whittaker.

»Das M94 ist ein Chiffriergerät«, erklärte Ellis. »Aber wir müssen davon ausgehen, dass die Japse zumindest eines davon haben.«

»Oh«, sagte Whittaker.

»Wenn wir sie dranbekommen, wirst du dir eine Möglichkeit ausdenken müssen, wie du herausfindest, ob dieser Withers der Typ ist, mit dem du zusammen warst. Das musst du so anstellen, dass es für die Japse so verwirrend wie möglich ist.«

»Fragen Sie ihn, ob er noch die Uhr hat«, sagte Whittaker zu Garvey. »Nennen Sie ihn Sergeant Bumbum. Und geben Sie als Absender ›Polo‹ an.«

Garveys Finger flogen förmlich über die Tastatur der Schreibmaschine. Er war eine automatische Reaktion auf das, was er über Kopfhörer hörte. Ellis und Whittaker schauten auf das, was er getippt hatte.

MFS AN KGS BLEIBE AUF SENDUNG

»Funken Sie, ›Für Sergeant Bumbum‹«, befahl Ellis. »›Haben Sie die Uhr bekommen? Absender Polo.‹«

Garvey morste die Botschaft.

»Was hat das mit der Uhr zu bedeuten?«, fragte Ellis.

»Ich gab ihm meine Uhr, kurz bevor ich fortging«, erklärte Whittaker.

Es folgte langes Warten, bis Garvey wieder tippte.

MFS AN KGS POSITIV WO IST POLO MFS BLEIBT AUF SENDUNG

»Senden Sie, ›Senden Sie dritten Buchstaben von Scarfaces Nachnamen‹«, befahl Whittaker.

MFS AN KGS VVVVVVVVVVVV MFS BLEIBT AUF SENDUNG

»Senden Sie, ›Froh, dass ihr alle es geschafft habt‹«, sagte Whittaker.

MFS AN KGS FUER POLO VON SCARFACE VAYA CON DIOS MFS BEIBT AUF SENDUNG

»Senden Sie ...«, begann Whittaker, und dann brach seine Stimme, und als Ellis sich zu ihm umwandte und ihn anschaute, sah er, dass Tränen über seine Wangen rannen.

»Senden Sie«, fuhr Whittaker fort, »haltet durch. Das Sechsundzwanzigste wird wieder reiten. Gott segne euch alle. Polo.«

MFS AN KGS MFS SCHALTET AB

Captain James M.B. Whittaker schneuzte sich ziemlich laut. Als er sprach, hatte er seine Stimme wieder unter Kontrolle.

»Scarface ist Master Sergeant Victor Alvarez, gefallen beim Sechsundzwanzigsten Kavallerieregiment, der philippinische Aufklärer. Er hatte die Angewohnheit, Sergeant Withers Sergeant Bumbum zu nennen, weil Withers Dinge in die Luft sprengte.«

»Heimliche Station auf den Philippinen?«, fragte der Lieutenant Commander.

Whittaker nickte.

»Arme Kerle!«, meinte der Lieutenant Commander.

»Danke für Ihre Unterstützung, Commander«, sagte Whittaker förmlich. »Gehen wir, Ellis.«

Als sie in den Buick Roadmaster gestiegen waren, griff Ellis ins Handschuhfach und holte eine Flasche Old Overholt hervor. Er gab sie Whittaker.

»Gut für die Nebenhöhlen«, sagte er.

»Ich wünschte, ich wäre mit dir nach Warm Springs gefahren«, sagte Whittaker angespannt. »Dann hätte ich Gelegenheit gehabt, Onkel Franklin zu fragen, warum, zum Teufel, wir diese Jungs im Stich gelassen haben.«

»Ich nehme an, deshalb wollte der Colonel, dass du in den Wäldern in Virginia herumrennst«, sagte Ellis. »Jedes Mal wenn du deinem Onkel Franklin die Meinung geigst, muss er hinterher kitten, was zu Bruch gegangen ist.«

»Und was genau plant er in diesem Punkt zu unternehmen?«, fragte Whittaker.

»Du kannst es genauso gut jetzt hier erfahren«, sagte Ellis. »Sie bitten um Geld. Es gibt hohe Tiere in der Army, sowohl hier als auch in Australien, die dagegen sind, es ihnen zu geben, weil sie meinen, die Japse benutzen diese Leute – als das, was der Colonel ›umgedrehte Agenten‹ nennt.«

»Um wie viel Geld haben Sie gebeten?«, fragte Whittaker.

»Eine Million in Gold, hauptsächlich Goldmünzen.«

»Haben sie gesagt, wofür?«

»Wir haben Funkverkehr im Klartext. Da kann man nicht erwarten, dass sie Einzelheiten nennen.«

»Wann kann ich mit dem Colonel sprechen?«, fragte Whittaker.

»Er sagte, ich sollte nach Virginia fahren und dich abholen und feststellen, ob wir MFS erreichen«, sagte

Ellis. »Ich nehme an, er wollte feststellen, ob du denkst, dass sie von den Japsen kontrolliert werden. Um deine Frage zu beantworten, wir fahren jetzt dorthin.«

3

Office of Strategic Services
National Institutes of Health Building
Washington, D.C.

4. Februar 1943

Colonel William J. Donovan war in Zivilkleidung, ein gut sitzender Glencheck-Anzug mit zweireihigem Jackett, gestärktes weißes Hemd und rotblaue, fein gemusterte Krawatte.

Whittaker fand, dass Donovan wie ein erfolgreicher Anwalt wirkte, der im Begriff war, Chrysler oder DuPont auf viel Geld zu verklagen.

Als Whittaker das Büro betrat, kam Donovan mit ausgestreckter Hand um den Schreibtisch herum, und dann wurde aus dem Handschlag eine kurze Umarmung.

»Schön, Sie zu sehen, Jimmy«, sagte er. »Wie haben Sie das Haus in Virginia gefunden?«

»Ich bin schon zuvor dort gewesen«, sagte Whittaker. »Und Staley hat mir eine Karte gezeichnet. Kein Problem.«

»Warum habe ich den Verdacht, dass Sie mich absichtlich missverstanden haben?«, fragte Donovan.

»Sie meinen, wie ich das Haus finde, was ich davon halte?«

Donovan nickte.

»Baker und ich sind wieder aneinander geraten«, sagte Whittaker. »Er hat anscheinend das Gefühl, ich hätte ›ein aggressives und unkooperatives Verhalten‹ gezeigt. Ich soll auch eine ›peinliche Demütigung eines Rekruten in der Öffentlichkeit‹ gezeigt haben.«

»Oh, Jimmy«, sagte Donovan ärgerlich und resignierend. »Was, zum Teufel, war los?«

»Nun, das aggressive und unkooperative Verhalten ist anscheinend etwas, das passiert, wenn ich in ein und demselben Raum mit Baker bin«, sagte Whittaker. »Es ist anscheinend ansteckend. Canidy passiert das Gleiche.«

»Wir reden über Sie, nicht über Dick Canidy«, sagte Donovan. »Was ist mit dem Rekruten geschehen? Was hat er Schlimmes getan, dass Sie das Gefühl hatten, ihn demütigen zu müssen?«

»*Sie*«, korrigierte Whittaker. »Ich habe *sie* geküsst.«

»Cynthia?«, fragte Donovan.

Whittaker nickte.

»Ich weiß nicht, warum ich lächle«, fuhr Donovan fort. »Ich bin überzeugt, dass sie es nicht lustig fand. Sie werden bemerken, dass ich annehme, sie wollte nicht geküsst werden.«

»Dieses Mädchen weiß nicht, was es will«, sagte Whittaker. »Zum Beispiel hat sie die lächerliche Absicht, in einen Einsatz zu ziehen. Als ich sie sah, trug sie einen Arbeitsanzug und ein Gewehr. Ich fand sie unwiderstehlich. Ich frage mich, was ein Psychiater davon halten würde.«

»Sie haben mit Baker Frieden geschlossen?«, erkundigte sich Donovan.

»Ich bin gegangen«, sagte Whittaker. »Er ist vermutlich noch immer sauer.«

»Sie sind gegangen?«, fragte Donovan verwirrt. »Sie meinen, als Ellis Sie abholte, nicht wahr?«

»Ich bin ungefähr eine halbe Stunde nach meinem Eintreffen in dem Haus weggefahren.«

»Ich habe Befehle hinterlassen, dass Sie dort hingebracht werden sollen«, sagte Donovan kalt.

»Staley hat mir das gesagt. Er hat ziemlich hartnäckig darauf bestanden.«

Donovan musterte ihn mit kaltem Blick und wartete auf eine weitere Erklärung.

»Ich könnte eine Entschuldigung vorbringen, zum Beispiel, dass ich Baker die Arme gebrochen hätte, wenn ich dort geblieben wäre, aber der wahre Grund für mein Wegfahren ist, dass sich Baker benommen hat, als würde er mich kontrollieren.«

»Dafür wird er bezahlt«, sagte Donovan scharf.

»Ich weiß nicht, was Sie mit mir geplant haben, warum ich hier bin und nicht in Australien, aber wenn es bedeutet, dass Baker mein Kontrolleur ist, dann müssen Sie sich einen anderen Jungen suchen.«

»Sie können einem manchmal wirklich auf die Nerven gehen, Jim«, sagte Donovan. »Und dies ist einer der Momente. Was glauben Sie, mit wem, zur Hölle, Sie reden?«

Whittaker antwortete erst nach langem Schweigen.

»Ich weiß, dass ich mit dem Leiter des OSS rede«, sagte er. »Nicht mit Onkel Bill, der mich auf seinen Knien schaukelte. Ich verlange keine Sonderbehandlung. Ich weiß nicht, was meine Alternativen sind, aber was auch immer sie sind, ich werde sie lieber wählen, als irgendwohin zu gehen und mich von Baker kontrollieren zu lassen.«

Donovan starrte ihn an. »Sie habe einen Grund für dieses Gefühl, nehme ich an?«

»Es gibt zwei Arten von Kontrollen«, sagte Whittaker. »Beide bekunden große Trauer, wenn jemand draufgeht. Eine Art meint es ehrlich. Baker ist von der anderen Art. Baker akzeptiert zu bereitwillig Risiken mit dem Leben anderer. Er sieht ›das große Ganze‹ zu klar.«

Sie schauten sich einen Moment in die Augen, und dann fragte Donovan: »Hat Ellis etwas von dem heutigen Abendessen erwähnt?«

Die Frage überraschte Whittaker.

»Nein«, sagte er. »Das hat er nicht.« Dann überlegte er kurz. »Sagen Sie nicht, dass ich mit Baker zu Abend essen muss.«

»Nicht mit Baker«, sagte Donovan. Und dann, als er sicher zu sein glaubte, dass Ellis nichts über das Abendessen gesagt hatte und Whittaker tatsächlich nichts davon wusste, fügte er hinzu: »Mit dem Präsidenten.«

»Oh!«, entfuhr es Whittaker.

»Es wird keine Wiederholung geben, nichts, was auch nur entfernt einer Wiederholung dessen gleicht, was geschehen ist, als Sie beim letzten Mal mit ihm zu Abend gegessen haben«, sagte Donovan.

»Beim letzten Mal war ich ein wenig verrückt«, bekannte Whittaker. »Und ich möchte nicht wieder in einer Klapsmühle eingesperrt werden.«

»Sie haben mich verstanden«, sagte Donovan mit ruhiger Stimme.

Whittaker nickte. »Ist das Abendessen seine Idee oder Ihre?«, fragte er.

»Seine«, sagte Donovan. »Aber als ich ihm erzählte, dass Sie in Washington sind, war ich mir ziemlich sicher, dass er Sie sehen will.«

»Sie sind wieder so hintenherum«, sagte Whittaker.

»Vertrauen Sie mir, Jimmy«, sagte Donovan lächelnd.

»*Ihnen* vertraue ich«, erwiderte Whittaker.

»Ellis hat einige Dossiers und anderes Material. Ich möchte, dass Sie sich das ansehen«, sagte Donovan. »Wenn Sie das erledigt haben, sollte ich hier fertig sein, und wir können zum Haus rüberfahren.«

Der Präsident der Vereinigten Staaten fuhr von der Pennsylvania Avenue 1600 zur Embassy Row in einem Konvoi aus vier Fahrzeugen. Da war ein Polizeiwagen des Distrikts Columbia mit zuckendem Rotlicht, dann ein schwarzer Chevrolet voller Agenten des Secret Service, eine 1939er Packard-Limousine (nicht *die* Präsidentenlimousine) und schließlich ein anderer Chevrolet voller Secret-Service-Agenten.

Das Tor in der Mauer war bereits geöffnet, als der Konvoi eintraf. Der Polizeiwagen und der Wagen des Secret Service fuhren an den Straßenrand und stoppten. Der vordere Wagen des Secret Service und der Packard fuhren durch das Tor, das sich sofort hinter ihnen schloss.

Als die beiden Wagen anhielten, eilten zwei stämmige Agenten des Secret Service zu der Limousine. Einer davon griff in den Wagen und schwang die Füße des Präsidenten heraus. Dann zog er ihn aus dem Wagen und richtete ihn auf. Er und der andere Agent bildeten mit einer Leichtigkeit, die durch Übung entstanden war, eine Art Trage, indem sie die Arme verschränkten, und trugen den Präsidenten die Treppe zur Küche hinauf. Als sie dort anlangten, hatte ein dritter Agent einen zusammenklappbaren Rollstuhl aus dem Kofferraum des Chevrolet geholt und war damit in die Küche geeilt. Er hatte ihn auseinander geklappt und wartete, als der Präsident hineingetragen wurde.

»Einer von Ihnen«, sagte der Präsident, »riecht nach etwas, das nicht aus einer Flasche Aftershave stammt. ›My Sin‹?«

Der stämmige Agent des Secret Service, der jetzt den Rollstuhl schob, lachte.

»Kein Kommentar, Mr. President«, sagte er.

Der andere Agent eilte voraus und öffnete Türen, bis er zur Schiebetür der Bibliothek gelangte, die er aufschob.

»Gibt es hier den Schnaps?«, fragte der Präsident, als er hineingerollt wurde.

Donovan und Whittaker, die auf identischen

Couches gesessen hatten, die im rechten Winkel zu dem Kamin aus verziertem Sandstein standen, erhoben sich.

»Guten Abend, Mr. President«, sagte Donovan.

»Das ist alles, Casey«, sagte der Präsident. »Wenn es sein muss, kann der Colonel mich herumschieben.«

Der Agent des Secret Service verließ die Bibliothek und schloss sorgfältig die Schiebetür hinter sich.

»Nun, Jimmy«, sagte der Präsident, »du siehst viel besser aus als bei unserer letzten Begegnung.«

»Guter Whisky und lockere Frauen, Onkel Franklin«, sagte Whittaker.

Er ging zu Roosevelt und hielt ihm die Hand hin. Roosevelt ignorierte sie. Stattdessen ergriff er Whittaker mit beiden Händen an den Armen, und mit einer Kraft, die Whittaker stets überraschte, zog er Whittaker zu sich herunter, sodass sein Gesicht auf einer Höhe mit seinem war. Roosevelt musterte ihn einen Moment. Dann nickte er anerkennend und ließ ihn los.

»Chesty wäre sehr stolz auf dich«, sagte der Präsident. »Ich bin es.«

Er ließ das einen Augenblick einwirken und wechselte dann das Thema. »Ich bekam einen Brief von Jimmy«, sagte er. »Weißt du, was mit Jimmy los ist?« James Roosevelt, der älteste Sohn des Präsidenten, war Berufsoffizier im USMC. Er war stellvertretender Kommandeur der Marine Raiders im Pazifik.

»Jemand hat ihn überredet, zu den Marines zu gehen«, sagte Whittaker. »Ich hatte ihn für klüger gehalten.«

Roosevelt lachte herzhaft.

»Ich glaube, er war begeistert von der Uniform«, sagte er. »Jedenfalls hat er nach dir gefragt.«

»Grüße ihn von mir«, sagte Whittaker.

Donovan überreichte dem Präsidenten ein Glas mit einem Martini.

»Ich glaube, der wird Ihnen schmecken, Franklin«, sagte er. »Es ist im Grunde gekühlter Gin.«

Roosevelt nippte an dem Martini und nickte anerkennend.

Roosevelt stellte Fragen über England, zuerst allgemein, dann besonders über David Bruce, den Leiter der OSS-Station in London, und schließlich über Canidy.

»Geht es deinem Freund Canidy gut?«

»Einfach prima«, sagte Whittaker.

»Es tut mir Leid, dass Bill und ich dir nicht den Grund nennen können, Jimmy«, sagte Roosevelt, »aber diese Kongo-Mission, die ihr beide geflogen habt, war von großer Wichtigkeit.«

»Ich dachte mir schon, dass sie äußerst wichtig ist«, sagte Whittaker.

»Warum hast du das gedacht?«, fragte Roosevelt. Sein berühmtes Lächeln war etwas gezwungen.

»Das Flugzeug, das Canidy und ich flogen, war eine nagelneue C-46, ausgestattet wie das Tadsch Mahal und dafür gedacht, hohe Tiere der Navy im Pazifikraum herumzufliegen.«

»Nichts ist uns zu gut für unsere Jungs vom OSS«, scherzte Roosevelt und tauschte einen schnellen Blick mit Donovan.

Die Mission, von Roosevelt persönlich befohlen, hatte darin bestanden, zehn Tonnen Erz in Säcken aus Kolwezi in der Provinz Katanga in Belgisch Kongo zu holen. Nur vier Personen – der Präsident, Donovan, Captain Peter Douglass, Donovans Stellvertreter, und Brigadier General Leslie R. Groves, Leiter des sogenannten ›Manhattan Project‹ – wussten, dass es sich bei dem Erz um Uranglimmer handelte. Das Manhattan Project, das große Geheimnis des Zweiten Weltkriegs, diente der Raffinerie von Uran 235, um eine Bombe herzustellen, eine ›Atombombe‹, welche die Explosivkraft von zwanzigtausend Tonnen TNT hatte.

Roosevelts und Donovans große Besorgnis war, dass die Deutschen, zu deren Wissenschaftlern einige der bedeutendsten Physiker der Welt zählten und die bekanntermaßen eigene Nuklearforschung betrieben, von den amerikanischen Bemühungen erfahren und ihre eigenen Forschungen verstärken würden. Wer die ersten Nuklearwaffen herstellen konnte, würde den Krieg gewinnen.

»Canidy«, sagte Donovan hastig, um die Möglichkeit auszuschließen, dass Whittaker nach dem kleinen Scherz fragen könnte, warum die Mission von großer Wichtigkeit gewesen war und Roosevelt es ihm vielleicht erzählen würde, »hat vor drei Tagen zwei deutsche Jagdflugzeuge, Messerschmitts, in der Nähe von Dortmund abgeschossen.«

»Gut für ihn!«, sagte der Präsident, erfreut, das Thema zu wechseln.

»Schlecht für ihn«, sagte Donovan. »Er soll keine Missionen als Jagdflieger durchführen.«

»Er muss seine Gründe gehabt haben«, meinte Whittaker loyal.

»Sie und Dick, ihr habt immer eure Gründe«, sagte Donovan trocken.

»Na, na, Bill«, sagte der Präsident, »Sie sind nur neidisch. Ich bin überzeugt, dass Sie lieber mit einem Regiment im Feld wären, als Ihre derzeitige Tätigkeit auszuüben.«

»Ich tue, was man mir befiehlt«, sagte Donovan, »und ich erwarte naiverweise, dass die Leute, die für mich arbeiten, tun, was ihnen befohlen wird.«

»Höre ich da einen versteckten Tadel?«, fragte Whittaker. »Oder bilde ich mir das wegen meiner Schuldgefühle nur ein?«

»Nun, Jimmy, was hast du getan, was du nicht hättest tun sollen?«, fragte Roosevelt.

Donovan ging zu Roosevelt und füllte aus einer Kristallkaraffe den Martini des Präsidenten auf.

»Er hat nicht getan, was er hätte tun sollen, Franklin«, sagte Donovan.

»Was war das?«, fragte Whittaker.

»Er sollte lernen, wie man von einem U-Boot in ein Schlauchboot umsteigt«, sagte Donovan.

»Warum sollte ich das tun?«, fragte Whittaker.

»Der geplante Pan-American-Dienst zu den Philippinen ist vorübergehend eingestellt«, sagte Donovan. »Ein U-Boot ist die einzige uns bekannte Möglichkeit, Sie auf die Philippinen zu bringen.«

»Muss ich dorthin?«, fragte Whittaker.

»Es ist noch nicht entschieden worden, ob du oder jemand anders zu den Philippinen muss«, sagte der Präsident kühl.

»Nun, da du es erwähnst, Onkel Frank…«, begann Whittaker.

»Ich glaube, es wird mir nicht gefallen, Jim, aber sprich weiter«, sagte Roosevelt.

»Warum haben wir die Leute auf den Philippinen aufgegeben?«, fragte Whittaker.

»Wie kommst du darauf, das zu denken?«, erwiderte Roosevelt, nur ein wenig empört. Er war es nicht gewohnt, dass jemand seine Entscheidungen in Frage stellte. »Es war einfach unmöglich, MacArthur zu verstärken, bevor er von den Japanern überwältigt worden wäre, und es gibt einfach keine Möglichkeit, zu diesem Zeitpunkt eine Invasion in Erwägung zu ziehen. Es ist zu weit entfernt, und wir haben einfach nicht die logistischen Kapazitäten.«

»Ich spreche von den Guerillas«, sagte Whittaker. »Von den Leuten, die nicht aufgegeben haben. Von denen im Bergland.«

Es dauerte einen Moment, bis sich Roosevelt dazu äußerte.

»Ich hätte fast gesagt, dass du emotional betroffen bist und dass ich leider nicht immer tun kann, was meine Gefühle mir raten. Aber dann kam mir in den

Sinn, dass du ein größeres Recht hast, emotional betroffen zu sein, als die meisten Leute. So werde ich das Thema wechseln. Die Antwort auf deine Frage lautet, dass es nach der besten Beratung, die ich eingeholt habe, dort keine Guerillas gibt. Ich neige dazu, dieser Beratung zu vertrauen, denn sie kommt von Douglas MacArthur und George Marshall, und es ist seit 1935 das erste Mal, bei dem sie einer Meinung sind.«

»Es sind mindestens zehn Guerillas dort, Onkel Frank«, sagte Whittaker.

»Wie kannst du das mit Sicherheit wissen?«

»Ich habe mich heute Nachmittag über Funk mit ihnen verständigt«, sagte Whittaker.

»Das hast du getan?«

»Ja, das habe ich getan«, sagte Whittaker.

Roosevelt blickte Donovan an.

»Haben Sie das arrangiert, Bill? Redet er von diesem selbsternannten General – wie war noch mal sein Name?«

»Fertig«, sagte Donovan.

»Fertig«, wiederholte Roosevelt. »Jim«, sagte er freundlich, »jeder außer Bill ist der Meinung, dass die Japaner, aus welchen Gründen auch immer, Gefangene für ihre Zwecke benutzen. Höchstwahrscheinlich hoffen sie, uns dazu zu bringen, Ihnen per U-Boot eine Million Dollar in Gold zu schicken. Woraufhin sie die Million dankend annehmen und das U-Boot versenken werden.«

»Onkel Frank, ich habe heute Nachmittag über Funk mit zweien *meiner* Männer kommuniziert.«

»Was meinst du mit zweien *meiner* Männer?«

»Als MacArthur mich von Luzon nach Corregidor befahl, gab ich meine Armbanduhr meinem Sergeant, einem Jungen namens George Withers. Und ich sagte ihm, dass er und die philippinischen Aufklärer, die ich hatte, sich nach Mindanao durchschlagen sollten, wenn Luzon fällt. Ich habe ihn und einen der philippinischen Aufklärer heute Nachmittag über Funk erreicht. Sie sind auf Mindanao und warten auf Hilfe.«

»Und sie sagten, was ihnen in Gefangenschaft von den Japanern befohlen wurde.«

»Die Japaner konnten nicht wissen, wie sie mich nannten und wie ich sie nannte«, widersprach Whittaker. »Sie sind auf Mindanao, und sie sind frei, und wir haben verdammt die Pflicht, ihnen zu helfen.«

»Du meinst, wir sollen ihnen die Million Dollar schicken?«

»Und ein Funkgerät und Chinin und Munition«, sagte Whittaker.

»Sie *haben* ein Funkgerät«, sagte Roosevelt. »Du hast mit ihnen gesprochen.«

»Sie brauchen ein Chiffriergerät«, sagte Whittaker. »Damit die Japse nicht mithören können.«

»Bill?« Der Präsident sah Donovan fragend an.

»Wir müssen jemanden dort hinschicken, der Tatsachen und Fantasie auseinanderhalten kann und dann mit Fakten kommt, wonach wir weitere Entscheidungen beschließen können«, sagte Donovan. »Als Faustregel in der Guerillakriegführung gilt, dass ein Guerilla mindestens sieben feindliche Soldaten binden kann …«

»Das predigen Sie mir ja immer wieder«, sagte Roosevelt. »Und Sie meinen, Jimmy ist der Mann, der sich auf den Philippinen umsieht und dann berichtet?«

»Ja«, sagte Donovan.

»Und da die Japaner das Funkgerät der Guerillas abhören, und da wir nicht verschlüsselt senden können, wie sollen wir den Leuten auf den Philippinen mitteilen, wo und wann er kommt? Wenn die Japaner zuhören, meine ich.«

»Wir arbeiten daran, Franklin«, sagte Donovan.

»Das heißt übersetzt: ›Wir hoffen, dass uns etwas einfällt‹. Richtig?«

Donovan schwieg.

»Und du wärst bereit, wieder den Kopf in die Schlinge zu stecken, Jimmy?«, fragte Roosevelt.

»Ich sehe das sehr kaltblütig«, erwiderte Whittaker. »Ich bin anscheinend der richtige Mann am richtigen Platz.«

»Du bist bereits einmal von den Philippinen entkommen«, sagte Roosevelt. »Wie oft willst du das schaffen?«

»Ich habe gehört, dass Jimmy während des Stoßtruppunternehmens Makin Island fast weggeblasen worden wäre«, erwiderte Whittaker.

»Weggeblasen«, sagte Roosevelt. »Interessante Beschönigung.« Es war offenkundig, dass er seine Entscheidung traf.

»Also gut«, sagte er schließlich. »Macht es. Ich werde so lange wie möglich darauf verzichten, George Marshall zu informieren. Und ich finde, wir sollten es Douglas MacArthur erst erzählen, wenn du zurück bist, Jimmy.«

»Danke, Mr. President«, sagte Donovan.

Roosevelt war noch nicht fertig. »Und du wirst zurückkommen, Jimmy. Hast du das verstanden? Du wirst dort hinfahren, dich umsehen und zurückkommen. Betrachte das als direkten Befehl.«

»Ich nehme an, das bedeutet, dass ich mir den Arsch abfrieren und lernen muss, wie man von einem U-Boot in ein Schlauchboot umsteigt?«, fragte Whittaker.

Roosevelt und Donovan lachten.

»Kommen wir zu den Bedingungen«, sagte Whittaker. »Ich verlange eine Gegenleistung.«

»Alles hat seinen Preis«, sagte Roosevelt trocken. »Was ist deiner?«

»Cynthia Chenowith ist meine Kontrollperson«, sagte Whittaker. »Sie berichtet direkt Colonel Donovan.«

»Ich glaube, ich sehe einen Haken dabei«, sagte Roosevelt. »Was hat das zu bedeuten?«

»Cynthia hatte die Kontrolle über die Operation Kolwezi«, sagte Whittaker.

»Cynthia absolviert den Agentenlehrgang«, sagte Donovan. »Das geht gegen Jimmys Vorstellung von der richtigen Rolle von Frauen.«

Roosevelt lachte. »Auch gegen meine«, sagte er. »Eleanor könnte vielleicht diesen Lehrgang absolvieren. Aber Cynthia?«

Whittaker lachte.

»Das wäre natürlich Ihre Entscheidung, Bill«, sagte der Präsident.

»Okay«, sagte Donovan. »Sie haben gewonnen, Jimmy. Ich nehme an, sie wird wütend sein, aber das ist Ihr Problem.«

»Sie wird es überleben«, sagte Whittaker. »Ich habe es lieber, wenn sie sauer und lebendig, anstatt glücklich, heldenhaft und tot ist.«

»Haben Sie Appetit bekommen, Franklin?«, fragte Donovan. »Oder möchten Sie vor dem Essen lieber noch mehr gekühlten Gin?«

»Warum muss es entweder oder sein?«, fragte Roosevelt und hob sein Glas ein, um sich nachschenken zu lassen.

Donovan drückte zweimal auf den Knopf, um den Diener zu rufen, und dann füllte er Roosevelts Glas auf.

4

OSS-Station, Berkeley Square
London, England

5. Februar 1943

Helene B. Dancy, Captain, WAC (Women's Army Corps), U.S. Army, Verwaltungsassistentin von David Bruce, dem Leiter der OSS-Station London, war über Richard Canidy geteilter Meinung. Wenn sie ihn eine Zeit lang nicht sah, begann sie ihn mit den Augen ihres Chefs zu sehen: dass Canidy keinen Mannschaftsgeist hatte und manchmal Dinge tat – das Losfliegen mit Captain Douglass' Sohn als Jagdflieger war das jüngste Beispiel –, die Zweifel aufkommen ließen, ob es klug war, ihm so viel Befugnis und Selbstständigkeit zu geben wie er hatte.

Aber wenn sie mit ihm zusammen war, verschwand anscheinend das meiste ihrer Missbilligung. Es war absurd, zu denken, dass irgendetwas zwischen ihnen passieren könnte – Helene B. Dancy war von ihrer Stelle als Chefsekretärin des Vizedirektors der Abteilung Immobilieninvestment der Prudential Versicherungsgesellschaft als Berufsoffizier zum WAC gegangen, sechsunddreißig Stunden bevor sie dreißig geworden war und nicht mehr als Berufsoffizier zugelassen worden wäre –, aber insgeheim gestand sie sich ein, dass Richard Canidy der begehrenswerteste Mann war, den sie jemals kennen gelernt hatte. Und sie hatte schon eine große Anzahl begehrenswerter Männer kennen gelernt.

Sie glaubte, viel über einen Mann aus seinen Augen zu erfahren, und wenn sie in Canidys Augen blickte, sah sie Zärtlichkeit und Stärke und Leidenschaft. Dann fühlte sie sich wie ungefähr neunzehn.

»Guten Morgen, Dancy«, begrüßte Canidy sie.

»Was hat das jüngste Feuer aus dem Maul des Drachen zu bedeuten?«

»Guten Morgen, Major Canidy«, erwiderte Captain Dancy.

»Nun, habe ich etwas Neues verbrochen, oder ist er noch wütend vom letzten Mal?«

»Sie haben ihn wirklich beim Air Corps in Verlegenheit gebracht, Major«, sagte Captain Dancy.

»Ich weiß«, sagt Canidy und lächelte sie an.

Helene fand seine Zähne sehr schön, wodurch sein Lächeln sehr attraktiv war.

»Weiß ist schwarz, oben ist unten«, fuhr Canidy fort, »und ich muss mich vermutlich dafür entschuldigen, dass ich ein paar böse Jungs abgeschossen habe.«

Da ist eine gewisse unbestreitbare Logik in seinen Worten, dachte Helene. *Statt ihm eine Medaille zu verleihen, weil er feindliche Flugzeuge abgeschossen hat, ist man wütend auf ihn.*

»Major Canidy«, sagte sie tadelnd.

»All die schönen Mädchen dürfen mich Dick nennen«, sagte er.

»Sie sind unmöglich!«, sagte sie. »Dies soll eine militärische Organisation sein.«

Canidy setzte eine überraschte Miene auf.

»Sie scherzen!«, sagte er.

»Mr. Bruce ist in der kryptographischen Abteilung«, sagte Captain Dancy. »Sie sollen warten.«

»Und Sie sagen mir nicht, was ich falsch gemacht habe, oder, Dancy?«

»Nein, ich sage es nicht«, bekräftigte sie und erwiderte ungewollt sein Lächeln. »Aber es hat vielleicht etwas mit dieser Sache hier zu tun.«

Sie zog eine Schreibtischlade auf und entnahm ihr einen Aktenhefter mit der Aufschrift TOPSECRET.

Als er ihn von ihr entgegennahm, sagte sie leise: »Wenn es nicht zur Sprache kommt, wäre es vielleicht besser, Sie würden nicht erwähnen, dass ich es Ihnen gezeigt habe.«

Canidy schlug den Aktenhefter auf und las die teilweise entschlüsselte Botschaft. Selbst wenn die Deutschen die Botschaft abfingen und den Text erfolgreich entschlüsselten, würden sie die Bedeutung der Codewörter nicht verstehen.

EXLAX FUENF FAEHRT WEITER ALLES GUT
YACHTSMAN

»Ich spreche zu Ihnen als Ihr militärischer Vorgesetzter, Captain«, sagte Canidy, »und als jemand, von dem Sie *wissen*, dass er ein Recht auf Information hat. Hat es auf dem Balkan irgendeine Entwicklung gegeben, von der ich wissen sollte?«

Kopfschüttelnd und lächelnd sagte Captain Dancy: »Sie haben die Entwicklung in der Hand.«

»Nun, dann sind Sie bei dem Drachen aus dem Schneider«, sagte Canidy. »Ich habe das von Ihnen *verlangt*. Es blieb Ihnen nichts anderes übrig, als mir die Topsecret-Botschaft zu geben.«

Sie lächelte ihn an. Sie fand das sehr nett von ihm.

»Haben Sie eine Kopie vom OPPLAN (Operationsplan) hier, oder muss ich im Kellergeschoss herumsuchen?«

Captain Dancy ging zu einem Safe, auf dem – ganz unnötig, denn die Tür stand einen Spalt offen – ein Schild mit der Aufschrift ›OFFEN‹ hing, und nahm einen Aktenhefter mit dem Stempel TOPSECRET darauf heraus.

Canidy schlug den Aktenhefter auf. Darin befand sich eine mit Fettstift gezeichnete Karte, die Eric Fulmars Reiseroute nach Deutschland und seine Fluchtroute zeigte. In römischen Ziffern waren die Stationen der Route markiert. An Marburg an der Lahn stand eine I. Neben Wien stand II und neben

Budapest III. Die vierte Etappe der Route endete in Pécs, im südwestlichen Ungarn.

Bei Pécs befanden sich die Kohlebergwerke der Familie Batthyany. Die meiste der Kohle in Ungarn ist minderwertige Braunkohle. Die Bergwerke bei Pécs fördern hochwertigen Anthrazit, der seit Hunderten von Jahren zum Reichtum der Batthyanys beigetragen hatte. Jetzt war die Steinkohle von Wert, weil einer der schweren Tatra-Lastwagen, die Anthrazit in Säcken nach Budapest (und durch den Einfluss von Helmut von Hürten-Mitnitz auch etwas zum Batthyany-Palast) transportiert hatten, mit Eric Fulmar und Professor Dyer und seiner Tochter, versteckt in einer Box unter einem Stapel von Kohlensäcken, nach Pécs zurückgekehrt war.

Professor Dyer war Physiker – im Englischen ›physicist‹. *Physics* heißt Physik und *physic* heißt unter anderem ›Abführmittel‹ – also Laxativ. Deshalb ›Ex-Lax‹. Im Planungsstadium der Operation, als Codenamen ausgewählt wurden, hatte David Bruce widerstrebend zugegeben, dass die Deutschen verwirrt sein würden, wenn sie dahinter kommen würden, was mit ›EXLAX‹ gemeint sein konnte, obwohl er insgeheim dachte, dass Canidys Vorschlag ein weiterer Beweis dafür war, dass er nicht so ernsthaft war, wie er sein sollte.

›Yachtsman‹ war ein OSS-Agent in Ungarn. Er war ein eingewanderter Amerikaner aus Hamtrack, Michigan, der Ungarisch von seiner Mutter gelernt hatte. Ausgestattet mit den entsprechend gefälschten Ausweispapieren, war er bei Verwandten als gemeiner Matrose auf einem Donauboot angestellt. Das erlaubte ihm, durch das Land zu reisen und ein paar Stunden oder Tage von dem Boot zu verschwinden, wenn es nötig war.

Komplett entschlüsselt bedeutete Yachtsmans Botschaft, dass Fulmar und Dyer es sicher von

Budapest nach Pécs geschafft hatten und nach V weiterfuhren. Diese Etappe wurde mit einem Boot befahren. ›Ex-Lax‹ würde den Kanal hinunterfahren, der unter der Schirmherrschaft von Kaiser Franz Josef von Österreich-Ungarn erbaut worden war, um Kohle von Pécs zur Donau zu transportieren.

Der Bootskanal führte über die Grenze zwischen Ungarn und Kroatien in einer dünn bevölkerten Region bei Ben Manastir und mündete bei Batina in die Donau. Kurz vor Backa Palanka, wo die Donau in einem weiteren einsamen, unbewohnten Gebiet nach Osten und gen Belgrad führt, würde ein Signal – als Antwort auf die besondere Beleuchtung des Boots – vom westlichen Ufer der Donau gegeben werden.

Das Boot würde dann dicht genug ans Ufer heranfahren, sodass Fulmar und die Dyers abspringen und sich in die Obhut von ›Postman‹ begeben konnten, dem ranghöchsten der vier OSS-Agenten bei den Guerillas des ehemaligen Oberst Draza Mihajlovic der jugoslawischen Armee.

Canidy hatte ein wenig Zweifel an den Beteuerungen über Funk von Postman – ein Amerikaner mit jugoslawischen Eltern, der in den Staaten tatsächlich Briefträger gewesen war –, dass diese Etappe der Reise sicher und bequem per Lastwagen bewältigt werden konnte. Laut Postman waren die Lastwagen (und der Dieseltreibstoff dafür) durch Mihajlovic von den Deutschen erbeutet worden, und sein Vorwarnsystem war so wirkungsvoll, dass er sie auf regulären Versorgungs- und Transportmissionen über Wald- und Bergstraßen von Kroatien und Bosnien und Herzegowina hin und her schicken konnte, als wären die Deutschen nicht dort und aktiv auf der Suche nach ihm.

VI war der Ort Metkovic an der Neretva, fünfundzwanzig Kilometer vom Neretljanski-Kanal entfernt, der in die Adria mündete. In Metkovic würde Ex-Lax einem Agenten der britischen Special Operations Executive übergeben, der ihren Transport mit einem Fischerboot zur Insel Vis arrangieren würde. Der Codename des SOE-Agenten, ›Saint Peter‹, war ein weiterer Vorschlag von Canidy, dem David Bruce mit einigem Unbehagen zugestimmt hatte.

Vis war ganz in britischer Hand, doch die Deutschen, die die Insel regelmäßig absuchten, bemerkten es nicht. Es gab einen versteckten Kai, auf dem Versorgungsmaterial von U-Booten zur Weiterverschiffung ins Inland ausgeladen werden konnte. Und zwischen zwei Hügeln gab es eine 1600 Meter lange Start- und Landebahn. Ein Bach floss darüber und schien völlig auszuschließen, dass das lange Tal als Landestreifen benutzt werden konnte. Aber der Bachlauf war verändert worden. Es gab zwanzig Meter breite Abschnitte, wo das Wasser nur knapp dreißig Zentimeter hoch war. Für Beobachter aus der Luft und am Boden sah das Gebiet praktisch wie turbulentes Wasser aus.

> Ex-Lax wird von VII mit einem U.S. Flugzeug nach Kairo, Malta oder einem anderen Endziel gebracht, wie es die Umstände zu diesem Zeitpunkt diktieren. Falls dies nicht möglich ist, wird Ex-Lax von VII durch ein U-Boot der Royal Navy evakuiert, wie es verfügbarer Platz erlaubt.

»Sie sehen in Gedanken versunken aus, Richard«, sagte David Bruce, als er in das Büro kam, gefolgt von Lieutenant Colonel Edmund T. Stevens, seinem Stellvertreter. Bruce und Stevens waren groß, hoch aufgerichtet, und sie trugen maßgeschneiderte

Uniformen. An Stevens' Hand glänzte ein West-Point-Ring. Er hatte vor dem Krieg seinen Abschied von der Army genommen und war bei Kriegsausbruch in England gewesen, wo er das Import-Export-Geschäft (Lebensmittel und Wein) seiner Frau geführt hatte.

»Haben Sie als Kinder jemals Briefmarken gesammelt?«, fragte Canidy. »Jemals Briefmarken von Bosnien-Herzegowina gehabt?«

»Ich kann mich wirklich nicht erinnern«, sagte Bruce unwillig.

»Sie hatten einige dreieckige Marken«, sagte Canidy. »Das hat mich fasziniert.«

»An solche erinnere ich mich«, sagte Lieutenant Colonel Stevens.

»Kommen Sie rein, Richard«, sagte Bruce. »Ich befürchte, wir müssen ein weiteres unserer Streitgespräche führen.«

»Was habe ich jetzt getan?«, fragte Canidy, faltete die Karte und gab sie Captain Dancy.

»Ich nehme an, Sie haben die Botschaft von Yachtsman?«, fragte Bruce, nachdem er einen Blick in den Aktenhefter geworfen hatte.

»Captain Dancy gab sie mir mit großem Widerstreben«, sagte Canidy, »und erst, nachdem ich ihr gedroht hatte, ihren Namen und die Telefonnummer in die Telefonkabinen in den Pubs der ganzen Stadt zu schreiben.«

»Major Canidy«, sagte Captain Dancy, »Sie sind unmöglich!« Aber sie lächelte.

Bruce schloss die Tür, als sie in seinem Büro waren.

»Es geht nicht um das, was Sie getan haben – es sei denn natürlich, da gibt es etwas, das ich noch nicht weiß –, es geht um das, was Sie vorhaben.«

»Was könnte das denn sein?«

»Nach Vis reisen und Ex-Lax persönlich abholen«, sagte Bruce.

»Haben Sie sich in diesem Punkt entschieden, oder

sind Sie offen für meine Argumente?«

»Ich bin stets bereit, zuzuhören«, sagte Bruce mit einem Lächeln, »selbst wenn Sie es schwierig machen. Aber dies, da sollte ich Sie vorwarnen, bestimmt mein Denken.«

Er nahm ein Blatt Papier von seinem Schreibtisch und überreichte es Canidy.

ROUTINE VON OSS WASH DC AN OSS LONDON BRUCE PERSOENLICH
BITTE RICHTEN SIE CANIDY ZITAT GLUECKWUENSCHE FUER ZWEIFACHEN ABSCHUSS ZITAT ENDE AUS STOP ER HATTE GRUENDE DORT ZU SEIN WO ER WAR STOP GRUESSE STOP DONOVAN

»Anscheinend urteilt er im Zweifelsfall zu meinen Gunsten«, sagte Canidy. »Nach meiner Erfahrung ist der Colonel nicht so feinfühlig. Diese Botschaft hätte ebenso gut lauten können ›Erteilen Sie dem Hurensohn Startverbot‹.«

Stevens lachte, was ihm einen bösen Blick von Bruce einbrachte.

»Ihnen Startverbot zu erteilen würde Sinn machen, Richard«, sagte Stevens. »Von dieser Seite des Schreibtischs sehen die Dinge ein wenig anders aus.«

»Die Argumente, die ich vorgetragen habe, sind noch gültig«, sagte Canidy. »Und um Ihre Erinnerung aufzufrischen, lauteten sie (a), dass das Air Corps bereits wegen unser Foto-Aufklärungsmissionen motzt, und dass (b) die Durchführung einer solchen Mission bedeuten würde, dass wir gegen das Argument ankämpfen müssten, ungewollte Aufmerksamkeit auf die Fulmar-Werke zu lenken.«

»So sind meine Gegenargumente, dass Sie ziemlich

weit oben bei der Planung der Dinge stehen und wir uns nicht erlauben können, Sie zu verlieren, wenn Sie abgeschossen werden«, sagte Bruce. »Aber das ist vorbei. Jetzt müssen Sie mich überzeugen, dass es Gründe gibt, weshalb wir nicht einfach der Eighth Air Force sagen, was wir brauchen, und es von ihr erledigen lassen. Oder weshalb es nötig ist, Ex-Lax überhaupt auszufliegen. Warum sollte er nicht mit einem britischen U-Boot kommen?«

»Arroganz«, sagte Canidy.

»Wie bitte? Meine Arroganz oder Ihre?«, fragte Bruce.

»Meine.« Canidy lachte. »Ich will mir selbst den Flugplatz in Vis ansehen. Ich traue in meiner Arroganz keiner begeisterten Meinung eines anderen, wie gut der Platz ist. Ich will Ex-Lax nicht verlieren oder wen auch immer, der ihn später herausbringt, weil der Pilot einen Fehler macht. Ich will diese Landung und den Start selbst machen, damit ich einem anderen sagen kann, wie er durchgeführt wird.«

Aus Bruces Miene schloss Canidy, dass er das nicht akzeptierte, aber er nahm an, dass Stevens ihn verstand.

»Ich kann ebenfalls argumentieren«, fuhr Canidy fort, »dass ich die Engländer nicht mehr als unbedingt nötig an dieser Operation beteiligen will. Wenn wir um Platz in ihren U-Booten ersuchen, wollen Sie eine Begründung hören.«

Er legte wieder eine Pause ein und sah Bruce an. Nach einer Weile forderte Bruce ihn mit einer Geste auf, weiterzusprechen.

»Wir haben die B-25 bereits für diese Art Passagiertransport ausgerüstet, mit Zusatztanks und sogar zusätzlichen Sitzen«, sagte Canidy. »Wenn wir das Air Corps bitten, eines seiner Flugzeuge teilweise umzuwandeln, wird es natürlich Fragen stellen.«

»Es sei denn, wir lassen das Air Corps unsere B-25 benutzen«, wandte Bruce ein.

»Ich habe befürchtet, dass Sie das denken«, sagte Canidy. »Und ich habe mich darauf vorbereitet. Ich meine, wir würden Probleme haben, sie von ihnen zurückzubekommen. Wenn sie die B-25 in die Hände bekommen, David, dann werden sie vergessen, dass sie geliehen ist. Denken Sie an Rasenmäher, die man vom Nachbarn ausleiht.«

Bruce schüttelte den Kopf.

»Und wen haben Sie sich als Crew vorgestellt?«

»Ich dachte daran, um einen Freiwilligen von der Eighth Air Force zu bitten«, sagte Canidy. »Wenn er sich als in Ordnung erweist, können wir ihn für ständig übernehmen. Wenn nicht, schicken wir ihn zurück.«

»Nur einen Kopiloten?«, fragte Stevens.

»Nein«, sagte Canidy. »Bevor wir ihn nach der Schweiz schickten, wollte ich Stanley Fine nehmen. Und dann hatte ich vor, Jimmy Whittaker zu nehmen, bevor wir ihn nach Australien schickten. Jetzt denke ich an Dolan.«

Bruce hob fragend die Augenbrauen.

»Warum Dolan?«

»Er ist ein alter Pilot ...«, begann Canidy.

»Das meine ich ja«, unterbrach Bruce.

Chief Aviation Motor Machinist's Mate – ehemals, bis zu körperlicher Untauglichkeit Chief Aviation Pilot – John B. Dolan, USN, hatte nach sechsundzwanzig Jahren seinen Abschied von der Navy genommen, um mit den Flying Tigers als Instandsetzungsoffizier nach Burma und China zu fliegen. Danach hatte er es geschafft, von der Navy als Lieutenant Commander der Reserve ernannt zu werden und als Flugzeugwartungsoffizier für die ›Operation Aphrodite‹ nach England geschickt zu werden. Das war der Codename für den Versuch, verschlissene B-17-Maschinen in funkgesteuerte fliegende Bomben zu verwandeln, die gegen die deutschen U-Boot-Bunker bei St. Nazaire eingesetzt werden sollten, die sich gegen Angriffe von konventioneller Luftbombardierung als immun erwiesen hatten.

Eisenhower, dessen Geduld mit dem Gezänk von Air Corps und Navy erschöpft war, hatte das Projekt Aphrodite dem OSS übertragen. Dolan war erfreut gewesen. Canidy war zum Leiter des Projekts ernannt worden, und er hatte Dolan in Pensacola, Florida, auf der Naval Air Station kennen gelernt, als sie beide bei der Amerikanischen Freiwilligengruppe gewesen waren. Dolan hatte richtig angenommen, dass Canidy nicht jeden seiner Schritte beobachten würde, wie es die hohen Tiere von Air Corps und Navy taten.

»Wir unerschrockenen Fliegerjungs haben ein Sprichwort«, sagte Canidy. »›Es gibt alte Piloten, und es gibt tollkühne Piloten, aber es gibt keine alten, tollkühnen Piloten‹.«

»Sehr interessant«, sagte David Bruce.

Colonel Stevens gab der Versuchung nach. »Und wo, Richard, würden Sie sich nach dieser tiefsinnigen Betrachtung sehen?«, fragte er unschuldig.

»Nun, ich dachte, Sie wüssten, Colonel«, sagte Canidy mit breitem Grinsen, »dass ich ein sehr alter Pilot werden will.«

»Das werden Sie mit Ihrem Verhalten bestimmt nicht«, sagte Stevens. »Aber okay, Richard. Sie haben – so gerade – einen Punkt gemacht.«

»Ich nehme an, Commander Dolan ist körperlich der Aufgabe gewachsen?«, fragte Bruce. »Besonders, dass er in jüngster Zeit eine Flugtauglichkeits-Untersuchung gehabt hat?«

»Es steht in seiner Personalakte«, sagte Canidy. »Überzeugen Sie sich selbst davon.«

»Das werde ich vielleicht tun«, sagte Bruce.

Es gab einen Bericht über eine ärztliche Untersuchung (Flug) in Lieutenant Commander Dolans Personalakte. Canidy bezweifelte, dass David Bruce die erstaunliche Ähnlichkeit zwischen der Handschrift von Commander A.J. Franklin, Medical Corps, USNR, der den Untersuchungsbericht unterzeichnet hatte, und der Handschrift von Lieutenant Commander John B. Dolan, USNR, auffallen würde.

Canidy wollte dafür sorgen, dass sich der alte Matrose auf dem Flug nicht überanstrengen würde. Aber er wünschte wirklich den alten ›Flying Chief‹ mit seinen über achttausend Stunden in der Luft als Begleiter, Herzleiden oder nicht. Erfahrung war auf einem solchen Flug weitaus wertvoller als Jugend und Gesundheit.

»Es macht einfach Sinn für mich, diesen Flug selbst zu machen«, argumentierte Canidy. »Er erreicht, was getan werden muss, mit dem geringsten Theater.«

Bruce musterte ihn einen Moment sorgfältig. Dann blickte er Stevens an. »Ed?«

»Sie werden sich gut um Commander Dolan kümmern, nicht wahr, Dick?«, fragte Stevens, und als Canidy ihn ansah, wurde ihm klar, dass Stevens wusste, wer den Bericht über Dolans Flugtauglichkeit unterschrieben hatte.

»Es wird andersherum der Fall sein, Colonel«, sagte Canidy.

»Ich meine, wir sollten uns auf Dicks Einschätzung verlassen«, sagte Stevens.

»Also gut«, sagte Bruce resignierend.

Canidy dankte Stevens mit einem leichten Nicken. Stevens antwortete darauf mit einem kaum wahrnehmbaren Schulterzucken. Die Botschaft war klar. Er hatte es ehrlich gemeint, als er gesagt hatte, dass sie sich auf Canidys Einschätzung verlassen sollten.

Auf dem Weg hinaus verharrte Canidy im Vorzimmer an Captain Dancys Schreibtisch.

»Würden Sie das Air Corps bitten, uns kurz- und langfristige Wettervorhersagen für Flüge von hier nach Casablanca und von Casablanca nach Malta und von Malta zur Adria zu liefern, beginnend von jetzt an?«, fragte er.

»Ich habe befürchtet, dass Sie ihn dazu überreden«, sagte Captain Dancy. »Wollen Sie die Wettervorhersagen hier haben, oder soll ich sie mit dem Kurier zum Whitbey House schicken?«

»Schicken Sie sie zu Dolan«, sagte Canidy.

»Wird er wissen, wofür sie bestimmt sind?«

»Das wird er, nachdem ich es ihm gesagt habe. Ich fahre jetzt dort raus.«

»Ich dachte, Sie würden in London bleiben«, sagte sie.

»Es gibt keinen Grund für mich, das zu tun«, erwiderte Canidy.

»Doch, es gibt einen«, widersprach Captain Dancy. »Sie ist zurück. Sie hat vorhin angerufen.«

»Sie haben mir nichts davon erzählt«, sagte Canidy. Es war mehr eine Feststellung als ein Tadel.

»Sie sagte, sie würde bis halb fünf im Rundfunksender und danach in ihrem Apartment sein, und sie bat mich, das auszurichten, wenn ich Sie zufällig sehe«, sagte Captain Dancy.

Manchmal, erkannte Captain Dancy, war sie einfach ein wenig eifersüchtig auf Ann Chambers, weil sie jung und hübsch war, und weil bei der bloßen Erwähnung von ihr Dick Canidys Augen aufleuchteten. Und manchmal, wie jetzt, fühlte sie sich wie Canidys Schwester oder wie seine Mutter, die glücklich darüber war, dass er ein nettes, anständiges Mädchen hatte.

»Und werden Sie sie anrufen, wenn Sie sich entscheiden, wo Sie die Nacht verbringen werden?«, fragte Captain Dancy.

»Ja, klar«, sagte Canidy. Dann neigte er sich plötzlich über Captain Dancys Schreibtisch und gab ihr einen Kuss auf die Stirn.

»Major Canidy«, sagte Captain Dancy, »Sie sind unmöglich!«

5

Woburn Mansions, Woburn Square
London, England

5. Februar 1943

Vor dem Krieg war der Privatpark in der Mitte des Woburn Square ein Gebiet von gepflegten Rasen, Blumenbeeten und gewundenen Spazierwegen unter alten Bäumen gewesen, alles umgeben von einem ordentlichen Zaun. Jetzt waren nur der Zaun und die Bäume geblieben. Ein Luftschutzbunker war ausgeschachtet worden und die Feuerwehr hatte einige Wellblechbaracken errichtet, um Ausrüstung zur Brandbekämpfung zu lagern.

Sie war gebraucht worden. In den Reihen der Häuser mit den Kalksteinfassaden, in die deutsche Bomben eingeschlagen hatten, klafften hässliche Löcher. 1940 hatte es vierundzwanzig Eingänge an allen vier Seiten des Woburn Square gegeben, jetzt waren es noch vierzehn.

Woburn Mansions 16 war nicht getroffen worden, doch die Kalksteinfassade war geschwärzt von den Feuern, die zu beiden Seiten auf der Straße getobt hatten, und die Scheiben in der Eingangstür, die einst aus facettiertem Glas bestanden hatten, waren durch Sperrholz ersetzt worden.

Aber drinnen war alles geblieben, wie es stets gewesen war, ein sehr elegantes Gebäude mit fünf großen Wohnungen auf jeder Etage. Das Apartment im Kellergeschoss und das in der obersten Etage waren kleiner als die drei übrigen Wohnungen, aber alle hatten große Zimmer mit hoher Decke und Zentralheizung, zu dieser Zeit ein seltener Luxus.

Im ersten Stock wohnte Miss Ann Chambers. Das Apartment gehörte praktisch dem Chambers News

Service und diente der Beherbergung aller weiblichen Angestellten des Chambers News Service in London. Der SHAEF-Quartiermeister war informiert worden, dass der Chambers News Service plante, sechs bis acht weibliche Angestellte mit Korrespondenten-Status in London zu stationieren. Damit würden die drei Schlafzimmer bewohnt sein und den Vorschriften entsprechen, nach denen zwei Personen pro Zimmer zwei Offizieren gleichkamen.

Dem SHAEF-Quartiermeister war nicht die ganze Wahrheit erzählt worden, nämlich dass der Chambers News Service überhaupt keine Pläne hatte, irgendwelche zusätzlichen weiblichen Korrespondenten in London unterzubringen. Brandon Chambers, der Konzernchef der Chambers Publishing Company, war der Ansicht, dass Frauen nicht als Korrespondenten oder sonst etwas in den Krieg gehen sollten. Gegen diese Überzeugung verstieß er nur im Fall seiner Tochter, und das war nicht wirklich Vetternwirtschaft. Vielmehr hatte er seiner Tochter geglaubt, als sie ihn vor die Wahl gestellt hatte, sie entweder als Kriegsberichterstatterin nach London zu schicken oder sie an Gardiner Coles zu verlieren – an den Verleger, der unter anderem das *Look* Magazin herausbrachte, mit dem er seit zwanzig Jahren eine Fehde austrug und der genau die Art Hurensohn war, Ann einen Job zu geben, nur weil er wusste, dass sich ihr Vater darüber ärgern würde.

Ann Chambers hatte den Londoner Bürochef nicht veranlasst, dem Quartiermeister die Geschichte von den sechs bis acht bald eintreffenden Korrespondentinnen zu erzählen, weil sie die verwöhnte Tochter eines steinreichen Mannes war, der glaubte, ein Anrecht auf Privatquartiere zu haben (tatsächlich waren zwei Schlafzimmer oftmals von Journalisten beiderlei Geschlechts bewohnt, die keine andere Unterkunft hatten), sondern weil Ann vorhatte, ihr

Bett mit Richard Canidy zu teilen, wann immer ihr das möglich war, und sie keine Zuschauer haben wollte.

Wenn sie eine ständige Zimmergenossin oder mehrere gehabt hätte, wäre zum Beispiel nicht sittsam möglich gewesen, was sie und Richard Canidy jetzt nach einer begeisterten, völlig befriedigenden Wälzerei im Heu (genauer gesagt auf einem Dutzend großer Kissen mit Bezügen aus chinesischer Seide) um Viertel vor sechs am Abend vor dem Kamin im Wohnzimmer taten.

»Ich nehme an, ich brauche nicht zu fragen, ob du während meiner Abwesenheit ein lieber Junge warst, oder?«, sagte Ann, das Gesicht an seiner Brust.

»Wenn du nicht fragst, brauche ich nicht zu lügen«, erwiderte Canidy.

»Du Bastard!«, sagte sie und riss ein Härchen aus seiner Brust.

»Nicht nur einer kann Haare auszupfen«, warnte er sie.

»Du würdest es glatt tun«, sagte sie und wand ihren Unterleib, um seiner tastenden Hand auszuweichen. Sie schaffte es nicht.

»Rache ist süß«, sagte er triumphierend. Aber er ging ganz sanft und zärtlich vor.

»Hör auf«, hauchte sie. »Ich werde brav sein.«

»Brav – wer will das?«

»Hast du lieber ein böses Mädchen?«, fragte sie.

»Du sagst es.« Er ließ sie los.

Sie stand auf und verließ das Wohnzimmer mit übertriebenem Schwung ihres knackigen Po. Kurz darauf kehrte sie zurück. Sie warf ihm einen Morgenrock zu und schlüpfte in eine Pilotenjacke aus Schaffell für große Höhen. Sie war ihr viel zu groß, aber sie wärmte.

»Sie siehst aus, als wolltest du auf den Rumpf einer B-17 gemalt werden«, sagte Canidy. »Als ›Dicks Entzücken‹ oder so was.«

»Ist das ein Kompliment oder eine Meckerei?«, fragte sie.

»Kompliment«, sagte er.

»Du magst es, wenn ich die Jacke trage, weil du meinen Po sehen kannst, wenn ich mich bücke«, sagte sie.

»Und alles sonst«, sagte er. »Deshalb trägst du es, um mich aufzugeilen.«

»Was gibt es sonst Neues?«, fragte Ann.

»Du wirst einen Zimmergenossen bekommen«, sagte er.

»Bleibst du einige Zeit in London?«

»Nein. Ich muss einen kleinen Ausflug machen. Ich werde eine Woche oder zehn Tage fort sein.«

»Wohin musst du?«, fragte sie schnell.

»Bist du nicht neugierig wegen deines Zimmergenossen?«, fragte er und ignorierte die Frage.

»Wohin reist du?«, drängte sie.

»Das kann ich dir nicht sagen, Annie. Du kennst die Regeln.«

»Zum Teufel mit den Regeln, und nenn mich nicht Annie!«

»Jawohl, Ma'am.«

»Fliegst du zu Fulmar?«, fragte Ann.

»Zu wem?«

Sie kniete sich auf die Kissen neben ihn.

»Er ist wohlauf, nicht wahr?«, fragte sie. »Ich kenne dich ...«

»Und ich kenne dich, wie Moses zu dem Sklavenmädchen gesagt hat.«

»Wenn nicht alles mit ihm in Ordnung wäre, würdest du dich miserabel fühlen. Und wenn du es nicht wüsstest, wärst du angespannt. Du bist aber entspannt und machst Witze, und das bedeutet, dass du etwas Gutes erfahren hast.«

»Das ist nicht der Grund, weshalb ich entspannt bin, wie Samson zu Dalila sagte«, erwiderte Canidy.

»Aber ja, Schatz, es ist alles in Ordnung mit ihm. Er ist ein wenig besorgt, aber der harte Teil seiner Arbeit ist vorüber.«

»Oh, Baby, das freut mich für dich«, sagte sie.

»Und du bist nicht neugierig wegen deines Zimmergenossen?«

»Ich weiß nicht, wovon du redest«, sagte sie. »Ich habe keinen Zimmergenossen. Wenn ich einen hätte, dann würde ich dich nicht an der Tür mit nichts als einer Schafffelljacke und einem Lächeln begrüßen. Also will ich keinen Zimmergenossen. Kapiert?«

»Wie wäre es mit der lieben Chastity?«

»Charity«, korrigierte sie ihn automatisch. Dann: »Charity? Sie kommt her?«

»In den nächsten Tagen«, sagte Canidy. »Ich dachte mir, du könntest dir ein paar Tage frei nehmen.«

»Zu welchem Zweck?«, fragte sie misstrauisch.

»Damit sie mit Doug Douglass hier sein kann«, sagte Canidy.

»Wenn sie hier einzieht, werde ich sie niemals mehr los«, sagte Ann. »Wie lange wird sie überhaupt in London sein?«

»Ständig.«

»Dann nein, basta!«, sagte Ann entschieden. »Charity kann hier nicht wohnen. Sie würde einziehen, und ich würde es nicht übers Herz bringen, sie hinauszuschmeißen, und das wäre das Ende unserer Liebe auf den Kissen.«

»In diesem Fall vergiss es«, sagte Canidy. »Deine Logik ist unwiderlegbar.«

Sie warf sich auf ihn und knabberte zärtlich an seinem Ohr.

»Wenn du weitermachst, weißt du, was passieren wird«, warnte er.

»Ich hoffe es, ich hoffe es«, sagte Ann. Dann fügte sie hinzu: »Verdammt, es freut mich, dass Eric wohlauf ist. Ich liebe dich, wenn du so wie jetzt bist.«

»Wie denn?«

»Glücklich und geil«, sagte Ann. »Wo ist er?«

»Ah, lass gut sein, Mata Hari.«

»Ich versuche nur herauszufinden, wie lange du weg sein wirst und wo du hinfliegen wirst.«

»Eric ist in diesem Moment irgendwo in Europa auf einer Straße zwischen hohen Tannen«, sagte er. »Sagt dir das etwas?«

»Nein«, sagte sie. »Und ich wollte wirklich nicht neugierig sein.«

»Ich weiß«, sagte er.

Eric Fulmar ging in diesem Moment über einen Gang im Kellergeschoss des städtischen Gefängnisses von Pécs, Ungarn. Er war mit einer Handschelle an Professor Friedrich Dyer gekettet, und beide trugen Fußfesseln, mit denen sie nur ganz kleine Schritte machen konnten.

Ein Mitglied der Schwarzen Wache, einer Organisation, die der SS ähnelte und Admiral Horthy, dem Regenten von Ungarn, ergeben war, stoppte sie bei einer Zelle, schloss die Handschellen auf und schob Professor Dyer in die Zelle. Dann stieß er Fulmar weiter, bis er zur nächsten Zellentür gelangte. Er nahm Fulmar die Handschellen ab und schob ihn in die Zelle.

V

1

OSS-Station Virginia

3. Februar 1943

Cynthia Chenowith hatte sich entschieden, das gemeinsame Abendessen ausfallen zu lassen. Nach dem Bad würde sie Ritz-Kräcker, Wiener Würstchen aus der Dose und Nescafé aus dem PX-Laden dinieren. Die Wiener Würstchen schmeckten wie Seife und würden ihr wahrscheinlich Verdauungsprobleme bereiten, und das Kochen von Wasser für den Nescafé (schon der Besitz einer elektrischen Kochplatte) war ein Verstoß gegen die Vorschriften der Station für Rekruten, aber sie brauchte unbedingt ein Bad. Und sie wollte nicht zum Abendessen gehen oder die Privatsphäre ihres Zimmers verlassen.

Sein Name war Horace G. Hammersmith. Im Fall von Lieutenant Horace G. Hammersmith, Fernmeldekorps, U.S. Army, war es unmöglich gewesen, den Geist oder die Buchstaben der Vorschriften einzuhalten, die jedwedes Interesse am Privatleben von Rekrutenkameraden oder Gespräche darüber verboten. Horace Hammersmith war ebenfalls als Greg Hammer bekannt, und Greg Hammer war im Zivilleben Filmstar. Keiner wie Clark Gable oder Tyrone Power, doch sein markantes Gesicht, die erstaunlich goldblonde Haarfülle und seine Statur eines Footballspielers hatten für keinen der Rekruten beim ersten Blick auf Lieutenant Horace G. Hammersmith Zweifel daran gelassen, dass er es tatsächlich war!

Und von Lieutenant Hammersmith' erstem Blick auf Miss Chenowith an hatte er klargemacht, dass er sie faszinierend fand. Zuerst hatte Cynthia dies einfach für einen Fall von Filmstarallüren gehalten. Ohne sich etwas einzubilden, als einfache Feststellung einer Tatsache, war ihr klar, dass sie von dem halben Dutzend Frauen in der Station Virginia am besten aussah. Da ein Filmstar an die Bewunderung seiner weiblichen Fans gewöhnt war, sagte sich Cynthia, musste Hammersmith wohl glauben, dass die Auswahl aus der Herde oder Hühnerschar oder dem Rudel des halben Dutzend Frauen der Virginia Station ihm gebührte.

Sein Lehrgang hatte mit der Ausbildung sechs Wochen vor dem Cynthias begonnen. Nach der Organisation der Schule (bevor sie als Rekrut zur Virginia Station gekommen war, hatte Cynthia Eldon Bakers Lehrplan gelesen) wurden neu eintreffende Rekruten unter die Aufsicht von Rekruten gestellt, die ihre Ausbildung hinter sich hatten und auf eine Verwendung warteten. Der erklärte Zweck war, dem Ausbildungspersonal zu ersparen, sich um Allerweltsdinge zu kümmern, zum Beispiel um die Ausgabe von Ausrüstung, die ersten schmerzlichen Stunden der Freiübungen, die Erklärung der Vorschriften und so weiter. Der wahre Grund war, dass das Ausbildungspersonal beurteilen konnte, wie gut die ›älteren‹ Rekruten mit Untergebenen zurechtkamen – um zu sehen, ob sie zur Kooperation ansporen konnten. Für jemanden, der die Kameraden bekämpfte, absichtlich oder ungewollt, war kein Platz in einem Einsatzteam des OSS.

Lieutenant Horace G. Hammersmith war ein so guter und naturbegabter Führer von seinesgleichen in der Virginia Station wie Greg Hammer ein Führer in den Filmen gewesen war. Inzwischen mochte Cynthia ihn. Sie war zu der Erkenntnis gelangt, dass ihr vorschnelles Urteil fast völlig falsch gewesen war. Sie hatte festgestellt, dass Hammersmith eher scheu als arrogant war. Und sie hatte herausgefunden, dass er sich nichts darauf einbildete, ein Filmstar zu sein, sondern dass er das Filmgeschäft für ziemlich lustig hielt.

Im Laufe der Wochen hatte sie erfahren, dass er ein Elektrotechniker war, der von den Murray Hill Laboratories der Bell Telephone Company nach Los Angeles geschickt worden war, um die Einrichtung eines Aufnahmestudios der Continental Studios zu beaufsichtigen.

»Lana Turner wurde in Schwab's Drugstore entdeckt«, erzählte er ihr eines Nachmittags während einer fünfminütigen Pause bei einem Zehn-Meilen-Lauf. »Ich wurde entdeckt, als ich mit einem Vizepräsidenten der Continental Studios namens Stan Fine in der Villa Friscati zu Abend aß.«

»Stanley Fine?«, fragte sie überrascht.

»Hm-hm«, murmelte er.

»Wir sollen nicht über unser Privatleben reden, wissen Sie«, sagte sie.

»Ich weiß«, erwiderte er. »Und ich weiß ebenfalls, dass Sie Stan kennen.«

Dann hatte er auf seine Armbanduhr geblickt, und die fünfminütige Pause war vorüber gewesen. Er war aufgesprungen, hatte in seine Trillerpfeife geblasen, und sie hatten den Lauf fortgesetzt. An diesem Abend hatte er zum Abendessen neben ihr Platz genommen und die Unterhaltung fortgesetzt, wo er sie unterbrochen hatte.

»Bei einem Steak, für das Bell zahlte, verklickerte ich Stan, warum die Rechnung für die gewünschten Arbeiten viel höher ausfallen würde als von den Continental Studios erwartet, und da kam dieser fette kleine Kahlkopf an den Tisch und sagte mit schauderhaftem Akzent: ›Sag mir, Stanley, wer ist dein Freund? Und warum habe ich ihn noch nicht in einem Film gesehen?‹«

»Max Liebermann«, sagte Cynthia und lachte über Hammersmith' Mimik, als er den Gründer und Präsidenten der Continental Studios imitierte.

»Richtig«, sagte Hammersmith. »Aber ich wusste nicht, wer er war. Und so sagte Stanley: ›Onkel Max, er ist der Techniker von der Bell Telephone Company.‹«

»›Ich will wissen, ob er mit einem Pferd reiten kann‹, sagte Max«, fuhr Hammersmith fort. »›Wenn er reiten kann, ist er der ideale Major Porter. Wir haben höllische Probleme mit dieser Besetzung, wie ich dir ja schon gesagt habe.‹«

Cynthia kicherte über die Mimik und den Akzent, als Hammersmith das erzählte.

»Es bedurfte nicht viel, um mich zu verführen«, fuhr Hammersmith fort. »Man holte mich mit einem Jahresvertrag vor die Kameras, und ich verdiente in einer Woche so viel wie mir Bell in einem Monat zahlte. Und glücklicherweise konnte ich reiten.«

»Ich habe *Cavalry Raid* gesehen«, sagte Cynthia. »Sie waren sehr gut.«

»Das lag daran, dass ich nur sagen musste ›Jawohl, Sir‹ und ›Blasen Sie zur Attacke!‹ Jedenfalls wurden Stan und ich Freunde. Und er brachte mich hierhin, schrieb in einem Brief, wenn ich nach Washington käme und unbedingt eine Unterkunft suche, soll ich eine Miss Cynthia Chenowith anrufen und sagen, dass ich ein Freund von ihm bin. Gibt es eine andere Cynthia Chenowith?«

Horace G. Hammersmith hatte nicht einmal ihre Hand berührt, abgesehen davon, wenn es dienstlich sein musste, wenn er zum Beispiel korrigiert hatte, wie das Gewehr richtig gehalten wurde. Aber wenn sie zusammen gewesen waren, hatte er nie lange den Blick von ihr genommen.

Und jetzt ging er fort. In einen Einsatz. Sie fragte sich, was es sein mochte und wo er stattfinden würde.

Und sie fühlte sich einfach nicht in der Lage, seinen letzten Abend hier mit ihm zu verbringen. Am Morgen würde sie mit ihm frühstücken, ihn vielleicht sogar zum Kombi begleiten und ihm einen Abschiedskuss auf die Wange geben.

Aber heute Abend wollte sie ihn nicht sehen. Heute Abend war die Versuchung einfach zu groß, ihm zu geben, was er wünschte, auch wenn er nicht darum gebeten hatte. Sie wollte nicht, dass er mit Gedanken an sie in den Einsatz ging. Sie liebte ihn nicht, aber sie mochte ihn wirklich und sie war sich fast sicher, dass er glaubte, sich in sie verliebt zu haben. Was immer man im Einsatz von ihm verlangte, sie wollte nicht, dass er mit den Gedanken noch mehr bei ihr war als ohnehin schon.

Die Badewanne war zu voll. Als Cynthia spürte, dass das Wasser abkühlte, musste sie Wasser ablassen, um weiteres heißes nachlaufen zu lassen. Sie hob ihr linkes Bein an, um einen guten Blick auf ihren Fuß zu bekommen, und rieb dann heftig über eine Schicht von Schwielen. Dann wiederholte sie die Prozedur bei dem rechten Fuß.

Und schließlich stieg sie aus der Wanne und trocknete sich ab. Dann wischte sie mit dem Handtuch über die beschlagene Scheibe des bis zum Boden reichenden Spiegels und musterte sich.

Sie bekam ›Muskeln‹, wie sie es bei Männern gesehen hatte, und war überrascht – und nicht sicher, ob erfreut oder enttäuscht –, als sie keine Entwicklung bei ihrem Bizeps sehen konnte. Nach all den Liegestützen und sonstigen Leibesübungen hatte sie es erwartet.

An mehreren Stellen hatte sie hässliche Beulen und blaue Flecken. Den größten Bluterguss sah sie an ihrer rechten Schulter vom Rückstoß von Springfield, Garand, Winchester-Schrotflinte und Thompson-Maschinenpistole, mit denen sie auf dem Schießplatz gefeuert hatte. Beim Hindernislauf war sie zweimal gestürzt. Da war ein blauer Fleck an ihrem Unterleib, eine Erinnerung an einen Zusammenprall mit einem rindenlosen Baumstamm, als sie beim Hindernislauf gestolpert war. Ein anderer blauer Fleck war auf ihrem rechten Bein, gleich oberhalb des Knies zu sehen. Dieses Schlachtmal hatte sie sich erworben, als sie erschöpft gestolpert und auf dem gottverdammten Springfield-Gewehr gelandet war.

Schließlich entdeckte sie eine wunde Stelle an ihrer rechten Hand, wo die Colt .45 Automatik sie ›gebissen‹ hatte.

Sie trocknete diese Stelle sehr sorgfältig mit Toilettenpapier ab, trug Jod auf und klebte ein Pflaster darüber. Dann nahm sie eine große Tube Salbe gegen Sportverletzungen und trug großzügig Salbe auf all die blauen Flecken auf.

Wenn Greg hier raufkommen sollte, dachte sie, *werde ich wie der Männerumkleideraum riechen, und vielleicht wird ihn das abkühlen.*

Immer noch nackt wusch und trocknete sie ihr Haar, band ein Handtuch um ihren Kopf und zog schließlich einen Pyjama an, den sie für sehr unfeminin hielt. Der stammte ebenfalls aus dem PX. Flanell, mit einem besonders hässlichen rotbraunen Muster. Sie zog einen Bademantel über den Pyjama an, betrachtete sich ein letztes Mal im Spiegel, streckte sich die Zunge heraus und ging dann in ihr Schlafzimmer.

Sie setzte sich an den grauen Metallschreibtisch der Regierung, der auffallend hässlich im Vergleich zu den übrigen Möbelstücken war, schaltete die Schreibtischlampe an und nahm ein Buch mit braunem Papiereinband aus dem Regal. Auf dem Buch stand *U.S. Feldhandbuch FM 21-10 – Kriegsrecht.*

Es würde ein Aufsatz geschrieben werden, um sicherzustellen, dass die Rekruten wussten, was die Hager und Genfer Konvention darüber sagten, wo die

Grenze zwischen einem Soldaten, der ein Anrecht auf eine Behandlung als Kriegsgefangener hatte, einem Partisanen und einem Spion lag. Nach dem Kriegsrecht konnten Partisanen und Spione erschossen werden.

Cynthia hatte ernsthafte Zweifel daran, dass die Deutschen oder Japaner dem feinen Druckerzeugnis viel Aufmerksamkeit schenken würden, aber der Kursus war ein Teil des Lehrplans, und sie musste ihn absolvieren, um die Prüfung zu bestehen. Und sie war entschlossen, sie zu bestehen.

Eine halbe Stunde später, gerade als sie eine Büchse Wiener Würstchen geöffnet hatte und mit wenig Erfolg versuchte, eine der in die Dose gezwängten kleinen Schweinereien herauszufischen, klopfte es an der Tür.

Sie reagierte nicht. Wenn es Horace G. Hammersmith war und sie auf sein Klopfen nicht antwortete, würde er vielleicht verstehen und fortgehen.

Doch nach einer Weile klopfte es abermals, diesmal drängender.

»Wer ist da?«

»Eldon Baker.«

»Kommen Sie herein«, rief Cynthia.

Baker betrat das Zimmer.

»Ich lerne«, sagte Cynthia überflüssigerweise.

Sie sah, dass Baker die Heizplatte und den Becher mit Nescafé entdeckt hatte, und fragte sich, ob er sie melden würde. Er wusste, dass sie eine enge Beziehung zu Colonel Donovan und Captain Douglass hatte. Das andere Ausbildungspersonal hatte keine Kenntnis davon.

»Haben Sie eine Minute Zeit, damit wir reden können?«, fragte Baker.

»Ich sollte lernen, Eldon«, sagte sie. »Aber klar.«

»Machen Sie sich keine Sorgen wegen der Prüfung«, sagte er, als er die Tür schloss. »Sie werden sie nicht machen.«

»So?«

»Ich habe soeben einen Anruf von Chief Ellis erhalten«, sagte Baker. »Sie sollen am Morgen mit dem Kombi nach Washington fahren, zum Haus in der Q Street.«

»So?«, wiederholte sie.

»Sie werden Ihre Dinge mitnehmen«, sagte Baker. »Laut Chief werden Sie nicht hierhin zurückkehren. Jedenfalls nicht als Rekrut.«

»Was hat das alles zu bedeuten?«, fragte Cynthia.

Sie war überzeugt, es zu wissen.

Der Teufel soll dich holen, Jimmy!

»Chief Ellis hat es mir nicht erzählt«, sagte Baker. »Aber ich glaube, wir haben beide eine Erklärung dafür, nicht wahr?«

»Whittaker?«, fragte Cynthia.

»Hat es für Sie nicht auch den Anschein?«, sagte Baker. »Ich kann Ihnen nicht sagen, wie sehr es mich ärgert.«

»Warum sollte es Sie ärgern? Ihnen bietet er nicht seinen ungebetenen männlichen Schutz an.«

»Nach einigem Nachdenken, nach Captain Whittakers Besuch, bin ich zu dem Schluss gelangt, dass ich nicht darüber hinwegsehen kann. Dass ich, mit anderen Worten, ein offizielles Thema daraus machen muss.«

»Ich kann Ihnen nicht ganz folgen«, sagte Cynthia.

»Zusätzlich zu dem, was er Ihnen angetan hat«, sagte Baker, »hatte er eine Auseinandersetzung mit mir. Das war Gehorsamsverweigerung. Praktisch unerlaubtes Entfernen von der Truppe. Er hatte den Befehl, sich hier zur Ausbildung zu melden. Er hat eigenmächtig entschieden, es lieber nicht zu tun. Ich habe einen Bericht an Colonel Donovan geschrieben und das gemeldet.«

Cynthia fragte sich, warum sie das störte, warum sie überraschend Zorn empfand. Baker hatte Recht.

Jimmy Whittaker war Offizier des Air Corps. Offiziere tun, was ihnen befohlen wird. Und es gab absolut keine Ausrede dafür, dass er sie auf diese Weise geküsst und vor allen anderen lächerlich gemacht hatte.

»Es hat den Anschein, dass die Regeln, die für jeden sonst im OSS gelten, mich inbegriffen, keine Gültigkeit für Captain Whittaker haben«, sagte Baker.

»Wir wissen nicht, was genau passiert ist«, wandte Cynthia ein.

»Ich bin überzeugt, dass Colonel Donovan meine Motive für eine offizielle Meldung der Ereignisse versteht«, sagte Baker. »Ich habe den Bericht nicht geschrieben, um zu versuchen, Whittaker in Schwierigkeiten zu bringen, sondern weil ich in Sorge um die Disziplin der Organisation bin. Ich glaubte fest, der Colonel wird verstehen, dass es nicht um einen persönlichen Konflikt zwischen Captain Whittaker und mir geht, sondern um einen unpersönlichen Zwischenfall, bei dem ein Agent vorsätzlich seinem Vorgesetzten den Gehorsam verweigert, mit dem Ergebnis, dass die Autorität des Ausbildungsleiters ernsthaft untergraben wird.«

Er wartete auf eine Reaktion von ihr, und als keine kam, fuhr er fort: »Offenbar habe ich mich geirrt. Die einzige Antwort auf meinen Brief war der Telefonanruf vorhin. Als Whittaker von hier fortfuhr, nachdem er mir gesagt hatte, es sei ›irrsinnig‹ von mir, Sie in der Schule zu haben, kündigte er an, den Colonel aufzusuchen. Ich hatte den Eindruck, er meinte sein Herkommen und das mit Ihnen ernst.«

»Er kennt Colonel Donovan sein ganzes Leben lang«, sagte Cynthia leise.

»Und Sie kennen ihn ebenfalls lange«, sagte Baker.

Cynthia schaute ihn an.

»Wollen Sie, dass ich zu Colonel Donovan gehe?«, fragte sie.

»Ich dachte, Sie erwägen es vielleicht«, sagte Baker.

»Für das, was eine brüderliche Gemeinschaft ›zum Besten der Aufrechterhaltung der Ordnung‹ nennen würde.«

»Ich werde mit Colonel Donovan sprechen«, sagte Cynthia. »Ich habe vor, diese Schule zu absolvieren.«

»Ich dachte, Sie können ihm vielleicht klarmachen, warum diese ganze Folge der Ereignisse mich so beunruhigt«, sagte Baker.

Cynthias Gedanken eilten voraus.

»Wenn ich am Morgen nach Washington fahre«, sagte sie, »was mache ich dann mit meiner Ausrüstung und der ganzen Abwicklung der Dinge?«

»Ich werde mich selbst darum kümmern«, sagte Baker.

2

Es hatte lange gedauert, bis Cynthia Schlaf gefunden hatte, und sie war ärgerlich eingeschlafen.

Als sie erwachte, war sie immer noch ärgerlich, und ihr Ärger wuchs mit der Erkenntnis, dass keine Zeit blieb, um zu packen, sich zu kleiden und auch noch zu frühstücken, und dass sie deshalb das Frühstück versäumen musste.

Es war ein schwacher Silberstreif am dunklen Horizont. Greg würde sie zum ersten Mal mit mehr Chic gekleidet sehen als mit einem Pullover oder ohne Make-up außer einem Hauch von Lippenstift. Einen Moment freute sie sich über den Gedanken, doch dann sagte sie sich, dass es vermutlich besser sein würde, wenn er sie nicht so sehen würde. Es würde nur verstärken, was er ihrer Meinung nach für sie empfand.

Als sie ihr Gepäck nach unten trug, befand er sich in der Eingangshalle, und zum ersten Mal sah sie ihn fein angezogen. Er trug seine pinkfarbene und grüne

Uniform des Lieutenants und sein neues silbernes Abzeichen des Fallschirmspringers.

Er lächelte, als er sie sah.

»Baker sagte, Sie fahren nach Washington«, empfing er sie. »Er sagte nicht, warum, und ebenfalls nicht, wie hübsch Sie in Ihrer Zivilkleidung aussehen.«

»Guten Morgen, Greg«, sagte Cynthia.

Sie fragte sich, was sein Ziel war, und als sie den Kontrollpunkt passiert hatten, erkundigte sie sich danach.

»Ich weiß es nicht«, antwortete er.

Cynthia neigte sich vor und fragte den Fahrer. »Wohin bringen Sie Lieutenant Hammersmith?«

»Zum Haus in der Q Street«, antwortete der Fahrer. »Zu Chief Ellis.«

»Was ist das ›Haus in der Q Street‹?«, fragte Greg Hammersmith.

»Ein Herrenhaus beim Rock Creek Park«, erklärte Cynthia. »Wir benutzen es als Sicherheitshaus und als eine Art Hotel für Durchreisende.«

»Sie waren schon dort, nehme ich an.«

»Ich habe es geleitet«, sagte sie.

»Und darf ich fragen, wohin Sie fahren?«

»Ich fahre ebenfalls dorthin«, sagte sie.

»Darf ich fragen, warum?«

»Nein«, sagte sie. »Tut mir Leid.«

»Dann möchte ich in der kurzen Zeit, die uns bleibt, Miss Chenowith …«, begann er.

»Nicht, Greg«, sagte sie. »Bitte nicht …«

»Was ich sagen wollte, haben Sie sich offenbar selbst zusammengereimt«, sagte er.

Sie sah ihm in die Augen, wandte dann den Blick ab und vermied es auf der restlichen Fahrt nach Washington, ihn anzuschauen.

Als sie das Haus in der Q Street durch die Küche betrat, fragte sie den Koch, ob Chief Ellis da war.

»Im Esszimmer mit Captain Whittaker«, sagte der Koch.

»Kommen Sie mit, Greg«, sagte Cynthia, die ihren Zorn kaum noch unterdrücken konnte.

Captain Whittaker und Chief Ellis saßen entweder bei einem späten Frühstück oder bei einem frühen Mittagessen. Sie aßen Eier zu ihren Steaks, sah Cynthia.

»Ich glaube, du kennst Miss Chenowith«, sagte Whittaker, als er Cynthia sah. »Auch als ›Superweib‹ bekannt. Und ich kenne nicht den Namen des Gentleman in ihrer Begleitung, aber er ist derjenige, der ihr fast zu Hilfe eilte, als ich sie öffentlich demütigte.«

»Zum Teufel mit dir!«, zürnte Cynthia.

»Mein Name ist Hammersmith«, sagte Greg kalt.

»Mein Name ist Hammersmith, *Sir*«, sagte Whittaker. »Wir bemühen uns sehr, hier die militärischen Liebenswürdigkeiten einzuhalten, nicht wahr, Chief?«

»Jawohl, Sir«, sagte Ellis. »Das tun wir, Sir.«

»Setz dich, Cynthia«, sagte Whittaker. »Entspanne dich. Iss ein bisschen. Wir müssen ein paar Stunden totschlagen.«

Sie sah ihn finster an, ging zum Kopfende des Tisches und drückte mit dem Fuß auf den Klingelknopf am Boden.

»Für einen Moment dachte ich, sie wollte mich mit ihrem Handtäschchen erschlagen«, sagte Whittaker. »Sah es für Sie nicht auch so aus, Chief?«

»Du Hurensohn«, sagte Cynthia.

»Ich freue mich ebenfalls, Sie zu sehen, Miss Chenowith«, sagte Whittaker.

Der Koch tauchte auf.

»Ja, Ma'am?«

»Ich möchte ein Frühstück«, sagte Cynthia. »Greg, haben Sie Hunger?«

»Ich habe nicht gefrühstückt«, sagte er.

»Bringen Sie uns bitte das Gleiche, was die hier hatten«, sagte Cynthia.

»Sie dürfen Platz nehmen, Lieutenant«, sagte Whittaker.

Lieutenant Hammersmith rührte sich nicht.

»Ich formuliere es anders«, sagte Whittaker. »Nehmen Sie Platz, Lieutenant!«

»Verdammt, spiele deine Spielchen mit mir, aber lass Greg in Frieden!«

»Greg?«, sagte Whittaker spöttisch. »Das Superweib eilt zur Rettung von ›Greg‹?«

»Du bist wirklich ein Bastard, Jimmy«, sagte sie.

»Du begreifst das Wesentliche nicht, Cynthia«, sagte Whittaker. »Das Einzige, was ich von meinen Untergebenen verlange, wenn ich in die Welt ziehe, um die Demokratie zu retten, ist das, was man sofortigen, fröhlichen Gehorsam nennt.«

»Was soll das heißen?«, fragte Cynthia zornig.

»Ich bin im Begriff, auf die Philippinen zu fliegen«, sagte Whittaker. »Wenn der Lieutenant ein nur halb so guter Funkzauberer ist, wie Douglass mir erzählt hat, und ich überzeugt bin, dass er Befehle befolgen wird, kommt er mit mir.«

»Das ist eine Information über einen Einsatz«, ereiferte sich Cynthia. »Das ist topsecret! Ich gehe zu Colonel Donovan und sage ihm, dass du wieder eine große Klappe gehabt hast, und Ellis, zum Teufel auch mit Ihnen, Sie sind mein Zeuge.«

»Oh, du hast ein Recht auf Information, Cynthia, deshalb durfte ich dir etwas streng Geheimes anvertrauen. Du hast die Leitung der Operation.«

Sie starrte ihn an und sah ihm an den Augen an, dass er die Wahrheit sagte.

»Ich bin ehrlich gesagt nicht gerade begeistert darüber, dass du meine Kontrolleurin bist«, sagte Whittaker. »Aber es war die einzige Möglichkeit, die mir einfiel, um dich aus dieser Schule herauszuholen.«

»Warum hast du das getan?«, fuhr Cynthia ihn an. »Wer hat dir das Recht gegeben?«

»Das habe ich dir bereits gesagt«, erwiderte er. »Ich liebe dich, und in der Liebe und im Krieg ist alles erlaubt. Dies ist anscheinend ›alles‹, und so klappt alles.«

»Zum Teufel mit dir, Jimmy!« Sie war so wütend, dass ihr zum Heulen zumute war.

»Das schafft vielleicht gewisse Probleme zwischen uns, Captain«, sagte Hammersmith.

»Wie das?«, fragte Whittaker.

»Ich liebe sie ebenfalls«, sagte Greg Hammersmith.

»Oh, Greg!«, sagte Cynthia.

»Dann rate ich Ihnen, Lieutenant, mir von jetzt an nicht den Rücken zuzuwenden«, sagte Whittaker.

»Fair genug«, meinte Hammersmith.

»Sie kommen mir vage vertraut vor, Lieutenant«, sagte Whittaker. »Kennen wir uns?«

»Nein, Sir«, sagte Hammersmith.

»Er ist der Schauspieler, Captain«, sagte Chief Ellis, »Greg Hammer, nicht wahr?«

»Ah ja«, sagte Whittaker. »Das ist ein Hammer, Hammersmith! Wie kommt ein Filmstar ins OSS?«

»Ich bin ein Freund von Stan Fine«, sagte Hammersmith. »Als die Army ankündigte, dass ich auf unbestimmte Zeit als Ausbilder in Fort Monmouth stationiert werden würde, bat ich ihn, mich da herauszupauken.«

»Tut mir wirklich Leid, dass Sie mir das erzählt haben«, sagte Whittaker. »Ich habe stets Schwierigkeiten, jemandem die Kehle durchzuschneiden, der ein Freund von einem meiner Freunde ist.«

»Erledigen Sie mich im Schlaf«, schlug Hammersmith vor. »Meine Kehle ist sehr verletzlich, wenn ich schlafe.«

»Sie haben sich soeben freiwillig dafür gemeldet, auf den Philippinen herumzurennen, Lieutenant«, sagte Whittaker. »Wie finden Sie das?«

»Ich dachte, ich muss erst beweisen, dass ich ein Funkzauberer bin«, sagte Hammersmith.

»Das war, bevor Sie mir verklickerten, dass Sie heiß auf unser Mädchen sind ...«, sagte Whittaker.

»Verdammter Bastard!«, rief Cynthia.

»Es liegt auf der Hand«, fuhr Whittaker fort, »dass ich nicht fortfliegen und durch den Dschungel rennen und Affen essen kann, und Sie bleiben hier zurück und können ganz allein Jagd auf die schöne Maid machen.«

»Das liegt auf der Hand«, sagte Hammersmith und lachte.

Verdammt, dachte Cynthia, *sie mögen sich*!

3

Fersfield Army Air Corps Station
Bedfordshire, England

7. Februar 1943

First Lieutenant Henry ›Hank‹ Darmstädter, U.S. Army Air Corps, ein stämmiger, rundgesichtiger Offizier von dreiundzwanzig, war sich nicht sicher, warum er sich für eine ›geheime Verwendung, die große persönliche Risiken in sich birgt‹, gemeldet hatte oder warum er akzeptiert worden war.

Als einfache Feststellung einer Tatsache, nicht aus Bescheidenheit, verstand er, dass er nicht der großartigste Pilot der Welt war. Es gab Beweise dafür. Er war zweimal – einmal in der Grundausbildung und einmal im Fortgeschrittenenkursus – vor den Entlassungsausschuss zitiert worden. Beim ersten Mal war der Grund einfach gewesen. Er hatte unter Luftkrankheit gelitten.

Der einzige Grund, weshalb er nicht aus der

Grundausbildung ausgeschlossen und zur Ausbildung als Navigator oder Bombenschütze oder Bordschütze geschickt worden war, bestand darin, dass es in seiner Klasse eine ungewöhnlich hohe Anzahl von Kadetten gegeben hatte, die ebenfalls Luftkrankheit gehabt hatten, plus ein halbes Dutzend Jungs, die einfach aufgegeben hatten. Der Entlassungsausschuss hatte über all die Kadetten beraten, die das Problem mit der Luftkrankheit gehabt hatten, und entschieden, dass Darmstädter, H., der am wenigsten Untaugliche der Untauglichen war.

Man konnte wirklich nicht all diejenigen ausschließen, die unter anderen Umständen ausgeschlossen werden würden. Es herrschte ein Mangel an Piloten, und der Bedarf wuchs. Als der Entlassungsausschuss ihm eine weitere ›Probezeit‹ gewährt hatte, war sie mit zwei Bedingungen verknüpft gewesen. Die Erste war offiziell: dass er ›seine Fähigkeit, luftakrobatische Manöver zu fliegen, bewies, ohne Anzeichen auf Krankheit oder Desorientierung‹ zu zeigen. Übersetzt hieß das, dass er einen Looping machen konnte, ohne luftkrank zu werden. Die zweite, inoffizielle und unausgesprochene Bedingung war sein Verständnis dafür, dass er kein Jagdflieger oder Bomberpilot werden würde und er wahrscheinlich – vorausgesetzt er bekam das Pilotenabzeichen – bei einer Verbindungsstaffel verwendet werden und einmotorige, zweisitzige Maschinen fliegen würde. Oder sogar bei der Artillerie verwendet werden würde, um Piper Cubs zu fliegen und Artilleriefeuer zu leiten.

Hank Darmstädter hatte seine Luftkrankheit besiegt. Er war sich nicht sicher, ob das so war, weil er sich daran gewöhnt hatte, dass sich bei Flugmanövern die Welt in verrücktem Winkel drehte und das Oberste zuunterst gekehrt wurde, oder weil er einfach nichts mehr aß, wenn er wusste, dass er fliegen würde.

Er hatte seine Pilotenschwingen und den goldenen

Balken des Second Lieutenant erhalten und war zur Fortgeschrittenen-Ausbildung geschickt worden. Nicht in einer P-51 oder P-38 oder B-17 oder B-24, sondern in einer C-45. Die C-45 war ein kleines, zweimotoriges Flugzeug, hergestellt von Beech. Sie hatte mehrere Missionen für das Army Air Corps zu erfüllen, und eine hatte einen Zusammenhang damit, den Luftkrieg zum Feind zu bringen. Sie wurde als Passagiertransporter benutzt, und sie diente als fliegendes Klassenzimmer für die Ausbildung von Navigatoren und Bombenschützen.

Zwei Wochen bevor Darmstädter die Fortgeschrittenen-Ausbildung in der C-45 bestand, hatte er bei einem Alleinflug eine zu Bruch geflogen. Beim Start war der rechte Motor ausgefallen, und wenn er hundert Fuß weniger hoch gewesen wäre, hätte er die Maschine in den Boden gebohrt. Aber die hundert Fuß bedeuteten den Unterschied. So konnte er die C-45 in der Luft halten, eine Dreihundertsechzig-Grad-Drehung fliegen und wieder auf der Landebahn aufsetzen, mit dem Wind und mit eingefahrenen Rädern, gerade als der zweite Motor streikte.

Er krabbelte aus der Luke im Rumpf, und eine halbe Minute später gab es ein dumpfes Grollen und dann eine größere Explosion, als die Treibstofftanks Feuer fingen und in die Luft flogen.

Als er vor dem Entlassungsausschuss stand, diskutierten die Mitglieder über den Unfall und Second Lieutenant Darmstädter, als wäre er nicht anwesend. Nach Meinung von einem der Prüfer hätte er nach so langer Ausbildung die richtige Prozedur wissen und befolgen müssen, die im Fall eines Motorschadens beim Start anzuwenden war. Und die richtige Prozedur sah vor, keine Dreihundertsechzig-Grad-Kurve zu fliegen und in der falschen Richtung auf der Start- und Landebahn zu landen, wie Darmstädter es getan hatte, sondern die richtigen Vorkehrungen zum Flug mit einem Motor treffen, dann über dem Flugplatz zu kreisen und genügend Höhe zu gewinnen, um einen richtigen Landeanflug (das heißt aus der anderen Richtung und gegen den Wind) machen zu können.

Ein anderer der Prüfer vertrat zu Darmstädters großer Überraschung die Meinung, da keiner mit ihm im Cockpit gewesen sei, könne man nicht wissen, was geschehen sei, und dass es unfair sei, vorauszusetzen, dass er in Panik gehandelt habe. Er habe ein Recht darauf, dass im Zweifelsfall zu seinen Gunsten entschieden wurde und dass Darmstädter entsprechend seiner besten Einschätzung gehandelt habe.

Sieben Piloten im Offiziersrang hatten in dem Ausschuss gesessen. Die Abstimmung – sie sollte geheim sein, doch der Vorsitzende erzählte ihm das Resultat – war vier zu drei, ihn nicht auszuschließen. Er durfte den Lehrgang abschließen und zur Douglas C-47 wechseln.

Die C-47 – die Version des Army Air Corps des Douglas DC-3-Verkehrsflugzeuges – sollte beim Army Air Corps das Flugzeug sein, das, abgesehen von der Piper Cub, am meisten Fehler verzieh. Douglas baute die Maschine zu Tausenden, und jede brauchte zwei Piloten. Sie wurde zum Personal- und Frachttransport benutzt. Die meisten hergestellten C-47 Maschinen wurden bei der Unterstützung von Luftoperationen eingesetzt, sowohl zum Transport von Fallschirmjägern als auch als Schleppflugzeug.

Hank Darmstädter hatte verstanden, dass er seinen Dienst als Pilot des Army Air Corps auf dem rechten Sitz – dem des Kopiloten – einer C-47 ›Gooney Bird‹ leisten würde. Er würde den Funk, das Fahrgestell und die Landeklappen bedienen, während ein fähigerer Pilot das Fliegen erledigen würde.

Und so war es zuerst gewesen, als er nach England gekommen war. Doch dann hatte ihn das System eingeholt. Er war automatisch zum First Lieutenant befördert worden, nur auf Grund der Länge seiner Dienstzeit. Es war die Politik des Kommandanten der Truppentransport-Staffel gewesen, dass der Chefpilot wenn möglich stets ranghöher als der Kopilot war. Und Darmstädter hatte genug Flugstunden und genügend Landungen und Starts als Kopilot absolviert, um als Chefpilot qualifiziert zu sein.

Vor zehn Tagen, als seine Staffel von einer Übungsmission zurückgekehrt war – mit leeren Flugzeugen hatten sie niedrigen Formationsflug geübt, wie er für das Absetzen von Fallschirmspringern erforderlich war –, hatte der Kommandant der Transportstaffel die Piloten im Instandsetzungs-Hangar versammelt und erklärt, dass die Eighth Air Force einen für zweimotorige Flugzeuge qualifizierten Piloten für eine ›geheime Mission, die großes persönliches Risiko in sich birgt‹ suchte und dass sich diejenigen, die sich freiwillig melden wollten, an den Adjutanten wenden sollten.

Nur drei Piloten von Gooney Birds hatten sich freiwillig gemeldet. Die anderen beiden waren Piloten gewesen, die unbedingt Jagdflieger sein wollten und glaubten, das nur werden zu können, wenn sie etwas taten, irgendetwas, wodurch sie aus der C-47 herauskommen konnten, oder sie würden den Krieg im Cockpit einer Gooney Bird verbringen.

Hank Darmstädter, der liebend gern Jagdflieger gewesen wäre, bezweifelte, dass er überhaupt eine Chance haben würde, einer zu werden, indem er sich für diese ›geheime Mission‹ meldete. Ohne hohles Pathos war ihm klar, dass es gefährlich genug war, entweder Segelflugzeuge zu schleppen oder Fallschirmspringer abzusetzen, wenn an die hundert C-47 das Gleiche zur selben Zeit auf einer sehr kleinen Fläche Luftraum taten.

Er hatte sich nur freiwillig gemeldet, weil er es gewollt hatte, und er war völlig bereit, zuzugeben, dass dies vermutlich verdammt blöde gewesen war.

Als er bei dem Adjutanten war, musste er einen Fragebogen ausfüllen. Er enthielt Routinefragen und ein paar sonderbare. Zum Beispiel musste er seine eigenen Fähigkeiten als Pilot beurteilen, wobei er die Wahl zwischen fünf Kategorien hatte, von ›völlig unfähig‹ bis zu ›knapp über die Grenze zur Fähigkeit‹. Darmstädter hatte sich in der Mitte gesehen: ›einigermaßen fähig, auf Grund der Erfahrung und Ausbildung‹. In einer anderen Frage wollte man wissen, ob er einer Fremdsprache kundig war, und wenn ja, welche und wie gut. Und die letzte Frage lautete, ob er irgendwelche Verwandte hatte oder nicht, die auch im entferntesten Zusammenhang auf dem europäischen Kontinent lebten, und wenn ja, sollte er ihre Namen und Adressen eintragen.

Er war versucht, beide Fragen mit ›Nein‹ zu beantworten, doch schließlich trug er ein, dass er Deutsch verstand und einen Großonkel hatte, Karl-Heinz Darmstädter, und dass er vermutlich einige andere Verwandte in Deutschland hatte, jedoch nicht wusste, wo sie wohnten.

Er hatte nicht ganz vergessen, dass er sich freiwillig beworben hatte, jedoch keinen weiteren Gedanken mehr daran verschwendet. Zum einen war er überzeugt davon, dass man ein Dutzend besser qualifizierte Bewerber zur Auswahl hatte als ihn, den Gooney-Bird-Flieger, und zum anderen sagte er sich, dass die Bürokratie des Army Air Corps drei Wochen oder einen Monat brauchen würde, bis man ihn mit ›danke, aber leider haben wir uns anders entschieden‹ ablehnen würde.

Um vier Uhr an diesem Morgen war der Diensthabende in sein Quartier in der Nissenhütte gekommen und hatte gesagt, dass der Adjutant ihn sehen wollte. Der Adjutant hatte ihm ein Fernschreiben überreicht.

PRIORITY
HQ EIGHTH US AIRFORCE
COMMANDING OFFICER 312TH TROOP CARRIER WING
1ST LT HENRY G DARMSTAEDTER 03434090 2101 IST VON TROOP CARRIER SQUADRON VERSETZT UND WIRD SICH SOFORT ZUR FERSFIELD ARMY AIR CORPS STATION BEGEBEN UND DORT BEI DER ANKUNFT DEM BEFEHLSHABENDEN OFFIZIER DER 402ND COMPOSITE SQUADRON ZUM DIENST MELDEN. DER OFFIZIER WIRD ALL SEINE PERSONALKTEN UND SEINEN PERSOENLICHEN BESITZ MITBRINGEN. KOMMANDANT 312TH TCW IST ANGEWIESEN SCHNELLSTMOEGLICHEN LUFT- ODER BODENTRANSPORT ZU VERANLASSEN.
AUF ANWEISUNG VON OF LT GENERAL EAKER
A.J. MACNAMEE
COLONEL USAAC ADJUTANT GENERAL

Um vier Uhr war die Suppe dick genug, um sie mit dem Messer zu schneiden, und die Wettervorhersage prophezeite ›Regen und/oder Schneeregen‹, und so war der schnellstmögliche Transport der mit einem Jeep gewesen. Nach der fünfstündigen Fahrt war Darmstädter steif vor Kälte gewesen, als er in Fersfield durch das Tor und an einem Militärpolizisten vorbeigefahren war, der seinen Schal um den Kopf geschlungen hatte, um sich gegen die Kälte zu schützen.

»Die 402nd befindet sich am anderen Ende des Flugplatzes, Lieutenant«, sagte der MP. »Wenn Sie einen B-17-Flugzeugfriedhof sehen, haben Sie sie gefunden.«

Als sie über die Straße fuhren, die parallel zur nordsüdlichen Start- und Landebahn verlief, an Reihen von Splitterschutzwänden für B-17-Maschinen vorbei, war Darmstädter überrascht, ein nahendes Flugzeug zu hören, das im Landeanflug war. Er steckte seinen Kopf an der Seite aus dem Jeep und blickte zum Himmel. Es regnete nicht und schneite auch nicht, doch die Sicht war weitaus unter dem Minimum.

Und dann sah er das Flugzeug. Es war eine B-25, und für einen Moment dachte er, der Pilot hätte die Startbahn zu weit überflogen und müsse durchstarten und von neuem die Landung versuchen. Doch der Pilot setzte die Maschine auf.

Verdammter Idiot! dachte Darmstädter professionell.

Der Jeep erreichte das Ende der Start- und Landebahn. Da gab es, wie der MP gesagt hatte, einen B-17-Flugzeugfriedhof, fünfzehn, vielleicht zwanzig Wracks von B-17-Maschinen, einige ohne Motoren, andere ohne Fahrgestell, mit dem Rumpf auf dem Boden. Drei zerbeulte B-17er, sah Darmstädter mit Interesse und Verwirrung, waren noch flugtauglich, nach ihren Positionen nahe der Rollbahn und den Feuerlöschern und anderer Bodenausrüstung in ihrer Nähe zu schließen. Aber die Oberteile ihres Rumpfes fehlten, abgesehen von den Teilen der Windschutzscheibe des Piloten, als ob jemand sie einfach abgeschnitten hätte. Jemand hatte, aus Gründen, die Darmstädter sich nicht vorstellen konnte, die drei B-17er in Flugzeuge mit offenem Cockpit verwandelt.

Ein halbes Dutzend Nissenhütten und eine Ansammlung von Zeltbahnen und Holzstützen bildeten offenbar eine Art Hangar oder wenigstens eine Möglichkeit, vor Schnee und Regen geschützt an den Maschinen arbeiten zu können.

Als sich der Jeep dem Bereich näherte, war die B-25, deren Landung er gesehen hatte, über eine unbefestigte Rollbahn gerollt, hatte mit einem Röhren der

Motoren gewendet und angehalten. Drei Matrosen – Darmstädter brauchte einen Moment, um sicher zu sein, dass sie das tatsächlich waren – schlenderten zu der B-25, sicherten sie und schoben Bremskeile unter die Räder. Die Crewtür öffnete sich, und ein Offizier des Air Corps tauchte auf und sprang zu Boden. Darmstädter wartete darauf, dass der Rest der Crew herauskam, doch als sich der Pilot umwandte und die Tür zuschob, erkannte Darmstädter, dass die B-25 den Vorschriften zuwider – und, was ihn anbetraf, entgegen dem gesunden Menschenverstand – ohne Kopilot oder Flugingenieur geflogen worden war.

Der Jeep war die ganze Zeit über gefahren.

»Hier muss es sein, Lieutenant«, sagte der Fahrer und wies auf ein kleines Schild, das an die Tür einer der Nissenhütten genagelt war und auf dem ›Geschäftszimmer‹ stand.

»Mal sehen«, sagte Darmstädter, stieg aus dem Jeep und ging zu der Nissenhütte.

Er klopfte an und wurde zum Eintreten aufgefordert. Drinnen hielten sich zwei Unteroffiziere der Navy, drei Unteroffiziere des Air Corps und drei Marineoffiziere auf, die alle drei die goldenen Schwingen des Marinefliegers trugen. Zwei der Offiziere hatten Navy-Lederjacken mit Reißverschluss und Pelzkragen an. Der Dritte trug eine Navy-Bluse mit dem Pilotenabzeichen, die goldenen Streifen eines Lieutenant Commander an den Ärmeln und eine beeindruckende Reihe von Ordensbändern. Einige davon hatte Darmstädter noch nie gesehen, aber er erkannte das Distinguished Flying Cross und das Verwundetenabzeichen.

Darmstädter salutierte.

»Sir, ich suche die 402nd Composite Wing.«

»Sie haben sie gefunden, Lieutenant«, sagte der Navy-Pilot mit dem Distinguished Flying Cross. Er reichte ihm die Hand. »Ich bin Commander Bitter.«

»Guten Tag, Sir«, sagte Darmstädter.

»Sie müssen Darmstädter sein«, sagte der Lieutenant Commander.

»Jawohl, Sir«, erwiderte Darmstädter. Er überreichte eine beglaubigte Kopie des Fernschreibens von der Eighth Air Force.

Die Tür wurde geöffnet, und ein großer Offizier des Air Corps, ein Major, derjenige, den Darmstädter aus der B-25 hatte steigen sehen, betrat die Nissenhütte. Zum ersten Mal sah Darmstädter richtig die A-2-Lederjacke des Majors. Auf den Rücken waren eine chinesische Flagge und anscheinend irgendeine Botschaft in chinesischen Schriftzeichen gemalt.

»Weshalb, zum Teufel, fliegst du in dieser Scheiße?«, fragte einer der anderen Navy-Piloten. Er war der Älteste der Drei, ein Mann in mittlerem Alter mit rötlichem Gesicht.

»Oh, du Angsthase!«, sagte der Major des Air Corps und wandte sich dann an Darmstädter. »Sie müssen Darmstädter sein.«

»Jawohl, Sir«, sagte Darmstädter.

»Ich wusste das, weil Sie verwirrt aussehen«, sagte der Major. »Und wie der Typ, der eine C-45 zu Bruch fliegen würde.« Er schwieg kurz. »Da sind Sie in guter Gesellschaft, Lieutenant. Commander Bitter hat ebenfalls eine zu Bruch geflogen, nicht wahr, Commander?«

Der Navy-Pilot in mittlerem Alter lachte.

»Verdammt, das hatte ich vergessen«, sagte er. »Das hat er getan, nicht wahr?«

»Ich nehme an«, sagte Commander Bitter, und seine Stimme verriet, dass es ihn ärgerte, an eine zu Bruch geflogene C-45 erinnert zu werden, »ihr werdet erklären, was dies alles zu bedeuten hat?«

»Ich werde Dolan für ein paar Tage ausleihen«, sagte der Major und fügte hinzu, als hätte er sich soeben an gute Manieren erinnert: »Ich bin Dick Canidy,

Darmstädter.« Er gab ihm die Hand. »Willkommen an Bord.«

»Sir«, sagte Darmstädter, »ich bin ein wenig durcheinander.«

»Ich auch«, sagte Commander Bitter. »Wohin willst du mit Dolan fliegen?«

»Zu einer Insel namens Vis im Adriatischen Meer«, sagte Canidy. Dann wandte er sich an Darmstädter. »Sind Sie schon mit der B-25 geflogen, Darmstädter?«

»Nein, Sir«, sagte Darmstädter, »ich habe nie in einer gesessen.«

»Prima«, sagte der Major. »Ich hatte befürchtet, dass Sie vielleicht irgendeine Grundausbildung damit haben.«

Darmstädter war jetzt völlig verwirrt.

»Nein, Sir«, sagte er.

»Eric muss heimgeflogen werden«, sagte Canidy. »Wir werden Lieutenant Darmstädter mitnehmen.«

»Er hat soeben gesagt, dass er niemals in einer B-25 gesessen hat«, sagte Commander Bitter.

»Das ist ja die ganze Idee«, erwiderte Canidy. Er sah Darmstädter an. »Ich will herausfinden, ob einem Piloten mit Ihrem Level an Können gelehrt werden kann, von einer unbefestigten Start- und Landebahn, durch deren Mitte ein Bach verläuft, zu starten und zu landen.«

»Sir?«

»Wir werden in zwei oder drei Tagen fliegen«, sagte Canidy. »Zeit genug für Commander Dolan, um Sie in der B-25 zu prüfen. Das heißt, vorausgesetzt, Sie sind immer noch ein eifriger Freiwilliger?«

»Sir, ich bin immer noch durcheinander«, bekannte Darmstädter.

»Aber vielleicht haben Sie genug gehört, um die Sache zu überdenken? Um sich noch einmal zu überlegen, ob Sie sich freiwillig melden wollen? Wenn Sie gehen möchten, können Sie jetzt hinausspazieren.

Niemand wird Ihnen böse sein, und es wird keine Eintragungen in Ihre Personalakte geben.«

»Sie ziehen mich nicht auf, Major, oder?«, sagte Darmstädter. »Sie machen einen Scherz daraus, aber Sie meinten wirklich alles ernst, was Sie gesagt haben, nicht wahr?«

Canidy nickte.

»Und das wäre alles, was mir beigebracht werden würde, nicht wahr?«

Der Major nickte abermals.

»Sind Sie dabei oder nicht, Darmstädter?«, fragte Canidy. »Es ist Ihre Entscheidung.«

»Ich bin dabei, Sir«, sagte Darmstädter.

»Commander Dolan«, sagte der Major, »darf ich vorschlagen, wir erfüllen diese wunderbare Sitte der Marine und splissen die Hauptbrasse, um einen neuen Offizier willkommen zu heißen?«

»Aye, aye, Sir«, sagte Commander Dolan und nahm eine Flasche Bourbon aus einem Aktenschrank.

»Um Himmels willen«, sagte Commander Bitter, »es ist halb zehn am Morgen!«

»Ich bin Joe Kennedy«, sagte der dritte Marineflieger zu Darmstädter und reichte ihm die Hand. Die goldenen Lettern auf dem Lederbesatz, der auf seine Fliegerjacke unter dem Pilotenabzeichen aufgenäht war, wiesen ihn als LT. J.P. Kennedy, JR., USNR, aus. »Es ist hier ein bisschen verrückt, aber Sie werden sich daran gewöhnen.«

Dolan reichte Gläser herum, die einst Kraft Käse enthalten hatten. Jetzt waren sie mit gut zwei Zoll des Bourbon gefüllt. Commander Bitter schüttelte zwar den Kopf, nahm jedoch eins.

Canidy trank einen kleinen Schluck des Whiskys.

»Regel Nummer eins hier lautet, Darmstädter, dass Sie nicht nach Hause zur Mami schreiben, was Sie hier getan oder gesehen haben«, sagte Canidy. »Und Sie erzählen es auch nicht Ihren Kameraden. Das zweite der Zehn Gebote lautet: Sie stellen keine Fragen. Aber bevor wir es in Kraft setzen, können Sie eine Frage stellen.«

Mindestens ein Dutzend Fragen drehten sich in Darmstädters Kopf. Es überraschte ihn, dass er ausgerechnet mit der einen herausplatzte: »Warum sind die Oberteile dieser B-17er abgeschnitten?«

»Das ist nicht die Frage, die ich erwartet habe«, sagte Canidy. »Ich dachte, Sie würden fragen, was hier gespielt wird. Dann hätte ich Ihnen erzählt, dass Sie sich dem OSS in einer Probephase angeschlossen haben. Wenn Sie es für sich behalten, werden Sie zum privaten Air Corps des OSS kommen. Wenn Sie es nicht für sich behalten – es wird Ihnen nicht gefallen, was dann passieren wird. Das ist keine Drohung, sondern die Feststellung einer Tatsache.«

Darmstädter hatte vom OSS gehört. Eine sehr geheime Organisation, die allerlei Missionen durchführte, die mit Spionage und Sabotage und Absetzen von Agenten hinter den feindlichen Linien zu tun hatte.

Canidy sah Darmstädter die Betroffenheit an und lächelte.

»Was die B-17er anbetrifft«, fuhr Canidy fort, »so versuchen wir, sie in funkgesteuerte fliegende Bomben zu verwandeln. Wir füllen Sie mit einem englischen Sprengstoff namens Torpex. Dann klettert Joe rein, startet sie und bringt sie in die Luft. Wir haben das Oberteil abgeschnitten, damit er mit dem Fallschirm aussteigen kann. Dann fliegt das Flugzeug durch Funksteuerung zum Ziel. Wenn wir es schaffen, dass die Sache zweimal hintereinander klappt, dann werden wir die fliegende Bombe in die deutschen U-Boot-Bunker bei St. Nazaire fliegen. Bis jetzt ist es uns noch nicht gelungen, dass sie zweimal hintereinander funktioniert.«

Darmstädter musterte Canidys Gesicht und

erkannte, dass ihm die Wahrheit gesagt worden war. »Sie hatten Ihre Frage«, sagte Canidy. »Ich habe sie beantwortet. Mehr Fragen haben Sie nicht.«

»Ich verstehe, Sir«, sagte Darmstädter ernst.

Die Tür der Nissenhütte knarrte abermals, als sie geöffnet wurde. Darmstädter sah eine große Packard-Limousine draußen stehen. Sie war für Militärdienst übernommen worden, hatte eine Seriennummer eingeprägt in der Haube und die Beschriftung ›U.S. Army‹ auf den Türen. Darmstädter fand, dass sie dennoch aussah, als sollte sie vor dem Buckinghampalast vorfahren und nicht vor einer Nissenhütte auf einem B-17-Friedhof.

Eine große, attraktive Frau in der Uniform eines Sergeants des Women's Royal Army Corps trat ein. Die Uniform bestand aus rauem Wollstoff und passte schlecht, aber sie konnte nicht die Tatsache verbergen, dass darunter eine sehr gut gebaute Frau war.

Sie blickte neugierig und zögernd zu Darmstädter.

Dann stand der WRAC-Sergeant in der vorgeschriebenen englischen Weise still und stampfte mit dem Fuß auf.

»Sir«, sagte sie zu Canidy. »Verzeihung, dass ich mich verspätet habe, Sir. Es gab unterwegs einen schrecklichen Unfall.«

»Es ist in Ordnung, Agnes, er ist jetzt einer von uns. Lieutenant Darmstädter, Sergeant Agnes Draper.«

»Hallo«, sagte Sergeant Draper. Ihr Lächeln war atemberaubend.

»Und um Ihre unausgesprochene Frage zu beantworten, Commander Bitter«, sagte Canidy trocken. »Ja, Sergeant Draper und ich können in unserem vollen Terminplan Zeit finden, um mit Ihnen zu Mittag zu essen. Und wie glücklich für euch beide, dass ich soeben Darmstädter die ›Keine-Fragen-sind-erlaubt-Ansprache‹ gehalten habe.«

Commander Bitters Gesicht spiegelte Ärger wider.

Commander Dolan und Lieutenant Kennedy lachten. Sergeant Draper errötete.

»Gehen Sie zum Teufel, Dick«, sagte Sergeant Draper.

»Die militärischen Umgangsformen sind hier, wie Sie vielleicht bemerkt haben, Lieutenant Darmstädter, bisweilen ein bisschen lasch. In Zukunft, Sergeant Draper, werden Sie sagen ›gehen Sie zum Teufel, *Sir*‹.«

»Ah, fahr zur Hölle«, sagte sie, aber sie lächelte ihn an.

4

Petty Officer's Club
Navy Yard, Washington, D.C.

7. Februar 1943, 21 Uhr 30

Radioman Second Class Joe Garvey schob sein Bierglas in kleinen Kreisen über die Bar und verbreitete die kleine Lache in noch größeren Kreisen. Joe Garvey war ziemlich betrunken. Er hatte seit 17 Uhr 30 getrunken, als er von der Messe der Petty Officers in den Club gekommen war. Und er war nicht an Alkoholisches gewöhnt. Manchmal hatte er in Mare Island, als er Radioman Third Class gewesen war, ein Bier getrunken. Es war schlimm genug, wenn man als Rekrut ein magerer kleiner Junge mit Brille war, der nie mit etwas Größerem als einem Rettungsboot gefahren war, ohne dass man den Ruf hatte, ein Antialkoholiker zu sein. Joe Garvey sagte sich, dass richtige Matrosen trinken. So einfach war das.

Joe Garvey hatte kein Funker werden wollen, als er zur Navy gegangen war. Er hatte zur See fahren wollen, vielleicht als Kanonier an einem Zwanzig-Millimeter-Geschütz auf einem Zerstörer. Vielleicht sogar in einem U-Boot. Wenn er mehr über die Navy gewusst hätte, dann hätte er nicht preisgegeben, dass er eine Lizenz als Amateurfunker besaß. Aber er war Rekrut gewesen, und als man ihn gefragt hatte, da hatte er erzählt, dass er Amateurfunker war. So hatte man ihn einem Code-Test unterzogen, zwanzig Wörter pro Minute, und er hatte ihn mit Bravour bestanden. Er schaffte vierzig Wörter pro Minute, seit er fünfzehn gewesen war.

So war er gleich von der Great Lakes Naval Training Station nach Mare Island gekommen, als Funker-Offiziersbursche – ein Mannschaftsdienstgrad der U.S. Navy, der sich für den Rang eines Spezialisten qualifiziert –, anstatt zur See zu fahren. Und man hatte ihn zum Seaman First gemacht und zur Prüfung für den Radioman Third Class zugelassen, und er hatte mit 98,5 Punkten von 100 möglichen abgeschlossen. Und er hatte auf der nächsten Beförderungsliste gestanden. Ein halbes Jahr später hatte er die Prüfung zum Radioman Second Class mit 97,4 Punkten bestanden.

Als er seinen Vorgesetzten um Dienst auf See gebeten hatte, war ihm klargemacht worden, dass die Navy ihn brauchte, wo er war. Es gab nicht viele Jungs, die eine Morsetastatur bedienen konnten wie er, und es machte mehr Sinn, die besten Bediener in einem wichtigen Kommunikationszentrum zu haben, statt auf See, wo er durchschnittlich vielleicht eine Viertelstunde pro Tag funken konnte.

Das erste Interessante, das er erlebt hatte, seit er bei der Navy war, hatte darin bestanden, dass sein Vorgesetzter zu ihm gekommen war und ihm befohlen hatte, seine Sachen zu packen, weil er für vorübergehende Verwendung nach Washington abkommandiert sei und ein Kurierflugzeug auf ihn warte, um ihn dorthin zu fliegen.

Ein paar Mal auf Mare Island hatte er zwei Bier getrunken, um nicht als Außenseiter zu gelten, bisweilen sogar drei Bier, aber er war es nicht gewohnt, an einer Bar zu sitzen und ein Bier nach dem anderen in sich hineinzukippen.

Man hatte ihn auf der Marinewerft wirklich gut behandelt. Er hatte eine Koje und einen Spind in einem der großen Quartiere für durchreisende Weißmützen erwartet, doch er hatte ein Privatzimmer mit Schreibtisch und sogar Telefon bekommen.

»Dies sind Quartiere für Chiefs«, hatte ihm der Schiffsprofos gesagt. »Wenn jemand Sie fragt, was Sie darin zu suchen haben, verweisen Sie ihn an mich.«

»Was mache ich darin?«, hatte Garvey gefragt.

»Sagen wir einfach, Chief Ellis hat befohlen, Sie dort hineinzustecken«, hatte der Schiffsprofos gesagt.

»Was ist mit Antreten zum Dienst?«

»Sie brauchen nicht anzutreten«, hatte der Schiffsprofos gesagt. »Sie müssen sich nur in Bereitschaft halten, für den Fall, dass Sie gebraucht werden. Sie können überall hin, solange es dort ein Telefon gibt und ich die Nummer weiß, unter der Sie zu erreichen sind, und Sie binnen dreißig Minuten hier sein können. Wenn Sie 'ne Nummer schieben wollen, Garvey, sorgen Sie einfach dafür, dass die Lady ein Telefon hat und Sie in der Lage sein werden, die Hose anzuziehen und in spätestens einer halben Stunde hier zu sein.«

Joe Garvey war nicht angerufen worden, und er hatte auch keine Nummer gemacht. Die Wahrheit war, dass man ihm als Rekrut in der Grundausbildung einen Farbfilm gezeigt hatte, durch den er höllische Angst bekommen hatte. Jungs mit Eiern so groß wie Basketbällen und Jungs, deren Schwanz verfaulte. Und der Chief, der den Rekruten diese Lektion erteilt hatte, hatte gesagt, wenn man nicht befördert werden und den Rest des Dienstes in der Navy damit verbringen wollte, das Deck zu schrubben oder Roststellen mit Farbe anzustreichen, brauchte man sich nur einen Tripper oder so was einzufangen.

Es war klug, hatte der Chief gesagt, seinen Pimmel in der Hose zu lassen und zu warten, bis man wieder daheim war und ihn in ein nettes, sauberes, anständiges Mädchen stecken konnte, von dem man wusste, dass es einem nicht das Leben für immer versauen würde.

Es gab ein paar nette Mädchen in Louisville, die Garvey kannte, aber keine, die angedeutet hatte, dass er sie zu einem Kinobesuch einladen durfte, geschweige denn, dass sie bereit sei, ihm *das* zu erlauben, und so hatte er seinen Pimmel in der Hose gelassen. Er hatte nicht gewollt, dass er abfaulte, bevor er ihn richtig einsetzen konnte.

Und er hatte befördert werden wollen. Er war bereits ein Petty Officer Second, und wenn man ein dünner kleiner Scheißer mit Brille war, wusste man, dass man damit viel erreicht hatte. Was er sich am meisten vom Leben erwünscht hatte, wenigstens bis man ihn auf Mare Island in ein Flugzeug gesetzt und hierhin geflogen hatte, war der Rang Chief Radioman. Dies war kein so unmöglicher Traum. Er war nicht nur ein hervorragender Funker – er konnte fünfzig Wörter pro Minute funken und sechzig lesen –, sondern kannte sich auch mit Funkgeräten aus.

Es gab viele Radiomen, die gute Bediener von Funkgeräten waren, und es gab viele Funker, die gute Techniker waren, aber nicht viele waren beides. Da ihn die Navy nicht zur See schicken würde, war es das Nächstbeste, Chief Radioman zu werden. Keiner würde glauben, dass ein Chief Radioman nie auf See gewesen war. Oder wenn das herauskam, würden die Leute verstehen, dass die Navy ihre Gründe gehabt hatte, um ihn an Land zu halten. Wenn er Chief Radioman war, würde es keine Rolle spielen, dass er ein dünner kleiner Scheißer mit Brille war. Ein Chief war ein Chief, basta.

Und Radioman First zu werden war leichter gewesen, als er gedacht hatte. Nach der Prüfung war er mit einem Empfehlungsschreiben von einem verdammten Navy-Captain nach Mare Island zurückgekehrt.

»Das klingt, als wären Sie Supermann, Garvey«, hatte Chief Ellis gesagt. »Ich weiß das, weil ich es geschrieben habe.«

Bei der nächsten Sitzung des Beförderungsausschusses würde er vermutlich der einzige Radioman Second sein, der zur Beförderung zum First anstand und ein solches Empfehlungsschreiben vorweisen konnte. Die Prüfung zum Radioman First hatte er bereits mit 91,5 Punkten von 100 bestanden. Wenn er nur den Mund hielt, würde er Radioman First und ein wenig später Chief Radioman werden.

Aber das war nicht mehr gut genug. Er wollte den Krieg nicht in der Kommunikationsabteilung auf Mare Island absitzen. Er wollte in den Krieg ziehen. Wenn ihn später jemand fragen würde, was er im Krieg getan hatte, wollte er nicht erzählen, dass er nur auf Mare Island herumgehockt hatte.

Und er glaubte, eine Möglichkeit gefunden zu haben, was zu tun war.

»Scheiß drauf!«, sagte Radioman Second Joe Garvey laut, was ihm einen sonderbaren Blick des Barkeepers eintrug.

Dann stieg er vom Barhocker, schlüpfte in sein Kolani, setzte die Mütze in keckem Winkel auf und verließ – ein wenig schwankend – die Bar des Petty Officer's Club.

Er verzichtete darauf, seine Ausgangserlaubnis zu holen, denn er befürchtete, der Schiffsprofos würde seine Bierfahne riechen und ihm die Karte verweigern. Er hatte ihm eine Karte gegeben, die das ›jederzeitige Betreten und Verlassen‹ des Militärgeländes erlaubte und mit der er am MP des Marine-Corps am Tor vorbeikommen konnte.

Als er durch das Tür ging, rollte ein Taxi heran, und ein Offizier stieg aus. Joe Garvey grüßte zackig und stieg in das Taxi.

»Q Street, Northwest«, wies er den Fahrer an. »Ich zeige Ihnen dort, wo.«

Auf der Fahrt schlief er ein, und der Taxifahrer musste in der Q Street anhalten und ihn auf dem Rücksitz wachrütteln.

»Weiter runter«, sagte Joe, als er sich orientiert hatte, und das Taxi rollte die Straße hinab, bis Joe die Backsteinwand wiedererkannte.

»Da ist es«, sagte er und gab dem Taxifahrer einen Fünf-Dollar-Schein. »Behalten Sie den Rest.«

Er war fast bei der Tür im Tor, als ein großer Mann mit dickem Mantel wie aus dem Nichts auftauchte.

»Stop, Sailor!«

»Es ist in Ordnung«, sagte Garvey. »Ich soll mich bei Chief Ellis melden.«

»Da haben Sie ihn verpasst«, sagte der Mann. »Er hat das Haus vor einer Stunde verlassen.«

Ein anderer, ebenfalls stämmiger Mann tauchte auf.

»Wen hast du da, Harry?«, fragte er.

»Einen besoffenen Matrosen«, sagte der erste Mann. »Der Hurensohn kann sich kaum noch auf den Beinen halten.«

»Leck mich am Arsch«, sagte Joe Garvey.

»Ah, ein aggressiver, besoffener Matrose«, sagte der Mann und lachte.

Er packte Garvey am Arm.

»Was, zum Teufel, machen wir mit ihm?«

»Ich bringe ihn rein und frage den Offizier vom Dienst«, sagte der erste Mann. »Er sagt, er soll sich bei Ellis melden.«

»Junge«, sagte der zweite Mann. »Ich glaube, du hast soeben Scheiße gebaut.«

Der erste Mann packte Garvey härter am Arm, zerrte ihn an die hundert Meter die Straße hinab, dann durch ein Autotor auf das Grundstück, über den Zufahrtsweg und in die Küche des Hauses.

Joe Garvey erkannte die beiden Männer, die in Hemdsärmeln am Küchentisch saßen und Kaffee tranken. So gut er konnte, stand er still und salutierte. »Sir«, sagte er (es klang wie ›Sssshir‹), »Radioman Second Class Garvey, J., bittet um Erlaubnis, den Captain zu sprechen, Sir.«

»Wen haben wir denn da?«, fragte First Lieutenant Hammersmith, Fernmeldekorps, U.S. Army.

»Er stieg – fiel – soeben aus einem Taxi«, sagte der stämmige Mann.

»Garvey, mein Junge«, sagte Captain James M.B. Whittaker. »Man könnte annehmen, dass Sie mit Johnnie Walker auf einer Party waren.«

»Sie kennen ihn?«, fragte der stämmige Mann.

Whittaker nickte.

»Sir, ich möchte mich freiwillig melden«, sagte Garvey mit sehr schwerer Zunge.

»Freiwillig melden? Wofür?«

»Sie fliegen zu den Philippinen«, sagte Garvey. »Ich möchte Sie begleiten.«

»So viel zu dem großen Geheimnis«, sagte Lieutenant Hammersmith lachend.

»Sie sind betrunken, Garvey«, sagte Whittaker.

»Nein, das bin ich nicht«, beteuerte Garvey.

»Ich werde mich um Garvey kümmern«, sagte Whittaker.

»Ich weiß nicht, Captain«, meinte der stämmige Mann. »Ich glaube, wir sollten uns besser anhören, was der Offizier vom Dienst dazu sagt.«

»He«, sagte Whittaker, zwar lächelnd, jedoch mit stählerner Härte unter der Oberfläche. »Ich sagte, ich werde mich um Garvey kümmern.«

»Ich bin nicht nur ein viel schnellerer Funker als der Lieutenant«, sagte Garvey, »sondern, da Sie mit dem Netz der Navy arbeiten werden, auch …«

»Garvey!«, sagte Whittaker scharf.
»Sssshir?«
»Psssst«, mahnte Whittaker.
»Jawohl, Sssshir«, erwiderte Garvey gehorsam. Hammersmith lachte. Garvey sah ihn mit gekränktem Blick an.
»Das ist alles, danke«, sagte Whittaker zu dem stämmigen Mann.
»Sie werden verstehen, Captain, dass ich dies melden muss«, sagte der Stämmige.
»Sie melden einfach, dass Sie ihn mir übergeben haben«, sagte Whittaker. »Okay?«
Garvey machte einen vergeblichen Versuch, stillzustehen. Er schwankte.
»Darf ich einen Vorschlag machen?«, fragte Lieutenant Hammersmith.
»Nur zu«, sagte Captain Whittaker.
»Wie wäre es, wenn wir beide ihn an den Armen stützen und zu einem Ruheplatz führten? Bevor er fällt, meine ich?«
»Ausgezeichneter Vorschlag, Lieutenant«, sagte Whittaker und ging zu Garvey.
Sie hatten es mit Garvey in der Mitte fast bis zur Küchentür geschafft, als Cynthia Chenowith eintrat.
»Was um Himmels willen ist denn das?«, wollte sie wissen.
»Du erinnerst dich natürlich an Garvey, Cynthia?«, sagte Whittaker.
»Er ist betrunken!«
»Habe ich nicht gesagt, dass Cynthia scharfsichtig ist?«, sagte Whittaker zu Lieutenant Hammersmith.
»Was macht er hier?«, fragte Cynthia. »Wohin wollt ihr ihn bringen?«
»Ins Bett«, sagte Hammersmith.
»Nein, das tut ihr nicht, nicht hier«, sagte Cynthia. »Ich werde Chief Ellis zurückholen und ihn das handhaben lassen.«

»Sei keine Zicke, Cynthia«, sagte Whittaker. »Bemüh dich wirklich, mal keine zu sein.«

»Moment mal, Jimmy!«, begehrte Cynthia auf.

»Cynthia?«, sagte Jimmy.

»Was?«

»Psssst«, sagte Jimmy, und unterdessen waren er und Hammersmith durch die Tür hindurch und trugen Garvey mehr oder weniger zwischen ihnen schwebend hinaus.

VI

1

Fersfield Army Air Corps Station
Bedfordshire, England

12. Februar 1943, 6 Uhr 15

Canidy hatte sich verspätet. Er war um 6 Uhr erwartet worden. Und Lieutenant Hank Darmstädter hatte seit dem Erwachen nach einer ruhelosen Nacht gewartet, seit Viertel vor vier. Als er aus dem Fenster blickte, sah er Nebel, der so dicht war, dass ein Flug in seinem Truppentransporter nicht einmal in Erwägung gezogen werden konnte. Wahrscheinlich würden sie bei diesem Nebel nicht fliegen, aber um Viertel vor vier konnte er niemanden fragen.

Dolan klopfte um fünf Uhr an Darmstädters Tür und wirkte überrascht, als er sah, dass er eine Fliegerkombination für große Höhen über seiner Uniform trug.

»Warum lassen Sie Ihre Schaffellausrüstung nicht hier?«, schlug Dolan vor. »Ich dachte, wir fahren rüber und frühstücken in der Messe des Air Corps.«

Dolan aß ein herzhaftes Frühstück, wie ein Crewmitglied es vor dem Flug in eine Kampfmission bekommt, komplett mit echten Eiern und einer Scheibe Schinken. Darmstädters Transportstaffel war nicht zu Kampfmissionen geflogen und folglich hatte es keine echten Eier, sondern nur Eierpulver gegeben, sodass diese ein wahrer Genuss hätten sein sollen. Aber er war so nervös, dass er keinen Appetit hatte, und er aß sie nur, weil er sich sagte, dass er die Nahrung brauchte.

Ein Jeep brachte sie zu der Splitterschutzwand, wo die B-25G auf den Flug vorbereitet worden war. Dolan machte einen sorgfältigen, wenn auch gemächlichen Check vor dem Flug, dann setzte er sich auf die Haube des Jeeps und wartete darauf, dass Canidy auftauchte.

»Meinen Sie, wir werden fliegen?«, fragte Darmstädter. Als Dolan fragend die Augenbrauen hob, fügte er hinzu: »Bei diesem Nebel?«

»Ich frage mich, wo Canidy bleibt«, sagte Dolan.

Aus Mangel an einer besseren Möglichkeit, die Zeit totzuschlagen, ging Darmstädter wieder um das Flugzeug herum. Er wusste, dass er nicht der Einzige war, der in der B-25G geprüft wurde, dass er aber einen Langstreckenflug damit machen würde, und deshalb hatte er ausführlich und mit großem Interesse das *TM 1-B-25G, Flugbetriebs-Handbuch B-25G (Serien) Flugzeuge* studiert.

Von dem Moment an, als Dolan ihn zu einem ersten Flug zu dem Flugzeug gefahren hatte, war ihm klar gewesen, dass das meiste seines pflichtbewussten Studiums Zeitverschwendung gewesen war.

»Sie werden feststellen, dass wir diesen Vogel ein bisschen abgeändert haben«, hatte Dolan gesagt.

Das war eine gewaltige Untertreibung.

Die B-25G war der Eighth Air Force mit einer Zwillings-MG-Stellung Kaliber .50 im Heck ausgeliefert worden, mit zwei weiteren MGs Kaliber .50 in einem drehbaren Gefechtsturm oben auf dem Rumpf an der vorderen Kante der Tragfläche, mit zwei einzelnen MG-Stellungen Kaliber .50 in den Seiten des Rumpfes und mit zwei MGs Kaliber .50 und einer Fünfundsiebzig-Millimeter-M4-Kanone in der Nase.

Alle Waffen waren entfernt und ihre Stellungen verkleidet worden. Die Bombenschächte und Mechanismen waren verschwunden, die Bombenschachtluken waren vernietet und ständig geschlossen. In den einstigen Bombenschächten waren zusätzliche Treibstofftanks installiert worden, wo sonst die Bomben untergebracht waren.

Im Rumpf bei der hinteren Kante der Tragfläche, wo die Stellungen des Funkers und der Bordschützen gewesen waren, befanden sich jetzt fünf – so viele wie hineinpassen würden – hellbraune Ledersitze für Passagiere wie die eines zivilen Verkehrsflugzeugs. Die Sitze waren, wie Dolan Darmstädter erzählt hatte, von einem Stratosphärenflugzeug der U.S. Navy ›gerettet‹ worden, das Canidy ›in Afrika zu Bruch geflogen‹ hatte.

Darmstädter war sehr neugierig, mehr darüber zu erfahren, aber er war zu der Erkenntnis gelangt, dass Major Canidy und die anderen anscheinend Scherze über alles sonst machten, Canidy es mit der Regel ›Stellen Sie keine Fragen‹ jedoch todernst meinte.

Dolan hatte Darmstädter sieben Flugstunden in der B-25G gegeben, was wirklich mehr war, als es klang, denn mit Ausnahme des ersten Starts und der ersten Landung hatte Dolan die Kontrollen nie wieder angerührt.

Irgendwie zu Darmstädters Überraschung war er ein begabter Schüler gewesen. Dolan hatte nur vor dem Start Kritik geübt. »Nicht so verklemmt. Versuchen Sie, sich zu entspannen. Der Vogel ist nicht so schwer zu fliegen, und Sie sind ein besserer Pilot als Sie denken.«

Er hatte natürlich Fehler gemacht, aber nachdem Dolan ihm gezeigt hatte, was er falsch gemacht hatte, war ihm dieser Fehler kein zweites Mal unterlaufen. Die meisten Probleme hatte er beim Landen gehabt, was nicht überraschend war. Die B-25G landete viel ›heißer‹ als die C-47, und wenn die Antriebskraft nicht genau eingehalten wurde, sank die Maschine wie ein Stein.

Die C-47 Gooney Bird war ein Flugzeug, das Fehler verzieh, die B-25 war das nicht.

Aber er hatte Stunde um Stunde Aufsetz- und Durchstartlandungen geflogen, bis Dolan mit seiner Technik zufrieden gewesen war. Dann hatte er zwei Stunden lang versucht, genau am Anfang der Start- und Landebahn aufzusetzen und die Maschine so schnell wie möglich zum Halten zu bringen. Es war ihm klar, dass er das nicht zu Dolans Zufriedenheit beherrscht hatte, und das war ihm peinlich, auch nachdem er sich gesagt hatte, dass er sich dessen nicht zu schämen brauchte. Was Dolan verlangte, wäre auch für einen guten, erfahrenen Piloten schwierig gewesen, und er wusste, dass er nicht dazu zählte.

Sie hörten das Quietschen von Autoreifen Sekunden bevor sie die Scheinwerfer im Nebel sehen konnten. Aber dann tauchte der unverkennbare Kühlergrill der Packard-Limousine auf.

»Ich habe einen Abstecher gemacht, um die jüngste Wettervorhersage einzuholen«, sagte Canidy anstatt einer Begrüßung. »Ich nehme an, wir sind startklar?«

»Es wird fünf Minuten dauern, bis die Startbahn beleuchtet ist«, sagte Dolan.

»So lange brauche ich, um die Kiste warmlaufen zu lassen«, sagte Canidy. »Ordne die Beleuchtung an.«

Darmstädter war verwirrt. Es gab keine Befeuerungslampen auf Fersfield. Wenn es welche gäbe, hätte er sie gesehen.

Commander Bitter und Lieutenant Kennedy trafen mit einem Jeep ein.

»Ich würde vorschlagen zu warten, bis du mindestens tausend Fuß Sicht hast«, sagte Bitter. »Aber die Wetterfrösche sagen, das wird erst am Mittag der Fall sein, vielleicht sogar später.«

»Ich glaube, wir können starten«, sagte Canidy. Er

wandte sich an Darmstädter. »Gehen Sie an Bord, Darmstädter. Schnallen Sie sich auf dem Sitz an, der nach hinten gerichtet ist.«

Dann forderte er Dolan mit einer Geste auf, vor ihm an Bord zu gehen. Es war mehr als eine Geste der Höflichkeit, wie Darmstädter erkannte. Er sagte Dolan damit, dass er als Chefpilot fungieren würde.

Als sich Darmstädter anschnallte, tauchte Canidy kurz in der Kabine auf, um einen Seesack zwischen einen der Sitze und die Verstrebungen des Rumpfes zu zwängen. Dann verschwand er wieder. Das Flugzeug erbebte, als der linke Motor angelassen wurde und ansprang.

Von seinem Platz aus konnte Darmstädter durch das kleine Fenster schauen, wo die Stellung des Bordschützen verkleidet worden war. Obwohl er nicht viel sehen konnte, erkannte er Sergeant Draper, die neben Commander Bitter stand. Beide hatten die Hand zum Abschied erhoben. Und dann war nichts mehr zu sehen außer dem Rand der Rollbahn, als die B-25G zur Startbahn rollte. Dann entdeckte er ein Feuer am Ende der Startbahn. Er schnallte sich los, um einen besseren Blick zu bekommen, neigte sich an das kleine Fenster und sah, dass es eine GI-Tonne war und es sich bei dem Feuer um darin brennendes Benzin handelte. Er drückte den Kopf gegen die Verkleidung und spähte so weit wie ihm möglich war über die Startbahn. Ungefähr alle zwanzig Meter stand eine GI-Tonne mit brennendem Benzin.

Es wurde ihm klar, dass die mit Sand und Benzin gefüllten Tonnen die Befeuerung war, von der Canidy und Dolan gesprochen hatten. Sie würden die Startbahn nicht ›beleuchten‹ im Sinne von illuminieren, sondern markieren, wo die Startbahn war. Er zählte schnell die Tonnen. Er kam bis vierzehn. Das bedeutete ungefähr zweihundertachtzig Meter. Nicht annähernd genug zum Start.

Und in diesem Moment, nachdem das Warmlaufen der Motoren beendet war, setzte sich die B-25 in Bewegung.

Als Darmstädter mit einem Gefühl beobachtete, das an Entsetzen grenzte, tauchte das schwache Glühen einer weiteren Tonne mit brennendem Benzin aus dem Nebel auf, dann noch eines. Er erkannte, dass es trotz des dichten Nebels möglich sein würde, zu starten, indem der Pilot zwischen den beiden Reihen brennender GI-Tonnen blieb.

Und dann hörte das Rumpeln des Fahrwerks auf. Einen Moment später hob sich die Nase der B-25, so steil, dass Darmstädter gegen den Sitz fiel, an dem er angeschnallt sein sollte, und er hörte die Hydraulik, als das Fahrgestell eingezogen wurde.

Das rötliche Glühen der Tonnen mit dem brennendem Benzin verschwand. Durch das Fenster in der Verkleidung war nur Grau zu sehen.

Darmstädter fand die dicke Schaffellausrüstung und zog sie an. Dann setzte er Kopfhörer auf und befestigte die Sauerstoffmaske mit dem eingebauten Mikrofon auf dem unteren Teil seines Gesichts.

»Können Sie mich hören?«, fragte er.

»Wir haben Sie gerufen, Lieutenant«, ertönte Canidys Stimme aus dem Kopfhörer, »und keine Antwort bekommen. Wir dachten, Sie haben es sich in letzter Minute anders überlegt.«

»Verzeihung, Sir«, sagte Darmstädter. »Ich habe das Schaffell angezogen.«

»Wir nähern uns achttausend«, sagte Canidy. »Ich lasse Sie wissen, wenn wir auf zehntausend sind. Überprüfen Sie die Sauerstoffmaske.«

Darmstädter öffnete das Ventil und spürte den kalten Sauerstoff.

»Sauerstoff okay«, meldete er.

»Ein paar Dinge«, sagte Canidy. »Stellen Sie sicher, dass Sie eine Großflasche und eine Ersatzflasche haben. Wir fliegen sehr hoch, also bleiben Sie auf Sauerstoff.«

»Jawohl, Sir.«

»Wenn Ihnen danach ist, und es wäre eine gute Idee, bewegen Sie sich ein bisschen«, fuhr Canidy fort. »Schwenken Sie die Arme und machen Sie Kniebeugen. Aber nicht bis zum Schwitzen. Dann würde der Schweiß gefrieren, und die Sauerstoffmaske würde an Ihrer Haut kleben. Dann würde es wehtun, wenn Sie versuchten, sie abzunehmen.«

»Jawohl, Sir«, sagte Darmstädter und lachte.

»Und hören Sie auf, dauernd ›Sir‹ zu sagen«, fügte Canidy hinzu.

Es wurde schnell kälter, als die B-25 den Steigflug fortsetzte.

Und als die B-25 abgefangen wurde und der Pilot beim Erreichen der Reisegeschwindigkeit Gas wegnahm und sich das Motorengeräusch änderte, war es bitterkalt im Rumpf und die dicke Schaffellausrüstung, die elektrisch beheizt war, bot keine Behaglichkeit, nur Schutz vor Erfrierung.

Ungefähr alle Viertelstunde stand Darmstädter vom gepolsterten Ledersitz des zivilen Verkehrsflugzeugs auf, stampfte mit den Füßen auf und schwenkte die Arme – sorgfältig, denn er glaubte, was Canidy über den Schweiß und das Festfrieren der Sauerstoffmaske am Gesicht gesagt hatte.

Sie waren eine Stunde in der Luft, als sich Canidy über die Bordverständigungsanlage meldete und ihn bat, etwas Kaffee ins Cockpit zu bringen. Darmstädter hakte eine tragbare Sauerstofflasche ein und fand die Holzkiste, die zwei Thermosflaschen mit Kaffee und eine viel größere Thermosflasche mit breiter Öffnung für Sandwiches in Wachspapier enthielt. Er nahm eine der Thermosflaschen und zwei Kaffeebecher heraus.

Er schenkte Kaffee ein und reichte einen Becher Canidy, der mit dem Daumen zu Dolan wies. Dolan nahm den Becher, zog seine Sauerstoffmaske für einen Moment vom Gesicht, nippte am Kaffee und setzte die Maske wieder auf.

»Scheiße!«, ertönte seine Stimme aus Darmstädters Kopfhörer. »Habe mir die Lippen verbrannt!«

Darmstädter warf einen Blick auf den Höhenmesser und schaute dann noch einmal genauer hin, um sich zu vergewissern, dass er richtig gesehen hatte. Er zeigte 27.500 Fuß an, was laut TM 1-B—25-G 3.500 Fuß höher war als die ›maximale Betriebshöhe‹ für eine voll beladene B-25G.

Hatte Canidy die Motoren so umgerüstet, dass sie auf dieser Höhe funktionierten? Oder war die größere Höhe möglich, weil das Gewicht der Waffen und der Luftwiderstand der Geschütztürme und Gefechtsstellungen fehlte?

Dann wurde ihm klar, dass er nur eines mit Sicherheit wusste, um zu erklären, was er auf 27.500 Fuß Höhe über dem Atlantischen Ozean trieb: sie flogen zu einer Insel namens Vis. Er hatte hundert Fragen deswegen im Sinn, einschließlich der Frage, wie es kam, dass es einen Landeplatz in einem rot markierten Gebiet gab – was anzeigte, dass es ›vom Feind besetzt‹ war –, wie er es auf jeder Landkarte des adriatischen Raums gesehen hatte.

Und, natürlich war da die große Frage: Warum hatte man einen C-47-Piloten mit einer mittelmäßigen Personalakte für diese Mission ausgewählt? Es war ihm fast unmöglich, den Grund zu akzeptieren, den Canidy ihm genannt hatte, dass man sehen wollte, ob ein Pilot mit seinen Fähigkeiten es schaffen konnte, auf einem Streifen zu starten und zu landen, durch dessen Mitte ein Bach verlief.

Canidy überraschte ihn, indem er vom Kopilotensitz aufstand und ihn mit einer Geste aufforderte, darauf Platz zu nehmen. Dann wies Canidy auf den Höhenmesser und überreichte ihm die Karte.

Zum ersten Mal sah Darmstädter diese Karte. Sie hatten höflich, aber sorgfältig darauf geachtet, sie ihm vorzuenthalten, bevor sie abgeflogen waren. Dolan hatte ihn sogar davon abgehalten, ihn an der letzten Wetterbesprechung teilnehmen zu lassen, indem er dorthin gegangen war, bevor er Darmstädter in seinem Quartier geweckt hatte.

Die Karte der ersten Etappe des Flugs zeigte einen Kurs, der in Süd-Südwest-Richtung von der See wegführte und nicht näher als dreihundertzwanzig Kilometer von der französischen Küste entfernt verlief. Dann bog er nach Südosten ab und führte nach Casablanca, Marokko, ihren Zielort.

Es waren kegelförmige Gebiete auf der Karte eingezeichnet, die Spitze in Frankreich, die breite Seite über dem Atlantik. Canidy erklärte, dass sie die normalen Patrouillengebiete der deutschen Messerschmitt ME 109F-Jagdflugzeuge anzeigten, die in Frankreich stationiert waren. Da gab es größere Kegel, die Canidy als die Patrouillengebiete deutscher Heinkel-Bomber bezeichnete, die als Langstrecken-Aufklärungsflugzeuge benutzt wurden. Die größeren Kegel bedeckten viel von dem geplanten Kurs der B-25.

»Die Theorie«, sagte Canidy trocken, »ist, dass die Heinkels auf ungefähr zehntausend Fuß fliegen, was ihnen die beste Sicht über Konvois und den günstigsten Treibstoffverbrauch verschafft. Und wir hoffen, dass ein Pilot, der zufällig nach oben blickt und uns sieht, zu der Entscheidung gelangt, dass es die Vernunft gebietet, weiterhin nach Schiffen Ausschau zu halten.«

»Aber was passiert, wenn man uns entdeckt und angreift?«

»Dann haben wir zwei Verteidigungsmöglichkeiten«, antwortete Canidy. »Wir sind ein wenig schneller. Und wenn das nicht klappt, wird uns Bruder Dolan zum Gebet auffordern.«

»Wir sind schneller, weil Sie die Waffen entfernt haben? Weil dieses Gewicht fehlt?«, fragte Darmstädter.

»Das Gewicht, sicherlich, aber hauptsächlich der Luftwiderstand«, sagte Canidy. »Indem wir die beiden Gefechtstürme entfernt haben, wurden zwanzig Knoten auf zweitausend Fuß gewonnen. Weitere fünf oder sechs Knoten hat die Verkleidung der Bordgeschütz-Stellungen im Rumpf gebracht. Wir können mit dem gleichen Spritverbrauch entweder schneller oder weiter fliegen.«

»Clever«, sagte Darmstädter. »Die Techniker verstehen offenbar ihr Metier.«

»Danke«, sagte Canidy lächelnd.

»Haben Sie das gemacht? Sind Sie ein Techniker?«, platzte Darmstädter heraus und erinnerte sich im nächsten Moment daran, dass dies eine Frage war, und Fragen gegen die Regel verstießen. Aber Canidy schnauzte ihn nicht an.

»Sie werden zweifellos in Ehrfurcht erstarren, wenn Sie erfahren, dass Sie es mit R. Canidy, Bachelor of Science, Luftfahrttechniker des Massachusetts Institute of Technology, Jahrgang neununddreißig zu tun haben.«

Darmstädter verkniff sich gerade noch rechtzeitig die Frage, die ihm in den Sinn kam: »Wie sind Sie dann in so etwas wie hier hineingeraten?«

Er erkannte, dass es Fragen gab, die er stellen durfte, dass jedoch persönliche Fragen tabu waren.

Die Antwort war jedenfalls selbstverständlich. Was auch immer das OSS wirklich tat – einige der Geschichten, die er über das OSS gehört hatte, konnten einfach nicht stimmen –, es hatte offenbar eine hohe Priorität bei Personal und Ausrüstung. Die hohen Tiere hatten sich anscheinend gesagt, dass ein am MIT ausgebildeter Flugtechniker mehr gute Arbeit für das OSS leisten konnte als zum Beispiel ein Instandsetzungsoffizier bei einer Transport- oder Bomberstaffel.

Canidy verband die tragbare Sauerstoffflasche mit seiner Maske und ging in die Kabine. Zehn Minuten später kehrte er zurück.

»Ich übernehme für eine Weile, John«, sagte er zu Dolan und winkte ihn vom Pilotensitz fort. »Mach ein Nickerchen.«

Als Dolan eine tragbare Sauerstoffflasche eingehakt hatte und in den Rumpf gegangen war, ertönte Canidys Stimme metallen über die Bordverständigungsanlage.

»Dolan ist ein verdammt guter Pilot«, sagte er. »Er war vor dem Krieg Chief Aviation Pilot.«

Darmstädter hatte gehört, dass es in Friedenszeiten bei Navy und Marine-Corps Unteroffiziere als Piloten gegeben hatte, und es hieß, dass sie bessere Piloten als die meisten Offiziere waren, weil ihre gesamte Tätigkeit nur aus Fliegen bestand.

»Und dann wurde er zum Offizier ernannt?«, fragte Darmstädter.

»Nein«, sagte Canidy. »Zuerst wurde ihm der Fliegerstatus aberkannt. Ein Herzleiden. Dann verließ er die Navy und flog mit der Amerikanischen Freiwilligengruppe als Instandsetzungsoffizier nach China. Und *dann* wurde er zum Offizier ernannt.«

»Aber er fliegt!«

»Wie Commander Dolan eine Flugtauglichkeits-Untersuchung bestand, Darmstädter, das ist eine der Fragen, die Sie nicht stellen dürfen«, sagte Canidy. »Als Sie in der Flugschule waren und man Ihnen diese faszinierenden Lektionen über militärische Taktiken gab, hat man da nicht über ›Erhaltung von Kapital‹ gesprochen?«

Darmstädter überlegte und schüttelte dann den Kopf.

»Ich erinnere mich nicht«, sagte er.

»Wenn Sie ein General oder Admiral sind und bald in die Schlacht ziehen, müssen Sie überlegen, welches ›Kapital‹ Sie haben, wenn die Dinge hart werden. Dann hamstern Sie dieses Kapital, um es verfügbar zu haben, wenn Sie es brauchen. Ich habe soeben mein Kapital weggeschickt, damit es ein Nickerchen macht. Wenn jemand diese Kiste sicher auf einem Landestreifen in den Bergen aufsetzen kann, durch den ein Bach verläuft, dann Dolan. Können Sie mir folgen?«

»Jawohl, Sir«, sagte Darmstädter. Er fühlte sich äußerst unbehaglich. Canidy war offenbar ein hoch erfahrener B-25-Pilot und machte mit der B-25 Dinge, welche die meisten Leute erst gar nicht versuchen würden (sein Alleinflug mit der B-25 durch die Nebelsuppe an dem Tag, an dem Darmstädter ihn kennen gelernt hatte, war ein Beweis dafür). Und er hatte soeben indirekt zugegeben, dass er bezweifelte, die Landung auf der Insel Vis schaffen zu können.

»Da gibt es ein zusätzliches Problem«, sagte Canidy. »Commander Dolan meint, er sei noch zweiundzwanzig Jahre alt, und die Ärzte seien völlig im Irrtum bezüglich der Verfassung seines Herzens. Er wird beleidigt sein, wenn er nicht richtig behandelt wird. Es sind Samthandschuhe erforderlich.«

»Ich verstehe, Sir«, sagte Darmstädter.

»Und ich habe schon einmal gesagt, hören Sie auf, mich ›Sir‹ zu nennen«, sagte Canidy.

Sechs Stunden und fünfzehn Minuten nach dem Start von Fersfield landete die B-25 in Casablanca. Darmstädter führte die Landung durch. Er musste sich selbst immer wieder sagen, dass es keinen Grund zur Nervosität gab. Die Landung auf einer breiten Landebahn aus Beton, auf einem Verkehrsflughafen und an einem sonnigen Nachmittag sollte ein Klacks sein im Vergleich zur Landung auf den rauen, engen und unbefestigten Landebahnen auf Fersfield. Aber es war ihm bewusst, dass dies eine Art Test war. Canidy überprüfte ihn, um festzustellen, wie gut Dolan ihn auf der B-25 ausgebildet hatte.

Darmstädter war enorm erfreut und erleichtert, als die Landung tadellos verlief.

Ein ›Follow Me‹-Jeep, schwarzweiß kariert und mit einer großen karierten Flagge, erwartete sie am Ende der Landebahn und lotste sie vom Abfertigungsgebäude fort auf eine abgelegene Ecke des Flugplatzes. Dort stand ein alter Hangar mit der Aufschrift ›Air France‹, die unter einer Rostschicht kaum lesbar war.

Als sie sich näherten, öffneten sich die Tore, und ein Mann vom Bodenpersonal gab Darmstädter Handzeichen, zum Tor zu rollen und dann die Motoren abzustellen. Als die Motoren ausgingen, rollte Bodenpersonal des Air Corps die B-25 in den Hangar und schloss das Tor.

2

Mark Hopkins Hotel
San Francisco, California

12. Februar 1943

Es war in Washington entschieden worden, dass Whittaker, Hammersmith und Garvey die Nacht auf Mare Island verbringen sollten. Cynthia sollte in einem Hotel in San Francisco übernachten, damit es keine Neugier und kein Gerede gab, wenn eine Zivilistin die Nacht im Quartier für weibliche Offiziere verbringen würde.

»Ich kenne jemanden, der dich ins Mark Hopkins bringen kann«, hatte Jimmy Whittaker unschuldig gesagt, als das Thema, wo sie in San Francisco übernachten sollte, in Captain Douglass' Büro zur Sprache gekommen war. »Was soll's, du könntest ruhig erster Klasse übernachten.«

»Nur zu, veranlassen Sie das, Jim«, hatte Captain Douglass an Cynthias Stelle geantwortet, »freie Hotelzimmer sind in San Francisco verdammt knapp.«

Bei ihrer Ankunft in San Francisco mit einem Verkehrsflugzeug fuhren sie als Erstes zum Hotel. Cynthias reserviertes ›Zimmer‹ erwies sich als die Theodore-Roosevelt-Suite, vier elegant eingerichtete Räume in einer oberen Etage.

»Das war das einzige Zimmerchen, das noch frei war«, sagte Jim unschuldig.

Cynthia wusste, dass dies einfach nicht stimmte. In Wirklichkeit hatte Jimmy der Hotelleitung irgendetwas wie ›Ich möchte etwas sehr Schönes für eine sehr gute Freundin von mir‹ gesagt, und die Hotelleitung hatte die Theodore-Roosevelt-Suite vorgeschlagen. Die Hotelleitung war sehr zuvorkommend bei Jim Whittaker, weil Jimmy ein sehr reicher Mann war und die Hotelleitung das wusste.

Jimmys Vater und seine beiden Onkel hatte die Whittaker Construction Company von seinem Vater geerbt. Das Erbe war wesentlich größer als die Construction Company, obwohl Gott wusste, dass dies reichte. Das Whittaker-Vermögen beruhte auf Eisenbahnen. Sie hatten die Linien vor dem Bürgerkrieg gebaut und waren während dieses Kriegs mit dem Bau und dem Betrieb von Eisenbahnlinien für die Unionsarmee sehr reich geworden.

Nach dem Bürgerkrieg hatten sie in weitere Eisenbahnlinien investiert. Und in Häfen und in Großgebäude. Wann immer das möglich gewesen war – meistens –, hatten sie sich in Aktien der jeweiligen Projekte auszahlen lassen. Die Gesellschaft hatte großen Grundbesitz in New York City und sonstwo. Es war sogar möglich, dachte Cynthia, als sie sich in der Theodore-Roosevelt-Suite umsah, dass Jimmy an dem Hotel beteiligt war.

Jimmys Vater war im Ersten Weltkrieg gefallen. Und sein Drittel von Whittaker Constructions war an seinen einzigen Sohn übergegangen. Sowohl Jimmys Onkel Jack als auch sein Onkel Chesty waren kinderlos gestorben. Jack Whittakers Drittel würde Jimmy beim Tod der Witwe überschrieben werden. Jimmy hatte bereits das Haus in der Q Street Northwest von seinem Onkel Chesty geerbt, und ebenso einigen anderen Besitz.

Chesty Whittaker, Jimmys Onkel und Cynthias Geliebter, hatte ihr alles über die finanzielle Position von James M.B. Whittaker erzählt. Nicht feinfühlig. Chesty war der Ansicht gewesen, dass sie Jimmy heiraten sollte.

»Du musst an die Zukunft denken, Darling«, hatte Chesty gesagt. »Es kann nicht ewig mit uns so weitergehen.«

»Warum nicht?«

»Nun, zum einen bin ich ein alter Knacker. Du wirst noch eine junge Frau sein, wenn ich längst unter der Erde liege.«

»Verdammter Kerl!«, hatte sie geschrien. »Dies ist geschmacklos. Du wirst nicht sterben, und ich werde Jimmy nicht heiraten. Jimmy ist ein Kind.«

»Es sind nur drei Jahre Altersunterschied zwischen euch …«

»Vier!«, hatte sie ihn angefahren.

»Nun gut, vier.« Sie hatten sich einen Moment angestarrt, bevor er weitergesprochen hatte. »Vermutlich hast du es ernst gemeint, als du gesagt hast, du willst nicht, dass meine Frau unser Verhältnis jemals herausfindet.«

»Ich habe es so formuliert: ›Ich würde lieber sterben, als sie es herausfinden lassen‹«, hatte Cynthia gesagt. »Ja, natürlich habe ich das ernst gemeint.«

»Die Realität ist, dass du arm wie eine Kirchenmaus bist«, sagte Chesty gesagt. »Und was glaubst du, würde sie denken, wenn ich dich in meinem Testament bedenke? Zusätzlich zu ihren anderen Tugenden ist sie intelligent und scharfsinnig.«

»Dann ›bedenke‹ mich eben nicht«, hatte Cynthia gesagt.

»Ich liebe dich«, hatte er erwidert. »Das könnte ich nicht tun.«

»Und der bequeme Weg für dich ist es, mich mit Jimmy zu verheiraten? Du verfluchter Kerl, Chesty!«

»Jimmy hat auf dem Weg nach Randolph Field hier Zwischenstation gemacht«, hatte Chesty Whittaker gesagt. »Er sagte, wenn er seinen akademischen Grad hat, will er um deine Hand anhalten, und er fragte mich, was ich davon halte.«

»Was hast du ihm gesagt?«, hatte sie gefragt.

»Ich habe ihm gesagt, dass ich das für eine großartige Idee halte«, hatte Chesty geantwortet. »Eigentlich habe ich einen kleinen Scherz gemacht und noch dazu gesagt ›benennt den ersten Sohn nach mir‹.«

»Oh, zum Teufel mit dir«, hatte sie geschluchzt und zu weinen begonnen, und er hatte sie in die Arme genommen.

Drei Monate später war Chesty Haywood Whittaker tot umgefallen. Und er hatte sie nicht in seinem Testament bedacht, und sie war so arm wie eine Kirchenmaus.

Cynthia entschied sich, keinen Streitfall aus der Theodore-Roosevelt-Suite zu machen. Zum einen wäre es sinnlos, zu protestieren, und zum anderen hatte er ihr ja nicht den Vorschlag gemacht, mit ihr das Bett zu teilen. Es war nur eine großzügige Geste von ihm. In der Familientradition, sagte sie sich. Jimmy erinnerte sie in vielerlei Hinsicht an Chesty.

Die Navy schickte einen Plymouth-Stabswagen, um sie vom Mark Hopkins nach Mare Island zu fahren.

Dort im Hangar wartete, bewacht von einem Zug Marineinfanteristen unter einem Gunnery Sergeant, ein anderthalb Meter hoher Stapel von Holzkisten, die um fünf Uhr am nächsten Morgen in die Douglass C-54 des Naval Air Transport Service geladen und nach Pearl Harbor auf Hawaii gebracht werden würden.

Jimmy befahl sehr ernst Radioman Second Class Joe Garvey, das Kommando über die Wachmannschaft zu übernehmen. Cynthia hatte Mühe, ein Lächeln zu unterdrücken, als sie sah, wie der schmächtige Matrose offensichtlich das Gefühl hatte, ein wichtiger Mann zu sein, weil ihm die Verantwortung übertragen wurde.

Über Garveys Status war noch nicht entschieden worden. Da er richtig gefolgert hatte, dass Whittaker und Hammersmith zu den Philippinen fliegen würden, konnte er nicht einfach zu seinem bisherigen Dienst zurückgeschickt werden. Aber andererseits stand noch nicht fest, ob er Whittaker und Hammersmith begleiten würde. Unterdessen würde es zweierlei Zwecken dienen, ihn nach San Francisco mitzunehmen. Ein zusätzlicher Helfer würde nützlich sein, und er wusste bereits, was los war. Und wenn er bei ihnen war, betrachtete man ihn als kein Sicherheitsrisiko. Er konnte jederzeit auf Eis gelegt werden, wenn letztendlich entschieden wurde, ihn nicht nach Mindanao mitzunehmen.

Dann fuhren sie in den Offiziersklub von Mare Island, um zu Abend zu essen. Whittaker bestellte Steak mit allem Drum und Dran und schickte den Fahrer zum Hangar, um Garvey das Essen zu bringen.

Im Offiziersklub spielte ein Orchester. Nach dem Abendessen forderte Greg Cynthia zum Tanz auf, nachdem er Whittaker mit spöttischer Höflichkeit um Erlaubnis gebeten hatte. Whittaker gab großzügig die Genehmigung, erhob sich dann und verneigte sich ein wenig, als Greg sie zur Tanzfläche führte.

Dann war Jimmy an der Reihe, mit Cynthia zu tanzen. Dreißig Sekunden nachdem er die Arme um sie gelegt hatte, spürte sie, wie seine Erektion gegen ihren Unterleib stieß. Er packte sie nicht und drückte sie nicht an sich und berührte auch nicht ihre Brüste, aber er hatte eine Erektion, und offenbar war er kein bisschen verlegen deswegen, sondern er schien erfreut zu sein, dass es ihr nicht entgehen konnte.

Und da sie in einem Kursus im College, der euphemistisch ›Menschliche Hygiene‹ genannt worden war, gelernt hatte, dass die männliche Erektion eine ›unabsichtliche Gefäßreaktion‹ war, fühlte sie sich nicht in der Lage, ihm zu sagen: »Hör auf damit.«

Er hielt ihre Hand, als sie zum Tisch zurückkehrten.

Jimmy nahm sein Glas und blickte lächelnd Greg an.

»Ich habe nachgedacht, Ronald Reagan …«, begann er.

»Ich habe die gefurchte Stirn gesehen«, unterbrach Hammersmith, »und ich heiße Greg Hammersmith. Ronny Reagan ist derjenige, den man den ›Errol Flynn der B-Filme‹ nennt.«

»Richtig«, sagte Whittaker, »Hammer wie das Ding, das ein Schmied manchmal hat.«

»Jetzt haben Sie's kapiert«, sagte Hammersmith. »Und was haben Sie gedacht, o großer Führer?«

»Dass Sie trotz meines ursprünglichen, wenig schmeichelhaften Eindrucks von Ihnen vielleicht doch ziemlich vertrauenswürdig sind.«

»Oh, *danke*, Sir.«

»Bis zu dem Punkt, wo ich Ihnen mit gutem Gewissen die alleinige Verantwortung über Radioman Garvey übertragen kann, während ich die Lady zum Hotel geleite.«

»Ich kann allein zum Hotel fahren«, protestierte Cynthia.

Die beiden Männer ignorierten sie.

»Sodass Sie unser Mädchen vor den ungewünschten Aufmerksamkeiten von Matrosen im Mark Hopkins schützen können?«

»Korrekt«, sagte Whittaker. »Ich habe allerlei Geschichten über sexhungrige Marineoffiziere gehört, die unbegleiteten jungen Damen wie Miss Chenowith unerwünschte Angebote machen, gleich in der Halle des Mark Hopkins.«

»Das können wir nicht hinnehmen, nicht wahr«, erwiderte Greg, »du heimtückischer Hurensohn!«

»*Sie* heimtückischer Hurensohn, *Sir*«, korrigierte Whittaker.

Die beiden Männer, erfreut über ihren Esprit, lächelten sich an, was Cynthia auf die Palme brachte.

»Ich brauche keine Begleitung«, sagte Cynthia.

»Wie sie das sagt, könnte man meinen, sie denkt, ich hätte böse Absichten mit ihrem Körper, finden Sie nicht?«

»Ich finde das nicht lustig, Jimmy«, sagte Cynthia.

»Gehen wir«, sagte er. »Wir müssen morgen früh raus.«

Er ergriff ihren Arm, als er sie in den Wagen der Navy setzte. Aber sofort, als Greg beim Hangar ausgestiegen war, rückte er auf dem Sitz von ihr fort, sodass ihre Hüften nicht mehr gegeneinander drückten. Und auf der Fahrt zum Hotel versuchte er nicht, ihre Hand zu halten, den Arm um sie zu legen oder sie zu küssen.

Er sprach mit dem Fahrer. »Wie bringen wir Miss Chenowith am Morgen zurück nach Mare Island?«

»Meine Befehle lauten, bei Ihnen zu bleiben, bis Sie im Flugzeug sind.«

»Die ganze Nacht?«

»Jawohl, Sir.«

»Nun, Sie legen sich ein bisschen aufs Ohr«, befahl Whittaker. »Seien Sie um vier Uhr am Hotel. Ich nehme mir heute Nacht ein Taxi dort raus.«

»Warum fährst du nicht mit ihm?«, fragte Cynthia.

Whittaker ignorierte sie einen Moment und sagte dann etwas lahm: »Ich möchte mich mit Ellis einchecken. Ich mache das lieber von deinem Zimmer aus, als per Ferngespräch die Genehmigung in Mare Island zu bekommen oder ein Münztelefon mit Geld zu füttern.«

Er könnte tatsächlich Ellis von der Theodore-Roosevelt-Suite aus anrufen, wenn er dort ist, dachte Cynthia, *aber er hat das offenbar nur als Vorwand benutzt, um in die Suite reinzukommen.*

Es besteht auch durchaus die Möglichkeit, dass er hinter den geschlossenen Türen der Suite sofort über mich herfällt, dachte sie. Das wollte sie nun wirklich nicht. Aber sie wollte auch jetzt kein Theater deswegen machen. Wenn es geschehen würde, konnte sie mit ihm fertig werden.

Als sie in der Suite waren, ging er direkt zum Telefon auf dem Tisch vor der Couch und bat den Telefonisten, mit Chief Ellis in Washington verbunden zu werden.

»Ich bin in Miss Chenowith' Zimmer im Mark Hopkins«, sagte er ins Telefon. »Ich warte hier auf seinen Anruf.«

Er legte den Hörer auf.

»Er ist nicht da? Das überrascht mich«, sagte Cynthia.

»Er wäre da, wenn ich ihn angerufen hätte, als ich das hätte tun sollen«, sagte er. »Ich habe erst daran gedacht, ihn anzurufen, als ich einen Vorwand brauchte, um mit dir allein zu sein.«

Sie lächelte ihn an.

Das sollte wie ein Stichwort für mich sein, um etwas Beißendes zu sagen – zum Beispiel: »Komm nur ja nicht auf dumme Gedanken, Jimmy.« Warum tue ich das nicht?

Es lag daran, dass seine Ehrlichkeit entwaffnend war. Und dann wurde ihr klar, dass es mehr als das war. Sie hatte versucht, den Gedanken zu verbannen, wann immer er ihr in den Sinn gekommen war. Aber es war schwer gewesen, und er kam immer wieder. Wie jetzt.

Der Gedanke, dass die Uhr ablief, wie die Uhr bei einem Basketballspiel. Sehr bald würden Jimmy und Greg – und vielleicht sogar Garvey, den sie als ›Knabe im Matrosenanzug‹ betrachtete – an Bord des U-Boots gehen und versuchen, Kontakt mit diesem Fertig und seinen Guerillas auf den Philippinen herzustellen. Es bestand die Möglichkeit, dass sie geschnappt wurden, und wenn sie gefangengenommen wurden, mussten sie mit ihrer Hinrichtung rechnen. Cynthia hatte Fotos gesehen, auf denen Japaner Amerikaner hingerichtet hatten. Es wurde rituell gemacht, nach dem Kodex Bushido des japanischen Kriegers, der die Exekution durch Enthaupten vorschrieb.

Und diesem Gedanken folgte ein anderer, der alarmierend in seiner Tragweite war. Es war anscheinend wenig moralisch Verwerfliches daran, mit einem Mann, der möglicherweise in naher Zukunft enthauptet werden würde, ins Bett zu gehen. Es war anscheinend wenig genug, was eine Frau für ihn tun konnte.

Aber das setzte voraus, dass er hingerichtet werden würde. Jimmy, Gott segne ihn, schien die unglaubliche Fähigkeit zu haben, am Leben zu bleiben. Und wenn er überlebte, würde er zurückkehren. Und er würde es als Liebesbeweis auslegen, wenn sie mit ihm ins Bett gegangen war. Und er würde sie heiraten wollen.

Es gab eine Reihe von Gründen, aus denen sie Jimmy nicht heiraten konnte. Zum Beispiel war sie überzeugt, dass die Liebe, die sie für ihn empfand, nicht die Art Liebe war, die eine Frau für einen Mann empfinden sollte, den sie heiraten würde, dessen Kinder sie gebären wollte. Er war jünger als sie. Und sie war die Mätresse seines Onkels gewesen. Manchmal dachte sie, dass sie die Liebe, die sie für Jimmy empfand, Chesty Whittaker schuldete. Manchmal, wenn er sie ansah, war es, als sei Chesty hinter seinen Augen.

Und sie erwiderte Gregs Zuneigung ebenfalls nicht. Greg hatte es scherzhaft gesagt, aber sie glaubte, dass er meinte, sie zu lieben. Und sie wollte ebenfalls nicht mit ihm schlafen.

Es wäre alles besser, wenn sie ein Flittchen wäre, dachte sie oftmals. Keine absolute Vier-Sterne-Nutte, aber nur ein bisschen nuttig wie Charity Hoche. Die Situation, in der sich Cynthia befand, würde für Charity keine großen Probleme bedeuten. Wenn Charity glaubte, dass zwei Männer wie diese, beide gut aussehend und reich und den meisten anderen Männern haushoch überlegen, meinten, sie zu lieben, und sie beide so liebte wie es bei Cynthia der Fall war, würde Charity mit beiden schlafen. Mit jeweils einem, aber mit beiden.

»Ich finde, wir sollten über Joe Garvey reden«, sagte Cynthia. »Ellis wird Bescheid wissen wollen, wenn er anruft.«

Whittaker nickte.

»Anderseits brauchst du Unterstützung für Greg«, sagte Cynthia, ganz dienstlich.

»Und andererseits sieht Joe Garvey aus und handelt, als sollte er das Licht für das Spiel der Großen anknipsen«, sagte Whittaker.

Er ging zur Bar und mixte sich etwas zu trinken. Dann kehrte er zur Couch zurück, ließ sich auf das Kissen am hinteren Ende sinken, streckte die Beine aus und hielt das Glas auf dem Bauch.

»Er ist für so etwas nicht ausgebildet«, sagte Cynthia.

»Ich auch nicht, laut Eldon Baker«, sagte Whittaker.

»Du bemühst dich, schwierig zu sein, nicht wahr?«

»Ich fange damit an«, sagte er.

»Wieso?«

»Während ich in Merry Old England war«, sagte Whittaker, »habe ich eine Herzogin gefickt.«

»Um Himmels willen, Jimmy!«

»Elizabeth Mary Alexandra, Ihre Hoheit, die Herzogin von Stanfield«, sagte er. »Ihrer Familie gehört Whitbey House. Ihr Mann ist in der RAF. Vermisst im Einsatz. Ich bin überzeugt, dass bekannt ist, was ich getan habe. Und es war meine Schuld, nicht ihre.«

Ihre Blicke trafen sich, bis sie wegschaute.

»Und dann, als ich in Kairo war, habe ich eine andere verheiratete Frau gefickt. Ihr Ehemann war mit Charles de Gaulle und dem Freien Frankreich unterwegs.«

»Warum erzählst du mir das?«, fragte Cynthia. »Findest du das lustig?«

»Es gibt eine Pointe«, sagte er.

»Ich bezweifle, dass ich die hören will«, sagte sie.

»Ich habe mich gefragt, Cynthia«, sagte Whittaker und sah sie an, »manchmal in *sehr* unpassenden Momenten: ›Warum tust du das? Wenn du Cynthia liebst, weshalb, zum Teufel, vögelst du dann mit anderen herum?‹«

Er schaute sie an, als erwartete er eine Reaktion.

»Ich habe keine Antwort gefunden, Cynthia«, sagte er. »Deshalb bin ich zu dem Schluss gelangt, dass ich ein charakterloser Hurensohn bin.«

»Eine andere Möglichkeit ist, dass du mich nicht wirklich liebst«, sagte sie. »Nicht auf diese Weise. Um Himmels willen, Jimmy. Wir kennen uns, seit wir Kinder waren. Ich habe mich um dich gekümmert, als du ein kleiner Junge warst.«

»Ich habe dich geliebt, seit du ungefähr vierzehn warst«, sagte er sachlich. »Du bist aus Chestys Pool in Palm Beach geklettert, und ich habe einen Blick in deinen Badeanzug erhascht. Mir stockte der Atem, und dann begann mein Herz zu rasen. Mir stockt manchmal immer noch der Atem und mein Herz beginnt zu rasen, wenn ich dich ansehe. Dieses Bild bedeutet, dass ich dich tatsächlich liebe, befürchte ich. *Auf diese Weise.*«

»Was ist mit Garvey?«, fragte sie.

Whittaker nickte, als hätte er nicht nur ihren Themenwechsel, sondern auch diese besondere Frage erwartet.

»Sie sagte, wechseln wir das Thema«, bemerkte er.

Er trank sein Glas leer und stellte es auf den Tisch.

»Ich werde dich hier nicht vom Haken lassen, Cynthia«, sagte er, stand von der Couch auf und ging zur Bar.

»Was, zum Teufel, soll das heißen?«

»Es gibt mehr, als Mata Hari zu spielen, meine liebe Cynthia, als mit einem Gewehr durch die Wälder von Virginia zu laufen oder OSS-Ausweise zu zücken, um Leute zu beeindrucken.«

»Das ist ein billiger Seitenhieb!«

»Es betrifft Dinge wie Entscheidungen treffen«, sagte er. »Zum Beispiel: ›Schicke ich einen netten kleinen Jungen in einem Matrosenanzug irgendwohin, wo er wahrscheinlich ertrinken wird oder wo ihm der Kopf abgehackt wird?‹«

Mein Gott, er hat diese Fotos gesehen! Er weiß, worauf er sich einlässt! Er hat Angst!

Er schaute sie an, und sie glaubte, in Chestys Augen zu sehen.

»Zum Teufel mit dir!«, sagte sie.

Er gab keine Antwort. Er ging zur Couch zurück und setzte sich.

Ihr war plötzlich zum Heulen zumute. Sie kämpfte dagegen an, ging zur Bar und goss Brandy in einen Schwenker.

Sie fragte sich, warum er so penibel wegen Garvey war, warum er nicht einfach sagte ›wir nehmen ihn‹ oder ›wir nehmen ihn besser nicht‹. Er war fähig genug, um einzuschätzen, ob die Mission zu viel für

Garveys Jugend und Unerfahrenheit und Mangel an Ausbildung war, und was das anbetraf, für sein Durchhaltevermögen.

Das musste eingeschätzt werden. Ob Garvey ertrank oder enthauptet wurde, war nur insofern wichtig, wie es sich auf die Mission auswirkte.

Zweifellos sollte Garvey an der Mission teilnehmen. Warum war Jimmy nicht bereit, dies zu sagen?

Der Grund wurde ihr plötzlich klar. Er war wieder ein Hurensohn – ein chauvinistischer Hurensohn. Er war einfach nicht fähig, zu verstehen, dass sie dachte wie er. Er dachte immer noch, sie spiele eine Spionin. Der Bastard hatte sie sogar als ›Mata Hari‹ bezeichnet und ihr vorgehalten, sie zücke den OSS-Ausweis, um Leute zu beeindrucken.

Gottverdammter Kerl!

»Garvey wird teilnehmen«, kündigte sie an.

Er nickte.

Ihre Blicke trafen sich.

»Wenn ich dir eine ehrliche Frage stelle, kann ich dann eine ehrliche Antwort bekommen?«, hörte Cynthia sich fragen.

»Das käme auf die Frage an«, sagte er.

Das Telefon klingelte. Der Anrufer war Ellis.

»Entschuldigung, dass ich nicht eher angerufen habe, Ellis«, sagte Whittaker. »Ich habe es einfach vergessen.«

Er berichtete, dass das Material bereitstand, dass das Wetter gut war und sie wie geplant nach Hawaii abreisen würden, wenn Ellis nicht das Gegenteil hören würde.

»Und wir nehmen Garvey mit«, schloss er. »Lassen Sie ihn offiziell so bald wie möglich versetzen. Sorgen Sie dafür, dass er Übersee-Zulage und Zulage für gefährlichen Dienst erhält – was immer möglich ist.«

Ellis sagte etwas, woraufhin Whittaker erwiderte: »Danke, Chief, ich werde es verdammt versuchen.«

Cynthia wusste, dass Ellis ihn ermahnt hatte, auf sich aufzupassen.

Whittaker legte den Hörer auf.

»Was wolltest du fragen?«, sagte er und sah ihr in die Augen.

»Hast du Angst?«

»Ich sage dir, wovor ich Angst habe«, erwiderte er ernst nach kurzem Schweigen. »Ich habe Angst, dass ich diese blöde Frage auf falsche Art beantworte und dir das einen Vorwand gibt, mich hier rauszuwerfen.«

»Hast du Angst, Jimmy?«, fragte Cynthia.

»Dies ist vermutlich die falsche Antwort, aber scheiß darauf. Zeit der Wahrheit. Nein, ich habe keine Angst. Ich bin gut in diesen Dingen. Da ist ein Kitzel, Cynthia. Er ist sogar noch besser als das Fliegen.«

Sie sah ihn erst ungläubig und dann staunend an, als sie erkannte, dass er die Wahrheit sagte.

»Die falsche Antwort, nehme ich an?«, fragte er.

»Es war nicht die Antwort, die ich erwartet habe«, sagte sie.

»Darf ich bleiben?«

Sie spürte, wie ihr das Blut in die Wangen schoss. Sie fühlte sich einer Ohnmacht nahe. In ihrem Magen schienen Schmetterlinge zu flattern.

Sie zwang sich, ihn anzuschauen.

»Wenn du magst«, sagte sie leise.

Und dann, schneller als sie für möglich gehalten hatte, sprang er von der Couch auf und kam zu ihr.

Verlegen wandte sie das Gesicht ab.

Er berührte ihre Wange und drehte zärtlich ihr Gesicht zu seinem. Sie sah in seine Augen.

Er streichelte über ihre Wange, hinab zu ihrem Hals und ihren Schultern. Er schmiegte das Gesicht in ihr Haar. Sie spürte seine Arme um sich, dann presste er sie an sich und sein Körper erzitterte.

Und dann hob er sie auf die Arme und trug sie ins Schlafzimmer.

3

Städtisches Gefängnis St. Gertrud's
Pécs, Ungarn

12. Februar 1943

Der Tatra-Lastwagen passte so gerade durch den Tunnel in den Hof des Gefängnisses. Schrammen an den Granitwänden des Tunnels und an den Stoßstangen des Lastwagens zeugten davon, dass die Fahrer es nicht immer beim ersten Versuch schafften.

Der Tatra fuhr auf den Hof und setzte mit Krachen des Getriebes und mit Auspuffwolken von Diesel bis vor eine Innentür zurück.

Die schwere Holztür öffnete sich von innen, und drei Wächter kamen heraus. Es waren Männer in mittlerem Alter mit grauen Uniformen und schwarzen Stiefeln. Sie trugen Schlagstöcke und Automatikpistolen Kaliber .32 in verschlossenen Holstern. Zwei der Männer nahmen einander gegenüber Positionen zwischen dem Lastwagen und der Tür ein. Der dritte Mann, der ein Klemmbrett in Händen mit grauen Wollhandschuhen hielt, stellte sich seitlich der Tür auf. Als die Männer aus der Tür kamen und auf den Lastwagen zu klettern begannen, überprüfte er ihre Namen auf einer Liste.

Die Gefangenen, mit unterschiedlichem Alter und Körpergröße, trugen weite Leinenjacken und Hosen über der Kleidung, die sie bei ihrer Festnahme getragen hatten. Dazu schwarze Baumwollkappen mit Schirm, die allesamt zu groß waren. Die Kappen bedeckten nicht nur die Köpfe, sondern auch die Ohren.

Es waren über dreißig Gefangene, mehr als sich auf der Ladefläche des Tatra bequem hinsetzen konnten. Sie mussten sich an den drei Wänden der Ladefläche (das Heck des Kipplastwagens war schräg) aufstellen und daran und aneinander festhalten.

Es war kurz nach sechs Uhr, und sie hatten soeben gefrühstückt. Zum Frühstück hatte es eine Scheibe Graubrot und einen Eintopf mit Kalbfleisch, Kartoffeln und Kohl gegeben. Es war eine herzhafte und wohlschmeckende Mahlzeit gewesen. Die Gefängnisleitung hatte offenbar die Absicht, die Gefangenen ausreichend und gut zu ernähren. Es würde eine zweite Mahlzeit geben, Schmalzbrot, und eine Dritte am Abend, stets ein Gulasch. Manchmal war Paprika darin, wie beim traditionellen ungarischen Eintopf, und manchmal enthielt das Gulasch Fleischstücke in einer Kartoffel- und Kohlsuppe.

Als alle Gefangenen auf den Tatra geklettert waren, ging der Aufseher mit dem Klemmbrett ins Gefängnis zurück. Die anderen beiden gingen zu einem BMW-Motorrad, starteten den Motor und warteten darauf, dass der Lastwagen den Hof verließ. Dann folgten sie ihm in ungefähr zehn Meter Abstand, fuhren eine Reihe langsamer Kreise auf dem Kopfsteinpflaster, damit sie nicht zu dicht auf den Lastwagen auffuhren und anhalten mussten.

Das Gefängnis St. Gertrud's befand sich am Rande von Pécs. Drei Minuten nach dem Verlassen des Gefängnisses fuhr der Lastwagen im ersten Gang eine schmale und gewundene Kopfsteinpflaster-Straße hinauf. Das Motorrad musste dreimal stoppen, um abzuwarten, dass der Lastwagen vorankam.

Der Lastwagen kletterte die Steigung bergan bis zur Kuppe und fuhr dann auf der anderen Seite die Straße hinunter, die ebenso steil und gewunden war. Der Lastwagen fuhr sehr langsam, im ersten Gang, denn es hatte in der Nacht geschneit, und eine Schicht Schneematsch bedeckte die Pflastersteine. Als die Straße frei war, fuhr der Lastwagen mit Furcht erregendem Tempo den Hügel hinab.

Als er fast den Fuß des Hügels erreicht hatte, bog der Wagen auf eine Straße ab, die mit Kohle gepflastert zu sein schien. Unter der Kohleschicht befand sich eine unbefestigte Straße, aber Kohle, die von LKWs gefallen und von anderen Lastwagen zermalmt worden war, hatte eine dicke Schicht gebildet.

Als der Lastwagen den Eingang des Bergwerks erreichte und stoppte, kletterten die Gefangenen ohne Aufforderung von der Ladefläche und gingen zu dem Stollen.

Dort befand sich an einem gewaltigen Rad wie ein monströser Wassereimer über einem Brunnen ein Fahrstuhl. Die Gefangenen stiegen hinein, bis sie dicht gedrängt darin standen.

Dann fuhr der Korb in die Tiefe.

Nach einem Dutzend Metern begann es dunkel zu werden. Und nach dreißig Metern konnten die Männer überhaupt nichts mehr sehen. Es war, als wären sie blind. Bei hundert Metern hatten ihre Pupillen auf den Mangel an Licht reagiert und sich geweitet, sodass ein wenig Sicht zurückkehrte.

Bei hundertsiebzig Metern hielt der Fahrstuhlkorb mit einem Ächzen und ruckte auf und ab, bis sich die Kabel entspannt hatten, und das schwache Schimmern elektrischer Lichter war zu sehen.

Die Gefangenen erhielten von einem Vorarbeiter Karbidlampen. Sie versammelten sich um einen Tisch, um sie zu säubern. Dann füllten sie die Tanks mit Karbidkügelchen, fügten Wasser hinzu und schraubten schnell den Verschluss auf. Die Lampen begannen zu zischen, als die Mischung Wasser/Karbid eine chemische Reaktion auslöste und Gas produzierte. Die Gefangenen zündeten das entweichende Gas mit einer Lampe an, die brennend auf dem Tisch stand, und befestigten die Karbidlampen an ihren Köpfen.

Der Vorarbeiter ließ seinen Blick über die Gefangenen schweifen und wies dann auf zwei von ihnen.

Sie gingen zu ihm, während die anderen in einen Stollen trotteten.

Ich werde ausgewählt, um Eselscheiße zu schaufeln, dachte First Lieutenant Eric Fulmar, Infanterie, Armee der Vereinigten Staaten. *Warum? Zu dieser Arbeit werden für gewöhnlich die alten Männer eingeteilt. Das Schaufeln von Eselscheiße und das Ausbreiten von Stroh erfordert nicht so viel Kraft wie das Schuften mit Vorschlaghammer oder Kohlenschaufel.*

Die Haupttriebkraft in dem Bergwerk waren Esel. Sie wurden vor eine Kohlenlore gespannt und zogen die volle Lore zum Aufzug. Dort wurden sie ausgeschirrt, die Kohle wurde mit Menschenkraft in den Aufzug geladen und der Korb wurde an die Erdoberfläche gezogen.

Dann wurden die Esel vor die leere Kohlenlore gespannt, die sie über die Schienen zurückzogen, damit sie wieder mit Kohle gefüllt werden konnte.

Eric war zuerst entsetzt gewesen, als er die seiner Ansicht nach grausame und tierquälerische Behandlung der Tiere gesehen hatte, auch wenn ihm klar war, dass er unter den gegebenen Umständen wenig Veranlassung hatte, irgendetwas zu bemitleiden, ob nun Mensch oder Tier. Er hatte damit gerechnet, dass jeden Augenblick die Gestapo oder die SS – oder die ungarische Version davon, die Schwarze Wache – auftauchen und sich vorstellen würde, indem sie ihm die Zähne einschlug, um ihn in die richtige Stimmung für das folgende Verhör zu versetzen.

Das war jedoch nicht geschehen. Bis auf einen Mann waren die letzten Mitglieder der Schwarzen Wache, die er gesehen hatte, diejenigen gewesen, die ihn und Professor Dyer zum St. Gertrud's Gefängnis gebracht hatten. Der Mann, den er am nächsten Morgen gesehen hatte, war ein Gefreiter oder Obergefreiter gewesen (Fulmar kannte sich mit ihren Rangabzeichen nicht aus). An jenem Morgen hatte der Mann von der Schwarzen Wache rittlings auf einem Stuhl gesessen und beobachtet, während Gefängniswärter den Papierkram erledigt hatten.

Ein Gefängniswärter hatte den Inhalt eines grauen Kuverts auf dem Tisch ausgeschüttet, das allen persönlichen Besitz enthielt, den man ihm bei der Festnahme auf dem Boot abgenommen hatte. Mit Ausnahme seiner Armbanduhr und seines Geldes. Der Gefängniswärter hatte ihn leise auf Deutsch aufgefordert, seinen Besitz zu identifizieren und das Formular zu unterschreiben, das er ihm aushändigte. Es war nicht der richtige Zeitpunkt gewesen, um das verschwundene Geld oder die Armbanduhr zur Sprache zu bringen.

»Ihr Eigentum wird Ihnen bei Haftende zurückgegeben«, hatte der Wärter gesagt.

Fulmar hatte geschwiegen und gebetet, dass ihm die Erleichterung nicht anzusehen war. Er hatte schnell ein Szenario überlegt, das anscheinend Sinn ergab, ihm jedoch Angst machte, weil es zu gut war, um wahr zu sein: Er und Dyer waren nicht verhaftet worden, weil Gestapo und der Sicherheitsdienst der SS sie im ganzen von Deutschland besetzten Europa suchten, sondern weil man sie anscheinend für Schwarzhändler hielt, die mit viel Geld nach Ungarn gekommen waren, um Nahrungsmittel einzukaufen.

Es war ihm schmerzlich bewusst, dass dies Wunschdenken war, und er erkannte, dass die Männer der Schwarzen Wache, die das Boot gestoppt, es durchsucht und sie gefunden hatten, zwar nach Schwarzhändlern gesucht hatten – nicht um sie vor Gericht zu bringen, sondern um große Geldsummen bei ihnen zu finden, die in der Zeit zwischen ihrer Festnahme und ihrer Ankunft bei der Polizei ›verschwinden‹ konnten.

Wenn die Schwarze Wache sie des Schwarzhandels anklagte, was als schweres Verbrechen galt und einen offiziellen Prozess erforderte, würde der Staat das Geld konfiszieren, das Fulmar bei sich gehabt hatte. Wenn sie aber der ›illegalen Einreise‹ angeklagt wurden – eine Umschreibung für das Verhalten von Österreichern und Deutschen, die privat nach Ungarn kamen, um Würstchen und geräucherten Schinken und Salami für den Eigengebrauch zu kaufen –, war es nicht nötig, das Thema Geld überhaupt zur Sprache zu bringen.

»Darf ich fragen, welche Strafe ich bekomme?«, hatte Eric sehr vorsichtig geforscht.

»Sie sind vom städtischen Magistrat auf drei Monate Gefängnis und Zwangsarbeit wegen illegaler Einreise nach Pécs verurteilt«, hatte der Gefängniswärter gesagt.

»Jawohl, der Herr«, hatte Fulmar gesagt. »Danke, der Herr.«

»Drei Monate im Bergwerk wird gut für Sie sein«, hatte der Mann der Schwarzen Wache in kaum verständlichem Deutsch gesagt. »Und vielleicht lernen Sie sogar daraus, dass Sie nichts an den Flusspatrouillen vorbeischmuggeln können.«

Das war eine Art Andeutung, dass er überhaupt nicht festgenommen worden wäre, wenn er der Schwarzen Wache auf dem Boot etwas Geld gegeben hätte.

Eric Fulmar war in schreckliche Versuchung geraten, sein Glück herauszufordern, ihnen mehr Geld für seine Freilassung anzubieten. Aber es war ihm noch rechtzeitig klar geworden, dass er in seiner Furcht so überreizt war, dass er seinem Urteilsvermögen nicht trauen konnte. Es war ihm bewusst geworden, dass eine Ader an seiner Schläfe im Rhythmus seines Herzschlags zuckte. Und in seinen Ohren hatte es gerauscht.

»Ich werde daran denken«, hatte Fulmar gesagt und ein schwaches Lächeln geschafft.

Lächelnd hatte ihn der Gefängniswärter mit einem Wink aus dem kleinen Büro gewiesen.

So schnell wie ihm das erste Szenario eingefallen war, hatte er an andere gedacht, und sie waren nicht annähernd so angenehm gewesen. Hundert Dinge konnten schief gehen: Professor Dyer konnte in Panik geraten. Er konnte versuchen, seine Haut zu retten, indem er gegen ihn, Fulmar, aussagte. Und Gisela war nicht verhaftet worden. So sagte sich Dyer möglicherweise, dass es ihr irgendwie helfen würde, wenn er und/oder Fulmar ein Geständnis ablegte.

Aber vor allem drohte ihnen die Gefahr durch Gestapo und den Sicherheitsdienst der SS. Es war Wunschdenken zu hoffen, dass kein Zusammenhang zwischen den beiden Männern, die von sämtlichen deutschen Sicherheitsdiensten gesucht wurden, und den beiden ›Personen, die illegal nach Pécs eingereist waren‹ hergestellt werden würde.

Aber es war ihnen nichts anderes übrig geblieben als zu hoffen und zu beten.

Am zweiten Tag in dem Bergwerk geriet Professor Dyer mit einer Hand unter die Räder einer der Kohlenloren. Er war schreiend vor Schmerzen aus dem Bergwerk gebracht worden. Es war für Eric Fulmar leicht gewesen, sich vorzustellen, dass der Unfall die Behörden auf ihn aufmerksam machen würden, doch das war nicht geschehen.

Dyers Hand war behandelt und verbunden worden. Und jetzt verbrachte er seine Haft damit, einhändig die Zellen im Gefängnis auszufegen und das Stroh in den Matratzen auszuwechseln.

Jeden Abend bei der Rückkehr ins Gefängnis musste Fulmar eine Zuversicht zeigen, die er überhaupt nicht empfand. Er musste Dyer beruhigen, ihm das Gefühl vermitteln, dass sie sich keine Sorgen zu machen brauchten und nur vermeiden mussten, bis zu ihrer Freilassung Aufmerksamkeit auf sich zu lenken.

Und jeden Morgen, wenn er vom Zellenblock zum Lastwagen ging, zwinkerte er dem Professor verstohlen zu und hoffte, dass es aufmunternd wirkte.

Die Esel standen stoisch in ihren Boxen und warteten darauf, herausgeführt und vor die Kohlenloren gespannt zu werden. Ihnen machte es offenbar nichts aus, zu tun, was von ihnen verlangt wurde. Sie fügten sich in ihr Schicksal im Bergwerk.

Der Stollen mit den Boxen für die Esel war ungefähr fünfzig Meter lang. Die Esel-Boxen befanden sich im mittleren Abschnitt. Es roch – nicht unangenehm – nach Eseldung. Der Geruch wurde von dem schärferen nach Esel-Urin überlagert.

Jenseits der Reihe der Boxen wartete die Lore für die Eselscheiße. Als sie sich ihr näherten, verstand Fulmar, warum er und der andere muskulöse junge Häftling aus der Reihe der eintreffenden Männer ausgewählt worden war. Heute musste mehr als Eselscheiße in die Lore geladen werden. In einer der Boxen lag ein toter Esel.

»Tot«, sagte der Vorarbeiter überflüssigerweise.

Dann zeigte er ihnen, wie eine Seite der Lore aufgeklappt werden konnte und wie sie mit Hilfe eines Flaschenzugs den Kadaver auf die Lore laden konnten. Die Augen des Esels waren weit aufgerissen und schimmerten weiß. Und er begann bereits zu verwesen und zu stinken. Als sie den Flaschenzug an Ort und Stelle hatten und den Esel aus dem Stall auf die Schienen zogen, verursachte die Bewegung, dass der Inhalt seiner Därme, nicht normaler Eselkot, sondern ein stinkender Brei, aus seinem After entwich.

Mehr davon kam heraus, als sie den Flaschenzug neu aufgestellt hatten und den Kadaver auf die Lore zogen. Fulmar wurde es übel. Er versuchte gegen den Brechreiz anzukämpfen und scheiterte.

Der Vorarbeiter lachte und sagte, er sei bestimmt ein Städter, der noch nie auf einem Bauernhof gelebt hatte.

Als sie den Kadaver des Esels auf die Lore bugsiert und die Seitenklappe geschlossen hatten, gingen sie an der Reihe der Esel vorbei und schaufelten den Dung auf die Lore mit dem Kadaver, der schließlich nicht mehr zu sehen war.

Und dann spannten sie einen Esel vor die Lore, damit er sie zum Fahrstuhl zog.

Fulmar hatte einen weiteren unangenehmen Gedanken. Er wusste nicht, wie lange er im Gefängnis war und in dem Bergwerk gearbeitet hatte, und deshalb wusste er auch nicht, wie lange das noch so weitergehen würde. Er verfluchte sich, weil er nicht an jedem Tag einen Strich auf seine Zellenwand gekratzt hatte. Dann hätte er Bescheid gewusst.

Dann sagte er sich, dass es wirklich nichts ausmachte. Lange vor dem Ende seiner neunzigtägigen Haft würde man herausfinden, dass er kein Schwarzhändler war.

Und bald darauf würde irgendein anderer Häftling seine Leiche irgendwo in eine Lore hieven, genau wie er es mit dem Kadaver des Esels getan hatte. Der Esel, dachte Fulmar, war tatsächlich besser dran als er. Der Esel hatte es hinter sich und brauchte sich nicht vorzustellen, was mit ihm geschehen würde.

VII

1

Hauptquartier, Commander-in-Chief Pacific (CINCPAC)
Marinestützpunkt Pearl Harbor
Insel Oahu, Territorium Hawaii

13. Februar 1943, 9 Uhr 15

Lieutenant Commander Stuart J. Collins, U.S. Navy, kryptographischer Offizier, Hauptquartier CINCPAC, war sich bewusst, dass der weibliche Lieutenant Commander in gestärkter weißer Uniform im Vorzimmer peinlich berührt auf seine Uniform sah. Commander Collins' Khakiuniform war verknittert und schlaff und hatte Schweißflecken unter den Achseln.

Die kryptographische Abteilung im Kellergeschoss des weiß angestrichenen Gebäudes mit dem Hauptquartier verfügte natürlich über eine Klimaanlage. Aber es war 1937 damit ausgestattet worden, als niemand damit gerechnet hatte, dass es nötig werden würde, *so viel* Personal und Ausrüstung in drei kleine Räume zu stopfen. Es war heiß dort unten, und die Leute schwitzten.

Wenn Lady Commander mit der makellosen gestärkten Uniform in dem kühlen und geräumigen Vorzimmer zum Büro des Admirals die Nase über seine verschwitzte, verknitterte Uniform rümpfte, dann konnte sie ihn mal. Verdammte Weiber haben in der Navy ohnehin nichts zu suchen, sagte sich Commander Collins.

»Der Admiral will Sie sehen, Commander«, sagte der WAVE-Lieutenant Commander überflüssigerweise. Commander Collins war nicht taub. Er hatte gehört, wie der Admiral ihr über die Gegensprechanlage befohlen hatte, ihn hereinzuschicken.

Commander Collins betrat das Büro des CINCPAC.

»Guten Tag, Sir«, sagte er und hielt dem Admiral ein Klemmbrett hin. Der Oberbefehlshaber Pazifik kritzelte seinen Namen auf das Formular und bestätigte damit den Empfang der eingetroffenen Topsecret-Botschaft 43-2-1009. Commander Collins überreichte ihm dann die Botschaft, die unter einem Deckblatt mit der Aufschrift TOP SECRET verborgen gewesen war.

Der CINCPAC las:

URGENT
TOP SECRET
FROM CHIEF OF NAVAL OPERATIONS
WASHINGTON DC
TO (EYES ONLY) COMMANDER IN CHIEF
PACIFIC PEARL HARBOR
TERR HAWAII

Sie werden ein U-Boot der Gato-Klasse zu einem Zeitpunkt und für eine Mission zur Verfügung stellen, die Ihnen von C.J. Chenowith vom Office of Strategic Services bekannt gegeben werden. Chenowith und Begleitung von drei (3) Personen sind unterwegs von Barbers Point mit MATS-Flug 232, voraussichtliche Ankunft 14. Februar 15 Uhr 30. Fracht von Chenowith und Gefolge mit dem Bruttogewicht von ca. zwei (2) Tonnen in zweiunddreißig

(32) Holzkisten erfordert Behandlung als Topsecret-Material. OCNO wünscht, über diesen Befehl nicht zu diskutieren, OCNO wird in Einzelheiten auf schnellstmöglichem Weg über Gründe bei Nichtausführung dieses Befehls informiert.
BY DIRECTION: SOLOMON VICE ADMIRAL.

Der CINCPAC blickte zu Lieutenant Commander Collins auf.

»Keine Antwort, Commander«, sagte er.

»Jawohl, Sir«, sagte Collins und setzte zu einer Kehrtwendung an.

»Collins?«, sagte der CINCPAC.

Collins wandte sich wieder dem CINCPAC zu.

»Heiß im Keller?«

»Jawohl, Sir.«

»Haben Sie mit dem Ingenieur darüber gesprochen?«

»Jawohl, Sir.«

»Und was hat er gesagt?«

»Er sagte, dass die Umgebungstemperatur im Betriebsbereich der Ausrüstung liegt, Admiral, und dass er unmöglich die Genehmigung zu mehr Kühlung geben kann.«

»Collins«, sagte der CINCPAC. »Drüben bei den Pionieren gibt es einen Chief Kellerman. Wir waren zusammen an Bord der *Des Moines*. Besuchen Sie ihn, sagen Sie ihm, dass ich Sie geschickt habe, und bitten Sie ihn, Ihren Laden da unten herunterzukühlen.«

»Jawohl, Sir«, sagte Commander Collins. »Danke, Admiral.«

»Und auf dem Weg hinaus bitten Sie Commander Ost mir den COMSUBFORPAC so bald wie möglich hier hereinzuschicken.«

»Aye, aye, Sir.«

Der COMSUBFORPAC, Rear Admiral Geoffrey H. Keene, USN, ein sommersprossiger Dreiundvierzigjähriger mit rötlichem Gesicht, der viel jünger wirkte, war Berufsoffizier und folglich daran gewöhnt, jeden Befehl, der ihm gegeben wurde, fröhlich und in bereitwilligem Gehorsam auszuführen.

»Gerry, welches Boot oder welche Boote der Gato-Klasse haben Sie zum Auslaufen bereit hier?«

»Im Moment keine, Sir«, sagte Admiral Keene. »Aber die *Drum* ist fast von ihrer Probefahrt zurück. Sie befindet sich im Augenblick vor der Insel Kahoolawe und soll laut Plan in drei oder vier Tagen auf Patrouillenfahrt gehen, sobald einige kleine Reparaturarbeiten durchgeführt sind.«

»Es gibt eine Mission für sie«, sagte der CINCPAC. »Anscheinend eine Mission, bei der Leute transportiert werden.«

»So, Sir?«

Sein Tonfall machte klar, dass er mehr Information wünschte.

»Wenn die *Drum* als Einzige verfügbar ist, dann muss es die *Drum* sein«, sagte der CINCPAC.

»Admiral, darf ich darauf hinweisen, dass die *Narwhal* in Kürze verfügbar ist? Sie ist im Begriff, Diego zu verlassen.«

»Es muss die *Drum* sein, Admiral«, sagte der CINCPAC. »Und wenn Sie irgendetwas Besonderes damit geplant haben, müssen Sie es vergessen.«

Der COMSUBFORPAC zweifelte an, dass es klug war, ein Multimillionen-Dollar-U-Boot und dessen teuer ausgebildete Besatzung als eine Art Taxi auf See zu benutzen. Der Transport von Leuten war etwas, das U-Boot-Kommandanten von Zeit zu Zeit taten – aber zum Vergnügen der U-Bootfahrer, wenn es vernünftig in den Rahmen des normalen Dienstes eingepasst werden konnte. Und der war immer die

Zerstörung feindlicher Kriegsschiffe und die Unterbrechung und Zerstörung des Nachschubs durch Schiffe des Feindes.

Aber der CINCPAC hatte Keene mit ›Admiral‹ angesprochen, nicht mit seinem Vornamen, eine feinsinnige Erinnerung daran, dass er einen Befehl erteilte.

»Aye, aye, Sir«, sagte der COMSUBFORPAC.

Der CINCPAC gab ihm den Aktenhefter mit der Topsecret-Botschaft.

»Wenn Sie die Zeit finden können, Gerry«, sagte der CINCPAC, »dann wäre es vielleicht eine gute Idee, diesen Mister Chenowith vom Flugplatz abzuholen. Grüßen Sie ihn von mir und lassen Sie ihn so taktvoll wie möglich wissen, dass ich dankbar wäre, wenn ich erfahren könnte, was, zum Teufel, dies alles zu bedeuten hat.«

»Aye, aye, Sir«, sagte Admiral Keene.

2

Waikahalulu-Bucht, Insel Kahoolawe
Territorium Hawaii

13. Februar 1943, 9 Uhr 45

Der Alenuihaha-Kanal (Tiefe mindestens 1000 Faden) verläuft zwischen den Hawaii-Inseln Maui und Kahoolawe.

Ungefähr fünfundsechzig Kilometer vor der Südküste der Insel Kahoolawe gibt es einen Küstensockel, wo sich die Tiefe abrupt von 1400 Faden auf 650 Faden verändert. Dann, acht Kilometer vor dem Strand, ändert sich die Tiefe abermals abrupt zu ungefähr vierzig Faden.

Die letzte Probefahrt nach der Wiederinstandsetzung der USS *Drum-SS-228*, ein über hundert Meter langes U-Boot der Gato-Klasse, erforderte die Einfahrt in den Alenuihaha-Kanal vom offenen Pazifik aus, über Wasser, in den Stunden der Dunkelheit und mit Astronavigation.

Das U-Boot würde an der Wasseroberfläche bleiben, durch den Kanal bis zum Küstensockel fahren und dann dort tauchen bis auf die maximale Operationstiefe, auf einem Kurs, der aus der Waikahalulu-Bucht herausführen würde. Dort würde das U-Boot bis fast auf Periskoptiefe auftauchen und diese Tiefe und den Kurs in dem etwa vierzig Faden tiefen Wasser halten, bis bei Tageslicht über Periskop Sichtkontakt mit dem festgelegten Ziel hergestellt war.

Die *Drum* verfehlte die Waikahalulu-Bucht um acht Kilometer. Ihr Kommandant, Lieutenant Commander Edwin R. Lennox, USN, ein stämmiger, rundgesichtiger Mann mit sandfarbenem Haar, der vor drei Tagen seinen dreißigsten Geburtstag gefeiert hatte, war enttäuscht, aber nicht überrascht. Es war wirklich nicht einfach, die Strömungen des Alenuihaha-Kanals in den Gewässern vor der Küste der Insel zu verstehen.

Als sein Periskop die Ziele erfasste, befahl Commander Lennox leise, ohne den Blick vom Okular des Periskops zu nehmen: »Gefechtsbereit machen, Mr. Rutherford. Die Geschützmannschaften in Bereitschaft.«

»Aye, aye, Sir«, erwiderte Lieutenant William G. Rutherford, USNR, der siebenundzwanzigjährige stellvertretende Kommandant, ein großer, schwarzhaariger, dünner Mann. Er drückte auf einen Messingknopf. Eine Klingel ertönte im U-Boot, und überall außer der Umgebung des Periskops selbst entstand hektische Aktivität.

»Kurs null-acht-fünf«, befahl Commander Lennox.

»Null-acht-fünf, Sir«, bestätigte der Steuermann.

Und einen Moment später: »Sir, der Kurs null-acht-fünf ist erreicht.«

»Periskop einziehen«, sagte Commander Lennox. »Auf hundert Fuß tauchen.«

Kurz darauf ertönte die Meldung: »Hundert Fuß, Sir.«

»Halten Sie diese Tiefe«, befahl Commander Lennox. Er ging zur Lautsprecheranlage und schaltete sie ein.

»Hier spricht der Kapitän«, sagte er. »Wenn ich es noch einmal sagen muss, und das glaube ich, sind Sie nur erfolgreich, wenn Sie genau wissen, was Sie tun, und wenn Sie es dann sorgfältig machen. Wir werden Zeit verlieren, wenn jemand von einer Leiter oder über die Reling fällt.«

Gedämpftes Gelächter war im gesamten U-Boot zu hören.

»Geschützmannschaften sind in Bereitschaft, Sir«, ertönte die Meldung.

»Sehr gut«, sagte Commander Lewis. »Kurs auf zwei-sechs-fünf.«

»Zwei-sechs-fünf, Sir«, wiederholte der Steuermann. Die *Drum* legte sich wie ein Flugzeug in die Kurve, als der Kurs geändert wurde, und dann richtete sie sich wieder auf.

»Periskop ausfahren«, befahl der Kapitän, und das Periskop stieg.

»Sir, Kurs zwei-sechs-fünf erreicht«, meldete der Steuermann.

»Beibehalten«, sagte Commander Lennox und wandte sich dann an seinen Stellvertreter. »Haben Sie Ihre Armbanduhr, Bill?«

»Jawohl, Sir.«

»Stoppen Sie die Zeit«, sagte Lennox. Dann: »Auftauchen, auftauchen!«

Zwanzig Sekunden später tauchte der Bug der *Drum* aus dem schäumenden Wasser auf.

Schwarzer Rauch stieg auf, als das U-Boot von Batterieenergie auf Dieselantrieb umgestellt wurde.

Commander Lennox, Lieutenant Rutherford und ein Sprecher kamen auf den Kommandoturm.

»Gehen Sie auf zehn Knoten«, befahl Commander Lennox. »Geschützmannschaften – die Geschütze bemannen und Einsatzbereitschaft melden!«

Der Sprecher wiederholte die Befehle in sein Mikrofon.

Blaujacken mit Stahlhelmen und Schwimmwesten strömten aus Luken im Kommandoturm. Einige eilten zu der Fünf-Zoll-Kanone vorne am Kommandoturm und machten sie gefechtsbereit. Andere gingen zu einer Vierzig-Millimeter-Schnellfeuerkanone auf einer Plattform unterhalb der Stelle, an der der Kommandant, sein Stellvertreter und der Sprecher standen. Eine dritte Gruppe lief zu der Zwanzig-Millimeter-Schnellfeuerkanone, die an der Rückseite des Kommandoturms installiert war.

Andere Matrosen bildeten eine Menschenkette und reichten Munition aus dem U-Boot zu den Geschützen.

Ein Chief der Geschützmannschaften nach dem anderen signalisierte Gefechtsbereitschaft, indem er die Hand über den Kopf hob.

»Die Geschütze sind gefechtsbereit, Sir«, meldete der stellvertretende Kommandant und fügte hinzu: »Hundertachtzehn Sekunden.«

»Feuer eröffnen!«, befahl Commander Lennox.

»Feuer eröffnen!«, wiederholte der Sprecher.

Commander Lennox und sein Stellvertreter hielten Ferngläser an die Augen und richteten sie auf den Strand der Waikahalulu-Bucht. Es waren Ziele an Ort und Stelle, hölzerne Rahmen, die mit Segeltuch bedeckt waren und einigermaßen glaubwürdige Nachbildungen von Öltanks sein sollten.

Die Fünf-Zoll-Kanone feuerte fünfmal. Ein

Geschoss fiel irgendwo weit vom Ziel entfernt ins Wasser, aber die anderen vier trafen. Unterdessen hämmerten die Vierzig-Millimeter- und Zwanzig-Millimeter-Schnellfeuerkanonen stetig, die Zwanzig-Millimeter-Kanone in schnellem Stakkato, die Vierzig-Millimeter-Kanone in langsamerem, gemessenerem Rhythmus. Die Ziele wurden von Staub und Rauch eingehüllt.

Commander Lennox zählte die Geschosse der Fünf-Zoll-Kanone. Als er den Mündungsblitz des fünften Geschosses sah, befahl er, ohne das Fernglas von den Augen zu nehmen: »Feuer einstellen, Geschütze sichern, die Decks räumen!«

Der Sprecher wiederholte die Befehle. Die Matrosen an den Waffen bereiteten nun das Untertauchen des U-Boots vor. Die Besatzungen der Schnellfeuerkanonen begannen die nicht abgefeuerte Munition zurück in den Rumpf zu laden, und dann gingen alle unter Deck.

»Sir«, meldete der Sprecher, »Geschütze sind gesichert, Decks sind geräumt.«

»Tauchen!«, befahl der Kapitän.

»Tauchen!«, rief der Sprecher ins Mikrofon. »Tauchen!«

Ein elektrisches Horn ertönte. Der stellvertretende Kommandant, der Sprecher und schließlich der Kapitän stiegen durch die Luke und arretierten sie hinter sich. Unterdessen waren die Decks bereits überflutet.

»Auf hundertfünfzig Fuß tauchen!«, befahl Commander Lennox.

»Hundertfünfzig Fuß, aye«, wiederholte Lieutenant Commander Rutherford.

»Was haben wir, Steuermann?«, fragte Commander Lennox eine Minute später.

»Sir, wir steuern auf zwei-sechs-fünf ...« Der Steuermann legte eine Pause ein und wartete, bis die Nadel des Tiefenmessers dort war, wo sie sein sollte. Dann fuhr er fort: »Auf eins-fünf-null Fuß, Sir.«

»Beibehalten«, sagte Commander Lennox und ging wieder zur Lautsprecheranlage und schaltete sie ein.

»Hier spricht der Kapitän«, sagte er förmlich. »Für eine Horde von Bauern aus Kansas und Gangstern aus Brooklyn war das nicht mal schlecht. Und inzwischen wäre mir gemeldet worden, wenn jemand über Bord gefallen wäre.«

Gelächter ertönte auf dem U-Boot.

Commander Lennox ließ das Mikrofon angeschaltet und sagte: »Auftauchen, auf sechzehn Knoten gehen und dann einen Kurs nach Pearl Harbor einschlagen.«

Er schaltete das Mikrofon aus und winkte den Ersten Offizier zu sich.

»Chief«, sagte Commander Lennox, »es würde mich nicht allzu sehr aufregen, wenn Sie die Geschütze inspizieren und etwas finden, dessen Reparatur, sagen wir mal, sechsunddreißig Stunden dauern würde.«

»Aye, aye, Sir«, sagte der Erste Offizier.

»Und, natürlich, wenn die Männer nicht für die Reparaturarbeiten gebraucht werden, sehe ich keinen Grund, weshalb sie keine Freizeit haben könnten.«

»Aye, aye, Sir«, sagte der Erste Offizier.

»Auftauchen, auftauchen!«, befahl Lieutenant Commander Rutherford.

3

Hauptquartier der US-Streitkräfte auf den Philippinen
Provinz Misamis, Mindanao

14. Februar 1943

Sie hatten einen Chiffrierschlüssel ausgearbeitet.

Am 5. Februar hatte KSF eine Botschaft gesendet, im Gegensatz einer Antwort auf eine von Fertigs Botschaften. Bis jetzt hatte alle Funkverbindung mit den

Vereinigten Staaten darin bestanden, es Fertig zu ermöglichen, seiner Frau mitzuteilen, dass er lebte und sich nicht in einem japanischen Kriegsgefangenenlager befand.

KFS FUER MFS NENNEN SIE STADT UND
STAAT WO PATRICIA LEBT
WIRD ALS CODESATZ FUER DOPPEL-
UMSTELLUNG BENUTZT STOP
SENDEN SIE SOFORT TESTBOTSCHAFT KSF
BLEIBT AUF EMPFANG

Patricia, Fertigs Tochter, wohnte mit ihrer Mutter in Golden, Colorado.

Dies als die Ausgangsbasis für einen Code zu benutzen bedeutete, dass Fertig mit seinem selbstgemachten Sender einen sinnlosen Satz an KSF sendete. Der Empfang der Botschaft wurde bestätigt, doch die Antwort in dem neuen Code lautete nur:

KSF AN MFS KEIN FUNKVERKEHR FUER
SIE ZU DIESEM ZEITPUNKT KSF SCHALTET
AUS

Zwei Tage später, am 11. Februar, gab es eine weitere Botschaft für MSF.

IHRE STATION UMBENANNT IN WYZB
WIEDERHOLUNG WYZB STOP
ALLER WIEDERHOLUNG ALLER ZUKUENF-
TIGER FUNKVERKEHR WIRD MIT KAZ
WIEDERHOLUNG KAZ STATTFINDEN STOP
KAZ HAT AKTE VON ALLEM BISHERIGEN
FUNKVERKEHR KSF SCHALTET AUS.

KAZ war das Rufzeichen von General Douglas Mac Arthurs Hauptquartier, Southwest Pacific Command in Australien. Sie hörten KAZ dauernd im Funk, doch es war ihnen unmöglich, KAZ dazu zu bringen, auf ihre Funkrufe zu antworten.

Jetzt waren die Dinge vielleicht anders. Aber mehrere Stunden Funkrufe an KAZ hatten zu keiner Antwort geführt. Dafür gab es mehrere mögliche Erklärungen, und die wahrscheinlichste war, dass Gerardo Almendres' selbstgebastelter Sender aus irgendeinem Grunde Australien nicht erreichen konnte. Fertig erlaubte sich nicht, über die Möglichkeit nachzudenken, dass MacArthur nicht mit ihm sprechen wollte.

Fertig kannte MacArthur zwar nicht persönlich, doch er hatte eine Reihe von Freunden, die ihn kennen gelernt hatten. Sie hatten durchweg berichtet, dass Douglas MacArthur, einst Stabschef der Army, später Marschall der philippinischen Armee und jetzt wieder in der Uniform der U.S. Army, ein Ego hatte, das dem von Karl dem Großen gleichkam.

Fertig glaubte nicht, dass der Fall der Philippinen MacArthurs Schuld war – er hatte sogar tiefen Respekt vor MacArthurs militärischen Fähigkeiten. MacArthurs Verzögerungsaktionen mit seinen begrenzten Mitteln waren zweifellos brillant gewesen, doch er nahm an, dass sich MacArthur wegen seiner Niederlage persönlich schämte.

Wenn das der Fall war, dann konnte diese Scham durch den Beweis verstärkt worden sein, dass nicht alle amerikanischen Offiziere und philippinischen Einheiten die weiße Flagge gehisst hatten und fügsam in japanische Gefangenschaft marschiert waren.

Während seines kurzen Dienstes als Offizier hatte Fertig schnell gelernt, wie ein alter Soldat bei Anforderungen trickste. Wenn man etwas für hundert Mann brauchte und sicher sein wollte, dass man es bekam, forderte man Material für zweihundert an. Oder für vierhundert. Wenn dann die Genehmigung der Versorgungseinheiten die Zuteilung auf fünfzig oder fünfundsiebzig Prozent kürzten, erhielt man immer noch das, was man in Wirklichkeit brauchte.

Fertig war in seinen Kommunikationen mit KSF in Hinsicht auf seine geschätzte Stärke der US-Streitkräfte auf den Philippinen ›großzügig‹ gewesen. Nicht unehrlich, nur großzügig. Er hatte sich dafür entschieden, Offiziere der philippinischen Armee, die nicht kapituliert hatten, beim Wort zu nehmen (seine eigenen ernsthaften Zweifel außer Acht zu lassen), als sie ihm gemeldet hatten, wie viel Personal sie zur Verfügung hatten und wie begierig sie darauf waren – vorausgesetzt, er konnte sie versorgen und bezahlen –, sich und ihre Männer unter das Kommando von Brigadier General Wendell W. Fertig und die US-Streitkräfte auf den Philippinen zu stellen.

Wenn sie ihm zum Beispiel sagten, dass sie fünfhundert Soldaten hatten, die nur auf Waffen und Proviant warteten, um in der Lage zu sein, gegen die Japaner zu kämpfen, nahm er sie beim Wort, auch wenn es für ihn aussah, dass die Fünfhundert-Mann-Streitmacht nur aus einer Handvoll Offizieren und vielleicht sechzig philippinischen Spähern bestand.

Er zählte all die philippinischen Soldaten hinzu, die sich laut Angabe ihrer Offiziere unter sein Kommando stellen wollten, und kam auf etwas über sechstausend Offiziere, Unteroffiziere und Mannschaften.

Seine ›Anforderung‹ an Waffen und Proviant und Goldmünzen basierte auf dieser Zahl.

MacArthur war laut Funkbotschaft aus San Francisco auf diese Truppenstärke aufmerksam gemacht worden. Fertig fragte sich, wie Douglas MacArthur darauf reagieren würde, nachdem er gemeldet hatte, dass seine Streitkräfte bis zum letzten Mann und bis zur letzten Patrone gekämpft hatten und jetzt behauptet wurde, dass immer noch sechstausend Soldaten unter dem Befehl eines Brigadier General auf Mindanao kämpften.

Als Second Lieutenant (ehemals Private) Robert Ball der USFIP zu ihm kam und meldete, dass MacArthur (oder zumindest KAZ, seine Funkstation) etwas von sich hatte hören lassen, saß Brigadier General Fertig mit einer Thompson-MPi neben sich auf der schattigen Veranda seiner Kombination von Hauptquartier und persönlichem Quartier und trank eine Tasse Tee. Es war Lipton's Tea. Er war im Fernen Osten angebaut und in die Vereinigten Staaten geschickt, verschnitten, in Teebeutel abgefüllt und dann in den Fernen Osten zurückgeschickt worden. Wie er in die Hände des Moro-Stammeshäuptlings gelangt war, der ihn Fertig gegeben hatte, wusste Fertig nicht.

Er wusste nur, dass Lipton ein besseres Produkt anbot, als er zuvor angenommen hatte. Der Teebeutel, aus dem der Tee stammte, den er jetzt trank, hatte seinen vierten Aufguss erlebt. (Aufgießen, trocknen, wieder aufgießen, trocknen et cetera.) Fertig wusste dies, weil er ein methodischer Mann war, der jedes Mal, wenn er den Teebeutel in kochendes Wasser legte, eine Ecke des Teebeutel-Etiketts abriss. Das Etikett des Teebeutels, der jetzt auf dem Bambusgestell neben ihm trocknete, hatte keine Ecken mehr.

Fertig hielt es für seine Pflicht, vor seinem untergebenen Stabspersonal die Aufregung zu verbergen, die ihn erfasste, als er erfuhr, dass MacArthur endlich etwas von sich hören ließ.

»Danke, Ball«, sagte er mit so viel Gelassenheit, wie er aufbringen konnte. »Wie lange wird es Ihrer Meinung nach dauern, bis Captain Buchanan die Botschaft entschlüsselt hat?«

»Ungefähr dreißig Minuten, Sir«, antwortete Ball.

»Prima«, sagte Fertig. »Ich erwarte Sie in einer halben Stunde hier, wenn Captain Buchanan die Botschaft entschlüsselt hat.«

Eine Dreiviertelstunde später überreichte Captain

Horace Buchanan Brigadier General Fertig zwei Blatt Papier, auf die er sorgfältig mit Handschrift (die Fernmeldeabteilung, Headquarters USFIP verfügte über keine Schreibmaschine) die entschlüsselte Botschaft geschrieben hatte. Aus Buchanans Geschichtsausdruck – Enttäuschung und Verlegenheit – schloss Fertig, dass die Funkbotschaft wenig gute Neuigkeiten enthielt.

»Danke«, sagte Fertig und las.

KAZ AN MFS

EINS LT COL WENDELL W FERTIG PIONIERKORPS US ARMY RESERVE ABKOMMANDIERT ZUR INFANTERIE
ZWEI COLONEL MARCARIO PERALTA PHILIPPINISCHE AUFKLAERER DESIGNIERTER MILITÄRISCHER GUERILLAFUEHRER VON VORUEBERGEHEND VOM FEIND BESETZTEM GEBIET
DREI DIE AUSGABE VON MILITAERGELD IST AUSDRUECKLICH VERBOTEN WIEDERHOLUNG AUSDRUECKLICH VERBOTEN
VIER KOMMANDO UEBER DIE GUERILLASTREITKRAEFTE WIRD NUR VON OFFIZIEREN AUSGEUEBT DIE GEGENWAERTIG BEFEHLSHABER DERSELBEN SIND.
FUENF DIESES HAUPTQUARTIER WIRD NUR ANFORDERUNGEN VON KLEINER DRINGEND BENOETIGTER AUSRUESTUNG ERFUELLEN
AUF ANWEISUNG VON GENERAL DOUGLAS MACARTHUR OBERBEFEHLSHABER SOUTHWEST PACIFIC COMMAND
WILLOUGHBY BRIGADIER GENERAL USA

Fertig blickte zu Buchanan auf.

»Ich habe die ›STOPS‹ und das Beiwerk weggelassen, General«, sagte Buchanan.

Fertig bemerkte ein leichtes Zögern, bevor Buchanan ihn ›General‹ nannte.

Es sind nicht nur ein wenig schlechte Neuigkeiten, es sind schlimme, dachte Fertig.

Für MacArthur war er ein Lieutenant Colonel der Reserve des Pionierkorps, kein Brigadier General und Befehlshaber der US-Streitkräfte auf den Philippinen.

Colonel Marcario Peralta war ›militärischer Guerillaführer von vorübergehend vom Feind besetztem Territorium‹. Fertig kannte Peralta. Vor dem Krieg war Peralta erfolgreicher Anwalt in Manila gewesen. Als Letztes hatte Fertig über ihn gehört, kurz vor der Kapitulation, dass Peralta Major war. Jetzt war er Colonel, was bedeutete, dass Fertig sein Untergebener sein sollte.

Das konnte erklären, warum MacArthur ihn ausdrücklich daran erinnert hatte, dass er nur Lieutenant Colonel war.

Es gab eine andere Möglichkeit. Wenn er sich nicht selbst befördert und somit MacArthurs Sinn für die militärischen Gepflogenheiten verletzt hätte, wäre er möglicherweise (wenn er genauer darüber nachdachte, sogar wahrscheinlich) zum Colonel mit der Bezeichnung ›militärischer Guerillaführer von vorübergehend vom Feind besetzten Gebiet‹ ernannt worden.

Der wirklich beunruhigende Absatz war der über das Verbot der Ausgabe von Militärgeld. Er hatte Militärgeld ausgegeben und jede einzelne Ein-, Fünf- und Zehn-Dollar-Note persönlich unterschrieben, und das ungedruckte Geld war von den Filipinos akzeptiert worden. Sie hatten ihn beim Wort genommen, dass das Militärgeld nach Kriegsende und der Vertreibung der Japaner von den Philippinen zum Nennwert umgetauscht werden würde.

Und da MacArthur offenbar nicht bereit war, ihm

Geld zu schicken, war das Militärgeld, dessen Ausgabe ›ausdrücklich verboten Wiederholung verboten‹ war, die einzige Möglichkeit, die er hatte, um die Soldaten zu bezahlen und zu kaufen, was auch immer die Einheimischen zu verkaufen bereit waren.

Das war sogar noch wichtiger als sein Dienstrang oder Colonel Peraltas Ernennung als ›militärischer Guerillaführer‹. Peralta befand sich auf der Insel Panay. Es bestand nur eine geringe oder keine Möglichkeit, dass er versuchen würde, das Kommando über Fertig auszuüben. Peralta war kein Dummkopf. Er wusste, dass Fertig ihn einfach ignorieren würde.

»Captain Buchanan«, sagte Fertig. »Ich nehme an, dass keiner außer Ihnen den Inhalt dieser Botschaft gesehen hat?«

»Nein, Sir, das heißt ja, Sir, keiner hat ihn gesehen.«

»Er ist hiermit als topsecret erklärt«, sagte Fertig, rieb ein Zündholz an und hielt es darunter. »Niemand sonst darf mit dem Inhalt vertraut gemacht werden.«

»Jawohl, Sir.«

»Sie können Lieutenant Ball und wem immer Sie wünschen, sagen, dass die Botschaft sich um unsere Verstärkung in der Zukunft dreht«, sagte Fertig.

»Jawohl, Sir«, erwiderte Buchanan. »Sir, wie rede ich Sie an?«

»Das, Captain Buchanan, liegt anscheinend völlig an Ihnen«, sagte Fertig und sah ihm in die Augen.

Buchanan zögerte kaum wahrnehmbar, bevor er fragte: »Wird es eine Antwort auf die Botschaft geben – General Fertig?«

»Nein, keine Antwort«, sagte Fertig. »Das ist alles, Captain, danke.«

»Erlaubnis, mich zurückzuziehen, General?«

»Erlaubnis erteilt«, sagte Fertig. Dann fügte er plötzlich hinzu: »Doch, es wird eine Antwort geben, Captain.«

Eine Viertelstunde später funkte MFS:

MFS AN KAZ

PERSOENLICHE BOTSCHAFT FUER GENERAL MACARTHUR
MIT BEZUG AUF PARAGRAF FUENF IHRER BOTSCHAFT VOM VALENTINSTAG STOP ERBITTE DRINGEND VIA ERSTMOEGLICHEM TRANSPORT NOTWENDIGE MEDIKAMENTE ZUR BEHANDLUNG VON GESCHLECHTSKRANKHEITEN DIE SICH PERSONAL IN SCHLUESSELPOSITIONEN ZUGEZOGEN HAT STOP FERTIG

4

Croydon Airfield
London, England

14. Februar 1943 – Valentinstag

»Ich glaube, ich weiß, wie wir das mit Charity Hoche handhaben, Helene«, hatte Colonel Stevens früher an diesem Morgen zu Helene Dancy gesagt. »Sie holen sie auf dem Flugplatz ab, bringen sie zum Einkaufladen für Offiziere, stecken Sie in eine Uniform und fahren mit ihr zum Whitbey House. Sie ist eine junge Lady, die viel Aufmerksamkeit erregt, und ich finde, wir sollten sie so gut tarnen, wie wir können.«

Colonel Stevens hatte dann entschieden, dass Charity Hoche am besten in die Uniform eines WAC-First Lieutenant gesteckt wurde.

»Wir werden uns mit dem Gedanken befassen, sie tatsächlich zum WAC-Offizier zu ernennen. Langfristig könnte das die richtige Entscheidung sein. Aber kurzfristig macht es jedenfalls mehr Sinn, als ihr die

Uniform eines zivilen Specialist zu verpassen. Das erregt Aufmerksamkeit.«

Der erste Eindruck, den Captain Helene Dancy von Miss Charity Hoche hatte, war nicht besonders günstig.

Miss Hoche stieg die Gangway von der Tür der ATC C-54, dem ›Washington-Kurier‹, in der Uniform einer Zivilistin des Kriegsministeriums herab, und die Uniformmütze thronte keck auf einer langen goldblonden Haarfülle. Weder Captain Dancy noch Colonel Stevens hatten damit gerechnet, dass Miss Charity Hoche in England in der Uniform eines zivilen Specialist eintreffen würde.

Sie schaffte es ebenfalls, viel von wohlgeformten Schenkeln und spitzenbesetztem schwarzem Petticoat zu zeigen, als sie reizend die Gangway herabschritt. Einen Gabardine-Uniformmantel trug sie über die Schulter gelegt.

Zwei Offiziere (einer davon nach Captain Dancys Meinung alt genug, um es besser zu wissen), scharwenzelten fürsorglich um sie herum. Sie wurden für ihre Bemühungen mit einem strahlenden Lächeln mit perfekt weißen Zähne und mit Lippen belohnt, die für Captain Dancys Geschmack viel zu stark mit einer zu aufdringlichen Farbnuance geschminkt waren.

Ein Londoner Doppeldeckerbus war auf das Flugfeld gefahren, um eintreffende Passagiere zum SHAEF-Gebäude zu transportieren. Dort erhielten sie eine zweistündige Orientierungslektion, bekannt als ›Seid freundlich zu unseren englischen Cousins‹-Ansprache. Das Problem mit den Amerikanern war nach Meinung vieler Engländer, dass sie ›überbezahlt, sexbesessen und hier drüben‹ waren.

Die Orientierungslektion diente dem Zweck, die frisch eingetroffenen Amerikaner daran zu erinnern, dass England seit über drei Jahren im Krieg war; dass es einen Rationierungsplan für praktisch alles gab, was in England zum Leben gebraucht wurde; und dass die Briten ganz natürlich den relativen Luxus übel nahmen, mit dem der amerikanische Steuerzahler seine Bürger im Vereinigten Königreich unterstützte.

Die Ansprache war nach Captain Dancys Meinung anscheinend genau auf Typen wie Miss Charity Hoche gemünzt. Aber sie würde sie nicht hören.

Captain Dancy zeigte dem Wachtposten ihren Ausweis, verließ das Abfertigungsgebäude und fing Charity Hoche ab, als sie zum Bus geleitet wurde.

»Miss Hoche?«, sagte sie. »Ich bin Captain Dancy. Kommen Sie bitte mit?«

Der dickliche Lieutenant Colonel, der Charitys Make-up-Köfferchen trug, wirkte auf einmal niedergeschmettert.

Captain Dancy fing zufällig Charity Hoches Blick auf und stellte fest, dass sie sehr sorgfältig von sehr intelligent blickenden Augen gemustert wurde.

»Mein Gepäck?«, fragte Charity.

»Darum wird man sich kümmern«, erwiderte Captain Dancy.

Charity verabschiedete sich von den beiden Offizieren und folgte Captain Dancy ins Abfertigungsgebäude und dann in den Ford-Stabswagen.

»Wohin fahren wir?«, fragte Charity im Wagen und fügte dann hinzu, ohne auf eine Antwort zu warten: »Ist es schwer, einen Ihrer Wagen auf der falschen Straßenseite zu fahren?«

»Wir bezeichnen es als die ›andere‹ Straßenseite«, sagte Captain Dancy. »Und die Antwort lautet: ›Nein, man muss vorsichtig sein, aber man gewöhnt sich sehr schnell daran.‹«

»Wie kommt es, dass ich Sie so schnell auf dem falschen Fuß erwischt habe, Captain?«, fragte Charity herausfordernd.

Weil du jung und Aufsehen erregend schön bist und aus-

siehst und dich gibst, als würden dich ein ernsthafter Gedanke und ein Schluck normales Wasser umbringen, dachte Captain Dancy.

»Wenn ich bei Ihnen den Eindruck erweckt habe, Miss Hoche, dann tut es mir Leid«, sagte Captain Dancy. »Wir fahren zu meinem Quartier. Dort werden wir Ihr Haar aufstecken, etwas von diesem Make-up entfernen und tun, was sonst noch nötig ist, um Sie zu einem glaubwürdigen WAC-Offizier zu machen.«

Charity Hoche schien den Tadel nicht zu bemerken.

»Captain Douglass dachte, Sie möchten mich vielleicht in eine WAC-Uniform stecken, aber er war sich seiner Sache nicht sicher. Ich habe die Rangabzeichen und den Truppenausweis eines First Lieutenant in meiner Handtasche.«

Dancy schaute sie überrascht an.

»So brauchen wir nur die Rangabzeichen anzuheften, mein Haar aufzustecken und etwas von dem Make-up entfernen, richtig?«, sagte Charity süß.

Sie schenkte Captain Dancy ein Lächeln.

»Aber bevor wir das tun«, fuhr Charity ebenso süß fort, »sollten wir zum Berkeley Square fahren. Ich habe nicht nur drei persönliche Botschaften für Mr. Bruce, sondern ich habe auch den Atlantik mit einem Colt ›Banker's Special‹ in meinem BH überquert. Er drückt höllisch, und ich will ihn loswerden.«

»Da will ich doch verdammt sein«, entfuhr es Captain Helene Dancy.

»Werden wir das früher oder später nicht alle sein?«, fragte Charity.

»Offenbar habe ich mich in Ihnen geirrt«, sagte Captain Dancy.

»Darüber weiß ich nichts«, sagte Charity. »Aber ich weiß, dass Sie sich in Colonel Stevens geirrt haben. Sie hätten wissen müssen, dass er mich nicht hier herüberkommen lassen würde, wenn ich eine komplette Idiotin wäre.«

5

OSS-Station Berkeley Square
London, England

14. Februar 1943, 16 Uhr 10

David Bruce, Leiter der Londoner OSS-Station, war überrascht, als er spürte, dass die Tür zu seinem Büro leise geöffnet wurde, und als er aufblickte und das Gesicht von Captain Helene Dancy sah, die darauf wartete, seine Aufmerksamkeit zu gewinnen.

»Verzeihen Sie die Störung, Sir«, sagte Captain Dancy.

Bruce hob fragend die Augenbrauen.

»Miss Hoche ist hier«, meldete Captain Dancy.

Bruce runzelte die Stirn. Er wollte Charity Hoche nicht sehen. Er wollte eigentlich jeden Gedanken, dass sie mit ihm die gleiche enge persönliche Beziehung unterhielt wie angeblich mit Bill Donovan, im Keim ersticken.

Er hatte Helene Dancy befohlen, das Mädchen mit einem der 1941er Ford-Stabswagen der Station auf Croydon abzuholen und sofort zum Whitbey House zu bringen. Auf der Fahrt sollte Helene ihr seine Befehle übermitteln, dass sie sich nützlich machen sollte, wann immer Lieutenant Robert Jamison meinte, dass Sie das konnte.

Jamison war der Adjutant der OSS-Station Whitbey House. Seine Aufgabe bestand darin, Canidy so viel von der belastenden Verwaltungsarbeit abzunehmen wie möglich. Er hatte seine Sache gut gemacht, aber nicht nur, weil er das spielte, was er unglücklich als die Rolle eines Hilfsarbeiters bezeichnete, sondern weil er auch nach Bruces Meinung qualifiziert war, größere Verantwortung bei Einsätzen zu übernehmen.

Bruce war bereits zu dem Schluss gelangt, dass dies

nicht in Frage kam, nicht weil Jamison unfähig dafür war, sondern weil er zu viel über das OSS wusste und seine Gefangennahme nicht riskiert werden durfte. Bei Canidy hatte die Ausnahme die Regel – dass OSS-Personal, das in OSS-Pläne und Absichten eingeweiht war, nicht auf Einsätze gehen durfte – in mehr als einem Fall bestätigt.

Jamison war nicht in irgendeine besondere Operation eingeweiht worden, aber er erledigte den Papierkram und war sehr gescheit. Für David Bruce stand fest, dass Jamison zu vieles über zu viele Dinge wusste, um ihn irgendwohin zu schicken, wo es wahrscheinlich war, dass er vom Sicherheitsdienst verhört werden konnte.

Aber Bruce hatte stets gedacht, dass es Gebiete gab, auf denen Jamisons Intelligenz und seine anderen Talente besser genutzt werden konnten als mit der Anforderung von Handtüchern oder dem Erledigen des Papierkrams. Canidy hatte ihm Aufgaben von größerer Bedeutung gegeben. Und Jamison hatte sie bewundernswert erledigt.

Jamison hatte zum Beispiel ein Projekt in Zusammenhang mit der ›Operation Aphrodite‹ durchgeführt, und zwar gut.

Es gab nur eine Möglichkeit, das Projekt der unbemannten Bomber in der Praxis zu testen, und das war die Aufstellung eines Ziels und der Versuch, es mit der funkgesteuerten, mit Sprengstoff gefüllten B-17 zu treffen. Dies musste natürlich mit so viel Geheimhaltung wie möglich erfolgen, damit das nötigte Überraschungsmoment da sein würde, wenn schließlich die fliegenden Bomben gegen die deutschen U-Boot-Bunker eingesetzt werden würden.

Jamison hatte auf den Landkarten des Vereinigten Königreichs gesucht, bis er eine abgelegene Bucht in Schottland gefunden hatte, die als Zielgebiet genutzt werden konnte. Es hatte Koordination mit den

Engländern erfordert; mit den örtlichen schottischen Behörden; mit der U.S. Army (von der eine Pioniereinheit zum Aufbau eines Ziels, einer Nachbildung des Eingangs in die U-Boot Bunker von St. Nazaire, ausgeliehen worden war); und mit der U.S. Navy (die Schiffe zur Verfügung gestellt hatte, die das Gebiet frei hielten, und ein Boot, um die Piloten der ›Operation Aphrodite‹ aus dem Wasser zu fischen, wenn es nötig sein sollte).

Und Jamison hatte diese Verantwortung, natürlich zusätzlich zu seiner Funktion als ›Hilfsarbeiter‹, mit Geschick, Fantasie und Diskretion erfüllt, sehr zu Bruces Freude. Jamison hatte mit einer unterschiedlichen Tarngeschichte für jede Gruppe beteiligter Außenseiter aufgewartet, mit gerade genug Wahrheit, um sie glaubwürdig zu machen, und weit genug von der Wahrheit entfernt, um vor den deutschen Agenten geheim zu halten, was wirklich vorging.

Als die erste persönliche Botschaft ›Eyes Only‹ von Colonel William B. Donovan bezüglich Miss Charity Hoche am Berkeley Square eingetroffen war, in der Ed Stevens gebeten worden war, eine nützliche Arbeit für sie zu finden, hatte Bruce eine Lösung für das Problem, die Talente von First Lieutenant Robert Jamison effizienter zu nutzen, zu sehen geglaubt. Sie würde zuerst Jamison als Assistentin zugeteilt werden. Da würde sie zum Beispiel lernen, wie Mehl zum Backen von Brot angefordert wurde – oder ein ähnlich aussehendes weißes Pulver, das außergewöhnliche Sprengkraft hatte, wenn es beispielsweise an den Pfeilern einer Brücke in Frankreich oder Jugoslawien angewandt wurde.

Je eher sie die Last des Papierkrams von Bob Jamisons Schultern nehmen konnte, desto früher konnte Jamison mit wichtigeren Dingen betraut werden.

»Wo ist sie?«, fragte Bruce. Da war mehr als eine Spur von Ärger, ja sogar Tadel in seiner Stimme.

»Sie hat drei ›Eyes Only‹ für Sie«, sagte Captain Dancy.

»So?«

Es überraschte Bruce, dass Charity Hoche als Kurier eingesetzt worden war. Kuriere waren meistens Offiziere, die zur Verwendung nach Europa reisten, oder manchmal Warrant Officers, deren Dienst darin bestand, rund um die Welt zu reisen und bewaffnet Dokumente zu bewachen, die nicht Postsäcken anvertraut werden konnten.

»Schicken Sie sie herein, bitte«, sagte Bruce.

»Sie ist auf der Toilette«, sagte Captain Dancy und fügte hinzu: »Sie entledigt sich ihres Colts.«

Charity Hoche erschien eine Minute später. Sie hielt drei Kuverts in der rechten Hand und einen Colt ›Banker's Special‹ Revolver in der linken.

Sie war toll. Sie strahlte eine subtile Sexualität aus, fand David Bruce, sogar eine Art raffinierte Lüsternheit, bei der ein Erzbischof seine Gelübde vergessen konnte, wenn er schwankend war. Beruflich fragte sich David Bruce, ob all seine Pläne, durch diese junge Frau Jamison von seinen Verwaltungsaufgaben zu entlasten, wegen ihres Sex-Appeals ins Wasser fielen.

Bruce war amüsiert gewesen, als er erfahren hatte, dass die Army *offiziell* billigte, Dias von attraktiven und kaum bekleideten oder gar nackten jungen Frauen in Projektoren einzufügen, wenn mit anderen Dias die richtige Technik beim Imprägnieren eines Trucks oder beim Zusammensetzen einer Pontonbrücke vorgeführt wurde. Das weckte die Aufmerksamkeit der Männer, regte sie an, brachte ihr Blut in Wallung.

Bruce war echt besorgt über das Ausmaß der Aufmerksamkeit, die Charity Hoches reine Anwesenheit bei den Männern in der Ausbildung und in Erwartung eines Einsatzes in Whitbey House erregen würde. Es gab einige Frauen in Whitbey House und auch einige in der Gegend, aber nicht annähernd genug für das männliche Geschlecht.

Miss Charity Hoche, davon war Bruce überzeugt, würde die Männer aufwecken und ihr Blut in unerwünschtem Maße in Wallung bringen.

»Mr. Bruce«, sagte Charity mit sanfter, sinnlich klingender Stimme. »Ich bin Charity Hoche. Daddy sagte, ich soll Sie grüßen, wenn ich Sie sehe.«

Sie gab ihm die Kuverts. Sie waren leicht, enthielten Luftpostpapier, doppelt kuvertiert und auf den äußeren Umschlägen mit dem Stempel TOP SECRET versehen.

Sie fühlten sich warm an. Nach einer Weile erkannte er den Grund. Miss Hoche hatte sie auf dem Leib getragen. In ihrem Hüfthalter. Er konnte sich keinen anderen Platz vorstellen, an dem sie ungefaltet transportiert werden konnten. Es machte natürlich Sinn, aber es blieb immer noch eine gewisse Ungewissheit.

Bruce zwang seine Gedanken vom Hüftgürtel zum Revolver. Wie sie ihn hielt – die Mündung sicher nach unten, den Finger nirgendwo nahe dem Abzug – zeigte, dass sie mit Feuerwaffen umgehen konnte. Aber man erwartete nicht, einen stupsnasigen Revolver in den Händen einer langhaarigen Blondine zu sehen, die ein Gesicht hatte, bei dessen Anblick man unwillkürlich an intime Abende bei Kerzenschein dachte.

Charity Hoche sah die Überraschung in seinen Augen. Sie schenkte Bruce ein atemberaubendes Lächeln.

»Ich möchte Sie nicht erschrecken, Mr. Bruce«, sagte sie. »Aber ich – ich kann Ihnen nicht sagen, wo ich das verdammte Ding in den vergangenen sechsunddreißig Stunden hatte – ich musste es einfach loswerden. Ich bin fürs Leben gezeichnet.«

David Bruce ärgerte sich ein wenig, als er sich im Geiste in Technicolor die verschiedenen Stellen vorstellte, an denen Miss Hoche den Revolver in den vergangenen sechsunddreißig Stunden an ihrem Körper versteckt gehabt haben konnte.

»Sie erschrecken mich überhaupt nicht«, sagte Bruce ein wenig lahm.

Charity überreichte ihm als Nächstes drei Empfangsbestätigungen für Topsecret-Dokumente und schaute zu, wie er die Nummern der Formulare mit denen der äußeren Umschläge verglich und dann unterzeichnete. Als er sie ihr zurückgab, faltete Miss Hoche sie und steckte sie in die Innentasche ihrer Uniformbluse. Er wandte den Blick wie ein Gentleman ab, als sie dies tat.

»Lassen Sie mich dies schnell lesen«, sagte David Bruce, ärgerlich auf sich selbst, weil er sich vor dieser tollen jungen Frau wie ein High-School-Junge fühlte. »Und dann werden wir ein wenig plaudern.«

»Jawohl, Sir«, sagte Charity Hoche.

»Helene«, hörte sich Bruce sagen, »besorgen Sie uns bitte etwas Kaffee?«

Sie ging, um Kaffee zu holen, aber er sah ihre Miene und erinnerte sich daran, dass sie zwar als seine Sekretärin fungierte, jedoch Berufsoffizier der U.S. Army war und sich bewusst, dass Captains nicht zum Kaffeeholen geschickt wurden.

Die Erste der drei persönlichen – Eyes Only – Botschaften vom Direktor des Office of Strategic Services beschäftigte sich mit logistischen Dingen. Bruce warf nur einen Blick darauf und öffnete die zweite Botschaft. Darin ging es um den Verdacht des FBI, dass ein Technical Sergeant, rekrutiert für das OSS (und zum Abschluss der Ausbildung nach Whitbey House befohlen, wie er sich erinnerte), beunruhigend enge Beziehungen zur Kommunistischen Partei der USA hatte. Als er diese Botschaft in den Umschlag zurücksteckte, sagte er sich, dass er sie sehr sorgfältig lesen musste. Dann öffnete er die dritte Botschaft. Sie handelte von Miss Charity Hoche.

Lieber David,
während ich vorschlagen würde, dass wir das hausinterne Gerücht – Charity Hoche sei zu Ihnen geschickt worden, weil sie ein Auge auf Onkel Bill geworfen hat und der alte Softie schwach geworden ist – aufrecht erhalten, sieht die Wahrheit anders aus.
Unter der sehr attraktiven Fassade befindet sich eine ungewöhnlich gescheite (IQ fast der eines Genies) junge Frau mit einem Magister in Politikwissenschaft, erworben in fünf Jahren und mit summa cum laude. Als dies herauskam, erst indem Charity im Haus in der Q Street mehr nützliche Arbeit bewies, als ich ihr ehrlich gesagt zugetraut hatte, und dann offiziell durch eine verspätet durchgeführte Hintergrundermittlung, begannen Pete Douglass und ich, sie mehr und mehr an hochrangigeren Operationen zu beteiligen.
Als ich beim letzten Mal in London war, weihte ich Ed Stevens in eine solche Operation ein, zusammen mit dem direkten Befehl, es Ihnen nicht zu erzählen. Ich brauche Ihnen nicht zu sagen, dass die Entscheidung, Sie aus dieser Sache herauszuhalten, in keiner Weise gegen Sie gerichtet war. Ich kann Ihnen sagen, dass es die einzige derzeit in Europa ablaufende Operation ist, in die Sie nicht voll eingeweiht sind und dass die sehr kleine Zahl der eingeweihten Personen – einschließlich

Charity – persönlich vom Präsidenten gebilligt wurde.
Und weder Ed noch Charity kennen alle Einzelheiten. Ich brachte Ed ins Spiel – mit Genehmigung des Präsidenten –, weil die Operation so wichtig ist, dass sie durch nichts gestört werden darf. Es ist ihm nur so viel gesagt worden, wie er wissen musste, um sicherzustellen, dass nichts, was dort drüben passiert, die Operation in irgendeiner Weise behindern wird. Seine Befehle lauten, zuerst mit Ihnen zu sprechen, um Ihnen jeden Plan auszureden, der stören könnte, und wenn ihm das nicht gelingt, sich direkt an mich oder Pete Douglass zu wenden. Wir würden dann ohne Erklärung die geplante Operation abblasen. Wir haben dies zweimal getan.
Charity wurde mit einbezogen – abermals mit Franklin Roosevelts besonderer Genehmigung –, weil die interne Administration bei dieser Operation einfach nicht auf unserem normalen Dienstweg abgewickelt werden kann, so sicher er unserer Meinung nach auch ist. Mit anderen Worten, Pete und ich brauchten eine Schreibkraft und Registratorin, die nicht nur eine Unbedenklichkeitsbescheinigung für Topsecret-Presidential hat, sondern auch die intellektuelle Fähigkeit, die Zusammenhänge und die eigentliche Bedeutung des Projekts zu verstehen und mit den beteiligten Personen umzugehen.

Ehrlich gesagt, erst nachdem ich den Präsidenten darauf hinwies, dass keiner der anderen Leute, die er für die interne Administration und Verbindung für dieses Projekt vorschlug – insbesondere nicht ein Navy-Captain, der ein gemeinsamer Bekannter ist –, Schreibmaschine tippen oder Akten verwalten kann, und dass wir nicht besser dran sein würden als jetzt, wenn wir den Navy-Captain der Liste der Personen mit Unbedenklichkeitsbescheinigung hinzufügten, genehmigte Roosevelt, Charity auf die Liste der in das Projekt Eingeweihten zu setzen. Diese Situation hat sich jetzt geändert, weil das Projekt größer geworden ist. Wir haben jetzt den Navy-Captain, und er hat einen Verwaltungsstab von zwei Personen. Und wie das Projekt und Ihre Operationen gewachsen sind, ist die Möglichkeit größer geworden, dass Sie etwas unternehmen, das in die Quere kommen und irgendwie Ed Stevens' Aufmerksamkeit entgehen könnte. Dieses Risiko können wir nicht eingehen. Meine empfohlene Lösung dieses Problems war die für mich offenkundige, nämlich Ihren Namen auf die Liste der Geheimnisträger zu setzen. Leider machte ich diesen Vorschlag erst Stunden, nachdem der Präsident erfahren hatte, dass eine Person auf der Liste seinen Stellvertreter in einige Einzelheiten des Projekts eingeweiht hat. Roosevelt war erzürnt – zu diesem

Zeitpunkt wusste ich nicht, warum – über meinen Vorschlag, dass wir jeden ›Tom, Dick und Harry‹ mit auf die Liste setzen, und als ich mit ihm über meine Befürchtung sprach, dass in London Ed Stevens etwas entgehen könnte, konnte ich nur die Genehmigung von ihm erreichen, jemanden dorthin zu schicken, um das zu verhindern, der bereits auf der Liste steht.
Das lief auf einen der Männer des Navy-Captains hinaus – ein Warrant Officer, absolut vertrauenswürdig, aber ein Matrose durch und durch – oder auf Charity.
Ich habe mich entschieden, Charity zu schicken. In meinem Auftrag hat sie das Recht auf Information über alles, was jedes Ihrer Projekte betrifft, im selben Maß wie Ed Stevens. Ich habe sie angewiesen, wenn sie auf etwas aufmerksam wird, das ihrer Meinung nach Ed entgangen ist, zuerst ihn darauf hinzuweisen, dann Sie und schließlich, wenn es gar nicht anders geht, Pete Douglass oder mich.
Wie Sie dies arrangieren, bleibt natürlich Ihnen überlassen, und ich bezweifle, Ihnen sagen zu müssen, dass ihre Funktion bei dem Projekt niemand außer Ihnen und Ed bekannt werden darf.
Ich fühle mich natürlich unbehaglich, David, weil ich Sie im Ungewissen lassen muss, und ich kann nur hoffen, dass Sie

mich nicht verurteilen, bis ich Ihnen sagen kann, was los ist; bis Sie, wie ich wirklich glaube, verstehen werden, warum all dies nötig ist.
Sie werden die Tippfehler und die anderen Anzeichen auf das Tippen eines Amateurs bemerkt haben. Dies liegt daran, dass weder Miss Broyle noch der stets gewissenhafte Chief Ellis dies geschrieben haben – wegen der Geheimhaltung –, sondern weil ich es selbst getippt habe.

Ihr alter Freund
Wild Bill

David Bruce erkannte, dass seine Reaktion trotz Wild Bill Donovans absichtlich sanften Formulierungen eine Mischung aus Kränkung und Ärger war, weil er erfuhr, dass der Präsident der Vereinigten Staaten entschieden hatte, dass es einige Geheimnisse gab, in die er nicht eingeweiht werden durfte.

Und es wurde ihm klar, dass er gekränkt und ärgerlich war, weil er erfuhr, dass Ed Stevens, den er sehr mochte und als wahren Freund betrachtete, in ein monatelanges Täuschungsmanöver verwickelt war.

Und er erkannte, dass er sich gedemütigt fühlte, weil ihm dieses verdammte große Geheimnis nicht anvertraut werden konnte, jedoch die langhaarige Blondine, die den Atlantik mit Topsecret-Dokumenten im Hüfthalter oder sonstwo das Vertrauen des Präsidenten genoss. Und Donovans Vertrauen.

Bruce war ein Mann mit großer Willenskraft. Er zwang sich, gegen den Ärger und die Demütigung anzukämpfen, und es gelang ihm nach einer Weile, indem er sich eingeredet hatte, dass der Präsident seine Gründe haben musste und dass es seine Pflicht war, Roosevelts Urteilsvermögen nicht in Frage zu stellen.

Captain Helene Dancy betrat das Büro mit einem Tablett, auf dem drei Tassen Kaffee standen.

»Miss Hoche«, sagte David Bruce. »Ich nehme an, Sie sind vertraut mit der Eyes-Only-Botschaft, die Sie betrifft?«

»Im Großen und Ganzen, Sir«, sagte Charity Hoche. »Ich habe sie nicht gelesen, nur die anderen beiden.«

»Ich finde, Sie sollten sie lesen«, sagte Bruce und gab sie ihr. Er hörte den Klang seiner Stimme und ermahnte sich, vorsichtig zu sein. Er handelte immer noch emotional.

Er schaute Helene Dancy an und sah in ihren Augen, dass sie spürte, dass etwas Außergewöhnliches vorging. Er blickte wieder zu Charity Hoche, die Donovans Brief las. Zweimal ruckten ihre Augenbrauen hoch, offenbar aus Überraschung.

Dann sah sie zu ihm auf, und ihre Blicke trafen sich.

»Captain Dancy«, sagte Bruce, »würden Sie bitte Colonel Stevens zu mir bitten?«

»Jawohl, Sir«, sagte Helene Dancy. »Möchten Sie, dass ich diese Eyes Only in den Safe schließe?«

Das heißt natürlich, dass du neugierig bist und auf dem Weg zum Safe einen schnellen Blick auf die Botschaften werfen willst, dachte Bruce.

»Sie können diese beiden nehmen, Helene«, sagte Bruce und schaute zu Charity Hoche. »Bei der Dritten bin ich mir nicht sicher.«

»Ich möchte nicht vorlaut sein, Sir«, sagte Charity Hoche, »aber ich meine, es wäre besser, wenn Captain Dancy diesen Brief lesen würde.«

Bruce gab Captain Dancy die Botschaft. Er sah, dass Charity Hoche Helene Dancys Gesicht genau beobachtete, um ihre Reaktion zu sehen. Und dass sie beide enttäuscht wurden, denn ihr Gesicht zeigte keine Reaktion. Sie sah Charity jedoch an, als sie den Brief faltete und wieder in den Umschlag steckte.

»Darf ich einen Vorschlag machen?«, fragte Captain Dancy.

»Gewiss«, sagte Bruce.

»Wenn Sie Lieutenant Jamison sagen, dass Miss – oder Lieutenant, was vielleicht besser wäre – dass *Lieutenant* Hoche die Hälfte ihrer Zeit widmen wird, um sich für mich um das weibliche Personal von Whitbey House zu kümmern, würde es für mich keinen Grund geben, sie dort hinauszuschicken wie ursprünglich geplant.«

»Gute Idee«, sagte Bruce nach kurzem Nachdenken. »Wir werden Jamison einfach eine andere Hilfe besorgen müssen.«

»Ich würde sagen, sie wird zwei oder drei Tage brauchen, um hier die Akten zu lesen«, sagte Captain Dancy. »Unterdessen kann sie bei mir wohnen.«

»Das ist sehr freundlich«, sagte Charity.

»Überhaupt nicht«, sagte Captain Dancy. »Ich werde Sie in die Bar des Dorchester schleppen. Vielleicht kann ich einen Ihrer abgewiesenen Verehrer übernehmen.«

Charity lachte herzlich. Sie lächelten einander an.

Lächeln von Frau zu Frau, dachte Bruce. *Sogar von Mädchen zu Mädchen.*

Aber es war mehr für beide. Bruce erinnerte sich daran, dass eine weitere seiner Schwächen das Unterschätzen des weiblichen Tiers war.

»Ich gehe Colonel Stevens holen, Sir«, sagte Captain Dancy.

6

US-Marinestützpunkt Pearl Harbor
Oahu, Territorium Hawaii

15. Februar 1943, 16 Uhr 15

Commander Edwin R. Lennox, in Hose und Hemd einer Tropenuniform – der Uniformrock hing an einem vorstehenden Bolzen des Kommandoturms –, beobachtete, wie der Rest des frischen Proviants an Bord getragen wurde. Vor einer Stunde hatte ihm ein Kurieroffizier den Befehl zum Auslaufen überbracht. Die Befehle befanden sich in zwei versiegelten Kuverts, nummeriert mit ›1‹ und ›2‹.

Der erste Befehl, erteilt vom COMSUBFORPAC, wies Lennox an, mit der *Drum* am 16. Februar um 0600 Uhr in See zu stechen. Er sollte zu den angegebenen Koordinaten fahren, was ihn zu einer Position etwa dreihundertzwanzig Kilometer süd-südwestlich von Pearl Harbor bringen würde. Wenn er dort eintraf, sollte er Umschlag ›2‹ öffnen. Das zweite Kuvert würde das Gebiet nennen, in dem die *Drum* patrouillieren und feindliche Marinekräfte und Transporte bekämpfen sollte, ›bis der Verbrauch von Torpedos, Treibstoff und Proviant nach Ihrer eigenen Einschätzung eine Rückkehr nach Pearl Harbor diktiert‹.

Sobald sämtliche Lebensmittel an Bord verstaut waren, wollte Lennox an Land gehen, seinen letzten Brief an seine Frau bei der Post aufgeben und dann in den Offiziersklub gehen, um ein Steak zu essen und so viel Kentucky Bourbon zu trinken, wie er vertragen konnte, bevor er um Mitternacht zur *Drum* zurückkehren würde.

Eine graue Plymouth-Limousine der Navy fuhr auf den Kai und stoppte neben dem Anderthalbtonner-LKW mit der Verpflegung. Eine Weißmütze sprang an der Fahrerseite heraus, öffnete die hintere Tür und stand still, als ein Commander in gestärkter weißer Uniform ausstieg und zur mittleren der drei Planken ging, die vom Kai zum Deck der *Drum* führten. Die dicke goldene Fangschnur des Adjutanten eines Flagoffiziers hing von der Schulter der gestärkten weißen Uniform.

Der Adjutant des Admirals ging über die Planke, stoppte und grüßte den Deckoffizier. Der Offizier trug Shorts, ein T-Shirt, eine unglaublich schmutzige Schirmmütze, die er für einen Talisman hielt, und einen .45er in einem Holster, das tief geschnallt am Oberschenkel hing wie bei einem Revolvermann.

»Erbitte Erlaubnis, an Bord zu kommen, Sir«, sagte der Adjutant des Admirals auf die vorgeschriebene Weise.

»Erlaubnis erteilt«, sagte der Deckoffizier und erwiderte den Gruß weitaus lässiger, als er von dem Adjutanten entboten worden war. Da war ein schwacher Unterton des Zorns, den U-Boot-Offiziere, die bald zurück auf Patrouille fuhren, gegenüber Offizieren empfanden, die in gestärkten weißen Uniformen als Adjutanten eines Admirals in Pearl Harbor herumspazierten.

Der Adjutant des Generals salutierte vor der Flagge und betrat das Deck.

»Ich möchte den Kapitän sprechen, Sir«, sagte der Adjutant.

»Bitten Sie den Commander, heraufzukommen!«, rief Lennox nach unten. Er wollte nicht in den Rumpf gehen. Dort unten war es heiß, und er war frisch geduscht und in frischer Uniform.

Sehr vorsichtig, sodass er seine Uniform nicht beschmutzte, stieg der Adjutant des Admirals die Leiter an der Seite des Kommandoturms hinauf.

»Was kann ich für Sie tun, Commander?«, fragte Lennox.

»Ich habe zwei Dokumente für Sie, Sir«, sagte der Adjutant des Admirals. »Ihr Einsatzbefehl ist geändert worden. Darf ich vorschlagen, dass wir in Ihre Kajüte gehen?«

»Jawohl, Sir«, sagte Lennox. »Sie wollen das Original zurückhaben?«

»Bitte«, sagte der Adjutant.

»Passen Sie auf, es ist hier ziemlich ölig«, sagte Commander Lennox, als er den Kommandoturm betrat.

Sie gingen zu der Kapitänskajüte. Lennox stellte dort die Kombination des Safes ein, öffnete ihn und tauschte Umschlag ›2‹ gegen ein identisches Kuvert aus, das ihm der Adjutant des Admirals aushändigte.

»Kann ich abschließen?«, fragte Lennox. »Sie sprachen von ›zwei‹ Dokumenten, oder?«

»Sie können abschließen«, sagte der Adjutant des Admirals, und als Lennox den Safe geschlossen und gesichert hatte, überreichte er ihm einen zweiten Umschlag.

Lennox öffnete ihn und starrte ungläubig auf den Inhalt:

MR. UND MRS. H. FREDERICK DENNISON
Erbitten die Ehre der Anwesenheit von

Lt. Commander Edwin R. Lennox, USN

Bei Cocktails und Dinner
Am 15. Februar 1943, um 17 Uhr 30
Ocean Drive 411, Waikiki

»Was, zum Teufel, ist das?«, entfuhr es Lennox.

»Eine wunderbare Einladung«, sagte der Adjutant des Admirals. »Mr. Dennison besitzt die meisten

Kinos auf Hawaii. Und einiges andere, zum Beispiel die Hälfte der Innenstadt von Honolulu.«

»Nun, würden Sie bitte bei Mr. Dennison mein Bedauern ausdrücken, dass ich nicht kommen kann?«, sagte Lennox. »Ich habe andere Pläne.«

»Das hat sich der Admiral gedacht«, sagte der Adjutant des Admirals. »Deshalb hat er mich geschickt, um die Einladung zu überbringen. Der Admiral wünscht, Commander, dass Sie Mr. Dennisons Einladung annehmen.«

»Ich laufe um sechs Uhr mit der *Drum* aus«, sagte Lennox.

»Das ist dem Admiral bekannt, Commander«, sagte der Adjutant.

»Wird er dort sein?«, erkundigte sich Lennox.

»O ja«, sagte der Adjutant. »Die Dennisons wissen wirklich Partys zu schmeißen. Haben Sie jemals an einer *luau* teilgenommen, Commander? Ich meine, bei einer Richtigen?«

»Mann, was soll's«, murmelte Lennox vor sich hin. Dann blickte er den Adjutanten fragend an. »Aber warum hat man mich eingeladen?«

»Die Dennisons tun gerne für die Flotte, was sie können«, sagte der Adjutant des Admirals. »Ich nehme an, Sie haben keine weiße Uniform da, oder?«

»Nein, ich habe keine«, sagte Lennox.

»Schade«, sagte der Adjutant. »Können wir fahren?«

VIII

1

›Rolling Waves‹
Waikiki Beach, Oahu, Territorium Hawaii

13. Februar 1943

Die Fahrt von Pearl Harbor zum Besitz der Dennisons am Strand von Waikiki dauerte eine Dreiviertelstunde. Die Party war bereits im Gange, als Lennox dort eintraf. Der gewundene Zufahrtsweg vor dem langen, flachen Haus war mit Wagen zugeparkt, über die Hälfte davon militärische und Stabswagen der Marine. Lennox sah, dass viele der Dienstwagen etwas hatten, das wie ein zweites Nummernschild aussah, das mit einem Segeltuchüberzug bedeckt war. Er wusste, was die Hüllen verbargen: die mit Sternen versehenen Tafeln, die die Passagiere als Admirals und Generals auswiesen.

Lennox erkannte, dass er in seiner Tropenuniform nicht nur fehl am Platz wirkte, sondern auch von vielen Offizieren umgeben war, die im Rang höher standen als er. Dies war einfach kein Ort für einen einfachen U-Boot-Matrosen.

Und als sie im Haus waren und ein Hausdiener sie zu einer Bar mit zwei Kellnern führte, die am Swimmingpool aufgestellt worden war, sah er zwei Filmstars. Mit einer Art Luftschläuchen unter den Armen und Drinks in den Händen räkelten sich Lana Turner und einer dieser zu schönen, zu perfekten Schauspieler im Pool. Er brauchte einen Augenblick, um den Typen als Greg Hammer zu erkennen.

Wie kann sich ein großer Mann in hervorragender körperlicher Verfassung vor seiner Einberufung drücken?, dachte Lennox.

Es mussten an die zweihundert Personen im Herrenhaus der Dennisons sein. Eine von fünf war weiblich. Für das frauenarme Hawaii war das ein ungewöhnlich hoher Prozentsatz. Einige waren Ehefrauen, aber viele waren ledig.

Warum überrascht mich das?, dachte Lennox. *Wo habe ich die schönen Mädchen erwartet, in der Innenstadt von Honolulu beim Aufgabeln von Matrosen?*

Er sah den COMSUBFORPAC, was ihn nicht überraschte, und den CINCPAC, was er erstaunlich fand. Er fragte sich, warum der COMSUBFORPAC seinen Besuch der Party praktisch befohlen hatte. Vermutlich, um mir eine Henkersmahlzeit zu gönnen, dachte er ein wenig bitter.

Der COMSUBFORPAC sah ihn, nickte und schenkte ihm ein schnelles Lächeln, blickte jedoch schnell fort und machte ihm damit klar, dass seine Aufwartung im Augenblick nicht erwünscht war.

Und dann verschwand der Adjutant des Admirals und ließ Lennox allein. Er trank seinen ersten Cocktail zu Ende, ließ sich von einem der Kellner einen Zweiten einschenken und schlenderte dann herum, bis er ans Büfett gelangte.

Er entschloss sich, etwas zu essen. Man servierte kein Steak, auf das er sich gefreut hatte, aber zweifellos ein herzhaftes, üppiges Mahl. Es gab Schweinebraten, Roastbeef, Fisch und Hähnchen. Er kramte in seiner Erinnerung, wo er zum letzten Mal ein üppigeres Angebot an Essen gesehen hatte, aber es fiel ihm nichts ein.

Er ging mit seinem gefüllten Teller aus dem Haus und setzte sich auf eine niedrige Backsteinmauer, hinter der ein weißer Sandstrand und das Meer zu sehen waren. Das Essen erwies sich als so schmackhaft, wie es aussah, und er verzehrte alles, was er auf seinen Teller gehäuft hatte.

Nach dem Essen hatte sich Lennox gerade eine Zigarre angezündet, als der Adjutant des Admirals zu ihm kam.

»Ich habe mich schon gefragt, was aus Ihnen geworden ist«, sagte der Adjutant.

»Ich wollte gerade nach Ihnen suchen, Commander«, sagte Lennox. »Ich muss daran denken, wie ich nach Pearl zurückkomme.«

»Wir werden Sie zur *Drum* zurückbringen«, kündigte der Adjutant an. »Aber jetzt kommen Sie bitte erst einmal mit, ja?«

»Wohin gehen wir?«

Der Adjutant gab keine Antwort. Lennox folgte ihm um den Pool herum, dann durch ein großes Wohnzimmer mit hoher Decke und schließlich über einen Flur. Der Adjutant blieb vor einer Tür stehen und klopfte an.

»Herein!«, rief eine Männerstimme.

Es war ein gemütliches Zimmer, eine Art Privatbüro.

Darin sah Lennox CINCPAC, COMSUBFORPAC, den Adjutanten des CINCPAC, eine sehr gut aussehende junge Frau, einen Captain des Air Corps und Filmstar Greg Hammer in der Uniform eines First Lieutenant des Fernmeldekorps der Army.

Lennox schämte sich ein wenig über seine Gedanken, die er bei Hammers Anblick im Swimmingpool gehabt hatte. Greg Hammer war zweifellos kein Drückeberger. Lennox schämte sich jedoch nicht lange. Er hatte gehört, dass Kinostars aus Hollywood im Militärdienst waren. Da gab es eine Flugstaffel des Marine-Corps mit Macdonald Carey und Tyrone Power, bequemerweise stationiert in Diego, wo sie ein Hotel gemietet hatten, damit sie nicht gezwungen waren, in einem unbequemen Quartier für ledige

Offiziere zu nächtigen. Clark Gable war zu einem Lieutenant des Air Corps ernannt worden. Ronald Reagan machte als First Lieutenant Lehrfilme in Hollywood. Es war deshalb nicht so überraschend, Greg Hammer in der Uniform eines Offiziers zu sehen.

»Miss Chenowith«, sagte der CINCPAC, »darf ich Ihnen Commander Lennox vorstellen, den Kapitän der *Drum*?«

Cynthia Chenowith gab ihm die Hand und sagte, es freue sie, ihn kennen zu lernen. Ihre Hand war die erste weibliche Hand, die Lennox seit einem Jahr berührt hatte, und sie war warm und weich und er fragte sich, wer das Privileg haben mochte, mit Miss Chenowith zu schlafen.

»Miss Chenowith hat Beziehungen zu den Continental Studios«, sagte der CINCPAC. »Und Sie haben sicherlich Lieutenant Greg Hammer erkannt?«

»Ja, natürlich«, sagte Lennox und schüttelte dem Filmstar die Hand.

»Und dies ist Captain Whittaker vom Air Corps«, fuhr der CINCPAC fort.

»Guten Tag, Commander«, sagte Whittaker und reichte Lennox die Hand.

Lennox konnte sich nicht erinnern, Whittaker in einem Film gesehen zu haben, aber schließlich hatte er Hollywoods schönen Jungs keine große Aufmerksamkeit geschenkt. Immerhin hatte Whittaker die Flugschule besucht. Er trug das Pilotenabzeichen, wenn auch keine Ordensbänder.

»Sie werden sich möglicherweise gefragt haben, warum ich dieses Treffen arrangiert habe«, sagte der CINCPAC und hielt das anscheinend für scherzhaft.

Lennox lachte pflichtschuldig.

»Jawohl, Sir, das habe ich«, sagte er.

»Die Continental Studios haben sich entschlossen, einen Dokumentarfilm über die Patrouillenfahrt eines U-Boots zu drehen«, sagte der CINCPAC. »Die Navy hat volle Kooperation versprochen, nachdem Admiral Keene konsultiert wurde. Ich habe die *Drum* für das Projekt ausgewählt.«

»Ich verstehe nicht ganz, Sir.« Lennox glaubte, nicht richtig gehört zu haben.

»Captain Whittaker und Lieutenant Hammer werden mit Ihnen fahren, Lennox. Außerdem ein Fotoassistent der Navy.«

»Auf Patrouille, Sir?«, fragte Lennox ungläubig.

»Wie ich das verstanden habe, wird Greg Hammer als Erzähler fungieren«, sagte der CINCPAC. »Captain Whittaker wird Regisseur/Produzent sein, und die Weißmütze wird die Kamera bedienen.«

Wenn du das Maul aufreißt, Lennox, wirst du dich hinreißen lassen und dem CINCPAC, dem COMSUBFORPAC und der hübschen Lady mit den prächtigen Titten genau sagen, was du über die blödeste Idee denkst, von der du jemals gehört hast.

Das dachte Commander Lennox. Aber er sagte: »Jawohl, Sir.«

Und dann kam ihm in seiner Verzweiflung ein Gedanke, der vielleicht verhinderte, dass diese idiotische Idee in die Tat umgesetzt wurde.

»Ich nehme an, die Gentlemen und der Matrose haben die Schule in New London absolviert?«, sagte Lennox und blickte fragend.

»Nein«, sagte Captain Whittaker. »Wir haben daran gedacht, aber wir konnten keine Zeit dafür im Terminplan finden.«

»Sir, darf ich respektvoll darauf hinweisen, dass dies ein ziemlich ernstes Problem darstellt?«, sagte Lennox. »Wir können nicht wissen, ob diese Gentlemen den atmosphärischen Druck auf dem Boot vertragen.«

»Wir haben das mit dem Marineadmiralarzt abgeklärt, Lennox«, sagte der COMSUBFORPAC. »Er ist nach der Überprüfung ihrer letzten ärztlichen Untersuchungen der Meinung, dass es keine gesundheitlichen Bedenken gibt.«

»Sir, darf ich darauf hinweisen, dass es ebenfalls psychologische Erwägungen gibt? Da ist die Frage der Beengtheit, Klaustrophobie ...«

»Vielleicht hat sich Admiral Keene nicht klar genug ausgedrückt«, sagte der CINCPAC ein wenig scharf. »Die möglichen ärztlichen Probleme sind erwogen worden, und es gibt keine Bedenken.«

»Jawohl, Sir«, sagte Lennox.

»Captain Whittaker und Lieutenant Hammer und die Weißmütze werden um halb sechs an Bord der *Drum* gehen«, sagte der COMSUBFORPAC. »Ihre Ausrüstung wird bis dahin an Bord verladen werden.«

»Ihre Ausrüstung, Sir?«, fragte Lennox.

»Ihre Kameras, die Aufnahmegeräte und Filme«, sagte der COMSUBFORPAC.

»Und die Schlauchboote«, fügte Captain Whittaker hinzu. »Und ihre Außenbordmotoren.«

»Wir planen, sie aufzublasen, wenn wir auf See sind«, erklärte Greg Hammer. »Für das, was wir Außenaufnahmen nennen.«

»Ich weiß nicht, wo wir den Platz finden werden, um Schlauchboote zu lagern«, sagte Lennox.

»Vielleicht wäre es eine gute Idee, wenn Sie, Lennox, jetzt an Bord gehen und die Verladung selbst beaufsichtigen würden«, sagte der CINCPAC.

»Aye, aye, Sir«, sagte Lennox. »Ihre Erlaubnis, mich zurückzuziehen, Sir?«

»Erteilt«, sagte der CINCPAC. Er gab Lennox die Hand. »Gute Jagd, Commander.«

»Danke, Sir.« Lennox nickte den anderen zu und verließ den Raum.

Gute Jagd? Allmächtiger! Wie zur Hölle kann ich irgendetwas jagen, wenn ich ein paar zweitklassige Filmstars und einen Fotografen an Bord habe? Womit habe ich das nur verdient?

Der Adjutant des Generals begleitete ihn über den Flur zurück, durch das Wohnzimmer und zur Bar am Swimmingpool, wo Lennox einen doppelten Bourbon bestellte und hinunterkippte.

Er sah dem Adjutanten des Admirals in die Augen.

»Haben die den Verstand verloren oder was? Wenn es so wichtig ist, einen verdammten Film zu drehen, warum schicken sie dann nicht ein paar Fotografen der Navy los, Jungs, die für ein U-Boot tauglich sind? Zwei verdammte Filmstars? Das ist absolut hirnrissig!«

»Sie haben keine Fragen zu stellen, Commander«, sagte der Adjutant. »Sie haben Befehle zu erfüllen und zu sterben – und unterdessen sehr höflich zu Ihren Passagieren zu sein. Sie haben Freunde an hohen Stellen.«

Der Adjutant würde nie erfahren, wie nahe er daran war, vom Captain des United States Ship *Drum* Prügel zu beziehen.

Als der Plymouth ihn auf dem Kai absetzte, an dem die *Drum* lag, schleppten Matrosen kleine Holzkisten an Bord und wankten unter dem Gewicht.

Lennox ging an Bord.

»Was, zum Teufel, geht hier vor, Skipper?«, fragte der Deckoffizier.

»Wir nehmen zwei Filmstars und einen Kameramann mit«, sagte Lennox.

»Was?«

»Außerdem kommen Schlauchboote und Außenbordmotoren an Bord«, fuhr Lennox fort und ignorierte die entgeisterte Frage.

»Ich habe zwei Schlauchboote mit Motoren in den Torpedoraum achtern bringen lassen«, sagte der Deckoffizier. »Ich weiß nicht, wie jemand in der Lage sein wird, sich dort zu bewegen. Da ist es so eng, dass die Schlauchboote nicht einmal aufgeblasen werden können.«

»Und ihre übrige Ausrüstung?«

»Die war nicht so schwierig unterzubringen«, sagte der Deckoffizier. »Das sind ein paar Kisten, die vielleicht anderthalb Meter lang sind. Alles sonst ist in diesen kleinen Kisten. Die sind höllisch schwer. Was ist darin?«

»Was steht denn drauf?«

»Filmmaterial. Nicht röntgen!«

»Dann enthalten sie vermutlich Filmmaterial«, sagte Lennox trocken. »Sagen Sie dem Ersten Offizier, dass wir eine weitere Weißmütze bei uns haben werden. Die Filmstars werden Kojen mit den Offizieren teilen.«

»Aye, aye, Sir«, sagte der Deckoffizier. »Darf ich fragen, welche Filmstars?«

»Der eine ist Greg Hammer«, sagte Lennox. »Der andere Typ heißt Whittaker. Davon habe ich nie gehört. Das ist sozusagen eine anonyme Berühmtheit.«

»Ich kenne Hammer«, sagte der Deckoffizier.

»Wenn die Patrouillenfahrt vorüber ist, werden Sie ihn gründlich kennen«, sagte Lennox. »Gute Nacht, Mr. Downey.«

»Gute Nacht, Skipper.«

2

Ford Island, Marinewerft Pearl Harbor
Oahu, Territorium Hawaii

16. Februar 1943

Fünf vor sechs, fünfundzwanzig Minuten verspätet, fuhr die Cadillac-Limousine des CINCPAC auf den Kai. Der Adjutant des CINCPAC, die beiden Filmstars und die Frau von den Continental Studios saßen im

Fond, der Adjutant des CINCPAC hockte auf einem Notsitz. Ein sehr schmächtiger, knabenhafter Matrose mit Sonnenbrille saß auf dem Beifahrersitz.

Der Fahrer öffnete die Tür für die Passagiere, und als sie ausstiegen und fröhlich Lennox zuwinkten, nahm der jungenhaft aussehende Matrose zwei kleine Segeltuchtaschen aus dem Kofferraum und trug sie an Bord.

Die Crew blickte mit unverhohlener Neugier auf den Kai.

Captain Whittaker packte plötzlich Miss Chenowith und küsste sie auf den Mund. Die Crew der *Drum* pfiff und johlte.

Miss Chenowith riss sich von Captain Whittaker los, wandte sich Lieutenant Hammer zu und küsste ihn auf den Mund.

Die Crew pfiff und johlte abermals.

Whittaker und Hammer gingen über die Planke an Bord der *Drum.* Sie fragten weder um Erlaubnis, das Deck betreten zu dürfen, noch grüßten sie den Deckoffizier. Sie schritten einfach in den Kommandoturm, als gingen sie an Bord der Staten-Island-Fähre.

»Treffen Sie alle Vorbereitungen zum Auslaufen«, befahl Commander Lennox seinem Stellvertreter, Lieutenant Rutherford.

Die Kapelle der Navy auf dem Kai begann ›Anchors Aweigh‹ zu spielen.

»Gangway und Taue entfernen!«, befahl Lieutenant Rutherford.

Commander Lennox spürte eine Bewegung hinter sich. Er wandte sich um und sah, wie Captain Whittakers Kopf und Schultern in der Luke auftauchten.

»Morgen«, sagte Whittaker fröhlich.

Einen Augenblick später kam Lieutenant Hammer durch die Luke.

Mit gewaltiger Mühe schaffte Commander Lennox ein Lächeln.

»Seien Sie bitte so freundlich, dort zurückzubleiben, Gentlemen«, sagte Lennox und wies hin.

»Klar«, sagte Whittaker. »Wir wollen nicht im Weg sein.«

Beide winkten der Schönen auf dem Kai. Lennox sah, dass beide Spuren von Lippenstift auf dem Gesicht hatten. Sie winkte zurück.

Lennox gab Befehle.

Die *Drum* erzitterte, als die Maschinen ansprangen. Sehr langsam entfernte sich das Boot vom Kai.

Als sie in der Fahrrinne waren, wandte sich Lennox Rutherford zu.

»Sie haben das Steuer, Mr. Rutherford«, sagte er. »Bringen Sie uns zur See.«

»Aye, aye, Sir.«

»Und wenn es Ihnen nichts ausmacht, Gentlemen, möchte ich gerne in meiner Kabine mit Ihnen sprechen.«

Commander Lennox hielt eine kurze, präzise und scharfe Ansprache über die Sitten des Marinedienstes, wie sie auf den U-Boot-Dienst angewandt wurden, beginnend mit der Information, dass man um Erlaubnis fragen musste, bevor man an Bord eines Marinebootes gehen durfte, bis hin zu dem Verbot, ohne besondere Erlaubnis des Kapitäns die Brücke zu betreten.

Und dann erwärmte er sich für das Thema.

Seiner Meinung nach, sagte er ihnen, war dieser Dokumentarfilm das verdammt Blödeste, was er in seinen acht Jahren in der Navy gehört hatte.

Darüber hinaus missfiel ihm ihr Verhalten. Er war der Kapitän eines Bootes auf See, und wenn sie mit ihm sprachen, würden sie ihn entweder mit ›Captain‹ oder ›Sir‹ anreden. Aber fürs Erste, sagte er, wäre er erfreut, wenn sie gar nichts sagten, es sei denn, sie würden angesprochen werden. Und er würde es als einen persönlichen Gefallen von ihnen betrachten, wenn sie ihre Mahlzeiten während seiner Abwesenheit in der Messe einnehmen würden. ›Filmschauspieler in der Uniform von Offizieren verderben mir den Appetit‹, sagte er.

Was ihn anbetreffe, so sei sein Job, japanische Schiffe zu versenken, nicht irgendwelche beschissenen Filme zu drehen. Er forderte sie auf, sich dementsprechend zu benehmen.

Captain Whittaker und Lieutenant Hammer hörten sich die Ansprache kommentarlos an, was Lennox beunruhigend fand. Er hatte gehofft, Einwände zu hören, was ihm Gelegenheit gegeben hätte, ihnen richtig die Meinung zu geigen und vielleicht sogar einen Vorwand, ihre gottverdammten Schlauchboote und Filmkameras über Bord zu schmeißen.

»Sir«, sagte Whittaker respektvoll, »wir werden unser Bestes tun, um Ihnen aus dem Weg zu bleiben.«

»Sorgen Sie dafür«, sagte Lennox. »Sie sind entlassen.«

Als er Dampf abgelassen hatte, schämte sich Lennox ein wenig. Er sagte sich, dass sie ebenfalls Befehle hatten, auch wenn diese Befehle lauteten, einen verdammten Film zu drehen. Und nachdem er sich etwas beruhigt hatte, wurde ihm klar, dass er ein wenig schäbig zu ihnen gewesen war.

Sie waren noch ein paar hundert Seemeilen von der Position im Pazifik entfernt, wo er befugt war, Umschlag ›2‹ zu öffnen, aber er ging zum Safe und holte ihn trotzdem hervor. Wenn er das Ziel kannte, konnte er den Filmstars vielleicht Motive für ihren Film vorschlagen. Vielleicht konnte er damit wieder gutmachen, dass er sich wie ein scharfer Hund und Armleuchter verhalten hatte.

Er riss das Kuvert auf.

TOPSECRET

COMMANDER SUBMARINE FORCE PACIFIC
PEARL HARBOR, TERRITORIUM HAWAII

An: Kommandant USS Drum SS 228

1. Auf Anweisung des Präsidenten werden Sie die Fahrt nach der Insel Mindanao, Territorium Philippinen, fortsetzen und dort Captain James M.B. Whittaker, USAAC, und Personal und Ausrüstung nach seinen Wünschen an einem Ort und zu einer Zeit absetzen, die er Ihnen bekanntgeben wird.
2. Während die Natur von Captain Whittakers Dienst an Land auf den Philippinen geheim ist und nicht erfragt werden darf, werden Sie hiermit informiert, dass sein Dienst höchste Priorität hat und die gesamten Bemühungen der Drum und ihrer Besatzung der Erfüllung seines Dienstes dienen muss, unter Ausschluss von allem sonst.
3. Nachdem Sie Captain Whittaker und sein Personal an Land abgesetzt haben, werden Sie eine Position auf See einnehmen, die von Captain Whittaker festgelegt werden wird und wo sie Funkkontakt mit Captain Whittaker oder einer von ihm benannten Person halten werden, zu den Zeiten, die er bestimmen wird.

4. Bei Erhalt der entsprechenden Befehle von Captain Whittaker werden Sie ihn und wen immer er sonst bestimmt, zusammen mit dem von ihm gewünschten Material und/oder Ausrüstung vom Strand von Mindanao zu dem Zeitpunkt und an dem Ort abholen, den er Ihnen nennt. Sie werden ihn und an Bord genommenes Personal und/oder Ausrüstung und Material zu jedem Ziel transportieren, das er Ihnen nennen wird.
5. Es ist Ihnen strikt verboten, sich an irgendeiner Aktion gegen den Feind zu beteiligen, es sei denn, Captain Whittaker erteilt Ihnen ausdrücklich die Genehmigung dazu.
6. Sie sind angewiesen, mit allen nötigen Maßnahmen sicherzustellen, dass Ihre Offiziere und die Crew sowohl die Priorität dieser Mission als auch ihre Geheimhaltung und die absolute Notwendigkeit, dass sie TOPSECRET bleiben muss, verstehen.

Im Auftrag:
Geoffrey H. Keene,
Rear Admiral, USN
G. H. Keene

»O Scheiße!«, rief Commander Lennox so laut und leidenschaftlich, dass seine Stimme durch den Friesvorhang drang, der als Tür seiner Kabine diente, und über dem Dröhnen der Dieselmaschinen gehört werden konnte.

Der Chief Petty Officer steckte den Kopf durch den Vorhang.

»Sie haben gerufen, Captain?«

»Es war mehr ein Stöhnen«, sagte Lennox. »Würden Sie bitte Mr. Rutherford zu mir schicken? Und dann die Army-Offiziere bitten, mir Gesellschaft zu leisten, wenn es ihnen passt?«

»Aye, aye, Sir«, sagte der Chief.

»Und Sie will ich ebenfalls dabei haben«, sagte Lennox.

Alle waren binnen Minuten zur Stelle.

»Ich möchte, dass niemand den Gang betritt, während dieses Gespräch stattfindet«, sagte Lennox zum Chief. »Stellen Sie Posten auf und kommen Sie dann zurück.«

Als sich alle in der kleinen Kabine drängten und darauf warteten, was er zu sagen hatte, begann Lennox:

»Abgesehen von dem Eingeständnis, dass ich mich vor einer Weile wirklich wie ein Arschloch benommen habe und mich dafür entschuldige, weiß ich nicht, was ich sagen soll. Darf ich Ihre Erlaubnis haben, meine Befehle meinem Stellvertreter und dem Chief zu zeigen, Captain Whittaker?«

»Das halte ich für eine gute Idee«, sagte Whittaker.

Der Chief las die Befehle über die Schulter des stellvertretenden Kommandanten. Ihre Gesichter spiegelten Überraschung wider, doch sie sagten nichts.

»Keine Fragen?«, wollte Whittaker wissen.

»Was ist in den Kisten?«, fragte der Chief.

»Die länglichen enthalten Karabiner«, antwortete Hammersmith.

»Und die Hälfte der anderen ist mit Munition gefüllt«, fügte Whittaker hinzu.

»Und die andere Hälfte?«

»Eine Million Dollar in Goldmünzen«, sagte Whittaker.

Der Chief akzeptierte das mit stoischer Gelassenheit.

»Wird schwierig sein, dieses Zeug in Schlauchbooten an Land zu bringen«, sagte er. »Ich nehme an, die Leute, die Sie treffen werden, haben keine Boote, richtige Boote, etwas, das groß genug ist, um dieses Gewicht zu verkraften?«

»Das ist eines unserer Probleme, Chief«, sagte Whittaker. »Niemand weiß, dass wir kommen.«

»Ach du Scheiße!«, sagte der Chief, und dann hatte er sich sofort unter Kontrolle. »Nun, wir werden uns etwas einfallen lassen, Captain.«

3

16°20″ nördlicher Länge
43°05″ nördlicher Breite
(über dem Adriatischen Meer)

16. Februar 1943, 15 Uhr 20

Die B-25G ›Mitchell‹ war seit Stunden hoch am strahlend blauen Himmel allein gewesen. Ihre Passage um den Absatz des italienischen Stiefels und über dem Zentrum der Adria war von doppelten Kondensstreifen markiert. Weit unter ihnen erstreckte sich eine dichte Wolkendecke, so weit der Blick reichte. Sie wirkte wie eine riesige Schicht Baumwolle.

Dolan saß an den Kontrollen, Canidy auf dem Kopilotensitz und Darmstädter auf einem zusammenklappbaren Notsitz direkt hinter den beiden Pilotensitzen. Es war unbequem auf dem Notsitz, doch die Schaumgummi- und Ledersitze im Rumpf hatten wenig Reiz für Darmstädter. Wenn er allein im Rumpf war, hatte er eine zu große Gelegenheit, daran zu denken, was schief gehen konnte. Er fand Beruhigung, wenn er bei Canidy und Dolan war.

Darmstädter hatte auf dem linken Sitz gesessen, als sie Malta verlassen hatten. Er hatte den Start durchgeführt. Aber Canidy hatte die Kontrollen übernommen, nachdem sie in der Luft gewesen waren, und er hatte den Kurs, die Steiggeschwindigkeit und die Mischung für die Motoren eingestellt.

Und dann hatte er Darmstädter sachlich erzählt, wohin sie flogen – jedoch nicht, warum – und ihm den Kurs auf der Karte gezeigt.

Er hatte ihm erzählt – geduldig, sogar freundlich wie ein Fluglehrer einem Flugschüler –, wie es für sie geplant war, Vis zu finden, und was geschehen würde, wenn etwas schief ging.

Canidy erklärte, dass der OSS-Agent bei der britischen SOE-Abteilung auf Vis einen Funk-Empfänger/Sender hatte, der auf den Frequenzen für die Luftfahrt arbeiten konnte. Indem sie den Peilempfänger der B-25G benutzten, würden sie Vis ähnlich leicht anfliegen wie den Newark Airport nach einem Flug von Washington.

Mit einigen bedeutsamen Ausnahmen: »Das Dumme bei Peilsendern ist, dass sie von jedem empfangen werden können, der auf dieser Frequenz eingeschaltet ist«, erklärte Canidy. »Zum Beispiel deutsche oder italienische Flugzeuge. Ein neugieriger Pilot der Luftwaffe auf dem Heimflug von einer Patrouille über der Adria könnte das Signal von Vis empfangen und sich fragen, was das zu bedeuten hat.

»Das schlimmstmögliche Szenario ist, dass zwei Piloten, oder auch zwei Bodenstationen vielleicht den Peilsender von Vis gleichzeitig hören und ihre Position und die relative Position des Senders in Vis auf einer Karte markieren. Wenn sie das tun, brauchen sie nur noch die Markierungen auf der Karte zusammenzusetzen. Triangulation. Können Sie mir folgen?«

Darmstädter nickte. Er wusste, dass die Position des Senders leicht zu bestimmen war, ohne dass ein Signal tatsächlich bis zu seiner Quelle verfolgt werden musste. ›Triangulation‹ bedeutete einfach, auf einer Karte gerade Linien von zwei verschiedenen Punkten des Empfangs auf die Quelle des Signals zu ziehen. Die Schnittstelle der geraden Linien wies auf die Position des Senders hin.

»So wird Vis, um die Möglichkeiten zu reduzieren, erwischt zu werden, so wenig senden wie möglich«, sagte Canidy. »Das erste Signal, das wir hören werden, wenn wir nahe genug heran sind, wird nur fünf Minuten im Äther sein. Dann wird es verstummen und eine Viertelstunde später für eine Minute auf einer anderen Frequenz mit anderen Rufzeichen zu hören sein.«

Er überreichte Darmständer eine mit Schreibmaschine getippte Liste.

Es gab darauf drei Kolonnen. In der ersten standen Zeiten, beginnend mit 15:00 Uhr und endend mit 17:45 Uhr. Manchmal betrugen die Intervalle zwischen den Sendezeiten neunzehn Minuten, manchmal nur elf. Aber keine zwei Sendepausen waren gleich. Die zweite Kolonne listete die Frequenzen der Sendungen auf. Keine zwei davon waren gleich. Und in der dritten Kolonne war der dreibuchstabige Identifikationscode angegeben, auf dem der Peilsender sendete, unaufhörlich wiederholt für den Zeitraum, in dem er im Äther war.

»Clever«, sagte Darmstädter.

»Es setzt voraus, dass unser Junge auf Vis den Empfänger hat, dass er funktioniert und wir ihn abhören können, wenn es sein muss«, sagte Canidy.

»Und wenn nicht?«, fragte Darmstädter.

»Das würde uns vor einige Probleme stellen«, sagte Canidy. »Sie werden bemerkt haben, dass der Punkt, von dem es kein Zurück gibt, hier auf der Karte ist, und der Punkt, an dem wir hoffen können, den Peilsender von Vis zu empfangen, hier ist.«

Darmstädter sah, dass die erste Position, an der sie hoffen konnten, das Signal des Peilsenders zu empfangen, mindestens hundertfünfzig Kilometer von dem Punkt entfernt war, an dem es kein Zurück gab.

»Und wenn wir das Peilsignal nicht empfangen können?«

»Dann gehen wir runter und versuchen, das Ziel im Sichtflug zu finden«, sagte Canidy.

»Das wäre ziemlich schwer, nicht wahr?«, fragte Darmstädter.

»Denken Sie positiv, Darmstädter«, sagte Canidy trocken. »Aber da Sie die Frage nun einmal gestellt haben, sollen Sie auch eine Antwort bekommen. Ich halte es für unmöglich.«

»Und was machen wir dann?«, fragte Darmstädter.

»Dann haben wir zwei Möglichkeiten«, sagte Canidy. »Sie können die Maschine über das jugoslawische Bergland fliegen und das Risiko eingehen, von den Partisanen erwischt zu werden, bevor die Deutschen Sie schnappen. Wenn die Partisanen Sie erwischen, sind Sie aus dem Schneider. Wenn nicht, müssen Sie das Risiko mit den Deutschen eingehen.«

»Was meinen Sie damit?«

»Sie erzählen ihnen, dass Sie auf einem Bombardierungsflug waren, sich verirrten und mit dem Fallschirm ausstiegen, als Ihnen der Sprit ausging. Wenn die Deutschen Ihnen glauben, sitzen Sie den Krieg in einem Stalagluft (ein Gefangenenlager für Flugpersonal) aus. Wenn nicht, sieht es zappenduster für Sie aus.«

»Und wo sind Sie und Dolan, während ich das Risiko mit den Partisanen eingehe?«

»Dolan und ich werden die Karte ›Gehen Sie auf direktem Weg ins Gefängnis, kassieren Sie keine zweihundert Dollar‹ ziehen müssen«, sagte Canidy nüchtern. »Weil wir uns nicht gefangen nehmen lassen können.«

»Warum nicht?«, platzte Darmstädter heraus.

»Weil die Deutschen von jedem alles herausfinden können, was sie wissen wollen, wenn sie es darauf anlegen«, sagte Canidy. »Und Dolan und ich wissen gewisse Dinge, die Ihnen nicht bekannt sind und von denen die Deutschen nichts erfahren sollen.«

»Was werden Sie tun, um eine Gefangennahme zu verhindern?«, fragte Darmstädter bestürzt.

Canidy ignorierte die Frage. Stattdessen gab er Darmstädter ein weiteres mit Schreibmaschine betipptes Blatt Papier.

»Es wird ein Bombenangriff von einer B-25 am Fuß von Italien geflogen werden«, sagte er. »Hier sind die Einzelheiten, über die Sie Bescheid wissen müssen, wenn Sie auf diese Mission gehen müssen. Prägen Sie sich so viel ein, wie Sie können, besonders Ihre Einheit, Ihre Flugzeugnummer, der Flugplatz, von dem Sie abgeflogen sind. Benutzen Sie Ihre Fantasie für die Namen der Crew. Ich nehme an, Sie können vermutlich damit durchkommen.«

»Und was genau werden Sie und Dolan tun?«, fragte Darmstädter.

»Ich will es mal so formulieren: ›Wir überqueren diese Brücke, wenn wir dorthin gelangen‹.«

»Ich möchte es wirklich wissen«, beharrte Darmstädter.

Canidy überlegte einen Moment, bevor er antwortete.

»Man hat uns eine Pille gegeben«, sagte er. »Eigentlich ist es eine Glasphiole, die mit etwas gefüllt ist, das wie *wäss*rige Milch aussieht. Wenn man darauf beißt, soll es wirken, bevor man die kleinen Glasstückchen im Mund spürt. Der Zweck ist, dass wir darauf beißen sollen, wenn klar wird, dass wir es nicht bis nach Vis schaffen. Aber ich denke, wir steigen über dem Festland aus und gehen das Risiko ein, dass uns die Partisanen vor den Deutschen finden. Wenn wir im Schoß der Wehrmacht landen, werden wir auf die ›Pille‹ beißen.«

»Was, zum Teufel, wissen Sie, das Selbstmord nötig macht?«, fragte Darmstädter.

Canidy gab keine Antwort.

Auf dem weiteren Flug hatten sie nicht mehr über das Thema gesprochen.

Vor einer Stunde hatte Canidy den Funkpeilempfänger eingeschaltet. Bis dahin hatten sie sich in stündlichen Intervallen an den Kontrollen abgelöst, und jetzt saß Dolan auf dem Pilotensitz. Zuerst reagierte die Anzeige des Peilempfängers nicht. Dann drehte Canidy die Kurbel, mit der die Rahmenantenne oben auf dem Rumpf verstellt werden konnte.

Die Nadel zuckte, gerade wahrnehmbar, und er kurbelte zurück, stellte die Antenne auf die Quelle der Strahlung ein. Die Nadel des Signalstärkeanzeigers kroch langsam höher, als die Empfangsstärke zunahm.

Und dann konnte Darmstädter sehr schwach über den atmosphärischen Störungen in seinem Kopfhörer ein Morsezeichen erkennen, Dah-Dah-Dah, D. und dann noch eins und schließlich ein Drittes, bis sich in seinem Kopfhörer scheinbar endlos wiederholte: Dah-Dah-Dah Dit-Dit-Dit Dah-Dah-Dah. Er fragte sich ob DHD etwas bedeutete oder ob es ausgewählt worden war, weil es eine phonetisch lange, gut erkennbare Buchstabenfolge war.

»Ich bezweifle, dass er drin ist, sagte die Jungfrau«, ertönte Canidys Stimme trocken und metallisch über die Kopfhörer.

Dolan blickte zum Dach der Kabine auf die Anzeige des Mechanismus, der die Antenne drehte. Dann flog er die B-25G in eine sehr leichte Kurve, mit sehr leicht geneigter Nase und machte kleine Korrekturen am Gas und der Mischung.

Schließlich erklang seine Stimme metallisch über die Kopfhörer.

»Leck mich, Canidy.«

Einen Moment später trimmte er die B-25G auf einen Kurs, der demjenigen entsprach, der von dem Peilempfänger angezeigt wurde, und sprach wieder in das Mikrofon der Bordverständigungsanlage.

»Ich wäre Ihnen dankbar, Darmstädter, wenn Sie aufhören würden, wie ein Passagier auf einem Fährboot auf und ab zu spazieren.«

Danach verschränkte er die Arme vor der Brust.

Die B-25 sank sehr langsam auf die Schicht Baumwolle tief unter ihnen zu. Die Nadel der Anzeige der Signalstärke fiel plötzlich zum Anschlag zurück.

»Sie haben das Signal verloren«, sagte Darmstädter.

»Das liegt vielleicht daran, dass sie das Senden eingestellt haben«, erwiderte Dolan trocken.

Die B-25 flog weiter in sehr flachem Sinkflug.

Elf Minuten später, als sie immer noch über der Wolkendecke waren, kam eine einminütige Sendung von Vis, und Dolan machte eine winzige Kurskorrektur, um das Flugzeug auf den Kurs auszurichten, bevor die Anzeige der Signalstärke wieder zurücksackte.

Sie waren in der Wolkenbank, als sich Vis wieder meldete. Darmstädter konnte ungefähr drei Zentimeter über die Windschutzscheibe hinaus sehen. An dem Plexiglas der Kanzel hafteten Tropfen von Kondenswasser, die aus einem rätselhaften aerodynamischen Grund vom Luftstrom ungestört blieben, durch den sie mit zweihundertneunzig Knoten flogen. Aber jenseits der Tropfen war nur eine graue Masse.

»Willst du nicht auf den Boden runter und nachsehen, ob wir aus dieser Scheiße herauskommen?«, fragte Canidy. Es war eine Frage, kein Vorschlag und gewiss kein Befehl, wie Darmstädter erkannte.

Dolan antwortete mit einem Kopfschütteln, und erst eine volle Minute später sprach er.

»Wenn es den Anschein hat, dass es klappt, soll man es nicht versauen«, sagte er.

Es klang mehr wie lautes Denken von Dolan, statt einer Antwort für Canidy, oder als hätte Dolan dieses alte Pilotenklischee aus den Tiefen seiner Erinnerung hervorgeholt, um sich selbst zu beruhigen.

Die Nadel des Geschwindigkeitsmessers zeigte eine Abnahme, die nur bei genauerem Hinsehen zu erkennen war. Bei einem flüchtigen Blick hatte es den Anschein, dass sie gleichbleibendes Tempo anzeigte. Die Nadel des Höhenmessers bewegte sich sehr langsam. Aber sie bewegte sich und zeigte stetigen Sinkflug an.

Ungefähr zwanzig Minuten später, während einer anderen Sendung von Vis, sagte Canidy: »Ich wünschte, dieser Sender hätte nicht ganz so gut gearbeitet.«

Darmstädter brauchte einen Moment, um zu verstehen, was er meinte. Dann begriff er. Die Nadel des Signalstärkemessers ruhte jetzt am oberen Anschlag. Es war unmöglich, abzuschätzen, ob sie sich dem Sender näherten. Der Signalstärkemesser zeigte alle Stärke seiner Leistungskraft an.

Als der Höhenmesser zwölftausend Fuß anzeigte, zog Canidy seine Sauerstoffmaske vom Gesicht und rieb sich die Wangen und das Kinn. Darmstädter entfernte seine Maske ebenfalls. Die frische Luft, die in seine Nase und den Mund strömte, wirkte warm und feucht. Dolan nahm seine Sauerstoffmaske nicht ab. Darmstädter fragte sich, ob dies demonstrativ zu seiner früheren Äußerung ›wenn es den Anschein hat, dass es klappt, sollte man's nicht versauen‹ geschah oder ob sich Dolan auf andere Dinge konzentrierte und einfach nicht bemerkt hatte, dass sie auf einer Höhe waren, wo es sicher war, ohne Sauerstoffmaske zu fliegen.

Und dann stießen sie plötzlich durch die Wolkendecke. Dort unten waren der Ozean und Land vorne und an den Seiten zu sehen.

Canidy kramte hektisch in seiner Pilotenaktentasche und zog eine Handvoll Hochglanzfotos hervor. Dolan riss sich die Sauerstoffmaske vom Gesicht.

»Was hast du gesagt, Dick, über ›er ist nicht drin, sagte die Jungfrau‹?«

»Oh, Mann!«, erwiderte Canidy. »Und ich war nahe dran, Bruce zuzustimmen, dass man keine alten Knacker wie dich fliegen lassen soll.«

Die beiden schauten sich an und strahlten.

»Bring den Vogel runter und mach den Landeanflug um diesen Hügel zur Linken herum.«

»He«, sagte Dolan ärgerlich, »*ich* fliege!«

Aber er senkte die Nase der B-25, bis sie nur noch tausend Fuß über dem bewegten Adriatischen Meer waren, und flog eine weite Kurve um den Hügel herum, von dem Canidy gesprochen hatte.

Als sie den felsigen Strand überflogen, sahen sie sofort die steilen Hügel von Vis. So führte sie die angezeigte Höhe von tausend Fuß über dem Meeresspiegel auf nur zwei- oder dreihundert Fuß über den Hang des Hügels und dann über das ebene Tal an Land.

»Anschnallen!«, befahl Dolan. »Schnell.«

Widerstrebend ging Darmstädter zurück zu den Passagiersitzen im Rumpf. Er hatte sich soeben hingesetzt und fummelte nach dem Sicherheitsgurt, als sich die Nase der B-25 abrupt hob. Er ignorierte den Sicherheitsgurt und drückte die Nase gegen das Plexiglas, um hinauszuspähen.

Eine Gruppe von fünfzehn oder zwanzig Leuten auf einem Landestreifen schwenkte grüßend die Arme.

Dann begann Dolan mit einer Kurve von hundertachtzig Grad. Als die B-25 wieder gerade lag, waren die Geräusche der Hydraulik zu hören, von der die Klappen und das Fahrgestell ausgefahren wurden, und das Motorengeräusch veränderte sich.

Darmstädter hatte sich gerade angeschnallt, als das

Flugzeug aufsetzte. Das Rumpeln des Fahrgestells war viel lauter, als er erwartet hatte, und sofort änderte sich das Motorengeräusch, als Gas weggenommen wurde. Und dann schlingerte das Flugzeug, als sei es von etwas gepackt worden.

Sofort verschwand Darmstädters Sicht durch das Plexiglas in starker Verzerrung, und fast ebenso schnell schien die Verzerrung weggewischt zu werden. Er erkannte, was geschehen war: Wasser, große Mengen Wasser, waren gegen das Fenster geklatscht.

Das Flugzeug wurde jetzt hart abgebremst. Darmstädter wurde gegen die Polsterung in dem nach hinten gerichteten Sitz gepresst.

Und dann stoppte die B-25 für einen Moment, bevor sie wendete. Als Darmstädter sich losschnallte, gingen die Motoren aus. Die Stille, nur durchbrochen von schwachem Klopfen und Ächzen von abkühlendem Metall, war überraschend.

»Vis International Airport«, rief Canidy fröhlich vom Cockpit aus. »Anschluss nach Budapest, Voodopest, Zoodopest und allen östlichen Metropolen. *Danke* für Ihr Vertrauen in Balkan Airlines.«

Lachend ging Darmstädter zur Luke im Boden hinter dem Cockpit, und als Canidy durch sie hindurch auf den Boden gesprungen war, folgte er ihm.

4

Headquarters, 344th Fighter Group
Atcham Army Air Corps Station, England

16. Februar 1943, 16 Uhr 50

Als Lieutenant Colonel Peter Douglass junior von der Besprechung nach dem Einsatz in sein Quartier zurückkehrte, warteten die Underwood-Schreibmaschine und die Personalakte auf ihn auf dem alten und verschrammten Schreibtisch in seinem Zimmer.

Es war SOP, Standard Operation Procedure. Es gab ein System. Es musste eines geben. Die SOP, die Lieutenant Colonel Douglass aufgestellt hatte, schrieb vor, dass bei Piloten seiner Abteilung die Abteilungsleiter die Beurteilungen schrieben und den Staffelkommandanten zur Prüfung vorlegten. Im Fall der Abteilungsleiter schrieben die Staffelkommandanten die Beurteilungen und ließen sie vom stellvertretenden Kommandanten der Jagdgruppe prüfen. Im Fall der Staffelkommandanten oder ihrer Stellvertreter schrieb der Staffelkommandant die Briefe selbst.

Douglass kickte seine Fliegerstiefel von den Füßen, dass sie quer durch das kleine Zimmer in der Nissenhütte mit dem gewölbten Dach segelten. Er nahm seine Mütze ab und schleuderte sie zielsicher auf einen Haken an der Wand. Die Mütze berührte zwar den Haken, rutschte jedoch ab und fiel auf den Boden. Er traf keine Anstalten, sie aufzuheben.

Er griff in die Tasche der Schaffelljacke und zog zwei Miniflaschen Old Overholt Rye Whiskey hervor. Die SOP der Eighth Air Force erlaubte ›nach dem Einsatz die Ausgabe von nicht mehr als zwei Flaschen, 1,6 Unzen, Bourbon oder Rye Whiskey 86 Proof oder 100 Proof an Flugpersonal, wenn nach Meinung des zuständigen Flugarztes solche Ausgabe ärztlich ratsam war‹.

Die SOP der Eighth Air Force legte weiter fest, ›in keinem Fall ist die Ausgabe von mehr als zwei Flaschen erlaubt‹ und ›die Ausgabe von ärztlich verschriebenem Whisky soll nach Möglichkeit erst stattfinden, nachdem Flugbesatzungen die Besprechung nach dem Einsatz erledigt haben‹.

Und schließlich schrieb die SOP der Eighth Air Force vor: ›Ärztlich genehmigter Whisky ist so auszugeben, dass er in Anwesenheit des verordnenden Flugarztes getrunken werden kann.‹

Übersetzt hieß das, dass man diese verrückten Piloten oder im Fall von Bombern Navigatoren, Bombenschützen, Bordingenieure und Bordschützen im Auge behalten musste, weil sie sonst ihre ›Flaschen, 1,6 Unzen‹ von ärztlich verordnetem Whisky horteten, bis sie genug zusammenhatten, um sich zu besaufen oder – noch schlimmer – ihn mit Leuten zu teilen, die kein Anrecht auf ärztlich verordneten Whisky hatten.

Lieutenant Colonel Douglass ging zu dem verschrammten Schreibtisch, zog die Schublade auf und legte seine Miniflaschen hinein. Darin lagen bereits ein Dutzend andere Fläschchen. Es war die inoffizielle SOP des Kommandanten der 344th Fighter Group, seine Ration an ärztlich verordnetem Schnaps an seine Piloten zu verteilen, wenn er eine solche Ausgabe aus moralischen Gründen für gerechtfertigt hielt. Manchmal gab er sie auch den Unteroffizieren, ein Verstoß gegen den Geist und Buchstaben der SOP der Eighth Air Force.

Es belastete das Bodenpersonal sehr, wenn ihr Flugzeug und der Pilot nicht heimkehrten. Und einige konnten es schlechter verkraften als andere.

Das Aufsparen der Miniflaschen bedeutete kein Opfer für Lieutenant Colonel Douglass. Er hatte seine eigene inoffizielle Quelle von Schnaps. Und wenn er nach Einsätzen ein wenig ärztlich genehmigt nippen wollte, dann machte er es aus einer großen Flasche Scotch.

Er zog seine Schaffelljacke für große Höhen aus und warf sie aufs Bett. Auch die Jacke verfehlte knapp das Ziel und rutschte auf den Boden. Er ließ sie dort liegen und streifte die Träger der Schaffellhose von den Schultern, zog die Hose aus und warf sie zum Bett. Diesmal traf er.

Dann nahm er den Telefonhörer ab.

»Meteorologische Abteilung«, sagte er, als sich der Telefonist meldete. Und dann, einen Moment später, »was haben wir, Dick?«

Der Offizier der meteorologischen Abteilung sagte perfektes Wetter – also absolut kein Flugwetter – in England und über der europäischen Landmasse für mindestens achtundvierzig Stunden und möglicherweise zweiundsiebzig oder sechsundneunzig Stunden voraus.

»Da ist eine unveränderte Front, Colonel, eine starke Ballung arktischer Luft, die auf eine starke Ballung warmer Luft aus dem Mittelmeerraum trifft und ...«

»Was Ihren Colonel interessiert, Captain, ist die Frage, ob er sich für einen Tag oder zwei gefahrlos besaufen kann«, unterbrach Lieutenant Colonel Douglass.

»Nach meiner professionellen meteorologischen Meinung, Sir«, sagte der Wetterfrosch in Uniform, »haben Sie diese Möglichkeit.«

»Danke«, sagte Douglass.

»Colonel, das mit Major Till tut mir Leid«, sagte der Offizier der meteorologischen Abteilung.

»Ja«, erwiderte Lieutenant Colonel Douglass nach kurzem Schweigen. »Danke.«

Dann legte er den Hörer auf.

Er ging zu einem großen Schrank, stellte die Kombination des Vorhängeschlosses ein und schloss es auf. Er öffnete die linke Tür, warf einen Blick in den Schrank und öffnete dann mit einem Stirnrunzeln die rechte Tür.

Eine lausige halb leere Viertelliterflasche Scotch! Was, zum Teufel, ist mit dem Übrigen passiert?

Seine eigene Antwort gefiel ihm nicht. *Ich habe den Übrigen getrunken, das ist passiert. Ein paar Schlucke hier, ein paar mehr dort, und vier Viertelliterflaschen Scotch haben sich verflüchtigt.*

Aber was sollte es, wo der Scotch herstammte, gab es noch mehr davon. Im Whitbey House gab es einen abgeschlossenen Raum, in dem Schnaps bis zur hohen Decke gestapelt war. Canidy leitete die OSS-Station Whitbey House nach der Philosophie, dass seine Leute von einer dankbaren Nation das Beste an Essen und Schnaps jetzt geschenkt werden sollte, weil die große Möglichkeit bestand, dass diese Leute später nicht mehr in den Genuss kommen konnten, weil sie nicht mehr unter den Lebenden weilten.

Er würde einfach zum Whitbey House fahren und seinen Whiskyvorrat auffüllen, und damit hatte es sich. Canidy hatte ihn zum Ehren-Geheimdienstler ernannt, was alle Rechte und Privilegien enthielt, zum Beispiel der Zugang zur Schnapskammer.

Und dann fiel ihm ein, dass Canidy fort war. Er war mit seiner frisierten B-25 auf einer seiner Niemand-weiß-irgendetwas-darüber-Missionen. Canidy hatte Douglass natürlich keine Einzelheiten genannt, nur gesagt, dass er ›ein paar Tage‹ fort sein würde. Aber dann hatte Douglass erfahren, dass Dolan auch irgendwohin geflogen war. Und als er Whitbey House überflogen hatte, war die B-25G, die normalerweise dort parkte, verschwunden gewesen. Ergo: Canidy und Dolan waren irgendwo fort und erledigten etwas Geheimes und Wichtiges in der frisierten B-25G.

Es gab eine ständige, manchmal fast überwältigende Versuchung für Douglass, Canidy zu bitten – oder, vielleicht klüger, David Bruce, den Leiter der Londoner OSS-Station –, ihn zum OSS versetzen zu lassen. Und es gab wenig Zweifel für Douglass, dass das leicht arrangiert werden konnte. Zum einen holte man ihn, wenn das OSS irgendjemanden haben wollte. Ganz gleich, welche Verwendung ein Offizier oder Unteroffizier hatte, sie wurde für nicht so wichtig für die Kriegsbemühungen angesehen wie eine Verwendung beim OSS.

Und er war überzeugt, dass David Bruce zumindest darüber nachgedacht hatte, dass Lieutenant Colonel Douglass junior weitaus mehr über das OSS und dessen Personal und Operationen wusste, als er wissen sollte.

Douglass war mit Canidy und Bitter bei den Flying Tigers in China und Burma geflogen, wo ihre Maschinen von ›Mr.‹ John Dolan gewartet worden waren. Es machte keinen Sinn, anzunehmen, dass einer von ihnen Doug Douglass als jemanden betrachten würde, dem man keine geheime Information anvertrauen konnte, auch wenn alle tatsächlich versuchten, ihn im Unklaren zu lassen.

Er hatte zum Beispiel erfahren, dass Eric Fulmar in Deutschland war. Er hatte nicht danach gefragt. Canidy hatte es ihm erzählt. Er, Douglass, hatte nicht gefragt, was Fulmar in Deutschland trieb. Und er hatte vergeblich versucht, zwei und zwei nicht zusammenzuzählen. Und als Canidy und Dolan mit der B-25G irgendwohin geflogen waren, hatte für ihn festgestanden, dass es höchstwahrscheinlich etwas damit zu tun hatte, Fulmar zurückzuholen.

Und schließlich war der stellvertretende Direktor des Office of Strategic Services Captain Peter Douglass senior, USN, Dougs Vater. Den Gedanken an Vetternwirtschaft mal beiseite, es machte Sinn, Peter Douglass junior im OSS zu haben, weil er so viel darüber wusste.

Es gab Gründe, weshalb Douglass nicht um Aufnahme gebeten hatte. Es wäre ihm peinlich, sie laut auszusprechen, denn sie waren seiner Ansicht nach egoistisch und übertrieben edel. Aber nach seiner Meinung war er ein höllisch guter Jagdflieger und ein hervorragender Kommandant. Indem er blieb, was er war, glaubte er, vermutlich Leben zu retten.

Er erlaubte sich nicht, sich näher mit dem Gegenargument zu beschäftigen, dass Canidy und Bitter und Jimmy Whittaker und die anderen ebenfalls Leben retteten. Nicht direkt, indem sie eine Messerschmitt abschossen, von der einer ihrer Piloten gejagt wurde, und noch weniger direkt, indem sie Dinge taten, die ein guter Kommandant tut, um seine Männer am Leben zu erhalten, aber in einem fast abstrakten Sinne. Wenn die Tätigkeit des OSS den Krieg um eine Woche, einen Tag oder auch nur ein paar Stunden verkürzen konnte, bedeutete dies, dass die Waffen auf der Welt schweigen würden und mehr Leben in den paar Stunden gerettet wurden, als er zu retten erhoffte, indem er für den Rest des Krieges ein guter Kommandant einer Jagdgruppe war.

Das Argument schien gestärkt durch die Tatsache zu sein, dass Canidy und Bitter und Whittaker sich selbst als Jagdflieger bewiesen hatten.

Es war Douglass klar, dass man ihn nicht bitten würde, zum OSS zu kommen. Wenn man ihm beim OSS hätte haben wollen, dann wäre er schon längst versetzt worden. Er würde einen Antrag stellen müssen, ganz gleich wie formlos, und das wollte er nicht.

Lieutenant Colonel Douglass ging mit der nur noch halb vollen Flasche Scotch zum Schreibtisch. Er schraubte den Verschluss auf, trank einen kräftigen Schluck und stellte die Flasche auf den Schreibtisch.

Dann setzte er sich, spannte ein Blatt Papier in die Schreibmaschine und tippte das Datum.

Ich wäre auch ein verdammt guter Schreiber der Staffel geworden, dachte er bitter.

Er schlug die Personalakte auf und fand, was er suchte. Seine Finger flogen förmlich über die Tastatur.

Headquarters, 344th Fighter Group
APO 86344, New York

16. Februar 1943

Mr. Und Mrs. J. Howard Till
Country Club Road 711
Springfield, N.J.

Liebe Mrs. und lieber Mr. Till,

inzwischen werden Sie durch den Generaladjutanten benachrichtigt worden sein, dass David im Einsatz gefallen ist. Er war mein stellvertretender Offizier und mein Freund, und ich teile Ihre Trauer. Die 344th Fighter Group hatte die Mission, B-17- und B-24-Bomber der Eighth Air Force auf einer Bombardierungsmission nach Frankfurt, Deutschland, zu schützen. Die Gruppe war in Formationen geteilt. David befehligte eine davon, ich die andere. In einiger Entfernung vom Ziel wurden wir von einer großen Gruppe deutscher Messerschmitt-Jagdflieger angegriffen. In dem folgenden Luftkampf schoss David zwei deutsche Jagdflugzeuge ab. Er flog einem anderen Piloten zu Hilfe, als seine Maschine unter Beschuss von mehreren Messerschmitts geriet. Davids Maschine wurde in die Treibstofftanks getroffen, die dann explodierten.

David war sofort tot, vermutlich ohne Vorwarnung. Er starb, wie er es sich meiner

Ansicht nach gewünscht hätte, im Luftkampf, als Führer seiner Männer, während sie andere Männer schützten. Größere Liebe zeigt kein Mensch als derjenige, der sein Leben für einen anderen opfert.

Die beiden deutschen Jagdflugzeuge, die er abschoss, brachten seine Abschüsse auf insgesamt sechs. Die posthume Verleihung der Air Medal (6. Verleihung) ist bestätigt. Ich habe soeben zusätzlich von der Eighth Air Force die Information erhalten, dass David ebenfalls das Distinguished Flying Cross verliehen werden wird und dass die ehrenvolle Erwähnung sein fliegerisches Können, seine Pflichterfüllung und seinen Mut – nicht nur auf seinem letzten Flug, sondern während der gesamten Verwendung bei der 344th Fighter Group – widerspiegeln wird.

Mir ist bewusst, dass militärische Auszeichnungen ein schwacher Trost für Sie zu dieser Zeit sind, und ich kann nur hoffen, dass Sie sie als Zeichen der Achtung und Zuneigung werten, die David entgegengebracht wurden, nicht nur von den Offizieren und Männern der 344th Fighter Group, sondern auch von den höchsten Ebenen der Eighth Air Force. David war ein hervorragender Offizier und ein feiner Mensch.

Er wird uns sehr fehlen.

Wenn es irgendetwas gibt, das ich für Sie tun kann, zögern Sie bitte nicht, es mir mitzuteilen.

Hochachtungsvoll
Peter Douglass jr.

Peter Douglass jr.
Lt. Col., USAAC
Commanding

Als er zu Ende getippt hatte, zog er das Blatt Papier aus der Schreibmaschine und las den Brief.

Dann spannte er einen Umschlag in die Maschine und tippte die Adresse darauf. Er faltete den Brief, steckte ihn in das Kuvert und schrieb an die Stelle, an der normalerweise die Briefmarke klebt, ›Frei‹.

Er nahm den Telefonhörer ab, und als sich der Telefonist meldete, sagte er: »Suchen Sie bitte Captain Delaney und schicken ihn her?«

Dann ging er zu einer schmalen Tür neben dem Waschbecken. Jenseits davon war eine kleine Kabine mit Dusche und einem alten englischen Wasserklosett, mit verzogenem und rissigem hölzernem Sitz. Die Dusche bestand aus einem rostenden Duschkopf, der von der gewölbten Decke auf den Steinboden der Kabine gerichtet war. Eine Umrandung aus Backsteinen hielt das Duschwasser in der Kabine, und ein Duschvorhang, aus einem ausgemusterten Fallschirm geschnitten, hing von einer Holzstange.

Ein Öl/Temperatur-Messgerät, ein wenig abgeändert von Douglass' Crew Chief, der ebenfalls die Ziegelsteinumrandung gemauert und irgendwo die Klosettschüssel gefunden hatte, war an der Wand befestigt. Die Nadel stand im grünen ›Okay‹-Bereich und zeigte 280° Fahrenheit an, aber man hatte Douglass erklärt, dass er die Temperaturanzeige ignorieren sollte. Wenn die Nadel auf den ›Okay‹-Bereich weise, habe das Wasser die richtige Temperatur für eine Dusche.

Douglass ging zu dem Schrank und nahm frische Unterwäsche und eine saubere Uniform heraus. Dann zog er sich aus. Als er sein T-Shirt über den Kopf streifte, zuckte er bei dem scharfen Geruch zusammen. Er wusste, was die Ursache war. Es war der Geruch von Angstschweiß. Buchstäblich der Gestank von Furcht.

Er glaubte, noch einmal das Entsetzen zu erleben, das er ungefähr zwanzig Sekunden empfunden hatte, als es ausgesehen hatte, als ob der Pilot der ihm folgenden Messerschmitt ihn während seines Flugmanövers austricksen konnte. Die Zeit schien sich verlangsamt zu haben, wie bei der Zeitlupe einer Wochenschau im Kino. Und während die Dinge in Zeitlupe abzulaufen schienen, hatte er den Strom deutscher Leuchtspurmunition immer näher auf sich zurasen gesehen.

Und dann hatte der Strom der Leuchtspurgeschosse aufgehört, als der deutsche Pilot – der gut gewesen war und sein Handwerk verstanden hatte – erkannte, dass er es nicht schaffen würde. Er hatte abgedreht und war scharf nach links in den Sturzflug gegangen.

Als Douglass gewendet hatte, um zu versuchen, hinter den Deutschen zu gelangen, war ihm bewusst geworden, dass er schweißgebadet war.

»Allmächtiger!«, sagte Douglass angewidert und warf das T-Shirt auf den Boden.

Er trat unter die Dusche und drehte sie voll auf. Das Wasser war heiß, heißer als er es mochte, sogar zu heiß, um angenehm zu sein, doch er blieb darunter stehen, seifte sich ein und spülte die Haut ab, bis der gesamte Wasservorrat von fünfundfünfzig Gallonen in einem ehemaligen Ölfass auf dem Dach erschöpft war.

Er stellte die Dusche ab und öffnete schnell das Ventil, wodurch das Wasser in dem Fass wieder aufgefüllt werden würde. Er hörte es kurz zischen, als das kalte Wasser auf etwas lief, das sein Crew Chief in dem Fass installiert hatte, um das Wasser zu erhitzen, und er erinnerte sich daran, dass der Crew Chief ihn gewarnt hatte, nie alles Wasser zu verbrauchen, weil sonst das Heizelement durchbrennen würde.

»Das habe ich vermutlich ebenfalls versaut«, sagte Douglass laut.

»Sir?«

»Nichts.«

Douglass fragte sich, wie lange er Delaney hatte warten lassen.

Er wickelte ein grauweißes Handtuch um seine Hüften und ging in sein Schlafzimmer.

Delaney war ein Ire mit ernstem Gesicht, der irgendwo in Iowa zu Hause war, ein frommer Katholik mit Frau und mehreren Kindern, obwohl er erst zweiundzwanzig oder dreiundzwanzig war. Er hatte auf dem Stuhl beim Schreibtisch gesessen und war aufgestanden, als Douglass das Zimmer betreten hatte.

»Bleiben Sie sitzen!«, sagte Douglass, ging zu seinem Bett und zog ein sauberes Unterhemd an.

»Wen empfehlen Sie für die Übernahme des Kommandos Ihrer Staffel, Major Delaney?«, fragte Douglass.

»Sir?«

»Kraft meiner Befugnis, mit der mich die Eighth Air Force ausgestattet hat, ernenne ich Sie zum stellvertretenden Kommandanten der 344th Fighter Group«, sagte Douglass. »Der Job bringt ein goldenes Blatt mit sich.«

»Das mit Major Till tut mir Leid, Sir«, sagte Delaney.

»Ja«, sagte Douglass. »Ich habe Ihnen eine Frage gestellt, Major.«

»Ich bin mir nicht sicher, ob ich der Aufgabe gewachsen bin, Sir«, sagte Delaney.

»Ich habe diese Entscheidung getroffen«, sagte Douglass. Inzwischen hatte er seine Unterhose an und war im Begriff, Wellington-Halbschuhe anzuziehen. Als er sie an den Füßen hatte, ging er zum Schreibtisch und schraubte den Verschluss der Flasche Scotch auf.

»Till, du armer Pechvogel«, sagte er und hob die Flasche. »Ich hoffe, es ist schnell gegangen.«

Er reichte Delaney die Flasche.

Delaney wischte den Flaschenhals an seinem Uniformrock ab und trank einen Schluck.

»Vielleicht war er tot, bevor er unten ankam«, sagte Delaney. »Needham ist ihm nach unten gefolgt, und er sagte, Till bekam nie das Kanzeldach auf.«

»Ich habe soeben seiner Familie geschrieben, dass seine Maschine explodierte«, sagte Douglass. »Eines der Dinge, die ein befehlshabender Offizier wissen muss, Major Delaney, ist, zu wissen, wann er lügen soll.«

Delaney schaute ihn an und nickte, sagte jedoch nichts.

»Ich werde in den nächsten vierundzwanzig bis sechsunddreißig Stunden fort sein«, sagte Douglass. »Sie werden zu jeder Lüge greifen, mit der Sie Ihrer Ansicht nach davonkommen können, sollten Fragen nach meinem Aufenthaltsort gestellt werden. Ich werde eine Telefonnummer hierlassen, wo ich erreicht werden kann. Sie werden sie nur benutzen, wenn es nötig ist, und Sie werden sie keinem geben.«

»Darf ich fragen, Sir, wo Sie sein werden?«

»Ich wiederhole die Warnung, dass Sie es keinem sagen. Ich werde im Whitbey House in Kent sein. Dort haust das OSS.«

»Jawohl, Sir.«

An der Art, wie er das sagte, und an seiner Miene ist Erleichterung zu erkennen. Der moralische Hurensohn hatte befürchtet, dass ich irgendwo herumvögele.

»Ich brauche anderthalb Stunden, um von dort nach hier zurückzukommen«, sagte Douglass. »Falls ich gebraucht werde. Ich werde nicht zum Fliegen gebraucht werden. Ich habe das Wetter überprüft, und niemand wird fliegen.«

»Jawohl, Sir.«

»Wenn Sie nicht mit dem ›Jawohl, Sir‹-Scheiß aufhören, werden Sie fast, aber nicht ganz erreichen, bei mir Schuldgefühle zu wecken, weil ich meinem neuen Stellvertreter die Verantwortung aufhalse.«

Delaney lächelte zögernd und unsicher.

»Darf ich fragen, was Sie beim OSS machen?«

»Ich werde mich besaufen, Major Delaney«, sagte Douglass. »Ich tue das manchmal, wenn etwas wie das mit Dave Till passiert. Es schickt sich nicht für einen Kommandanten, irgendwo blau zu werden, wo ihn seine Untergebenen im Rausch sehen können.«

»Jawohl, Sir«, sagte Delaney.

»Sie werden sich persönlich um Tills Habe kümmern«, sagte Douglass. »Sammeln Sie seine persönlichen Dinge und stellen Sie sicher, dass keine Pornofotos, Liebesbriefe oder sonst etwas dabei ist, das vielleicht darauf hinweist, dass er ein gesunder junger Mann war. Machen Sie eine Inventur von dem, was übrig bleibt, und legen Sie es auf meinen Schreibtisch.«

»Jawohl, Sir«, sagte Delaney.

»Wie steht es mit Ihrer Barschaft? Soll ich Ihnen unter die Arme greifen?«

»Sir?«

»Sie sind befördert worden, Major«, sagte Douglass. »Es ist ehrwürdige Tradition im Militärdienst, eine Beförderungsparty zu geben.«

»Ich habe Geld, Sir«, erwiderte Delaney. »Aber vielen Dank.«

»In diesem Fall«, erklärte Douglass, »wird Ihre Party auch dazu dienen, heute Abend unsere jungen Krieger auf dem Stützpunkt zu halten. Sie werden abermals lügen. Sie werden ihnen sagen, kurz bevor der Colonel nach High Wycombe und dem Hauptquartier der Eighth Air Force aufbrach, hinterließ er die Nachricht, dass die Piloten vierundzwanzigstündigen Ausgang ab morgen vier Uhr – und nicht vorher – haben. Ich habe die Erfahrung gemacht, dass die Männer sich nach einer Mission, wie wir sie heute flogen, dazu neigen, sich zu benehmen, wie es sich nicht für Offiziere und Gentlemen geziemt. Und wie Sie feststellen werden, wird es eine Menge Papierkram zu erledigen geben, wenn einer unserer jungen Helden einen englischen Cop zusammenschlägt oder ein Taxi klaut.«

»Ich verstehe, Sir«, sagte Delaney.

»Das tun Sie, Jack, das tun Sie wirklich. Deshalb habe ich Ihnen den Job gegeben.«

»Ich hoffe, ich kann Ihre Erwartungen erfüllen, Sir«, sagte Delaney.

»Sie können gehen, Major«, sagte Douglass. »Und Sie dürfen den Scotch mitnehmen.«

Delaney blickte überrascht drein.

»Wenn ich ihn mitnehme, schaffe ich es nicht bis Whitbey House«, sagte Douglass.

»Danke«, sagte Delaney.

»Und wenn ich zurückkehre, Jack«, sagte Douglass, »erwarte ich, dass Sie eine Entscheidung getroffen haben, wer Ihre Staffel übernehmen soll.«

IX

1

Insel Vis

16. Februar 1943, 16 Uhr 15

Vier Männer waren zur Stelle, um Canidy, Dolan und Darmstädter bei der B-25 zu begrüßen.

Einer war ein britischer Offizier, der das rote Barett eines Fallschirmspringers trug. Die Sterne eines Captains prangten auf den Schultern eines Pullovers. Um den Hals trug er ein weißes Seidentuch. Zwei andere Engländer trugen britische Uniformen. Sie waren barhäuptig und trugen keine Rangabzeichen. Alle drei Engländer hatten Sten-Maschinenpistolen. Der vierte Mann trug Zivilkleidung, ein weißes Hemd ohne Krawatte, ein zweireihiges Anzugjackett und eine ausgebeulte, nicht dazu passende Hose.

Der britische Offizier stand still und salutierte, fast so schneidig wie bei einer Parade.

»Guten Tag, Gentlemen«, sagte er. »Mein Name ist Hughson. Willkommen auf Vis.«

Canidy erwiderte den Gruß.

»Sie sind der Kapitän des Flugzeugs, Major?«, fragte Captain Hughson.

Canidy wies mit dem Daumen zum Cockpit der B-25G.

»Commander Dolan ist der Flugzeugkapitän«, sagte er.

»Ich möchte vorschlagen, mit seiner Erlaubnis natürlich, das Flugzeug in Deckung zu schaffen«, sagte Captain Hughson.

»Wie machen wir das?«, fragte Canidy.

Hughson wies zum Hügelhang. Darmstädter sah, dass es dort im felsigen Hang einen Einschnitt gab, ein natürlicher Splitterschutz, über dem sich Rollen von Tarnnetzen befanden.

Als ob er seine Gedanken gelesen hätte, sagte der britische Offizier: »Abgesehen von dem Netz taugt die Tarnung nicht viel. Es sei denn natürlich, wir wollen den Eindruck erwecken, dass irgendein nordafrikanisches Wadi auf wundersame Weise auf die Insel versetzt worden ist.«

»Was tun Sie, um das zu erreichen?«, fragte Canidy lachend.

»Wir arrangieren künstlerisch hiesige immergrüne Pflanzen auf dem Tarnnetz und beten, dass es klappt«, erklärte Hughson.

»Dann los«, sagte Canidy.

Captain Hughson hob eine Hand über den Kopf und schnickte mit den Fingern.

Acht Engländer, in verschiedenen Variationen von Uniform, trotteten heran. Einer davon, ein stämmiger Mann mit den Winkeln eines Sergeants auf seinem Uniformrock, stampfte mit dem Fuß auf und salutierte zackig vor dem Captain.

»Sir!«, bellte er.

Darmstädter sah, dass Canidys Augenbrauen hochruckten, als der Unteroffizier ein Verhalten wie auf dem Paradeplatz zeigte.

»Würden Sie bitte von den Jungs das Flugzeug in die Splitterschutzwand rollen lassen?«, fragte der britische Offizier im Plauderton.

»Sir!«, bellte der Sergeant und stampfte wieder mit dem Stiefel auf.

Die englischen Soldaten gingen ohne weitere Befehle zu der B-25G und begannen sie zu schieben. Als sie Mühe hatten, sie in Bewegung zu setzen, eilte Canidy zum linken Rad, stemmte sich mit dem

Rücken dagegen und versuchte zu helfen. Darmstädter ging zum anderen Rad und bemühte sich ebenso. Als er vor Anstrengung keuchte, sah er, dass weder der britische Offizier noch der Zivilist halfen. Sie wirkten sogar überrascht, weil Canidy und er mit zupackten.

Als sich das Flugzeug in Bewegung setzte, war ihre Hilfe nicht mehr nötig, und sie gingen zu dem Captain und dem Zivilisten zurück.

Darmstädter sah, dass Dolan schließlich durch die Luke herabsprang, sich schnell umblickte, um zu sehen, was los war, und dann den schiebenden Soldaten Anweisungen gab.

»Commander *Dolan*, sagten Sie?«, fragte der britische Captain.

»Richtig«, erwiderte Canidy. »Und dies ist Lieutenant Darmstädter.«

Die beiden schüttelten Darmstädter die Hand.

»Ich habe Ihren Namen nicht mitbekommen«, sagte Canidy zu dem Zivilisten.

»Ferniany«, sagte der Zivilist.

»Yachtsman«, sagte Canidy und fand seine Vermutung bestätigt: der Zivilist war OSS-Agent.

»Wir versuchen, auf diese Identifizierung zu verzichten, wenn es möglich ist«, sagte Ferniany.

»Ich nehme an, wir sind unter Freunden«, bemerkte Canidy.

Sie beobachteten, wie die B-25 gewendet und dann rückwärts in das Versteck gerollt wurde und die britischen Soldaten mit einem Geschick, das nur durch Übungen gekommen sein konnte, das Tarnnetz über Stämmen von jungen Pinien über dem Flugzeug entrollten und dann das Tarnnetz mit Zweigen bedeckten.

Dann kam Dolan zu der Gruppe, und es wurden Grüße zwischen Dolan und dem britischen Offizier ausgetauscht. Darmstädter sah, dass Dolan ebenso von der parademäßigen militärischen Höflichkeit beeindruckt war, wie es Canidy gewesen war.

»Dies ist Yachtsman«, sagte Canidy.

Dolan lächelte und schüttelte Ferniany die Hand.

»Wo ist Fulmar?«, fragte Dolan. Er lachte. »Oder der, den wir ›Ex-Lax‹ nennen?«

»Das wollte ich gerade fragen«, sagte Canidy.

»Es gibt ein kleineres Problem mit Fulmar«, sagte Ferniany. »Eigentlich ist es fast lustig.«

»Was ist fast lustig?«, blaffte Canidy.

»Er verbringt neunzig Tage Haft mit Arbeit im Kohlenbergwerk bei Pécs«, sagte Ferniany. »Wegen Schwarzmarkthandels. Er und der Professor. Das Mädchen ist hier.«

»Erklären Sie das noch einmal«, fuhr Canidy ihn an. »Ersparen Sie mir den Humor.«

»Das Boot, mit dem wir reisen wollten, wurde überprüft, kurz bevor wir Pécs verlassen wollten«, sagte Ferniany. »Das geschieht manchmal. Sie fanden eine Menge Geld bei Fulmar. Natürlich schlossen sie daraus, dass er ein Schwarzmarkthändler ist, und verhafteten ihn und den Professor.«

Darmstädter sah, dass die B-25G nun gut versteckt und aus der Luft nicht zu sehen war. Die Soldaten, die sie getarnt hatten, gingen jetzt zur ›Landebahn‹ und verwischten die Reifenspuren mit Pinienzweigen. Dann sah er etwas, das ihn für einen Moment verblüffte.

Zwei der Soldaten rollten einen Felsblock in die Mitte der ›Start- und Landebahn‹. Der Felsblock war größer als sie. Es war unmöglich, dass ein Bulldozer, geschweige denn zwei Männer einen Felsblock dieser Größe mit solcher Leichtigkeit bewegen konnten. Es sei denn natürlich, er war eine Attrappe wie die Felsen, die in Filmen an einer Bergwand herabdonnern. So musste es sein, erkannte Darmstädter, und dann sah er drei weitere Felsbrocken weiter unten auf dem Landestreifen an der fernen Seite des Baches, der ihn teilte.

»Darf ich vorschlagen, Gentlemen«, sagte Captain Hughson, »dass wir zu unseren Quartieren gehen? Dann und wann überfliegt ein Deutscher mit einer Storch dieses Gebiet, um es zu beobachten. Er würde vermutlich neugierig werden, wenn er uns alle hier auf dieser verlassenen Wiese herumstehen sieht.«

Sie folgten ihm zum Hügelhang, wo verborgen hinter einem Busch ein schmaler, steiler Pfad begann, der sich zwischen den Felsschultern und verkrüppelten Bäumen hindurchwand. Nachdem sie fünf Minuten lang geklettert waren, gelangten sie zur ersten einer Reihe von Höhlen im Hügelhang.

Captain Hughson führte sie in eine davon.

Drinnen erhellte eine zischende Coleman-Laterne einen steinernen Altar und primitive Malereien von Leuten mit Heiligenschein an den Höhlenwänden.

Die sehen nicht aus wie Jesus, dachte Canidy. *Das müssen Heilige sein.*

Er nahm an, dass sein Vater wissen würde, wen die Malereien darstellten und welche Art Christen sie auf die Wand gemalt hatten und wann. Der Reverend Dr. George Crater Canidy war Experte auf dem Gebiet der frühen Christenheit. Zum ersten Mal in jüngster Zeit dachte Canidy an seinen Vater. Immer wenn er das tat, sagte er sich, dass sein Vater die Tätigkeit seines Sohnes missbilligen würde, wenn er davon wüsste.

Der britische SOE-Captain sah sein Interesse.

»Orthodoxe«, sagte Hughson. »Ich weiß nicht *welche*, aber Orthodoxe. Man hat mir erzählt, dass sie nach der Schulung in einem Kloster hier die Höhlen aus dem Gestein meißelten und den Rest ihres Lebens in Stille und Gebet verbrachten. Sie haben sich selbst versorgt mit Landwirtschaft und so, aber sonst haben sie nur meditiert und gebetet. Ziemlich beunruhigend, darüber nachzudenken, nicht wahr?«

»Nun, wenigstens haben sie uns ihre ›Luftschutzbunker‹ hinterlassen«, sagte Canidy. Dann blickte er zu Ferniany. Als er dessen Aufmerksamkeit hatte, fuhr er fort: »Wer hat Fulmar wohin gebracht?«

»Die Schwarze Garde und einige lokale Polizisten«, sagte Ferniany. »Zum Stadtgefängnis von Pécs. Das passiert dauernd, bei legitimen Schwarzmarkthändlern, meine ich – wie finden Sie das? ›Legitime‹ Schwarzmarkthändler …«

»He!«, sagte Canidy scharf. »Ich habe all Ihre sprühenden Geistesblitze gehört, die ich ertragen kann.«

»Für wen, zum Teufel, halten Sie sich?«, fragte Ferniany.

»Ich heiße Canidy. Ich bin sowohl der Einsatzoffizier als auch Ihre Kontrollperson, okay?«

»Ich dachte, Sie sagten, Commander Dolan sei der Flugzeugkapitän«, erwiderte Ferniany leicht vorwurfsvoll.

»Das habe ich gesagt«, bestätigte Canidy. »Er *ist* der Flugzeugkapitän.«

»Major«, sagte Ferniany, »es tut mir wirklich Leid. Es ist mir nie in den Sinn gekommen, dass Sie hier auftauchen könnten.«

»Ihnen sind anscheinend viele Dinge nie in den Sinn gekommen«, sagte Canidy. »Wie wäre es jetzt, wenn Sie mir Schritt für Schritt erzählten, was passiert ist?«

»Die Polizisten in Ungarn sind wie die Cops in Hamtrack, Michigan, Major«, sagte Ferniany. »Sie halten die Hand auf. Sie wollen eine Scheibe vom Kuchen, und dann drücken sie ein Auge zu. Wenn ein ungarischer Bauer einen Schinken oder ein paar Salami an ›Touristen‹ verkauft anstatt an den Staat, juckt das die Polizisten nicht, solange sie ihren Anteil bekommen. Sie sorgen dafür, dass jeder die Regeln versteht, indem sie regelmäßig Leute aufgreifen und in den Knast stecken. Wie die Cops, die bei einem Puff in Cicero Razzias nach einem bestimmten Plan machen und nichts finden, wenn sie genügend bestochen werden. Verstehen Sie?«

»Und Fulmar wurde – nach Plan aufgegriffen?«

»Die Schwarze Garde hatte bei ihm einen guten Tag«, sagte Ferniany. »Sie sah, wie das Geld gezählt wurde, das man ihm abgenommen hatte. Wie viel hatte er übrigens bei sich?«

Canidy ignorierte die Frage.

»Wie kommt es, dass Sie nicht geschnappt worden sind?«, fragte er. »Sie sagten, das Dyer-Mädchen ist hier?«

»Ich habe noch nicht zu Ende erzählt«, sagte Ferniany. »Und es ist wichtig, dass ich die Pointe erzähle.«

»Dann tun Sie das«, forderte Canidy ihn auf.

»Sie haben weder mich noch sonst einen auf dem Boot geschnappt, weil sie damit die Gans geschlachtet hätten, die goldene Eier legt. Sie haben sich Fulmar ausgesucht, weil er keine Maut bezahlt hatte.«

»Sie meinen im Voraus?«, fragte Canidy.

Ferniany nickte.

»Nun, wenn Sie das System kannten, warum haben Sie dann nicht bezahlt, was er zahlen musste?«

»Ich musste eine Entscheidung treffen«, sagte Ferniany. »Ich entschied mich, dass es das Risiko wert sein würde. Die Botschaft, die ich erhielt – vermutlich von Ihnen, Major –, lautete, diese Operation so lautlos wie möglich durchzuziehen. Ich hielt es für das Beste, zu versuchen, ihn und die Dyers durchzuschleusen, ohne die Cops auszubezahlen.«

»Sie hätten die Cops bezahlen sollen«, sagte Canidy.

»Wenn man Cops bezahlt, dann für eine Rundreise«, entgegnete Ferniany. »Sie wären neugierig gewesen, wenn diese Leute nicht mit Koffern voller Salami und Schinken nach Wien zurückgekehrt wären.«

»Ihre Befehle, Captain, lauteten, dafür zu sorgen, dass Fulmar und Professor Dyer unter keinen Umständen in deutsche Hände fallen«, sagte Canidy eisig.

»Sie meinen, ich sollte sie ›eliminieren‹?«, fragte Ferniany. »Wissen Sie, Major, ich bin neu in diesem Geschäft. Ich bin, genauer gesagt, noch nicht an die Beschönigung ›eliminieren‹ für ›killen‹ gewohnt. Bis jetzt ist es noch nicht nötig gewesen, Leute umzulegen, die auf unserer Seite sind. Ehrlich gesagt, ich weiß nicht, was ich getan hätte, wenn ich angenommen hätte, dass sie dem Sicherheitsdienst oder der Gestapo übergeben werden.«

Canidy blickte Ferniany lange mit unbewegter Miene an, bevor er sprach.

»Ich weiß auch nicht, was ich getan hätte«, sagte er schließlich leise. »Es ist leichter, Leuten so etwas zu befehlen, als es selbst zu tun.«

»Major, die Chancen stehen fünf zu eins, dass sie freigelassen werden, lange bevor die neunzig Tage Haft vorbei sind. In dem Kohlenbergwerk verdienen sie kein Geld für die Cops. Das Kohlenbergwerk ist eine Lektion, verstehen Sie?«

»Ich weiß, was Sie mir sagen wollen«, erwiderte Canidy. »Aber es ist mehr an der Mission daran, als Sie wissen.«

»Zum Beispiel?«

»Zum Beispiel, dass es einen guten Grund für den Eliminierungs-Befehl gibt«, sagte Canidy.

»Sind wir wieder bei diesem Thema?«

Canidy gab keine Antwort. Er sonderte sich einen Augenblick von den anderen ab und dachte nach. Dann kehrte er zu der Gruppe zurück und wandte sich an Captain Hughson.

»Gibt es hier Flugbenzin? Ist nichts ›fast Lustiges‹ damit passiert?«

»Es gibt fünfundzwanzig Fünfundfünfzig-Gallonen-

Fässer Flugbenzin, Major«, sagte der britische Offizier. »Zwölf-, dreizehnhundert amerikanische Gallonen.«

»Und irgendeine Art Pumpe?«, erkundigte sich Canidy.

»Handpumpen«, sagte Ferniany, »drei Stück.«

»Sind wir sicher, dass es sauberes Benzin ist?«, fragte Dolan.

»Die Fässer sind versiegelt«, sagte Ferniany. »Und sie haben zweierlei Filter.«

»Du solltest gleich mit dem Betanken beginnen, John«, sagte Canidy zu Dolan. »Und morgen beim ersten Tageslicht, nachdem du mit Darmstädter einige Aufsetz- und Durchstartlandungen gemacht hast, möchte ich, dass du nach Kairo fliegst.«

Dolan akzeptierte den Befehl fraglos mit einem Nicken. Aber er war neugierig.

»Warum Kairo? Und kommst du nicht mit uns?«

»Kairo, weil wir eine ziemlich gute Funkverbindung mit unserem dortigen Stationsleiter haben, und nein, ich komme nicht mit.«

»Wir haben Funkkontakt mit London, Major«, sagte der SOE-Captain.

Canidy ignorierte ihn.

»Während du das Flugzeug betankst«, fuhr er fort, »werde ich eine Botschaft für London verschlüsseln. Du gibst sie persönlich dem Stationsleiter. Sein Name ist Wilkins, Ernest J. Wilkins, und er ist viel kompetenter, als er aussieht. Sag ihm, dass er die Botschaft sofort durchgeben soll, und warte dann dort auf weitere Befehle.«

Dolan nickte.

»Du wirst das Dyer-Mädchen mitnehmen«, sagte Canidy. »Wenn die Entscheidung getroffen wird, dass du nach London weiterfliegen sollst, nimmst du sie mit. Wenn nicht, übergib sie Wilkins und lass sie auf Eis legen. Auf *sein* Eis. Mach ihm das verdammt klar. Sie ist keine Gefangene, aber ich will nicht, dass sie mit jemandem außer dir und dem Stationsleiter spricht.«

Dolan nickte abermals. »Sonnenaufgang wird um fünf Uhr dreizehn sein«, sagte er. »Sagen wir, zwanzig Minuten, um zwei oder drei Aufsetz- und Durchstartlandungen durchzuführen, eine weitere halbe Stunde, um zu landen und die Tanks aufzufüllen und das Mädchen an Bord zu nehmen. Dann werden wir um Viertel nach sechs von hier abfliegen können.«

»Eine Viertelstunde für zwei Aufsetz- und Durchstartlandungen, und ihr seid um halb sechs auf dem Weg. Es sind zweitausenvierhundert Kilometer von hier bis Kairo, sagen wir plus oder minus hundert. Vorausgesetzt, der Gegenwind ist nicht schlimm, bist du in sechs Stunden, sagen wir um zwölf Uhr Mittag Ortszeit in Kairo.«

»Es gibt noch zwei Voraussetzungen«, sagte Dolan trocken. »Dass du deine Gründe hast, einen Passagier mitzunehmen, während Darmstädter die Aufsetz- und Durchstartlandungen fliegt, und dass du deine Gründe hast, uns keinen Tankstop in Malta machen zu lassen.«

»Es gibt Gründe, John«, sagte Canidy, »aber keine, die du dir nicht selbst zusammenreimen kannst.«

»Richtig«, sagte Dolan.

Canidy wandte sich an Captain Hughson.

»Wie bereiten Sie hier Ihr Fleisch zu, Captain?«, fragte er.

Der britische Offizier hob die Augenbrauen.

»Eigentlich auf zwei Methoden«, sagte er. »Für gewöhnlich erhitzen wir die Dosen in kochendem Wasser. Aber manchmal, wenn es Ihr Dosenfleisch ist, nehmen wir es aus den Dosen und braten es.«

»Könnten Sie eine Art Spieß über einem Feuer anbringen?«, fragte Canidy.

»Sie haben sicherlich einen Grund für die Frage«, meinte Captain Hughson.

»Da sind vierhundert Pfund Rindfleisch in Dosen im Flugzeug«, sagte Canidy. »Ich dachte mir, es gefällt dem SOE vielleicht, Besucher mit dem Roastbeef von Merry Old England zu beköstigen.« Das Rindfleisch war vom Quartiermeisterkorps der U.S. Army abgepackt und so vorbereitet, dass es ganz gebraten, in Steaks geschnitten oder für Eintopf zerkleinert werden konnte.

Zum ersten Mal bei ihrer Begegnung lächelte Captain Hughson.

»Nun, wir werden uns verdammt gut bemühen, Major«, sagte er.

»Da ist auch Gemüse, Gott allein weiß, ob es die Kälte überlebt hat«, sagte Canidy. »Sie bleiben bei mir, Ferniany, während ich den Papierkram erledige«, befahl er.

»Jawohl, Sir«, sagte Ferniany.

Canidy brauchte länger, als er gedacht hatte, um die nötigen Einzelheiten von Ferniany zu erfahren, seinen Bericht zu schreiben und eine so kurze Version wie möglich zur Verschlüsselung aufzuschreiben und dann zu verschlüsseln.

Er hatte einfache Chiffriercodes auf wasserlöslichem Papier bei sich, einen für jeden Tag, und jeder fünfbuchstabige Codeblock stellte ein Wort oder einen Satz dar, den er und der kryptographische Offizier des OSS für vielleicht nützlich gehalten hatten. Aber sie hatten nicht an die Möglichkeit gedacht, dass Fulmar und Professor Dyer als Kleinkriminelle in ein ungarisches städtisches Gefängnis eingesperrt werden würden, und so war es schwierig, für diese Situation aus den verfügbaren Wörtern und Sätzen die entsprechenden Umschreibungen zu finden. Er musste mühsam einen zweiten Code aus dem verfügbaren Code zusammenstellen, und als er schließlich die Botschaft zusammen hatte, die Dolan nach Kairo zur Übermittlung bringen würde, und er seine Notizen und den

Code des Tages verbrannt hatte, war viel Zeit vergangen. Es war dunkel, als sie die Höhle verließen.

Sie blieben einen Augenblick in der Dunkelheit stehen, bis sich ihre Augen daran gewöhnt hatten, und dann verließen sie sich auf ihre Nasen und gingen weiter den Hügel hinauf zu einer Höhle, aus der es nach Roastbeef duftete.

2

OSS-Station Whitbey House
Kent, England

16. Februar 1943, 19 Uhr 5

Captain Herzogin Elizabeth Alexandra Mary von Stanfield, WRAC, Verbindungsoffizier des Generalstabs Ihrer Majestät zur OSS-Station Whitbey House, mochte First Lieutenant Charity Hoche, WAC, neu ernannte stellvertretende Adjutantin, von dem Moment an, in dem sie vor dem Whitbey House aus dem Ford-Stabswagen stieg.

Warum sie diese Sympathie empfand, konnte sie nicht erklären. Einige Frauen waren der Herzogin auf Anhieb sympathisch, andere nicht. Aber im Großen und Ganzen erwies sich ihr erster Eindruck als richtig. Vielleicht lag es in diesem Fall daran, dass Charity Hoche zwar hochblickte und die Herzogin und Lieutenant Bob Jamison etwas scheu anlächelte, als sie die breite Treppe emporstieg, jedoch nicht um Hilfe bat, sondern ihr Gepäck selbst hochschleppte, wobei sie unter dem Gewicht schwankte.

Und dann stellte Charity Hoche mit einem ›Uff!‹ den rechten Koffer ab und salutierte.

Die Herzogin erwiderte den Gruß.

»Willkommen in Whitbey House«, sagte die Herzogin. »Und danke für den Gruß, aber wir legen hier eher wenig Wert auf militärische Gepflogenheiten.«

»Ich bin Bob Jamison«, stellte sich Jamison vor. »Lassen Sie mich bei Ihrem Gepäck helfen.«

»Welch ein fantastisches Haus«, sagte Charity und ergriff die ausgestreckte Hand der Herzogin.

»Klein und anspruchslos«, sagte Jamison trocken, »aber komfortabel. Irgendwann, wenn Sie eine Woche oder zehn Tage Freizeit haben, werde ich Ihnen alle Räumlichkeiten hier zeigen.«

Der Herzogin gefielen Charitys Lächeln und ihr perlendes Gelächter.

»Ich bin Elizabeth Stanfield«, sagte die Herzogin.

»Charity Hoche«, stellte sich Charity vor.

»Haben Sie gegessen?«, erkundigte sich die Herzogin.

»Colonel Stevens führte mich in den Savoy Grill«, sagte Charity. »Für eine letzte Lektion über das Verhalten, das von mir als Offizier und Gentlewoman erwartet wird.«

»Nun, ich finde, dass Sie sich unter diesen Umständen sehr gut verhalten«, sagte die Herzogin, als sie die Eingangshalle betraten.

Jamison war über Charity Hoches Kommen informiert worden, und er hatte die Herzogin über die Entscheidung informiert, Charity in die Uniform eines Offiziers zu stecken.

Die Herzogin bemerkte Charitys Blick, der dankbar und abschätzend war. Dies ist eine hochintelligente Frau, sagte sie sich.

Sie fragte sich, was ihre wahre Rolle in Whitbey House sein würde. Es musste einen Grund für die Entscheidung geben, sie in eine Offiziersuniform zu stecken, und er hatte nichts mit dem zu tun, den man genannt hatte: »... es würde die Dinge ein wenig erleichtern, wenn sie sich um das weibliche Personal kümmert.«

Charity lachte wieder, ein angenehm perlendes Gelächter, als sie den Schildermast sah, der am Fuß der Haupttreppe errichtet worden war. Er war drei Meter hoch und mit beschrifteten Pfeilen bestückt, welche die Richtungen und die Anzahl der Meilen nach Washington, Berlin, Tokio und Moskau ebenso angaben wie die zur Messe, zum Offiziersklub und den Quartierbereichen in dem riesigen Herrenhaus.

»Lachen Sie nicht«, sagte Jamison. »Sie werden diese Orientierung brauchen. Wir haben drei Bluthunde, die nichts anderes tun als Leute suchen, die sich in den Räumlichkeiten verlaufen haben.«

Jamison stellte Charitys Koffer auf dem Flur vor seinem Büro ab und forderte Charity mit einer Geste zum Eintreten auf.

»Bevor wir den Papierkram durchgehen«, sagte Jamison, »lassen Sie es mich offiziell machen. Ich möchte Sie im Namen unseres geliebten befehlshabenden Offiziers, Major Richard Canidy, der leider im Augenblick nicht anwesend ist, in Whitbey House willkommen heißen.«

»Vielen Dank.« Charity lächelte.

Die Herzogin sah Charity an, dass sie über Canidys Abwesenheit Bescheid gewusst hatte. Und sie hatte das sichere Gefühl, dass Charity den Grund für Canidys Abwesenheit kannte und höchstwahrscheinlich wusste, wo er war und was er machte.

Charity musste Dokumente unterzeichnen, und Jamison überreichte ihr einen Ausweis, der mit diagonalen roten Streifen überdruckt und mit einer Plastikhülle versehen war.

»Die roten Streifen sind das, was wir ›Zugang zu jedem Ort zu jeder Zeit‹ nennen«, erklärte Jamison. »Sie können also überall in der Station hingehen, wann immer Sie das wünschen. Sie werden vermutlich oft nach dem Ausweis gefragt werden, bis die Sicherheitsleute Sie kennen. Und Sie werden ganz bestimmt danach gefragt werden, wenn Sie den inneren und äußeren Sperrkreis verlassen.«

Charity nickte verstehend, blickte auf den Ausweis und steckte ihn in die Brusttasche ihres Uniformrocks.

»Das war's, mit Ausnahme der Frage nach Ihrem Quartier«, sagte Jamison. »Sie haben die Wahl. Sie können ein Privatzimmer in dem Flügel für weibliche Offiziere im ersten Stock haben, oder Sie können zu Captain Stanfield in die Bediensteten-Quartiere im zweiten Stock einziehen.«

»Ich wohne in den Räumen, die als Quartier ...«, die Herzogin zögerte kaum wahrnehmbar, »... für das persönliche Dienstmädchen der Herzogin gedient haben. Es gibt zwei Schlafzimmer und ein Wohnzimmer, und ein privates Bad mit Badewanne. In den Quartieren der weiblichen Offiziere gibt es nur Duschen.«

»Das ist sehr freundlich von Ihnen«, sagte Charity, »und ich ziehe das vor. Aber es wirft eine Frage auf.«

»Welche?«, fragte die Herzogin.

»Sie sind meine erste Herzogin«, sagte Charity. »Ich kannte mal eine Baronin, auf der Schule. Aber ich weiß nicht, wie ich Sie ansprechen soll.«

»Elizabeth oder Liz wäre einfach prima«, sagte die Herzogin.

Stevens hat sie ins Bild gesetzt, sagte sich die Herzogin. Oder David Bruce hat sie informiert. Oder vielleicht hat sie sogar vor ihrer Ankunft in England gewusst, dass der Verbindungsoffizier des königlichen Generalstabs zur OSS-Station Whitbey House vor dem Krieg als die Herzogin von Stanfield das Haus bewohnt hat.

»Ich bin perfekt vorbereitet«, sagte Charity mit einem Lächeln, »... einen Knicks zu machen – oder mich zu Boden zu werfen –, wenn das Zugang zu einem heißen Bad bedeutet. In London hatte ich ein Rinnsal von rostigem lauwarmem Wasser. Mehr ein tröpfelndes Leck als eine Dusche.«

Die Herzogin lachte.

»Nun, dann kommen Sie, wir lassen Ihnen ein heißes Bad ein. Und Sie brauchen sich auch nicht zu Boden zu werfen.«

Die Herzogin war überrascht, fast erstaunt, als sie sah, was Charity Hoches schwere Koffer enthielten. Da gab es eine Uniform als Ersatz und mehrere Ersatzhemden, aber der Rest des Kofferinhalts bestand aus Kosmetikartikeln, Seife, Parfüm, Unterwäsche und Seidenstrümpfen.

Charity sah die Überraschung auf dem Gesicht der Herzogin.

»Wir haben einen wunderbaren alten Matrosen in Washington«, sagte Charity. »Chief Ellis. Er hat mir gesagt, was ich mitnehmen soll. Er sagte, ich kann hier alles problemlos bekommen, aber wenn ich ›Dinge für Ladys‹ wünsche, sollte ich sie selbst mitbringen.«

»Das war ein guter Rat«, sagte die Herzogin. »Zum ersten Mal seit Jahren sehe ich mehr als drei Paar Seidenstrümpfe auf einmal.«

»Bedienen Sie sich«, sagte Charity.

»Oh, das könnte ich nicht«, sagte die Herzogin.

»Aber ich wünsche es«, entgegnete Charity. »Früher oder später werden Sie Gelegenheit haben, mir als Gegenleistung den Rücken zu kratzen. Und es sind drei Dutzend Paar, mehr als ich vermutlich benutzen kann, bevor Mami mir ein paar mehr schickt.«

»Soll ich mich jetzt oder später zu Boden werfen?«, fragte die Herzogin.

Sie lächelten einander an, und die Herzogin erkannte, dass ihr erstes spontanes Urteil über Charity Hoche ins Schwarze getroffen hatte. Eine gute Frau, und eine nette. Charity überreichte ihr ein Dutzend Paar Seidenstrümpfe.

»Alles Gute damit«, wünschte Charity.

Charity ging zur Badewanne, steckte den Stöpsel in den Wasserablauf und ließ Wasser einlaufen. Dann brachte sie die Herzogin ein wenig in Verlegenheit, indem sie all ihre Kleidung auszog und splitternackt im Schlafzimmer herumging, während sie ihre Schätze von ›Dingen für Ladys‹ in einem Schrank verstaute.

Dann stieg sie in die Wanne. Die Herzogin ging in ihr Zimmer, warf mit großer Wonne ihre verbliebenen zwei Paar Seidenstrümpfe weg – sie hatten Laufmaschen – und zog ein Paar der von Charity geschenkten Strümpfe an. Danach fühlte sie sich gut.

Dann betrachtete sie ihren eigenen Schatz an ›Dingen für Ladys‹. Er bestand hauptsächlich aus zweiundzwanzig Flakons Schaumbad von Elizabeth Arden. Ihre Augen füllten sich mit Tränen. Kurz bevor Jimmy Whittaker fortgegangen war, hatte er sich von ihrer letzten halbvollen Dose Schaumbad bedient, und sie war wütend gewesen.

Nicht zu wütend, rief sie sich in Erinnerung, um seine Einladung anzunehmen und sich zu ihm in die Badewanne zu gesellen. Eigentlich war sie mehr traurig als ärgerlich gewesen. Sie hatte sich resigniert damit abgefunden, ohne Schaumbad auszukommen, wie sie sich damit abgefunden hatte, ohne Jimmy Whittaker auszukommen.

Und dann war sie von Bob Jamison in sein Büro gerufen worden. Er hatte ihr ein U.S. Army-Päckchen vom National Institutes of Health, Washington, D.C. – so adressierte das OSS seine Päckchen – ausgehändigt, das den Stempel ›Eilige Luftpost‹ und einen Aufkleber ›Kristalle, wasserlöslich, nichtexplosiv‹ enthalten hatte und an ›den Beamten vom Dienst, Agricultural Research Facility, Whitbey House, Kent‹ adressiert gewesen war.

»Ich glaube, es ist für Sie bestimmt«, hatte Jamison gesagt. Der Inhalt des Päckchens waren zweiundzwanzig Flakons Elizabeth Arden Schaumbad-Kristalle.

Gott, wie ich mich nach Jimmy sehne!

Und zum Teufel mit dem Gedanken, an illegale Nutzung

von knapper Luftfrachtkapazität und Störung der Kriegsbemühungen.

Die Herzogin nahm eines der Fläschchen und ging damit ins Badezimmer. Charity war in der Badewanne untergetaucht, sodass nur ihr Kinn und ihre Brustspitzen aus der Wasseroberfläche ragten.

»Wie wäre es mit einem kleinen Schaumbad?«, fragte die Herzogin.

»Oh, es ist also eingetroffen«, sagte Charity. »Ich habe mich nicht getraut, danach zu fragen.«

»Sie wissen, woher es stammt?«

»Ja«, sagte Charity. »Das weiß ich.«

»Ich werde nicht fragen, wo Jimmy ist«, sagte die Herzogin.

»Das freut mich, denn ich kann es Ihnen nicht sagen«, erwiderte Charity.

Die Herzogin registrierte dies professionell. Charity Hoche war in Geheimnisse der oberen Ebene eingeweiht und wusste sie geheim zu halten. Und dann schämte sie sich ein bisschen wegen ihrer Professionalität.

»Eigentlich hatte ich etwas Besonderes im Sinn, als ich sagte, es wird die Zeit kommen, an der Sie meinen Rücken kratzen können«, sagte Charity.

»Erzählen Sie«, sagte die Herzogin.

»Wie bekomme ich Lieutenant Colonel Peter Douglass junior ans Telefon?«

»Ist Doug ein Freund von Ihnen?«

»Das ist eine Untertreibung«, sagte Charity. »Wenigstens aus meiner Sicht.«

»Wir handhaben das, indem ich telefoniere, und wenn ich Colonel Douglass an der Strippe habe, bringe ich das Telefon hier zu Ihnen.«

»Oh, wie nett!«

Zwei Minuten später kehrte die Herzogin ins Badezimmer zurück.

»Colonel Douglass ist nicht erreichbar«, sagte sie.

»Er wird in den nächsten sechsunddreißig Stunden nicht erreichbar sein. Es tut mir Leid.«

»Verdammt!«, sagte Charity. Sie setzte sich abrupt auf und spritzte mit Wasser. »Das bedeutet, dass er Pollen verbreitet.«

»Das bezweifle ich«, sagte die Herzogin.

»Na, hören Sie mal«, sagte Charity, »er weiß nicht, dass ich hier bin. Und wenn Sie ihn kennen würden, wüssten Sie, dass er einfach wie die anderen Männer ist. Ich beklage mich nicht. Wenn ich an seiner Stelle wäre, würde ich vermutlich das Gleiche tun. ›Lebe heute, solange du noch …‹«

»Ich nehme an, er ist irgendwo und betrinkt sich«, sagte die Herzogin.

»Sonderbar, das würde mich glücklich machen. Im Gegensatz zu dem Gedanken, was er in Wirklichkeit treibt. Warum sagen Sie das?«

Die Herzogin zögerte.

»Eigentlich komisch, es ist geheim«, sagte sie schließlich.

»Eigentlich komisch, ich habe eine Unbedenklichkeitsbescheinigung und darf alles erfahren, was hier vorgeht. Hat Jamison Ihnen das nicht gesagt?«

»Nein«, erwiderte die Herzogin. »Sind Sie tatsächlich Geheimnisträgerin?«

»Ja, das bin ich«, sagte Charity. »Heißt das, Sie sind keine?«

»Man beschuldigt mich als Spionin für den königlichen Generalstab«, sagte die Herzogin. »Es ist ein Körnchen Wahrheit an dieser Anschuldigung. Aber ich weiß von dieser Sache mit Doug.«

»Ich habe wirklich eine Unbedenklichkeitsbescheinigung«, sagte Charity. »Muss ich Jamison herholen, um das bestätigen zu lassen?«

»Das würde ihm gefallen, Sie im Evaskostüm zu sehen.« Die Herzogin lachte. »Wir rufen ihn besser nicht.«

Charity Hoche sagte offenbar die Wahrheit.

»Vielleicht wegen Dougs Vaters oder vielleicht einfach, weil Dick sein guter Kumpel ist und Dick dies als Ausrede benutzt, erzählt uns die Eighth Air Force jedes Mal, wenn Doug auf eine Mission fliegt. Und sie erzählt uns, wenn er zurückkommt. Ein Fernschreiben an den Berkeley Square mit einer Info-Kopie hierhin. Er flog heute eine Mission. Er schaffte es zurück, aber sein stellvertretender Kommandant fiel. Ich sah das Fernschreiben, bevor Sie hier eintrafen. Unter den gegebenen Umständen bezweifle ich, dass er ausgegangen ist um – wie haben Sie es genannt? – ›Pollen zu verbreiten‹?«

»Danke«, sagte Charity, fast feierlich.

»Möchten Sie das Schaumbad?«, fragte die Herzogin.

»Was ich wirklich möchte, ist ein Drink«, sagte Charity, stand plötzlich auf und griff nach dem Duschkopf, um sich abzuduschen. »Ich spare mir das Schaumbad für einen Zeitpunkt auf, an dem es nützlich sein wird.«

»Mit einem Drink kann ich dienen«, sagte die Herzogin. »Wir haben hier eine schöne Bar und manchmal sogar einen Klavierspieler.«

3

Lieutenant Ferenc ›Freddy‹ Janos, der Klavierspieler, war ein sehr großer Mann. Was seiner Ansicht nach der Grund war, weshalb er sich den Knöchel gebrochen hatte. Wenn man fast zwei Meter groß war und hundertfünfzehn Kilo wog, konnte man nicht erwarten, mit einem Fallschirm so sanft zu Boden zu gleiten wie zum Beispiel jemand, der achtzig Kilo wog.

Und es war eigentlich nicht so schlimm. Der Arzt

hatte ihm gesagt ›es hätte viel schlimmer ausgehen können‹. Es hatte höllisch weh getan, als ihn die Sanitäter, keuchend vor Anstrengung, aus dem Absprunggebiet zum Sanitätszelt getragen hatten. Aber als der Fuß erst eingegipst gewesen war, hatte er praktisch keine Schmerzen verursacht. Ein nervendes Jucken unter dem Gipsverband, aber keine Schmerzen.

Und die Röntgenaufnahmen hatten einen einfachen Bruch einer der Hauptknochen gezeigt. Man hatte ihm gesagt, ›die Heilung wird bei jemandem Ihres Alters und mit Ihrer körperlicher Verfassung sehr schnell gehen‹. Es war unangenehm und lästig, aber nicht mehr. Es hatte natürlich seinen weiteren Einsatz bei dieser Operation verhindert. Wegen der verunglückten Landung und dem Knochenbruch war er aus dem Team genommen worden. Er war durch einen Lieutenant ersetzt worden, der eilig aus den Vereinigten Staaten eingeflogen worden war.

Weitere Einsätze mussten warten, bis ihm der Gipsverband in drei Tagen abgenommen wurde – und vermutlich ein paar Wochen danach. Eine Woche, um sich mit dem neuen Team vertraut zu machen und weitere Zeit danach, um eine Mission zu planen und zu arrangieren.

Das Hauptproblem für Lieutenant Ferenc ›Freddy‹ Janos war seiner Meinung nach, Geschlechtsverkehr zu arrangieren, und zwar in der Zeit, bis der Gipsverband entfernt wurde bis zum nächsten Einsatz. Dazu musste er nach London fahren, und das würde ein Problem sein, denn dem OSS gefiel es nicht, dass seine Leute nach London fuhren, wenn sie in einem gewissen Maß Kenntnis von Informationen über geheime Einsätze hatten.

Man hatte ihn zwei Tage vor der verunglückten Landung in dieses Maß an geheim erklärter Information eingeweiht. Es war geplant, dass die Männer seines Teams in drei Tagen mit dem Fallschirm in

Jugoslawien abspringen würden. Man hatte sie verschiedene Möglichkeiten gelehrt, wie sie den Kontakt mit den Guerillas von Colonel Draza Mihajlovic herstellen konnten, falls der Absprung nicht wie geplant verlaufen würde.

Diese Information war ziemlich brisant, und denjenigen, die Kenntnis davon hatten, konnte nicht erlaubt werden, nach London zu fahren und eine Nummer zu machen, oder, was das anbetraf, irgendwo außerhalb des Geländes vom Whitbey House. Freddy Janos verstand die Argumentation, denn es standen buchstäblich Menschenleben auf dem Spiel, und er war völlig bereit, zuzugeben, dass Alkohol die Zungen lockerte, besonders seine. Aber er hielt es für wirklich unglückliche Umstände, wenn er nach einem langen Zeitraum des erzwungenen Zölibats per Fallschirm über Jugoslawien abspringen musste. Gott allein wusste, wie er, Lieutenant Ferenc Janos, in Jugoslawien eine Nummer machen konnte.

Es war ja nicht, als ob es keine Reihe von Frauen hier im Whitbey House gegeben hätte – einschließlich der beiden, die in diesem Moment am Piano lehnten, während er spielte –, die er mit relativ wenig Mühe in sein Zimmer locken konnte. Aber das entsprach nicht dem, was er für sein Niveau hielt. Zum einen bezweifelte er, dass Offiziere es mit Frauen im Unteroffiziersrang treiben sollten.

Diese Überzeugung war nicht durch die Lektüre des Handbuchs für Offiziere entstanden, das sich beschönigend mit dem Thema beschäftigt hatte, sondern aus Lieutenant Janos' eigener Erfahrung als Unteroffizier. Er war erzürnt gewesen, als er den Verdacht gehabt hatte, dass seine Offiziere auf Grund ihrer Position schöne Frauen im Unteroffiziersrang in ihr Bett lockten, und er war nicht bereit, Männer im Unteroffiziersrang zu erzürnen, indem er das Gleiche tat. Er war sogar noch weiter gegangen. Er hatte mit verschiedenen Offizieren über die Sache gesprochen. Er hatte sie wissen lassen, dass ihm ihr Verhalten missfiel und dass er manchmal Mühe hatte, sein Missfallen nicht in Gewalttätigkeit ausarten zu lassen.

Im Whitbey House befanden sich drei weibliche amerikanische Offiziere und ein weiblicher britischer Offizier, aber die amerikanischen WACs entsprachen nicht Freddy Janos' Standard für eine Bettgenossin, und der britische Offizier, Captain Herzogin Elizabeth Alexandra Mary von Stanfield, WRAC, die Freddy Janos liebend gerne näher kennen gelernt hätte, hatte sich als Ausnahme der Regel erwiesen, dass Frauen der Oberklasse für gewöhnlich wünschten, ihn mit allen ihnen zu Verfügung stehenden Mitteln zu trösten, wenn er sie mit seinen großen, dunklen und traurig blickenden Augen anschaute.

Freddy Janos hatte die Wirkung seiner großen, dunklen, traurig blickenden Augen auf Frauen kennen gelernt, als er fünfzehn gewesen war. Mit fünfzehn war er bereits über einsachtzig gewesen und hatte fast neunzig Kilo auf die Waage gebracht. Er war durch Protektion als Musikstudent (Klavier) auf die Juillard Musikakademie in New York City aufgenommen worden. Damals hatte er noch mit starkem Akzent gesprochen, nachdem sein Vater nur vier Jahre zuvor die Familie von Budapest aus mitgenommen hatte, um eine Berufung als Konzertmeister der Cleveland Symphony anzunehmen.

Es waren für ihn Vorkehrungen getroffen worden, bei Freunden der Familie in einem großen und komfortablen Apartment am Riverside Drive mit Ausblick auf den Hudson River wohnen zu bleiben. Die Freunde waren ebenfalls Ungarn und Musiker gewesen, und sie hatten nach ihrer Sitte auf europäische Art an Sonntagnachmittagen Konzerte gegeben, manchmal als Trios, bisweilen als Quartett oder Quintett. Und er war natürlich gebeten worden, mitzuspielen, wenn ein Klavierspieler erforderlich gewesen war.

Nach einem Konzert kam Mrs. Lizbeth Vernon zu ihm, die Lady aus 6-B, eine Etage über dem Apartment, eine große, schlanke Frau von vierunddreißig Jahren, die ihn bei seinem Spiel charmant angelächelt hatte, wie ihm nicht entgangen war. Sie sagte ihm, wie sehr ihr sein Spiel gefallen habe. Und sie fügte hinzu, sie hoffe, er würde in ihrem Apartment vorbeischauen und prüfen, ob ihr Piano richtig gestimmt war, wenn er ein paar freie Minuten erübrigen könne. Sie habe es gerade erst stimmen lassen, aber es klinge nicht ganz richtig und sie wolle eine zweite Meinung hören, bevor sie Steinway & Sons anrufen und sich beschweren würde.

Als er am nächsten Tag nach dem Unterricht an ihrem Apartment klingelte, öffnete Lizbeth Vernon ihm in einem dünnen seidenen Bademantel und sagte ihm, sie habe unter der Höhensonne gelegen und hoffe, dass es ihm nicht peinlich sei. Lizbeth sagte ihm ebenfalls, dass sie ihn für einsam halte, was sie in seinen Augen gesehen habe, und dass sie seine Einsamkeit nur zu gut verstehe, denn ihr Mann, ein Bezirksleiter von Merrill Lynch, der Börsenmaklerfirma, sei von Montag bis zum nächsten Dienstag im Außendienst unterwegs, und sie sei ebenfalls einsam.

An diesem Nachmittag gab es ein paar peinliche Momente, als Lizbeth erfuhr, dass er erst fünfzehn war und nie zuvor mit einer Frau geschlafen hatte.

»Mein Gott«, sagte Lizbeth entsetzt, als sie befriedigt auf dem größten Bett lagen, das er jemals gesehen hatte.

Aber sie erholte sich schnell.

»Nun, ich würde sagen, du bist groß, wirklich viel Mann für dein Alter«, sagte sie und lachte kehlig, als sie ihn packte. »Und du bist ein Stipendiat, nicht wahr?«

Und Lizbeth erzählte ihm, dass er sie ›verrückt gemacht‹ hatte von dem Moment an, als sie zum ersten Mal seine Augen gesehen hatte.

Es war von Anfang bis Ende eine prima Beziehung gewesen. Und sie hatte bis lange nach seinem Stipendium angehalten. Zwei Jahre auf der Juillard Musikakademie hatten jeden überzeugt, einschließlich seinen Vater, dass er trotz seines ›vielversprechenden Talents‹ nicht das Zeug hatte, Konzertpianist zu werden.

Er war oftmals von Manhattan herunter gekommen, um Lizbeth zu besuchen – wenn ihr Mann über ein Wochenende außerhalb der Stadt war –, und als er auf der Yale University gewesen war und auf einen Magister in europäische Geschichte mit dem Nebenfach slawische Sprachen hingearbeitet hatte, war es nur zweimal zu Streit zwischen ihnen gekommen: einmal als sie nach New Haven gekommen war, um ihn zu überraschen, und ihn mit einer rothaarigen irischen Studentin mit erstaunlich sommersprossigen Brüsten angetroffen hatte, und ein anderes Mal, im Januar 1942, als er ihr erklärt hatte, er werde sich bei der Army melden, anstatt auf den Studienabschluss im folgenden Juni zu warten.

Lizbeth hatte ihm gesagt – eigentlich hatte sie ihn angeschrien –, dass er es bereuen würde, wenn er aufwachen und feststellen würde, was er sich mit der Army aufgehalst hatte. Wenn er einen Funken Verstand hätte, würde er wenigstens bis zum Abschluss studieren, damit er ein Offizierspatent erhalten konnte.

Die Army hatte ihn nach Fort Dix, New Jersey, zur Grundausbildung geschickt, und dann nach Fort Knox, Kentucky, zur Panzerschule. Es hatte ihm alles Spaß gemacht, sogar die Grundausbildung. Etwas dabei gab ihm zum ersten Mal in seinem Leben das Gefühl – außerhalb des Betts –, ein Mann zu sein. Piano-Stipendiaten spielen Piano, nicht Baseball oder

Football, und so lausig das Footballteam von Yale auch war, es war für jemanden mit seiner Größe, der niemals Football gespielt hatte, kein Platz darin gewesen.

Bei der Grundausbildung wurde er mit dem Garand-Gewehr, der ersten Feuerwaffe, die er jemals angerührt hatte, zum Experten, und zu seiner großen Freude und Zufriedenheit erwies er sich als genauso fähig beim Schießen mit dem Fünfundsiebzig-Millimeter-Geschütz des M4A3-Panzers auf dem Schießplatz von Knox. Seine Personalakte, die Bildung und körperliche Verfassung brachten ihn schnell auf die Offiziersanwärterschule, und er war wurde Klassenbester seines Jahrgangs.

Aber anstatt zu einer Panzerkompanie befohlen zu werden, erhielt Second Lieutenant Ferenc Janos den Befehl, sich bei der 576th Military, der Regierungsabteilung von Fort Benjamin Harrison in Indianapolis, Indiana, zu melden. Dort erklärte ihm ein sehr schneidiger Lieutenant Colonel, dass er jetzt Offizier sei und die Army die Entscheidung über die Verwendung von Offizieren treffe. Janos sprach Ungarisch, Kroatisch und Deutsch, und seine Dienste wurden gebraucht, um ein besiegtes Deutschland und/oder Ungarn zu regieren.

Er hatte eine Liste von deutschen, österreichischen, ungarischen, böhmischen, mährischen und jugoslawischen Kirchenorgeln – wegen seiner musikalischen Vorgeschichte – von historischer und/oder kultureller Bedeutung erstellt, als er auf dem Schwarzen Brett in Fort Benjamin Harrison einen Aushang gesehen hatte, mit dem Offiziere mit Fremdsprachenkenntnissen für eine nicht näher angegebene Verwendung akzeptiert wurden, die ›großes persönliches Risiko‹ in sich barg.

Der Lieutenant Colonel, der ihm zuvor erklärt hatte, dass die Army die Entscheidungen über die Verwendung eines Offiziers treffe, sagte ihm nun, dass sein Gesuch an ›Treulosigkeit‹ grenze und er alles in seiner Macht Stehende tun würde, damit sein Gesuch abgelehnt werden würde.

Zwei Wochen später meldete sich Freddy Janos bei einem requirierten Besitz in Virginia, Eingeweihten bekannt als OSS-Station Virginia. Nach Freddy Janos' Meinung war das sogar noch besser als Fort Dix und Knox. Hier lernte er wirklich faszinierende Dinge, zum Beispiel Brücken in die Luft zu sprengen, mit dem Fallschirm aus Flugzeugen abzuspringen und Leute mit bloßen Händen zu töten.

Und dann, kurz bevor er nach Ungarn zurückkehren sollte, brach er sich den verdammten Knöchel.

»He, Freddy!«, rief ein Offizier angewidert durch die Bar. »Menschenskind, kannst du nichts Vernünftiges spielen?«

Freddy Janos brauchte einen Moment, um die Bedeutung der Beschwerde zu kapieren. Gedankenverloren und in Selbstmitleid wegen seines erzwungenen Zölibats schwelgend, war er ohne zu denken von Gershwin in Prokofieff übergegangen. Er lauschte dem, was sein Unterbewusstsein für ihn zum Spielen ausgewählt hatte. Er lächelte. Es war die Sonate in G-moll, Opus 54, Nummer 2 aus ›Flüchtige Visionen‹. Sehr passend.

»Du hast eben keinen Musikverstand, Sanderson«, rief Freddy zurück und ging in den flotten Schlager ›I'm Gonna Buy a Paper Doll‹ über. Er lächelte die beiden Frauen an, die am Klavier lehnten.

Und dann schaute er an ihnen vorbei zur Bar. Captain Herzogin von Stanfield traf dort ein, und sie war nicht allein.

Ihre Begleiterin ist ein absolutes Superweib! Gott war offenbar in Hochstimmung, als er dieses Prachtexemplar erschaffen hat!

Und sie ist ein Offizier! Also nichts wie ran!

Freddy wollte warten, bis sie ihre Getränke an der Bar bekommen hatten und irgendwo Platz nahmen.

Dann würde er wie zufällig zu ihnen schlendern und »Hallo!« sagen.

Es war zu viel erhofft, dass sie am Piano vorbeikommen würden, wo er Gelegenheit haben würde, die Blondine mit einem musikalischen Feuerwerk und dann mit seinem traurigem Lächeln anzumachen.

Aber genau das taten sie.

Gott ist auf meiner Seite! Die Enthaltsamkeit ist vorbei! Keuschheit wird belohnt!

»Hallo, Freddy«, sagte die Herzogin und setzte sich auf die Seite des Flügels.

»Hallo«, erwiderte er.

»Charity, dies ist Freddy Janos«, stellte die Herzogin vor.

»Hallo.« Charity lächelte ihn an, gab ihm die Hand, schaute ihm in die Augen.

»Ich bin überwältigt«, sagte Freddy und staunte über die Weichheit ihrer Hand, die Wärme der Haut, die erregende Sinnlichkeit bei ihrem zarten Händedruck.

»Freddy hat einen gebrochenen Knöchel«, sagte die Herzogin. »Ich würde ihm an Ihrer Stelle die Hand entziehen, aber danach sind Sie ziemlich sicher. Er kann mit nur einem gesunden Bein überhaupt nicht gut hinter Ihnen her laufen.«

»Wie haben Sie sich den Knöchel gebrochen?«, fragte Charity, Mitleid und Mitgefühl in Blick und Stimme.

Und wo Mitleid und Mitgefühl sind, kann Leidenschaft nicht weit entfernt sein.

»Kleiner Unfall bei der Landung per Fallschirm«, sagte Freddy mit einem Lächeln und dem, was er für genau die richtige Spur von geziemender Bescheidenheit hielt.

»Großer Gott!«, stieß Charity hervor.

Freddy hatte nicht ganz mit dieser überschwänglichen Reaktion gerechnet und blickte sie überrascht an. Sie sah nicht ihn an, sondern sie blickte über seine Schulter zur Tür.

Ein Fliegerjunge war in die Bar gekommen. Freddy kannte ihn vom Sehen. Es war ein Busenfreund von Canidy, dem Leiter der Station. Es hieß, dass er der Sohn irgendeines hohen Tiers in der oberen Ebene des OSS war. Er sollte auch ein Ex-Flying-Tiger sein. Er war auch verdammt jung, um Lieutenant Colonel zu sein.

Der Fliegerjunge ging zielstrebig zur Bar, ohne einen Blick zum Klavier zu werfen.

»Doug!«, rief die hinreißende Blondine. Oder versuchte es zu rufen. Sie schien Probleme mit ihrer Stimme zu haben.

Er hörte sie nicht.

»Colonel Douglass!«, rief die Herzogin mit klarer, lauter Stimme.

Der Fliegerjunge schaute sich nach ihr um, entdeckte sie und winkte lässig, bevor er sich wieder abwandte.

Dann machte er abrupt kehrt.

Er ging zum Piano, direkt auf die Blondine zu. Er schaute niemanden sonst an und sagte kein Wort.

Er blieb vor ihr stehen, hob die Hand, sehr langsam, sehr behutsam, als befürchtete er, die Erscheinung würde verschwinden, zerplatzen wie eine Seifenblase, wenn er sie berührte. Sanft berührte er die Wange der Blondine.

»Doug«, sagte sie wieder, erstickt, als sei ihr zum Weinen zumute.

Der Fliegerjunge nahm die Hand von der Wange der Blondine, ergriff ihre Hand und führte sie wortlos aus der Bar.

»Tut mir Leid«, sagte die Herzogin. »Ich sah es in Ihren Augen aufleuchten.«

»Man könnte annehmen, sie kennen sich«, sagte Freddy benommen.

Die Herzogin lachte.

»Haben meine Augen wirklich geleuchtet?«, fragte er.

»Ja, das haben sie«, sagte sie.

»Warum sind Sie so sicher, dass Sie nicht wegen Ihnen aufgeleuchtet sind?«

Ihre Blicke trafen sich.

»Tut mir Leid, Freddy«, sagte die Herzogin.

Er sah, dass ihr Blick traurig war. In ihren Augen war ein Ausdruck, der in ihm den Wunsch weckte, sie zu trösten. Wirklich zu trösten, nicht zu vögeln. Nun, vielleicht beides, aber sie zuerst zu trösten. Und dann sah er in ihren Augen, dass sie sich von ihm weder trösten noch vögeln lassen würde.

»Mir tut es auch Leid«, sagte Freddy.

4

Insel Vis

17. Februar 1943, 5 Uhr 25

Canidy saß auf einem drei Meter hohen Felsbrocken, halb versteckt in der Seite des Tals. Seine Beine baumelten über den Felsen, und er nippte an Kaffee aus einem grauen, irdenen Becher.

Ferniany hockte neben ihm, und Captain Hughson stand hinter ihnen.

Canidy zuckte zusammen, als die B-25 bei der Landung in den seichten Bach in der Mitte der Landebahn geriet und eine gewaltige Fontäne von Wasser aufwirbelte.

Aber die B-25 wich nicht von ihrem Weg ab.

Sie rollte weitere dreißig Meter und bremste stark. Dann hielt sie, wendete und rollte auf der Start- und Landebahn zurück.

Als sie den Felsbrocken passierte, machte Dolan auf dem Sitz des Kopiloten eine ›Was nun?-Geste‹, indem er die Hände mit den offenen Handflächen hob und mit den Schultern zuckte.

Canidy signalisierte ›starten‹ und winkte dann ›auf Wiedersehen‹. Dolan nickte und grinste. Dann hielt er die Hände vors Gesicht in einer ›O-Gott-wir-werden-abstürzen!‹-Geste.

Eine Minute später erreichte die B-25 das landeinwärts gelegene Ende der Startbahn und wendete. Die Motoren röhrten auf, und die Maschine setzte sich in Bewegung. Als sie an dem Felsbrocken vorbeirollte, konnte Canidy das ausdruckslose Gesicht von Gisela Dyer durch das Plexiglasfenster im Rumpf sehen. Er winkte ihr zu. Sie reagierte nicht darauf.

Wieder stieg eine Wasserfontäne auf, als die B-25 abermals durch den Bach rollte und sichtlich langsamer wurde. Doch dann gewann sie schnell an Tempo, hob ab und war einen Moment später in der Luft.

Die Räder und Klappen wurden eingezogen, und dann stieg die B-25 steil hoch.

Canidy beobachtete das Flugzeug, bis es kaum noch zu sehen war. Dann erhob er sich und trank seinen Kaffeebecher leer.

»Okay, Ferniany«, sagte er. »Machen wir uns auf die Socken.«

Sie stiegen von dem Felsbrocken hinab, wo er fast bis an den Hang heranreichte, und kraxelten auf die Talsohle hinab. Ein dreirädriger deutscher Hanomag, eine Art übergroßes Motorrad mit Beiwagen, dessen Ladefläche mit einer Segeltuchplane überspannt war, parkte dort. Canidy und Ferniany stiegen hinten auf den Wagen und zogen die Plane über sich. Hughson ließ den Motor per Kickstarter an und setzte sich hinter das Steuer.

Sie fuhren ungefähr sechs Kilometer über einen Weg, der zuerst in eine schmale Kopfsteinpflasterstraße und dann in eine Straße mit grober Teerdecke mündete. Nach einer Weile bogen sie auf einen steilen, schmalen, unbefestigten Weg ab, der zum Ufer führte.

Als Canidy dort vom Hanomag kletterte, sah er ein etwa zwölf Meter langes Fischerboot mit hohem Bug, das zweihundert Meter vom Ufer entfernt unter dem Tuckern eines Dieselmotors ein Schleppnetz zog. Gerade als er dachte, das Glänzen eines Feldstechers in dem kleinen Ruderhaus gesehen zu haben, veränderte sich das Geräusch des Dieselmotors, das Fischerboot verlangsamte, blieb auf der Stelle liegen, und Männer begannen das Netz einzuholen.

Als das Netz an Bord war, fuhr das Boot in einer weiten Kurve zum Strand.

»Ich weiß nicht, ob ihm dies gefallen wird«, sagte Ferniany.

»Ich hatte nicht vor, ihn danach zu fragen«, blaffte Canidy. »Vielleicht wird er klug genug sein, seine Meinung für sich zu behalten.«

Sofort als er es gesagt hatte, tat es ihm Leid. Da war etwas in der Chemie zwischen ihm und Ferniany, das ohne echten Grund zu Verstimmung führte, aber nicht deshalb hatte er ihn angeschnauzt.

Der Grund war, dass Ferniany der Wahrheit nahe kam. ›Saint Peter‹, der OSS-Agent auf dem Fischerboot, würde wahrscheinlich nicht gefallen, was er erfahren würde. Ebenso wenig würde es Stevens und Bruce gefallen und – wenn es so weit nach oben bekannt werden würde – Captain Douglass oder Colonel Donovan.

Der OSS-Agent vor Ort würde sich ärgern, weil ihm durch jemand Ranghöherem, der zu Besuch kam, die Schau gestohlen wurde und weil das ein zusätzliches Risiko bedeutete. Und Stevens und Bruce würden seine Entscheidung, selbst nach Ungarn zu fliegen, verärgert in Frage stellen. Sie würden zuallererst wissen wollen, weshalb er das Risiko eingegangen war, den Deutschen in die Hände zu fallen. Und die nächste und ebenso berechtigte Frage würde lauten, ob er irgendetwas besser gemacht hatte, als Yachtsman und Saint Peter es hätten tun können.

Captain Hughson berührte Canidy am Arm.

»Da ragt ein Felsen aus dem Wasser«, sagte er. »Sie können von dort aus auf das Boot springen.« Er nickte hin. Dann schlang er den Riemen seiner Sten-Maschinenpistole von der Schulter und hielt die Waffe Canidy hin. »Möchten Sie die mitnehmen?«

»Haben Sie noch eine?«

»Eigentlich habe ich eine Schmeißer in meinem Quartier, und ich habe einen Vorwand gesucht, um sie zu tragen«, sagte Hughson.

»Dann vielen Dank, Hughson«, sagte Canidy und nahm die Maschinenpistole.

»Sie werden so gut sein, Major, und sich bemühen, mir die Sten persönlich wiederzugeben, oder?«, fragte Hughson.

»Anscheinend scheint jeder anderer Meinung zu sein, aber ich habe *nicht* vor, tollkühn ins Tal des Todes zu marschieren.«

»Nein, natürlich nicht.« Hughson streckte ihm seine Hand hin, und Canidy schüttelte sie.

Das Boot fuhr vorsichtig nahe an den Felsen heran. Als Erster sprang Ferniany an Deck, dann folgte Canidy. Sofort fuhr das Boot von der Küste fort.

Zwei Männer waren im Ruderhaus, beide schwarzhaarig und dunkelhäutig. Beide brauchten eine Rasur und trugen dunkelblaue Hosen und braune Pullover von Fischern.

Erst als einer Ferniany auf Englisch ansprach, konnte sich Canidy denken, wer der echte Fischer und wer der SOE-Agent mit dem Codenamen ›Saint Peter‹ war.

»Und was, wenn ich fragen darf, soll ich mit diesem hergelaufenen, beziehungsweise geflogenen, wenn auch tollkühnen Flieger machen?«, fragte Saint Peter mit britischem Akzent der Oberklasse.

Ferniany lachte. »Major Canidy, darf ich Ihnen Lieutenant J.V. M. Beane-Williams, ehemals Kavallerist der Königlichen Garde, vorstellen?«

»Wie geht es Ihnen?«, sagte Beane-Williams lächelnd und reichte ihm die Hand. »Ich sage es Ihnen ungern so offen, Major, aber Sie haben sozusagen soeben die Tür zum Ausgang geöffnet. England – ich nehme an, Sie kamen von England – liegt in der genau entgegengesetzten Richtung.«

Canidy lachte. Er mochte diesen Engländer.

»Hughson sagte mir, Sie können uns zum Festland bringen und absetzen«, sagte Canidy.

»Ich nehme an, dafür gibt es einen Grund?«, sagte Saint Peter.

»Irgendwo, wo wir Kontakt mit Mihajlovics Guerillas aufnehmen können«, sagte Canidy. »Unser Endziel ist Budapest, und je eher wir dort sein können, desto besser.«

»Budapest ist zu dieser Jahreszeit ziemlich widerlich«, sagte Saint Peter. »Schnee und Schneematsch und eine stetig steigende Zahl von Deutschen. Aber ich nehme an, das haben Sie bereits bedacht, nicht wahr?«

Ohne auf eine Antwort zu warten, begann er eine Unterhaltung mit dem jugoslawischen Kapitän.

Schließlich wandte er sich an Canidy.

»Todor schlägt vor, dass wir Sie in Ploce absetzen«, sagte er. »Er hat zweimal einen Cousin ersten Grades dorthin gebracht. Oder hat er gesagt, einen ›Cousin zweiten Grades einmal‹? Na, ist ja auch egal. Er hat mich ebenfalls gebeten, Ihnen seine praktisch grenzenlose Bewunderung für Ihre Armbanduhr mitzuteilen.«

Canidy blickte zu dem jugoslawischen Kapitän, der ihn herzlich anlächelte und dabei zeigte, dass er zwei goldene und zwei fehlende Zähne hatte.

Dann band er sein Chronometer los und gab es ihm.

Der Jugoslawe sagte etwas, und Saint Peter übersetzte.

»Er sagt: ›Oh, das kann ich nicht annehmen‹.«

»Sagen Sie ihm, dass ich darauf bestehe«, bat Canidy.

Der Jugoslawe nahm seine billige Armbanduhr vom Handgelenk und reichte sie Canidy.

»Er sagt«, übersetzte Saint Peter, »wenn Sie darauf bestehen …«

Canidy lachte.

»Bis Ploce sind es über den Daumen gepeilt hundert Kilometer«, sagte Saint Peter. »Wenn wir nicht gestoppt werden, sollten wir in vier, vielleicht viereinhalb Stunden dort sein.«

»Und wenn wir gestoppt werden?«

»Dann wird keiner von uns Ploces vielen historischen und kulturellen Attraktionen besichtigen können«, sagte Saint Peter.

X

1

Kairo, Ägypten

17. Februar 1943, 12 Uhr 20

First Lieutenant Hank Darmstädter betätigte auf dem Sitz des Kopiloten das Funkgerät, als Commander John Dolan ihn plötzlich am Oberarm ergriff und ihn sehr fest drückte.

Erschreckt blickte Darmstädter zu ihm. Dolans Gesicht war weiß und schweißbedeckt. Er hatte anscheinend Schmerzen.

»Eine Magenverstimmung«, keuchte Dolan mit großer Mühe. »Da ist ein Medizinfläschchen in meiner Aktentasche. Holen Sie es bitte?«

Sofort erinnerte sich Darmstädter, als er sich hastig losschnallte, dass Dolan vor dem Krieg wegen eines Herzleidens aus der Navy ausgeschieden war.

O Gott, er hat einen Herzanfall!

Dolans schwarze Aktentasche aus dem Bestand der Navy befand sich in einem Regal im Durchgang zwischen Cockpit und den zusätzlichen Treibstofftanks, die im Bombenschacht installiert worden waren. Ihr Inhalt dehnte die Ziehharmonikafalten, und Darmstädter ächzte bei der Mühe, das Schloss zu öffnen und die Riemen zu lösen, die sie geschlossen hielten.

Als er im Inhalt der Aktentasche stöberte, blickte er an den Zusatztanks vorbei in den Rumpf der Maschine. Das deutsche Mädchen schaute ihn an. Sie hatte ihr Haar zu Zöpfen geflochten und an den Seiten des Kopfes festgesteckt. Darmstädter fragte sich, wer sie war und warum es all die Mühe wert war, sie und ihren Vater aus Deutschland herauszuholen.

Sie waren vorgestellt worden, und sie hatte ihm höflich die Hand gegeben, jedoch geschwiegen. An der Art, wie ihre Blicke die Unterhaltung verfolgt hatten, hatte Darmstädter jedoch erkannt, dass sie Englisch zumindest verstand. Dennoch hatte sie keine Fragen gestellt, nicht einmal über das Ziel, zu dem sie gebracht wurde. Er fragte sich, ob sie unter einer Art gefühlsmäßigem Schock stand oder sich einfach damit abfand, dass sie im Augenblick nicht ändern konnte, was mit ihr geschah. Dann kam ihm ein komischer Gedanke. Was mochte sie während des Flugs tun, ohne Wasser lassen zu können? Es gab im Cockpit einen Schlauch, durch den man seine Notdurft verrichten konnte, doch er hätte ihr nichts genutzt, selbst wenn sie davon gewusst und danach verlangt hätte.

Er widmete seine Aufmerksamkeit Dolans Aktentasche. Darin war alles Mögliche, von einer Ausgabe des Handbuchs *TM B-25-1 Betriebsanleitung für Flugzeuge der B-25-Serie* bis zu Socken und Unterwäsche zum Wechseln und einer Toilettentasche. Und eine Pint-Flasche mit hellroter Flüssigkeit und dem Etikett ›Medical Corps, U.S. Army‹ und einem mit Schreibmaschine getippten Aufkleber ›Lt. Commander J.R. Dolan, USNR. Zum Einnehmen bei Verdauungsstörungen‹.

Darmstädter eilte damit zurück zum Cockpit.

Dolan griff nach der Flasche. Darmstädter schraubte den Verschluss ab und reichte sie ihm.

»Nehmen Sie Platz und fliegen Sie das Flugzeug«, befahl Dolan. Er wartete, bis Darmstädter wieder auf dem Sitz des Kopiloten saß, sich angeschnallt hatte und nickte, um seine Bereitschaft anzuzeigen. Dann setzte er die Flasche mit der hellroten Flüssigkeit an seine Lippen.

Er trank einen ausgiebigen Schluck, zögerte und nahm einen Zweiten. Einen Augenblick später verschwand der schmerzliche Ausdruck seines Gesichts, und er schaffte ein schwaches Lächeln.

Darmstädter blickte auf das Instrumentenbrett. Sie hatten seit einer halben Stunde Kairo auf dem Funkpeilgerät. Die Nadel der Anzeige für die Stärke des Signals stand fast am oberen Anschlag. Jetzt flogen sie zehn Grad links des Kurses, den die Nadel der Empfangsantenne des Peilsenders anzeigte.

Darmstädter korrigierte den Kurs und schaute wieder Dolan an. Die erschreckende Blässe seines Gesichts war verschwunden.

»Sie sollten mit dem Sinkflug beginnen«, sagte Dolan. »Tausend Fuß pro Minute.«

Darmstädter nickte, senkte die Nase der Maschine und nahm ein klein wenig Gas weg.

Jetzt war Zeit, über seine erste alarmierte Folgerung nachzudenken, dass Dolan einen Herzanfall hatte. Er sagte sich, dass es ein voreiliger Schluss gewesen war, eine Angstreaktion. Dolan hatte das, was er gesagt hatte: eine Magenverstimmung. Vermutlich hatte er öfter solche Beschwerden, denn er hatte die Flasche mit der hellroten Arznei bei sich.

Dolan sagte etwas, und Darmstädter wurde aus seinen Gedanken gerissen.

»Wie bitte?«

»Ich sagte, es muss an Canidys verdammten Steaks liegen.« Dolan neigte sich vor, um sich im Dröhnen der Motoren verständlich zu machen. »Jedes Mal, wenn ich gegrilltes Fleisch esse, spielt mein Magen verrückt.«

Darmstädter nickte.

Er war wieder bei dem Gedanken *Dolan hat – hatte – einen Herzanfall.* Er hatte Dolans Atem gerochen, als sich der ältere Mann vorgeneigt hatte. Was auch immer diese Flasche enthielt, hellrot oder nicht, für gewöhnlich kam der Geruch aus einer Flasche mit dem Etikett ›Sour Mash Bourbon‹.

»Sie sollten den Vogel landen«, sagte Dolan, wobei er sich wieder vorneigte und Darmstädter eine weitere Bourbonfahne entgegenschickte. Dann sank er auf dem Pilotensitz zurück und trank abermals einen großen Schluck ›Arznei für Verdauungsstörungen‹.

Darmstädter nahm das Mikrofon und sprach hinein.

»Kairo, Army Four Three Three.«

Eine Stimme mit dem unverkennbaren Akzent von Brooklyn ertönte über den Kopfhörer.

»Hier ist Kairo, fahren Sie fort, Army Four Three Three.«

»Army Four Three Three, Flugzeugtyp B-25 auf neuntausend Fuß etwa dreißig Meilen nördlich Ihrer Station. Erbitte Anflug- und Landegenehmigung.«

Kairo nannte die Windgeschwindigkeit und Sichtweite und gab die Anweisung: »Gehen Sie auf dreitausend Fuß runter und melden Sie, wenn Sie den Flugplatz sehen.«

Darmstädter bestätigte und hängte das Mikrofon in die Halterung.

Dann ertönte Dolans Stimme über Darmstädters Kopfhörer, und er wandte den Kopf und sah, dass Dolan das Mikrofon an den Mund hielt.

»Kairo«, sagte Dolan. »Four Three Three. Four Three Three ist Ninth Air Force Flug Four Zero Five. Bestätigen.«

»Four Three Three«, ertönte die Stimme mit dem Brooklyner Akzent. »Kairo. Bestätige Ihren Flug Four Zero Five.«

Darmstädter konnte drei große pyramidenartige Gebäude zur Linken sehen.

Mein Gott, das sind die Pyramiden! Die echten!

Und dann schaute er noch einmal nach links und nahm das Mikrofon.

»Kairo, Four Three Three, ich bin auf viertausendfünfhundert Fuß. Ich sehe den Flugplatz.«

»Four Three Three, Kairo. Behalten Sie den derzeitigen Kurs und die Sinkgeschwindigkeit bei. Sie erhalten Landegenehmigung als Nummer eins auf Runway Three Four.« Es folgten Angaben wie Windrichtung und -geschwindigkeit, und Darmstädter bestätigte sie.

Er blickte wieder zu Dolan, als er Gas wegnahm. Jetzt hatte Dolans Gesicht einen benommenen Ausdruck. Und er hatte keine Anstalten getroffen, für die Landung die Checkoff-Liste zu nehmen, die vom Instrumentenbrett hing.

Darmstädter erkannte, dass er das Flugzeug ohne Hilfe landen und selbst die Klappen und das Fahrwerk ausfahren musste. Aber mehr Sorge als das machte ihm Dolans Verfassung.

Er blickte nach rechts aus der Kanzel, dann nach links.

Danach meldete er dem Tower, dass er zur Landung bereit war.

»Roger, Four Three Three, Sie landen als Nummer eins. Achten Sie auf die C-47 am Beginn der Start- und Landebahn.«

Darmstädter stellte die Landeklappen auf zwanzig Grad und fuhr das Fahrgestell aus. Er schwebte tief und langsam ein und setzte ungefähr hundert Meter nach dem Beginn der Landebahn auf.

»Four Three Three am Boden.«

»Four Three Three, nehmen Sie Rollbahn fünf, ein Follow Me wird Sie erwarten.«

»Roger«, sagte Darmstädter.

Rollbahn fünf war die letzte Abbiegung von der Landebahn. Als er auf der Landebahn zu ihr rollte, sah er einen Jeep parallel zur Landebahn über eine Rollbahn rasen. Der Jeep war schwarz-weiß kariert angestrichen, und eine ebenfalls karierte Flagge flatterte darüber im Wind.

Als er mit der B-25 von der Landebahn abbog, wartete der Jeep auf ihn. Er fuhr ihm zu einer abgelegenen Ecke des Flugplatzes voraus. Dort befand sich ein großer Hangar, dessen Tore bei ihrem Eintreffen geöffnet wurden.

Der Follow Me-Jeep stoppte, der Mann vom Bodenpersonal sprang heraus und signalisierte Darmstädter, zu den Toren des Hangars zu rollen. Als die Nase der B-25 noch drei Meter davon entfernt war, forderte er Darmstädter mit Signalen auf, die Motoren abzustellen.

Sofort kamen ein Dutzend GIs aus dem Hangar und beförderten die B-25 hinein. Darmstädter erkannte am abnehmenden Licht im Hangar, dass die Tore geschlossen wurden.

Er blickte zu Dolan.

»Alles in Ordnung, Commander?«, fragte er.

»Das Wort, das Sie sich merken müssen, Darmstädter«, sagte Dolan, »ist ›Verdauungsstörungen‹. Werde ich Probleme durch Sie bekommen?«

»Nein, Sir«, sagte Darmstädter nach kurzem Überlegen.

»Danke«, sagte Dolan, einfach und aufrichtig.

»Was geschieht jetzt?«, fragte Darmstädter.

»Ich weiß es nicht«, sagte Dolan. »Canidy gab mir diese ›Flug Four Zero Five‹-Botschaft kurz vor unserem Start. Ich nehme an, jemand wird in Kürze auftauchen. Unterdessen könnten Sie den Vogel auftanken lassen.«

Als Darmstädter aus dem Bauch der B-25 zu Boden sprang, sah er, dass zwei Militärpolizisten, bewaffnet mit Thompson-Maschinenpistolen, das Flugzeug bewachten. Und da war ein Captain, der die Armbinde des AOD (Aerodrome Officer of the Day) trug.

Darmstädter ging zu ihm und grüßte.

»Ich möchte diese Maschine betanken lassen«, sagte er.

»Jemand wird in ein paar Minuten für Sie da sein, Lieutenant«, sagte der AOD. »Bis dahin kommt nichts in diesen Hangar rein oder raus.«

»Wir haben einen weiblichen Passagier an Bord«, sagte Darmstädter. »Sie muss auf die Toilette.«

»Ich weiß nicht, ob eine verfügbar ist«, meinte der AOD.

»Es muss eine Möglichkeit geben«, sagte Darmstädter.

»Menschenskind!«, sagte der AOD ärgerlich.

»Tut mir Leid, Sie zu behelligen!«, brauste Darmstädter auf.

Der AOD starrte ihn wild an.

»Für wen, zur Hölle, halten Sie sich, Lieutenant?«

»Ich bin nur Lieutenant«, sagte Darmstädter, »aber ich kann Commander Dolan bitten, herzukommen, wenn Sie dies als Befehl haben müssen.«

»Sergeant!«, rief der AOD, und einer der MPs mit den Maschinenpistolen kam herüber.

»Da ist eine weibliche Person an Bord dieses Flugzeugs, die auf die Toilette muss«, sagte der AOD. »Führen Sie sie dorthin und bringen Sie sie zurück.«

Darmstädter kletterte ins Flugzeug zurück.

»Möchten Sie …«, begann er, als er bei Gisela Dyer war.

»Ich muss auf die Toilette«, unterbrach sie ihn in präzisem, wenn auch etwas unsicherem Englisch.

»Kommen Sie mit«, sagte Darmstädter.

Fünf Minuten später, bevor Gisela aus der Männertoilette hinten im Hangar zurück war, wurde eine Seitentür geöffnet, und zwei Männer in den Uniformen ziviler Techniker der U.S. Army kamen in den Hangar.

Der AOD machte Darmstädter mit einem Nicken darauf aufmerksam. Ein Zivilist trat auf Darmstädter zu und hielt ihm ein aufgeklapptes Lederetui vor die Augen. Es war ein OSS-Ausweis, aber Darmstädter hatte nie zuvor einen gesehen, und er brauchte einen Moment, bis ihm klar wurde, dass die Männer Agenten waren.

Der Name des Mannes lautete Ernest J. Wilkins.

»Sie sind Flug Four Zero Five?«, fragte Wilkins.

»Stimmt«, antwortete Darmstädter.

»Sagen Sie mir, was das alles zu bedeuten hat? Und zeigen Sie mir zuvor Ihren Ausweis?«

»Sie sollten besser an Bord gehen und mit Commander Dolan reden«, sagte Darmstädter. »Ich bin nur ein Pilot.«

»Warum gehen *Sie* nicht an Bord und bitten Commander Dolan zu uns?«, sagte Wilkins sarkastisch.

»Er ist unpässlich«, erwiderte Darmstädter.

»Was hat er denn?«

»Eine Magenverstimmung«, sagte Darmstädter.

»O Gott, o Gott!«, sagte Wilkins spöttisch, aber er ging zu der Luke und kletterte an Bord der B-25.

Als Wilkins wieder aus der B-25 kletterte, hatte sich sein Verhalten auffallend geändert.

»Captain«, sagte er zu dem AOD. »Telefonieren Sie und bestellen Sie einen Krankenwagen her. Es ist kein ärztlicher Notfall, wir werden keinen Arzt brauchen. Ich werde einen der MPs als Begleiter brauchen. Dieses Flugzeug muss betankt werden und unter Bewachung in diesem Hangar bleiben. Ich nehme an, Sie haben Ihre Männer zu Schweigen vergattert?«

»Jawohl, Sir«, sagte der AOD.

Gisela Dyer, begleitet von dem Militärpolizisten, kehrte von der Toilette zurück.

»Guten Tag, Miss Dyer«, sagte Wilkins in fließendem Deutsch. »Willkommen in Ägypten. Wir fahren von hier aus zu einem Ort, an dem Sie eine Weile bleiben werden. Ich befürchte, dass Sie aus Sicherheitsgründen mit einem Krankenwagen fahren müssen. Es wird hinten drin ein wenig warm sein, aber wir müssen nicht weit fahren.«

Eine halbe Stunde später befanden sich Dolan, Darmstädter und Wilkins' in dem Bau, der einst der Pavillon beim Swimmingpool eines reichen ägyptischen Bankiers gewesen war. Der Raum mit den blau gekachelten Wänden enthielt jetzt ein beeindruckendes Sortiment von Kommunikationsausrüstung, über die ein grauhaariger, vornehm aussehender Mann die Kontrolle hatte, der einen Ring trug, dessen Amethyst mit der Inschrift ›20 Jahre Dienst AT&T‹ umgeben war.

Dolan hatte sich anscheinend völlig von seiner ›Magenverstimmung‹ erholt. Die Farbe war in sein Gesicht zurückgekehrt, und es war nicht mehr vor Schmerzen angespannt.

Darmstädter fühlte sich unbehaglich. Für ihn gab es keinen Zweifel daran, dass viel mehr bei dem alten Matrosen nicht in Ordnung war. Was war seine Pflicht? Es Wilkins zu sagen – der sich als Leiter der OSS-Station Kairo ausgewiesen hatte –, damit er ihm ärztliche Behandlung verschaffte? Oder Dolans Mahnung zu befolgen und sich zu merken, dass die Beschwerden ›Verdauungsstörungen‹ waren?

Dolan selbst beantwortete die Frage.

Als London den Erhalt der verschlüsselten Botschaft von Canidy bestätigte und Kairo bat, auf Empfang zu bleiben, während die Botschaft entschlüsselt wurde, gab Dolan dem Mann mit dem AT&T-Ring ein Blatt Papier.

»Verschlüsseln Sie das und senden Sie es, eilig, bevor London aus dem Äther geht«, befahl er.

Als der Kommunikationsoffizier die Botschaft durch das Verschlüsselungsgerät gegeben hatte und die verschlüsselte Botschaft zu senden begann, verlangte Dolan das Blatt Papier mit dem unverschlüsselten Text zurück und reichte es Darmstädter.

TO OSS LONDON STATION. EYES ONLY
BRUCE AND STEVENS
Leide an ernsten Verdauungsbeschwerden und Fieber. Vermutlich Wiederauftreten von Malaria. Habe Darmstädter mit allen – Wiederholung – allen Einzelheiten des Einsatzes bekannt gemacht, für den Fall, dass seine Übernahme des Kommandos nötig ist.
DOLAN, LIEUTENANT COMMANDER, USNR.

Als Darmstädter zu ihm aufblickte, zuckte Dolan mit den Achseln.

»Was soll's, Junge«, sagte der alte Matrose. »Sie wollen doch nicht wieder Gooney Birds fliegen, oder?«

2

OSS-Station Berkeley Square
London, England

17. Februar 1943, 11 Uhr 05

Der Zeitunterschied zwischen Kairo und London beträgt drei Stunden. Die Botschaft aus Kairo wurde im 11 Uhr 10 Ortszeit aus London bestätigt. Die zweite Bestätigung (die Mitteilung, dass die Entschlüsselung in London zufriedenstellend gewesen war) wurde um 11 Uhr 24 Londoner Zeit nach Kairo geschickt, die zweite Bestätigung von Dolans Botschaft um 11 Uhr 41 Londoner Zeit.

Beide verschlüsselten Botschaften waren in Form

von Lochstreifen aus dem Chiffriergerät in der OSS-Station Berkeley Square gekommen. Es war nötig, den Lochstreifen in ein anderes Gerät zu geben (einen umgebauten Fernschreiber), das dann eine Kopie auf Papier tippte. Als Nächstes wurden die Botschaften ins Logbuch für geheime Dokumente eingetragen, und schließlich wurden sie separat in zwei Kuverts gesteckt. Das äußere Kuvert war der übliche Top-secret-Umschlag, und das Innere war sowohl mit TOPSECRET als auch mit EYES ONLY BRUCE AND STEVENS gestempelt.

Inzwischen war es 11 Uhr 58.

Der Rang hat seine Privilegien, und der ranghöchste kryptographische Offizier der OSS-Station London, der sechsundzwanzigjährige Captain Paul J. Harrison, Fernmeldekorps, hatte für sich das Privileg in Anspruch genommen, die Tagesschicht, die Dienstzeit von 8 bis 16 Uhr zu übernehmen. Und er wollte überhaupt keine Schicht mehr übernehmen, sobald er die Personalabteilung des SHAEF (Supreme Headquarters, Allied Expeditionary Force) dazu bringen konnte, zweien seiner Sergeants den Balken des Second Lieutenant anzuheften. Aber jetzt versah er diesen Dienst, obwohl er zwei perfekt qualifizierte Sergeants hatte, die wegen einer blödsinnigen Anweisung von David Bruce nicht als kryptographischer Offizier vom Dienst fungieren durften.

Es war üblich, dass Eyes-Only-Botschaften vom kryptographischen Offizier vom Dienst persönlich überbracht wurden – obwohl die vierzig Seiten umfassende SOP für als geheim erklärte Dokumente nicht besonders erwähnte, wer der Überbringer sein sollte. So brachte Captain Harrison beide Botschaften aus dem kryptographischen Raum persönlich in das Büro des Stationsleiters.

Captain Helene Dancy erklärte ihm, dass David Bruce erst vor ein paar Minuten das Gebäude verlassen hatte. Er wollte mit Lieutenant General Walter Bedell Smith, General Dwight D. Eisenhowers Stellvertreter beim SHAEF, zu Mittag essen. ›Beetle‹ Smith und David Bruce waren sowohl Freunde als auch Berufskollegen. Mit diesem Wissen hatte Eisenhower General Smith beim Umgang mit dem OSS praktisch unbeschränkte Vollmacht erteilt.

»Wo ist der Colonel?«, fragte Captain Harrison.

»Whitbey House«, antwortete Helene Dancy. »Was haben Sie denn?«

»Eine eilige Eyes-Only-Botschaft – zwei – für Bruce und den Colonel. Von Canidy und Dolan.«

In der SOP war sehr klar der Umgang mit eiligen Botschaften erklärt:

> 16. (b) Operational-Immediate-Botschaften werden sofort an den Adressaten ausgeliefert oder in seiner Abwesenheit an den ranghöchsten anwesenden Offizier, der im Besitz der entsprechenden Unbedenklichkeitsbescheinigung ist. Unter keinen Umständen kann eine Verzögerung von mehr als zehn (10) Minuten zwischen Entschlüsselung und Auslieferung hingenommen werden.

»Kann ich sie sehen?«, fragte Helene Dancy.

»Sie stehen nicht als Nächste auf der Liste«, sagte Captain Harrison zögernd und fühlte sich sichtlich unbehaglich.

»Stimmt«, erwiderte sie, nur ein wenig sauer. Sie nahm den Hörer ihres Telefons ab.

»Sergeant, wissen Sie, wo Captain Fine ist?«, fragte sie einen Moment später, und als es eine Antwort gegeben hatte sagte sie: »Lassen Sie ihn bitte suchen. Schicken Sie ihn so schnell wie möglich her.«

»Nun, wer steht als Nächster auf der Liste hinter Fine?«, fragte Harrison.

»Komischerweise ich«, sagte Captain Dancy, und ihre Stimme klang ziemlich kühl. Sie streckte die Hand nach den Dokumenten aus.

»He, Dancy«, sagte Captain Harrison, als er ihr die Botschaften überreichte. »Ich habe die Vorschriften nicht gemacht. Ich versuche nur, sie zu befolgen.«

»Ich weiß«, sagte Helene Dancy. »Verdammt, warum müssen alle gleichzeitig fort sein?« Und dann warf sie einen Blick auf die erste Botschaft: die von Canidy.

»O Gott!«, sagte sie.

»Genau das habe ich auch gedacht«, sagte Captain Harrison.

Sie verstaute die erste Botschaft und nahm sich die Zweite vor, die von Dolan.

»Ich meine, Sie sollten diese beiden als Operational Immediate nach Washington übermitteln, Eyes Only Donovan und Douglass.«

»Ich versuche, in dieser Sache nicht zu pedantisch zu sein«, sagte Harrison. »Aber Sie haben gehört, wie Bruce mich beim letzten Mal zur Schnecke gemacht und mir vorgeworfen hat, ›hirnlos und ohne Befugnis‹ zu handeln …«

»Nun, ich habe soeben dafür gesorgt, dass Sie aus dem Schneider sind«, sagte Helene Dancy.

»Ja.« Harrison überlegte. »Helene, ich bitte Sie nicht, es offiziell zu machen, aber sollte ich versuchen, Bruce beim SHAEF aufzustöbern?«

»Das würde eine zweite Kopie erforderlich machen«, sagte sie. »Der Sergeant wird Fine in ein paar Minuten ausfindig machen und herschicken.«

Die SOP war auch in diesem Punkt unmissverständlich:

16. (f) In keinem Fall, ausgenommen bei der besonderen Genehmigung durch den Leiter der Station oder des stellvertretenden Leiters der Station, wird mehr als eine (1) Kopie eines Eyes-Only-Dokuments angefertigt werden. Es wird ausdrücklich darauf hingewiesen, dass es Adressaten von Eyes-Only-Dokumenten, mit Ausnahme des Leiters der Station und des stellvertretenden Leiters der Station, strikt verboten ist, Kopien von Eyes-Only-Dokumenten für ihre eigenen Akten oder für irgendeinen anderen Zweck anzufertigen.

»Was soll's«, sagte Captain Harrison. »Wie wütend kann Bruce werden?«

»Ziemlich wütend«, sagte sie. »Ich weiß nicht, Paul.«

»Isst Bruce beim SHAEF in der Generalsmesse?«, fragte Captain Harrison, der seine Entscheidung gefällt hatte.

»Er war sich nicht sicher«, sagte Captain Dancy. »Wenn er Beetle Smith für eine Stunde oder so aus dem Gebäude herausbekommen kann, möchte er ihm mit einer Bewirtung im Savoy Grill schmeicheln.«

»Und wenn ich bei beiden Stellen anrufe, wird mir keiner Auskunft geben«, sagte Harrison. »Ich werde es beim Savoy versuchen.«

Fünf Minuten später, als er Kopien der Eyes-Only-Botschaften gemacht und ihre Übermittlung nach Washington befohlen hatte, ging Captain Harrison auf den Berkeley Square hinaus, um in seinen Ford-Stabswagen zu steigen. Dort sah er Captain Stanley S. Fine, der gerade aus einem Jeep ausstieg, dessen Fahrer der Sergeant war, mit dem Helene Dancy gesprochen hatte.

Harrison winkte Fine zu, sagte jedoch nichts von

den Eyes-Only-Botschaften zu ihm oder wohin er fahren wollte. Wenn er Fine darüber informierte, konnte Fine ihm verbieten – er hatte die Befugnis –, Kopien der Eyes-Only-Botschaften zu Bruce zu bringen. Wahrscheinlicher war, dass Fine – wenn er ihm die Lage geschildert hatte – es ebenfalls für das Beste halten würde, auf Bruces SOP zu pfeifen. Das würde ihn in die Schusslinie bringen, wenn Bruce die Entscheidung missfiel, und das war nicht nötig. Fine war ein guter Kerl.

Der Maître d'Hôtel des Savoy Grill leugnete höflich die Anwesenheit von Lieutenant General Walter Bedell Smith oder Mr. David Bruce. Lächelnd behauptete er, beide seit Tagen nicht gesehen zu haben.

Captain Harrison schaute sich in dem großen, elegant eingerichteten Raum um und fand, was er suchte. Ein Major saß am Ende des Speisesaals einsam beim Essen. Hinter dem Major war eine mit Schnitzereien verzierte spanische Wand so aufgestellt, dass sie einen Tisch für zwei Personen verbergen konnte. Und von der Schulter des Uniformrocks des Majors hing die goldene Fangschnur eines Adjutanten.

»Vielen Dank«, sagte Harrison zum Maître d'Hôtel. Und dann eilte er an dem Maître vorbei zur spanischen Wand.

Der Maître wieselte hinter ihm her, aber Harrison wusste, dass er ihn nicht einholen konnte, sofern er nicht zu rennen begann.

Aber Beetle Smith' Adjutant sah ihn und erhob sich schnell, offensichtlich mit der Absicht, ihm den Weg zu blockieren. Harrison griff in die Tasche und war enorm erleichtert, dort seinen OSS-Ausweis zu finden. Er hatte schreckliche Angst vor den Konsequenzen, wenn er ihn verlor, und da er ihn selten brauchte, bewahrte er ihn für gewöhnlich im Topsecret-Safe auf.

Er nahm den Ausweis aus der Tasche und zeigte ihn General Smith' Adjutant.

»Warten Sie einen Moment«, sagte der Adjutant. »Ich werde Mr. Bruce sagen, dass Sie hier sind.«

Harrison lächelte und ging weiter.

Der Leiter der Londoner OSS-Station und der stellvertretende Kommandeur des SHAEF saßen beim Mittagessen. Es gab kleine Steaks, Röstkartoffeln und Spargel. Harrison wusste, dass die Steaks und der Spargel aus Beständen des OSS stammten. Die übliche Mahlzeit im Savoy Grill bestand aus Bratfisch und Rosenkohl. Der Savoy Grill war jedoch gern bereit, jedwede Zutaten zuzubereiten, die ein Gast wünschte und im Voraus an die Küche schickte. Der dafür verlangte Preis war derselbe wie bei Essen, dessen Zutaten aus eigenem Bestand stammten.

Das bedeutete, dass sich Bruce – wie von Helene Dancy angedeutet – bei Beetle Smith einschmeichelte, indem er ihn mit einem in diesen Zeiten ungewöhnlich guten Mittagessen im Savoy bewirtete. Und zugleich bedeutete es, dass er wahrscheinlich sehr verärgert über die Störung des guten Mittagessens sein würde.

»Verzeihen Sie die Störung, Sir«, sagte Paul Harrison. »Aber ich fand keine andere Möglichkeit.«

Er hielt ihm ein großes Kuvert hin.

»Ist Captain Fine nicht erreichbar?«, fragte Bruce mit erzwungener Höflichkeit.

»Man hat ihn gesucht, Sir«, sagte Harrison. »Er war nicht erreichbar.«

»Oh, entschuldigen Sie«, sagte Bruce. »Beetle, dies ist Captain Harrison. Und dies ist General Smith. Oder kennen Sie einander?«

Hölle, ja, wir sind alte Busenfreunde. Wie geht's dir, Beetle, du alter Wichser?

»Nein, Sir«, sagte Captain Harrison. »Guten Tag, Sir.«

General Smith lächelte und gab ihm mit festem Händedruck die Hand.

»Captain«, sagte Smith. »Harrison, nicht wahr?«

»Jawohl, Sir.«

Bruce riss das Kuvert vorsichtig auf, warf einen Blick hinein und entnahm ihm dann die Eyes-Only-Dokumente.

»Es freut mich, Sie kennen zu lernen, Captain«, sagte General Smith.

Harrison fiel keine Antwort darauf ein.

Liebe Harriet, du wirst niemals raten, wen ich im Savoy Hotel beim Mittagessen getroffen habe.

General Smith, natürlich neugierig, richtete seine Aufmerksamkeit auf David Bruce.

»Wichtig, David?«, fragte der General.

»Nicht besonders«, sagte Bruce. Dann korrigierte er sich. »Das heißt nicht, dass es falsch war, mir dies hier zur Kenntnis zu bringen, Harrison. Sie haben richtig gehandelt.«

»Jawohl, Sir«, sagte Harrison.

»Sie sagten, dass nach Captain Fine gesucht wurde?«

»Jawohl, Sir.«

»Ich halte es für überflüssig, Captain Fine in diese Sache hineinzuziehen, Captain«, sagte Bruce. »Ich meine, Sie sollten dafür sorgen, dass Washington so schnell wie möglich eine Kopie davon erhält. Und dann sollten Sie Kontakt mit Colonel Stevens aufnehmen und ihn bitten, um sechzehn Uhr in meinem Büro zu sein. Ein wenig früher, wenn er es einrichten kann. Und ich halte es für eine gute Idee, wenn Sie ihn bitten, Lieutenant Hoche mitzubringen.«

»Jawohl, Sir«, sagte Harrison.

Lieutenant Hoche, erinnerte sich Captain Harrison, war das kürzlich eingetroffene blonde Prachtweib, das Helene Dancys Mann – Frau – in Whitbey House sein sollte.

Was, zum Teufel, hat die damit zu tun?

Bruce steckte die Dokumente in das Kuvert zurück und gab es Harrison.

»Danke, Captain«, sagte er.

Harrison überlegte, ob es die militärischen Sitten erforderten, einen Drei-Sterne-General im Speiseraum eines Hotels zu grüßen oder nicht, als General Smith das Problem löste.

Er reichte Harrison die Hand.

»Es war mir ein Vergnügen, Sie kennen zu lernen, Captain, und ich freue mich darauf, Sie wiederzusehen«, sagte er.

»Jawohl, Sir«, erwiderte Harrison. »Danke, Sir.«

3

Office of Strategic Services
National Institutes of Health Building
Washington, D.C.

17. Februar 1943, 6 Uhr 55

Chief Boatswain's Mate J.R. Ellis, USN, schob die Spiegelglastür auf und marschierte in die Halle des Gebäudes. Er ging zum Aufzug, wobei die metallbeschlagenen Absätze seiner Schuhe auf dem Marmorboden klickten.

Er war fast am Aufzug angelangt, als er von einem Wachmann entdeckt wurde, der in den Sportteil der Zeitung *Washington Star* vertieft gewesen war. Der Wachmann, in blauer Uniform, die einer Polizeiuniform ähnelte, sprang von seinem Stuhl auf.

»He!«

Ellis blickte über die Schulter und sah den Wachmann in seine Richtung eilen.

»Wo wollen Sie hin?«, fragte der Wachmann, als er Ellis eingeholt hatte und ihn am Arm festhielt.

Ellis holte mit der freien Hand seinen Ausweis aus

der Hosentasche, der mit einer Büroklammer an seine Dienstmarke geheftet war. Die Ausweiskarte enthielt sein Foto, diagonale rote ›Jederzeit und überall Zutritt‹-Streifen, seinen Namen und in der Rubrik Verwendung die Worte ›Office of the Director‹.

Der Wachmann war zufrieden, weil sich Ellis rechtmäßig im Gebäude aufhielt, aber nicht besänftigt.

»Sie sollen diese Marke sichtbar tragen, wissen Sie«, sagte er.

»Entschuldigung, das hatte ich vergessen«, sagte Ellis.

Er stieg in den Aufzug und fuhr hinauf.

Als der zweite Wachmann, der in der Halle Dienst hatte, von der Toilette zurückkehrte, war der Mann, der Ellis gestoppt hatte, neugierig genug, um zu fragen: »Wer, zum Teufel, ist der Matrose mit dem ›Jederzeit-überall-Ausweis‹?«

»Navy Chief? Großer Typ? Rötliches Gesicht?«

»Das ist er. Er spazierte hier rein, als gehörte der Bau ihm.«

»So ist es ja auch fast. Das ist Chief Ellis. Donovans Schatten. Netter Kerl. Leg dich nur ja nicht mit dem an. Man kommt am besten mit ihm zurecht, wenn man sich merkt, dass die einzigen Leute hier, die ihm etwas sagen können, Colonel Donovan und Captain Douglass sind.«

Oben verließ Ellis den Aufzug und ging über den mit Marmor verkleideten Flur zum Büro des OSS-Direktors.

»Guten Morgen, Sir«, sagte er zu dem schmächtigen, fast kahlköpfigen Mann Ende dreißig, der am Schreibtisch von Colonel Donovans Sekretärin saß.

William R. Vole war in Zivilkleidung, aber er war ein Chief Warrant Officer (CWO) der Army Security Agency (ASA), ein Kryptograph, der zunächst befristet und inzwischen dauerhaft an das OSS ausgeliehen worden war. Die Army Security Agency überwachte das Funk- und Fernschreib-Kommunikationsnetz der Army, um sicherzustellen, dass keine als geheim erklärte Information in einer Art und Weise übermittelt wurde, die dem Feind dienlich sein konnte. Sie hatte ebenfalls die Fähigkeit entwickelt, feindlichen Funkverkehr abzufangen und Codes des Feindes zu knacken.

Acht solche kryptographischen Experten waren dem OSS in Washington zugeteilt, und einer davon stand stets dem Büro des Direktors zur Verfügung. Sie waren de facto Offiziere vom Dienst im Büro des Direktors, zusätzlich zu ihrem kryptographischen Dienst. Es war von Colonel Donovan auf Ellis' Vorschlag hin offiziell gemacht worden. Ellis hatte darauf hingewiesen, dass sie durch ihren kryptographischen Dienst bereits Kenntnis vom Inhalt eintreffender und ausgehender entschlüsselter und verschlüsselter Botschaften hatten und wenig Neues erfahren konnten, wenn sie das Büro rund um die Uhr besetzten. Und es gab andere Möglichkeiten, wie sie sich im Büro des Direktors nützlich machen konnten.

»Chief«, erwiderte CWO Vole mit einem Lächeln.

Vole mochte Ellis, und er spürte auch eine gewisse Seelenverwandtschaft zwischen ihnen. Sie beide hatten vor dem Krieg lange als Unteroffiziere gedient. Und im Gegensatz zu vielen seiner Kameraden ärgerte er sich nicht über Ellis' Befugnis, für Colonel Donovan oder dessen Stellvertreter Captain Peter Douglass zu sprechen. Er war lange genug beim OSS, um zu wissen, wie Ellis diese Befugnis nutzte, und er hatte nie erlebt, dass er sie missbraucht hatte.

Und es schlummerten genug Überreste des Unteroffiziers in Chief Warrant Officer Vole, um sich über den Ärger und das Unbehagen einer langen Reihe von hohen Tieren zu freuen, die versucht hatten, ihren höheren Rang bei dem erfahrenen Chief auszuspielen, und prompt gescheitert waren. Vole konnte sich an keinen einzigen Zwischenfall erinnern, bei dem Ellis keine Rückendeckung von Captain Douglass bekommen hatte, wenn sich irgendein hohes Tier über eine Entscheidung von Ellis beschwert hatte, und er hatte einige herrliche Erinnerungen an Zwischenfälle, bei denen sich hohe Tiere, die bei Captain Douglass abgeblitzt waren, über seinen Kopf hinweg an Colonel Donovan gewandt hatten.

Die Antwort war ein wütender, wenn auch kurzer Anschiss des hohen Tiers gewesen, erteilt mit dem Geschick und der Finesse, wie ihn nur ein ehemaliger Kommandeur eines Infanterieregiments – wie Donovan im Ersten Weltkrieg einer gewesen war – erteilen konnte.

Ellis nahm seine Schirmmütze ab und hängte sie auf einen Kleiderhaken. Dann entledigte er sich seiner breiten weißen Seidenkrawatte und hängte sie auf einen Kleiderbügel. Schließlich zog er seinen blauen Mantel aus und hängte ihn ebenso sorgfältig auf einen Bügel.

Dann wandte er sich um und sah den Warrant Officer der ASA an.

»Der Colonel ist in seinem Haus«, meldete Chief Warrant Vole. »Staley ist bei ihm. Der Captain ist ebenfalls zu Hause. Ich habe Marmon mit einem Wagen zu ihm geschickt. Er fährt zum Pentagon und wird um zehn hier eintreffen, vielleicht etwas später.«

Marmon war ein Ex-Polizist des Distrikts, der jetzt als eine Kombination Chauffeur/Leibwächter für Captain Peter Douglass fungierte.

»Ist das alles?«, fragte Ellis.

»Mrs. Foster wird sich verspäten«, fuhr Vole fort. »Sie hat einen Termin beim Zahnarzt, aber sie sagte, sie kann ihn verschieben, wenn Sie sie brauchen. Sie sagte, Miss Haley kann alles erledigen, von dem sie Kenntnis hat.«

»Prima«, sagte Ellis.

»Und ich habe gerade eine Kanne Kaffee gemacht«, fügte der Warrant Officer der ASA hinzu.

»Ich kann eine gebrauchen«, sagte Ellis. »Es ist draußen kalt wie die Titten einer Hexe.«

Er nahm eine Tasse, ging zu der Nische, wo die Kaffeekanne auf einer Warmhalteplatte stand, und schenkte sich Kaffee ein.

Als er damit aus der Nische hervortrat, hatte der Warrant Officer die über Nacht eingetroffenen Botschaften aus dem Safe genommen und auf einen Eichentisch gelegt, zusammen mit den Empfangsbestätigungen von geheimen Dokumenten. Ellis setzte sich an den Tisch.

»Irgendwas Interessantes dabei?«, fragte er, als er die Empfangsbestätigungen zu unterschreiben begann.

»Hauptsächlich Routine«, sagte Vole. »Die Philippinen haben sich wieder gemeldet, aber das ist ungefähr alles.«

Ellis schaute ihn fragend an.

»Siebzehn«, sagte der Warrant Officer der ASA.

Als Ellis die Empfangsbestätigungen unterzeichnet und von sich fortgeschoben hatte, nahm er Akte Nummer 17 und öffnete sie. Die erste Botschaft, die er sah, war eine abgefangene, anstatt eine, die für das OSS bestimmt war.

In seiner eigenen Zuständigkeit als ›Special Assistant‹ des Direktors hatte er ein Ersuchen zum Abfangen von Botschaften an die ASA gerichtet und gebeten, dem OSS alles zu liefern, was die ASA-Experten in der ganzen Welt entweder auf amerikanischen oder feindlichen Frequenzen abhörten und das irgendetwas mit amerikanischen Guerillaaktivitäten auf den Philippinen zu tun hatte. Weil die ASA und jede andere militärische Organisation wussten, dass sie dem Vorsitzenden der Stabschefs der Streitkräfte erklären mussten, weshalb sie dem OSS nicht gaben, was es verlangte, war die ›Bitte‹ praktisch ein Befehl gewesen.

Ellis hatte sich gesagt, wenn Douglass oder Donovan ihn fragten, warum er das getan hatte – und er bezweifelte das –, dass er ihnen sagen würde, der Grund sei Whittakers Mission. Das war natürlich logisch. Aber tatsächlich hatte er das Gesuch zum Abfangen von Botschaften lange vor der Entscheidung gestellt, Whittaker auf die Philippinen zu schicken. Er hatte angenommen, dass Fertig keine Antwort auf seine ursprünglichen Funksendungen an MacArthurs Hauptquartier in Australien erhalten hatte, weil einige hohe Tiere von MacArthurs Palastgarde oder vielleicht sogar MacArthur selbst allein die Existenz von Guerillas peinlich fanden. MacArthurs Verbindungsoffizier zu Washington hatte kategorisch erklärt, ›effektive Guerilla-Operationen sind unmöglich‹.

Die ASA-Abhörexperten waren gut. Sie hatten Ellis die Funkbotschaft von MacArthur geliefert, in der er den philippinischen Major Marcario Peralta zum ›militärischen Guerillaführer im vorübergehend besetzten feindlichen Gebiet‹ ernannt hatte, und Fertigs Antwort darauf, ein Gesuch um Medikamente zur Behandlung von Geschlechtskrankheiten – womit er ihn praktisch veralbert hatte.

Die heutige Botschaft zeigte, dass Fertig sein Temperament unter Kontrolle hatte und wohl überlegt handelte:

URGENT FROM WYZB FOR KSF
PASS TO SECRETARY OF WAR WASHINGTON DC

Als ranghöchster amerikanischer Offizier auf den Philippinen habe ich das Kommando über Mindanao und Visayas mit dem Rang Brigadier General übernommen.

Ich habe die Streitkräfte der Vereinigten Staaten auf den Philippinen reaktiviert.

USFIP hat die philippinische Zivilregierung wieder in die Hände gewählter Amtsträger des Commonwealth Philippinen gelegt.

Die rechtmäßige Regierung der Philippinen im Verantwortungsbereich von USFIP wird auf Geld gedruckt, das im Umlauf ist.

USFIP leiht sich notwendigen Einsatzfonds von der Regierung des Commonwealth Philippinen.

USFIP ersucht dringend um ein Minimum von einer Million Dollar in Gold.

USFIP ersucht dringend jede Art von Hilfe, vorzugsweise Medikamente, Feuerwaffen und Munition, um die Moral der philippinischen Bevölkerung zu stärken.

FERTIG
BRIG GENERAL USA COMMANDING USFIP

Ellis runzelte die Stirn.

»Was hat das zu bedeuten?«, fragte Vole.

»Fertig wurde vom System verarscht«, sagte Ellis. »Aber er ist zu bissig, um das hinzunehmen.«

Das Telefon klingelte. Vole nahm den Hörer ab und hielt dann die Hand auf die Sprechmuschel.

»Da ist ein Eyes Only Operational Immediate für entweder Donovan oder Douglass«, sagte er. »Sie wollen wissen, ob jemand hier ist, der es annehmen kann.«

»Entschlüsselt?«, fragte Ellis.

»Ja. Aufgegeben um zwölf Uhr sieben Londoner Zeit.«

»Würden Sie runtergehen und es holen?«, fragte Ellis.

Vole nickte und nahm die Hand von der Sprechmuschel.

»Stecken Sie die Botschaft in einen Umschlag«, sagte er ins Telefon. »Ich komme sofort runter.«

Vole blieb nur knapp fünf Minuten fort. Als er zurückkehrte, hatte er die Botschaften, die über Nacht eingetroffen waren, gesichtet und diejenigen in der Reihenfolge ihrer Bedeutung geordnet, die Donovan seiner Ansicht nach persönlich sehen sollte.

Ellis nahm die beiden Eyes-Only-Botschaften von Vole entgehen.

»Haben Sie nicht von nur einer Eyes Only gesprochen?« Er blickte Vole fragend an.

»Sie stehen in Zusammenhang«, sagte Vole.

Ellis öffnete zuerst Dolans Botschaft, las sie und stieß einen Grunzlaut aus. Dann las er die Botschaft, die Canidy mühsam in der Höhle auf der Insel Vis verschlüsselt hatte.

TOP SECRET
OPERATIONAL IMMEDIATE

OSS LONDON STATION OSS WASHINGTON
CABMID: EYES ONLY COLONEL DONOVAN;
CAPTAIN DOUGLASS

FOLGENDES ERHALTEN VON CANIDY
1110 LONDONER ORTSZEIT
UEBERMITTELT AUF ANWEISUNG VON
DANCY CAPT WAC
BRUCE UND/ODER STEVENS WERDEN
BOTSCHAFT SPAETESTENS 1230
LONDONER ORTSZEIT IN HAENDEN
HABEN
ZITAT ANFANG TOP SECRET OPERATIONAL IMMEDIATE EYES ONY BRUCE UND
STEVENS

1. Bei sicherer Ankunft in Station VII informiert von Yachtsman, dass Exlax und Tincan eins in Händen von zivilen Behörden Station V sind. Tincan zwei wohlauf bei Station VII.

2. Überraschende Überprüfung an Bord von Boot Station V durch Schwarze Garde und Flusspolizei führte zur Entdeckung von Geld für Operation Exlax. Ungarn vermuten wahrscheinlich, dass Gelder für den Kauf von Lebensmitteln auf dem Schwarzmarkt bestimmt sind. Exlax und Tincan eins als Schwarzmarkthändler verhaftet. Verurteilt zu neunzig (90) Tagen Arbeit in Kohlenbergwerk Station V.

3. Yachtsman berichtet, dass Dokumente nicht angezweifelt werden.

4. Yachtsman beurteilt Lage als ziemlich alltäglich. Ohne Bestechungsgelder im Voraus nehmen Schwarze Garde und Flusspolizei regelmäßig Schwarzmarkthändler fest, konfiszieren Güter oder Geld und sperren als Lektion Verhaftete ins örtliche Gefängnis, wo sie zur Arbeit im Kohlenbergwerk verurteilt werden. Yachtsman glaubt, sie werden vor Ablauf der Strafzeit ohne weitere Probleme freigelassen werden.

5. Habe Folgendes veranlasst:

A. Werde hierbleiben je nach den Aktionen, die hier später aufgezählt werden.

B. Tincan zwei nach Kairo ausgeflogen, um dort auf Eis zu legen. Erhalt dieser Botschaft wird sichere Ankunft bestätigen.

C. Yachtsman befiehlt Station V persönlich den Aufenthaltsort von Exlax und Tincan eins zu bestätigen und Möglichkeiten zur Flucht oder Befreiung mit Gewalt zu erkunden. Erwartete Reisezeit vier – Wiederholung – vier Tage. Kommunikationen von Station V zu Station VII langsam und unzuverlässig – Wiederholung – unzuverlässig.

6. Erbitte Genehmigung, Freilassung von Exlax und Tincan nach meinem Ermessen zu erwirken. Wenn erteilt, ersuche ich um sofortige Entsendung via Station VIII des nächsten verfügbaren ungarisch sprechenden Teams. Standardausrüstung sollte mit dreißig (30) Pfund Composition C2 und dem Gegenwert von zwanzigtausend (20.000) US-Dollar in ungarischer, deutscher und jugoslawischer Währung verstärkt werden. Das Team sollte ungarische und/oder jugoslawische Ausweisdokumente haben.

7. Angesichts notwendiger Abwesenheit von Exlax-Kontrolleur schlage ich Fine als vorübergehenden Ersatz vor.

Canidy
ZITAT ENDE

TOP SECRET

»Oh, *Scheiße*!«, sagte Chief Ellis.

Er griff zum Telefon und wählte eine Nummer aus dem Gedächtnis.

Staleys vertraute Stimme ertönte am anderen Ende der Leitung: »Capitol 3-1991.«

»Ist er schon auf?«, fragte Ellis.

»Ich hörte die Toilettenspülung«, meldete Staley.

»Nun, sagen Sie nichts, es sei denn, er befiehlt Ihnen, genau hierhin zu fahren«, sagte Ellis. »Wenn er das befiehlt, melden Sie ihm, dass ich angerufen und gesagt habe, er sollte meiner Meinung nach von dort gleich herkommen.«

»Was ist los, Ellis?«, ertönte Colonel Wild Bill Donovans Stimme.

»Da ist etwas, das Sie meiner Ansicht nach so schnell wie möglich sehen sollten, Sir.«

»Meinen Sie, es kann bis nach meinem Frühstück warten?«

»Jawohl, Sir, so lange kann es warten.«

»Wir werden in spätestens einer Viertelstunde dort sein«, sagte Donovan, und dann war die Leitung tot.

Ellis drückte auf die Gabel und wählte eine andere Nummer aus dem Gedächtnis.

»Capitol 3-2772«, meldete sich eine Männerstimme.

»Captain Douglass?«, fragte Ellis.

»Wer spricht da, bitte?«, fragte der Mann.

»Marmon, verdammt, sind Sie das?«

»Sie brauchen mich nicht anzuschnauzen, Chief«, sagte Marmon mit berechtigter Empörung. »Ich hatte Ihre Stimme schon erkannt. Aber die Vorschriften …«

»Ist der Captain da?«, fiel Ellis ihm ins Wort.

»Sie wollen mit ihm sprechen?«

»Nein. Scheiße! Ich mache eine Volkszählung.«

Einen Augenblick später war Captain Douglass in der Leitung.

»Guten Morgen, Chief«, sagte er. »Was ist los?«

»Ich weiß nicht, was dort los ist, wo Sie sind, aber wenn Sie damit aufhören könnten, halte ich es für eine gute Idee, wenn Sie ins Büro kommen könnten.«

»Er hat nach mir gefragt?«

»Nein, Sir, aber ich glaube, das wird er vermutlich tun.«

»Ich werde in einer halben Stunde dort sein«, sagte Captain Douglass. »Danke, Chief.«

Ellis legte den Hörer auf.

»So wichtig, wie?«, fragte Warrant Officer Vole.

Ellis schaute ihn an.

»Wenn Sie mir Informationen entlocken wollen, vergessen Sie's«, sagte Ellis.

»Ich habe den entschlüsselten Text gelesen«, protestierte Vole.

»Das liegt nur daran, dass wir noch keine Möglichkeit gefunden haben, wie wir Sie Zeug entschlüsseln lassen, ohne es zu lesen«, sagte Ellis sachlich.

Er stand auf, ging zum Safe und stellte die Kombination ein. Als er Safe offen war, zog er aus einem hohen Stapel Aktenhefter einen dicken mit dem Deckblatt TOP SECRET heraus, auf dem mit Kugelschreiber geschrieben EXLAX stand.

Er ging mit dem Aktenhefter zum Schreibtisch und begann darin zu blättern. Es gab für ihn keinen Zweifel daran, dass der Colonel die Unterlagen zur Verfügung haben wollte, wenn er mit Captain Douglass über Canidys Botschaft sprechen würde. Bis beide ins Büro kamen, würde der Papierkram für sie bereitliegen.

Ellis' Blick fiel auf die Botschaften, die über Nacht eingetroffen waren. Er sollte das aus dem Weg schaffen, bevor er seine Unterlagen bereitlegte.

Dann kam ihm ein anderer Gedanke. Er zog eine Schreibtischlade auf, nahm einen linierten Schreibblock und einen Bleistift heraus und schrieb schnell etwas auf.

»Wenn Sie sich nützlich machen wollen«, sagte er zu Vole, »dann verschlüsseln Sie das und senden es gleich. Und dann halten Sie sich dort zur Verfügung. Ich nehme an, es wird eine Antwort auf die Eyes Only geben.«

Vole nahm den linierten Zettel von Ellis entgegen und las.

Urgent via KSF for WYZB
An Headquarters
US-Streitkräfte auf den Philippinen
Zur Kenntnis Brigadier General Fertig

> *Ruhig Blut! Stop*
> *J.R. Ellis*
> *Chief USN Stop Ende*

»Wollen Sie wirklich, dass ich das sende?«, fragte Vole.

»Genau so«, sagte Chief Ellis.

4

Büro des Stationsleiters
OSS-Station London
Berkeley Square, London

17. Februar 1943, 16 Uhr

»Stimmt was nicht, David?«, fragte Lieutenant Colonel Edmund T. Stevens.

Bruce sah ihn mit erhobenen Augenbrauen an.

»Das würde ich sagen, Sie nicht?«, erwiderte er trocken.

»Ich meine, im Augenblick hier«, sagte Stevens. »Sie runzeln die Stirn.«

»Oh«, sagte Bruce und schaffte dann ein schwaches Lächeln. Er wies vage durch das Büro. »Eigentlich dachte ich, frei nach Churchill, dass ›nie so wenige von so vielen kommandiert worden sind‹.«

Die drei Besucherstühle im Büro waren von Colonel Stevens, Captain Helene Dancy und Lieutenant Charity Hoche besetzt. Captain Stanley S. Fine lehnte an der Wand.

»Ich weiß nicht, wie das vermieden werden kann«, sagte Stevens.

»Stimmt«, pflichtete Bruce bei. »Ich nehme an, dies ist eines der Dinge, an dem Miss Hoche ein besonderes Interesse hat?«

Stevens nickte.

»Nun, dann fangen wir an«, sagte Bruce. »Sie zuerst, Charity, bitte.«

Sie wirkte nicht überrascht, aber sie sagte auch nichts.

»Wir handhaben dies in der ›militärischen Art und Weise‹, Charity«, erklärte Bruce. »Das heißt, das rangniedrigste Mitglied dieser Runde wird zuerst um seine – ihre – Meinung gebeten, sodass er – sie – nicht von den ranghöheren Mitgliedern im Urteil beeinflusst wird.«

Charity nickte.

»Ich finde, uns bleibt nichts anderes übrig, als Dick Canidy zu geben, was er verlangt«, sagte sie und fügte dann schnell hinzu: »Wenigstens bis wir das Gegenteil aus Washington hören.«

»Das beantwortet nicht die Frage, ob wir ihm genehmigen, Fulmar und Professor Dyer aus dem Gefängnis in Pécs herauszuholen«, sagte Bruce.

»Ich nehme an, es wird uns gesagt, was wir in diesem Punkt tun sollen«, sagte Charity. Bruce blickte Stevens an, der kaum wahrnehmbar zustimmend nickte.

»Was er erbittet, ist das nächst verfügbare Ungarisch sprechende Team, dreißig Pfund C-2 und zwanzigtausend Dollar in gemischter Währung«, sagte Bruce. »Das meinen Sie?«

Charity nickte. »Das, und dass Captain Fine als Kontrollperson einsteigt.«

»Dann fangen wir damit an«, sagte Bruce. »Wenn ich keinen Einwand höre, werde ich Fine fragen, ob er aus irgendeinem Grund diese Funktion nicht übernehmen kann oder meint, er sollte sie nicht übernehmen.«

Er sah Stevens an, dann Helene Dancy und schließlich Fine.

»Nein, Sir«, sagte Fine.

»Es ist also befohlen«, sagte Bruce.

»Eines, Stanley«, sagte Stevens zu Fine, »Charity ist für unbedenklich erklärt. Für all dies.«

»Jawohl, Sir«, sagte Fine.

»Ich möchte das klarstellen, Stan«, sagte Bruce. »Charity muss über alles informiert werden, was einen Zusammenhang mit dem hat, in das Colonel Stevens und ich eingeweiht sind.«

»Jawohl, Sir«, wiederholte Fine.

»Nun, warum setzen Sie sich nicht hierhin«, sagte Bruce, »und übernehmen diese Konferenz?«

»Es macht mir nichts aus zu stehen«, sagte Fine.

»Ich würde lieber spazieren gehen«, sagte Bruce und forderte Fine mit einer Geste auf, Platz zu nehmen.

Fine setzte sich hinter Bruces Schreibtisch, legte einen Notizblick auf die grüne Schreibunterlage vor sich und nahm einen der Bleistifte, die mit der Spitze nach oben in einem grauen Steingutkrug standen, der früher Orangenmarmelade enthalten hatte.

»Helene«, sagte er. »Kümmern Sie sich um das Geld? Wird das irgendein Problem sein?«

»Wir haben nicht so viel«, sagte Captain Dancy. »Aber ich kann es bis, sagen wir, neun Uhr morgen früh auftreiben.«

»Und das C-2?«

»Ich bin überzeugt, dass wenigstens so viel in Whitbey House ist«, sagte Colonel Stevens.

»Ja, so viel sollte da sein«, stimmte Helene Dancy zu. »Aber ich werde das überprüfen.«

»Nun, dann bringt uns das zu dem Team«, sagte Fine.

»Zuerst zu der Frage nach den Dokumenten«, sagte Charity Hoche. »Canidy will ungarische und/oder jugoslawische. Ich meine, wenn wir können, sollten wir beide besorgen.«

Fines Mine war ausdruckslos, doch in Colonel Stevens' Augen eine Spur von Überraschung und sogar Ärger zu sehen.

»Helene?«, fragte Fine.

»Die Abteilung Dokumente kann das erledigen«, sagte Captain Dancy. »Sie wird vier Stunden brauchen.«

»Warum so lange?«, fragte Charity.

»Sie haben nicht sehr viel von dem richtigen Papier für die Fotos«, erklärte Helene Dancy. »Wir müssen ihr Fotopapier benutzen, es bewirkt eine charakteristische Körnung und Flachheit des Bildes. Das ungarische Fotopapier unterscheidet sich von dem jugoslawischen. Und wir können es nur auf den lokalen schwarzen Märkten bekommen. Es ist außerdem lausiges Papier, und es dauert lange, wenn die Fotos zwei- oder sogar dreimal gedruckt werden müssen.«

»Aber man wird die Ausweispapiere herstellen können, die wir brauchen?«, fragte David Bruce.

»Vermutlich in einer Dreiviertelstunde«, sagte Helene Dancy. »Ich gehe von dem schlimmstmöglichen Szenario aus.«

»Haben wir ein Team, das wir fotografieren können?«, wollte Fine wissen.

»Sie sind alle bereits fotografiert, Stanley«, sagte Helene Dancy. »Mehrmals, in Arbeitskleidung, Anzügen, sogar in Uniformen der Schwarzen Garde. Das Drucken ist das Problem.«

»Das ist nicht das, was ich wirklich meinte«, sagte Fine. »Ich werde es anders formulieren. Ist ein Team verfügbar? Wenn mehr als eines zur Verfügung steht, welches ist das Bessere?«

»Ich war draußen, als diese Frage aufkam, Stanley«, sagte Colonel Stevens. »Da sind zwei Teams, deren Ausbildung abgeschlossen ist. Eines hat sie in der vergangenen Woche beendet.«

»Hat Jamison Ihnen irgendeinen Hinweis darauf gegeben, welches das bessere Team ist?«, fragte Fine.

»Da gibt es ein Problem«, sagte Stevens. »Die Teams, deren Ausbildung beendet ist, wurden ausgebildet, zu Tito ins Land zu gehen, nicht zu Mihajlovic.«

»Gott!«, stieß Bruce hervor. Es gab zwei hauptsächliche Guerilla-Streitkräfte in Jugoslawien. Oberst Draza Mihajlovic führte eine Streitmacht der Royalisten, und Josip Broz, der sich selbst ›Tito‹ nannte, war der Anführer einer größeren Streitmacht von Kommunisten.

»Es war nötig, David«, sagte Stevens. »Wir mussten unparteiisch wirken und das bedeutete, Teams zu Tito zu schicken.«

»Was ist mit dem Team, das in der Ausbildung ist?«, fragte Bruce.

»Mihajlovic«, sagte Stevens. »Aber es ist ein Kommunikationsteam. Keine Sonderausbildung für eine solche Aufgabe.«

»Was ist mit Janos?«, fragte Helene Dancy. »Wann wird er seinen Gipsverband los?«

»Freitag«, sagte Charity.

»Wer, zum Teufel, ist Janos?«, erkundigte sich Bruce.

»Der First Lieutenant, der sich den Knöchel gebrochen hat«, erklärte Helene Dancy.

»Nun, wir können ihm kaum den Gipsverband abnehmen und ihn am nächsten Tag per Fallschirm abspringen lassen«, meinte Bruce.

»Janos ist ausgebildet worden, um zu Mihajlovic zu gehen«, sagte Helene Dancy.

»Und wir lassen das Team ohnehin nicht per Fallschirm abspringen«, sagte Charity. Bruce fuhr zu ihr herum und schaute sie an. Charity lächelte und fügte hinzu: »Oder?«

»Vielleicht müssen wir sie abspringen lassen«, sagte Stevens. »Da Dolan unpässlich ist, sind wir gezwungen, ihn aus dem Spiel zu nehmen. Und das bedeutet, dass wir nur diesen jungen Piloten zur Verfügung haben – wie heißt er noch?«

»Darmstädter«, sagte Helene Dancy.

»Darmstädter, um die B-25 zu fliegen«, fuhr Stevens fort. »Das bedeutet, dass wir das Team entweder per Fallschirm auf Vis oder in Ungarn abspringen lassen oder es per U-Boot schicken müssen.«

»Ich kann die B-25 fliegen«, sagte Fine.

»Nein«, sagte Bruce. »Sie sind die Kontrollperson.«

»Doug Douglass kann die B-25 fliegen«, sagte Charity.

Bruce schaute sie an.

»Er ist – uns nicht zugeteilt«, sagte er.

»Kann das arrangiert werden?«, fragte Charity. »Per Fernschreiben oder sonstwie?«

»Wir sind zu voreilig«, sagte Fine. »Zuerst müssen wir die Entscheidung über das Team treffen. Schicken wir das Tito-Team?«

Charity sah Colonel Stevens an.

»Nein«, sagte Stevens entschieden.

»Was ist der Unterschied?«, fragte Helene Dancy.

»Für die Männer macht es keinen«, sagte Stevens. »Aber wir werden keinen Offizier auf diese Mission schicken, der ausgewählt worden ist, zu Tito zu gehen.«

»Darf ich fragen, warum, Sir?«, wollte Fine wissen.

»Nein, ich befürchte, das kann ich Ihnen nicht erzählen, Stan«, sagte Stevens.

Fine war Neugier anzusehen, aber er zuckte mit den Schultern.

»Es sieht aus, als wären wir wieder bei Janos«, sagte er. »Und bei der Möglichkeit, ihn wegen seines Knöchels einzufliegen, statt ihn per Fallschirm abspringen zu lassen. Und weil ich keine B-25 fliegen kann, sind wir wieder bei Douglass. Darf ich fragen, Sir, ob Sie meinen Vorschlag, die B-25 zu fliegen, noch einmal überdenken?«

»Kommt nicht in Frage«, sagte Bruce.

»Und wir sind uns nicht einmal sicher, ob wir Janos einsetzen können«, sagte Stevens. »Helene, holen Sie den Sanitätsoffizier von Whitbey House ans Telefon und lassen Sie sich über Janos' Knöchel berichten. Besonders, in welcher Verfassung er sein wird, wenn der Gips abgenommen wird und wie lange der Fuß geschont werden muss.«

»Und während sie das macht, sollten wir uns mit der Frage beschäftigen, wie wir das Team von hier nach Kairo transportieren«, sagte Fine. »Wir fliegen es doch nach Kairo, oder?«

»Wie meinen Sie das?«, fragte Stevens.

»Ich dachte, wir fliegen es vielleicht nach Malta«, sagte Fine.

»Oh!«, entfuhr es Stevens.

»Wir schicken die Männer nach Kairo«, sagte Bruce. »Dort erregen sie weniger Aufmerksamkeit. Und wir schicken das Team mit dem ATC-Kurierflugzeug. Es gibt einen täglichen Flug. Wenn wir einen Mann pro Tag schicken, angefangen gleich heute, sollten sie überhaupt nicht auffallen. Wilkins ist gut mit Ablenkungsmanövern.«

»Mr. Bruce«, sagte Fine zögernd. »Ich befürchte, Sie denken, ich formuliere einen Vorschlag, der bereits abgelehnt wurde, nur anders, aber ...«

»Was, Fine?«, fragte Bruce ungeduldig.

»Das Projekt Aphrodite hat zwei neue B-17«, sagte Fine.

»Wovon Sie eine nach Kairo fliegen möchten?«, fragte Bruce mit eisigem Sarkasmus.

»Darf ich erklären, was ich mir denke, Sir?«

»Nein«, sagte Bruce.

»Ich möchte es hören«, sagte Charity Hoche.

Bruce starrte sie wild an und wollte etwas entgegnen, doch bevor er es sagen konnte, klopfte es an der Tür, und Bruce rief ärgerlich: »Wir wollen nicht gestört werden!«

»Operation Immediate Eyes Only für Sie, Sir«, ertönte Captain Harrisons Stimme hinter der Tür.

»Oh, verdammt«, sagte Bruce. »Was jetzt?« Er hob die Stimme. »Hereinbringen, Harrison!«

Harrison betrat das Büro, hielt Bruce ein Klemmbrett mit der Empfangsbestätigung für geheime Dokumente hin, und als Bruce unterschrieben hatte, überreichte Harrison ihm ein Dokument mit dem Deckblatt TOP SECRET.

»Danke«, sagte Bruce. »Ich wollte Sie nicht anschnauzen, Paul.«

»Kein Problem, Sir«, sagte Harrison. Er traf keine Anstalten, zu gehen.

»Das ist alles, danke«, sagte Bruce.

»Es ist eine Antwort erforderlich, Sir«, sagte Harrison.

Bruce schnaubte, hob das Deckblatt an und las die Botschaft.

TOP SECRET
OPERATIONAL IMMEDIATE
OFFICE OF THE DIRECTOR OSS
WASHINGTON
FOR OSS LONDON EYES ONLY BRUCE STEVENS
FOR OSS CAIRO EYES ONLY WILKINS

Übermitteln Sie Folgendes auf schnellstmögliche Weise:

Zitat Anfang

1. OSS London und Kairo sind angewiesen, mit höchster Priorität mit allen verfügbaren Mitteln einen Befreiungsversuch von Exlax und Tincan eins zu unterstützen.

2. Die Befreiung wird zu frühestmöglichem Zeitpunkt und in jedem Fall nicht später als zehn – Wiederholung – zehn Tagen nach Erhalt dieser Botschaft versucht.

3. Sollte Befreiung unmöglich sein oder Befreiungsversuch scheitern, werden Exlax und Tincan eins eliminiert – Wiederholung – eliminiert.

4. Es ist keine Diskussion über diesen Befehl erlaubt.

Zitat Ende

Stationsleiter London und Kairo werden den Erhalt und das Verständnis von Canidys Botschaft bestätigen.

Stationsleiter Kairo wird zusätzlich die Zeit und den Ort der Übermittlung der Botschaft an Canidy mit Info-Kopie an London bestätigen.

DONOVAN

Bruce überreichte die Botschaft Colonel Stevens und schaute dann Captain Harrison an.

»Würden Sie bitte Colonel Donovan mitteilen, dass Colonel Stevens und ich diese Botschaft empfangen und verstanden haben?«, fragte er förmlich.

»Jawohl, Sir«, erwiderte Harrison.

»Mein Gott!«, stieß Stevens hervor, als er die Botschaft gelesen hatte. Er reichte sie an Bruce weiter.

»Darf ich das bitte sehen?«, fragte Charity Hoche.

»Oh«, sagte Stevens, als hätte er sich gerade daran erinnert, dass sie anwesend war. »Selbstverständlich.«

Als Charity Hoche gelesen hatte, gab sie die Botschaft an Fine weiter. Er runzelte die Stirn, als er las, sagte jedoch nichts.

»Sie sagten irgendetwas über neue B-17er, Stan?«, sagte Charity.

XI

1

OSS-Station Whitbey House
Kent, England

17. Februar 1943

First Lieutenant Robert Jamison fand First Lieutenant Ferenc Janos, wo er ihn zu dieser Tageszeit vermutet hatte, in der Bar am Klavier, mit einem Drink, der einen weiteren Flecken auf der Politur des Piano hinterließ, und zwei WRAC-Fahrern, die seinem Spiel lauschten.

»Freddy, kann ich Sie einen Moment sprechen?«, fragte Jamison.

»Ladys«, sagte Freddy Janos, »die Pflicht ruft.«

»Nicht hier, Janos«, sagte Jamison.

Janos hob neugierig die Augenbrauen, sagte jedoch nichts. Er stemmte sich mit einem Ächzen vom Klavierhocker hoch, nahm sein Glas, trank es leer und verlagerte dann sein Gewicht auf das unversehrte Bein, um Krücken vom Boden aufzuheben.

Er folgte Jamison über den mittleren Korridor zum ersten Stock des linken Flügels des Herrenhauses zum Krankenrevier, das in einem ehemaligen Ballsaal eingerichtet worden war. Dort gab es sechzehn Betten, acht auf jeder Seite des Raums mit der hohen Decke. Elf der Betten waren belegt.

Am Ende des ehemaligen Ballsaals befand sich ein kleines ›Gebäude‹ mit Flachdach, das aus Balken und Sperrholz grob gezimmert war. Es enthielt einen einfachen, aber überraschend komplett eingerichteten Operationsraum, eine Röntgenabteilung, eine Apotheke, zwei Untersuchungskabinen, Stuhl und Ausrüstung eines Zahnarztes und ein Büro für die beiden Ärzte, die der Station Whitbey House zugeteilt waren.

Beide Ärzte und eine Schwester erwarteten Jamison und Janos.

»Was ist los?«, fragte Janos, als er sah, wohin Jamison ihn führte.

»Eines nach dem anderen«, erwiderte Jamison. »Wir wollen Ihren Knöchel röntgen.«

»Ich wiederhole, Lieutenant Jamison«, sagte einer der Ärzte, ein Captain, »dass mir das nicht gefällt.«

»Ob es Ihnen gefällt oder nicht, juckt keinen, Doktor, wenn der Colonel es befiehlt.«

Der Arzt blickte ihn kalt an.

Die Krankenschwester führte Janos in die Röntgenabteilung, wies ihn an, sich auf den Röntgentisch zu legen, nahm seine Krücken und lehnte sie an die Wand. Sie rückte sein Bein auf dem Tisch unter den Röntgenapparat und trat dann hinter eine Bretterwand.

»Nicht bewegen«, befahl sie, und es ertönte ein surrendes Geräusch vom Röntgenapparat her. Sie machte sechs Röntgenaufnahmen und befahl dann: »Bleiben Sie liegen, bis ich die Aufnahmen fertig habe.«

Die beiden Ärzte und Jamison kamen in den Röntgenraum.

»Was ist los?«, fragte Janos vom Röntgentisch her.

»Wir wollen feststellen, ob wir Ihnen den Gips abnehmen können«, sagte Jamison.

»Warum denn das?«

»Wenn wir das können, werde ich es Ihnen erzählen«, sagte Jamison.

Janos setzte sich auf dem Röntgentisch auf und ließ die Beine über die Kante baumeln.

Die Schwester kehrte mit den noch feuchten

Röntgenaufnahmen zurück, klemmte drei (für mehr war kein Platz) vor einen Bildschirm und schaltete ihn ein.

Die beiden Ärzte untersuchten die Röntgenbilder und ersetzten sie auf dem Bildschirm durch die anderen drei.

Der Captain wandte sich dann an Jamison.

»Es ist anscheinend zufriedenstellend geheilt und zusammengewachsen«, sagte er.

»Die Frage ist, Doktor, kann Ihrer beruflichen Meinung nach der Gips gefahrlos entfernt werden?«, sagte Jamison.

»Es besteht ein Unterschied zwischen dem Entfernen des Gipsverbandes und diesen Offizier für diensttauglich zu erklären, Jamison.«

»Kann der Gips gefahrlos entfernt werden?«, entgegnete Jamison. »Wenn ja, dann tun Sie es bitte.«

»Holen Sie mir bitte den Schneider, Schwester?«, bat der Captain.

Janos gefiel nicht, was er sah, als der Gips entfernt war. Die Haut darunter war – wo sie nicht mit roten Malen versehen war, ungesund weiß, und obwohl er nicht sicher sein konnte, ohne den Fuß richtig mit dem unversehrten zu vergleichen, wirkte er viel dünner.

Beide Ärzte untersuchten den Knöchel und den Fuß. Es schmerzte Janos nicht, als sie ihn bewegten, aber es war ein unbehagliches Gefühl.

»Nun?«, fragte Jamison.

»Die Bruchstellen sind anscheinend zufriedenstellend zusammengewachsen. Ich kann keine Schmerzen oder Behinderung bei Bewegung feststellen.«

»Mit anderen Worten, er kann gehen?«, fragte Jamison.

»Bevor er als diensttauglich erklärt werden kann, braucht er Therapie«, sagte der Captain. »Sind Sie da meiner Meinung, Doktor?« Er blickte seinen Kollegen an.

»Jamison«, sagte der Jüngere der beiden Ärzte. »Wir sehen den Muskelschwund und …«

»Welche Art Therapie?«, wollte Jamison wissen.

»Eigentlich Gehen«, antwortete der Captain. »Kurze Spaziergänge, allmählich ausgedehnter. Bewegung des Fußes und Knöchels, um die Beweglichkeit wieder herzustellen.«

»Das ist alles, Janos«, sagte Jamison. »Danke.«

»Sie sagten, Sie erzählen mir …«, begann Janos zu protestieren.

»Sie werden für eine Mission erwogen«, sagte Jamison. »Wenn entschieden wird, dass Sie ausgewählt werden, erzähle ich Ihnen, welche es ist.«

»Wann wird die Entscheidung gefällt?«

»Vielleicht morgen früh«, sagte Jamison. »Meinen Sie, Sie können ohne Ihre Krücken zurechtkommen?«

»Ich weiß es nicht«, sagte Janos.

»Versuchen Sie es«, sagte Jamison. »Wenn Sie ohne Krücken auskommen, lassen Sie sie hier. Wenn Sie zur Bar zurückkehren, halten Sie sich mit Alkoholischem zurück. Ich möchte nicht, dass Sie im Suff fallen und sich die Haxe noch einmal brechen.«

Der Lieutenant schüttelte den Kopf und lachte.

Der Captain sagte: »Jamison, ich sage Ihnen, wenn Major Canidy zurückkehrt, werde ich gegen diese Sache protestieren.«

»Captain, ich befolge nur meine Befehle«, entgegnete Jamison. »Das tut man, wenn man eine Uniform anzieht – Befehle befolgen.«

Er wandte sich ab und verließ die Röntgenabteilung.

Der Captain rief ihm nach: »Jamison, in meiner Eigenschaft als ranghöchster anwesender Sanitätsoffizier verbiete ich diesem Offizier strikt, an einem Fallschirmabsprung teilzunehmen!«

»Ihr Standpunkt ist zur Kenntnis genommen, Doktor!«, rief Jamison über die Schulter zurück.

Janos stieg vom Röntgentisch und setzte vorsichtig seinen nackten, kranken, weißen Fuß auf den Boden.

»Irgendwelche Schmerzen?«, fragte der Captain.

»Nein«, sagte Janos.

»Zum Teufel mit ihm«, sagte der Captain. »Sie benutzen die Krücken, Janos. Sie beginnen dieses Bein vorsichtig zu belasten. Ich regele das mit Jamison.«

Janos setzte sich wieder auf den Röntgentisch und zog seinen anderen Schuh und die Socke aus.

»Ohne Schuh kann ich zurechtkommen«, sagte Janos.

Er setzte den Fuß wieder auf den Boden und ging dann unbeholfen und vorsichtig aus der Röntgenabteilung.

2

OSS-Station Whitbey House
Kent, England

18. Februar 1943, 6 Uhr

First Lieutenant Ferenc Janos marschierte in das Büro des befehlshabenden Offiziers, stand still und grüßte schneidig. Er trug eine olivfarbene Ike-Jacke und -Hose. Auf der Jacke war das Fallschirmspringerabzeichen zu sehen, und seine Hosenbeine steckten in glänzenden Corcoran-Fallschirmspringerstiefeln. Seine wollene ›Übersee‹-Mütze steckte in einer Schlaufe auf der Schulter der Jacke.

»Sir, Lieutenant Janos meldet sich wie befohlen, Sir.«

Lieutenant Colonel Edmund T. Stevens erwiderte den Gruß. »Rühren, Lieutenant«, sagte er.

Es überraschte Janos, auch den gut aussehenden

blonden WAC-Lieutenant in dem Büro zu sehen. Er fragte sich, was sie hier zu suchen hatte. Es hieß (und die Geschichte hatte in Whitbey House schnell die Runde gemacht), dass sie für Jamison arbeiten und sich um das weibliche Personal kümmern würde.

»Wie geht's mit Ihrem Knöchel, Janos? Eine ehrliche Antwort, bitte«, sagte Stevens.

»Wenn ich den Stiefel anhabe, Sir, ist es kein Problem«, antwortete Janos.

»Wie weit können Sie Ihrer Meinung nach damit gehen?«, fragte Stevens.

»So weit wie es sein muss«, sagte Janos.

»Eine Überschätzung der eigenen Fähigkeiten ist gefährlich, Janos«, sagte Colonel Stevens.

»Jawohl, Sir.«

»Eine Mission mit höchster Priorität steht an«, sagte Stevens. »Sie haben bereits Ihre Bereitschaft zur Teilnahme an einer Mission ausgedrückt, die große persönliche Risiken in feindlich besetztem Gebiet in sich birgt. Sie sind ebenfalls belehrt worden, dass Sie im Fall einer Gefangennahme nicht als Kriegsgefangener, sondern als Spion behandelt werden würden. Ich frage Sie hier und jetzt, ob Sie sich immer noch für eine solche Mission freiwillig melden wollen.«

»Jawohl, Sir«, sagte Janos.

»Von diesem Punkt an, Lieutenant, ist dieses Gespräch als topsecret erklärt«, sagte Stevens. »Die Preisgabe dessen, was ich Ihnen sagen werde, an irgendjemanden oder an jemanden, der jetzt nicht hier anwesend ist, wird eine Straftat sein, die vom Kriegsgericht geahndet werden wird. Haben Sie das völlig verstanden?«

»Jawohl, Sir.«

»Die Mission besteht darin, gewisse Leute aus der Haft ziviler Behörden in Ungarn zu befreien. Ich werde Ihnen jetzt eine Frage stellen, und ich will, dass Sie sehr sorgfältig nachdenken, bevor Sie antworten«, fuhr Stevens fort. »Wenn die Mission schief geht oder nicht in einem bestimmten Zeitrahmen erfüllt werden kann, wird von Ihnen verlangt, die gegenwärtig Inhaftierten zu eliminieren, womit ich töten meine, oder zu veranlassen, sie zu töten. Jetzt meine Frage: Sind Sie bereit, die Mission durchzuführen, in dem Wissen, dass die Eliminierung vielleicht nötig ist?«

Janos zögerte, aber nicht lange.

»Jawohl, Sir«, sagte er. Er bemerkte, dass die gut aussehende blonde WAC-Offizierslady ihn anschaute. Es war mehr als anschauen, erkannte er – es war abschätzen, und das sehr kalt.

»Sie glauben, Sie wären in der Lage, die derzeit inhaftierten Leute – und dies ist die einzige passende Formulierung – kaltblütig zu töten? Und möglicherweise eine Anzahl von anderen, die nur als ›unschuldige Zuschauer‹ beschrieben werden können?«

»Sie werden mir nicht sagen, was dies alles zu bedeuten hat?«

»Beantworten Sie bitte meine Frage«, sagte Stevens.

»Mit Ihrer Versicherung, dass es eine militärische Notwendigkeit ist, ja, Sir«, sagte Janos.

Stevens nickte.

»Charity?« Er blickte sie fragend an.

»Sogar, Freddy, wenn Ihnen die Leute, die eliminiert werden müssen, bekannt wären?«, fragte Charity Hoche. »Selbst, wenn Sie sie dort kennen gelernt hätten?«

»Heilige Mutter Gottes!«, platzte Janos heraus, und dann hatte er sich wieder unter Kontrolle. »Mit der gleichen Voraussetzung wie zuvor, dass Colonel Stevens mir versichert, dass es militärisch notwendig ist.«

Es klopfte an der Tür.

»Ja?«, rief Stevens unmutig.

»Colonel Douglass für Lieutenant Hoche am Telefon, Sir«, sagte eine Männerstimme.

»Ich nehme an, ich sollte den Anruf entgegennehmen«, sagte Charity nach kurzem Überlegen. »Er hat vermutlich soeben seine Befehle erhalten und fragt sich, was das alles zu bedeuten hat.«

Sie verließ das Büro.

»Das war die wichtige Frage«, sagte Colonel Stevens. »Aber es gibt noch eine andere wichtige Frage. Aus Gründen, die ich Ihnen nicht nennen kann, ist es uns unmöglich, Lieutenant Shawup auf diese Mission zu schicken. Aber das Team, das er leitet, wird sie durchführen. Es wird ein gewisses Ressentiment Ihnen gegenüber geben. Können Sie damit fertig werden?«

»Jawohl, Sir«, sagte Janos ohne zu zögern.

»Die Männer werden es übel nehmen – nachdem man ihnen das Gegenteil versprochen hat –, dass sie nicht unter Shawups Führung stehen. Und sie werden aufgebracht sein, wenn ihnen gesagt wird – sie werden nicht gefragt, es wird ihnen befohlen –, dass die Eliminierung der Gefangenen nötig ist.«

»Sie werden tun, was ich ihnen befehle«, meinte Janos zuversichtlich.

»Sie klingen sehr selbstsicher«, sagte Stevens.

»Sehen Sie mich an, Colonel«, sagte Janos. »So groß wie ich bin, würden Sie mich da gern verärgern?«

Stevens' Gesicht blieb einen Moment ausdruckslos, und dann lachte er.

»Nein, ich würde Sie nur ungern verärgern«, sagte er.

Er neigte sich über den Schreibtisch und gab Janos die Hand.

»Ich habe jedes Vertrauen, dass Sie diese Mission erfüllen können, Lieutenant Janos«, sagte er. »Viel Glück!«

3

Fersfield Army Air Corps Station
Bedfordshire, England

18. Februar 1943, 12 Uhr

Als die P-38 über sie hinwegflog, saßen Lieutenant Commander Edwin W. Bitter, USN, Captain Stanley S. Fine, USAAC, und Lieutenant Junior Grade Joseph P. Kennedy junior, USNR, auf Klappstühlen vor der Nissenhütte, die offiziell als Schreibstube der 402nd Composite Squadron und insgeheim als Hauptquartier für die Operation Aphrodite diente.

Sie nahmen ein Sonnenbad. Es gab in England im Februar äußerst wenig Sonne, und wenn sie sich blicken ließ, versuchte jeder, der sich die Zeit nehmen konnte, etwas davon abzubekommen.

»Mir hat jeder von Bill Donovan bis zu diesem tollen WAC-Captain in David Bruces Büro gesagt, dass es wie Furzen in der Sixtinischen Kapelle ist, wenn man Fragen stellt«, sagte Kennedy. »Aber ich möchte immer noch brennend gerne wissen, woher, zum Teufel, ihr mein nagelneues Flugzeug bekommen habt.«

»Sachte, Joe«, sagte Commander Bitter, ein leichter Tadel.

»Es steht Ihnen nicht zu, nach den Gründen zu fragen, Lieutenant«, sagte Fine und grinste ihn an. »Sie haben nur Ihren Fliegerkollegen in die Luft zu bringen und festzustellen, wie viel Sie ihm in ein, zwei Stunden über das Fliegen der B-17 beibringen können.«

Er wies in Richtung der P-38, die der Pilot auf die Hauptlandebahn von Fersfield ausgerichtet hatte.

»Ich bin auch ein wenig neugierig, warum dies nötig ist«, sagte Kennedy, »da hier Commander Bitter und ich höchstselbst sitzen, beides voll qualifizierte B-17-Piloten.«

»Ihr Land, Lieutenant, spart Sie für wichtigere Dinge auf«, sagte Fine.

»Sie wollen es mir also nicht sagen, Sie Bastard?«, fragte Kennedy.

»Ich kann es nicht, Joe«, erwiderte Fine ernst.

Sie standen auf, um die Landung der P-38 zu beobachten. Sie kam schnell herunter und war erst im letzten Moment auf die Landebahn ausgerichtet, bevor sie aufsetzte.

»Wenn der Fliegerkollege das mit einer B-17 probiert«, sagte Kennedy trocken, »werden wir einen weiteren zerrupften Vogel dort parken können.«

Er wies zum ›Friedhof‹, wo die Überreste von mehr als zwei Dutzend abgestürzter und abgeschossener B-17 Maschinen verstreut waren.

»Ohne irgendwelche Selbstsicherheit von Leuten, die im dunklen Wald pfeifen«, fuhr Kennedy fort, »wie stehen die Chancen, diese B-17 zurückzubekommen?«

»Das wird davon abhängen, wie viel Sie Doug beibringen können«, sagte Fine.

Ein Follow Me-Jeep war zur Rollbahn hinausgefahren, um die P-38 abzuholen. Fine machte sich auf den Weg zur Splitterschutzwand, hinter der die Maschine geparkt werden würde, und Bitter und Kennedy folgten ihm.

»Ich glaube, ich fliege in der B-17 mit«, sagte Bitter. »Vielleicht kann ich Joe helfen.«

»Nein«, sagte Fine, höflich, doch es gab keinen Zweifel daran, dass es ein Befehl war. »Wir wollen dich in petto behalten, damit du die andere neue fliegst.«

Sie erreichten die Splitterschutzwand, als die P-38 dorthin rollte.

Ein Mann vom Bodenpersonal signalisierte, die

Motoren abzuschalten, und sie verstummten. Ein anderer Mann vom Bodenpersonal stellte eine Leiter ans Cockpit, und Lieutenant Colonel Peter Douglass junior kletterte herab.

Er trug eine pinkfarbene Ike-Jacke, eine Hose in der gleichen Farbe, eine zerbeulte, ölbefleckte Schirmmütze mit Pelzbesatz, aus der die steife Einlage der Krone am Hinterkopf entfernt war, Wellington-Halbschuhe und ein Tuch aus Fallschirmseide im offenen Kragen eines Gabardinehemds.

Seine Uniform verstößt völlig gegen die Vorschriften, dachte Fine. Und dann korrigierte er sich. *Nein, es ist die Uniform, die sich Jagdflieger selbst vorschreiben. Und Doug ist zweifellos ein höllisch guter Jagdflieger. Auf der Nase der Maschine am Cockpit sind drei Reihen japanische ›Fleischklopse‹ und deutsche Hakenkreuze plus ein U-Boot aufgemalt, die Abschüsse symbolisieren. Und etwas Brandneues: Douglass hatte sein Flugzeug ›Charity‹ genannt.*

»Wo, zum Teufel, ist die Blaskapelle, die zu meiner Begrüßung aufspielt?«, fragte Douglass, schlang den Arm um Commander Bitters Schultern und gab ihm einen feuchten Kuss auf die Schläfe (weil er wusste, dass sich Bitter darüber enorm ärgerte).

Fine und Kennedy lächelten.

»Wo ist Charity?«, fragte Kennedy.

»Wie in ›Glaube, Hoffnung und …‹«, sagte Kennedy. »Wenn ich schon keine Kapelle bekomme, wie wäre es dann mit einem Mittagessen? Ich komme um vor Hunger.«

»Sie werden mit Lieutenant Kennedy fliegen«, sagte Fine. »Sie können zu Mittag essen, wenn Sie zurück sind.«

»Wohin fliege ich mit dir, Joe?«, fragte Douglass.

»Rauf und runter, rauf und runter«, sagte Kennedy lächelnd. »Fine will, dass ich dir beibringe, wie man ein Flugzeug auf die Landebahn ausrichtet, während man noch in der Luft ist.«

»Nur Bomberpiloten müssen das tun«, sagte Douglass. »Weil ihre Reflexe so langsam sind. Du meinst das ernst, nicht wahr? Bevor ich ein Mittagessen bekomme?«

»Wenn Sie ein guter Junge sind, habe ich bei Ihrer Rückkehr eine Überraschung für Sie«, kündigte Fine an.

»Ich habe bereits mit ihr gesprochen«, erwiderte Douglass, »denn der Rang hat seine Privilegien.«

»Wie das?«, fragte Fine.

»Von einem ranghohen Offizier wie mir«, sagte Douglass, »kann nicht erwartet werden, dass er ein Quartier mit popeligen kleinen Leuten wie euch teilt. Ist das verstanden worden?«

»Oh, ich glaube, Commander Bitter wird dich gern unterbringen, Colonel, Sir«, sagte Kennedy lachend. »Er hat bereits die Quartiere für durchreisende weibliche Offiziere von gemeinen Soldaten auf Hochglanz bringen lassen. Du wirst das erwartungsvolle Lächeln auf seinem Gesicht bemerken.«

»Doug«, sagte Bitter sehr ernst und wechselte das Thema, »wenn du wirklich was zu essen haben willst, lasse ich dir ein paar Sandwiches belegen und ins Flugzeug bringen.«

»Pfui, Lieutenant Kennedy«, sagte Douglass, »Sie bringen den Commander in Verlegenheit.«

Einen Moment befürchtete Fine, der Bitter anblickte, dass die Situation außer Kontrolle geraten würde, doch dann schaffte Bitter mit sichtlicher Mühe ein Lächeln.

Douglass warf einen Blick auf seine Armbanduhr.

»Die Mädchen werden um vierzehn Uhr fünfzehn hier sein«, sagte er. »So hast du zwei Stunden Zeit, um mir alles beizubringen, was du weißt, Meister Kennedy. Das sollte kein Problem sein.«

Douglass und Kennedy flogen fast zwei Stunden, bis sie ein letztes Mal landeten und mit der B-17F zurück zum Gelände der 402nd Composite Squadron rollten. Als sie mit dem Crew Chief bei dem Flugzeug standen und ihm eine Liste der Dinge gaben, die er zur Vorbereitung auf den Flug überprüfen sollte, rollte ein kleiner Konvoi am B-17-Friedhof vorbei und stoppte vor der Nissenhütte.

Der Konvoi bestand aus einer Austin-Princess-Limousine, einer Packard-Limousine und einem Dreivierteltonner Dodge-Waffentransporter. Packard und Austin Princess wurden von WRAC-Sergeants gefahren, und der mit einer Segeltuchplane bedeckte Dodge von einem Sergeant der U.S. Army.

Lieutenant Colonel Ed Stevens und Lieutenant Charity Hoche stiegen aus dem Austin Princess, und fünf Männer in olivfarbenen Uniformen der U.S. Army entstiegen dem Packard.

»Lassen Sie sich das eine Lehre sein, Lieutenant Kennedy«, sagte Douglass. »Tugend hat ihre eigene Belohnung. Wenn Sie mir erlaubt hätten, dieses Luftschiff zu landen, als ich es gewollt habe, würde ich nicht bis jetzt herumstehen und gieren.«

»Kann man daraus schließen, dass der Colonel nach dem blonden Lieutenant giert?«, fragte Kennedy. »Wer, zum Teufel, ist das übrigens?«

»Ein ranghoher Offizier wie ich spricht natürlich nicht mit einem rangniedrigen Offizier über Ladys oder seine persönlichen Angelegenheiten. Aber ich werde so viel sagen, Kennedy: Wenn mir zu Ohren kommt, dass irgendjemand – sagen wir mal, ein popeliger Deckschrubber-Offizier der Reserve – einem gewissen WAC-Offizier etwas mehr als offizielle Aufmerksamkeit entgegenbringt, während ich fort bin und die Demokratie für die Welt rette, dann gebe ich ihm seine Eier zum Fressen.«

»Das ist Charity«, sagte Kennedy.

»Das ist Charity«, bestätigte Douglass mit Besitzerstolz.

»Ich sage es nur ungern, Colonel, aber die Lady wirkt nicht geneigt, sich in deine Arme zu werfen.«

»Das liegt daran, dass die Lady dich nicht eifersüchtig machen will«, sagte Douglass.

Sie grinsten sich an.

»Danke für die Lektionen«, sagte Douglass. »Wie kommt es, dass ein mäßiger bis mittelmäßiger Flugzeugfahrer wie du Luftschiffe fliegt?«

»Einfach Glück, nehme ich an«, erwiderte Kennedy. »Und nur am Rande, Colonel, wenn dies ein Prüfungsflug gewesen wäre, dann hättest du ihn bestanden.«

Sie grinsten sich abermals an.

»Mal sehen, ob wir wieder dafür sorgen können, dass Bitter rot wird«, sagte Douglass.

4

Budapest, Ungarn

10. Februar 1943, 3 Uhr 50

Canidy sah den Polizisten mit der erhobenen Hand erst, als er fast bei ihm war.

Er war zu sehr damit beschäftigt gewesen, die Straße vor sich im Auge zu behalten. Es war lange her, seit er zum letzten Mal mit einem Fahrrad gefahren war, und während er festgestellt hatte, dass man es nie vergaß, wenn man es einmal gelernt hatte, war ihm auch klar geworden, dass Fahrrad fahren Muskeln beanspruchte, die er lange nicht mehr gebraucht hatte. Trotz der langsamen Fahrt waren seine Waden und Oberschenkel schwer vor Erschöpfung.

Und die Straße war mit gefrorenem Schneematsch bedeckt, was sich auf das Vorderrad auswirkte, wenn er in eine der Fahrspuren geriet. Er war viermal gestürzt, einmal schwer, als er auf seine rechte Schulter gekracht war und sein rechtes Knie aufgeschrammt hatte.

Er konnte nicht mehr vor dem Polizisten stoppen, obwohl er es versuchte. Und er sah, dass er auch nicht ausweichen und nirgendwo um eine Ecke verschwinden konnte. Der Polizist war wie aus dem Nichts aufgetaucht, weil er in einem Wachhäuschen gewesen war, das sich fast versteckt zwischen den Strebepfeilern der Arpad-Brücke befand. Voraus war nur die Brücke selbst, und wenn ihn der Polizist nicht zu Fuß einholen konnte, was unwahrscheinlich war, dann würde er keine Mühe haben, ihn zu erschießen.

Der Polizist sprang zur Seite, als Canidy die Handbremse betätigte und schlitternd auf dem gefrorenen Schneematsch zu stehen kam, wobei das Fahrrad unter ihm wegrutschte.

Als Canidy auf die Knie fiel, hörte er Ferniany hinter sich lachen.

Und dann sagte der Polizist etwas. Canidy hatte keine Ahnung, was es war, aber er glaubte eine Spur von Gelächter herauszuhören.

Canidy rappelte sich auf, stellte das Fahrrad auf und schob es dorthin, wo der Polizist jetzt Fernianys Ausweispapiere überprüfte. Canidy lehnte das Fahrrad gegen sein Bein, griff in seinen abgewetzten Schäfermantel nach seinen Papieren und hielt sie in der Hand, bis der Polizist bereit war, sie entgegenzunehmen.

Canidy blickte zum fernen Ende der Brücke. Er wusste nicht, ob es einen anderen Polizisten in einem weiteren versteckten Wachhäuschen gab. Vermutlich nicht. Die Arpad-Brücke überquerte einen Nebenarm der Donau zwischen Pest und der Insel Margit. Die Margit-Brücke überquerte den anderen Arm der Donau nach Buda. Wenn es ein weiteres Wachhäuschen gab, dann würde es sich auf der Margit-Brücke befinden, nicht am Ende dieser Brücke.

Wenn es nötig war, diesen Polizisten zu töten – ihm das Genick zu brechen oder ihm die Kehle durchzuschneiden –, würde es immer noch möglich sein, hier weiter die Donau zu überqueren.

Der Polizist gab Ferniany die Papiere zurück und wandte sich Canidy zu. Er schüttelte den Kopf. Er sagte etwas. Canidy hatte nicht die geringste Ahnung, was es war, aber er zuckte mit den Schultern.

Der Polizist nahm seine Papiere. Canidy sah, dass Ferniany seinen Draht zum Erdrosseln aus der Tasche nahm.

Der Polizist gab Canidy die Papiere mit einer höflichen Verbeugung zurück. Dann drehte er Canidy um und schnallte den Rucksack von dessen Rücken. Er nahm einen kleinen Käse und ein Würstchen heraus.

Canidy zeigte mit einer Geste an, dass er sich gern bedienen konnte. Der Polizist lächelte und schnallte höflich den Rucksack wieder auf Canidys Rücken. Dann ging er zu Fernianys Fahrrad und begann die Schnallen zu lösen, mit denen der schlaffe Rucksack am Schutzblech befestigt war. Canidy schob seine Hände in die Ärmel und hoffte, dass es aussah, als versuche er, die Hände aufzuwärmen. Er löste den Riemen um den Griff seines Baby Fairbairn und vergewisserte sich, dass er die Waffe schnell aus der Scheide ziehen konnte. Es war ein Dolch, der von Captain Bruce Fairbairn von der Schanghaier Polizei entwickelt worden war. Das ›Baby‹ war die kleinere der beiden Versionen und wurde benutzt, wenn es wünschenswert war, die Waffe zu verbergen.

Fulmar und Whittaker hatten ihm einen Schnellkurs in Meuchelmord gegeben. Keiner von beidem mochte den Draht zum Erdrosseln. (»Was ist, wenn der Draht an einem Knopf oder etwas hängen bleibt?«, hatte Fulmar ruhig erklärt, »Oder wenn das

Opfer seine Finger unter den Draht bekommen kann, bevor man ihn um seinen Nacken zusammenziehen kann? Dann presst man ihm die Hand auf den Mund und verpasst ihm eine hinters Ohr. Sobald man das Gehirn des Opfers ausgeschaltet hat, kann man das Opfer loslassen. Es dauert höllisch lange, jemanden zu erdrosseln.«)

Whittakers bevorzugte Technik des Tötens war das Durchschneiden der Kehle. »Wenn man einem die Kehle durchschneidet, kann er nur noch kurz röcheln«, hatte Whittaker gesagt. »Ich traue der kleinen Spitze des Fairbairn nicht, besonders nicht der des Baby Fairbairn. Wenn man einen Knochen oder sonstwas trifft und die Klinge bricht, dann presst man einem äußerst sauren Typen die Hand auf den Mund und kann ihn nicht flach legen.«)

Canidy war zu dem Schluss gelangt, dass das Fairbairn das Beste war, denn man konnte es viel besser verstecken als ein Messer zum Kehle durchschneiden, und weil Jimmy Whittaker ein wenig widerstrebend eingeräumt hatte, dass viel Blut floss, wenn man jemandem die Kehle durchschnitt, und sehr wenig, wenn man das Gehirn des Opfers ausschaltete.

Canidy spürte einen bitteren Geschmack im Mund bei dem Gedanken, dass er jetzt vielleicht die Theorie in die Praxis umsetzen musste, aber es wurde nicht nötig. Der Polizist bediente sich mit einer Packung Butter aus Fernianys Rucksack und winkte sie weiter.

Sie fuhren zum Ende der Brücke und überquerten dann die Insel Margit. Canidy konnte etwas sehen, das wie ein Vergnügungspark aussah, der im Winter geschlossen war: kleine Holzbuden in einer Reihe, ein längliches Gebäude, das einen Autoscooter beherbergen konnte, und ein größeres rundes Gebäude, das wahrscheinlich ein Riesenrad enthielt.

Auf der Buda-Seite der Margit-Brücke befand sich kein Polizist.

Nach zwei Blocks in Buda wurde die Kopfsteinpflasterstraße zu steil und zu glatt, um sie mit einem Fahrrad zu befahren, und sie stiegen ab und schoben. Hier hatte der Schneematsch zu schmelzen begonnen (Canidy wunderte sich darüber und sagte sich, dass sie über einer Art Tunnel oder einem Abwasserkanal sein mussten, der genug Wärme abgab, um den gefrorenen Schneematsch zu schmelzen). Seine Füße, in derben ledernen Arbeitsschuhen und dicken Baumwollsocken, wurden nass und dann sogar noch kälter, als sie es ohnehin schon gewesen waren.

Zwischen der Margit-Brücke und dem Batthyany-Palast passierten sie zwei weitere Polizisten, doch keiner von beiden zeigte irgendein Interesse an den Radfahrern.

Als Ferniany schließlich sein Fahrrad von der Straße und auf einen Bürgersteig vor die Fassade eines Gebäudes schob, das wie ein Museum wirkte, war Canidy vor Anstrengung schweißbedeckt und ärgerlich, weil Ferniany gegen die Strapazen und die Kälte immun zu sein schien.

Die Türglocke war das ebenso, ein Griff, der ein kaum wahrnehmbares Klingeln im Haus auslöste, wenn man daran zog.

Als die kleine Tür in der größeren Tür einen Spalt geöffnet wurde, war Canidy wieder bei Atem, doch seine schweißgetränkte Kleidung war eiskalt, er zitterte und seine Füße schmerzten.

Ein kleiner alter Mann mit weißem Haar und sehr klug blickenden Augen wechselte ein paar Worte mit Ferniany und öffnete dann die Tür, um sie passieren zu lassen.

Hinter der Tür war der Weg zu einem Durchgang zu einem Hof mit Kopfsteinen gepflastert. Der kleine alte Mann führte sie in eine große Küche und sagte etwas zu Ferniany. Offenbar forderte er ihn auf, zu warten. Canidy sah, dass die Küche nicht benutzt wurde. Es gab einen riesigen Kühlschrank, und jede der halben Dutzend Türen stand einen Spalt offen. Keiner der drei Herde, in denen sonst Holz verbrannt wurde, waren in Betrieb.

Eine Tür wurde geöffnet, und eine ziemlich attraktive Rothaarige kam in die Küche. Ihr Haar, eine prächtige dunkelrote Fülle, reichte bis über ihre Schultern hinab. Sie war in einen knöchellangen, ein wenig beschmutzten Persianermantel gehüllt. Der Saum eines wollenen Nachthemds war zu sehen, und an den Füßen sah Canidy etwas, das er auf den ersten Blick für Wellington-Halbschuhe hielt, dann jedoch als Reitstiefel erkannte, die mit Schaffell besetzt waren.

Sie schüttelte Ferniany die Hand, und es folgte ein kurzer Wortwechsel. Dann wandte sie sich Canidy zu. Sie sprach britisch akzentuiertes Englisch.

»Ich bin die Gräfin Batthyany«, sagte sie. »Womit kann ich dienen, Major?«

»Ich bin Pharmacist«, sagte Canidy.

Ihre Augenbrauen hoben sich in echter Überraschung.

»Sie wären weitaus willkommener, wenn ich nicht den Verdacht hätte, dass Sie hier sind, weil es Probleme gibt«, sagte sie.

»Haben Sie einen Brandy?«, fragte Canidy. »Ich bin durchgefroren bis auf die Knochen.«

»Ja, selbstverständlich«, sagte die Gräfin. »Verzeihen Sie.«

Sie wandte sich um und forderte Ferniany und Canidy mit einer Geste auf, ihr zu folgen. Sie stiegen eine schmale, ziemlich steile Treppe hinauf und gelangten an eine Tür. Dann betraten sie einen schwach erhellten Raum. Der Raum war gut möbliert, und als sich Canidy umschaute, sah er, dass die Tür, durch die sie gekommen waren, mit der Vertäfelung der Zimmerwand übereinstimmte. Ein Durchgang für Bedienstete, sagte er sich.

Als er sich wieder umwandte, befand sich ein Mann in dem Raum. Er war groß, wirkte aristokratisch und trug einen seidenen Morgenmantel. Er hielt eine Walther PPK Pistole .32 ACP in der Hand. Die Mündung wies zu Boden.

»Was ist los?«, fragte er auf Deutsch.

»Liebchen, dies ist Major Canidy«, sagte die Gräfin und fügte hinzu: »Pharmacist. Major, darf ich Ihnen Seine Exzellenz SS-Brigadeführer von Hürten-Mitnitz vorstellen?«

Von Hürten-Mitnitz' Miene veränderte sich nicht, aber er musterte Canidy sorgfältig, bevor er sprach.

»Der Major und sein Freund sehen verfroren aus«, sagte er. »Könntest du etwas Brandy bringen lassen? Etwas zum Essen für sie?«

»Ja, natürlich«, sagte die Gräfin.

Dann betrachtete von Hürten-Mitnitz Canidy wieder abschätzend.

»Sie kennen nicht zufällig den Namen von Putzis Sohn, oder?«

»Ich habe darauf gewartet, dass Sie danach fragen«, erwiderte Canidy, und dann nannte er seinen Teil des zuvor vereinbarten Losungsworts. »Ergon.«

Von Hürten-Mitnitz nickte kühl und lächelte kurz und gezwungen. »Als Nächstes müsste ich wohl fragen, was Sie herführt«, sagte er. »Aber ich fürchte mich ein wenig vor dieser Frage.«

»Eric Fulmar und Professor Dyer sind im Stadtgefängnis in Pécs«, sagte Canidy. »Wussten Sie das nicht?«

»Jesus, Maria und Josef!«, stieß die Gräfin hervor.

»Nein«, sagte von Hürten-Mitnitz, »das wusste ich nicht.«

»Wir sind erledigt«, sagte die Gräfin sachlich. Sie blickte Canidy an. »Können Sie wenigstens Helmut und mich hinausbringen? Sind Sie deshalb gekommen?«

»Ich bin hier, um einen Ort festzulegen, an dem wir ein Team absetzen können«, sagte Canidy.

»Absetzen?«, fragte von Hürten-Mitnitz. »Sie meinen Fallschirmspringer?«

Canidy nickte.

»Sie müssen uns hier herausholen!«, sagte die Gräfin heftig.

»Das ist vielleicht nicht nötig«, erwiderte Canidy. »Fulmar und der Professor sind als Schwarzmarkthändler in Haft.«

»Woher wissen Sie das?«, fragte von Hürten-Mitnitz mit ruhiger Stimme.

»Ich war bei ihrer Festnahme dabei«, sagte Ferniany.

»Dann besteht eine Chance«, meinte von Hürten-Mitnitz, suchte nach Worten und lächelte verzerrt, »dass ›das Spiel nicht aus‹ ist?«

»Diese Chance besteht«, bestätigte Canidy. »Ferniany ist in diesem Punkt zuversichtlicher als ich.«

»Die Funktion des Teams besteht darin, die beiden aus dem Gefängnis holen?«, fragte von Hürten-Mitnitz.

»Der Teamleiter wird meine Befehle haben, dessen bin ich sicher«, sagte Canidy. »Ich weiß nicht, welche Funktion das Team haben wird.«

Canidy sah von Hürten-Mitnitz an den Augen an, dass er ihm nicht zu erklären brauchte, wie seine Befehle lauteten: absolut sicherzustellen, dass weder Fulmar noch Professor Dyer von der SS oder der Gestapo verhört werden konnten. Und als er die Gräfin Batthyany anschaute, sah er an ihrem Gesichtsausdruck, dass sie ebenfalls verstand.

»Ich will versuchen, sie herauszuholen«, sagte Canidy.

»Also eine Frage der Prioritäten?«, fragte von Hürten-Mitnitz.

»Ja«, erwiderte Canidy.

»Und wo auf dieser Liste würde die Priorität stehen, die Gräfin oder, was das anbetrifft, mich herauszuholen?«

»Wenn es dazu kommt«, sagte Canidy, »werden wir Sie herausholen.«

»Wir werden gemeinsam gehen oder zusammenbleiben«, erklärte die Gräfin entschieden.

Von Hürten-Mitnitz schaute sie einen Moment an und blickte dann auf seine Armbanduhr.

»Es ist zu früh«, sagte er. »Aber später werde ich Müller anrufen und ihn bitten, mich hier abzuholen.« Er sah Canidys Miene und fügte hinzu: »Es ist nötig.«

Nach einigem Zögern nickte Canidy.

»Nur solange er versteht, dass ich die Entscheidung treffen werde, ob versucht wird, Fulmar und den Professor herauszuholen.«

»Haben Sie nicht angedeutet, dass diese Entscheidung von Ihren Vorgesetzten getroffen wird?«, fragte von Hürten-Mitnitz.

»Ich werde entscheiden«, erklärte Canidy kategorisch.

5

Fersfield Army Air Station
Bedfordshire, England

19. Februar 1943, 4 Uhr 10

»Es gibt für dich keinen Grund, aufzustehen«, sagte Douglass, als er sich in dem schmalen Bett aufsetzte und die Füße auf den Boden schwang.

Charity setzte sich im Bett auf.

»Ich habe gedacht, wir sind in Bala-Cynwyd …«

»Wo?«, fragte er und lachte.

»Das ist ein Vorort von Philadelphia«, erklärte sie,

»… und ich habe gemeint, der Wecker hat geklingelt, du stehst auf, ziehst einen Anzug an und küsst nach dem Frühstück die Kinder. Und dann fahre ich dich zum Bahnhof, wo du in den Pendlerzug steigst und zu deinem Büro in Philadelphia fährst …«

»Was für ein Büro?«

»Du warst Anwalt wie mein Vater«, sagte sie.

»Warum Anwalt?«

»Wenn Anwälte ihre liebenden Frauen und Kinder verlassen, um zu ihrem Büro zu fahren, wissen sie, dass sie am selben Abend heimkommen, nicht zu irgendeiner unmöglichen Insel fliegen, von der niemand jemals etwas gehört hat …«

»Stanley ist Anwalt«, sagte Douglass.

»Verdammter Kerl, komm zu mir zurück«, sagte Charity.

»Das muss ich, um dich zu einer ehrbaren Frau zu machen«, sagte er.

»Und damit das Baby einen Namen hat«, sagte Charity.

»Welches Baby?«

»Das, was wir in der vergangenen Nacht gemacht haben«, sagte Charity.

»Vergangene Nacht oder vor zehn Minuten?«

»Ich hoffe es. Wann auch immer«, sagte Charity. »Wie mögen Sie den Apfelkuchen, Colonel?«

»He, ist das der richtige Zeitpunkt, um so was zu besprechen?«, fragte Douglass.

»Der Beste«, sagte Charity. »Wenn ein Mann nicht glaubt, dass eine Frau ihn liebt, nachdem sie ihm gesagt hat, dass sie ein Baby von ihm haben will, dann wird er es niemals glauben. Ich will, dass du es weißt, Doug.«

Er hielt im Anziehen seiner Unterhose inne, ging zum Bett und setzte sich darauf.

»Ich auch«, sagte er.

»Das kommt der Sache schon näher«, sagte Charity.

»Ich liebe dich«, sagte er.

»Korrekt«, sagte sie. »Der Kandidat gewinnt eine Reise zur sonnigen und romantischen Adriainsel Vis, ein Fahrrad aus Zement oder was auch immer sonst sein kleines Herz begehrt. Mich, zum Beispiel.«

»Mensch, Schatz, die warten auf mich.«

»Die, die?«, fragte Charity. »Ich auch.«

Er schaute ihr in die Augen. »Okay, Schatz, sollen sie warten.«

6

Headquarters, US-Streitkräfte auf den Philippinen
Provinz Misamis, Mindanao

19. Februar 1943

Es gab jetzt offizielles Briefpapier für das Hauptquartier der US-Streitkräfte auf den Philippinen. Es war von guter Qualität, mit Wasserzeichen und einem eingeprägten Briefkopf:

THE DOLE CORPORATION

Ananas-Plantage Drei
›Es gibt keine Besseren‹
Mindanao, Territorium der Philippinen

Das Hauptquartier der US-Streitkräfte auf den Philippinen benutzte die Rückseite des Briefpapiers, aber nur für wichtige offizielle Dokumente. Nach einiger Überlegung hatte General Fertig entschieden, dass es nötig war, gewisse Akten zu führen und dafür seinen verfügbaren Vorrat an Briefpapier (anderthalb

Kartons, insgesamt siebenhunderteinundvierzig Blatt) zu benutzen.

Die USFIP hatten vom Haus des Managers der Dole Ananas-Plantage Nummer Drei andere dringend benötigte Vorräte erhalten. Das Landhaus, ein paar Kilometer von der Plantage entfernt, war der private Zufluchtsort des Managers gewesen. Es war irgendwie der japanischen Aufmerksamkeit entgangen, und so waren ein Dutzend Bettbezüge erhalten geblieben – die von den USFIP in Verbandsmaterial umgewandelt wurde; ein Winchester-Gewehr Kaliber .22 und dreieinhalb Schachteln .22er Patronen; eine bunt zusammengewürfelte Sammlung billigen Tischgeschirrs und Töpfe und Pfannen; ein Sortiment von Küchengewürzen und Delikatessen in Dosen (zum Beispiel Planter's Peanuts, Martini-Oliven und Perlzwiebeln); ein tragbares Zenith-Radio und eine Smith-Corona-Reiseschreibmaschine mit einem fast neuen Farbband.

General Fertig ließ von seinem Stab Kopien für die Akten von seinen verschiedenen Proklamationen anfertigen, die er als befehlshabender General der USFIP ausgerufen hatte, von den Ernennungen und Beförderungen, die er Mitgliedern seines Stabs hatte zuteil werden lassen, und Aktennotizen über das von der provisorischen Regierung der Provinz Misamis ausgegebene Geld, das er für die USFIP ausgeliehen hatte.

Und er befahl seinem kryptographischen Offizier, Captain Horace B. Buchanan, persönlich die Verantwortung über die Smith-Corona und den Vorrat an Briefpapier zu übernehmen und sicherzustellen, dass – abgesehen von Kopien der ausgehenden und eintreffenden Botschaften – niemand Papier oder Schreibmaschine verschwenderisch benutzte.

Als Captain Buchanan mit den beiden Botschaften, die in fünfminütigem Abstand eingetroffen waren, in General Fertigs Quartier ging, saß der General bei seinem abendlichen Cocktail. Second Lieutenant (Ex-Chief Petty Officer, USN) Elwood Orfett, von Fertig als Leiter einer aufgegebenen Kokosnussöl-Mühle eingesetzt, hatte ein anderes Talent bewiesen. Er konnte Ananas-Fruchtfleisch in Alkohol umwandeln und ein übel riechendes berauschendes Getränk brauen, das die Wirkung vom Tritt eines Maultiers hatte, das jedoch mit Ananassaft gemischt nur noch halb so schlecht schmeckte.

»Möchten Sie einen Schluck, Buchanan?«, fragte Fertig, als Buchanan die Bambustreppe zum Quartier des Generals heraufkam und der ganze Bau erzitterte.

»Ich wäre nicht abgeneigt, Sir«, sagte Buchanan und bediente sich von der Mixtur. Er schenkte sie aus einem Steingutkrug mit der Form eines Kuhkopfs in ein Glas. Der Krug war ursprünglich für Milch gedacht gewesen, und er stammte ebenfalls aus dem Landhaus des Managers der Ananas-Plantage.

Fertig las die beiden Botschaften, die auf demselben Blatt Papier standen.

PRIORITY FROM KAZ FOR WYZB
ATTENTION LT COL FERTIG

Ihre Funkbotschaft vom 15. Februar 1943 an den Kriegsminister in Washington ist diesem Hauptquartier zur Kenntnis gelangt.
Alle – Wiederholung – alle Kommunikationen jedweder Art von Ihrer Abteilung wird an dieses Hauptquartier gerichtet werden. Es wird keine Abweichung von dieser Politik hingenommen.
Auf Befehl von General MacArthur.
Willoughby BRIG GEN

URGENT
FROM JOINT CHIEFS OF STAFF WASH DC
VIA KSF FOR WYZB HQ US FORCES IN PHILIPPINES

ATTENTION BRIGADIER GENERAL FERTIG
Ruhig Blut
J.R. ELLIS CHIEF USN

»Die erste Botschaft habe ich eigentlich erwartet«, sagte Fertig. Dann las er die Zweite.

»Die Zweite gefällt mir«, sagte er dann, »obwohl ich nicht die geringste Ahnung habe, was sie bedeutet.«

»Ich würde sagen, General Willoughby klingt ein wenig sauer«, sagte Captain Buchanan. »Die aus Washington – von den Stabschefs der Streitkräfte – ist an ›General Fertig‹ gerichtet, wie Sie bemerkt haben werden.«

»Sie meinen, Willoughby weiß davon?«, fragte Fertig.

»Er weiß von unserer Botschaft an den Kriegsminister«, sagte Buchanan. »Klar, ich nehme an, er hat davon gehört. Er hat vielleicht sogar die ganze Botschaft erhalten.«

»Was meinen Sie damit?«, fragte Fertig neugierig.

»Die Unterschrift auf der Botschaft ist unvollständig«, sagte Buchanan. »Da müsste mehr stehen als ›Chief USN‹. Chief von etwas. Wovon?«

»Ich dachte, es heißt ›Chief Petty Officer‹«, sagte Fertig.

»Chief Petty Officers unterschreiben keine Botschaften von den Stabschefs der Streitkräfte«, sagte Buchanan. »Das tun Admirals und Generals.«

Er erinnerte sich – und er schämte sich wenig deswegen –, dass General Fertig, der vor achtzehn

Monaten Zivilist gewesen war, verdammt wenig über den Militärdienst wusste.

»Was, zur Hölle, hat es dann zu bedeuten?«, fragte Fertig. »›Ruhig Blut!‹ Das klingt überhaupt nicht militärisch, oder?«

Buchanan füllte sein Glas von neuem, bevor er antwortete.

»Ich habe darüber nachgedacht, General«, sagte er. »Es kann – es ist vielleicht sogar wahrscheinlich – eine Antwort auf Ihre Botschaft an den Kriegsminister sein. Und es könnte genau das bedeuten, was es sagt.«

»Dass wir geduldig sein sollen, dass sie Hilfe schicken?«

»Ich frage mich, wann man den Punkt erreicht, an dem man etwas so verzweifelt wünscht, dass man den Sinn für die Realität verliert und sich einbildet, es hinter jedem Busch zu sehen«, sagte Buchanan.

»Aber?«

»Die Botschaft ist von den Stabschefs der Streitkräfte«, sagte Buchanan. »Und wir haben eine ›Wir sind sauer‹-Botschaft von MacArthur erhalten. Das könnte bedeuten, dass MacArthur gebeten worden ist, zu erklären, warum er uns keine Hilfe geschickt hat. Oder sogar, dass man ihm befohlen hat, seinen Arsch zu bewegen und uns welche zu schicken.«

»Ja«, sagte Fertig leise und nachdenklich. »Das könnte sein.«

»Und wenn ich eine Nachricht an jemanden schicken möchte, der keine taugliche Chiffrierausrüstung hat«, fuhr Buchanan fort, »würde mir in den Sinn kommen, eine Botschaft in Slang, im Klartext, zu schicken und zu hoffen, dass die Japse ihn nicht verstehen.«

»Wir haben von MacArthur über die Botschaft an den Kriegsminister gehört«, sagte Fertig, »und es gab keine Antwort auf unsere Botschaft hinsichtlich der Arznei für Geschlechtskrankheiten.«

»Das könnte sein, weil es unter der Würde des Generalissimus ist, so etwas zur Kenntnis zu nehmen. Niemand redet auf diese Weise mit MacArthur.«

»Sie meinen wirklich, dass mehr an dieser neuen Botschaft dran ist? Dass ein hoher Rang dahinter steckt?«, fragte Fertig.

»Ich nehme an, so muss es sein.«

»Wenn es eine Botschaft ist, dann hätte man anstandshalber MacArthur oder Willoughby bitten müssen, sie an uns zu übermitteln. Um sicherzugehen, dass wir sie erhalten.«

Buchanan zuckte mit den Achseln.

»Anstandshalber«, wiederholte er bitter.

»Als ich den Generalissimus zum letzten Mal sah, war das im Manila Club«, sagte Fertig. »Da gab es ein Büfett. MacArthur und seine Queen und der Kronprinz standen natürlich nicht in der Schlange. Aber ich stellte mich mit meiner Frau an. Und als wir zu unserem Tisch gingen, mussten wir uns an ihrem Tisch vorbeizwängen. Er war im weißen Anzug eines Plantagenbesitzers. Ich hatte eine große Portion Shrimps auf dem Teller. Ich werde für den Rest meines Lebens bedauern, dass ich nicht unglücklich mit MacArthur zusammengeprallt bin, um ihm den weißen Anzug zu versauen.«

Buchanan lachte.

»Es könnte sein, Buchanan, dass Hilfe unterwegs ist«, sagte Fertig. »Aber ich halte es für wahrscheinlicher, dass Sie und ich hier mit vier Unzen von Orfetts Ananasgesöff im Bauch herumhocken und uns wünschen, Dinge hinter Büschen zu sehen, die einfach nicht da sind. Ich möchte, dass dies unter uns bleibt, klar?«

»Jawohl, Sir«, sagte Buchanan. Und dann platzte er heraus: »Aber früher oder später müssen die doch etwas unternehmen, nicht wahr?«

»Früher oder später«, sagte Fertig.

7

Batthyany-Palast
Budapest, Ungarn

20. Februar 1943, 8 Uhr 20

Standartenführer Johann Müller vom Sicherheitsdienst der SS kam ins Wohnzimmer der Gräfin im Batthyany-Palast und blickte sich schnell um, wobei sein Blick kurz auf Canidy und Ferniany verweilte, die auf der Couch vor einen vergoldeten Couchtisch saßen.

Sein Gesicht blieb ausdruckslos.

»Guten Tag«, sagte er und begann seinen schwarzen Ledermantel aufzuknöpfen. Er hängte ihn sorgfältig über den Rücken eines Louis XIV.-Sessels und ging dann zu einem Sessel, der nahe bei einem der beiden Öfen aus weißem Porzellan stand. Dann rückte er den Sessel etwas weiter vom Ofen fort.

»Wenn er zu nahe dransteht, trocknet das Leder aus und wird rissig«, erklärte er.

Und dann sah er Helmut von Hürten-Mitnitz an, die Augenbrauen fragend erhoben.

»Johann«, sagte von Hürten-Mitnitz auf Deutsch, »dies ist Major Canidy von der Army der Vereinigten Staaten. ›Pharmacist‹.«

Müller musterte Canidy sorgfältig. Dann betrachtete er Ferniany. Er wurde von den Amerikanern derselben genauen Musterung unterzogen.

»Und er?«, fragte Müller und nickte zu Ferniany.

»Mein Name ist Ferniany«, stellte der sich vor.

»Canidy ist der Mann vor Ort«, erklärte von Hürten-Mitnitz.

»Sprechen Sie alle bitte langsam«, sagte Canidy. »Mein Deutsch ist ziemlich mies.«

»Er hat ihm gesagt, wer wir sind«, sagte Ferniany.

»Das habe ich kapiert«, sagte Canidy. »Aber redet langsam. Ich möchte nicht, dass mir etwas entgeht.«

»Gott im Himmel!«, stieß Müller hervor. »Man schickt jemanden, der nicht mal die Sprache spricht!«

»Es war nötig«, sagte Canidy.

»Warum?«

»Eric Fulmar und Professor Dyer sind im Stadtgefängnis von Pécs«, sagte Canidy.

Das führte zum ersten Anzeichen von Aufregung bei Müller. »Und Gisela?«, fragte er. »Fräulein Dyer?«

»Sie ist in Sicherheit«, sagte Canidy.

»Wo?«

»Kairo«, antwortete Canidy.

»Was ist passiert?«, wollte Müller wissen. Er hatte seine Gefühle wieder unter Kontrolle, aber Canidy hatte an seiner Reaktion erkannt, dass mehr als eine zwanglose Beziehung zwischen dem SS-Offizier und Dyers Tochter bestand.

»Die Flusspolizei und die Schwarze Garde gingen an Bord des Bootes«, sagte Ferniany. »Sie fanden eine Menge Geld bei Fulmar und sagten sich, dass er ein Schwarzmarkthändler ist. Sie bedienten sich von dem Geld und arrangierten, dass die beiden zu neunzig Tagen Zwangsarbeit im Kohlenbergwerk verurteilt wurden.«

»Es ist nur eine Frage der Zeit, bis jemand herausfindet, wer sie sind«, sagte Müller. »Ich erhielt gestern ein Fernschreiben – adressiert an mich persönlich, nicht an den ranghöchsten Sicherheitsdienst-Offizier –, in dem mir von Hymne, Himmlers Adjutant, persönlich schreibt, dass die Ermittlung ›sorgfältig und gewissenhaft‹ weitergeführt wird.«

»Man vermutet Fulmar und Dyer hier?«

»Von dem Zeitpunkt an, an dem die Leiche des Gestapo-Agenten gefunden wurde, hat man die Grenzen Deutschlands zu den besetzten und zu den neutralen Ländern dicht gemacht. Himmler hat sich wieder verplappert und großspurig erklärt, er persönlich könne garantieren, dass niemand auf diesem Wege herauskommt. Also ist es nur hier möglich.«

»Eine andere Frage«, sagte Canidy. »Warum all dies Interesse?«

»Es würde schon reichen«, erwiderte Müller trocken, »dass der Reichsführer die Hose runtergelassen und seinen Arsch gezeigt hat, indem er sie nicht schon lange gefasst hat. Und obendrein hat unser Freund Eric sein Messer bei einem Gestapo-Agenten benutzt, was die Gestapo erzürnt hat. Und dann hat er das Messer bei Peis, dem Kommandanten des Sicherheitsdienstes der SS in Marburg an der Lahn, eingesetzt, was den SS-SD in Rage gebracht hat.«

»Erzählen Sie mir etwas über das ›sorgfältige und gewissenhafte Weiterführen der Ermittlungen‹«, sagte Canidy.

»Nachdem man all die ›üblichen Verdächtigen‹ überprüft hat, was zu nichts geführt hat, überprüft man noch einmal Dinge wie Reisegenehmigungen, Aufnahmen in Krankenhäuser, Festnahmen und Inhaftierungen. Als ich das Fernschreiben erhielt, habe ich das veranlasst. Ich weiß nicht, wie lange es dauern wird, bis das Gefängnis in Pécs überprüft wird, aber es wird bald geschehen. Wenn ich es täte – ohne die Schwarze Garde um Kooperation bitten zu müssen, meine ich –, dann hätte ich sie jetzt schon.«

Müller legte eine Pause ein, um das einwirken zu lassen, und fuhr dann fort: »Wenn Sie einen Plan haben, wie sie aus diesem Gefängnis herausgeholt werden können, sollten Sie ihn besser sofort ausführen.«

»Major Canidy hat ein Team von Spezialisten angefordert«, sagte von Hürten-Mitnitz. »Er ist hier, um für einen Landeplatz zu sorgen.«

»Einen Landeplatz? Sie meinen, für Fallschirmspringer?«, fragte Müller.

Canidy nickte.
»Wie lange wird das dauern? Warum wird nicht der Untergrund benutzt?«, fragte Müller.
»Der Untergrund kann darin nicht verwickelt werden«, sagte Canidy.
»Wie lange wird es dauern, bis Ihre ›Spezialisten‹ hier sind?«
»Achtundvierzig Stunden, vielleicht vierundzwanzig, nachdem wir einen Platz gefunden haben, um sie abzusetzen«, sagte Canidy.
»Ich hörte, dass Fallschirmspringer über ganz Jugoslawien und Ungarn abgesetzt werden«, sagte Müller.
»Dies muss separat davon ablaufen«, sagte Canidy.
»Wir haben vielleicht keine achtundvierzig Stunden«, sagte Müller. »Möglicherweise nicht einmal vierundzwanzig.« Er sah Canidy an. »Fulmar kennt von Hürten-Mitnitz und mich. Wenn man ihn schnappt, wird er früher oder später erzählen, was er weiß.«
»Und mich kennt er auch«, warf die Gräfin ein.
»Wir werden Sie hinausbringen«, sagte Canidy.
»Von Hürten-Mitnitz' Familie würde vermutlich nichts passieren, wenn er verschwindet«, fuhr Müller fort, »und die Gräfin hat nichts zu verlieren. Aber man würde sich an meine Mutter und meine Geschwister halten.«
»Dann ist es also wichtig, Eric und den Professor aus dem Gefängnis herauszuholen, nicht wahr?«, erwiderte Canidy.
»Unter den gegebenen Umständen würde ich sagen, es ist wichtig, zu arrangieren, dass sie in der Haft erschossen werden«, sagte Müller.
»Wenn sie erschossen werden müssen, treffe ich diese Entscheidung«, entgegnete Canidy.
»Ich brauche wirklich nicht Ihre Genehmigung, Herr Major«, sagte Müller.
»Wie groß muss das Gebiet für Ihre Fallschirmspringer sein, Major?«, fragte die Gräfin.

Müller starrte sie wild an.

»Fürs Erste setzen wir auf Major Canidy, Johann«, sagte von Hürten-Mitnitz.

»Ein Minimum von achthundert mal dreihundert Meter«, antwortete Canidy auf die Frage der Gräfin.

»So groß?«, fragte sie enttäuscht und fuhr fort: »Da ist ein Feld, eine Wiese in den Hügeln oberhalb von Pécs. Wir haben dort eine Jagdhütte. Aber der Platz ist nicht so groß.«

»Was ist ringsum?«, fragte Canidy.

»Wald«, sagte sie.

»Würde ein tief fliegendes Flugzeug Aufmerksamkeit erregen?«

»Selbstverständlich«, sagte die Gräfin.

Canidy atmete tief durch.

»Wenn das dort alles ist, werden wir uns damit begnügen müssen«, sagte Canidy. »Können Sie es auf einer Landkarte finden?«

»Ich weiß es nicht. Und ich habe keine Landkarte.«

Canidy blickte Ferniany ungeduldig an, der zu seinem Schäfermantel ging, in einer Tasche kramte und eine Landkarte hervorholte.

Mit einiger Mühe fand die Gräfin die gesuchte Stelle auf der Karte.

»Der Platz ist verdammt klein und zwanzig Kilometer von Pécs entfernt«, sagte sie.

»Aber er ist nicht benutzt worden, oder?«, fragte Canidy.

»Nein«, sagte Ferniany.

»Koordinaten notieren und dann die Karte verbrennen! Und dann sollten Sie sich auf den Weg machen.«

»Wohin will er?«, fragte Müller.

»Er wird das Absprunggebiet über Funk durchgeben«, sagte Canidy. »Und vorbereiten, wie der Professor und Eric nach der Befreiung transportiert werden.«

»Und was haben Sie vor?«, erkundigte sich Müller.

»Gisela hat mir erzählt, dass Sie einen Opel Admiral haben«, sagte Canidy. »Wie steht es damit?«

»Ich kann mir nicht erlauben, irgendwo in der Nähe von Pécs gesehen zu werden«, sagte Müller.

»Stimmt«, sagte Canidy. »Sie werden an der österreichisch-ungarischen Grenze sein und ›die Ermittlung sorgfältig und gewissenhaft weiterführen‹«, sagte Canidy.

Müller schnaubte.

»Und die Gräfin und ich werden zur Jagdhütte fahren?«, sagte von Hürten-Mitnitz nachdenklich. »In Müllers Wagen? Mit Ihnen im Kofferraum?«

»Es sei denn, Sie haben eine bessere Idee«, sagte Canidy.

»Das Flugzeug wird auffallen«, gab von Hürten-Mitnitz zu bedenken. »Und es wird herauskommen, dass wir dort waren.«

»Am Tag zuvor, vielleicht sogar zwei Tage vorher«, sagte Canidy.

»Aber es wird herauskommen«, wiederholte von Hürten-Mitnitz.

»Es sei denn, Sie haben eine bessere Idee«, wiederholte Canidy.

Müller schnaubte von neuem.

Canidy blickte ihn kalt an.

»Und falls Sie meinen, eine bessere Idee zu haben, Standartenführer Müller«, sagte er, »sollte ich Ihnen Folgendes sagen: wenn diese Operation schief geht, wird Reichsführer-SS Himmler per Post aus Schweden einen minutiösen Bericht erhalten, wie Sie Ihre letzten achtundvierzig Stunden in Marokko verbracht haben. Mit Fotos, die Sie mit Eric zusammen und in seiner Uniform der U.S. Army zeigen.«

Müller sah Canidy mit kaltem Blick an, sagte jedoch nichts.

»Auf die Gefahr hin, dass ich mich wiederhole«, sagte Canidy, »es ist vielleicht nötig, alles Erforderliche zu tun, um zu verhindern, dass Fulmar und der Professor in die Hände der SS fallen. Aber diese Entscheidung werde ich treffen, nur ich.«

Müller schnaubte wieder und spitzte die Lippen.

»Als ich Sie zum ersten Mal sah, Major, dachte ich, man hätte einen Amateur geschickt«, sagte er schließlich. »Offenbar habe ich mich geirrt.«

8

Kairo, Ägypten

20. Februar 1943, 12 Uhr 25

Captain Stanley S. Fine widerstand der Versuchung, Lieutenant Colonel Peter Douglass junior, der als Kopilot mitflog, die B-17F landen zu lassen. Doug Douglass, der mit dem Spott des Jagdfliegers die B-17F als ›fliegendes Boot‹ bezeichnete, war offensichtlich fasziniert von dem Bomber. Er hätte gern die Landung durchgeführt, und er würde das vermutlich auf der breiten und langen Landebahn ohne irgendwelche Probleme schaffen. Er war ein erfahrener Pilot, und er war ein begabter Schüler gewesen.

Aber in dem Moment, in dem sie in Fersfield gestartet waren, war Fine sehr bewusst geworden, dass sie eine Grenze überquert hatten. Von jetzt an war alles todernst. Es gab keine Ausrede dafür, irgendein Risiko einzugehen, ganz gleich wie gering es auch sein mochte.

Es war nichts zwischen ihnen gesagt worden, aber Douglass verstand anscheinend und verhielt sich wie ein mustergültiger Kopilot und tat nichts, ohne zuvor Fine um Genehmigung zu fragen.

Fine setzte die B-17F glatt auf und senkte sie sanft auf das Heckrad.

»Soll ich den Tower rufen?«, ertönte Douglass' Stimme über die Bordverständigungsanlage.

»Bitte«, sagte Fine.

»Kairo, Army Triple Zero Four auf dem Boden um zwölf Uhr fünfundzwanzig«, sprach Douglass ins Mikro. »Erbitte Rollanweisungen.«

»Triple Zero Four, nehmen Sie Rollbahn zwei rechts und suchen Sie sich einen Parkplatz bei den anderen B-17ern in der Reihe.«

Douglass blickte zu Fine. Er war überrascht. Vor zehn Minuten hatte Kairo die ›Dies ist Eight Air Force Flight Five Six Six‹-Botschaft bestätigt, die dazu bestimmt gewesen war, die OSS-Station Kairo auf die Ankunft aufmerksam zu machen. Douglass hatte nicht erwartet, dass die B-17 angewiesen wurde, sich einen Platz zu suchen, um in der Reihe der anderen B-17-Maschinen zu parken.

Fine sah ebenfalls überrascht aus.

Douglass schaltete das Mikro ein.

»Kairo, Triple Zero Four, wiederholen Sie Ihre letzte Anweisung. Der Empfang war gestört.«

Kairo wiederholte die Anweisung.

Da standen ein Dutzend B-17- und B-24-Maschinen und doppelt so viele andere Flugzeuge vom Transitverkehr in der Parkreihe, von Canidys B-25 war jedoch nichts zu sehen.

Fine rollte mit der B-17 zum Ende der Reihe, parkte neben einer anderen B-17, stellte die Motoren ab und bereitete die Flugdokumente vor.

Ein Tankwagen, ein nagelneuer Sattelschlepper von General Motors, stoppte gerade außerhalb der Rollbahn vor ihnen, und eine Crew stieg aus und begann Tankschläuche auszurollen.

»Ich sehe nach, was los ist«, sagte Fine und schnallte sich los. »Unsere Passagiere sollten wir besser an Bord lassen.« Fine öffnete die Ausstiegsluke und ließ sich hinab. Douglass ging durch den Bombenschacht in den hinteren Teil des Rumpfes. Das Team spähte durch die Schießscharten.

»Colonel?«, fragte Janos. »Können wir aussteigen?«

»Noch nicht«, sagte Douglass. »Jemand hat Scheiße gebaut. Es ist niemand da, um uns abzuholen.«

»Auch das noch«, stöhnte Janos.

Es wurde bereits heiß im Rumpf. Douglass spürte Schweiß unter den Achseln und auf der Stirn, und er sah, dass Janos' Gesicht schweißbedeckt war.

»Scheiße«, sagte Douglass. »Es hat keinen Sinn, zu schmelzen. Steigt aus, geht in den Schatten der Tragfläche, aber lauft nicht weg. Und nehmt nichts mit raus.«

Er ging zu der Seitentür im Rumpf und öffnete sie. Dann wartete er, bis der Letzte des Teams ausgestiegen war, bevor er selbst von Bord ging.

Das Team war verschwunden, als er aus der Maschine heraus war, und er sah einen Dodge-Sanitätswagen, der an die Nase der B-17 zurückgesetzt hatte. Normalerweise waren auf Dodge-Sanitätswagen große rote Kreuze an den Seiten und auf dem Dach aufgemalt – bei diesem nicht.

»Steigen Sie vorne ein, Colonel«, rief eine Stimme, und er sah eine Hand nach vorne zum Dodge weisen.

Douglass ging zu dem Wagen und stieg ein.

Der Fahrer war ein Sergeant, und Douglass wollte ihn gerade fragen, wohin sie fahren würden, als eine vertraute Stimme ertönte.

»Die Kacke ist am Dampfen.«

Douglass blickte nach hinten in den Sanitätswagen. Auf den schmalen Bänken an jeder Seite saßen dicht an dicht Männer, und einer davon war Lieutenant Commander John Dolan.

»Canidy ist nach Ungarn geflogen«, fuhr Dolan fort.

»Allmächtiger!«, stieß Douglass hervor. »Wie geht es Ihnen?«, fragte er dann. »Es hieß, Sie seien unheilbar krank.«

»Es geht mir besser«, sagte Dolan.

»Wohin fahren wir?«

»Sie haben eine Villa«, sagte Dolan. »Sehr schön, mit Swimmingpool und allem.«

»Weiß jemand, warum Dick nach Ungarn geflogen ist?«, fragte Douglass.

»Weiß jemand, warum er irgendetwas tut?«, erwiderte Dolan. »Man versucht, ihm eine Botschaft zu schicken, dass er von dort verschwinden soll. Alles verzögert sich, bis man weiß, ob das klappt.«

»Wer ist ›man‹?«, fragte Douglass.

»Donovan persönlich«, sagte Dolan. »Die sind offenbar wirklich sauer.«

Wilkins, der Leiter der OSS-Station Kairo, erwartete sie bei der Villa. Ein Mittagsbüfett für jeden war neben dem Swimmingpool aufgebaut. Es gab keinen Grund zur Eile, und Fine und Douglass ärgerten sich. Aber als sie aßen, kam ein vornehm wirkender Mann mit gestärktem Hemd, jedoch ohne Krawatte, zum Tisch und überreichte Wilkins ein Blatt Papier.

Wilkins warf einen Blick darauf und gab es an Douglass weiter.

»Verzeihung, Colonel, ich wusste nicht genau, welche Rolle Sie spielen.«

Douglass las.

TOP SECRET
FROM OSS WASHINGTON TO OSS CAIRO
Lieutenant Colonel Peter Douglass junior, USAAC, ist Zugang zu solchem als geheim erklärtem Material in Zusammenhang mit derzeitiger Mission zu gewähren, wie es von Stationsleiter Kairo und Pharmacist zwei für absolut nötig – Wiederholung – absolut nötig erachtet werden.
DONOVAN

»Nun«, sagte Douglass, »es ist schön zu wissen, dass man mir vertraut, wenn es absolut nötig ist.«

Wilkins wirkte nicht amüsiert.

»Ich hörte, dass Donovan sauer auf Canidy ist«, sagte Douglass.

»›Sauer‹ ist wohl zu milde ausgedrückt«, sagte Wilkins.

»Wenn Canidy nach Ungarn geflogen ist, dann hatte er seine Gründe«, meinte Douglass loyal.

»Ich hoffe, seine Gründe waren es wert«, sagte Wilkins.

»Ich glaube, ich kann Ihnen nicht ganz folgen«, sagte Douglass.

»Kommen Sie mit«, forderte Wilkins ihn auf. »Und Sie auch, Fine.«

Er führte sie zum Haus am Swimmingpool, in dem zwei Funker mit Kopfhörern saßen. Er forderte Fine und Douglass mit einer Geste auf, in Sesseln Platz zu nehmen, ließ sich dann auf die Knie nieder, stellte die Kombination eines Safes ein, entnahm ihm einen Aktenhefter, der mit TOP SECRET gestempelt war, und gab ihn Fine.

TOP SECRET
OPERATIONAL IMMEDIATE
FROM OSS WASHINGTON FOR OSS CAIRO
EYES ONLY WILKINS
Übermitteln Sie Folgendes an Pharmacist zwei bei Ankunft in Kairo Stop Zitat Anfang: Sie sind hiermit als Exlax-Kontrolleur ernannt und lösen Canidy ab Stop Ernennung ist permanent Stop Canidy wird nicht Wiederholung nicht Verantwortung über Exlax übernehmen, unter keinen Umständen Stop Alles

Mögliche wird erfolgen, um zu verhindern, dass Canidy in feindliche Hände fällt Stop Sie werden Zeit und Datum des Empfangs an Donovan bestätigen Zitat Ende.

Fine las und reichte die Botschaft an Douglass weiter.

»Mein Gott, ist der wütend«, sagte Douglass.

»Haben Sie ein Codewort für eine solche Situation?«, fragte Wilkins Fine. »Um den Empfang zu bestätigen?«

»Ja, habe ich«, antwortete Fine.

»Sind Sie so nett, es mir zu nennen?«, fragte Wilkins am Rande des Sarkasmus.

»Das werde ich nicht tun«, sagte Fine. »Ich will den Empfang dieser Botschaft nicht bestätigen.«

»Was?« Wilkins starrte ihn entgeistert an.

»Ich bin mir nicht sicher, ob das von Donovan geschickt worden ist«, sagte Fine. »Bevor ich den Empfang bestätige, will ich Gewissheit haben.«

»Das wird Stunden dauern«, gab Wilkins zu bedenken.

»Das klingt für mich auch nicht nach Donovan«, sagte Douglass loyal.

»Was, zum Teufel, versuchen Sie hier abzuziehen, Captain?«, fragte Wilkins.

»Canidy war schon einmal dort«, sagte Fine. »Und er ist kein Blödmann. Ich möchte ihn gewiss nicht falsch beurteilen, und ich bezweifle, dass Donovan das möchte.«

Wilkins wollte zu einem Protest ansetzen, doch er kam nicht zu Wort. Einer der Funker rief: »He, ich habe was von Vis ...«

»Wie lautet es?«

»Es ist verschlüsselt, verdammt!« Der Funker tippte wild auf seiner Schreibmaschine.

Acht Minuten später war die Entschlüsselungsprozedur vollendet.

> VON POSTMAN AN KAIRO VIA STATION VIII
> Pharmacist erbittet frühestmöglichen Absprung des Rettungsteams bei den Koordinaten sieben-vier-neun-neun-drei-acht-eins-acht Stop Absprung muss Wiederholung muss beim ersten Tageslicht stattfinden Stop Benachrichtigen

Es dauerte weitere fünf Minuten, um die Landkarte von Ungarn zu finden und dann die Stelle zu markieren, die durch die Koordinaten angegeben wurde.

»Wie weit sind wir von Vis entfernt?«, überlegte Fine laut.

Fine nutzte seinen Daumen und kleinen Finger als Zirkel und maß die Entfernung zwischen Vis und Pécs.

»Ungefähr eine Stunde und fünfzehn Minuten«, sagte er. »Vielleicht etwas weniger.«

»Was hat das mit dem ersten Tageslicht zu bedeuten?«, fragte Douglass.

»O Mann«, stöhnte Fine. »Das heißt, dass wir von Pécs aus im Dunkeln starten?«

»Ja«, sagte Douglass. »Aber wir brauchen nicht von Pécs aus zu starten, wir können von hier starten.«

»Wir haben nicht die Reichweite«, meinte Fine.

»Mehr als genug, wenn wir auf dem Rückweg in Pécs Station machen«, sagte Douglass.

Fine schwieg einen Moment.

Dann sagte er: »Senden Sie Pharmacist Folgendes: Team wird morgen beim ersten Tageslicht verfügbar sein.«

XII

1

Pécs, Ungarn

20. Februar 1943, 13 Uhr 30

Was sich Canidy als einigermaßen bequemen Transport im großen Kofferraum von SS-Standartenführer Müllers Opel Admiral vorgestellt hatte, erwies sich bald als Tortur.

Trotz der Größe des Kofferraums konnte er seine Beine nicht ausstrecken, ohne den Oberkörper schmerzvoll zu biegen und sich auf die Ellbogen zu stützen, während er gleichzeitig den Kopf senkte, sodass sein Kinn auf der Brust ruhte.

Und die dicke Steppdecke und die Kissen, die die Gräfin Batthyany in den Kofferraum gelegt hatte, um ihn warm zu halten und auszupolstern, hatten sich nicht als so nützlich erwiesen, wie er zunächst fröhlich geglaubt hatte. Die Decke hatte sich schnell unter ihm verknittert, sodass er jede Erhebung und Vertiefung des Kofferraumbodens spüren konnte. Und die Steppdecke, in die er sich gehüllt hatte, um es warm zu haben, und die Kissen, die er als Polster unter seinen Kopf gelegt hatte, verschlimmerten die Dinge noch, denn sie waren im Weg, wenn er seinen Körper immer wieder drehte, um die angespannten Muskeln zu entlasten.

Er wurde gereizt, nervös, beunruhigt, und er begann sich zu fragen, ob er ein zuvor unentdecktes Problem mit Klaustrophobie hatte. Er grübelte darüber nach und sagte sich, dass seine Nervosität durchaus begründet war: Er war eingeengt im Dunkeln, und so etwas mochte niemand.

Noch wichtiger, es bestand durchaus die Möglichkeit, dass sich von Hürten-Mitnitz geirrt hatte, als er gesagt hatte: ›Ich bezweifle, dass wir überhaupt gestoppt oder mehr als einer sehr flüchtigen Überprüfung unterzogen werden.‹ Es bestand nach Canidys Meinung eine Fifty-fifty-Chance, dass plötzlich die Kofferraumhaube geöffnet wurde und er einen Mann der Schwarzen Garde, einen ungarischen Polizisten oder sogar einen Gestapo-Agenten sehen würde. In diesem Fall konnte er nicht viel dagegen tun. Die Sten-Maschinenpistole, die Captain Hughson ihm auf Vis gegeben hatte, war jetzt in den Händen eines jugoslawischen Partisanen, der sie bewunderte. Canidy war jetzt nur mit dem Fairbairn-Messer und einem stupsnasigen .38er Smith & Wesson bewaffnet, und beides würde von wenig Nutzen sein, wenn der Wagen gestoppt und überprüft werden würde. In diesem Fall würde er nicht nur in dem verdammten Kofferraum fast gelähmt, sondern auch von plötzlichem Licht geblendet und hilflos sein.

Er hatte Zeit gehabt, um sich daran zu erinnern, wo er den stupsnasigen .38er erhalten hatte, und das hatte seiner Moral ebenfalls nicht geholfen. Jimmy Whittaker hatte ihm die Waffe gegeben, kurz bevor sie zu der Mission in Belgisch Kongo aufgebrochen waren. Minuten zuvor hatte Jimmy die Waffe dem Bordingenieur abgenommen, zusammen mit einem Befehl, der ihm vom Leiter der OSS-Station London erteilt worden war, Canidy damit zu erschießen, falls er in feindliche Hände fallen würde.

Es war nicht schwierig, den Gedanken fortzusetzen und zu dem logischen Schluss zu gelangen, dass ein ähnlicher Befehl zweifellos erteilt worden war, ihn zu eliminieren, wenn unmittelbare Gefahr bestand, dass er in feindliche Hände fiel. Er kannte jetzt mehr

Informationen, die die Deutschen nicht wissen durften, als ihm beim Flug mit Jimmy nach Belgisch Kongo bekannt gewesen waren.

Er fragte sich, wo Whittaker in diesem Augenblick sein mochte. In Australien, höchstwahrscheinlich, wo er die Frauen mit seinem guten Aussehen und seiner pinkfarbenen Uniform beeindruckte. Canidy fand, dass Whittaker ein Matrose sein sollte, denn er hatte bereits ein Mädchen in jedem (Flug)hafen.

Ann kam ihm in den Sinn, und er schwelgte für einen Moment in der Erinnerung an ihren Duft und das Gefühl, ihre Berührung zu spüren. Schließlich zwang er sich, nicht an Ann zu denken.

Und dann setzten die Kopfschmerzen ein. Plötzlich spürte er sie, bohrende Schmerzen hinter seinen Augen und am Hinterkopf. Es wurde ihm klar, dass er schon einige Zeit das ungute Gefühl gehabt hatte, Kopfschmerzen zu bekommen.

»Oh, Scheiße!«, sagte er laut.

Er versuchte, auf seine Armbanduhr zu blicken, um zu sehen, wie lange er schon im Kofferraum lag. Das Hamilton-Chronometer mit dem Leuchtzifferblatt zierte jetzt das Handgelenk des Kapitäns des Fischerboots. Die billige Armbanduhr, die ihm der Kapitän gegeben hatte, konnte er in der Dunkelheit nicht sehen, geschweige denn erkennen, wie spät es war.

In diesen zehn Sekunden schienen die Kopfschmerzen noch schlimmer geworden zu sein.

»Fahr rechts ran!«, rief Canidy. »Lass mich hier raus!«

Keine Antwort. Man hatte ihn offenbar nicht gehört. Er konnte sie reden hören. Er vermochte nicht zu verstehen, was sie sagten, aber er konnte sie hören.

Er rief wieder, doch abermals erfolgte keine Reaktion. Er erkannte, dass seine Stimme durch die dicke Lederpolsterung des Rücksitzes gedämpft wurde und im Pfeifen des Fahrtwinds über das Verdeck und dem

Motorengeräusch nicht zu hören war, was von seinen Rufen durch die Polsterung drang.

Dann kam ein Augenblick des panischen Entsetzens. Er würde in diesem verdammten Kofferraum sterben, durch Kohlenmonoxid vom Auspuff ersticken. Wenn von Hürten-Mitnitz bei der Jagdhütte der Gräfin eintreffen und den Kofferraum öffnen würde, dann würde man ihn tot vorfinden.

Er dachte an seinen Smith & Wesson. Wenn er damit feuerte, würden sie es hören.

Aber wohin sollte er schießen? Oben aus dem Kofferraum, sodass die Cops von dem Kugelloch fasziniert sein würden? In den Boden des Kofferraums, wo er den Benzintank treffen konnte?

Und was würde ein Schuss in dem engen Kofferraum bei seinen Ohren anrichten?

Er presste beide Hände an den Kopf und kämpfte gegen den Kopfschmerz an, der seiner Meinung nach durch das Kohlenmonoxid verursacht wurde.

Dann drehte er sich und schob die Decke unter sich zur Seite. Er spürte den Boden des Kofferraums. Er war mit irgendeiner Verkleidung bedeckt. Er fand den Rand, und mit großer Mühe gelang es ihm, ihn loszuzerren. Schließlich war der Belag genug gelöst, sodass er ihn packen konnte. Er zerrte daran, und er löste sich. Jetzt war dort nichts als blankes Metall.

Er ballte die Hand zur Faust und hämmerte mit aller Kraft auf den Boden des Kofferraums. Und dann wieder und wieder und wieder.

Und schließlich spürte er, dass der Opel Admiral langsamer wurde und Kies unter den Reifen knirschte. Der Wagen stoppte. Eine Tür klappte. Und dann wurde die Kofferraumhaube geöffnet, nur einen Spalt, doch das Licht, das hereinfiel, war so peinigend, dass Canidy stöhnend die Augen schloss.

»Alles in Ordnung da drinnen?«, fragte von Hürten-Mitnitz.

»Ich ersticke«, keuchte Canidy. »Ist die Luft rein? Kann ich raus?«

»Sie ersticken?«, fragte von Hürten-Mitnitz.

»Der gottverdammte Auspufftopf muss ein Loch haben«, krächzte Canidy.

»Nur einen Moment«, sagte von Hürten-Mitnitz. An seinem Tonfall erkannte Canidy, dass von Hürten-Mitnitz ihm jetzt glaubte.

Der Kofferraum wurde weit geöffnet. Canidy hörte das Geräusch von Angeln und nahm mehr Licht durch die geschlossenen Augen wahr.

»Ihre Lippen sind blau«, sagte von Hürten-Mitnitz. »Hier, nehmen Sie meine Hand.«

Canidy öffnete die Augen gerade so weit, dass er die Hand erkennen konnte. Er packte sie und schloss die Augen wieder. Von Hürten-Mitnitz zog ihn aus dem Kofferraum und führte ihn zu der hinteren rechten Tür.

»Legen Sie sich auf den Sitz«, wies er Canidy an. »Beatrice, da ist eine Flasche im Handschuhfach. Gib sie ihm.«

»Ist er krank?«, fragte sie.

»Er hat Auspuffgas eingeatmet«, sagte von Hürten-Mitnitz. Er schloss die Kofferraumhaube, setzte sich hinters Steuer und startete.

Canidy spürte etwas Kaltes und Metallisches an den Lippen. Er nahm die Flasche von der Gräfin entgegen und trank.

Er spürte, wie sich die Wärme in seinem Körper ausbreitete. Und dann spürte er etwas anderes.

»Ich glaube, mir wird schlecht«, sagte er.

»Oh, bitte nicht«, sagte die Gräfin Batthyany. »Den Geruch kriegt man nie aus einem Wagen heraus!«

Canidy kämpfte gegen den Brechreiz an und atmete langsam und tief. Die Übelkeit ließ nach, und nach einer Weile war er in der Lage, die Augen offen zu halten. Er sah vor sich das Gesicht der Gräfin.

»Sie bekommen wieder Farbe«, sagte sie. »Es wird Ihnen bald wieder gut gehen.«

Ihr Gesicht spiegelte echte Erleichterung wider, aber Canidy sagte sich, dass es gewiss nicht seinetwegen war.

Er spürte eine neue Woge der Übelkeit in seinem Magen aufsteigen. Er kämpfte dagegen an, indem er sich aufsetzte und tief durchatmete, und das üble Gefühl ließ nach, aber Schmerzen stachen hinter seinen Augen.

Er trank einen weiteren Schluck aus der silbernen Taschenflasche mit Brandy und blickte durch die Windschutzscheibe. Sie waren allein auf einer schmalen, gewundenen Landstraße durch einen dichten Pinienwald.

»Wo sind wir?«, fragte er. »Wie lange war ich im Kofferraum?«

»Es sind noch ein paar Stunden bis Pècs«, antwortete die Gräfin. »Wir haben Budapest um halb zehn verlassen. Sie waren ungefähr zwei Stunden im Kofferraum.«

»Was kommt als Nächstes an dieser Straße? Muss ich zurück in den Kofferraum?«

»Wir sind soeben durch Dunaföldvár gefahren«, sagte die Gräfin. »Es gibt ein paar kleine Ortschaften zwischen hier und Pécs, Sioagárd und Pécsvárad, kaum mehr als Dörfer. Ich glaube, Sie können auf dem Rücksitz bleiben.«

»Fahren wir durch Pécs selbst?«

»Es gibt eine Umgehungsstraße«, sagte sie. »Sie ist jedoch unbefestigt, und niemand weiß, wie schlammig sie zu dieser Jahreszeit ist. Und wir würden Aufmerksamkeit erregen.«

»Ich überlege, ob wir beim Gefängnis vorbeifahren können«, sagte Canidy. »Und dann die Route abfahren können, auf der die Gefangenen mit Lastwagen zum Bergwerk gebracht werden.«

»Wir fahren ohnehin über diese Straße«, sagte sie. »Aber es wäre ein Umweg, am Sankt Gertrud's Gefängnis vorbeizufahren.«

»Ein verdächtiger Umweg?«, fragte Canidy.

Sie überlegte, bevor sie antwortete. »Nein. Es liegt am Stadtrand. Aber wir würden uns nicht verdächtiger machen als ohnehin schon.«

»Dann sagen Sie bitte Herrn von Hürten-Mitnitz, wie er zum Gefängnis kommt«, sagte Canidy. »Ich möchte mir das ansehen.«

Um 13 Uhr 45 bog der Opel Admiral auf einen verschneiten Weg ab, und die Reifen hinterließen Spuren im zuvor makellosen Weiß, bevor er vor der Jagdhütte stoppte. Es war ein lang gestrecktes, niedriges Holzgebäude mit Schnörkelverzierung, jetzt bedeckt mit Eiszapfen, die von der Dachkante hingen und tropften. An jedem Ende der Hütte gab es einen Kamin und einen viel größeren in der Mitte. Aus einem der Kamine an den Enden stieg Rauch auf, und als Canidy aus dem Wagen stieg, konnte er Holzrauch riechen.

»Sie sollten Deutsch sprechen«, sagte die Gräfin.

»Wer hält sich in der Hütte auf?«, erkundigte sich Canidy.

»Der Verwalter und seine Frau«, antwortete sie. »Und in einem kleinen Haus hinter der Hütte wohnen Förster.«

»Kann man ihnen trauen?«, fragte Canidy.

»Natürlich kann man ihnen vertrauen«, sagte sie. »Sie und ihre Vorfahren arbeiten seit Hunderten von Jahren für meine Familie. Aber wenn die Schwarze Garde herkommt, möchte ich, dass sie nicht mehr lügen müssen als nötig. Sie sprechen kein Deutsch, aber sie verstehen es. Ich möchte, dass sie aussagen können, sie sahen mich mit zwei Deutsch sprechenden Männern.«

»Sie werden wissen, was los ist«, gab Canidy zu bedenken.

»Sie werden tun, was ich von ihnen verlange«, sagte die Gräfin. »Und dann werden sie vergessen, dass sie es getan habe, weil ich sie darum bitte.«

Canidys Gesicht spiegelte seine Ungläubigkeit wider.

»Mein Vater war aktiv in der ungarischen Unabhängigkeitsbewegung«, sagte die Gräfin. »Kronprinz Rudolf pflegte heimlich hierher zu kommen. Wenn meine Leute vergessen konnten, dass er hier war, dann können sie auch Sie vergessen.«

Seine Miene verwirrte sie.

»Kronprinz Rudolf war …«, begann sie zu erklären

»… der gesetzliche Erbe des österreichisch-ungarischen Throns«, ergänzte Canidy. »Der seine Freundin erschoss und dann sich selbst. Bei Mayerling.«

»Ich muss wie Standartenführer Müller sagen«, mischte sich von Hürten-Mitnitz ein, »die Gräfin hat Sie anscheinend unterschätzt, Canidy.«

»Und Sie nicht?«

»Ein guter Diplomat unterschätzt nie jemanden«, erwiderte von Hürten-Mitnitz.

Als sie sich der Jagdhütte näherten, wurde die Tür von einer kräftigen, vollbusigen Frau mit schwarzem Haar geöffnet. Das Haar war in der Mitte gescheitelt und zu Zöpfen geflochten.

Sie knickste vor der Gräfin und dann vor den Männern. Dann sagte sie etwas auf Ungarisch.

»Sie sagt«, erklärte die Gräfin, »wenn sie von unserem Kommen gewusst hätte, wäre ihr Mann natürlich hier und es wäre eine Mahlzeit vorbereitet. Jetzt ist nur ein einfaches Paprika-Gulyás zubereitet.«

Nachdem sie gegessen hatten, wurde Canidy aus einem großen Sortiment mit einem grünen Lodenmantel und Schnürstiefeln ausgerüstet, die älter waren als er, wie er argwöhnte. Lachend fügte die Gräfin eine schwarze Wollmütze hinzu.

»Ein echter Magyar!«, sagte sie.

Der Verwalter tauchte auf, als die Gräfin ihre Stiefel schnürte. In seiner Begleitung war ein Mann in Canidys Alter, der eine doppelläufige Schrotflinte mit dem Lauf nach unten an einem geflochtenen Lederriemen von der Schulter hängen hatte.

»Dies ist Alois, der Jägermeister«, erklärte die Gräfin. »Sein Urgroßvater war der Jägermeister meines Urgroßvaters. Wir nehmen ihn mit auf die Wiese. Wenn dort irgendetwas getan werden muss, wird er es erledigen, und dann wird er vergessen, dass er Sie jemals gesehen hat.«

»Wir groß ist Ihr Besitz hier, Gräfin?«, fragte Canidy. »Mit anderen Worten, wie steht es mit Nachbarn?«

»Das Grundstück ist ein grobes Rechteck«, erwiderte sie sachlich. »Es ist dreiundzwanzig Kilometer lang und ungefähr vierzehn breit. Es gibt keine Nachbarn, und die örtlichen Behörden sind meine Pächter. Wenn ich will, dass sie oder sonst jemand mich nicht sehen, dann sehen sie oder sonst jemand mich nicht.«

»Sie klingen sehr überzeugt«, sagte Canidy.

»Das bin ich.«

Ein zehnminütiger Spaziergang über eine dünne Schneedecke brachte sie zu der Wiese. Sie erfüllte keine der Kriterien für ein Absprunggebiet. Sie war viel zu klein und an drei Seiten von hohem Pinienwald umgeben, in dem jeder landen würde, der das Absprunggebiet verfehlen würde.

Aber an einem Ende der Wiese, wo das Land steil zu einem Bach hin abfiel, waren die Bäume gefällt worden.

Wenn Ferniany morgen oder übermorgen mit den Funkgeräten und den Signaltüchern eintreffen würde, dann würde Canidy die Signaltücher entweder am Rand der Wiese beim Wald oder beim Bach anbringen, je nach dem Wind. Mit etwas Glück würde es möglich sein, drei oder vier der fünf Fallschirmspringer auf der

Wiese abzusetzen. Die anderen würden das Risiko eingehen müssen, auf dem steilen Stück Land am Ende der Wiese zu landen.

Es würde Zeit bleiben, mit dem Piloten zu sprechen. Darmstädter hatte schon Fallschirmspringer abgesetzt. Er würde wissen, wie er sie hier absetzen musste, wenn er erst über Funk die Beschaffenheit des Terrains erfahren hatte.

Canidy dachte an die Prozeduren im Notfall. Sie wurden stets in die Planungen mit einbezogen. Hier sahen sie, falls der Funk versagte oder wenn es keine Möglichkeit gab, die Signaltücher anzubringen, ein stark rauchendes Feuer an der Stelle des Absprunggebiets vor, das anzeigen würde, wo der erste Fallschirmspringer der Reihe landen sollte.

Es machte anscheinend jedoch nicht viel Sinn, sich über diese besonderen Vorbereitungen für den Notfall den Kopf zu zerbrechen. Zum einen würde es möglich sein, die Signaltücher anzubringen und mit der Flugzeugbesatzung über Funk zu kommunizieren. Zum anderen würde der Absprung keinen Sinn haben, wenn er vorher nicht mit der Flugzeugbesatzung besprochen werden konnte, er wäre dann zu riskant.

Aber schließlich bat Canidy die Gräfin, von ihrem Jägermeister einen anderthalb Meter hohen Stapel von Pinienholz an beiden Enden des Absprunggebiets aufschichten zu lassen. Er zeigte mit den Händen an, wie hoch die Holzstapel sein sollten.

»Und zwei Kanister Kerosin, vorzugsweise, oder sonst Benzin bei jedem Stapel«, sagte er.

Sie übersetzte das für ihn.

Und dann, als wären sie zwei alte Freunde auf einem Spaziergang im Wald, hakte sie sich bei Canidy ein, und sie gingen zurück zur Jagdhütte.

2

Kairo, Ägypten

20. Februar 1943, 17 Uhr 15

Als Freddy Janos sah, dass die Bombenschachtluken der B-25 im Hangar nicht funktionierten, erkannte er, dass es höllisch schwierig sein würde, aus der Tür zu springen, zu dem die Crew Zugang hatte.

Er maß die Tür mit den Händen, und es wurde ihm klar, dass unmöglich jemand vom Team mit all seiner Ausrüstung aus dem Flugzeug aussteigen konnte.

»Stimmt was nicht, Janos?«, fragte Lieutenant Colonel Douglass.

»Diese Luke ist nicht groß genug«, sagte Janos. »Durch dieses Loch können wir nicht abspringen.«

»Wir haben schon Leute durch dieses Loch abgesetzt«, sagte Douglass.

»Nur Fulmar«, schaltete sich Captain Stanley S. Fine in das Gespräch ein. »Die anderen sind durch den Bombenschacht ausgestiegen. Bevor Canidy die Bombenaufhängevorrichtung und den Türöffner-Mechanismus entfernen ließ. Und Fulmar sprang mit einem britischen Fallschirm ab. Ohne Ersatzschirm. Und er brauchte lange, bis er durch die Tür hindurchpasste. Wenn wir sie durch die Tür bekommen, wird es so lange dauern, dass sie über ganz Ungarn landen.«

Douglass fluchte laut und wütend. »Und was machen wir jetzt? Warum, verdammt noch mal, denkt erst jetzt jemand daran?«

»Die B-17 kann auf Vis landen«, beantwortete Fine diese Frage, bevor sie gestellt wurde.

»Was ist Vis?«, wollte Janos wissen.

Fine und Douglass wechselten einen Blick, bevor Fine antwortete. »Eine Adriainsel. Wo wir euch abholen werden, wenn diese Operation vorüber ist.«

»Uns abholen? Bleiben wir nicht?«

»Nein«, sagte Fine. »Es ist entschieden worden, Sie sofort auszufliegen.«

»Darf ich fragen, warum?«

»Sie dürfen fragen, aber ich kann es Ihnen nicht sagen«, erwiderte Fine.

»Ich muss verrückt gewesen sein, als ich mich freiwillig gemeldet habe«, sagte Janos, »aber dies macht mich verdammt sauer.«

»Mein Gott, alles was uns gefehlt hat, ist ein Held.«

Janos spürte, wie ihm vor Zorn das Blut in die Wangen stieg. Mit Mühe kämpfte er gegen seine Wut an, indem er sich sagte, dass Douglass nach allen Kriterien ein Held war und folglich das Recht hatte, dieses Wort spöttisch zu gebrauchen.

»Ich nehme an, das klang ziemlich dumm«, sagte er.

»Ja, das war es«, sagte Douglass, ohne einen Rückzieher zu machen. »Ich hoffe nur, Sie können Ihre heroischen Impulse unterdrücken, wenn Sie dort sind, und nur tun, was man Ihnen befohlen hat, und nichts sonst.«

Sie starrten sich einen Moment an, und Janos sah zum ersten Mal, dass Douglass einen sehr kalten und berechnenden Blick haben konnte. Und er spürte plötzlich, dass Douglass ihn abschätzte und durchaus die Möglichkeit bestand, von ihm zurückgelassen zu werden, wenn er ihn als unzuverlässig einstufte und sich sagte, dass er etwas Dummes machen könnte, wenn er erst in Ungarn war.

»Kann eine Gooney Bird auf dieser Insel landen?«, fragte Janos.

Douglass gab keine Antwort. Er schaute Janos weiterhin abschätzend und kalt an.

»Was soll's«, sagte Douglass schließlich. Er zeigte sogar die Andeutung eines Lächelns. »Wenn all die cleveren Ideen scheitern, soll man zu einer Verzweiflungstat greifen und sich an die Vorschriften halten.

Ein Flugzeug zum Absetzen von Fallspringern benutzen, um Fallschirmspringer abzusetzen.«

»Können wir eine C-47 bekommen?«, fragte Janos.

»Ja«, antwortete Fine fast ungeduldig. Er hatte ein Dutzend der zweimotorigen Transportflugzeuge auf dem Flugplatz parken gesehen. Sie konnten vermutlich eine Maschine davon bekommen, indem sie einfach darum baten. Und wenn es ein Problem gab, würde eben eine C-47 von anderen Missionen ›abgezweigt‹ werden. Das OSS hatte die höchste Priorität. »Aber hat eine C-47 die Reichweite?«

»Ich bezweifle das«, sagte Douglass. »Ich bin mir nicht mal sicher, ob sie es bis Ungarn schaffen wird. Unmöglich kann sie es bis Pécs und dann nach Vis schaffen.«

»Wo ist Darmstädter?«, fragte Fine. »Er sollte es wissen.«

»Er und Dolan holen die Wettervorhersagen ein«, sagte Douglass.

»Was ist wichtiger?«, fragte Fine rhetorisch.

»Janos' Team an einem Stück auf den Boden zu bringen«, sagte Douglass.

»Wir könnten ...«, begann Fine und verstummte. »Ich weiß nicht, worüber ich rede, und ich werde es erst wissen, wenn mir klar ist, was die Gooney Bird schaffen kann.«

»Nun, da kommt der Experte.« Douglass nickte zu einer schmalen Tür in einem der breiten Hangartore, wo ein Militärpolizist, bewaffnet mit einer Thompson-Maschinenpistole, die Ausweise von Lieutenant Commander John Dolan, USNR, Lieutenant Henry Darmstädter und Ernest J. Wilkins überprüfte.

»Gott liebt uns anscheinend«, sagte Wilkins fröhlich und zuversichtlich, als er zu ihnen kam. »Die kurzfristige und Vierundzwanzig-Stunden-Wettervorhersage lautet, dass das Wetter über dem Absprunggebiet perfekt sein wird.«

Douglass lachte freudlos.

»Darmstädter, wie groß ist die Reichweite der Gooney Bird?«, fragte Fine. »Würde eine Gooney Bird es nonstop bis Pécs schaffen?«

»Nein«, antwortete Darmstädter sofort.

»Canidy hat die B-25 umbauen lassen, sodass keine Fallschirmspringer daraus abspringen können«, sagte Douglass. »Wenigstens kein Team, ohne dass es über ganz Ungarn verteilt werden würde.«

»Guter Gott!«, stieß Wilkins hervor.

»Und wir können mit der B-17 nicht auf Vis landen«, sagte Dolan.

»Richtig«, pflichtete Fine ihm bei.

»Und was jetzt?«, fragte Douglass. »Canidy erwartet uns bei Tagesanbruch.«

»Wir benutzen die B-17 für das Absetzen der Fallschirmspringer«, sagte Dolan, »und sie fliegt hierhin zurück. Wir schicken die B-25 nach Vis. Kein Problem.«

»Nein«, sagte Wilkins.

»Was meinen Sie mit ›nein‹?«, fragte Fine.

»Das Wartungsteam hat Probleme mit dem Fahrwerk festgestellt«, sagte Wilkins. »Man hat mich angerufen und mir erklärt, dass es vierundzwanzig Stunden, vielleicht etwas länger, dauern wird, um den Schaden zu reparieren.«

»Dann müssen Sie uns eine andere B-17 besorgen«, meinte Fine.

»Es werden viele Fragen gestellt werden, warum jemand einen Bomber ausleihen will«, gab Wilkins zu bedenken.

Darmstädters Gedanken hatten sich gejagt. Er glaubte, eine Lösung gefunden zu haben. Aber es widerstrebte ihm, sie anzubieten. Diese Leute, sagte er sich, verstehen ihr Handwerk. Ich bin nur ein mittelmäßiger Gooney Bird-Pilot.

Und dann sagte er sich: Scheiß drauf!

»Wenn nur das Team, fünf Mann, in der Gooney Bird sein würden, wäre sie sehr leicht«, sagte er. »Dann könnten noch anderthalb Tonnen, vielleicht zwei, zugeladen werden, bis das maximale Bruttogewicht ...«

»Wenn Sie über Sprit reden«, unterbrach Dolan, nicht unfreundlich, »vergessen Sie's. Wir haben keine Zeit mehr, um Zusatztanks zu installieren.«

»Ich denke an Fünfundfünfzig-Gallonen-Fässer«, fuhr Darmstädter unbeirrt fort, »und Handpumpen, um den Treibstoff in den Haupttanks aufzufüllen, wenn er verbraucht ist.«

»He!«, sagte Dolan nach kurzem Überlegen.

»Würde das klappen, John?«, fragte Fine.

»Acht Fünfundfünfzig-Gallonen-Fässer würden etwas über anderthalb Tonnen wiegen. Es könnten also um die vierhundert Gallonen zugeladen werden. Dann wäre das insgesamt mehr als genug, um eine Gooney Bird von hier nach Pécs und dann nach Vis zu fliegen.«

»Und eine Gooney Bird kann in Vis landen?«, fragte Douglass.

Dolan dachte einen Moment darüber nach, bevor er antwortete.

»Ja. Ich glaube, Bruder Darmstädter und ich könnten eine Gooney Bird in einem Stück auf Vis runterbringen.« Er fing Darmstädters Blick auf und fuhr fort: »Wir werden das Heckrad runterbekommen müssen, bevor wir auf den Bach treffen und hineintauchen. Wenn wir noch auf dem Hauptfahrwerk wären, würden wir uns überschlagen. Der Start wird leichter sein. Wir halten einfach das Heckrad auf dem Boden, bis wir durch das Wasser durch sind.«

Darmstädter nickte zustimmend.

»Könnten Bruder Darmstädter und ich in einem Stück landen?«, fragte Douglass.

Dolan schaute ihn an.

»Sie haben kaum Flugstunden in der Gooney Bird, Colonel«, sagte Dolan nach einer Weile.

»Aber ich habe auch keine Scheißerei«, sagte Douglass. »Canidy hat mir von Ihren ›Verdauungsbeschwerden‹ erzählt, John.«

»Canidy hat eine große Klappe«, sagte Dolan. »Und ich bin wieder fit.«

»Ich bezweifle, dass wir dieses Risiko eingehen sollten, John«, sagte Douglass.

»Ich glaube, ich komme da nicht ganz mit«, sagte Wilkins.

»Ich befürchte, Commander Dolan wird nicht fliegen können«, erklärte Douglass. »Welche Pläne wir auch machen, wir werden ihn ausschließen müssen.«

»Zu allererst wäre das Fines Entscheidung«, sagte Dolan. »Und Sie haben mich nicht zu Ende angehört.«

»Legen Sie los, Commander«, sagte Fine und fragte sich sofort, warum er Dolan mit seinem Rang angesprochen hatte.

»Darmstädter weiß mehr über das Absetzen von Fallschirmspringern als sonst jemand. Und er ist ebenfalls der Einzige von uns mit nennenswerter Erfahrung im gefechtsbereiten Fliegen einer Gooney Bird. Und wir können Pécs nur finden, ohne abgeschossen zu werden, wenn wir gefechtsbereit dorthin fliegen.«

»Okay, damit ist Darmstädter der Pilot der Gooney Bird«, sagte Douglass. »Wir reden jetzt davon, wer mit ihm fliegt. Wir reden über Ihre ›Verdauungsbeschwerden‹, Dolan.«

»Ich habe schon Überlandflüge gemacht, als die hier Anwesenden noch in die Windeln geschissen haben«, sagte Dolan. »Ich bin der Einzige hier, der mit Sicherheit diese Wiese finden kann, die von Canidy für uns ausgesucht worden ist.«

»Das setzt voraus, dass Sie keinen weiteren – Anfall von Verdauungsbeschwerden bekommen«, sagte Douglass.

»Wenn zum Beispiel Sie mit der Gooney Bird flögen«, fuhr Dolan fort und ignorierte ihn, »würden ich und Fine übrig bleiben, um die B-25 nach Vis zu fliegen. Captain Fine kann man nicht als erfahrenen B-25-Piloten bezeichnen. Ich möchte nicht daran denken, was passieren würde, wenn er die B-25 auf Vis landen müsste.«

»Dolan, meinen Sie, Colonel Douglass kann die B-25 auf Vis landen?«

»Er hat eine viel bessere Chance als Sie«, sagte Dolan. »Und der Junge braucht ihn nicht in der C-47.«

»Und was ist, wenn Sie nicht in der C-47 verfügbar sind?«, fragte Fine herausfordernd.

»Das ist das Risiko, das wir eingehen müssen, aber wenn ich nur auf dem rechten Sitz bin und den Jungen fliegen lasse, werden meine Verdauungsbeschwerden nicht zurückkehren.«

Douglass schaute Fine an.

»Ich glaube, wir müssen es mit Dolan durchziehen«, sagte Fine. »Sein Hauptvorteil ist meiner Meinung nach, dass er die besten Chancen von uns hat – vielleicht sogar der Einzige von uns mit einer Chance –, das Absprunggebiet zu finden.«

3

Pécs, Ungarn

21. Februar 1943, 5 Uhr 15

Lieutenant Hank Darmstädter fand, dass bis jetzt der schwierigste Teil des Fluges das Rollen zum Ende der Rollbahn in Kairo gewesen war. Sie waren um 21 Uhr gestartet, und sie würden kurz nach dem Tagesanbruch über der Wiese außerhalb von Pécs sein. Der

Flugplatz in Kairo war verdunkelt, und obwohl Wilkins hatte arrangieren können, dass die Beleuchtung der Startbahn lange genug angeschaltet worden war, dass sie starten konnten, waren sie vom Hangar dorthin von einem Mann geführt worden, der mit einer Taschenlampe hinten in einem Jeep gesessen hatte.

Es war sehr schwierig gewesen, dem Licht der Taschenlampe im Jeep zu folgen. Es war fast unmöglich, über die Nase einer C-47 mit dem Heckrad auf dem Boden direkt voraus zu sehen. C-47-Piloten lernten das Rollen, indem sie im Cockpit zur Seite schauten und die Nase der Maschine hin und her schwenkten, sodass sie Sicht nach vorne durch die Seitenfenster bekamen.

Es war schwierig gewesen, dem Jeep zu folgen, aber sie hatten es bis zum Ende der Rollbahn geschafft und manchmal die Landebeleuchtung angeknipst, um ihre Position zu überprüfen. Darmstädter war ein wenig überrascht und geschmeichelt gewesen, weil Dolan darauf verzichtet hatte, die Kontrollen zu übernehmen und das Rollen zur Startbahn durchzuführen. Dolan hatte alles ihm überlassen. Und von dem Moment an, an dem sie am Beginn der Startbahn genau in der Mitte gestanden hatten, war alles problemlos abgelaufen.

Dolan hatte gewartet, bis er, Darmstädter, den letzten Check durchgeführt hatte, und dann hatte er über Funk den Tower gerufen, gemeldet, dass sie startbereit waren und das Licht anschalten lassen.

Der Start war überhaupt kein Problem gewesen. Darmstädter hatte nur in schlechter Erinnerung, dass die Maschine so langsam an Höhe gewonnen hatte.

Die erste Etappe, die längste, war die auf einem West-Nordwest-Kurs über die Wüste zum Mittelmeer und dann über das Mittelmeer weit genug südlich von Kreta, um eine zufällige Begegnung mit deutschen

Flugzeugen zu vermeiden, die auf der Insel stationiert waren. Und dann waren sie auf nördlichem Kurs über das Ionische Meer geflogen.

Der fast halbe Mond hatte genügend Licht gespendet, sodass sie die Landmassen und Küstenlinien hatten erkennen können, war jedoch nicht so hell gewesen, dass sie leicht von jemandem entdeckt werden konnten.

Die Straße von Otranto, die den Absatz des italienischen Stiefels von Albanien und das Adriatische vom Ionischen Meer trennt, kam genau wie von ihnen erwartet in Sicht, und sie konnten eine Zeitlang beide Küstenlinien sehen.

Dolan hatte geplant, dass diese Etappe des Flugs sechs Stunden und fünfundzwanzig Minuten dauern würde. In Wirklichkeit brauchten sie nur sechs Stunden und zwei Minuten, obwohl sie die Motoren mit so magerer Mischung wie möglich laufen ließen, um Treibstoff zu sparen.

Als sie die Straße von Otranto überquert hatten, hob Darmstädter die Nase der Maschine leicht, um im Steigflug auf 9.000 Fuß zu gehen, und Dolan spähte angespannt aus dem Fenster und hielt nach dem schmalen Landstreifen Ausschau, der zwischen der Adria und dem Skutarisee an der jugoslawisch-albanischen Grenze verlief.

Dolan hatte ihm erzählt, scherzhaft, jedoch ernst gemeint, dass das Geheimnis der Navigation nach der ›Straßenkarte‹ darin bestand, etwas auf dem Boden zu suchen, das groß genug war, damit es leicht erkannt und nicht mit etwas anderem verwechselt werden konnte.

Der Skutarisee war dafür ideal. Er war ungefähr vierzig Kilometer lang und von der Adria durch einen Landstreifen von nur elf Kilometer Breite getrennt. Er konnte leicht gefunden und nicht mit etwas anderem verwechselt werden.

»Steuern Sie vom Ende des Sees aus gerade nach Norden«, sagte Dolan, als sie den Skutarisee gefunden hatten. Dann stand er von seinem Sitz auf. »Ich glaube, es ist an der Zeit, ein weiteres Fass loszuwerden.«

Lieutenant Janos war erklärt worden, wie der Treibstoff aus den Fünfundfünfzig-Gallonen-Fässern in die Haupttanks gepumpt werden musste. Eines der Fässer war ›halb dauerhaft‹ installiert worden, mit einer Leitung, die vom Fuß zum Haupttank des Flugzeugs führte. Treibstoff daraus war in den Haupttank gepumpt und dann aus anderen Fässern aufgefüllt worden.

Die leeren Fässer wogen nicht viel, aber sie konnten nicht völlig entleert werden, und Dolan war besorgt, weil beim Herumschwappen des Flugbenzins in den Fässern gefährliche Dämpfe entstehen konnten. Er war ein paar Mal in die Kabine gegangen, um sich zu vergewissern, dass Janos sofort jedes der Fässer abgeworfen hatte, sobald es leer gewesen war.

Der Boden schien zu diesem Zeitpunkt weiß zu glühen, und nach einer Weile erkannte Darmstädter den Grund – der Mondschein wurde von Schnee am Boden reflektiert. Das bedeutete, dass sie sich den Bergen von Montenegro näherten, deren höchster ungefähr 2.500 Meter hoch war. Es würden mindestens 1.500 Fuß zwischen der Maschine und dem höchsten Gipfel sein, aber es war wichtig, zu wissen, wann die Berge überflogen waren, damit sie sicher in den Sinkflug gehen konnten.

Darmstädter hatte angenommen, dass Dolan die Kontrollen übernehmen würde, wenn sie im Sichtflug dicht über dem Boden fliegen würden. Dolan war fraglos der bessere und erfahrenere Pilot. Aber es gab ebenfalls keinen Zweifel daran, dass er einen Herzanfall erlitten hatte und einen weiteren erleiden konnte.

Aber Dolan hielt sich an das, was er Douglass versprochen hatte: dass er »die Straßenkarte auf dem

Kopilotensitz im Auge behalten und den Jungen fliegen lassen würde‹.

Die einzigen genauen Anweisungen, die Dolan ihm gab, waren Kursveränderungen und ein paar Mal der ›Vorschlag‹, dass es ›okay wäre, noch ein paar Hundert Fuß runterzugehen‹.

Laut Landkarte des Pionierkorps (die sich das Korps in Wirklichkeit vom Guide Michelin ausgeliehen hatte), war dieser Teil von Ungarn nur dünn bevölkert. Hier und da waren ein paar Lichter zu sehen, aber es war schwer zu sagen, ob sie ein Verstoß gegen die Verdunkelung der Dörfer oder Licht auf einzelnen Bauernhöfen waren.

Um fünf Uhr begann sich der Himmel im Osten zu röten. Dolan schnallte sich los und erhob sich vom Sitz des Kopiloten.

»In acht Minuten oder vielleicht in zehn, sollten wir ein paar Lichter sehen«, sagte er. »Das dürfte Pécs sein. Oder vielleicht Athen. Wenn Sie etwas Rundes sehen, wird es Rom sein.«

Darmstädter wusste, dass dies ein Scherz sein sollte, und er lachte wie erwartet.

»Dies ist so gut gegangen, dass ich es kaum glauben kann«, sagte Dolan. »Ich gehe nach hinten und sage unseren Passagieren Bescheid. Janos sagte, er will fünfzehn Minuten für die Vorbereitung haben.«

Dolan saß wieder angeschnallt auf seinem Sitz, als Pécs in Sicht kam, und er sah es als Erster.

»Gehen Sie jetzt runter«, befahl Dolan. »Orientieren Sie sich an der Hügelkette zwischen uns und Pécs. Es ist verdammt unmöglich, die Richtung eines Flugzeugs zu bestimmen, wenn man es nicht sehen kann. Und je mehr wir diese Leute verwirren, desto besser für uns.«

Darmstädter konzentrierte sich darauf, so dicht über dem Boden zu fliegen, wie er es zwischen Hügeln wagen konnte. Er war jetzt hell genug, um einzelne Bäume und hier und da eine Straße und Felder zu erkennen.

Und dann, überraschend für ihn, flog er über einen Bach, über einen Einschnitt im Hügelhang und über eine Wiese auf einem Plateau.

»Allmächtiger, ist es das?«

»Das sollte die Wiese sein«, sagte Dolan, »aber ich sehe keine Signaltücher.«

Darmstädter warf einen schnellen Blick zu ihm. Dolan hatte Kopfhörer aufgesetzt und drehte an den Reglern des Funkgeräts.

»Verdammt, nichts zu hören!«, sagte er.

»Was soll ich machen?«

»Bleiben Sie in Deckung der Hügelkette«, befahl Dolan, »und überfliegen Sie dann die Wiese noch einmal. Ich versuche, etwas von der Tür aus zu sehen.«

Fünf Minuten später näherte sich die C-47 aus der anderen Richtung der Wiese.

Es gab keinen Zweifel daran, dass sie ihr Ziel gefunden hatten. Am nahen Ende der Wiese bei dem Einschnitt brannte ein Stapel Brennholz, und der Wind blies den Rauch über die Wiese und in den Wald.

Dolan kam ins Cockpit.

»Es liegt jetzt an Ihnen, Junge«, sagte er. »Wir werden nur noch einmal über die Wiese fliegen können, sonst denkt jeder, wir führen hier eine Flugschau auf.«

Darmstädter lächelte, obwohl er sich unbehaglich fühlte.

Dolan ging wieder in den Rumpf. Dort würde er sich in ein Gurtwerk anschnallen und eine Position an der offenen Tür einnehmen. Wenn Darmstädter die rote Lampe an- und dann ausschalten würde – es sollte eine rote und eine grüne Anzeige geben, doch die grüne funktionierte nicht –, würde Dolan den Ersten der Fallschirmspringer durch die Tür stoßen. Wenn alle von Bord waren, würde er die drei Ausrüstungsbeutel hinter ihnen her werfen.

Darmstädter flog die Wiese sehr vorsichtig an, verlangsamte die C-47 so viel wie er verantworten konnte, flog sehr tief über die Baumwipfel des Waldes, die eine Hand am Steuer der Gooney Bird, die andere am Hebel für die Anzeigelämpchen der Tür.

Und dann betätigte er den Hebel.

Er glaubte eine leichte Veränderung in den Kontrollen spüren zu können, was bedeutete, dass er tausend Pfund Gewicht – fünf Fallschirmspringer – von seinem Bruttogewicht verloren hatte und dass der Verlust die Balance verändert hatte.

Er hatte einen seltsamen, wilden, arroganten Gedanken.

Ich hätte diese Kiste auf der Wiese landen können! So wie der Wind vom Bach aus bläst, bin ich vielleicht vierzig Knoten über dem Boden geflogen. Wenn ich verlangsamt hätte, dann hätte ich Canidys Gesicht sehen können! Und ich hätte jede Menge Zeit gehabt, um die Kiste zu stoppen.

Er blickte über die Schulter in den Mittelgang, um nach Dolan Ausschau zu halten. Zuerst konnte er ihn nicht sehen, doch dann entdeckte er ihn.

Dolan lag zusammengekrümmt auf der Seite am Kabinenboden. Darmstädter blickte durch die Windschutzscheibe und dann zurück. Dolan richtete sich auf, wurde fast steif und erschlaffte dann.

4

150° 20″ westlicher Länge
08° 35″ nördlicher Breite

20. Februar 1943, 17 Uhr 25

Vier Personen hielten sich auf der Brücke des Kommandoturms der USS *Drum* auf, die durch ruhige, sanft gewellte See fuhr. Sie waren fast genau halbwegs um die Welt von dem Adriatischen Meer und Budapest, Ungarn, entfernt, wo es im Augenblick 5 Uhr 25 am 21. Februar, ›dem nächsten Tag‹ war.

Der Kapitän der *Drum*, Lieutenant Commander Edwin R. Lennox, USN, und Captain James M.B. Whittaker, USAAC, waren in sauberer und gebügelter, jedoch nicht gestärkter Khakiuniform. Commander Lennox trug eine verbeulte Schirmmütze, deren Besatz einst weiß gewesen, jetzt jedoch fast braun von Ölflecken war. Captain Whittaker war barhäuptig.

Der Sprecher, mit Kombination von Kopfhörer und Mikrofon auf dem Kopf, hatte ebenfalls keine Mütze auf. Er trug ein hellblaues Denimhemd, und eine Denimhose in dunklerem Blau wie der Ausguck, der die blaue Mütze eines Matrosen trug, deren Schirm er nach hinten gedreht hatte.

Der Ausguck, Commander Lennox und Captain Whittaker hatten identische Bausch&Lomb-Ferngläser aus dem Bestand der Navy, die an Lederriemen vom Hals hingen.

Commander Lennox sah auf seine Armbanduhr und schaute dann mit dem Blick eines Matrosen zum dunkel werdenden Himmel.

»Sie können jederzeit nach unten gehen, wenn Sie bereit sind, Jim«, sagte Commander Lennox.

Captain Whittaker lächelte.

»Aye, aye, Sir«, sagte er. »Erlaubnis, die Brücke zu verlassen?«

»Erlaubnis erteilt«, erwiderte der Kapitän der *Drum* und lächelte zurück.

Auf der Reise von Pearl Harbor hatten sie Sympathie füreinander entwickelt. Lennox hatte oft während dieser Zeit über die wachsende Freundschaft nachgedacht, sich daran erinnert, was ihm ein Lieutenant gesagt hatte, als er Ensign auf der Kingfisher gewesen war. Der Lieutenant hatte gesagt, ihr Skipper sei gar kein so harter Hurensohn, wie es den Anschein habe, sondern ein Skipper könne sich nicht erlauben, Freunde zu haben, denn das Kommando verdamme zur Einsamkeit.

Er hatte dies akzeptiert, weil er Lieutenant zur See gewesen war und Ensigns glauben, was ihnen Lieutenants erzählen. Aber erst als man ihm die *Drum* gegeben hatte, sein erstes Kommando, hatte er es wirklich verstanden. Der Kapitän eines Kriegsschiffes konnte keine Freunde haben. Er konnte umgänglich und höflich sein, aber es musste eine unsichtbare Mauer zwischen dem Skipper und jedem sonst an Bord geben. Es hatte ein wenig mit der Verachtung für Kumpanei und Vetternwirtschaft zu tun, aber es war mehr. Der Kapitän musste für seine Crew allwissend sein, und eine der besten Möglichkeiten, dies zu erreichen – besonders, wenn man überzeugt war, dass mindestens zwei der Untergebenen klüger und besser in der Menschenführung waren – bestand darin, für sich zu bleiben, ein wenig geheimnisvoll zu sein, keine Meinung oder Vertraulichkeiten mit anderen zu teilen.

Lennox hatte in Whittaker jemanden erkannt, der ihm im Charakter sehr ähnelte, ähnliche Verantwortung und ein Verständnis für das Kommando hatte. Whittaker an Bord zu haben war für Lennox, als wäre er Kapitän eines Kreuzers, der unter einer Admiralsflagge fuhr. Das war Lennox bald klar geworden. Wohin der Kreuzer und die ihn begleitende Einsatzgruppe fuhren, fiel unter die Verantwortung des Admirals. Aber der Kapitän des Kreuzers war für dessen Betrieb verantwortlich.

Und Whittaker hatte sich verhalten, wie es Lennox einem guten Admiral zutraute. Trotz der Befugnisse, die Whittaker durch die Befehle des COMSUBFORPAC erhalten hatte – wodurch die *Drum* praktisch zu seinem persönlichen Taxi geworden war –, hatte er sich zurückgehalten, um den Eindruck zu vermeiden, er gebe Lennox Befehle.

Er hatte Bitten vorgetragen und ›sich gefragt, ob ihre Erfüllung möglich sein würde‹, um zu erreichen, was er einfach hätte befehlen können. Lennox war von ihm stets peinlich korrekt mit ›Captain‹ oder ›Skipper‹ angesprochen worden, sogar lange bevor Lennox angefangen hatte, ihn ›Jim‹ zu nennen.

Und in der vergangenen Nacht, als sie mit dem Sprecher allein auf der Brücke gewesen waren, hatte Whittaker gefragt, ›ob es möglich sein würde‹, eine Übung einer Operation abzuhalten, die stattfinden werde, wenn sie vor Mindanao sein würden.

»Man hat mir versichert, Skipper«, sagte Whittaker, »dass die Außenbordmotoren von einem Fachmann getunt worden sind. Aber da ich ein zynischer Hurensohn bin, möchte ich das persönlich überprüfen, und das ist nicht gegen die U.S. Navy gerichtet, Sir.«

»Sie möchten eine Übung abhalten, Jim, habe ich das richtig verstanden?«

»Jawohl, Sir. Wird das möglich sein?«

»Benutzt die Army die Bezeichnung ›SOP‹?«, fragte Lennox.

»Standard Operation Procedure? Jawohl, Sir«, antwortete Whittaker.

»Ich verstoße gegen meine«, sagte Lennox. »Die SOP des SUBCOMFORPAC schreibt eindeutig vor, dass ich stets tauchbereit sein muss, wenn das U-Boot in Reichweite von japanischen Flugzeugen und an der Oberfläche ist. Das bedeutet, dass alle Luken bis auf die eine hier gesichert sein müssen und wir genügend Fahrt machen, sodass die Tauchsteuerung für den Notfall wirkungsvoll durchgeführt werden kann.«

Während der Reise hatten sie technisches Wissen ausgetauscht. Whittaker hatte überrascht erfahren, dass die Tauchsteuer der *Drum* wie die Querruder eines Flugzeugs funktionierten und die Auf- und Abwärtsbewegung des an der Wasseroberfläche fahrenden U-Boots steuerten. Er wusste, dass wegen der

Kräfte, die auf die Tauchsteuer einwirkten, das U-Boot umso schneller tauchen konnte, je schneller es auf der Wasseroberfläche fuhr.

»Mit anderen Worten, Skipper, ist eine Übung eine lausige Idee?«, fragte Whittaker.

»In diesen Gewässern hätte ich, wenn ich mich an die SOP halte«, sagte Lennox, »ein U-Boot, das zum Tauchen bereit ist, und eine Crew von verschwitzten, von der Temperatur erschöpften Matrosen, die sich nicht nur gegenseitig auf die Nerven gehen, sondern auch nicht in der Lage sind, schnell zu handeln, wenn es sein muss. So lasse ich die Luken offen, wenn ich in Gewässern wie diesen bin und postiere Männer bei den Luken, um sie im Notfall schließen zu lassen, und ich stelle verdammt sicher, dass mein Ausguck Falkenaugen hat.«

»Und die Durchführung einer Übung würde bedeuten, das Boot zu stoppen«, sagte Whittaker, »also die Zeit zu vergrößern, die es dauern würde, um zu tauchen, wenn ein japanisches Flugzeug Sie entdeckt?«

Lennox nickte. »Uns entdeckt.«

Whittaker zuckte mit den Achseln.

»Okay, dann …«

Lennox unterbrach ihn.

»Eine andere unangenehme Situation, die mir einfällt, ist Folgende«, sagte er. »Wir fahren eine halbe Meile oder so vor der Küste von Mindanao und können nicht tauchen, weil ein Trio von Army-Jungs in Schlauchbooten mit Außenbordmotoren hockt, die sie nicht starten können.«

Whittaker schaute ihn an, ohne etwas zu sagen.

»Und da ich schon ein Miesepeter bin, habe ich ein weiteres Szenario«, fuhr Lennox fort. »Da sind wir vor der Küste von Mindanao, und wir holen die Schlauchboote aus dem Torpedoraum und blasen sie auf, und sie sind undicht. Da ich mir keine andere Möglichkeit denken kann, diese schweren kleinen Kisten an Land zu bringen, würde das bedeuten, dass wir den ganzen weiten Weg gefahren sind, nur um den ganzen weiten Weg zurückzufahren, um neue Schlauchboote zu holen.«

»Ich möchte diesem Miesepeter-Szenario ein Weiteres hinzufügen, wenn ich darf, Sir«, sagte Whittaker.

»Nur zu, Jim«, forderte Lennox ihn auf.

»Wir sind vor der Küste von Mindanao an der Wasseroberfläche, die Boote sind richtig aufgeblasen und die Außenborder sind noch nicht angelassen. Dann beginnen die Army-Jungs – deren Erfahrung mit Schlauchbooten auf Lieutenant Hammersmith beschränkt ist, der mit einem Schlauch in einem Swimmingpool geübt hat – diese schweren Kisten in die Schlauchboote zu laden und stellen sich dabei so dämlich an, dass die Kisten ins Wasser fallen, sie selbst ebenfalls – und den Rest können Sie sich ausmalen.«

»Sie haben das nicht geübt?«, fragte Lennox überrascht und betroffen.

»Nein, Sir«, sagte Whittaker. »Dazu blieb keine Zeit.«

»Nun, dann heißt die Frage nicht, ob wir die Übung machen, sondern wann«, murmelte Lennox.

»Ich finde, wir sollten es machen, wenn es möglich ist«, sagte Whittaker.

Lennox schaute ihn an.

Wenn er nicht so zuvorkommend gewesen wäre, hätte ich mich dann auf die Befehle des COMSUBFORPAC berufen?, fragte er sich.

»Sie haben mir gesagt, Jim, dass für einen Piloten die Dunkelheit vom Boden aus aufsteigt«, sagte er.

»Ja, Sir, so ist es.«

»Dann sollten wir die Übung morgen bei Einbruch der Dunkelheit machen«, sagte Lennox.

»Danke, Skipper.«

Der Tag wurde mit den Vorbereitungen zur Übung

verbracht. Dies war eine äußerst gute, wenn auch gefährliche Sache für das Boot, fand Lennox. Die Moral der Mannschaft wurde gehoben, weil sie die Möglichkeit hatte, nicht nur etwas Konstruktives zu leisten, sondern auch an Deck zu gelangen. Das Risiko, von einem japanischen Patrouillenflugzeug entdeckt zu werden, war nicht größer als sonst, doch das Tauchen würde wegen der Leute und Ausrüstung an Deck länger dauern.

Lennox postierte zusätzliche Ausgucke und befahl die Bemannung der MGs und der Bofors-Kanone. Er hatte nicht vor, sie zu benutzen, doch es gab der Crew Gelegenheit, an Deck zu sein und sich nützlich zu fühlen, und Lennox sagte sich, dass der Preis – die zusätzlichen fünfundvierzig oder sechzig Sekunden, in denen bei Alarm die Geschützmannschaften durch die Luken springen und sie schließen mussten – es wert war.

Die Schlauchboote stellten die größten Probleme dar, wie Lennox vermutet hatte.

Das erste Problem war, dass die Boote aus dem vorderen Torpedoraum durch die Luke und auf Deck gebracht werden mussten. Der erste Maschinist, der mangels anderen Personals als Experte für Schlauchboote ernannt worden war, überlegte seine Möglichkeiten und entschied, dass es wegen des Gewichts und sperrigen Umfangs sinnvoller sein würde, sie unter Deck in den Kisten zu lassen, sie durch die Luken zu hieven und erst oben auszupacken, anstatt das Risiko einzugehen, dass sie unterwegs an etwas Scharfem zerrissen oder aufgespießt wurden.

Die Boote, die eigene Luftflaschen hatten, waren so entwickelt, dass sie durch die Flaschen aufgeblasen wurden. Selbst wenn die Boote unaufgeblasen über Bord geworfen wurden und versanken, würden sie sich aufblasen und an der Oberfläche auftauchen, wenn die Schnur für die Luftflaschen gezogen wurde.

Obwohl Ersatz-Luftflaschen zur Verfügung standen, hielt der Schlauchbootexperte es für das Klügste, die Flaschen erst zu verwenden, wenn es nötig war. Er ließ den Luftschlauch holen, der normalerweise benutzt wurde, um die Luftflaschen in Torpedos zu füllen, und als das erste Schlauchboot entrollt und schlaff auf dem Deck lag, ließ er es mit Druckluft füllen.

Als das Boot aufgeblasen war, schüttete er seifiges Wasser darüber, um es nach Lecks zu überprüfen. Er fand keines, öffnete die Ablassventile, und als sie zischten und das Boot erschlaffte, betrachtete er es nachdenklich.

Dann ging er nach achtern, stemmte die Hände auf die Hüften und sprach mit Lennox und Whittaker, die sich auf der Brücke befanden.

»Zweierlei, Skipper«, sagte er.

»Nur zu, Chief«, forderte Lennox ihn auf.

»Erstens könnten die Boote achtern vom Kommandoturm verstaut werden«, sagte der Chief. »Richtig verstaut, könnten wir sogar mit ihnen tauchen.«

»Gute Idee«, stimmte Lennox sofort zu.

»Zweitens können die Boote unmöglich all dieses Gewicht tragen.«

»Dann werden wir zusätzlich die Ersatzboote einsetzen müssen«, sagte Whittaker.

»Ich meinte ja den Einsatz der Ersatzboote«, erwiderte der Chief. »Wenn Sie die Schlauchboote zum ersten Mal dem Druck der Brandung aussetzen, wird das Gewicht der Fracht das Deck – oder die Bilge oder wie auch immer man diese Schicht gummiertes Segeltuch nennt – von den Aufblaskammern losreißen. Wenn es sie nicht sogar zerreißt, bevor Sie überhaupt in die Brandung gelangen.«

»Was schlagen Sie vor, Chief?«, fragte Lennox.

»Wir haben hundertsechzig Prozent Schwimmwesten an Bord«, sagte der Chief.

»Ich weiß nicht, was das bedeutet«, bekannte Whittaker.

»Es bedeutet, dass wir sechzig Prozent mehr Schwimmwesten an Bord haben als Leute«, erklärte der Chief.

»Und?«, fragte Lennox.

»Sie sind für zweihundert Pfund zugelassen«, sagte der Chief. »Was ungefähr das Gewicht der ›Film‹-Kisten ist.«

»Sie meinen, man könnte den Filmkisten Schwimmwesten anlegen, für den Fall, dass der Boden des Schlauchboots reißt?«, fragte Whittaker.

»Ich meine, die Kisten mit Schwimmwesten zu ummanteln, Leinen daran zu befestigen und sie an Land zu ziehen«, sagte der Chief. »Und die Kisten mit den Waffen und der Munition ebenfalls.«

»Könnten sie gezogen werden?«

»Es gibt nur eine Möglichkeit, dies herauszufinden, Skipper«, sagte der Chief.

»Lassen Sie das durchführen, Chief!«, befahl Lennox.

»Aber vorsichtig, Chief«, mahnte Whittaker. Der Chief und Lennox blickten ihn überrascht und ärgerlich an, lächelten jedoch, als Whittaker weitersprach. »Wenn wir auch nur eine dieser ›Film‹-Kisten hier draußen verlieren, werden Ihr geliebter Kapitän und ich den Rest unserer Tage in Alcatraz verbringen.«

»Ich habe Sie verstanden, Sir«, sagte der Chief mit einem Lächeln.

Am frühen Nachmittag waren alle Schlauchboote an Deck, aufgeblasen, nach Lecks untersucht, die Luft war wieder abgelassen worden und dann waren die Boote am Fuß der beiden Bofors-Kanonen achtern des Kommandoturms vertäut worden.

Von einem leeren Fünfundfünfzig-Gallonen-Ölfass wurde das Oberteil abgeschnitten und das Fass zu Dreiviertel mit Seewasser gefüllt. Jeder Außenbordmotor wurde einem fünfminütigen Probelauf unterzogen, und der Lärm im Rumpf war unglaublich.

Der Chef der Torpedoschützen war der Leiter, als die ›Film‹-Kisten zu Wasser gelassen wurden. Er schnitt die Schwimmpackungen von den Schwimmwesten und befestigte sie um die Holzkisten. Die verfügbaren Leinen waren bald verbraucht, und zwei Matrosen sorgten für Nachschub, indem sie ein Stück von einem vier Zoll dicken Hanftau absägten und dann die Stränge abwickelten.

Danach blieb nichts mehr zu tun, als auf den Einbruch der Dunkelheit zu warten.

Commander Lennox wartete, bis Whittaker im Kontrollraum war, und dann startete er die Übung.

»Alle Luken und wasserdichten Türen schließen«, sagte er, und der Sprecher wiederholte den Befehl.

Lennox sah, dass sich die Luken an Deck schlossen, und er konnte überall im Boot metallisches Klicken hören. Mit Ausnahme der Luke von der Brücke, für deren Schließung er die Verantwortung trug, sollte das Boot jetzt wasserdicht sein.

»Alle Luken und wasserdichten Türen geschlossen, Sir«, meldete der Sprecher.

»Vorbereiten zum Tauchen!«, befahl Lennox. »Die Brücke räumen!«

»Vorbereiten zum Tauchen«, wiederholte der Sprecher. »Brücke ist geräumt«, meldete er dann.

»Tauchen!«, befahl Lennox.

»Tauchen! Tauchen! Tauchen!«, sagte der Sprecher und ließ sich dann durch die Luke hinunter. Lennox folgte ihm und schloss die Luke hinter sich.

Das Geräusch des Klaxon schmerzte in seinen Ohren.

»Auf einhundert Fuß«, befahl der Kapitän und stützte sich ab, als sich der Bug der *Drum* senkte.

Zehn Minuten später durchbrach der Bug der *Drum* wieder die Wasseroberfläche.

Als das U-Boot auftauchte, drückte Lennox auf seine Stoppuhr.

Sobald er auf der Brücke war, als noch Wasser über das Deck spülte, begann er Befehle zu erteilen.

»Gefechtsstationen!«, befahl er.

Der Sprecher wiederholte den Befehl, und das Klaxon ertönte.

»Alle Geschütze bemannen!«, befahl Lennox.

Kanoniere tauchten aus den Luken auf und eilten zu den Geschützen.

Lennox gab Befehle an den Maschinenraum, und das Geräusch der Dieselmaschinen veränderte sich.

Es war an der Zeit für ein weiteres Kommando, doch Lennox konnte sich an keinen Standardbefehl erinnern, der zu der Situation passte.

»Alle Vorbereitungen treffen, um die Schlauchboote zu Wasser zu lassen!«, sagte er schließlich.

Jetzt herrschte Aktivität aus jeder Luke auf dem Deck. Während Männer der Crew die Schlauchboote vom Fuß der Bofors lösten und an Kameraden auf Deck weitergaben, tauchten andere Besatzungsmitglieder aus anderen Luken auf.

Als Erstes wurden die Waffen- und Munitionskisten auf Deck aufgereiht und dann mit drei Meter langen Leinen zusammengebunden.

Als die Besatzungsmitglieder, welche die schlaffen Schlauchboote getragen hatten, das Vorderdeck erreichten, warteten andere mit Luftschläuchen. Es dauerte lange, bis die Boote aufgeblasen waren, und als es so weit war, standen Whittaker, Hammersmith und Radioman Second Joe Garvey in ihrer Ausrüstung wartend an Deck.

Der Chief of the Boat und der Chief Torpedoman ließen die Schlauchboote zu Wasser, senkten sie mit Tauen, bis sie den Bereich des Rumpfes über der Wasserlinie erreicht hatten, und sprangen dann mit Seilen um ihre Hüften hinein.

Dann schoben sie das Boot vom Rumpf des U-Boots ins Wasser und hoben die Hände, um Whittaker von Deck über den Rumpf und ins Schlauchboot zu helfen.

Whittaker riss an der Startleine des Außenbordmotors. Als er lief, überprüfte er, ob das Seil, das an eine Seilschlinge in dem schweren schwarzen Schlauchboot befestigt war, an Ort und Stelle war. Dann startete er das Boot. Als sich das Seil spannte, das in der Seilschlinge befestigt war, ließen Besatzungsmitglieder die ersten der beiden größeren Munitions- und Waffenkisten (jetzt mit Schwimmpackungen von Schwimmwesten umhüllt) zu Wasser und ließen anschließend die Reihe der kleinen ›Film‹-Kisten hinab.

Dann wurde die Prozedur für das zweite Schlauchboot wiederholt, doch diesmal stiegen Hammersmith und Joe Garvey in dieses Boot.

Die Atmosphäre war angespannt gewesen. Es sollte ausprobiert werden, ob die Schlauchboote zu Wasser gelassen werden konnten und ob die Schwimmpakete die Waffen- und ›Film‹-Kisten tragen konnten.

Dann hörte Lennox schallendes Gelächter, dröhnendes Lachen und schrilles Kichern. Zuerst dachte er ärgerlich, dass jemand über Bord gefallen war. Das war, trotz der Lebensgefahr, immer ein Anlass zum Lachen für seine Männer.

Und dann sah er das Objekt der Belustigung.

Jim Whittaker befand sich etwa fünfzig Meter vom Bug entfernt und fuhr einen weiten Bogen, um zur *Drum* zurückzukehren.

Die Belastung des Seils, das die Kisten hinter dem Schlauchboot her zog, plus das Gewicht von Außenbordmotor und Whittaker hatten dazu geführt, dass der Bug des Schlauchboots fast senkrecht aus dem Wasser emporragte.

Der Außenbordmotor lief jetzt mit voller Kraft, doch das Boot bewegte sich kaum von der Stelle, und

Whittaker sah aus, als würde er jeden Augenblick im Wasser versinken.

Geräusche hallen gut über das Wasser, und Whittaker hörte das Gelächter der Crew.

Er zeigte sich der Lage gewachsen. Vorsichtig balancierte er sich aus und salutierte schneidig.

»Mann über Bord!«, ertönte ein Ruf, und brüllendes Gelächter folgte.

Lennox hielt schnell Ausschau, um zu sehen, was passiert war. Der Chief Torpedoman war ausgerutscht und ins Wasser gefallen. Der Chief of the Boat versuchte vergebens, ihn an dem Seil um seine Hüften zum U-Boot zurückzuziehen.

Der Kapitän der *Drum* nahm sein Megaphon und hielt es an den Mund. Dann ließ er es sinken und klopfte damit gegen sein Bein, bis er Schmerz so groß war, dass er nicht länger hysterisch lachen musste.

»Achtung an Deck«, sprach er schließlich und unterdrückte mühsam sein Lachen. »Vorbereiten zum Einholen der Schlauchboote!« Und dann war die Versuchung zu groß. »Und wenn ihr schon dabei seid, versucht den Chief Torpedoman aus dem Wasser zu fischen.«

XIII

1

Pécs, Ungarn

21. Februar 1943, 5 Uhr

Canidy erwachte im Dunkeln in einem großen Schlafzimmer in Gräfin Batthyanys Jagdhütte. Er war tief in Plumeaus mit Gänsedaunen vergraben und glaubte, die Nase voller Parfüm zu haben.

Dann wurde ihm klar, dass es kein Parfüm war. Er nahm den Geruch dessen wahr, was er in einem Fläschchen in seinem überraschend luxuriösen Badezimmer gefunden hatte. Das Fläschchen trug ein Etikett ›Lanvin Paris-London-New York‹ unter den Worten ›Pour les Hommes‹. Seine Französischkenntnisse waren nicht gut, aber er verstand, dass es sich um ein Parfum für Männer handelte, und das Zeug hatte gar nicht so schlecht gerochen, als er daran geschnüffelt hatte. So hatte er es sich großzügig ins Gesicht geklatscht, nachdem er sich mit einem flauschigen großen Handtuch abgetrocknet hatte.

Das Parfum würde eine nette Abwechslung nach dem Geruch sein, der an ihm gehaftet hatte, nachdem er mit dem Fischerboot von Vis zum Festland und dann mit einem nach Pferdemist riechenden Bauernlastwagen gefahren war, der ihn durch Jugoslawien in die Nähe der ungarischen Grenze transportiert hatte.

Erst als er einen seidenen Pyjama angezogen hatte und der Duft des ›Pour les Hommes‹ nicht verschwunden war – er schien sich sogar noch verstärkt zu haben –, war in ihm der Verdacht aufgekommen, dass die Aufschrift auf dem Fläschchen für das weibliche Geschlecht bestimmt war. Wenn sich die Damen mit ›Pour les Hommes‹ begossen, würden Männer davon angezogen werden die Motten vom Licht.

Es hatte seinen etwas zynischen Eindruck bestätigt, den er gewonnen hatte, nachdem man ihm sein Zimmer gezeigt hatte, dass die Familie Batthyany offenbar nicht nur die Jagd in beträchtlichem Komfort ausgeübt hatte, sondern auch bei ihrer Rückkehr von den Strapazen der Jagd von Damen verwöhnt worden waren.

Im Badezimmer hatte er ein Bidet vorgefunden, und in einem Bücherschank neben dem Bett hatte er eine Sammlung von Fotoalben entdeckt. Die Fotos darin zeigten gut aussehende nackte Männer und Frauen bei der Ausübung dessen, was nur als sexuelle Gymnastik beschrieben werden konnte.

Zuerst hatte er sich gefragt, ob die Alben gekauft worden waren – die Fotos wirkten wie von Profis aufgenommen – oder ob die Grafen Batthyany ungewöhnlich talentierte Amateurfotografen gewesen waren. Aber beim Durchblättern des zweiten Fotoalbums hatte er den großen Kamin im Hauptraum der Jagdhütte hinter drei dunkelhaarigen Schönheiten und einem behaarten, mageren, schnurrbärtigen Gentleman wiedererkannt.

Es kam ihm in den Sinn, dass es lustig wäre, ein paar der Fotos aus den Alben mitgehen zu lassen und daheim Ann zu zeigen. Das könnte ihren Tag aufhellen, dachte er. Doch dann entschied er sich dagegen. Ann nahm Sex sehr ernst. Er war davon überzeugt, dass für Ann Pornofotos so weit oben auf ihrer Tabuliste standen wie sein Verhältnis mit Ihrer Hoheit, der Herzogin von Stanfield.

Sein nächster Gedanke war, einige der obszönen

Fotos mitzunehmen, um sie seinem offiziellen Bericht beizufügen.

Die Fotos als Anlagen 16 bis 26 sind beigefügt in der Annahme, dass sie zur Ausnutzung von Charaktermängeln in der ungarischen Aristokratie verwendet werden können, die bei künftigen Operationen von Nutzen sein könnte …

Das würde das System erschüttern. Dave Bruces fast eisige Würde bekäme einen Knacks, vielleicht würde er sogar rot werden. Ganz bestimmt würde er verlegen sein und herumstammeln.

Und dann wurde ihm klar, dass er bereits genug Probleme hatte, weil er nach Ungarn geflogen war, ohne zusätzlich Öl ins Feuer zu gießen. Brauchte er eine weitere Demonstration, dass er nicht das richtige Verhalten zeigte? Kaum.

Offenbar, dachte er plötzlich betrübt, verhalte ich mich tatsächlich nicht richtig. Anstatt hier herumzusitzen und sich wie ein Schuljunge für scharfe Fotos zu begeistern, sollte er sich Gedanken machen, wie er Eric Fulmar und Professor Dyer aus dem St. Gertrud's Gefängnis herausholen konnte, ohne sie ›eliminieren‹ zu müssen.

Er stellte die in Leder gebundenen Alben wieder in den Schrank und legte sich ins Bett. Er dachte über das nach, was er soeben als nächsten Schritt entschieden hatte – die letzte Entscheidung musste getroffen werden, wenn er mit Ferniany und demjenigen gesprochen hatte, den London als Leiter des Teams schicken würde.

Ferniany würden morgen hier sein, vermutlich gegen Mittag. Er würde zwei seiner Leute bei sich haben – Ungarn, die er rekrutiert hatte –, außerdem die Signaltücher, das Funkgerät und das Sten-Gewehr, das Captain Hughson ihm kurz vor dem Verlassen von Vis geliehen hatte. Canidy freute sich darauf, das Gewehr wiederzubekommen. Es gab genügend Platz in der Jagdhütte, um Ferniany und seine Männer unterzubringen, bis London entscheiden würde, ihn mit einem blauen Auge davonkommen zu lassen und ihm das Team zu schicken, und nach dem schlimmstmöglichen Szenario konnte das fünf Tage dauern.

Von Hürten-Mitnitz und die Gräfin würden morgen nach Budapest zurückkehren. Canidy sah kein Problem darin. Er brauchte die Gräfin jetzt nicht. Sie hatte ihre Dienerschaft angewiesen, zu tun, was er verlangte. Und er bezweifelte, dass es irgendeinen Verdacht gegen die Gräfin und von Hürten-Mitnitz geben würde, weil sie ein paar Tage vor dem Entkommen der Gefangenen aus dem Gefängnis in Pécs gewesen waren. Oder ein paar Tage, bevor eine unerklärbare Explosion einen Stollen im Kohlenbergwerk der Familie Batthyany zerstört hatte.

Es würde als Zufall ausgelegt werden, als nichts weiter, dass Seine Exzellenz die Gastfreundschaft der Gräfin und die Übernachtung im ungefähr sechzehn Kilometer entfernten ländlichen Liebesnest der Gräfin genossen hatte.

Das ernste mögliche Problem, mit dem sich Canidy vor dem Einschlafen beschäftigte, war jetzt, den Professor aus den Händen der Ungarn zu befreien, ohne viel Aufmerksamkeit zu erregen. Er war beunruhigt durch Standartenführer Müllers Bericht, dass die SS die Suche nach Fulmar und dem Professor nicht leid geworden war, sondern die Ermittlung im Gegenteil noch intensiviert hatte.

Beim St. Gertrud's Gefängnis würde es von SS und Gestapo wimmeln, sobald bekannt wurde, dass zwei Gefangene nicht nur entkommen, sondern auch von einem erfahrenen Team von SOE oder OSS befreit worden waren; das würden sie binnen fünf Minuten herausbekommen.

Mit diesen Gedanken war Canidy eingeschlafen, und als er erwachte und wie eine ungarische Kurtisane duftete, blieb er ein paar Minuten in der Dunkelheit liegen und hoffte, dass sein Unterbewusstsein während seines Schlafs an dem Problem gearbeitet und neue Lösungen oder neue Fragen oder beides gefunden hatte.

Nichts.

Er tastete nach der Nachttischlampe, schaltete sie ein, stieg aus dem Bett und zog die Jägerkleidung an, die er am Vortag getragen hatte. Er entschied sich, in den Wald zum Absprunggebiet zu gehen und zu sehen, wie es bei Tagesanbruch aussah.

Dann würde er zum Haus zurückkehren und sich um etwas zu essen kümmern.

Als er den Hauptraum der Jagdhütte betrat, spürte er, dass jemand anwesend war und ihn beobachtete.

Der Raum wurde jetzt nur schwach von der Glut im großen Kamin erhellt. Canidy schaute sich um, konnte jedoch niemanden entdecken.

Dann erhob sich Alois, der Jägermeister, aus einem tiefen Ohrensessel beim Kamin. Alois war voll angekleidet und hatte offenbar als eine Art Wächter in dem Sessel übernachtet. Er trug einen dicken, ponchoartigen Umhang aus grauer Wolle und hatte seine Schrotflinte dabei.

»Guten Morgen«, sagte Canidy lächelnd.

Alois stieß einen Grunzlaut aus.

»Ich brauche eine Taschenlampe«, sagte Canidy.

Alois blickte ihn verständnislos an.

Canidy führte in einer Pantomime eine Taschenlampe vor, mit der er einen Pfad beleuchtete.

Alois grunzte abermals und verließ den Raum. Er kehrte mit zwei Taschenlampen zurück. Eine war leistungsstark und hatte einen langen Griff, die andere wurde mit Minibatterien betrieben und wirkte wie ein Kinderspielzeug. Er hielte beide Canidy hin und ließ ihn wählen.

Canidy nahm die größere Lampe und ging zur Tür.

Alois regte sich nicht, doch als Canidy die Kette gelöst und die Tür entriegelt hatte, bemerkte er, dass Alois lautlos den Raum durchquert hatte und hinter ihm stand.

Irgendwo, weit entfernt, war das Motorengeräusch eines Flugzeugs zu hören.

Der Strahl seiner Taschenlampe fiel auf die Fußabdrücke im Schnee, die sie gestern hinterlassen hatten, als Canidy, gefolgt von Alois, von der Hütte zum Wald und der Wiese jenseits davon ging.

Canidy konzentrierte sich darauf, nicht die Spuren in der Dunkelheit zu verlieren und im Schnee nicht auszurutschen, und so schenkte er dem entfernten Motorengeräusch wenig Beachtung – bis das Flugzeug plötzlich viel näher zu sein schien.

Er blickte zum Himmel.

Allmächtiger! Das klingt wie WASP-Motoren einer Gooney Bird!

Er begann zu laufen, rutschte und schlitterte auf dem gefrorenen Schnee.

Als er die Wiese erreichte, war es hell genug, um sie und das Gebiet jenseits davon zu erkennen. Es war jedoch kein Flugzeug in Sicht, und erst als er angestrengt lauschte, hörte er das kaum wahrnehmbare Geräusch weit entfernter Flugzeugmotoren.

Was immer es war, es war nicht für mich. Ich hätte es wissen sollen. Es kann unmöglich eine Gooney Bird gewesen sein. Ein Team kann niemals so schnell hier sein. Jetzt stehe ich vor Alois reichlich blöde da.

Er schaute den großen Ungarn an und zuckte mit den Schultern.

Und dann war er sicher, dass sich das Motorengeräusch veränderte. Es entfernte sich nicht mehr, sondern wurde lauter, näherte sich.

Und ganz plötzlich war es sehr laut. Eine Gooney Bird erschien über dem Ende der Wiese, wo die Bäume gefällt worden waren. Das Röhren der Motoren war jetzt ohrenbetäubend. Die Maschine flog in nur etwa zweihundert Fuß Höhe über die Wiese hinweg. Und die US-Kennzeichnung auf der Tragfläche war unverkennbar!

»Jesus, Maria und Josef!«, stieß Alois hervor.

Die Maschine ging in die Kurve und flog außer Sicht.

Canidy steckte zwei Finger in den Mund und hielt sie dann über den Kopf, um bestätigt zu finden, dass der Wind aus Richtung Bach und dem gefällten Gebiet der Wiese kam.

Er rannte zu dem Stapel Pinienholz. Er konnte soeben ein Glänzen davor erkennen. Das musste der Benzinkanister sein.

Er grub ihn aus dem Schnee. Es war ein Fünf-Gallonen-Kanister mit einem Aufkleber von Shell. Ein versiegelter Kanister, wie er sah, als er die Kappe aufschraubte. Er musste ein Klebeband über dem Ausguss entfernen, bevor er Benzin ausschütten konnte.

Er besann sich anders und warf den Kanister auf den Stapel Brennholz. Dann gestikulierte er zu Alois.

»Schieß auf den Kanister, Alois!«, rief er.

Alois blickte verständnislos drein.

Canidy machte ihm mit Gesten klar, was er wollte.

»Peng, peng!« Canidy mimte einen Schützen.

Alois sah immer noch verwirrt aus, aber er hob die Schrotflinte an und blickte fragend zu Canidy.

»Richtig! Yes! Ja! Schießen!«

Die Schrotflinte donnerte, und der Kanister flog in die Luft. Canidy spürte Tröpfchen Benzin in der Luft.

Alois schaute zu Canidy, als befürchte er, ihn missverstanden und das Falsche getan zu haben.

Canidy lächelte ihm zu, rannte zu ihm und griff nach der Schrotflinte. Alois wollte sich einen Moment nicht von der Waffe trennen, doch dann überreichte er sie. Canidy sah eine Benzinlache, zielte darauf und feuerte aus dem zweiten Lauf darauf.

Flammen züngelten, und dann entzündete sich das Benzin, das bei der Explosion des Kanisters in der Luft versprüht worden war. Schnell bildete sich eine dichte schwarze Rauchwolke.

Hoffentlich haben sie nicht aufgegeben! Hoffentlich hat jemand das gesehen!

Der Stapel Brennholz brannte jetzt mit Zischen und Knacken.

Canidy sagte sich gerade, dass das Motorengeräusch überhaupt nicht mehr zu hören war, als die Gooney Bird auftauchte, Klappen und Räder unten, am Rande des Sinkflugs.

Und dann fiel etwas sehr schnell und überraschend für Canidy aus der Tür. Fünf Objekte. Der erste Fallschirm öffnete sich, der zweite, dann die restlichen drei gleichzeitig, und fünf Fallschirme schwebten dem Boden entgegen.

Canidy sah, wie das Fahrgestell der Gooney Bird eingezogen wurde, und im nächsten Augenblick verschwand die Maschine.

Eine Gooney Bird! Wie, zur Hölle, haben sie eine Gooney Bird so weit geflogen?

Canidy rannte zum ersten Fallschirmspringer, der soeben landete. Er hörte, wie Alois hinter ihm her lief.

Der Fallschirmspringer, ein großer Typ, landete schlecht. Er schrie auf.

Canidy hetzte zu ihm.

»Schon wieder den verdammten Knöchel gebrochen!«, keuchte Janos. »Scheiße, Scheiße, Scheiße!«

»Was haben Mann gesagggt?«, fragte Alois in gebrochenem Deutsch.

»Ich habe Scheiße gesagt, weil ich mir den verdammten Knöchel gebrochen habe«, sagte Janos auf Ungarisch.

Alois lächelte mitfühlend, bückte sich und nahm Janos auf die Arme, als sei er ein Baby. Er blickte zu Canidy und nickte zum Wald.

Als er keine Antwort auf seine unausgesprochene Frage erhielt, sprach er zu Janos, der übersetzte.

»Er will mich in den Wald tragen, okay?«

Canidy nickte. »Ja«, sagte er auf Deutsch.

Die anderen Fallschirmspringer waren inzwischen auf dem Boden und liefen zu Canidy. Er sah, dass sie alle mit Karabinern Kaliber .30 bewaffnet waren.

»Wer sind Sie?«, fragte einer der Fallschirmspringer.

»Das ist Major Canidy«, sagte ein anderer, der ihn erkannt hatte.

»Sammeln Sie Ihre Fallschirme ein und werfen Sie sie aufs Feuer«, sagte Canidy. »Und dann …«

Er verstummte. Das Motorengeräusch der Gooney Bird kehrte zurück.

Der Abwurf der Ausrüstung. Warum, zum Teufel, hat der Sprungmeister sie nicht aus der Tür geworfen, nachdem er die Fallschirmspringer abgesetzt hat?

Die Maschine tauchte wieder über dem von Bäumen gefällten Gebiet auf, wieder mit ausgefahrenem Fahrwerk, sogar noch niedriger als zuvor, als sie die Wiese überflogen hatte.

Wenn du überziehst, Junge, dann wirst du den Vogel in diese Wiese bohren!

Die Gooney Bird wurde nicht überzogen. Der Pilot setzte auf! Die Maschine hüpfte einmal hoch, setzte wieder auf und blieb unten. Canidy sah Rauch vom Fahrwerk aufsteigen, als der Pilot bremste.

Dolan, du Höllenhund! Wenn ich gewollt hätte, dass du hier landest, dann hätte ich das gesagt! Du bist zu verdammt alt, um den tollkühnen Piloten zu spielen!

Canidy rannte über die Wiese und zur Hecktür der Gooney Bird. Er schaute hinein.

Und Lieutenant Commander John Dolan, USNR, lag auf dem Kabinenboden und starrte ihn mit gebrochenen Augen an.

2

Croydon Airfield
London, England

21. Februar 1943, 11 Uhr 30

Es regnete, es war neblig gewesen und es hatte ernste Zweifel daran gegeben, dass der Washington-Kurier an diesem Tag überhaupt eintreffen würde. Spät am Vortag hatte eine ATC C-54 es vor der Front bis Prestwick, Schottland, geschafft, aber es war zu spät gewesen, um zu versuchen, nach London weiterzufliegen.

Es hatte einen Wetterumschwung gegeben, und durch einen arktischen Strom trockener Luft, der über Schottland zog, hatte sich der Himmel um halb zehn genügend aufgeklärt, sodass die C-54 starten konnte. Aber zu diesem Zeitpunkt lag London in einer Nebelsuppe. Es war die Frage gewesen, ob sich das Wetter wieder in Prestwick verschlechtern würde, bevor sich der Nebel in London aufgelöst hatte.

Schließlich wurde entschieden, zu starten und nach London zu fliegen, in der Hoffnung, dass es aufklären würde.

Auf Croydon war es nötig gewesen, ›die Brenner anzuzünden‹. In der Theorie – und zum Teufel mit den Kosten – stieg der Nebel, und die Sicht auf die Start- und Landebahn wurde frei, wenn genügend Benzin in Gefäßen längs davon verbrannt wurde und die Hitze die Luftmasse erwärmte. In der Praxis, wie jetzt, dienten die Brenner den Piloten als eine Art Landelicht. Wenn man das Glühen der Brenner sehen konnte, wusste man, dass die Landebahn irgendwo dort unten war, und wenn man tief genug flog, konnte man sie mit etwas Glück finden.

Die C-54, geflogen von einem zum Offizier ernannten ehemaligen TWA-Piloten, der viel Erfahrung hatte, San Francisco im Nebel zu finden, flog tief und langsam auf das Glühen über London zu und fand die Landebahn von Croydon in seinem zweiten Anflug.

Als er zum Abfertigungsgebäude rollte, regnete es so stark, dass er nur mit Mühe etwas durch die Windschutzscheibe erkennen konnte. Das Bodenpersonal, das die Maschine erwartete, trug gelbe Gummimäntel, Helme und Hosen und wirkte auf den Piloten wie verirrte Segelboot-Matrosen.

Der erste Passagier, der die Leiter hinabstieg, war ein Chief Petty Officer der U.S. Navy. Er hielt mit jeder Hand einen Seesack und hatte kleinere Gepäckstücke unter seine Arme geklemmt.

Eine Austin-Princess-Limousine fuhr vor und hielt dicht beim Fuß der Leiter. Der Chief Petty Officer öffnete die vordere Tür und warf das Gepäck hinein, dann trat er zurück und hielt die hintere Tür auf.

»Steigen Sie ein, Ellis!«, sagte Colonel William Donovan, als er die Leiter von der C-54 herabstieg.

»Hier rein, Ellis«, sagte Lieutenant Colonel Edmund T. Stevens und winkte. »Sie werden klatschnass.«

Ellis stieg hinten ein, und einen Augenblick später nahm Donovan auf dem Rücksitz neben ihm Platz und schloss die Tür.

Donovan gab Stevens die Hand.

»Tag, Ed«, sagte er. »Wie geht es Ihnen?«

»Einfach prima, danke, Bill«, erwiderte Stevens. »David sagte, er hofft, Sie werden verstehen, dass er Sie abgeholt hätte, wenn es ihm möglich gewesen wäre.«

Donovans Antwort überraschte Stevens. Donovan war für gewöhnlich nicht nur höflich, sondern bewies auch die Fähigkeit des Anwalts, das Unangenehme auf die am netteste mögliche Weise zu sagen.

»Ich wollte ihn ohnehin nicht sehen«, sagte Donovan. »Nicht gerade jetzt.«

Dann neigte sich Donovan vor und drehte die Scheibe hinab, die den Rücksitz vom Fahrerabteil abtrennte.

»Junge Lady, würden Sie bitte zum Terminal fahren und aussteigen? Es tut mir Leid, aber Sie werden in den Regen hinausgehen müssen.«

»Jawohl, Sir«, sagte die Fahrerin, ein WRAC Sergeant.

»Rufen Sie das Büro an und lassen Sie sich einen Wagen schicken«, sagte Stevens.

»Es gibt einen Bus, Sir«, erwiderte der WRAC Sergeant. »Den kann ich nehmen.«

»Tun Sie, was Colonel Stevens sagt«, sagte Donovan. »Der Bus fährt nicht in die Nähe des Berkeley Square.«

Der WRAC Sergeant hielt mit der Schnauze des Austin Princess dicht vor einer Tür des Abfertigungsgebäudes, zog die Handbremse an, sprang aus dem Wagen und rannte in das Gebäude. Ellis kletterte nach vorne auf den Sitz hinter dem Steuer.

»Sie hat ihre Handtasche vergessen«, verkündete Ellis.

»Kein Problem«, sagte Donovan. »Wir werden vermutlich am Berkeley Square sein, bevor sie dort eintrifft. Fahren Sie uns vom Flugplatz und in einem weiten Umweg hin.«

»Jawohl, Sir«, sagte Ellis und setzte den Austin Princess vom Abfertigungsgebäude zurück. »Colonel, kurbeln Sie bitte die Trennscheibe herunter?«

»Schon gut, ich will ohnehin, dass Sie dies mithören«, sagte Donovan.

Aber dann schwieg er, bis sie den Flugplatz verlassen hatten und auf dem Highway A 235 durch Thornton Heath Richtung Themse fuhren.

»Fahren Sie vom Highway ab, Ellis«, befahl er.

Ellis nahm die nächste Ausfahrt.

»Mein Besuch dient angeblich dem Zweck, die

Dinge zwischen Ihnen und dem SOE zu glätten«, sagte Donovan. »Von höchsten Stellen sind mir Vorhaltungen gemacht worden, dass Sie nicht nur unkooperativ seien, sondern auch den reibungslosen Ablauf bei ihrer Organisation stören. All dies beweist, dass Sie tun, was ich Ihnen gesagt habe.«

»Irgendetwas Besonderes, das man uns vorwirft, Colonel?«, erkundigte sich Stevens.

»Nein, nur allgemeine Behauptungen über Ihr unkooperatives Verhalten. Ich lege das so aus, dass Sie sich nicht in unsere Karten blicken lassen und sich taub gegenüber den Äußerungen der Profis zeigen«, sagte Donovan. »Aber Sie werden für mich ein Treffen mit den Engländern arrangieren müssen, sobald Sie können.«

»Heute Nachmittag?«

»Prima«, sagte Donovan. »Und machen wir ein Heimspiel daraus. Lassen wir das Treffen entweder am Berkeley Square oder in Whitbey House stattfinden. Ich möchte nicht, dass sie den Eindruck haben, ich wäre hier, um mir eine Standpauke von ihnen anzuhören.«

»Wie wäre es mit dem Apartment im Dorchester?«

»Ausgezeichnet«, sagte Donovan. »Und lassen wir es bei Drinks und Hors d'oeuvres stattfinden. So nobel wie möglich.«

»Ich werde alles von Helene Dancy arrangieren lassen«, sagte Stevens. »Besser noch, von Charity. Sie ist am Berkeley Square.«

Donovan nickte zustimmend.

»Ellis«, sagte Stevens. »Dort ist Funk.«

»Den kann ich reinbekommen, Sir.«

»Wir sind Birddog«, sagte Stevens. »Rufen Sie Foxhunt, Captain Dancy hört das ab, und sagen Sie ihr, Charity soll einen feinen Empfang für siebzehn Uhr dreißig im Dorchester arrangieren. Einzelheiten folgen.«

»Aye, aye, Sir«, sagte Ellis und nahm das Mikrofon.

»Laut Napoleon marschiert eine Armee auf dem Magen«, sagte Donovan. »Diese marschiert auf Hors d'oeuvres.«

Stevens lachte.

»Der wahre Zweck meines Besuchs«, sagte Donovan, immer noch im Plauderton, aber sehr ernst, »hat nichts mit diesem Treffen zu tun. Ich will den Ereignissen in Ungarn so nahe wie möglich sein. Sie sollten mir also erzählen, was sich abspielt, Ed.«

»Sie haben die Botschaft erhalten, in der Canidy um ein Team bittet?«, fragte Stevens.

Donovan nickte.

»Sie traf heute Morgen um fünf Uhr ein«, sagte Stevens. »Wir haben noch nicht erfahren, wie es lief.«

»Heute Morgen? Gott, das war schnell! Wie haben Sie das arrangiert?«

»Wir flogen das Team – genauer gesagt, Stan Fine und der junge Douglass flogen – mit einer der neuen B-17, die wir für die Operation Aphrodite erhalten haben, nach Kairo.«

»Und dann benutzten Sie Canidys B-25, um das Team abzusetzen? Haben Sie deshalb den jungen Douglass eingesetzt, um die B-25 zu fliegen?«

»Das war der Grundgedanke, aber es ging etwas schief. Die letzte Funkbotschaft von Wilkins lautete, dass das Team mit einer C-47 abgesetzt wurde, geflogen von Dolan und einem C-47-Piloten, den wir uns vom Air Corps ausgeliehen haben, und dass die B-25 mit Douglass und Fine nach Vis fliegt.«

»Woher haben Sie die C-47?«, fragte Donovan. Und dann fuhr er fort, ohne auf eine Antwort zu warten. »Ich wusste nicht, dass eine C-47 diese Reichweite hat.«

»Sie hat sie nicht«, sagte Stevens. »Ich habe Joe Kennedy angerufen und ihn danach gefragt. Er sagte, es ist möglich, die Haupttanks einer C-47 aus Fässern mit Treibstoff aufzufüllen, die in der Kabine transportiert werden. Er sagte ebenfalls, dass es höllisch gefährlich ist, aber offenbar haben sie das getan. Wilkins hat sich die C-47 in Kairo geliehen.«

Donovan stieß einen Grunzlaut aus.

»Wir sollten uns Gedanken über das schlimmstmögliche Szenario machen«, sagte er. »Plural, Szenarien. Als Erstes kann schlimm schief gehen – und es überrascht mich ehrlich gesagt, dass es nicht bereits passiert ist –, dass herausgefunden wird, wer Fulmar und der Professor in Wirklichkeit sind …«

»Colonel …«, begann Stevens.

»Lassen Sie mich bitte aussprechen, Ed«, sagte Donovan. »Wir können in dieser Lage nur hoffen, dass sich die Deutschen sagen, wir wollen Dyer wegen seines Wissens über Metallurgie für Düsen- und Raketenantriebe haben. Dass sie nicht argwöhnen, wir sind in Wirklichkeit hinter ihm her, weil wir für die Atomforschung nützliche Leute aus Deutschland herausholen wollen.«

»Jawohl, Sir«, sagte Stevens.

»Als Zweites könnte schief gehen, dass Canidy gefangen genommen wird. Ganz abgesehen von dem, was er sonst weiß, müssen wir meiner Meinung nach davon ausgehen, dass die Deutschen genau wissen, wer er ist – dass er hier die Nummer drei ist –, und sich sagen, dass wir entweder sehr interessiert an Professor Dyer sind oder dass mehr hinter all der Aktivität steckt, als es auf den ersten Blick den Anschein hat.«

Stevens schwieg.

»Ich glaube, ich muss das sagen, Ed«, fuhr Donovan fort. »Im Nachhinein betrachtet habe ich die Lage wohl falsch eingeschätzt. Ich nehme an, ich hätte befehlen sollen – um unsere Verluste auf das Minimum zu beschränken –, den Deutschen Fulmar und den Professor zu geben.«

Stevens sagte nichts.

»Oder, als Alternative, ihre Eliminierung vorzubereiten. Ja, im Nachhinein betrachtet hätte ich das befehlen sollen. Es gibt zwei Möglichkeiten, dies zu erledigen. Die Erste wäre, Canidy eine Botschaft zu schicken, das zu tun. Ich weiß nicht, ob das klappen würde. Wenn er ohne Befehl dorthin geflogen ist, in Missachtung seiner Befehle, können wir wohl nicht erwarten, dass er andere befolgt, wenn sie ihm missfallen.«

»Canidy ist kein Dummkopf«, sagte Stevens loyal.

»Manchmal frage ich mich das«, sagte Donovan. »Die zweite Möglichkeit, sicherzustellen, dass sich die Deutschen keine Gedanken wegen Fulmar und Dyer machen, besteht darin, das St. Gertrud's Gefängnis zu bombardieren.«

»Daran hat Canidy gedacht. Er hat um Composition C-2 gebeten.«

»Ich meinte, per Flugzeug zu bombardieren«, sagte Donovan. »Ein Luftangriff auf Budapest. Weil das Ziel nicht erreicht wurde, bombardiert eine Staffel B-27 ein Alternativziel. Zufällig Pécs. So etwas passiert immer wieder.«

»Das ist ein wenig weit hergeholt, nicht wahr?«, meinte Stevens.

»Es ist für morgen geplant«, sagte Donovan. »Falls das Wetter das erlaubt. Wenn nicht morgen, dann übermorgen. Man hat mir versichert – es gibt nur minimale Fliegerabwehr in der Umgebung von Pécs –, dass das Gefängnis mit fünfundsiebzig Prozent Wahrscheinlichkeit total zerstört werden kann.«

»Mein Gott!«

»Sie wissen, was auf dem Spiel steht«, sagte Donovan. »Ich sehe keinerlei Alternative. Oder sehen Sie eine?«

»Nein, Sir«, sagte Stevens nach kurzem Überlegen.

»Bei diesem Szenarium besteht die Möglichkeit,

dass das Team und Canidy aus Ungarn herauskommen können.«

»Jawohl, Sir.«

»Falls Canidy rauskommt, wird er – wenn ich mit ihm fertig bin – vielleicht wünschen, noch in Ungarn zu sein.«

»Sir«, sagte Stevens. »Ich bin überzeugt, dass er aus seiner Sicht dachte, das Richtige zu tun.«

Nach einer Weile erwiderte Donovan: »Es überrascht mich, Sie das sagen zu hören, Ed. Ich dachte, Sie haben sich inzwischen zusammengereimt, dass ›das Richtige‹ absolut keine Bedeutung für das OSS hat. Wir tun, was getan werden muss, und ›richtig‹ hat absolut nichts damit zu tun.«

Er hob die Stimme.

»Sie können uns jetzt bitte zum Berkeley Square fahren, Ellis.«

Als sie dort eintrafen, wurden sie von Helene Dancy mit einer soeben entschlüsselten Botschaft erwartet:

TOP SECRET
OPERATIONAL IMMEDIATE
FROM STATION VIII FOR OSS LONDON
C-47 hier drei Stunden überfällig Stop
Treibstoff reicht nur bis 0800 Uhr
Londoner Zeit Stop Muss annehmen, dass
Flugzeug verloren ist Stop Da ich kein
Absprungsignal erhalten habe, muss ich
von Scheitern ausgehen Stop Bin nicht in
der Lage, Kontakt mit Yachtsman oder
Pharmacist herzustellen Stop Bitte um
Nachricht Stop Pharmacist II

Donovan las die entschlüsselte Botschaft und gab sie an Stevens weiter.

Die C-47 mit Dolan und Darmstädter war verschollen. Und das schlimmstmögliche Szenario: Sie hatten das OSS-Team nicht absetzen können.

»Wir sollten ihm mit einer Funkbotschaft befehlen, heimzukommen«, sagte Donovan. »Und Wilkins eine Botschaft schicken, damit er eine Überführungscrew für die B-17 arrangiert. Ich will diese Maschine nicht auch noch verlieren.«

3

127° 20″ westlicher Länge
07° 35″ nördlicher Breite

21. Februar 1943, 6 Uhr

Die *Drum* war an der Oberfläche. In diesen Gewässern, vor der Ostküste von Mindanao, war das Risiko, dass ein U-Boot über Wasser von japanischen Flugzeugen und Patrouillenbooten entdeckt wurde, fast unannehmbar. Aber es war nötig gewesen, aufzutauchen. Von einem untergetauchten U-Boot aus konnte unmöglich versucht werden, Kontakt mit der Funkstation amerikanischer Guerilla herzustellen.

Unter diesen Umständen, als das Leben seines Boots buchstäblich auf dem Spiel stand, hätte Lieutenant Commander Edwin R. Lennox normalerweise das Kommando von der Brücke des Kommandoturms aus geführt, wo er die Entscheidungen treffen konnte (einschließlich der letzten Entscheidung: zu tauchen und zu flüchten, oder zu bleiben und zu kämpfen). Aber Lieutenant Bill Rutherford, der stellvertretende Kommandant der *Drum*, war auf der Brücke und steuerte das Boot, und Lennox war unten und lehnte an einem Schott. Er, Captain Whittaker und Lieutenant

Hammersmith beobachteten, als Radioman Second Joe Garvey versuchte, Kontakt mit den US-Streitkräften auf den Philippinen herzustellen.

Als Lennox erfahren hatte, dass Joe Garvey gar kein Fotograf vom Film war, hatte er sich gefragt, wie gut er als Funker sein mochte – er sah aus wie gerade erst siebzehn – und wie sich der jungenhafte Matrose halten würde, wenn er in Mindanao an Land gesetzt wurde.

Die erste Frage war beantwortet worden, als sie erst ein paar Tage unterwegs gewesen waren. Der Cheffunker der *Drum*, in dessen Obhut Garvey gegeben worden war, ein erfahrener alter U-Boot-Fahrer, der nicht dazu neigte, seinesgleichen Komplimente zu machen, hatte freiwillig die Information gegeben, ›Garvey versteht wirklich sein Handwerk‹. Diese Worte aus dem Mund des Cheffunkers kamen einem Vergleich Garveys mit Marconi gleich.

Lennox hatte die beiden danach häufig zusammen gesehen, während die Innereien eines Funkgeräts vor ihnen ausgebreitet gewesen waren, und er hatte einige ihrer Fachsimpeleien mitgehört, von denen er sehr wenig verstanden hatte.

Aber er verstand das Problem, das Garvey und sein Cheffunker zu lösen versuchten. Der erste Teil davon war die Tatsache, dass die amerikanischen Guerilla ein selbstgemachtes Funkgerät betrieben und es schwierig sein würde, damit den Kontakt durch die auf der *Drum* verfügbaren Funkgeräte herzustellen.

Und wenn sie es sicher an Land schafften – wenn –, war das nächste Problem das Funkgerät, das Garvey bei sich hatte. Sie wollten das selbstgemachte Funkgerät der Guerilla durch Ausrüstung ersetzen, die zuverlässige Kommunikation mit Australien, Hawaii und den Staaten gewährleistete. Sie hatten einen neuen, offenbar nicht ausreichend getesteten ›Sender-Empfänger‹, ein Gerät, das nur dreißig Kilo wog, einschließlich eines elektrischen Generatorsystems, das wie ein stationäres Fahrrad betrieben wurde.

Aber bis dahin waren es noch einige Schritte. Jetzt mussten die Guerilla zuerst informiert werden – und es musste verhindert werden, dass die Japaner davon erfuhren –, dass Whittaker und sein Team an Land kamen – und wo und wann.

Die Lösung dieses Problems hatte nichts mit der nur für Eingeweihte bestimmten Übertragung von Funkwellen auf dem Zwanzig-Meter-Band zu tun.

Joe Garvey hatte eine kurze Botschaft zweimal gesendet, auf eine Antwort gelauscht, sie wieder zweimal gesendet und abermals gelauscht.

> KHF FOR WYZB
> FOR GENERAL FERTIG
> AN ARMBANDUHR WEITERGEBEN
> ZITAT ANFANG POLO KOMMT FUER NORD-
> PUERTORIKANISCHE COCKTAILS HEUTE
> ZITAT ENDE BESTAETIGEN KFH BLEIBT
> AUF EMPFANG

Die Botschaft, so erklärte Captain Jim Whittaker, würde an Master Sergeant George Withers übermittelt werden, den er auf Bataan verlassen hatte und der jetzt bei Fertig auf Mindanao war. ›Armbanduhr‹ bezog sich auf die Uhr, die Whittaker von seinem Handgelenk genommen und Withers geschenkt hatte, bevor er ihn verlassen hatte.

›Polo‹ war einfach. Jim Whittaker war Polospieler gewesen und unter diesem Spitznamen bekannt.

Whittaker war überzeugt, dass Withers und Fertig verstehen würden, dass ›Cocktails‹ als ›zur Cocktailstunde‹ zu verstehen war. Ob sie das mit 17 Uhr oder jeder folgenden Stunde bis 20 oder 21 Uhr auslegten, war gleichgültig. Wenn sie auf dem Strand waren, wo Polo zur Cocktailstunde kommen würde, würden sie warten, bis die letzte Hoffnung auf sein Eintreffen verschwinden würde.

Der heikle Teil der Botschaft war ›Puertorikanische Cocktails‹. Whittaker rechnete damit, dass Withers zuerst deswegen verwirrt sein würde, und es laut sagen würde, um herauszufinden, was es bedeuteten mochte.

Puerto Rico? Puerto Rico? Puerto Rico?

»Assoziation, Skipper«, sagte Whittaker. »Was kommt Ihnen als erstes in den Sinn, wenn Sie an ›Puerto Rico‹ denken?«

»Rum«, antwortete Commander Lennox sofort.

»Denken Sie geografisch«, sagte Whittaker.

»San Juan, nehme ich an«, sagte Lennox. »Aber nur, weil ich von San Juan weiß.«

Whittaker wollte nördlich des Ortes San Juan am östlichen Strand von Mindanao um 18 Uhr, kurz vor Einbruch der Dunkelheit, an Land gehen.

»Fertig und Co. werden geografisch denken«, sagte Whittaker überzeugt. »Sie werden es richtig auslegen. Wegen der Botschaft mache ich mir keine Sorgen.«

»Macht Ihnen etwas Sorgen?«, fragte Lennox sarkastisch. »Ich kann mir nicht vorstellen, was das sein könnte.«

»Nun, zum einen erhalten wir anscheinend überhaupt keine Antwort«, sagte Whittaker trocken. »Das kann bedeuten, dass Garveys Funkgerät nicht funktioniert; oder dass Fertigs Funkgerät nicht funktioniert; oder dass Fertigs Leute einfach nicht lauschen; oder dass sie von den Japanern getötet oder gefangen genommen worden sind.«

»Und was dann, Jim?«, fragte Lennox sehr ernst. »Was werden Sie tun, wenn Sie sie nicht über Funk erreichen können? Es morgen noch einmal versuchen?«

»Darüber habe ich nachgedacht«, erwiderte Whittaker, jetzt so ernst wie Lennox. »Garvey sagt mir, dass das von ihm gesendete Signal stark genug ist, um auf der ganzen Insel empfangen zu werden. Das bedeutet, dass andere Amerikaner, oder wenigstens Filipinos, die mit ihnen sympathisieren, die Botschaft gehört haben und an ihn übermitteln werden. Und natürlich haben auch die Japaner die Botschaft empfangen. Ich will den Japsen keine Zeit lassen, noch mehr Wort-Assoziationen durchzuspielen, als es schon jetzt möglicherweise der Fall ist. Ich will heute Abend um achtzehn Uhr an Land gehen.«

Lennox nickte.

Er erkannte, dass dies der erste Befehl war, den Whittaker ihm gegeben hatte und der keinen Vorschlag oder Einwand zuließ.

»Ich glaube, ich gehe zur Brücke rauf«, sagte er und fügte ohne zu denken hinzu: »Wenn Sie mich hier nicht brauchen.«

»Nein, gehen Sie nur«, sagte Whittaker geistesabwesend.

Commander Lennox hatte gerade die Leiter zum Kommandoturm erreicht, als das Klaxon ertönte, und die Stimme des Sprechers über die Lautsprecher schallte: »Japanische Flugzeuge neunzig Grad drei Meilen! Tauchen! Tauchen!«

4

Absprunggebiet Aspirin bei Pécs, Ungarn

21. Februar 1943, 5 Uhr 35

Lieutenant Hank Darmstädter ging durch die Kabine der C-47 zu Canidy, der am schrägen Boden kniete und sein Ohr an die Brust von Lieutenant Commander John Dolan, USNR, hielt.

»Ist er tot?«, fragte er leise.

Canidy richtete sich auf, immer noch auf den Knien, und nickte.

»Was, zur Hölle, haben Sie sich dabei gedacht, zu landen?«, fragte Canidy.

»Er hatte einen Anfall, kurz bevor wir von Vis aus in Kairo landeten«, sagte Darmstädter und beantwortete dann Canidys Frage. »Ich konnte die Ausrüstung nicht selbst hinaustreten.«

Zwei der Fallschirmspringer tauchten an der Tür des Flugzeugs auf. Sie hatten ihre schwarzen Overalls abgestreift und hätten ohne die Karabiner in ihren Händen wie Zivilisten gewirkt.

»O Scheiße!«, stieß einer von ihnen hervor, als er Dolan sah.

Canidy erhob sich von den Knien und schaute sich in der Kabine nach etwas um, mit dem er Dolans Leiche bedecken konnte. Er sah nichts.

»Geben Sie ihnen die Ausrüstungsbeutel«, sagte Canidy zu Darmstädter und wandte sich dann an die Männer des Teams. »Bringt sie in den Wald. Ist zufällig eine Axt dabei?«

»Ein ganzes verdammtes Sortiment von Pionierwerkzeug. Sogar eine Säge mit Batterieantrieb«, erwiderte einer der Fallschirmspringer, als Darmstädter ihm eine der langen ausgepolsterten Beutel auf die Schulter lud.

»Und C-2?«, fragte Canidy.

»Hundert Pfund C-2, in Zwei-Pfund-Blöcken«, sagte der Fallschirmspringer. Er machte sich auf den Weg in die Deckung des Pinienwaldes und schwankte unter dem Gewicht der Last.

Der zweite Fallschirmspringer ließ sich einen der Beutel auf die Schulter laden, als die anderen Mitglieder des Teams heraneilten.

»Der Lieutenant hat Schmerzen«, sagte er. »Ziemlich schlimme. Sollen wir ihm Morphium geben?«

»Noch nicht«, sagte Canidy.

Der Fallschirmspringer bedachte Canidy mit einem giftigen Blick.

»Mann, das tut höllisch weh! Man hätte ihn nie diesen verdammten Absprung machen lassen sollen!«

»Er ist nicht tot«, sagte Canidy. »Wir werden es sein, wenn wir dieses Flugzeug nicht von hier fortschaffen können, bevor es entdeckt wird.«

Dann blickte er zu Darmstädter.

»Können Sie es von hier fortfliegen?«

»Kein Problem«, sagte Darmstädter sofort selbstsicher.

Ein wilder Gedanke kam Canidy in den Sinn, und er stellte die Frage: »Beladen?«

»Womit?«

»Leuten. Dem Team. Und drei anderen.«

»Ja«, sagte Darmstädter, und dann erwartete er die nächste Frage: »Ich habe noch Treibstoff für etwa zwei Stunden an Bord. Wenn ich Vis finden kann, bleibt mir eine Reserve von dreißig Minuten.«

»Wie meinen Sie das, wenn Sie Vis finden können?«

Darmstädter wies zur Tür hinaus. Canidy sah hin. Es hatte zu schneien begonnen. Große, weich aussehende Flocken rieselten herab.

»Dolan navigierte, indem er sich am Boden orientierte«, sagte Darmstädter. »An Straßen und Eisenbahnlinien. Ich werde den Boden nicht sehen können.

Und ich bin mir nicht sicher, ob ich Vis nur mit einem Kompass finden kann.«

»Diese Art Schnee bleibt nicht lange liegen«, sagte Canidy beruhigend.

Aber dieser verdammte Schnee hat uns gerade noch gefehlt!, dachte er ärgerlich.

Und dann wurde ihm klar, dass genau das Gegenteil stimmte. Der Schnee war genau das, was sie gebrauchen konnten. Er würde die Spuren der Landung auf der Wiese verdecken. Und wenn er Recht hatte, blieb nur eine dünne Schneeschicht von vielleicht zwei, drei Zentimetern auf dem Boden, die bei einem Start nicht stören würde.

»Lassen Sie die Motoren an«, befahl er. »Ich werde einen Platz finden, um diese Kiste zu verstecken.«

Als er zur Mitte der Wiese lief, um Ausschau nach einer genügend großen Lücke zwischen den Bäumen zu halten, nach einer Stelle, zu der die C-47 rollen konnte, fragte er sich, ob seine Entscheidung, die Gooney Bird zum Ausfliegen zu benutzen, auf einem gesunden militärischen Grund basierte (Darmstädter konnte Vis nicht finden – er hingegen konnte es; die C-47 war ein verfügbares Mittel und sollte benutzt werden), oder ob er im Unterbewusstsein als ertrinkender Matrose ein Rettungsboot darin sah und sich vernunftwidrig weigerte, es davonschwimmen zu lassen, wie ertrinkende Matrosen darum kämpfen, in ein bereits überladenes Rettungsboot zu gelangen, ohne daran zu denken, dass es durch ihr Gewicht kentern wird.

Er verbannte den Gedanken, indem er sich sagte, dass die Entscheidung getroffen war und jetzt nicht mehr geändert werden konnte.

Er fand ein Versteck für das Flugzeug. Es stand jetzt mit laufenden Motoren an der Stelle der Landung, und Darmstädter schaute aus dem Fenster und wartete auf Anweisungen.

Canidy rannte zurück zu der Maschine und signalisierte Darmstädter, zu wenden. Dann lotste er ihn zum Waldrand und signalisierte erst Halten, als die Nase zwischen den Bäumen war, und der Propeller des rechten Motors sich nur einen halben Meter vom Stamm einer Pinie entfernt drehte.

Drei Männer des Teams beobachteten ihn. Canidy fragte sich, ob sie einfach neugierig oder bereits zu dem Schluss gelangt waren, dass er nicht mehr alle Tassen im Schrank hatte.

»Sie haben von einer Säge mit Batterieantrieb gesprochen«, sagte er. »Holen Sie sie. Tarnt diesen Vogel so gut ihr könnt und mit den größten Zweigen.«

»Warum blasen Sie die Kiste nicht einfach in die Luft?«, fragte der Mann, der so betroffen war, weil Janos Schmerzen litt. »Sie haben bereits ein Feuer.«

»Jeder darf eine Frage stellen«, erwiderte Canidy. »Das war Ihre. Ich will keine weitere hören. Die Antwort auf Ihre Frage lautet, wir werden mit dieser Gooney Bird von hier verschwinden.«

»Sie werden sie bei dieser kurzen Startbahn niemals vom Boden bekommen«, meinte der Fallschirmspringer.

»Das war eine Meinung«, sagte Canidy eisig. »Davon dürfen Sie ebenfalls nur eine äußern.«

Der Fallschirmspringer starrte ihn wild an, sagte jedoch nichts.

»Los, an die Arbeit!«, sagte Canidy. »Ich will, dass der Schnee die Zweige der Tarnung bedeckt.«

»Da gibt es ein Hilfs-Treibstoffsystem«, sagte Darmstädter. »Ein Fünfundfünfzig-Gallonen-Fass, das mit den Haupttanks verbunden ist. Soll ich versuchen, es herauszuholen?«

»Das und alles sonst Schweres, das wir nicht unbedingt brauchen.«

»Sie sprechen doch nicht von Commander Dolan?«, brauste Darmstädter auf.

»Nein«, sagte Canidy. »Wir nehmen Dolan mit.«

Die Haushälterin der Gräfin tauchte im Hauptraum der Jagdhütte auf, als Canidy, Alois und Freddy Janos, dessen Gesicht totenbleich war und der sich auf die Schultern der beiden anderen stützte, die Hütte betraten.

Sie schlug eine Hand vor den Mund. Canidy wusste nicht, ob sie Mitleid oder Furcht zeigte.

»Major«, sagte Janos verlegen, »ich glaube, ich werde ohnmächtig.«

»Ich gebe Ihnen etwas gegen die Schmerzen, sobald Sie im Bett liegen«, sagte Canidy. »Sagen Sie dem Ungarn, er soll der Frau einschärfen, den Mund zu halten.«

Janos sprach mit Alois Ungarisch.

Sie brachten Janos zum Bett, in dem Canidy geschlafen hatte, und legten ihn darauf. Canidy schnitt ihm so behutsam wie möglich den Stiefel vom Fuß und zog ihm die grob gewebte Baumwollsocke aus – es war eine ungarische, keine GI-Socke. Irgendwo bei Janos' Ausrüstung befand sich ein Paar ungarischer Schuhe, die er laut Plan anziehen sollte, wenn er auf dem Boden war. Die Hoffnung, dass Fallschirmspringerstiefel seinen Knöchel schützen würden, hatte sich nicht erfüllt.

Der Knöchel war blau und geschwollen, aber es stach kein Knochen durch die Haut.

Canidy öffnete eine flache Metalldose, die mit Klebeband versiegelt war, und entnahm ihr eine Morphiumspritze. Er schob Janos' Hosenbein hoch und drückte die Nadel in seine Wade. So würde es etwas länger dauern, bis das Morphium wirkte, aber es war weniger schmerzhaft für Janos, als seinen Körper zu bewegen, um an seinen Oberarm oder sein Gesäß zu gelangen.

»Es wird ein, zwei Minuten dauern«, sagte Canidy. »Ich komme wieder.«

»Mir wird schlecht«, sagte Janos.

»Sagen Sie ihm das auf Ungarisch.« Canidy nickte zu Alois hin. »Er wird Ihnen etwas geben, in das Sie sich erbrechen können.«

Dann machte er sich auf die Suche nach der Gräfin und von Hürten-Mitnitz.

Er sagte sich, dass er unter den gegebenen Umständen an Türen anklopfen und höflich auf die Erlaubnis zum Eintreten warten musste.

Er fand sie hinter der dritten Tür, die er öffnete, fast verborgen unter einer Daunendecke.

»Guten Morgen«, sagte er.

Helmut von Hürten-Mitnitz ruckte unter der Decke hoch, ergriff seine Walther-Pistole, und sein Blick zuckte durch das Zimmer.

Bei der Bewegung rutschte die Decke von beiden herunter. Sie waren beide nackt.

Die Gräfin war, wie Canidy vermutet hatte, ein barockes Kunstwerk. Seine Exzellenz war ein bleicher magerer Mann, aus dessen Brust ein paar schwarze Haare sprossen.

»Was soll das?«, fragte von Hürten-Mitnitz empört, ließ die Pistole sinken und zog die Decke über sich und die Gräfin.

»Das Team ist da«, sagte Canidy.

»Ich nehme an, Sie meinen Ferniany«, sagte von Hürten-Mitnitz.

»Nein, ich meine das Team«, erwiderte Canidy. »Die Männer sind vor ungefähr einer halben Stunde per Fallschirm abgesprungen. Ich finde, Sie sollten sich anziehen und gleich von hier verschwinden.«

Ich erzähle ihnen nichts von der Gooney Bird, entschied sich Canidy.

»Ist alles gut gegangen?«, fragte die Gräfin Batthyany.

»Einer hat sich den Knöchel gebrochen«, antwortete Canidy. »Ich habe ihn hergebracht.«

»Wo haben Sie ihn einquartiert?«
»In meinem Bett«, sagte Canidy.

Die Gräfin schlüpfte unter der Daunendecke hervor und hüllte sich mit dem Rücken zu Canidy sittsam in einen Morgenrock. Sie fand ihre Schuhe, zog sie an, wischte ihre prächtige rote Haarfülle aus dem Gesicht und verließ das Zimmer.

Helmut von Hürten-Mitnitz stieg an der anderen Seite aus dem Bett und begann sich anzuziehen. Canidy fand, dass von Hürten-Mitnitz nackt und dann in der Unterwäsche – ein ärmelloses Unterhemd und eine ausgebeulte Unterhose plus Strümpfe, die von Sockenhaltern aus Gummi an seinen dünnen Waden gehalten wurden – überhaupt nicht beeindruckend aussah.

»Wir haben auch einen Toten«, sagte Canidy.

»Was ist passiert?«, wollte von Hürten-Mitnitz wissen.

»Natürliche Todesursache«, sagte Canidy. »Ein Herzanfall.«

Von Hürten-Mitnitz war anscheinend überhaupt nicht überrascht über diese Erklärung, und das erstaunte Canidy.

»Was werden Sie mit der Leiche machen?«, fragte von Hürten-Mitnitz. »Und mit dem Mann, der verletzt ist – am Bein, sagten Sie?«

»Knöchel«, korrigierte Canidy. »Ich habe mich noch nicht entschieden. Am wichtigsten ist jetzt meiner Meinung nach, dass Sie und die Gräfin nach Budapest zurückkehren.«

»Ich glaube, Sie haben Recht«, sagte von Hürten-Mitnitz.

Canidy ging zu seinem Zimmer zurück.

»Das Flugzeug ist hier gelandet«, empfing ihn die Gräfin und blickte vom Bett auf, wo sie den Knöchel des jetzt bewusstlosen Janos untersuchte.

Alois hatte es ihr offenbar erzählt, und sie würde es sicherlich von Hürten-Mitnitz erzählen.

»Ja«, sagte Canidy.

»Ich werde hier bleiben, während Herr von Hürten-Mitnitz nach Budapest zurückkehrt«, sagte die Gräfin. »Das ist besser, wenn – falls – die Behörden kommen.«

»Ich finde, es wäre besser, wenn Sie nach Budapest fahren«, sagte Canidy. »So bald Sie können.«

Sie ignorierte ihn.

»Ich lasse eine Gummibandage holen«, sagte sie. »Ich bin überzeugt, dass eine hier ist. Ich glaube, wir können diesem Mann nur den Knöchel fest verbinden und dann ruhig stellen. Verstehen Sie, was ich meine?«

»Schienen Sie ihn«, sagte Canidy und nickte. »Danke.«

Alois kam, gefolgt von Hürten-Mitnitz, in das Zimmer.

»Ihr Flugzeug ist gelandet«, sagte die Gräfin.

Von Hürten-Mitnitz sah Canidy überrascht an.

»Intakt?«, fragte er.

»Ja«, sagte Canidy.

»Und Sie wollen damit wegfliegen?«, erkundigte sich von Hürten-Mitnitz.

Canidy nickte. »Wenn wir können.«

»Ich halte es für das Beste, Sie nehmen Beatrice mit«, sagte von Hürten-Mitnitz.

»Nein«, sagte die Gräfin. »Ich bleibe hier, um zu tun, was ich kann, während du nach Budapest fährst. Aber ich fliege nicht mit ihnen weg.«

»Was hier passiert ist, kann unmöglich verborgen bleiben«, wandte von Hürten-Mitnitz ein.

»Dann flieg du auch mit weg«, meinte die Gräfin.

»Es besteht die gute Chance, dass niemand etwas von dem Absprung oder der Landung des Flugzeugs weiß«, sagte Canidy.

»Das halte ich für höchst unwahrscheinlich«, entgegnete von Hürten-Mitnitz.

»Sie und die Gräfin haben zwei Überflüge und die Landung selbst verschlafen«, sagte Canidy.

Von Hürten-Mitnitz stieß einen Grunzlaut an, gestand das widerstrebend ein.

»Ich möchte mir keine Sorgen um Sie machen müssen, während wir Eric und den Professor aus dem St. Gertrud's rausholen«, sagte Canidy. »Ich will, dass Sie nach Budapest fahren, und zwar sofort.«

Sie sahen sich einen Moment in die Augen.

»Also gut«, sagte die Gräfin schließlich. »Lassen Sie mich nur noch für den Verletzten tun, was ich kann.«

Zwanzig Minuten später fuhr der Opel Admiral von der Jagdhütte fort. Inzwischen schneite es nicht mehr. Canidy fragte sich, ob genug Schnee gefallen war, um die Spuren zu verdecken, die von der C-47 auf der Wiese hinterlassen worden waren, oder den Umriss des Flugzeugs unter den Pinienzweigen zu verbergen.

Da Ferniany nicht aufgetaucht war, war nichts sonst zu tun, und so ging Canidy zu der Wiese, um sich dort umzusehen.

5

21. Februar 1943, 17 Uhr 15

Ferniany fuhr am Steuer eines kleinen Tatra-Lastwagens mit Segeltuchplane bei der Jagdhütte vor, der etwa die Größe eines amerikanischen Pickup-Trucks hatte. Canidy, von Alois aus der Küche gerufen, eilte hinaus, um ihn zu begrüßen. Ferniany hatte drei Männer vom ungarischen Untergrund bei sich, aber das war auch ungefähr alles.

Es hatte ›ein kleines Problem‹ gegeben, berichtete er Canidy. Die Deutschen, vielleicht sogar die Ungarn – er wusste nicht, wer von beiden – hatten Funkpeil-Trucks in Betrieb, und sie hatten den Funksender geortet, mit dem er die Koordinaten des Absprunggebiets gesendet hatte.

Es hatte genug Warnungen für ihn gegeben, dass die Trucks unterwegs waren, zusammen mit Wagen voller Polizei, sodass er gezwungen gewesen war, abzuhauen, bevor die Polizei zu dem versteckten Funksender gelangen konnte, aber er hatte alles zurücklassen müssen.

Die Polizei hatte nun die Signaltücher, das Funkgerät und die Waffen gefunden, einschließlich der Sten-Maschinenpistole, die Captain Hughson Canidy auf Vis geliehen hatte.

»Woher stammt der Wagen, mit dem ihr gekommen seid?«

»Den haben wir geklaut«, sagte Ferniany ein wenig selbstgefällig.

»Und wie wollen Sie ihn loswerden?«

Ferniany schaute ihn an, und sein Blick machte klar, dass er nicht viel von der Frage hielt.

»Stehen lassen, wenn wir ihn nicht mehr brauchen.«

»Und wie viele Trucks werden Ihrer Meinung nach in Budapest geklaut und dann in Pécs stehen gelassen?«, fragte Canidy. »Ist Ihnen in den Sinn gekommen, dass die Polizei dies komisch finden könnte? Oder dass die SS, die jetzt Wind von der Anwesenheit von Leuten mit einem Funkgerät und Signaltüchern und englischen Waffen bekommen hat, äußerst fasziniert sein könnte, wenn sie erfährt, dass ein Truck in Budapest gestohlen und hier verlassen worden ist?«

»Wir verstecken ihn im Wald«, sagte Ferniany lahm. »Wir können ihn sogar vergraben.«

»Der Schaden ist angerichtet«, sagte Canidy. »Sobald das Team unsere Leute aus dem Knast rausgeholt hat, tun Sie mit dem Wagen, was immer Sie können. Entweder, vorzugsweise, Sie bringen ihn nach Budapest zurück und lassen ihn dort stehen, oder fahren ihn sonstwo hin. Aber Sie schaffen ihn von hier weg.«

Ferniany schien nicht zu verstehen, dass das Stehlen des Lastwagens so dumm gewesen war.

»Sie sagten ›sobald das Team‹ unsere Leute rausgeholt hat ...«, sagte Ferniany herausfordernd.

»Ja, das habe ich gesagt.«

»Major«, erklärte Ferniany geduldig, fast nachsichtig, »ohne die Signaltücher und das Funkgerät können wir unmöglich erwarten, dass das Team hier eintrifft. Wir werden dies selbst durchziehen müssen.«

»Haben Sie eine Art Plan?«, fragte Canidy mit erzwungener Ruhe.

»Gefängnisse sind dazu da, Leute drinzuhalten«, sagte Ferniany als verkünde er feierlich eine große philosophische Wahrheit.

»Und?«

»Von neunzehn Uhr abends bis fünf Uhr morgens sind nur sechs Leute im Dienst: fünf Wärter und eine Art Faktotum. Und es ist nur ein Wächter beim Fahrzeugpark mit den Trucks und Motorrädern.«

»Sie meinen die Lastwagen, mit denen die Gefangenen zum Bergwerk und zurück transportiert werden?«

»Richtig«, sagte Ferniany.

»Man braucht also nur den Wächter beim Fahrzeugpark auszuschalten, einen Truck zu klauen und zum Gefängnis zu fahren«, sagte Canidy. »Man wird ein bisschen früh dort eintreffen, aber die Wärter erkennen den Truck und winken ihn herein. Daraufhin schalten Sie und Ihre drei Männer die fünf Wärter und das Faktotum aus, schnappen sich Fulmar und Professor Dyer und hauen ab. Ganz einfach, wie?«

»Entdecke ich da ein wenig Sarkasmus?«, fragte Ferniany.

»Kein bisschen«, erwiderte Canidy.

Er ließ das einwirken und wartete auf eine ärgerliche Reaktion. Es überraschte ihn, dass keine erfolgte.

»Genau so wichtig wie Fulmar und Dyer herauszuholen ist es sie herauszubekommen, ohne dass jemand auf die Tatsache aufmerksam wird, dass sie etwas anderes sind als das, was man ihnen zur Last legt: Schwarzmarkthändler. Meinen Sie nicht auch, die Deutschen würden verdammt neugierig werden, wenn sie erfahren, dass zwei Leute – die zufällig auf die Beschreibung zweier Männer passen, die von der ganzen verdammten SS gesucht werden – aus einem ungarischen Gefängnis befreit wurden, und zwar mit einer Schießerei und jeder Menge Leichen wie in einem Gangsterfilm?«

Fernianys Gesicht lief vor Wut rot an.

»Ich bin nahe daran, Ihnen zu sagen, dass Sie mich am Arsch lecken können, Canidy«, sagte er.

»Das würden Sie nicht wirklich tun, oder?«, fragte Canidy förmlich.

»Warum nicht?«, erwiderte Ferniany. »Ihrer Meinung nach mache ich nichts richtig.« Er schwieg kurz, doch er ließ sich von seinem Zorn hinreißen. »Lecken Sie mich, Canidy! Sie können sich diese ganze Operation in den Arsch schieben. Ich möchte Ihren Plan hören, wie Sie die beiden herausholen wollen, Sie klugscheißerisches Arschloch.«

»Jetzt haben Sie es doch getan«, sagte Canidy sogar noch förmlicher.

»Was getan?«, fragte Ferniany neugierig.

»Schmutzige Sprache vor den Mannschaften benutzt«, sagte Canidy und wies zu Alois und den Männer vom Untergrund, die bei dem ärgerlichen Wortwechsel, von dem sie kein Wort verstanden hatten, fasziniert zugehört hatten. »Was werden die jetzt denken?«

Ferniany blickte zu den Ungarn. Als er die unschuldige Neugier auf ihren Gesichtern sah, musste er lachen.

Das schien die Ungarn zu beruhigen. Der Ausdruck der Verwirrung wurde durch breites Lächeln abgelöst.

»Ich wäre fasziniert, Major Canidy, Sir«, sagte Ferniany formell, »genau zu erfahren, wie der Major plant, die Mission durchzuführen.«

XIV

1

Bei San Juan, Mindanao
Commonwealth Philippinen

21. Februar 1943, 18 Uhr 14

Der befehlshabende General der US-Streitkräfte auf den Philippinen war auf einen Baum geklettert. Es war kein hoher Baum und er war auch nicht in der Lage gewesen, sehr hoch hinauf zu klettern, aber es war der höchste Punkt, den er auf einer Anhöhe etwa zehn Meter oberhalb des schmalen Sandstrandes finden konnte, und er war überzeugt, den bestmöglichen Blick aufs Meer zu haben.

Es dämmerte. In einer Viertelstunde würde es völlig dunkel sein. Es war zu jeder Zeit schwierig, sich durch den Dschungel zu bewegen, doch in der Dunkelheit war es nahezu unmöglich.

Er wusste, dass es eine schlechte Entscheidung gewesen war, hier hinzugehen. Er hätte Withers und einen oder zwei seiner Männer herschicken sollen, um zu beobachten, was geschah, und nicht selbst hingehen sollen.

Aber er hatte so verzweifelt glauben wollen, dass etwas geschehen würde. So war er selbst aufgebrochen und hatte eine unnötig große Streitkraft mitgenommen. Weil er Zeugen haben wollte, wenn seine Hoffnungen wahr wurden. Aber was sonst konnte er tun?

Er hielt das einzige Fernglas im Besitz der US-Streitkräfte auf den Philippinen an seine Augen.

Er würde sich ein letztes Mal das Meer ansehen, bis seine Augen vor Müdigkeit tränen würden, und dann würde er seinen Männern den Rückzug ins dunkle Bergland befehlen, und unterwegs würde er sich eine weitere glaubwürdige Ausrede einfallen lassen, warum ›die Hilfe‹ an diesem Abend wieder nicht gekommen war, ein weiterer Grund, zu hoffen, dass vielleicht morgen …

Nichts, aber auch verdammt gar nichts war auf der Wasseroberfläche zu sehen.

Jemand zog an seinem Schuh. Fertig blickte ärgerlich hinab.

Es war Master Sergeant Withers. Er wies hinab auf den Strand; seine Hand zitterte, und Tränen rannen über seine Wangen.

Da unten war ein U-Boot, weit näher am Ufer als Fertig es bei einem U-Boot jemals für möglich gehalten hätte. Sturzbäche ergossen sich noch von Backbord über die Seite, aber Leute standen auf dem Kommandoturm, und dann wurde die Fahne an einem Mast über dem Turm gehisst.

Fertigs Augen füllten sich mit Tränen.

»Da will ich doch verdammt sein, das sind sie!«, sagte Withers.

Auf dem U-Boot herrschte jetzt hektische Aktivität. Matrosen rannten zielstrebig über die schmalen Decks, Objekte wurden durch Luken hochgereicht.

Der befehlshabende General der USFIP ließ sich am Baumstamm hinabgleiten und rutschte den kleinen Hügel zum Strand hinab.

Sie mussten warten, und es kam ihnen wie eine Stunde vor, doch es dauerte in Wirklichkeit nur fünf Minuten, bis ein Schlauchboot nahe der Brandung auftauchte.

Ein halbes Dutzend Männer watete bis zu den Schultern im Wasser auf das Boot zu, um ihm an Land zu helfen.

Fertig dachte flüchtig, dass sie es höllisch schwer hatten, das Boot durch die Brandung zu ziehen.

Und dann sprang jemand aus dem Schlauchboot, und Fertig ging ihm durch die zurückrollende Brandung entgegen, obwohl er sich vorher fest vorgenommen hatte, es nicht zu tun, weil das Salzwasser die bereits fast zerfallenen Stiefel noch mehr zerfressen würde.

Der Mann aus dem Schlauchboot, der Fertig entgegenwatete, sah gut aus, war jung und trug eine Khakiuniform.

Und dann blieb er stehen, noch bis zu den Knien im Wasser, stand still und grüßte schneidig.

»Captain Whittaker, General«, sagte er. »United States Army Air Corps.«

»Willkommen auf Mindanao, Captain«, sagte Fertig, erwiderte den Gruß, hielt mit großer Mühe seine Stimme unter Kontrolle und war jetzt froh darüber, dass es dunkel war und Whittaker die Tränen auf seinen Wangen nicht sehen konnte.

»Sir – Sergeant Withers?«

Fertig wies zu dem zweiten Schlauchboot, das durch die Brandung kam. Withers mühte sich ab, dieses Schlauchboot an Land zu ziehen.

»Verzeihen Sie, Sir«, sagte Whittaker und rannte in die Brandung. Er kehrte mit einem sehr kleinen Matrosen zurück, der auf seinen Schultern hockte.

»Senden Sie ›B‹«, befahl Whittaker, als er den kleinen Matrosen auf dem Strand absetzte.

Joe Garvey signalisierte das Morsesignal für ›B‹, ein Strich und drei Punkte, mit einer speziellen Taschenlampe.

Sofort gab es eine Antwort von einer Signallampe auf dem Kommandoturm des U-Boots. Garvey nahm hastig einen Notizblock aus der Tasche und notierte die Nachricht.

»Was war das?«, fragte Fertig.

»Garvey hat ihnen ›B‹ signalisiert«, erklärte Whittaker. »›B‹ heißt: ›Sicher und mit der Ausrüstung an Land, in Kontakt mit den US-Streitkräften auf den Philippinen.‹«

»Sir«, meldete Radioman Second Joe Garvey, »die *Drum* morst ›Aloha. Gott sei mit euch!‹«

Fertig blickte zum U-Boot. Es tauchte. Die Fahne war bereits eingeholt worden. Das Deck wurde schon überspült. Dann verschwand es unter Wasser.

Es machte nichts. Wenn eines kam, konnten andere folgen. Andere würden folgen.

»Meine Männer haben anscheinend Probleme, Ihre Boote an Land zu bekommen, Captain«, sagte General Fertig und bemühte sich vergebens, es unbekümmert klingen zu lassen.

»Wir haben Medikamente für Sie, General«, sagte Whittaker. »Und einige kleine Waffen und Munition. Und eine Million Dollar in Goldmünzen. Sie würden nicht glauben, wie viel eine Million Dollar wiegt, bis Sie versuchen, sie in einem Schlauchboot mit einem Fünf-PS-Außenbordmotor durchs Wasser zu ziehen.«

2

St. Gertrud's Gefängnis
Pécs, Ungarn

22. Februar 1943, 6 Uhr 30

Der Tatra-Lastwagen kratzte mit der linken Kante der Stoßstange an den Steinen im Tunnel zwischen Gefängnishof und Straße.

Ein wenig stärker als gewöhnlich, fand Eric Fulmar, der auf der Ladefläche des Trucks an der Rückseite des Führersitzes lehnte. Und dann gab es sofort einen anderen Beweis, dass es ein wenig härter als sonst werden würde. Anstatt quietschend und kreischend weiter an der Wand entlangzuschrammen, stoppte der Lastwagen mit einem Ruck, es wurde geschaltet, und dann setzte er zurück.

O verdammt, was jetzt?

Dann krachte wieder das Getriebe beim Schalten, der Lastwagen setzte sich vorwärts in Bewegung, und sie fuhren durch den Tunnel und auf die Straße.

Es hatte über Nacht geschneit, nicht viel, nur eine dünne weiße Schicht lag auf dem Schneematsch. Fulmar hatte auf gefrierenden Regen gehofft. Das machte die Fahrt zum Bergwerk interessanter. Er war zu dem Schluss gelangt, dass all die Lastwagenfahrer, deren Fahrstil er während der Gefangenschaft kennen gelernt hatte, eines gemeinsam hatten: Sie hatten den Führerschein erst vor einer Woche gemacht und versuchten, ihre mangelhaften fahrerischen Qualitäten zu verbergen, indem sie so schnell fuhren, wie es die Wagen schafften.

Auf den glatten Kopfsteinpflasterstraßen auf dem Weg zum Bergwerk rutschten sie oftmals mit dem Lastwagen in einen Graben oder gegen etwas, das hart genug war, um die Kotflügel bis in die Reifen zu verbiegen. Dem folgten wunderbare Vorführungen von ungarischem Temperament und herrliche Versuche, den Wagen aus dem Graben zu bekommen, indem genau das Falsche getan wurde.

Manchmal wurden zwei Stunden vergeudet. Es war angenehmer als die Arbeit mit einem Esel im Bergwerk, und Fulmar freute sich auf vereiste Straßen. Heute Morgen war er enttäuscht, als der Fahrer eine Kurve bewältigte, bei der mehrmals Lastwagen in einen Graben gerutscht waren, der so tief war, dass die Hinterräder in der Luft gehangen hatten.

Sie waren vielleicht einen Kilometer vom Bergwerk entfernt, als Fulmar spürte, dass der Fahrer bremste, der Lastwagen rutschte und dann mit einem Ruck zum Stehen kam.

Fulmar konnte nicht über den Führersitz sehen, und so hatte er keine Ahnung, auf welches Hindernis der Wagen geprallt war.

Einen Augenblick später ertönte ein Ruf auf Ungarisch, dass alle aussteigen sollten.

Das Aussteigen von allen zum Schieben war ebenfalls Routine.

Es war zwar nicht so interessant wie das Zuschauen, wenn die Ungarn versuchten, fluchend und mit Steinen werfend einen festgefahrenen Wagen wieder flott zu bekommen, aber es würde den Tag im Bergwerk verkürzen.

Erst als Fulmar von der Ladefläche geklettert war und sich umwandte, sah er, dass es keine Routine war, was sich da abspielte.

Es befanden sich Männer hinter dem Lastwagen, ungarische Zivilisten mit Pistolen, und die Motorradpolizisten, die sonst dem Lastwagen folgten, lagen mit gespreizten Armen und Beinen auf dem Boden. Als Fulmar beobachtete, wurden Fahrer und Beifahrer zum Heck des Lastwagens gebracht und gezwungen, sich neben den Polizisten auf den Boden zu legen.

Einer der Männer mit den Pistolen forderte die Gefangenen auf, sich in einer Reihe aufzustellen, dann in zwei Reihen, dann in drei, und er stieß die langsamen Gefangenen mit dem Lauf seiner Pistole an. Dann schritt ein anderer Mann an der Reihe entlang und riss grob Leute heraus.

Wenn ich nicht so große Angst hätte, wäre es lustig, dachte Fulmar.

Der Mann erreichte ihn, packte ihn an der Schulter, riss ihn aus der Reihe und führte ihn nach vorne zum Lastwagen. Fulmar sah jetzt, was den Wagen gestoppt hatte. Ein Baumstamm lang quer über der Straße. Zuerst nahm er an, dass er abgesägt worden war, doch dann erkannte er, dass er von jemand gefällt worden war, der gut mit Sprengstoff umgehen konnte.

Nahe beim Führerhaus des Lastwagens standen weitere Ungarn. Einer davon, ein Mann mit einer großen schwarzen Wollmütze, wirkte irgendwie vertraut.

»Du erkennst mich nicht«, befahl Canidy leise, als Fulmar zu ihm gezerrt wurde.

Fulmar schüttelte staunend den Kopf und lächelte, sagte jedoch nichts.

»Wir haben nicht viel Zeit«, sagte Canidy. »Sag mir nur, wer von den anderen flüchten würde, wenn er auch nur eine halbe Chance hätte.«

Fulmar blickte verwirrt drein.

»Du hast es gehört«, sagte Canidy. »Ich muss wissen, wer die Schwerkriminellen sind.«

Fulmar war wegen der Frage so sehr verwirrt wie er überrascht war, Canidy zu sehen. Aber er verstand schließlich, dass die Frage wichtig war, wenn er sich auch die Gründe nicht vorstellen konnte.

»Diese Jungs sind kleine Ganoven«, sagte Fulmar. »Wenn sie nicht im Knast wären, würden sie vermutlich verhungern. Keine richtigen Gangster, wenn das deine Frage ist.«

»Verdammt«, sagte Canidy. »Ist Professor Dyer einer der Leute, die wir vom Wagen geholt haben?«

Fulmar schaute hin.

»Der Zweite vom Ende der ersten Reihe«, sagte er. »Der mit der Brille.«

Canidy winkte einen anderen der Ungarn herbei und sprach leise mit ihm auf Englisch.

»Keine Gangster«, sagte er. »Wir nehmen einfach ein halbes Dutzend mit. Haben Sie Dyer gesehen?«

»Ja, aber ich bezweifle, dass er mich erkannt hat.«

»Versuchen wir, es bis auf weiteres dabei zu belassen«, sagte Canidy. »Fahren Sie mit den Männern voraus und lassen Sie von ihnen das Flugzeug abdecken.«

»Das Flugzeug?«, platzte Fulmar heraus. »Ihr habt ein Flugzeug?«

»Nehmen Sie den Schreihals mit«, sagte Canidy. »Er besteht darauf, Englisch zu sprechen.«

Ein Krachen war zu hören, gefolgt von einem Bersten und Reißen, und schließlich ein dumpfer Aufprall.

Fulmar erkannte, dass ein anderer Baumstamm, gefällt mit Primacord, auf die Straße gefallen war.

»Gehen wir, Lieutenant«, sagte der Mann, mit dem Canidy leise gesprochen hatte, und Fulmar folgte ihm von der Straße und in den Wald.

Von der Stelle, wo der Gefängniswagen gestoppt worden war, bis zur Wiese war es ein langer Weg über dicht bewaldete Hügel. Und als sie dort eintrafen, war Fulmar schweißnass und keuchte von der Anstrengung.

Er sah kein Flugzeug. Er sah nur einen Ungarn, der am Ende der Wiese neben zweien der größten Pferde stand, die er jemals gesehen hatte. Die Pferde trugen Geschirre zum Ziehen eines Wagens oder Pflugs, doch es war nichts zu sehen, was sie ziehen konnten.

Und dann, als sie die Wiese überquerten, sah Fulmar etwas rundes Rotes, das in einer schneebedeckten Erhebung schimmerte. Er erkannte, dass es die Oberfläche der Seitenflosse eines Flugzeugs war.

Ein amerikanischer Pilot mit einer ledernen A2-Jacke und einer Thompson-Maschinenpistole in den Händen trat aus dem Wald hervor.

»Dies ist Fulmar«, sagte Ferniany zu Darmstädter. »Canidy bringt den anderen.«

Darmstädter betrachtete Fulmar mit unverhohlener Neugier.

Dieser junge Typ in blauer Arbeitskleidung ist der Grund für diese ganze Operation?

»Hallo«, sagte Fulmar.

Das veranlasste Darmstädter zum Handeln.

Er schaute sich nach einem Platz für die Thompson-MPi um und hängte sie dann an ein Messinghorn am Geschirr eines der Pferde. Ferniany sah ihm dabei zu, zuckte dann mit den Schultern, steckte seine Pistole in die Tasche und ging zu der schneebedeckten Erhebung.

Als die Zweige von der Heckpartie entfernt waren, spannte Alois ein dickes Seil an das Heckrad, und die Pferde zogen die C-47 weit genug aus dem Wald, sodass das Flugzeug gewendet werden konnte.

Es dauerte eine halbe Stunde, alle Zweige von der C-47 zu entfernen. Einige davon waren an Tragflächen und Rumpf festgefroren, und kleine Äste hatten sich in Öffnungen beweglicher Steuerungsteile verkeilt.

Als alles Tarnungsmaterial entfernt war, ließ Darmstädter die Motoren an, um sicherzugehen, dass sie ansprangen.

Die Motoren starteten ohne Probleme, doch als er versuchte, die Kontrollen zu betätigen, stellte er fest, dass Schnee geschmolzen und dann auf den Kabeln der Kontrollen gefroren war.

Er ließ die Motoren laufen, bis sie die volle Betriebstemperatur erreicht hatten, und stellte sie dann ab. Dann entfernte er das Eis an den Querrudern und anderen beweglichen Steuerteilen, während Fulmar und Ferniany das Eis von den Tragflächen abklopften. Sie stellten schnell fest, dass sie es am besten entfernen konnten, wenn sie mit den Füßen darauf stampften oder mit den Fäusten darauf schlugen. Das Aluminium war dann biegsam genug, um das weggeschlagene oder weggetretene Eis abzusprengen.

Sie arbeiten immer noch an dem Flugzeug, als das Team, die Ungarn aus dem Untergrund, Canidy, Dyer und sechs völlig verwirrte und verängstigte kleine Ganoven eintrafen.

»Anlassen!«, befahl Canidy. »Wir fliegen. Bringt diese Leute an Bord.«

»Wir nehmen sie mit?«, fragte Fulmar ungläubig.

»Spontane Auswanderung«, sagte Canidy. »Bringt sie an Bord.«

Canidy stand bei der Tür des Flugzeugs, als die Ungarn und das Team und Professor Dyer an Bord stiegen. Er sammelte die Waffen ein und gab sie an die Ungarn weiter. Darmstädter ließ die Motoren an.

»Steig ein, Eric!«, befahl Canidy.

Ferniany und Canidy sahen sich einen Augenblick wortlos an.

»Sie sind doch kein so großes Arschloch«, sagte Canidy schließlich. »Passen Sie auf sich auf.«

»Sie sind es«, sagte Ferniany mit einem Lächeln. »Ein Arschloch, meine ich.«

Dann klopfte er Canidy auf die Schulter und rannte los, um dem Propellerwind zu entkommen.

Canidy stieg in die Gooney Bird. Als er die Tür schloss, begann Darmstädter zum äußersten Ende der Wiese zu rollen.

Canidy setzte sich auf den Sitz des Kopiloten, als Darmstädter die C-47 wendete.

Darmstädter führte die letzten Überprüfungen durch. Dann heulten die Motoren auf. Die C-47 erzitterte. Er löste die Bremsen, und die Maschine setzte sich in Bewegung, zuerst mit entnervender Langsamkeit, und dann gewann sie an Tempo. Aber nicht so viel, um damit abheben zu können.

Erst als sie das Ende der Wiese erreichten, zog Darmstädter die C-47 in die Luft. Die Maschine hatte nicht genug Geschwindigkeit, um im Flug zu bleiben, und sie begann zu überziehen. Darmstädter senkte die Nase und bekam sie aus dem beginnenden Sinkflug heraus, und die Gooney Bird folgte nun den Konturen des Hügelhangs hinab auf den Bach zu. Die Maschine flog, aber so gerade.

Und dann ging Darmstädter wieder in den Steigflug, und diesmal war die Geschwindigkeit groß genug und die Gooney Bird war bereit, richtig zu fliegen.

»Sehr beeindruckend«, ertönte Canidys Stimme über die Kopfhörer. Darmstädter hielt es für Sarkasmus, und sein Kopf ruckte zu Canidy hin.

Canidy strahlte und machte mit der linken Hand das ›OK‹-Zeichen der Anerkennung.

Im nächsten Augenblick spiegelte Canidys Gesicht echte Überraschung wider, und aus dem ›OK‹-Zeichen wurde ein ausgestreckter Finger, der zur Windschutzscheibe wies. Darmstädter blickte hin.

Sechzehn B-17-Flugzeuge flogen in fünf gestaffelten V-Formationen auf vielleicht achttausend Fuß. Ihre Bombenschächte waren geöffnet, und als Darmstädter und Canidy beobachten, begannen Ströme von Fünfhundert-Pfund-Bomben herauszufallen.

»Sie bombardieren Pécs«, sagte Darmstädter. »Was, zum Teufel, in Pécs ist es wert, von einer Staffel B-17 bombardiert zu werden?«

Canidy gab keine Antwort darauf.

»Sie sollten sich aufs Fliegen konzentrieren«, sagte er. »Steuern Sie auf Kurs eins-neun-null.«

3

OSS-Station Berkeley Square
London, England

22. Februar 1943, 16 Uhr 30

Lieutenant Joseph P. Kennedy junior betrat das Büro von David Bruce. Kennedy ähnelt sehr seinem Vater in jungen Jahren, dachte Colonel Wild Bill Donovan.

»Hallo, Joe«, sagte Donovan. »Wie geht's?«

»Nicht so gut, Colonel«, sagte Kennedy und hob das Päckchen an, das er in der Hand hielt. »Dolans persönliche Dinge. Ich wusste nicht, was ich damit machen soll.«

»Ich werde sie nehmen, Mr. Kennedy«, sagte Chief Ellis. »Ich kümmere mich darum, dass seine nächsten Verwandten sie bekommen.«

»Hat er welche?«, fragte Kennedy. »Ich habe ihn nie von einer Familie reden hören.«

»Er hat bestimmt einen Bruder oder eine Schwester oder jemanden«, meinte Donovan.

»Und was mache ich im Fall Darmstädter?«, fragte Kennedy. »Schreibe ich den Beileidsbrief selbst oder lasse ich das von seiner alten Einheit erledigen? Er war offiziell auf vorübergehender Verwendung bei der Composite Squadron.«

Donovan dachte anerkennend: Kennedy übernimmt bereits die Verantwortung des Kommandanten.

»Sie schreiben ihn, Joe«, befahl Donovan. »Seien Sie darin vage. Aber lassen Sie die Angehörigen wissen, dass er fiel, nachdem er sich freiwillig für etwas äußerst Wichtiges gemeldet hatte.« Er wollte noch etwas sagen, erkannte, dass er besser schweigen würde, und sprach es trotzdem aus: »Ich wünschte, wir könnten ihn als im Kampf gefallen melden. Bis wir die Bestätigung haben, muss er natürlich als vermisst gemeldet werden. Aber ich bezweifle, dass es noch eine Hoffnung gibt.«

»Jawohl, Sir«, sagte Kennedy.

Donovan hatte es vermieden, die Entscheidung zu treffen, welche notwendigen Schritte im Fall Dick Canidy und Ferniany unternommen werden mussten. Sie waren allermindestens vermisst. Es war vielleicht besser, zu hoffen, dass sie tot waren. Kurz bevor der Sender abgeschaltet worden war, mitten in einem

Codeblock, hatte die OSS-Funkstation den Code gesendet, der hieß: ›Station entdeckt, in sofortiger Gefahr, gefangen genommen zu werden‹.

Es war anzunehmen, dass Ferniany in Budapest gefangen genommen worden war. Wenn das stimmte, und wenn er Glück gehabt hatte, würde er tot sein. Wenn das stimmte, und er hatte Pech gehabt, dann lebte er und war in den Händen der SS; und das bedeutete eine Zeitlang Qualen, bevor sie mit ihm fertig waren und ihn erschossen. Oder aufhängten.

Wenn sie ihn lebend geschnappt hatten, musste davon ausgegangen werden, dass er der SS Canidys Aufenthaltsort und sein anderes Wissen über die Mission erzählte. Ganz gleich, wie wenig er über die Operation wusste, es würde sicherlich von Hürten-Mitnitz, der Gräfin Batthyany und der gesamten ungarischen geheimen Verbindung schaden.

Es gab anscheinend wenig Zweifel daran, dass Fulmar und Professor Dyer tot waren.

In den letzten B-17 Maschinen waren Fotografen mitgeflogen und es gab den eindeutigen Beweis, dass das St. Gertrud's Gefängnis und drei ganze Blöcke in der Umgebung zu Schutt bombardiert worden waren.

Canidy war vielleicht noch am Leben, auf der Flucht irgendwo in den Wäldern bei Pécs. Er hatte so viele Leben wie eine Katze.

Es ist das besonders Widerliche an diesem Geschäft, dass ich gezwungen bin, seinen Tod zu erhoffen, dachte Donovan. Wenn er tot ist, erfahren die Deutschen nicht, was er weiß.

Er wollte, wenn er sich zu einer Entscheidung durchgerungen hatte, persönlich an Reverend Doktor George Crater Canidy schreiben. Er wusste, dass es wichtig sein würde, dass Canidy wirklich wünschen würde, sein Vater würde glauben, er sei beim Retten von Menschen gestorben, nicht beim Töten. In gewissem Sinne stimmte das auch, und Donovan sagte sich, dass er vielleicht in der Lage sein würde, diesen Pluspunkt verbuchen zu können.

Das zeitlich drängendere Problem war, es Ann Chambers zu sagen. Sie hatte natürlich kein gesetzliches Recht, es zu erfahren. Aber Gesetz hatte nichts damit zu tun. Donovan wollte, dass sie es von ihm erfuhr, und das bedeutete, dass er es ihr in den nächsten paar Stunden sagen musste, bevor er in das Flugzeug nach Washington steigen würde.

»Joe«, sagte er, »es ist Ihnen natürlich klar, dass die Operation Aphrodite jetzt unter Ihre Verantwortung fällt?«

»Jawohl, Sir.«

»Wenn Stan Fine zurückkehrt, wird er die Rolle übernehmen, die Canidy hatte. Sie werden ihm melden.«

»Jawohl, Sir.«

»Es hängt mehr daran als die U-Boot-Bunker bei St. Nazaire«, sagte Donovan.

»Das hatte ich angenommen«, erwiderte Kennedy sachlich.

Donovans Augenbrauen ruckten hoch.

»Ich werde Sie von Colonel Stevens informieren lassen«, sagte er.

»Jawohl, Sir.«

»Wir müssen mit Rückschlägen rechnen, Joe«, sagte Donovan. »Und nicht alles ist schief gegangen. Kurz bevor Sie kamen, erreichte mich die Nachricht, dass Jimmy Whittaker sicher auf den Philippinen an Land ist.«

»Sir?« Kennedy blickte Donovan verständnislos an.

Ich bin durch all dies emotional aufgewühlter, als ich das als OSS-Direktor sein dürfte; es gab keinen Grund, Kennedy dies zu erzählen und mir hätte klar sein sollen, dass er nicht weiß, was für Whittaker geplant war.

»Das war aus der Schule geplaudert, Joe«, sagte Donovan. »Sie haben kein Recht auf Information.«

»Sie haben Jimmy zurück auf die Philippinen geschickt?«, fragte Kennedy ungläubig.

»Er hat sich freiwillig dafür gemeldet«, sagte Donovan.

Das war ziemlich lahm, Bill. Du hast Jimmy tatsächlich dorthin zurückgeschickt, und zwar in voller Kenntnis des Risikos.

Die Tür wurde geöffnet. Captain Helene Dancy trat ein.

»Ich habe darum gebeten, nicht gestört zu werden«, sagte Donovan kalt und ärgerlich. »Muss ich die Tür abschließen, damit ich hier ungestört bin?«

Nur weil du dich im Augenblick selbst nicht leiden kannst, ist das kein Grund, sie anzuschnauzen.

Captain Dancy gab keine Antwort. Blass, offensichtlich gekränkt und ärgerlich, marschierte sie zum Schreibtisch, legte einen Aktenhefter mit dem Deckblatt TOP SECRET darauf und marschierte wortlos zurück aus dem Büro.

Donovan las:

TOP SECRET
OPERATIONAL IMMEDIATE
FROM STATION VII
TO OSS LONDON EYES ONLY BRUCE AND STEVENS

Exlax und Tincan eins lebend und wohlauf bei Station VII Stop Fliegen mit Gooney Bird nach Station VIII Stop Erbitten sofortigen Lufttransport von Station VIII nach London für sechs ungarische Kriminelle und Leichnam von Lt. Cmdr John Dolan Stop
CANIDY

Donovan brauchte einen Moment, bevor er sprechen konnte.

»Ich glaube, Joe«, sagte er schließlich und überreichte ihm die entschlüsselte Funkbotschaft, »Sie sollten den Brief an Lieutenant Darmstädters Familie verschieben, bis wir dies geklärt haben.«

Als Kennedy den Brief las, fügte Donovan hinzu: »Zeigen Sie Chief Ellis die Botschaft, wenn Sie zu Ende gelesen haben.«

»Ungarische Kriminelle?«, fragte Kennedy und blickte auf. »Ist das irgendein Code?«

»So weit ich weiß, nein«, erwiderte Donovan.

»Ich frage mich, was mit Dolan passiert ist«, sagte Ellis, als er die Botschaft gelesen hatte.

»Sie waren Freunde, Ellis?«, fragte Donovan.

»Keine richtigen Freunde«, sagte Ellis. »Ja, nun, vielleicht. Zwei alte Matrosen. Ich mochte ihn.«

Die Tür wurde von neuem geöffnet.

»Ja, Sir?«, fragte Captain Helene Dancy.

»Zuerst, Helene, tut es mir Leid, dass ich Sie angeschnauzt habe«, sagte Donovan.

»Nicht der Rede wert, Sir«, sagte sie.

Sie war immer noch wütend.

»Sie sollten Wilkins eine Botschaft schicken, in meinem Namen, und ihm mitteilen, dass er Canidy alles geben soll, was er will, wenn er dort eintrifft. Sie wissen nicht zufällig, was ›ungarische Kriminelle‹ bedeutet, oder?«

»Nein, Sir. Ich habe vermutlich nicht das Recht auf Information.«

»Ich offenbar auch nicht, Helene«, sagte Donovan. Er lächelte sie an, und sofort war das Eis gebrochen, und sie lächelte zurück.

»In diesem Fall, Sir«, sagte sie, »nehme ich an, wir müssen davon ausgehen, dass Major Canidy, aus Gründen, die er uns gewiss erklären wird, sechs ungarische Kriminelle bei sich hat.«

Donovan lachte glucksend.

»Ist das alles, Colonel?«

»Lieutenant Kennedy hat Commander Dolans persönliche Dinge«, sagte Donovan. »Würden Sie bitte den Namen und die Adresse des nächsten Angehörigen feststellen?«

»Ich habe bereits angefragt. Bis jetzt sind keine Angehörigen gefunden worden. Ich werde es weiter versuchen. Sonst noch etwas?«

»Sie könnten Ann Chambers sagen, dass Canidy auf dem Heimweg ist. Wenn Sie meinen, dass sie das interessieren wird.«

4

National Institutes of Health Building
Washington, D.C.

24. Februar 1943, 18 Uhr 30

Chief Ellis war müde, unrasiert und in verknitterter Uniform. Es hatte fast vierzig Stunden gedauert, bis die ATC C-54 von London auf Anacostia gelandet war, aber er hatte Colonel Donovans Befehl »Gehen Sie heim und schlafen Sie etwas, es gibt nichts, das nicht bis morgen warten könnte« völlig ignoriert.

Es gab immer etwas, das nicht warten konnte.

»Sie sehen beschissen aus, Ellis«, begrüßte Staley ihn.

»Ich fühle mich auch beschissen«, erwiderte Ellis. »Wie kommt es, dass Sie keine neue blaue Uniform eines Chiefs tragen?«

»Captain Douglass sagte, es wäre nett, wenn der Colonel es offiziell bekannt geben würde«, sagte Staley.

»Ja, warum auch nicht?«, sagte Ellis.

»Aber Sie haben für meine Beförderung gesorgt, Ellis«, sagte Staley. »Danke.«

»Wir alten Chinamatrosen müssen zusammenhalten«, sagte Ellis. »Und Sie sind in dem Alter, in dem Sie in unten weit ausladenden Hosen albern aussehen.«

Er warf seinen Mantel auf einen Stuhl, schob seine Mütze zurück, setzte sich an den Schreibtisch und zog den Stapel geheimer Dokumente zu sich.

»Irgendwas Interessantes dabei?«

»Yachtsman lebt und ist wohlauf«, sagte Staley. »Das kam gestern Operational Immediate aus London. Was heißt das?«

»Das ist eine verdammt gute Nachricht«, sagte Ellis. »Sie brauchen nicht zu wissen, warum. Der Colonel wird überglücklich sein.«

»Whittaker ist auf den Philippinen an Land«, sagte Staley.

»Das haben wir gehört«, sagte Ellis.

»Und das Funkgerät funktioniert«, berichtete Staley. »Es gibt einen ganzen Stapel Botschaften von Fertig.«

»Und sonst noch was?«

»Zweierlei für Sie«, sagte Staley mit sichtlichem Unbehagen. »Ich habe das Telegramm geöffnet, weil ich dachte, es könnte wichtig sein. Es liegt unter dem Stapel.«

Ellis hob den Stapel geheimer Botschaften an und fand den Telegrammumschlag der Western Union.

WESTERN UNION TELEGRAM
US GOVT WASHINGTON DC 4 PM FEB 23
CHIEF PETTY OFFICER JOHN R. ELLIS
C/O THE NATIONAL INSTITUTES OF
HEALTH WASHINGTON DC

Der Marineminister bedauert, Sie informieren zu müssen, dass Ihr Freund, Lieutenant Commander John Dolan, USNR, am 21. Februar bei Dienst in Übersee gestorben ist. Einzelheiten werden Ihnen mitgeteilt, wenn verfügbar. Offizielle Stellen der Navy werden in Kürze mit Ihnen Kontakt wegen der Auszahlung der Lebensversicherung an den Begünstigten aufnehmen.

FRANK KNOX, JR
SECRETARY OF THE NAVY

»Allmächtiger!«, sagte Ellis. »Ich dachte, er hat keine Familie.«

»Es bedeutet, dass Sie die zehntausend von der Versicherung kriegen«, sagte Staley.

Ellis schaute ihn angewidert an.

»Da ist ein Brief für Sie. Wo das Telegramm war.«

Auf dem weißen Umschlag war mit Schreibmaschine getippt: ›Auszuhändigen an Chief Ellis im Falle meines Todes. Lt. Commander J.R. Dolan, USNR‹.

Ellis öffnete das Kuvert. Das Schreiben war undatiert und kurz.

Lieber Chief Ellis,

nach meiner professionellen Einschätzung wird eines dieser mit Torpex gefüllten Flugzeuge früher oder später mit mir darin in die Luft fliegen.
Wenn Sie diesen Brief erhalten, hatte ich Recht.
Kein Jammern. Es ist eine viel bessere Art, von der

Bühne abzutreten, als im Heim für alte Seeleute herumzuhocken und auf den Tod zu warten.
Ich habe einen Cousin. Ich konnte den Hundesohn nie leiden.
Wenn ich Sie nicht als meinen Begünstigten eingesetzt hätte, hätte er die Lebensversicherung bekommen.
Trinken Sie einen auf mich, wenn Sie irgendwann daran denken.

Ich grüße Sie!
John R. Dolan

Ellis faltete den Brief und steckte ihn in den Umschlag zurück.

»Was steht darin?«, fragte Staley.

»Ich werde mich rasieren und eine frische Uniform anziehen«, sagte Ellis. »Dann gehe ich in den Chiefs Club der Marinewerft und besaufe mich. Wollen Sie mitkommen?«

NACHWORT

Wer andere meiner Bücher gelesen hat, findet dies vielleicht von Interesse:

Ich hatte die Ehre, Wendell Fertig und Major Ralph Fralick, einen anderen Reserveoffizier, zu kennen, der wie Fertig auf den Philippinen Dienst tat und ebenfalls ein Guerilla wurde. Fralick und ich waren gute Freunde. Es war meine traurige Pflicht, die Lobrede zu halten, als er auf dem Nationalfriedhof in Pensacola beigesetzt wurde.

Ich bin stets der Meinung gewesen, dass die Weigerung der Army, Wendell Fertig über den Rang des Colonels hinaus zu befördern, empörend war. Er hatte über dreißigtausend Mann unter Waffen unter seinem Kommando, als die Army nach Mindanao zurückkehrte. Dreißigtausend Mann sind etwas mehr als die Stärke zweier Divisionen. Major Generals befehligen Divisionen. Lieutenant Generals mit drei Sternen befehligen Korps der Army, die als taktische Einheiten aus zwei oder mehr Divisionen definiert sind.

Wenn – meiner Meinung nach – Brigadier General Fertig irgendeinen Groll empfand, weil er die Sterne von seinen Schultern entfernen und durch den Silberadler eines Colonels ersetzen musste, nachdem der Krieg gewonnen war, zeigte er es niemals.

Er wurde häufig in Fort Bragg, North Carolina, gesehen, in Gesellschaft von Colonel Arthur ›Bull‹ Simon, wo er seine Erfahrung der Ausbildung und Belehrung der Green Berets zur Verfügung stellte, und sonstwo in der Army, einschließlich in Fort Rucker, Alabama, wo sein Freund Colonel Jay D. Vanderpool die Kampfentwicklungen für das Flugwesen der Army leitete.

Ich finde, dass die Geschichte des hervorragenden und unbestrittenen Helden wie Wendell Fertig nicht zu oft erzählt werden kann, und ich entschuldige mich nicht, weil ich davon in diesem Buch und in dem Roman *Behind the Lines* erzählt habe. In diesem Buch ging ein fiktiver Offizier der Army auf Mindanao von einem U-Boot aus an Land, um den Kontakt mit General Fertig herzustellen. In *Behind the Lines* tat ein fiktiver Offizier des Marine-Corps das Gleiche.

Als dieses Buch erschien, erhielt ich einen etwas ärgerlichen Telefonanruf vom Herausgeber der zufällig gleichnamigen Fachzeitschrift *Behind the Lines*, die für Mitglieder der Special Operations herausgegeben wird. Er wollte wissen, was ich gegen Jay Vanderpool habe. Ich versicherte ihm, dass ich überhaupt nichts gegen ihn habe, dass ich mich geehrt fühle, mich zu seinen Freunden zählen zu dürfen, und ich erkundigte mich, was die Frage zu bedeuten hatte.

»Sie hätten etwas über ihn in Ihrem Buch schreiben sollen.«

»Warum?«

»Sie meinen, das wissen Sie nicht?«

»Was soll ich wissen?«

»Jay Vanderpool war der Mann, den man mit dem U-Boot schickte, um den Kontakt mit Wendell Fertig herzustellen.«

Nein, das hatte ich nicht gewusst.

Verzeihung, Jay. Wenn ich davon gewusst hätte, dann hätte ich verdammt darüber geschrieben.

W.E.B. Griffin
Buenos Aires, 18. Juli 1999

ISBN 3-404-13937-2

ISBN-3-404-14181-4

ISBN 3-404-14308-6

Die OSS-Saga

ErzählerischerRealismus,
schillernde Charaktere,
knisternde Spannung und
dieses besondere Flair
für Herz und Geist
des Militärischen –
das ist es, was
Griffins Romane
so beliebt macht.
Phoenix Gazette

BASTEI LÜBBE

Der neue Roman vom Autor des Weltbestsellers:
›ASSASSINI‹

Als sich der erfolglose Geschäftsmann Larry Blankenship in der Lobby seines Hotels eine Kugel in den Kopf jagt, glaubt die Polizei zunächst an einen Selbstmord. Doch Paul Cavanaugh, Journalist und zufällig am Ort des Geschehens, muss sich rasch eines Besseren belehren lassen. Eine gute Bekannte des Toten äußert Zweifel an der Selbstmord-Theorie und setzt Paul auf die Exfrau des Geschäftsmannes an. Pauls Suche nach den Motiven und Hintergründen des vermeitlichen Selbstmords wird zu einer *Tour de force*, die sein Leben aus der Bahn wirft …

ISBN 3–404–14578–X

BASTEI
LÜBBE

1803/04: Der Krieg bricht wieder aus. Napoleon lässt seine Armee bei Boulogne aufmarschieren. England fürchtet die Invasion. David wird Kommodore einer Flottille, doch all seine Erfolge helfen ihm nicht, als sein alter Feind Henry Dundas Rache nimmt und David von seinem Posten ablöst. Der Krieg geht weiter ...

›Frank Adams Romane sind happige, mit Liebe, Verrat, Niederlage und Sieg gespickte Unterhaltungskost. Vor allem aber: nichts in ihnen, was die historischen und nautischen Zeitumstände angeht, ist dahergesponnen.‹ *Welt am Sonntag*

ISBN 3–404–14586–0

BASTEI LÜBBE

›Die neue Lady of Crime –
doppelbödig in bester britischer Tradition.‹
freundin

Was tun, wenn man den Verdacht hat, dass ein ehemaliger Geliebter seine Ehefrau ermordet hat? Diese Frage stellt Ursula Gretton, Archäologin an einer Ausgrabungsstätte in Bramford, ihrer Freundin Meredith Mitchell. Als Meredith Chief Inspector Alan Markby zu Rate zieht, ist dieser zuerst eher skeptisch. Doch dann findet man in der Nähe der Ausgrabungsstätte eine Leiche. Verdächtige und mögliche Zeugen – darunter auch Meredith – gibt es viele. Als dann auch noch eine zweite Leiche auftaucht, wird die Sache immer komplizierter ...

ISBN 3-404-14566-6

BASTEI LÜBBE